HEYNE <

Zum Buch

Nachdem Captain Amanda Garrett in »Überfall auf hoher See« die mächtige Piratenorganisation des reichen indonesischen Industriellen Makara Harconan zerschlagen hatte, wird ihre Eingreiftruppe mit einer neuen, schweren Krise konfrontiert: Der indonesische Inselstaat, der aus einer Vielzahl rivalisierender, in Feindschaft lebender Kulturen und Stämme besteht, ist erneut Ziel der Pläne Harconans, der seinerzeit entkommen konnte. Mit Hilfe seiner Stammesleute will er die bestehenden Konflikte weiter schüren und die sich bekämpfenden Parteien mit Waffen beliefern. Das entstehende Chaos würde die indonesische Regierung nicht überleben. Ein religiös motiviertes Massaker steht bevor, und mehrere tausend Touristen, die die Flucht nicht rechtzeitig geschafft haben, sind bedroht. Garrett und ihre Truppe werden beauftragt, die Touristen zu retten. Und die Krise verschärft sich weiter, als es in der Hauptstadt Jakarta zu Aufständen kommt, die Anarchie bricht aus. Amanda Garrett und ihre Sea Fighters sind die letzte Hoffnung tausender Unschuldiger.

Zum Autor

James Cobb entstammt einer Marine-Familie und ist Mitglied der »Navy League of the United States« wie auch des »United States Naval Institute«. Er selbst war auf nahezu allen Arten von Kriegsschiffen unterwegs. Heute lebt James Cobb im pazifischen Nordwesten.

Lieferbare Titel

»Überfall auf hoher See« (3-453-21073-5)
»Mission Seafighter« (3-453-19003-3)
»Schlacht der Drachen – USS Cunningham« (3-453-17808-4)
»USS Cunningham – Im Fadenkreuz« (3-453-17170-5)

JAMES COBB

Duell in fremden Gewässern

Roman

Aus dem Amerikanischen
von Norbert Jakober

WILHELM HEYNE VERLAG
MÜNCHEN

Titel der Originalausgabe
PHANTOM FORCE

Umwelthinweis:
Dieses Buch wurde auf
chlor- und säurefreiem Papier gedruckt.

Deutsche Erstausgabe 06/2005

Printed in Germany 2005
Umschlagillustration: Chris Moore/Artist Partners
Umschlaggestaltung: Nele Schütz Design, München
Satz: Buch-Werkstatt GmbH, Bad Aibling
Druck und Bindung: GGP Media GmbH, Pößneck

ISBN: 3-453-43017-4
http://www.heyne.de

Den Angehörigen der Handelsflotten dieser Welt gewidmet,
den roten Blutkörperchen im Blutkreislauf der Zivilisation.

Ein Konflikt baut sich auf

Eine Schneeflocke fällt auf einen Berg, eine weitere folgt, und dann noch eine. Immer mehr Schnee häuft sich an. Der Druck nimmt zu, die Schneemassen werden immer instabiler.
Für eine gewisse Zeit herrscht noch Ruhe, doch die Gefahr einer Katastrophe wächst. Und irgendwann fällt unweigerlich die eine letzte Schneeflocke zu viel.
Die großen Kriege der Menschheitsgeschichte haben oft genauso begonnen. Es gibt selten eine einzige Ursache oder ein Ereignis, das alles auslöst. Vielmehr kommt, wie bei einer Lawine, eins zum anderen, bis irgendwann die Katastrophe hereinbricht.

Erster Teil

Der Weg zum Konflikt

Am Hafen von Aiduna
Irian Jaya (der indonesische Teil Neuguineas)

10. September 2008, 00:43 Uhr Ortszeit Wenn man manchmal im Leben das Gefühl hat, dass eine Situation »zu ruhig« ist, dann kann das durchaus darauf hindeuten, dass irgendetwas nicht stimmt. Im Dschungel trifft dieser Grundsatz jedenfalls zumeist zu.

So wie das Meer ist auch der Urwald eine Welt für sich, in der jede Störung des natürlichen Gefüges Millionen von Lebewesen beeinträchtigt. Die Vögel hören auf zu singen, und die unzähligen Geschöpfe, die den Waldboden und die Bäume bevölkern, bleiben regungslos in ihren Verstecken und verharren still in der Dunkelheit.

Hauptmann Baktiar Rajamala von der indonesischen Armee kannte diese spezielle Form der Stille. Er hatte sich auf den Wachturm beim Haupttor begeben, um mit seinem Nachtglas den Waldrand abzusuchen, der sich in rund zweihundertfünfzig Metern Entfernung vor ihm erstreckte. Er konnte nichts erkennen, doch er wusste, dass sie irgendwo da draußen im Schutz des Unterholzes lauerten. Die Terroristen von der hiesigen Unabhängigkeitsbewegung lagen immer auf der Lauer.

Hauptmann Rajamala verzog angewidert den Mund. Diese dreckigen Wilden! Hatte Indonesien nicht die verdammten Holländer vertrieben und die Papuas von der Tyrannei des europäischen Kolonialismus befreit? Hatte Jakarta denn nicht Irian Jaya und seine Steinzeitmenschen unter seine Fittiche genommen, um den Reichtum an Bodenschätzen zu verwalten, damit er allen zugute komme? Konnten diese dunkelhäutigen

Affen denn nicht einsehen, dass das alles nur zu ihrem Besten geschah?

Offensichtlich nicht, denn diese undankbaren Kerle hatten sich unter der Morgenstern-Flagge zu einer militanten Unabhängigkeitsbewegung zusammengetan und forderten, dreist, wie sie waren, die Unabhängigkeit von Indonesien. Als ob diese Steinzeitmenschen imstande wären, in der modernen Welt allein zurechtzukommen.

Der aus Java stammende Armeeoffizier suchte weiter die Umgebung der Hafenanlage ab und richtete dann sein Nachtglas auf die Verwaltungsgebäude und die Kaserne der Garnison. Jenseits der Gebäude sah er im Licht der Arbeitsbeleuchtung das grünliche Schimmern der Becken, in denen sich der kupferhaltige Schlamm am Boden absetzte.

Weiter seewärts erstreckten sich die Lichter des Ladepiers in die Bucht hinaus. Am uferseitigen Ende des Piers drängten sich die Behausungen der rund zweitausend javanischen Arbeiter und ihrer Familien, die hier waren, um für den Betrieb des Hafens und der Anlagen zur Kupfergewinnung zu sorgen.

Hauptmann Rajamala war der Ansicht, dass es ein Fehler gewesen war, die Wohnhäuser so nahe am Pier zu errichten, weil es die Aufgabe für die Sicherheitskräfte der Armee beträchtlich erschwerte. Diese verdammten faulen Transmigrasi versuchten immer wieder, sich als blinde Passagiere auf einem Kupfertransportschiff aus dem Staub zu machen. Diese dummen Bauern hatten immer noch nicht begriffen, dass Irian Jaya jetzt ihr Zuhause war. Jakarta hatte beschlossen, sie hier anzusiedeln, und damit war die Sache erledigt. So wie die Kerle von der Unabhängigkeitsbewegung wollten auch diese Leute anscheinend nicht einsehen, dass all diese Maßnahmen für sie selbst und für die ganze Nation das Beste waren.

Der Garnisonskommandant ließ das Fernglas sinken. Alles war so, wie es sein sollte. Aber das war ja auch zu erwarten, denn Hauptmann Rajamala war sehr auf Sicherheit bedacht. Der Hafen von Aiduna war von Nato-Draht und einem zweieinhalb Meter hohen Stacheldrahtzaun umgeben, an dem jede Menge Sensoren installiert waren. Auf den verschiedenen Wachtürmen behielten Männer mit automatischen Waffen jeden Zentimeter des umgebenden Geländes im Auge, und mächtige Scheinwerfer durchdrangen die Dunkelheit mit ihrem grellen Licht.

Natürlich handelte es sich um keine militärische Verteidigung im eigentlichen Sinn, doch andererseits hatten die papuanischen Unabhängigkeitskämpfer kaum mehr als Macheten und Schrotflinten für ihren Kampf zur Verfügung.

Dennoch musste der Hauptmann daran denken, wie das Naturvolk der Asmat die Gegend hier nannte: das Land des allgegenwärtigen Todes. Rajamala zögerte einige Augenblicke, dann griff er nach dem Telefon. Er würde die Schützen wieder einmal für ein, zwei Minuten aus allen Rohren in den Wald hinein feuern lassen – für den Fall, dass sich doch irgendjemand in der Nähe aufhalten sollte. Doch bevor er den Hörer in die Hand nehmen konnte, ertönte von irgendwo in der Dunkelheit ein mehrfaches metallisch klingendes Krachen.

Die erste Mörsersalve schlug mit größter Präzision in einen Stromtransformator ein. Elektrische Blitze zuckten durch die Finsternis, und im nächsten Augenblick war es dunkel ringsum. Rasch richteten die Angreifer ihre Mörser auf das nächste Ziel. Ein Hagel von 81-mm-Granaten ging über der Kaserne nieder, von dem keines der Gebäude verschont blieb. Und schließlich wurden auch die Wachtürme einer nach dem anderen niedergemäht.

Das Letzte, was Hauptmann Rajamala in diesem Leben tat, war, mit dem Daumen auf den Alarmknopf zu drücken – völlig vergebens freilich, denn die Sirenen blieben nach dem Stromausfall stumm. Schließlich bekam die Plattform des Wachturms am Haupttor einen direkten Treffer ab und wurde in einen Feuerball gehüllt.

Wenige Augenblicke später strömten die Papua-Krieger aus

dem Wald hervor. Manche trugen die schwarze Uniform der papuanischen Unabhängigkeitskämpfer, andere waren bis auf ihre Munitionsgürtel nackt. Die meisten der Krieger waren mit modernen Sturmgewehren und Granatwerfern bewaffnet. Sie stießen Kriegsrufe aus, die älter waren als die menschliche Zivilisation, während sie die wirkungslos gewordene Verteidigungslinie der Ansiedlung stürmten.

Im Dorf Anak Agung Barong
Bali, Indonesien

12. September 2008, 05:43 Uhr Ortszeit Bali wird auch »das Land der zehntausend Tempel« genannt. Diese Bezeichnung stimmt nicht mit der Realität überein; es sind nämlich über fünfzigtausend Tempel, die über die ganze Insel verstreut sind. Man findet sie in den Bergen und an den Meeresküsten, an Landstraßen und Wegen und natürlich auch in den Städten und Dörfern. Selbst die bescheidenste Dorfgemeinde verfügt über ihre Heiligtümer zu Ehren der Trisakti-Gottheiten, der drei Manifestationen des obersten Gottes, der über alles herrscht.

Die Agama Hindu Dharma, wie die Balinesen ihre spezielle Form des Hinduismus nennen, ist für diese Menschen eine Religion, der sie nicht bloß angehören, sondern die sie auch leben. Sie teilen ihre Insel mit ihren Göttern. Wohin man auch geht, die Götter sind allgegenwärtig. Jeder Baum, jeder Stein, jedes Lebewesen auf Bali hat seinen Schutzgeist, der wiederum nur ein winziger Teil der großen Gottheit ist.

Dies ist die universelle Wahrheit, an die sich die Menschen in Bali halten. Sie gibt ihnen die Kraft, um als isolierte Insel des Hinduismus in einem feindlichen Meer des islamischen Fundamentalismus zu überleben. Aus dieser Wahrheit hat das balinesische Volk auch die Kraft geschöpft, um die Jahrhunderte des europäischen Kolonialismus und die Jahrzehnte der javanischen Unterdrückung zu überstehen und seinen eigenständigen Charakter zu bewahren.

Jedes Dorf auf Bali muss zumindest drei Tempel haben, die den obersten Göttern geweiht sind. Der Tempel von Vishnu, dem Welterhalter, ist der Pura Puseh, der in der Dorfmitte steht und das Heiligtum bildet, um das die Gemeinde wächst.

Nördlich davon steht der Pura Desa, der Dorftempel, der Brahma, dem Weltschöpfer, geweiht ist. Hier werden alltägliche Angelegenheiten des Dorfes abgewickelt und die rituellen Feste und Feierlichkeiten abgehalten.

Im Süden des Dorfes steht der Pura Dalem, der Tempel von Shiva, dem Weltzerstörer, und seiner Gattin Durga. Dieser Tempel ist für die balinesischen Hindus in vielerlei Hinsicht der wichtigste. Während Vishnu und Brahma mit dem Leben zu tun haben, mit Wachstum und Gedeihen, ist Shiva für Tod und Zerstörung zuständig. Wer klug ist, bemüht sich, ihn zu besänftigen und seine Gunst zu gewinnen.

Taman Karangasem war der Pemangku des Pura Dalem im Dorf Anak Agung Barong, der Tempelpriester, der für den kleinen Tempel verantwortlich war und der die täglichen Zeremonien vornahm. Im Gegensatz zu dem finsteren Gesicht, in dem sich Shiva den Gläubigen zeigte, war Karangasem ein freundlicher Mensch, der viel für das Dorf tat und dafür allseits geachtet und bewundert wurde.

Der für einen Balinesen relativ stämmige, leicht ergraute Mann mittleren Alters schritt auf dem Waldweg zu seinem Tempel und genoss die kühle morgendliche Luft. Er war, so wie jeder andere Dorfbewohner, mit einem einfachen Sarong und Sandalen bekleidet, doch er würde später sein aufwändigeres Festgewand anziehen, um seinen religiösen Pflichten nachzukommen. Zuvor galt es jedoch, niederere Tätigkeiten zu verrichten; er musste noch im Tempel sauber machen und aufräumen.

Die Pedanda, die Hohepriester der religiösen Kaste auf Bali, bezeichneten die gewöhnlichen Tempelpriester manchmal etwas abschätzig als Kehrer, doch Karangasem fühlte sich dadurch nicht gekränkt. Wenn er seinem Gott dienen konnte, indem er den Besen schwang, dann würde er das mit Stolz tun. Er summte leise vor sich hin, als er durch das offene, mit kunstvollen Schnitzereien verzierte Tor trat, das in den ersten Hof führte.

Plötzlich verstummte er. Das Tor zum Innenhof, *Jeroan* genannt, das Tor zum Allerheiligsten, stand offen, was eigentlich nur der Fall sein durfte, wenn ein Ritual im Gange war.

Karangasem lief, so schnell er konnte, über den Hof. Es kam immer wieder vor, dass in balinesische Tempel eingebrochen wurde, um Kunstgegenstände zu stehlen, die dann irgendwo am anderen Ende der Welt oder in einem Touristenshop auf Bali verkauft wurden. Der Diebstahl aus einem Tempel galt auf Bali als schweres Verbrechen, für das man mit dem Tod bestraft werden konnte, ohne dass Polizei oder Gerichte damit betraut wurden.

Als Karangasem das Tor zum Innenhof erreichte, blieb er abrupt stehen. Was er hier vor sich sah, war noch viel schlimmer als bloßer Diebstahl. Die Opfergaben, die die Dorfbewohner ihren Göttern dargebracht hatten, die Blumen, die Bilder und Nahrungsmittel – alles lag verstreut und zertrampelt auf dem Hof. Der Padmasana, der steinerne Thron des Sonnengottes Surya, der in einem Winkel des Hofes gestanden hatte, war umgeworfen worden. Das Hirschgeweih an der Gedenkstätte für die göttlichen ersten Siedler Balis war abgebrochen worden. Das Bale Paruman, ein zentraler Pavillon für Versammlungen der Götter, war mit Tierkot beschmiert. Und auf den Wänden des Hofes hatte jemand mit einer Spraydose in knallbunten Farben die Worte »Es gibt keinen Gott außer Allah, und Mohammed ist sein Prophet« gesprüht.

Die Balinesen sind in der Regel offene und überschwänglich freundliche Menschen; aber wenn sie wütend sind, wirken sie verschlossen und in sich gekehrt. Nur an den geballten Fäusten konnte man erkennen, was Karangasem empfand. Ein holländischer Händler der Ostindienkompanie im 17. Jahrhundert hatte einst gewarnt: »Man darf diese kleinen dunkelhäutigen Menschen nicht leichtfertig provozieren.«

Im Dorf Bireuen, Provinz Aceh
Sumatra, Indonesien

13. September 2008, 02:31 Uhr Ortszeit »Muhammad Sinar.«

Vielleicht hatte er die Stimme, die in der Dunkelheit des billigen Pensionszimmers seinen Namen aussprach, nur geträumt, doch Sinar schlug sofort die Augen auf, und sein Herz begann zu rasen. Er hatte gewusst, dass er eines Nachts aufwachen könnte, um zu sterben. Es war ein Schicksal, das die Verlierer im Kampf um Macht und Einfluss häufig ereilte.

Im Zuge der jüngsten Welle des islamischen Fundamentalismus, die Indonesien heimsuchte, waren viele verschiedene Stämme, religiöse und politische Gruppierungen im Rahmen der Bewegung *Aceh Merdeka* (»Bewegung Freies Aceh«) aktiv geworden. Das Ziel ihres Kampfes war es, einen unabhängigen islamisch-fundamentalistischen Staat im Nordwesten Sumatras zu errichten.

Theoretisch kämpften die verschiedenen Gruppierungen Seite an Seite gegen die gottlose westliche Gesellschaftsordnung und gegen die indonesische Regierung. In Wirklichkeit war die Bewegung alles andere als geeint; es gab immer wieder blutige interne Kämpfe, die geprägt waren vom Machtstreben der einzelnen Kriegsherren, sodass der Krieg gegen Jakarta oftmals zur Nebensache wurde.

Muhammad Sinar war ein Mann, der sich auch an diesen Machtkämpfen beteiligt hatte. Der ehemalige kleine Polizeibeamte in Westsumatra wurde unehrenhaft aus dem Polizeidienst entlassen, nachdem er öffentliche Gelder veruntreut hatte. Sinar behauptete, dass die Anschuldigungen gegen ihn aus der Luft gegriffen waren und dass er nur deshalb dran glauben musste, weil er ein gläubiger Moslem war. In Wahrheit hatte er tatsächlich Geld unterschlagen, und das noch dazu ziemlich ungeschickt. Er zog es jedoch vor, das für sich zu behalten, weil ihn die Mullahs dafür verachtet hätten.

Nachdem seine Träume, innerhalb des Systems zu Macht und Einfluss zu kommen, zerplatzt waren, wandte sich Sinar an die Revolutionäre, die er einst bekämpft hatte. Er nützte die Kontakte aus seiner Zeit als Polizist und scharte eine Bande von ehemaligen Kriminellen und enttäuschten Ex-Polizisten um sich. Er beeindruckte die Revolutionäre mit pathetischen Worten und einigen kleineren Anschlägen gegen die Provinzverwaltung, und schließlich gelang es ihm sogar, einige Dorfälteste mit etwas Nachdruck dafür zu gewinnen, seine Bande, wenn auch nur halbherzig, zu unterstützen.

Danach aber ging es mit ihm bergab. Muhammad Sinar verfügte weder über die finanziellen und militärischen Ressourcen noch über den politischen Weitblick, um es zu wirklicher Macht innerhalb der Bewegung zu bringen. Dass er für einen weiteren Aufstieg in keiner Weise gerüstet war, änderte jedoch nichts an Sinars Ambitionen.

Er lud die Kriegsherren von zwei anderen Merdeka-Splittergruppen zu einem Kriegsrat ein, um, wie er ihnen sagte, die drei Gruppen zu einer einzigen Streitmacht zu vereinen. Sein Plan, die Führer der beiden Gruppen zu beseitigen, scheiterte jedoch kläglich, worauf es die beiden verratenen Kriegsherren mindestens ebenso sehr auf Sinars Kopf abgesehen hatten wie sie nach Unabhängigkeit von Jakarta strebten.

Nachdem seine »Armee für Gottes heilige Rache« am Boden zerstört war und sowohl die Sicherheitskräfte der Regierung als auch mehrere Killer aus den Reihen der Revolutionäre hinter ihm her waren, blieb Sinar nichts anderes übrig, als sich zu verstecken. Von seinen letzten beiden vertrauenswürdigen Leibwächtern begleitet, änderte Sinar täglich seinen Namen und schlief jede Nacht an einem anderen Ort. Er hatte keine Chance mehr, seine zerstreuten Truppen zu sammeln; er war als Verlierer gebrandmarkt, dem niemand mehr Gefolgschaft leisten würde. Es gab nur noch zwei Auswege aus seinem Dilemma – den Tod oder ein Wunder, wobei Ersteres bedeutend wahrscheinlicher war.

Und nun war es offenbar soweit.

»Wer bist du?«, stieß Sinar instinktiv hervor und stellte fest, dass er aus allen Poren schwitzte und den Geruch von nackter Angst verströmte.

»Das tut nichts zur Sache«, kam die Antwort auf Bahasa-Indonesisch, der Amtssprache Indonesiens. Der Mann sprach ohne den Hauch eines Dialekts, der auf eine Herkunft aus Java oder Sumatra hingedeutet hätte. Es war die formelle Sprache, wie sie von den Chinesen gepflegt wurde, die in Indonesien lebten. In dem schwachen Licht, das von der Straßenbeleuchtung durch die Vorhänge hereindrang, sah Sinar, dass drei Männer am Fußende seines Bettes standen.

Tatsächlich waren alle drei Chinesen. Die beiden anderen Männer waren jung, kräftig gebaut und im westlichen Stil mit Jeans und dunklen Hemden bekleidet. Sie hatten ihre Pistolen auf ihn gerichtet, sodass es nicht ratsam gewesen wäre, nach der Pistole zu greifen, die Sinar unter der Matratze versteckt hatte. In seiner Verzweiflung fragte er sich, was mit seinen Leibwächtern geschehen war.

Der Mann in der Mitte konnte offenbar seine Gedanken lesen. »Falls Sie sich fragen, wo Ihre Leibwächter sind – der eine ist bewusstlos, der andere ist leider tot.«

Der Mann unterschied sich deutlich von den beiden anderen; er war älter, von schmächtiger Statur, und sein weißes, kurz geschnittenes Haar leuchtete im schwachen Licht. Er trug einen dunklen Anzug und Krawatte, und er strahlte Ruhe, Präzision und Ordnung aus.

»Was wollt ihr?«, fragte Sinar, nachdem er irgendwie spürte, dass ihm doch nicht der Tod bevorstand, zumindest nicht sofort.

»Ich bin gekommen, um Ihnen das hier zu übergeben.«

Sinar erschrak, als ein schwerer Briefumschlag neben ihm auf das Bett fiel.

»Da drinnen finden Sie Landkarten und die Wegbeschreibung zu drei versteckten Waffenlagern an der Nordküste Sumatras. In jedem der Lager finden Sie Waffen, Munition und militärische Ausrüstung, die Sie in die Lage versetzen werden, es mit den hiesigen Sicherheitskräften aufzunehmen, und die Ihnen einen entscheidenden Vorteil gegenüber Ihren Feinden in der Merdeka-Bewegung verschaffen. Außerdem finden Sie in dem Umschlag einen Geldbetrag, der Ihnen zweifellos hilfreich sein wird. Verwenden Sie beides, wie Sie es für richtig halten.«

Sinar betastete den Umschlag und fühlte eine Erhebung, die ein dickes Bündel Geldscheine vermuten ließ.

Das war unglaublich, einfach unglaublich. Er hatte den Tod erwartet, doch es war nicht der Tod, sondern ein Wunder eingetreten. Hier hatte er alles, was er brauchte, um das Ansehen seiner Anhänger wiederzugewinnen und seinen Kampf um die Macht wieder aufzunehmen. Instinktiv kam ihm der Gedanke, dass es sich um eine Falle handeln könnte, aber wenn diese Leute seinen Tod wollten, hätten sie ihn ja auch hier und jetzt erledigen können.

»Wer sind Sie? Warum machen Sie das?«

»Wie ich schon gesagt habe, wer wir sind, braucht Sie nicht zu kümmern, und warum wir es tun, ist unsere Sache. Ich wünsche Ihnen noch eine gute Nacht.«

Der Chinese drehte sich um, hielt aber noch einmal inne. »Oh, und machen Sie sich keine Umstände wegen der Leiche Ihres toten Leibwächters. Wir kümmern uns schon darum. Bitte drücken Sie seiner Familie unser Bedauern aus.«

Und dann verschwanden sie so lautlos wie sie gekommen waren. Wahrscheinlich hätte er den Vorfall nur für den Wunschtraum eines Verzweifelten gehalten, wäre da nicht der Umschlag auf dem Bett gewesen.

Sinar schaltete die kleine Lampe ein. Er hatte die Pistole neben sich liegen, während er neugierig nachsah, was in dem Umschlag steckte. Er betrachtete die Karten und zählte das Geld. Es gab tausend Fragen, die er sich in diesem Moment hätte stellen können und auf die er nur schwer eine Antwort gefunden hätte. Doch für Muhammad Sinar waren all diese Fragen nebensächlich; er konnte nur an eines denken – dass er nun doch noch triumphieren würde.

Jakarta, Java, Indonesien

15. September 2008, 14:02 Uhr Ortszeit So wie die Insel Java das Herzstück der indonesischen Inselgruppe bildete, so war Jakarta das Herz von Java. Mit einer Bevölkerung von über zehn Millionen Einwohnern war es die fünfzehntgrößte Stadt der Welt. Ihre Bevölkerungsdichte gehörte zu den höchsten auf dem gesamten Planeten. In komprimierter Form zeigte die Stadt all die Widersprüche, die auch den Staat Indonesien zu Beginn des einundzwanzigsten Jahrhunderts prägten.

Moderne Hochhäuser erhoben sich über einem Meer von Barackensiedlungen. Neben Museen voll mit Prachtstücken aus ferner Vergangenheit fand man jede Menge Geschäfte, in denen billigster Kitsch für Touristen angeboten wurde. Der Duft von tropischen Gärten wurde vom Gestank der Auspuffgase und offenen Abwasserkanäle überlagert. Vor allem aber wurde die charakteristische Freundlichkeit und Liebenswürdigkeit der javanischen Menschen zunehmend von Unbehagen und Zorn überdeckt.

Das Zentrum Jakartas bildete der Merdeka-Platz, was so viel wie Freiheitsplatz bedeutet. In der Kolonialzeit hatte man hier Militärparaden abgehalten. Heute waren hier vor allem die wichtigsten Gebäude der Staats- und Regierungsgewalt angesiedelt. Umgeben war der Platz, der fast einen ganzen Quadratkilometer einnahm, vom Präsidentenpalast, dem Parlamentsgebäude, dem Hauptquartier der Armee, dem Nationalmuseum sowie dem Finanzministerium. Auch die Botschaft der Vereinigten Staaten sowie eine Reihe von Banken, Hotels und teuren Geschäften waren hier zu finden.

Der Platz selbst war mit einigen stolzen Statuen geschmückt, die an große Momente der indonesischen Geschichte erinnerten. Im Zentrum stand das MONAS-Nationaldenkmal. Der gigantische marmorne Obelisk war zu Ehren der indonesischen Unabhängigkeit im Jahr 1961 von der Sowjetunion erbaut worden. Das Denkmal ragte einhundertsiebenunddreißig Meter empor und war an der Spitze von fünfunddreißig Kilogramm reinem Gold umhüllt. Die Einwohner der Stadt bezeichneten das Bauwerk mittlerweile ziemlich respektlos als »Präsident Sukarnos letzte Erektion«.

Der Freiheitsplatz war ein Ort, der geradezu prädestiniert für politische Protestkundgebungen war. Hier versammelte sich das indonesische Volk, vorausgesetzt, die Regierung, die vorgab, das Volk zu repräsentieren, erlaubte es.

Die Demonstration des heutigen Tages hatte ganz spontan angefangen. Die Leute begannen sich von allen Seiten in Richtung des Platzes zu bewegen – aus den Slums ebenso wie aus den Universitäten und von verschiedenen anderen Orten in der Stadt, an denen bereits vorher kleinere Kundgebungen stattgefunden hatten. Die Beteiligten hatten nicht *ein* gemeinsames Anliegen, und sie gehörten auch nicht *einer* bestimmten politischen Gruppierung an. Sie waren so zahlreich und so vielfältig wie die Kulturen Indonesiens selbst, sodass sie ein ungemein breites Spektrum umfassten. Sie hatten jedoch eines gemeinsam: Sie wollten, dass sich die Dinge in ihrem Land zum Besseren veränderten.

Sie hatten genug von Instabilität und Korruption, von den Lügen der Regierung, von Vetternwirtschaft und von Diskriminierung aufgrund ihrer Religion oder der ethnischen Zugehörigkeit. Sie hatten genug von politischen Maßnahmen, die mehr Probleme schufen als sie lösten. Gleich einem missmutigen, zornigen Kind bildeten die Menschen eine aufgebrachte Menge, die hier und jetzt verlangte, dass sich ihre Welt zum Besseren veränderte, auch wenn sie selbst keine Lösungen anzubieten hatte.

So wie Flüsse, die im Regen anschwollen, wurde aus einem Rinnsal ein Fluss, der schließlich über die Ufer trat und alles überflutete. Am Rande des Freiheitsplatzes wurde schließlich ein Damm errichtet, um der Flut Einhalt zu gebieten. Die Militärpolizei blockierte die Straßen, um den Demonstranten den Zugang zum Merdeka-Platz zu verwehren.

Die Sicherheitskräfte wollten nicht riskieren, dass sich die Menschenmassen vereinigten und zu einem wütenden Meer von Demonstranten wurden. Man musste die einzelnen Gruppen voneinander getrennt halten, damit sie nicht außer Kontrolle gerieten. Wenn sich alle Unzufriedenen vereinten, so hätte das katastrophale Folgen für Jakarta und die indonesische Regierung gehabt.

Der angestaute Zorn galt jedoch nicht der Regierung allein. Viele der beteiligten Gruppen hegten feindselige Gefühle gegenüber anderen Gruppen. Wären sie so aufgebracht, wie sie waren, aufeinander geprallt, so konnte das die Sprengwirkung einer Atombombe haben.

Es wurden bereits erste Zusammenstöße zwischen verfeindeten Gruppen auf der einen oder anderen Seitenstraße gemeldet. Die Polizisten konnten nichts tun als hinter ihren Schilden auszuharren und zu beten, dass der Damm rund um den Platz halten würde. Wenn nicht, dann würden Wasserwerfer und Tränengas nicht ausreichen. Dann würden, noch bevor die Nacht anbrach, Panzer auffahren, und in den Straßen würde das Donnern von Maschinengewehren widerhallen.

Er war äußerlich unauffällig, ein schlanker dunkelhäutiger, dunkelhaariger Mann in einer Stadt voller schlanker dunkelhäutiger Menschen. Doch ein versierter Ethnologe hätte vielleicht an Aussehen und Akzent erkannt, dass der Mann ein Bugi war.

Es kam relativ selten vor, dass man einen Angehörigen dieser Volksgruppe in irgendeinem anderen Stadtteil als dem Hafenviertel antraf, denn die Bugi waren ein Volk, das untrennbar mit dem Meer verbunden war. Sie waren große Seefahrer, die bisweilen auch als »Zigeuner der Meere« bezeichnet wurden. Seit Jahrhunderten schon befuhren sie die Gewässer rund um die riesige indonesische Inselgruppe, von den Küsten Asiens bis zu den Philippinen. Sie waren mehr auf dem Wasser zu Hause als an Land.

Fast auf jeder bewohnten Insel der Region fand man zumindest eine Ansiedlung der Bugi, die ihrer riesigen Flotte von Pinisi-Schonern als Stützpunkt diente. Dieses stolze Volk von Seefahrern bildete mit seiner Handelstätigkeit eine Art Bindeglied zwischen den Inseln Indonesiens.

Sie waren im Laufe ihrer Geschichte aber nicht nur als Händler, sondern auch als die wildesten und erfolgreichsten Piraten in den Gewässern Südostasiens in Erscheinung getreten.

Der Bugi, der an diesem Tag in der Stadt unterwegs war, sah jedoch nicht unbedingt wie ein Pirat aus. Er war mit Jeans, T-Shirt und Plastiksandalen bekleidet und bahnte sich seinen Weg durch die überfüllten Straßen in der Nähe des Freiheitsplatzes. Geschickt umging er nicht nur die Straßen, die von den Demonstrationen verstopft waren, sondern auch die Sicherheits-Checkpoints der Polizei.

Der Bugi hatte seine Ausbildung zum Rebellen von einem ehemaligen Angehörigen eines nordkoreanischen Todeskommandos erhalten. Er hatte sich mehr als drei Wochen auf diese spezielle Mission vorbereitet und dabei in der Nähe des Platzes eine geeignete Stelle für einen Anschlag gefunden. Außerdem hatte er sorgfältig geplant, auf welcher Route er zum Ort des Geschehens gelangen und wieder verschwinden würde. Alles, was er jetzt noch brauchte, waren aufgebrachte Menschenmassen. Vor zwei Stunden, als sich die Demonstrationen einem kritischen Ausmaß näherten, hatte er das Startsignal für seine Mission bekommen.

Die Seitenstraße, auf der er nun unterwegs war, verlief parallel zu einer der Hauptstraßen zum Merdeka-Platz, und das Stimmengewirr der aufgebrachten Menge tönte über die Häuserreihen hinweg zu ihm herüber. Die Sicherheitskräfte konzentrierten sich ganz auf die Demonstranten, die auf der Hauptstraße zum Freiheitsplatz strömten. Sie hatten keine Zeit, um auch noch auf einen offensichtlich unpolitischen Zeitgenossen zu achten, der, mit Einkaufstüten beladen, heimwärts eilte.

Einen Block vor dem Platz trat der Bugi in eine schmale Tür ein, die zwischen einem Sate-Restaurant und einem Ramschladen lag, und stieg die enge Treppe hinauf. Es war ein relativ neues Gebäude, das er betrat, in dem sowohl Wohnungen als auch Geschäfte untergebracht waren. Die Wohnungen lagen alle im ersten Stock – zu beiden Seiten eines Gangs, der über die gesamte Breite des Hauses verlief.

In dem Gang war es warm und feucht, und es roch nach indonesischer Küche. Der Bugi eilte ans andere Ende des Gangs und achtete nicht weiter auf die Musik und die Fernsehstimmen, die aus einigen der Wohnungen herausdrangen. Sein Ziel war die Tür auf der rechten Seite am Ende des Gangs. Er blieb davor stehen und lauschte. In den umliegenden Zimmern schien alles ruhig zu sein, und das billige Schloss der Tür leistete dem Schraubenzieher, mit dem er es bearbeitete, keinen nennenswerten Widerstand.

Die Wohnung gehörte einem jungen kinderlosen Ehepaar,

beide Beamte, die tagsüber im Büro saßen. Das war einer der Gründe, warum der Bugi nach ausführlicher Erkundung der Gegend diese Wohnung ausgesucht hatte. Sie war sauber, mit billigen Möbeln eingerichtet und mit Computer, Fernseher und DVD-Player ausgestattet, den Symbolen der jungen, aufstrebenden Generation.

Und was für den Bugi ebenfalls sehr wichtig war – die Wohnung verfügte über ein Fenster, von dem aus man die verschiedenen Straßen, die zum Freiheitsplatz führten, gut überblicken konnte.

Er stellte die Einkaufstüten nieder und holte aus einer der Tüten einen Plastikkanister hervor. Der Behälter war mit einer giftig-roten Flüssigkeit gefüllt und hatte in der Öffnung eine Abreißschnur zur Zündung. Der Bugi stellte den Kanister vorsichtig auf den Tisch in der Mitte des Wohnzimmers. Dann holte er aus einer zweiten Tüte ein AK-47-Sturmgewehr mit beiklappbarem Kolben und ein Dreißig-Schuss-Magazin hervor. Er klappte den Gewehrkolben auseinander, schob das Magazin ein und blickte auf die Wanduhr, um die Uhrzeit darauf mit der auf seiner Armbanduhr zu vergleichen.

Es blieben ihm noch zwei Minuten. Der Bugi stellte das Gewehr beiseite und trat ans vordere Fenster. Er zog die Rattan-Jalousien hoch und öffnete das Fenster so weit es ging. Auf der breiten Straße unter ihm drängten sich die aufgebrachten Menschenmassen. An der Stelle, wo die Straße in den Platz mündete, stand eine Kette von Polizisten, die, unterstützt von einem Panzerfahrzeug, die menschliche Lawine aufhalten sollte.

Das Stimmengewirr war mittlerweile zu einem Dröhnen angeschwollen. Die Menge schob sich nicht ruhig dahin, sondern es gab einiges Gedränge, als rivalisierende Gruppen aufeinander trafen. Er hörte das Klirren von Glas, als irgendwo eine Auslage zu Bruch ging. Die Spannung, die in der Luft lag, war fast mit Händen zu greifen. Es fehlte nur noch der Funke, der das Pulverfass explodieren ließ. Noch hatte sich die Menge der Demonstranten nicht in einen wütenden Mob verwandelt. Noch begnügten sich die Leute damit, die Polizisten zu beschimpfen oder die eine oder andere Flasche in ihre Richtung zu werfen. Noch wurden sie von den Schlagstöcken in Schach gehalten, mit denen die Sicherheitskräfte bewaffnet waren.

Der Bugi nahm sein Gewehr zur Hand und stellte es auf »Automatik« ein. Er trat so weit vom Fenster zurück, dass man ihn von unten nicht sehen konnte, und zielte auf die Linie, wo Polizisten und Demonstranten zusammentrafen. Ihm fiel ein Uniformierter auf, der vor den Reihen der Polizisten auf und ab ging – offensichtlich der Kommandant dieser Einheit. Er bot sich geradezu als Ziel an.

Der Bugi entsicherte die Waffe und spähte über das Visier hinweg auf den Platz hinunter.

Die letzten Sekunden verstrichen. In der Ferne war das Krachen von Gewehrschüssen zu hören. Das war für den Bugi das Signal, um ebenfalls zu feuern. Mit den ersten Schüssen streckte er den Polizeikommandanten nieder und gab in der Folge weitere Drei-Schuss-Feuerstöße ab, die abwechselnd die Sicherheitskräfte und die ersten Reihen der Demonstranten trafen. Die Parolen, die die Leute riefen, wurden von Schreien abgelöst. Die Menge begann sich zu winden wie ein verwundetes Lebewesen, und die überlebenden Polizisten griffen instinktiv nach ihren Pistolen.

Als das Magazin des Gewehrs leer war, ließ der Bugi die Waffe auf den Fußboden fallen. Er wandte sich dem Tisch und dem Plastikkanister zu, der darauf stand. Der Behälter war mit einer Mischung aus Benzin und Ochsenblut gefüllt; durch das Blut wurde das Ganze zu einer gelartigen Substanz, einer Art Napalm.

Der Bugi zog an der Abreißschnur und hielt einen Moment lang inne, um sicher zu gehen, dass die Zündung geklappt hatte. Dann eilte er auf den Gang hinaus und lief so schnell er konnte, ohne sich um die Leute zu kümmern, die aus den anderen

Wohnungen kamen. Er war bereits im Treppenhaus, als der Sprengsatz explodierte.

Draußen auf der Straße war er nur einer von unzähligen Menschen in einer Stadt, die im Chaos zu versinken drohte. Die vielstimmigen Schreie wurden von weiteren Schüssen übertönt, gefolgt vom Knattern von Maschinengewehren. Das brennende Wohnhaus, das der Bugi kurz zuvor verlassen hatte, blieb nicht das einzige Haus in der Stadt, aus dem dichter Rauch zum Himmel emporstieg.

Im Weißen Haus, Washington D.C.

17. September 2008, 14:35 Uhr Ortszeit Die Lagebesprechung war nur insofern informell, als sie nicht im Oval Office, sondern in dem kleinen Arbeitszimmer des Präsidenten abgehalten wurde, und nur ein einziger, ganz spezieller Berater anwesend war. Die Angelegenheiten, um die es ging, waren jedoch von größter Bedeutung – und zwar nicht nur für die Vereinigten Staaten, sondern für eine ganze Region des Planeten.

Präsident Benton Childress, der vierundvierzigste Präsident der Vereinigten Staaten, machte ein höchst besorgtes Gesicht, als er mit einem Taschentuch seine Brillengläser abwischte. Der ehemalige Geschichtslehrer und Bürgermeister von St. Louis, der es außerdem bis zum Colonel in der Missouri Air National Guard gebracht hatte, war der erste schwarze Amerikaner, der ins Weiße Haus eingezogen war. Schon in seinen früheren Funktionen war es stets seine Art gewesen, ohne Umschweife zur Sache zu kommen.

»Die Kurzfassung, bitte, Harry«, sagte er zu seinem Außenminister, »kurz und gut – oder eben schlecht, wenn es sein muss. Wir treffen heute mit den Verantwortlichen im Kongress zusammen – und sie erwarten von uns klare Aussagen.«

»Wie Sie wünschen, Sir«, antwortete Harrison Van Lynden. Der hagere, grauhaarige Außenminister unterschied sich äußerlich beträchtlich vom Präsidenten, doch wie sein Chef hielt auch er nicht viel von Zeitverschwendung. Er richtete ein Access-Pad auf den Bildschirm an der gegenüberliegenden Wand des Arbeitszimmers. »Ich fürchte aber, dass sich die derzeitige Situation nicht kurz und prägnant beschreiben lässt.«

Van Lynden drückte auf eine Taste, worauf eine Landkarte auf dem Bildschirm erschien, auf der eine ausgedehnte Inselgruppe zu sehen war, die sich sichelförmig über fast fünftausend Kilometer von den Philippinen bis zur Spitze von Südostasien erstreckte.

»Indonesien, Mr. President, setzt sich aus rund dreizehntausendsechshundert Inseln zusammen, von denen ungefähr sechstausend bewohnt sind. Die Gesamtbevölkerung beträgt über zweihundertzwanzig Millionen und setzt sich aus über hundert verschiedenen ethnischen Gruppen zusammen, die über dreihundert Sprachen und Dialekte sprechen.

Vierzig Prozent des weltweiten Seehandels führen durch die Hoheitsgewässer dieses Landes, darunter auch eine der wichtigsten Öltransitrouten aus dem Persischen Golf. Indonesien ist der viertgrößte Staat der Erde und selbst ein wichtiger Ölproduzent.«

Van Lynden blickte zum Präsidenten hinüber. »Im Moment liegt das Land praktisch im Sterben. Wenn sich der Staat tatsächlich auflöst, wird das nicht nur Südostasien und den pazifischen Raum erschüttern, sondern die gesamte Weltwirtschaft. Außerdem würde es aller Wahrscheinlichkeit nach zu hohen Verlusten an Menschenleben kommen, die sich im sechs- bis siebenstelligen Bereich bewegen dürften.«

Der Secretary of State hielt inne und atmete erst einmal durch. Es gefiel ihm gar nicht, was er als Nächstes zu sagen hatte. »Es ist außerdem fraglich, ob wir irgendetwas tun können, um die Katastrophe abzuwenden.«

»Ich bin grundsätzlich der Ansicht, dass es immer mehr als

eine Möglichkeit gibt, Harry«, erwiderte Childress mit fester Stimme. »Man kann immer irgendetwas tun.«

Van Lynden nickte. »Es gäbe vielleicht eine Maßnahme, die unsere Leute vor Ort vorgeschlagen haben.«

»Schießen Sie los!«

»Wir müssen diesen Mann hier töten.«

Auf dem Bildschirm an der Wand war nun ein schneidiger Mann in einem Safari-Anzug zu sehen, wie er in der Region häufig getragen wurde.

»Das ist Makara Harconan, Mr. President, dem Indonesien seinen momentanen Zustand der Anarchie zu verdanken hat.«

»Der Name ist mir schon in den Berichten untergekommen«, sagte Childress und lehnte sich in seinem Ledersessel zurück. »Er ist ein gut aussehender Teufel. Was hat er sonst noch vorzuweisen?«

»Da wäre einmal sein beträchtliches Vermögen«, antwortete Van Lynden. »Harconan ist, oder war, ein einflussreicher Wirtschaftsmagnat. Seine Holding *Makara Limited* war eine beträchtliche Wirtschaftsmacht in Südostasien, besonders in Indonesien. Er hatte Kontakte zu internationalen Maklerfirmen, Banken und der Schifffahrtsindustrie. Das Ganze war kein Zufall. All diese Faktoren waren wichtige Voraussetzungen für das, was er schon seit langem mit seinem Heimatland vorhatte. Ja, wir können davon ausgehen, dass er sein ganzes Leben lang auf dieses eine Ziel hingearbeitet hat.«

»Welches Ziel?«

»Die Zerstörung des indonesischen Staates.«

Die Miene des Präsidenten verfinsterte sich. »Sie meinen den Sturz der indonesischen Regierung?«

Van Lynden schüttelte den Kopf. »Nein, Sir. Ich meine tatsächlich die Zerstörung des gesamten Staatsgebildes. Harconan strebt die Balkanisierung der Inselgruppe an – das heißt, wenn es nach ihm geht, soll sich Indonesien in eine Vielzahl unabhängiger Inselstaaten verwandeln.«

»Was bezweckt er damit? Normalerweise streben solche Revolutionäre die Herrschaft in irgendeinem Land an – sie wollen es aber nicht zerstören.«

»Harconan ist kein gewöhnlicher Revolutionär, Sir. Er hat ja auch keine normale Revolution in Gang gesetzt. Er ist einfach nur der Ansicht, dass die Regierung in Jakarta die Insel Java zu sehr in den Mittelpunkt stellt und dass Java mit seiner enormen Bevölkerung und seiner politischen und wirtschaftlichen Macht alle anderen Inseln und Kulturen beherrscht. Und, offen gesagt, hat er mit dieser Einschätzung nicht ganz Unrecht. Der erklärte Grundsatz der Regierung in Jakarta lautet *Bhinneka tunggal ika,* was so viel bedeutet wie ›Einheit in der Vielfalt‹. In Wahrheit bestimmen die Javaner, wie diese Einheit auszusehen hat. Sie haben die Holländer in vielerlei Hinsicht als Kolonialherren abgelöst und beherrschen nun die anderen Völker der Inselgruppe.«

»Und was will Harconan an die Stelle des bestehenden indonesischen Staates stellen?«, fragte der Präsident.

»Harconan will, dass Indonesien in ein idealisiertes goldenes Zeitalter zurückkehrt, wie es bestand, bevor die Europäer kamen. Damals gab es in der Region eine Vielzahl von unabhängigen Inselvölkern und Königreichen, von denen jedes seine eigene Religion und Kultur und seine eigene Regierung hatte. Ein gewisser Zusammenhalt bestand durch die indonesischen Seefahrerclans, wie zum Beispiel die Bugi.

Harconan selbst ist zur Hälfte ein Bugi und wird schon heute von vielen der Stämme als der mythische *Raja Samudrah,* der ›König der Meere‹, anerkannt. So wie die Bugi-Seefahrer die Inselgruppe beherrschen würden, so will er über die Bugi herrschen.«

Childress stieß ein verächtliches Schnauben hervor. »Das habe ich mir doch gedacht, dass es ihm auch um persönliche Macht geht. Diese Revolutionäre handeln doch nie ganz ohne egoistische Motive. Und wie sieht seine Strategie aus?«

»Die ist verblüffend einfach, Mr. President. In einer Nation, die so unglaublich vielfältig ist wie die indonesische, wird es immer unzufriedene Minderheiten und Gruppierungen geben. Die Härte, mit der Jakarta gegen viele dieser Gruppen vorgeht, hat die Lage nur noch weiter verschärft. Lange bevor Harconan mit seinen Maßnahmen zur Destabilisierung begonnen hat, gab es in Indonesien schon verschiedene kleinere Erhebungen – von der ›Morgenstern‹-Separatistenbewegung in Neuguinea bis hin zu den islamischen Extremisten auf Sumatra.«

Van Lynden ließ sich etwas tiefer in seinen Stuhl sinken. »Harconan hat nicht vor, diese total unterschiedlichen Bestrebungen zu einer einheitlichen revolutionären Armee zu vereinen. Das würde auch nie im Leben gelingen. Viele der beteiligten Gruppierungen hassen einander genauso oder noch mehr als die Regierung in Jakarta. Es gibt sogar Hinweise, dass er seine Leute zu den verschiedenen Gruppierungen schickt, um sie zu noch größerer Gewalt untereinander anzustacheln und die Kriegsherren mit Waffen und Geld zu unterstützen.«

»Ich verstehe«, sagte Childress und setzte die Brille auf. »Er hetzt alle Beteiligten aufeinander, damit am Ende die totale Anarchie herauskommt.«

»Genau, Sir. Die kleineren Konflikte werden so zu schweren Auseinandersetzungen, wodurch die Regierung in Jakarta immer mehr unter Druck gerät. Schließlich wird das Staatsgefüge zerbrechen, und Harconan und seine Bugi werden die Scherben aufsammeln.«

Childress überlegte einige Augenblicke, ehe er zu sprechen begann. »Wenn wir uns auf eine militärische Intervention einlassen, um diesen Harconan an seinem Werk zu hindern, dann würden wir bald einem Widerstand gegenüberstehen, gegen den die Neuordnung im Irak wie ein Kinderspiel aussieht. Damit kommen wir im Kongress nie durch, Harry, und mir selbst gefällt der Gedanke auch nicht besonders. Es muss irgendeinen anderen Weg geben.«

»Ich stimme Ihnen zu, Sir«, antwortete Van Lynden. »Präsident Kediris Regierung mag ja ihre Fehler haben, aber bei ihm wissen wir wenigstens, womit wir es zu tun haben. Wenn sich der Staat auflöst, werden einige der Inseln mit Sicherheit den radikalen Islamisten in die Hände fallen. Wir hätten es dann mit einer Situation wie in Afghanistan zu tun.«

Der Außenminister überlegte einige Augenblicke lang, ehe er fortfuhr. »Eine Möglichkeit des Eingreifens sehe ich darin, den Aufständischen den Nachschub zu entziehen. Dann könnte es der Regierung in Jakarta mit entsprechender wirtschaftlicher und militärischer Hilfe *vielleicht* gelingen, die Lage in den Griff zu bekommen.«

»Sie drücken sich sehr vorsichtig aus, Harry.«

»Das ist mir bewusst, Sir. Wenn wir wirklich eine Chance haben wollen, das Geschehen zu beeinflussen, müssen wir den Auslöser der Destabilisierung beseitigen. Wir müssen Harconans Organisation zerschlagen – und den Mann beseitigen, der dahinter steht. Wenn uns das relativ rasch gelingt, können wir vielleicht auch etwas mehr Einfluss auf Kediri und seine Regierung ausüben, damit sie die nötigen Reformen einleitet, die für eine nachhaltige Verbesserung der Situation unumgänglich sind.«

»Mord ist ein Wort, das beim amerikanischen Volk nicht besonders gut ankommt«, wandte Childress nachdenklich ein. »Ich glaube, politisch korrekt müssten wir von *Sanktionen* gegen diesen Harconan sprechen.«

»Ja, Sir. Leider hat die Sache noch einen kleinen Haken, Mr. President.«

»Und der wäre?«

»Bevor wir Kanincheneintopf machen können, müssen wir erst das Kaninchen fangen.«

Zweiter Teil

Vorbereitung auf den Kampf

Irgendwo in der Inselgruppe der Molukken
Indonesien

18. September 2008, 06:31 Uhr Ortszeit Einer seiner wichtigsten Grundsätze war absolute Disziplin, die er vor allem auch sich selbst abverlangte.

Er lief und schwamm jeden Morgen ohne Ausnahme insgesamt sieben Kilometer, um seinen Körper zu stählen und seinen Geist zu klären. An diesem Tag guckte die Sonne gerade in einem farbenprächtigen tropischen Sonnenaufgang über den Horizont, als er abwechselnd vierhundert Meter über den verlassenen Sandstrand sprintete und in das azurblaue Wasser sprang, um sich mit kräftigen Armzügen durch die Wellen zu kämpfen.

Die eiserne Disziplin, mit der er sein tägliches Pensum abspulte, hatte sich für den Mann längst bezahlt gemacht. Er war nicht nur groß gewachsen, sondern auch breitschultrig und muskulös. Seine Haut, die nur von einer Badehose bedeckt war, zeigte eine tropische Bräune, wenngleich der dunkle Farbton zum Teil auch genetische Ursachen hatte. Seine Körpergröße und den kräftigen Wuchs hatte ihm sein holländischer Vater vererbt, während die Geschmeidigkeit seiner Bewegungen und der exotische Touch in seinen entschlossenen männlichen Gesichtszügen von seiner indonesischen Mutter kamen.

Sie war die Prinzessin eines der seefahrenden Bugi-Clans gewesen – und dieser Bezug zu einer königlichen Herkunft erklärte vielleicht einiges von der Persönlichkeit dieses Mannes. Hätte er einige Jahrhunderte früher gelebt, so wäre er wohl auch ein König gewesen – und eine solche vergangen geglaubte Welt wollte er nun wieder aufleben lassen.

Nachdem er seine sieben Kilometer absolviert hatte, ging er wieder an Land. Als er im knöcheltiefen Wasser stand, hielt er kurz inne und beugte sich vor, um tief durchzuatmen. Hier an diesem Ort genoss er den Luxus, sich um seine persönliche Sicherheit keine Gedanken machen zu müssen. Diese Insel mitsamt den Männern und Frauen, die auf ihr lebten, stand voll und ganz unter seiner Herrschaft. Die Leute hatten sich ganz auf seine Sache eingeschworen und waren untrennbar mit seinem Schicksal verwoben.

Der Mann richtete sich auf und strich sich über den dünnen Schnurrbart, während er auf das Meer hinausblickte, das eines Tages ebenfalls ihm gehören würde. Es waren keine anderen Inseln in Sicht, doch er wusste, dass sie zu tausenden da draußen waren. Er wusste auch um die Kriege, die auf ihnen tobten und die sich durch sein Eingreifen aus kleineren Konflikten entwickelt hatten.

Er war keineswegs ein durch und durch böser Mensch, er war kein Ungeheuer, das Freude am Töten und Zerstören um seiner selbst willen hatte. Er war auch nicht übermäßig begierig nach Macht und Reichtum, nachdem er längst mit völlig friedlichen Mitteln zu Reichtum, Ansehen und Einfluss gelangt war.

In der Persönlichkeit dieses Mannes, der einmal König sein wollte, trafen vielmehr drei äußerst gefährliche Faktoren zusammen. Er war gleichzeitig ein Idealist, den alles empörte, was er für Unrecht hielt, und ein Romantiker, der sich seinen Traum vom Paradies bewahrt hatte. Er war jedoch andererseits in praktischen Dingen ein absoluter Realist, der erkannt hatte, dass Veränderungen von historischer Tragweite immer wieder mit Blutvergießen einhergegangen waren.

Wenn diese Faktoren mit großer Willenskraft, viel Fantasie, Organisationstalent und Führungsqualität zusammentrafen, so bildete sich daraus eine Kraft, die imstande war, ganze Nationen in ihren Grundfesten zu erschüttern. Er bedauerte es, dass die Verwirklichung seines Traumes Tod und Zerstörung mit sich bringen würde, doch wie so viele Könige vor ihm nahm er all das in Kauf, um etwas Großes zu schaffen.

Aber auch ein zukünftiger König, der von seiner Vision überzeugt war, kannte Momente des Zweifels. Makara Harconan erinnerte sich an eine Frau mit goldbraunen Augen, die die beunruhigende Gabe hatte, tief in seine Seele schauen zu können. Und er erinnerte sich auch an die Worte, die sie zu ihm gesagt hatte: »Es gibt keine Probleme mehr, die man mit einem einzigen sauberen Schwertstreich lösen kann …«

**Joseph-Bonaparte-Golf,
Nordküste Australiens**

18. September 2008, 06:31 Uhr Ortszeit Etwa 2500 Kilometer weiter südwestlich wurde noch jemand Zeuge des prächtigen Sonnenaufgangs – jemand, der ebenfalls aus dem Meer an den Strand kam.

Sie genoss diese Augenblicke des Alleinseins und hatte auch darauf verzichtet, einen beengenden Badeanzug anzuziehen. Es war auch nicht so, dass sie sich ihres Körpers hätte schämen müssen. In ihrer Figur drückten sich die Kraft und die Anmut einer ausgebildeten Tänzerin aus, und sie hatte einen natürlichen Stolz in ihrer Körperhaltung. Sie war zwar nur mittelgroß, doch die meisten Menschen, die ihr begegneten, behielten sie als eher groß gewachsen in Erinnerung.

Ihre fein geschnittenen Gesichtszüge waren nicht schön im klassischen Sinn, doch sie waren von einer gewissen Attraktivität, die auch durch ihre großen goldbraunen Augen unterstrichen wurde, mit denen sie ihre Umgebung normalerweise sehr aufmerksam wahrnahm, die in diesem Moment jedoch eher nach innen gerichtet waren.

Ihr dichtes Haar, das sie im Nacken zusammengebunden

hatte und das im Licht des Sonnenaufgangs feucht schimmerte, zeigte eine ungewöhnliche Mischung aus Braun, Rot und Blond. Hier und da waren schon die ersten grauen Haare zu sehen, und in den Augenwinkeln traten feine Krähenfüße zutage, wie man sie bekam, wenn man viele Stunden zum fernen Horizont hinausspähte.

Diese ersten Spuren des Älterwerdens änderten jedoch nichts daran, dass sie eine absolut begehrenswerte Frau war und es wahrscheinlich auch noch viele Jahre bleiben würde. Ein anderer Aspekt ihrer Erscheinung, ihre starke Präsenz sowie die natürliche Autorität, die sie ausstrahlte, würde ihr gewiss ihr ganzes Leben lang zu Eigen sein.

Sie ging langsam den Strand hinauf, zu der Decke, die sie auf dem Sand ausgebreitet hatte und auf der ihre Kleider lagen. Sie zog sich jedoch nicht sofort an, sondern genoss noch eine Weile die kühle morgendliche Brise auf der nackten Haut. Schließlich griff sie nach ihrem Handtuch, um sich die Haare abzutrocknen, während sie in die Bucht hinausblickte.

Die Kriegsschiffe von drei Ländern lagen dort vor Anker und bereiteten sich auf ihren Einsatz vor. Rund um die schnittigen Schiffe mit ihren grauen Rümpfen waren Landungsboote, Luftkissen- und Patrouillenboote unterwegs. In der Luft sah man die Positionslichter von Hubschraubern und Osprey-Schwenkrotorflugzeugen, die Nachschub aus Darwin brachten und Soldaten zum Übungsgelände flogen.

Das ferne Heulen der Turbinen und das Knattern der Rotoren wehte leise über das ruhige Wasser hinweg, und die Frau hielt einen Augenblick inne, um das emsige Treiben zu verfolgen. Sie empfand einen gewissen Stolz bei dem Gedanken, dass sie zusammen mit den Leuten dienen durfte, die auf diesen Schiffen im Einsatz waren. Doch es war auch ein wenig Traurigkeit dabei, weil sie das Gefühl hatte, dass die Auseinandersetzung, auf die sie sich vorbereiteten, möglicherweise von vornherein verloren war.

Ungeduldig schüttelte sie den Kopf und warf das feuchte Handtuch auf die Decke. Wenn die Lage auch noch so hoffnungslos sein mochte – sie würde jedenfalls all ihre Entschlossenheit und Erfahrung einsetzen, um das drohende Chaos doch noch abzuwenden.

Sie wusste, dass sie immerhin noch bessere Chancen hatte als andere, das Ziel zu erreichen. Denn der Sieg hing in diesem Fall wahrscheinlich davon ab, dass man einen einzigen Mann besiegen konnte – einen Mann, der für einen kurzen Moment auch ihr Geliebter gewesen war.

Es hätte sie nicht allzu sehr überrascht, wenn sie erfahren hätte, dass Harconan in diesem Augenblick auch an sie dachte. Sie war sich der Anziehung bewusst, die zwischen ihr und dem indonesischen »König der Meere« geherrscht hatte. In diesem Fall hatten sich tatsächlich zwei Menschen getroffen, die einander in vielem ähnlich waren. Und genau das war ihr Vorteil bei der Aufgabe, vor der sie nun stand. Wenn der Jäger wusste, wie der Gejagte dachte, so hatte er bedeutend größere Chancen, ihn zur Strecke zu bringen.

Neben ihren Kleidern und dem Waffengürtel, in dem eine Pistole samt Holster sowie ein Messer in einer Scheide steckten, lag auch ein kleiner eingeschalteter Transceiver auf der Decke, aus dem verschiedene leise Stimmen drangen. Nach einigen Augenblicken schnappte sie ein ganz bestimmtes Call Sign auf, nämlich ihr eigenes. Sie verzog das Gesicht und lächelte säuerlich, ehe sie sich auf die Decke setzte und nach dem Mikrofon griff.

»Hier ist The Lady. Ich höre, *Carlson.* Over.«

»Tut mir Leid, dass wir Sie stören müssen, Ma'am«, meldete sich eine Stimme von ihrem Flaggschiff, »aber wir haben gerade eine Nachricht vom Strike Group Command erhalten. Admiral Sorenson hat eine Sitzung der Operationsgruppe für neun Uhr an Bord der *Pelelieu* angesetzt.«

»Gut, *Carlson.* Schicken Sie ein Boot rüber.«

Captain Amanda Lee Garrett von der U.S. Navy griff nach ihrer Uniform und begann ihr Tagewerk.

Tobasee, Provinz Nordsumatra, Sumatra, Indonesien

18. September 2008, 06:31 Uhr Ortszeit Der Tobasee, der größte und tiefste See in Südostasien, war aus Feuer und Donner geboren. Vor etwa fünfundsiebzigtausend Jahren hatte die mächtigste Vulkanexplosion, die man in der Geschichte unseres Planeten zurückverfolgen kann, einen Krater von bis zu hundert Kilometern Durchmesser in die Gebirgskette des prähistorischen Sumatra gesprengt. Der daraus resultierende Ascheregen hatte auf der ganzen Welt den Himmel verdunkelt und schließlich auch die letzte Eiszeit ausgelöst.

In den folgenden Jahrtausenden war die riesige Wunde in der Haut des Planeten wieder geheilt, und die mit Wasser gefüllte Caldera war zu einem friedlichen Ort mit steilen bewaldeten Berghängen geworden, die an dem ruhigen Wasser emporragten.

Mitten in dem riesigen See lag die Insel Samosir, die Heimat der Batak-Stämme, der legendären »Kopfjäger von Sumatra«, die zwar eine hohe Kultur besaßen, aber bis weit ins neunzehnte Jahrhundert hinein einem rituellen Kannibalismus huldigten. Doch mit dem Einzug des protestantischen Christentums und einer gemäßigteren Form des Animismus war bei den Batak Frieden eingekehrt. An den mit Moos überwachsenen monolithischen Ruinen und den Friedhöfen mit ihren steinernen Urnen und ihren Statuen erkannte man jedoch immer noch jene mystischen Stätten vergangener Zeiten.

Am westlichen Ende der Insel lag ein privates Anwesen mit mehreren hundert Morgen bewaldeten Landes, das sich zwischen dem See und der Gebirgskette erstreckte. Niemand stieß sich daran, dass ein ganzes Dorf umgesiedelt worden war, um das Anwesen zu errichten. Ebenso normal war, dass das Gut von einer Eliteeinheit der indonesischen Marineinfanteristen bewacht wurde. Der Besitzer des Anwesens war ein Mann, dessen Macht allgemein anerkannt wurde.

Das imposante, aus Holz und Glas erbaute Herrenhaus des Gutes lag am Fuß einer schwarzen Basaltklippe. Sein Turmdach mit den gegenüberliegenden Giebeln war nach dem Vorbild der traditionellen Häuser der Batak-Clans gebaut. Dem Betrachter verborgen blieb jedoch ein interessantes Detail des Anwesens, eine Anlage, die in der Lavahöhle hinter dem Haus untergebracht war.

Der Eigentümer des Hauses hielt in seinem Morgenspaziergang durch seine Gärten für einen Augenblick inne, um tief durchzuatmen und auf den See und die Berge dahinter hinauszublicken. Er war für einen Indonesier groß gewachsen und hager, und seine kantigen, fast ebenmäßigen Gesichtszüge wurden von einem kurz geschnittenen Bart betont. Der Mann, dessen Vorfahren Batak waren, liebte die Berge. Das war einer der vielen Widersprüche an dem Mann, der so untrennbar mit dem Meer verbunden war.

Doch in der kühlen Logik dieses Mannes war es kein wirklicher Widerspruch, denn so sehr er die Berge auch liebte – die Macht liebte er noch viel mehr.

Indonesien war ein Inselstaat, für den das Meer von entscheidender Bedeutung war. Wer die Herrschaft in Indonesien erringen wollte, musste die Herrschaft auf dem Meer innehaben. Demzufolge war er auch Admiral geworden, wenngleich er in seiner Laufbahn noch nicht allzu oft ein Schiff betreten hatte.

Der Mann drehte sich um, als er die zögernden Schritte seines Adjutanten nahen hörte. »Mullah Amar bereitet sich auf das Morgengebet vor, Herr. Er möchte wissen, ob der Admiral ebenfalls kommen möchte.«

Admiral Merpati Ketalaman, Kommandant der Westflotte der indonesischen Marine, neigte den Kopf zur Seite und lächelte ausdruckslos. »Sagen Sie dem Mullah, dass es mir eine Ehre ist«, antwortete er leise.

Er würde zu dem radikalen islamischen Führer gehen, der sein Gast war, und er würde auf dem Gebetsteppich niederknien, sich in Richtung Mekka wenden und die passenden Worte murmeln. Ketalaman war als Christ geboren und aufgewachsen, doch er war vor etwa zehn Jahren zum Islam konvertiert, als er begonnen hatte, seine Zukunft zu planen. Nicht dass Religion für ihn von irgendeiner Bedeutung gewesen wäre. Gott war für ihn ebenso wie das Meer ein nützliches Werkzeug, um seine Ziele zu erreichen.

Im Hauptquartier der United States Naval Special Forces Flottenstützpunkt Pearl Harbor, Oahu, Hawaii

19. September 2008, 19:31 Uhr Ortszeit Drei Zeitzonen weiter östlich saß ein anderer Admiral an seinem Schreibtisch und dachte an den Telefonanruf, den er erwartete.

Der sonnengebräunte Mann hatte hellbraunes, mittlerweile ergrauendes Haar und war kräftig gebaut, aber etwas zu groß, als dass man ihn als untersetzt hätte bezeichnen können. Seine ebenmäßigen wettergegerbten Gesichtszüge waren zum Teil von Heftpflastern bedeckt, unter denen sich Wunden befanden, die er sich in jüngster Vergangenheit zugezogen hatte.

Ein Vergleich mit Merpati Ketalaman hätte ergeben, dass Vizeadmiral Elliot Edward MacIntyre ein Seemann von einem ganz anderen Schlag war. Die Sammlung von Kunstdrucken der verschiedensten Schiffe und das Modell einer arabischen Dhau in seinem sonnendurchfluteten Büro wiesen ihn ebenso als waschechten Seemann aus wie die Art und Weise, wie er zum

Oberwerk der Schiffe hinausblickte, die über die Hafengebäude emporragten. Er war außerdem ein Mensch, der schon vor langer Zeit seine persönlichen Wünsche und Bedürfnisse der Pflicht und dem Dienst in der Navy untergeordnet hatte.

Das Telefon auf seinem Schreibtisch klingelte, und er nahm den Hörer ab. »Ja, Miss Hansen?«, fragte er.

»General Wheeler ist für Sie dran, Sir, auf Shadowline One.«

MacIntyre drückte einige Tasten auf der Kommunikationsanlage, mit denen der Verschlüsselungscode und die Wanzensuchfunktion aktiviert wurden. »Gut, stellen Sie durch. Ich bin vorläufig nicht zu sprechen.«

General Maxwell Wheeler von der United States Army war der erste Viersterne-*Snake-eater,* wie man die Sondereinsatzkräfte bisweilen nannte. In seinen dreißig Jahren in Uniform hatte er unter anderem das 160th Special Operations Aviation Regiment befehligt und als Army Chief of Staff im SOCOM gedient.

Gegenwärtig war er als Commander in Chief im JSOC tätig. So wie alle Männer und Frauen, die eine Berufslaufbahn in den amerikanischen Streitkräften eingeschlagen hatten, war auch MacIntyre mit derartigen militärischen Abkürzungen bestens vertraut. Sowohl SOCOM als auch JSOC waren für ihn von ganz besonderer Bedeutung.

Die bewaffneten Streitkräfte der Vereinigten Staaten waren ein komplexes, vielschichtiges Gebilde, vor allem im Bereich der »Special Operations«, der Sondereinsätze in der Terrorismusbekämpfung, der Spezial-Aufklärung und vielen anderen überaus heiklen Gebieten.

Der gesamte Bereich der Special Operations war unter dem Kommando des United States Special Operations Command vereint. Das Oberkommando SOCOM, auf der MacDill Air Force Base in der Nähe von Tampa, Florida, stationiert, diente dabei als oberstes Hauptquartier eines Großteils der US-Special-Mission-Streitkräfte. Dazu gehörten die Naval Special

Forces, die Green Berets und das 75th Ranger Regiment der Army sowie die Special-Tactics- und Air-Commando-Staffeln der Air Force.

Darüber hinaus gab es aber auch noch JSOC, das Joint Special Operations Command. Das JSOC war eine Art Kommando im Kommando und existierte größtenteils im Verborgenen. In seinen Verantwortungsbereich fiel die absolute Elite der amerikanischen Streitkräfte, jene Einheiten, über die kaum etwas nach außen drang, wie etwa die Delta Force der Army und das SEAL Team 6 der Navy. Man wusste wohl, dass es diese Einheiten gab, wenngleich sie vom Verteidigungsministerium nicht offiziell benannt wurden.

Weitere Einheiten, die aus anderen Teilstreitkräften sowie aus dem Bereich der Geheimdienste stammten, blieben ein absolutes Geheimnis. Mit der Struktur dieser Einheiten waren nur Personen vertraut, die entsprechend hochrangig waren und für die es aus bestimmten Gründen notwendig war, darüber Bescheid zu wissen.

Als Oberkommandierender der Naval Special Forces gehörte Elliot MacIntyre zu diesen wenigen Auserwählten. Er war außerdem noch als Naval Chief of Staff des JSOC tätig.

»Hallo, Eddie Mac.«

»Hallo, Max. Was können wir für Sie tun?«

Wie MacIntyre erwartet hatte, kam Wheeler sofort zur Sache. »Wie Sie auch erfahren haben, hat das JSOC einen Auftrag von der National Command Authority erhalten. Der Präsident wünscht einen positiven Ausgang der gegenwärtigen Indonesien-Krise, und er will, dass wir für diesen positiven Ausgang sorgen.«

MacIntyre lehnte sich in seinem Stuhl zurück und stützte einen Fuß auf den Rand des Schreibtisches. »Ich nehme an, dass ein konventionelles militärisches Eingreifen nicht in Frage kommt?«

»Ja und nein«, antwortete der General. »Das kommt ganz darauf an, von welchem Aufgabenbereich Sie sprechen. Wenn Sie mich fragen, ob wir die australische Regional Intervention Force unterstützen, kann ich sagen: Ja, das werden wir. Wir bereiten uns auch darauf vor, Ausländer und Botschaftspersonal aus der Konfliktzone zu evakuieren. Und wir werden auch dafür sorgen, dass die Freiheit der Meere gewahrt bleibt. Wenn Sie mich aber fragen, ob wir uns auf eine direkte militärische Intervention zugunsten der Regierung in Jakarta und zur Wahrung unserer wirtschaftlichen Interessen in der Region einlassen, dann lautet die Antwort nein.

Die Vereinigten Stabschefs schätzen, dass sich nur dann etwas ausrichten ließe, wenn die Aussies ihre gesamten Streitkräfte aufbieten und wir zumindest eine volle Marine Expeditionary Force sowie einen Flugzeugträger in die Waagschale werfen. Auf eine so gewaltige Mission können wir uns einfach nicht einlassen. Weder der Kongress noch der Präsident haben ein Interesse daran. Wir haben schon zu viele andere Schauplätze, um die wir uns kümmern müssen.«

»Aber sie wollen, dass wir das Problem trotzdem irgendwie lösen«, erwiderte MacIntyre mit einem Schuss Ironie.

»So ist es, Eddie Mac«, fuhr Wheeler fort. »Das State Department und der Präsident sehen die Gefahr, dass einige der Inseln Indonesiens den radikalen Islamisten in die Hände fallen könnten, wenn der Staat auseinander bricht. Das darf einfach nicht passieren. Wir sollen dafür sorgen, dass Präsident Kediri im Amt bleiben kann und dass es zu einer Lösung kommt, die im Sinne der amerikanischen Interessen ist.«

»Sonst noch etwas?«, fragte MacIntyre.

»Ja«, antwortete die Stimme am Telefon. »Das Außenamt meint, dass wir zwei, höchstens drei Monate Zeit haben, bis die Regierung stürzt. Es kommt ganz auf die indonesischen Streitkräfte an. Wenn die Offiziere plötzlich Lust auf einen kleinen Putsch bekommen, was in der Region leicht vorkommen kann, dann könnte es schon morgen vorbei sein.«

MacIntyre nickte zustimmend. »Meine Leute vor Ort sagen das Gleiche. Drei Monate, wenn wir großes Glück haben.«

»Und was meinen Ihre Leute, was man unternehmen könnte? Immerhin waren es Ihre Seafighter, die Harconans Piraterie-Operationen unterbunden haben. Sie wissen also am besten, wie die Lage ist. Haben Sie oder Ihre Kommandanten vor Ort irgendeine Idee, wie wir mit dem Schlamassel fertig werden könnten?«

»Unter Umständen ja, Max«, antwortete MacIntyre. »So wie ich es sehe, kämpfen wir dort gegen einen Bienenschwarm an. Wir haben es nicht mit einer Erhebung oder Revolution zu tun, sondern mit Dutzenden. Die Ursachen liegen in ethnischen, religiösen und politischen Konflikten, auf die wir keinen Einfluss haben.

Im Moment ist das Einzige, was die verschiedenen Gruppen gemeinsam haben, die Unterstützung, die sie von Harconan bekommen. Wenn wir Harconan ausschalten können und den Aufständischen damit den Nachschub entziehen, könnte es *vielleicht,* und ich betone: *vielleicht* sein, dass sich die Situation wieder stabilisiert.

Die Regierung in Jakarta ist mit den Minderheiten immer recht gut zurechtgekommen. Wenn wir ihr ein wenig unter die Arme greifen, gelingt es ihr vielleicht, die Sache wieder in den Griff zu bekommen.«

»Auch in diesem Punkt sind das Außenamt und der Präsident derselben Meinung wie Sie«, sagte der Oberkommandierende des JSOC in ernstem Ton. »Wir haben grünes Licht, Harconan zu eliminieren, wenn wir ihn erwischen, aber ich bin mir nicht so sicher, dass die Sache klappen würde, wenn er aus dem Spiel wäre. Das Ganze kommt mir ungefähr so vor wie die Falle, in die wir mit Bin Laden getappt sind. Ein Mann allein ist nie eine ganze Organisation.«

»Ich glaube nicht, dass man die beiden Szenarien vergleichen kann, Max«, erwiderte MacIntyre. »Bin Laden hat den ganzen radikalen Islamismus hinter sich. Harconans Organisation besteht im Grunde nur aus Harconan selbst. Er hat sie ins Leben gerufen, und er sorgt dafür, dass sie funktioniert. Wenn wir ihn erwischen, bricht das ganze Gefüge in sich zusammen. Außerdem ist er ohnehin das einzige konkrete Ziel, das wir uns in der Region vornehmen können. Wir können praktisch gar nichts anderes tun als ihn auszuschalten und abzuwarten, was passiert.«

»Na gut, Eddie Mac. Mir gefällt die Sache zwar immer noch nicht, aber nachdem niemand eine bessere Idee zu haben scheint, einschließlich mir selbst, würde ich sagen, dass wir es mit diesem Ansatz versuchen müssen. Haben Sie auch einen Vorschlag, wie wir die Operation anpacken könnten?«

MacIntyre überlegte einige Augenblicke, ehe er die Frage beantwortete, die ihn schon seit seiner Rückkehr aus Indonesien beschäftigte. »Wir haben es da unten mit zwei großen Problemen zu tun. Zum Ersten ist Indonesien der absolut schlimmste Schauplatz für eine küstennahe Gefechtsführung, den man sich nur vorstellen kann. Es gibt da unten über dreizehntausend Inseln, und Harconan kann sich auf jeder davon versteckt halten.

Zum Zweiten sind mir ein paar Dinge über Harconan bekannt. Ich habe schon das Vergnügen gehabt, gegen ihn zu kämpfen. Er ist ein brillanter Kopf und ein gewiefter Taktiker. Er verfügt außerdem über seinen eigenen Geheimdienst, der hervorragend funktioniert, und er weiß genau, wie unsere Special-Ops-Kapazitäten aussehen und was er tun muss, um ihnen aus dem Weg zu gehen. Wir können davon ausgehen, dass er wirkungsvolle Gegenmaßnahmen ergreifen wird. Wenn wir uns nicht gerade auf das Glück verlassen wollen, gibt es nur einen Weg, wie wir ihm auf die Pelle rücken können: Wir müssen ihn düpieren. Wir müssen ihn auf eine Art und Weise treffen, wie er es nicht erwartet – mit einer Waffe, von der er gar nicht weiß, dass es sie gibt.«

»Und das wäre?«, brummte Wheeler.

»Ich glaube, wir haben nur eine Einheit im JSOC, die wir in

dieser Situation und dieser Umgebung einsetzen können. Ich will die Phantom Force auf Harconan ansetzen.«

Da war zunächst nichts als Schweigen am anderen Ende der Leitung. »Moment mal, Eddie Mac«, wandte Wheeler schließlich ein, »soweit ich weiß, wären die einzelnen Bestandteile des Phantom-Projekts zwar schon fertig, aber es würde sicher noch ein halbes Jahr dauern, bis wir die Phantom Force tatsächlich zum ersten Mal einsetzen können.«

»Ich weiß über den Zeitplan des Projekts Bescheid, Max. Meine Leute haben das Ding entwickelt. Aber wir brauchen Phantom nicht in einem halben Jahr – wir brauchen sie jetzt sofort.«

**Joseph-Bonaparte-Golf,
Nordküste Australiens**

21. September 2008, 15:51 Uhr Ortszeit Mit dröhnenden Rotoren kamen die Seawolves im Sinkflug heran. Sie waren bereits auf den bevorstehenden Einsatz vorbereitet; die Granatwerfer im Kinnturm ragten heraus, als suchten sie nach Zielen, während sich die Bordschützen wachsam aus den offenen Seitentüren lehnten.

Die vier UH-1Y-»Super Huey«-Kampfhubschrauber flogen in dichter Formation und so tief, dass die Kufen fast den goldfarbenen Sand von Turtle Island berührten, als sie über den Strand hinwegglitten. Die Piloten zogen ihre Maschinen ein wenig hoch und strichen knapp über den Baumwipfeln des Waldes dahin. Die hohe Geschwindigkeit und die geringe Flughöhe waren eine reine Überlebensstrategie. Ein eventueller feindlicher Schütze, der im Wald verborgen war, würde auf diese Weise nur einen grauen Schatten über sich hinweghuschen sehen.

Wenig später hatten sie ihr Ziel vor sich, eine Lichtung, die sich zwischen den dunklen Bäumen abzeichnete, ein grüner Fleck, gerade groß genug, um als Landeplatz für einen Hubschrauber zu dienen. Die Hubschrauber lösten die Formation auf, und der Staffelführer flog in einem präzisen Gefechtsmanöver den Landeplatz an, während seine drei Begleiter über der Lichtung kreisten, um der Maschine, die zwischen den Bäumen niederging und dadurch besonders verwundbar war, Deckung zu geben.

Der führende Huey setzte nicht auf dem Boden auf, sondern verharrte etwa einen Meter über dem Gras im Schwebeflug. Am Rande der Lichtung tauchten plötzlich vier Männer auf, deren Gesichter, Kleidung und Ausrüstung sich mit ihrer grünen Tarnfarbe kaum von der umgebenden Vegetation abhoben.

Im Laufschritt eilten die Männer durch das dichte Buschwerk zu dem wartenden Hubschrauber und warfen zuerst Waffen und Lasttragegurtzeug durch die offenen Türen ins Innere der Maschine, ehe sie selbst hinterhersprangen. Turbinen wurden hochgefahren, und der Super Huey schraubte sich zum Himmel empor, um den Landeplatz für den nächsten Wiederaufnahme-Heli freizumachen.

Schweißüberströmt und von Moskitos zerstochen, waren die Männer des Schützenteams der Force Recon Marines froh, es sich auf dem Boden der Kabine des Kampfhubschraubers einigermaßen bequem machen zu können. Sie träumten von einer heißen Dusche, einem weichen Bett und der segensreichen Wirkung einer Klimaanlage.

Plötzlich stieß der Teamführer einen wüsten Fluch aus.

Ganz vorne im Laderaum sah er frischen Proviant, Munition und die vollen Blasen des Hydrierungssystems, die im MOLLE-Lasttragegestell zu verstauen waren. Sie hatten es also noch lange nicht hinter sich, sondern wurden lediglich auf ein anderes Trainingsgelände hier am Bonaparte-Golf transferiert. Es wartete eine weitere Gefechtssimulation auf sie, und eine weitere Nacht unter Moskitos und Krokodilen.

Doch es blieb ihnen nichts anderes übrig, als es hinzunehmen und das Schicksal ebenso zu verfluchen wie die boshaft grinsende Helikopter-Crew. Der Mann, unter dessen Kommando sie standen, und die Frau, die eine Etage über ihm stand, glaubten fest an die alte Binsenweisheit: »Je mehr man im Training schwitzt, umso weniger blutet man im Krieg.«

Der zweite und dritte Hubschrauber nahmen ebenfalls ihre Marine-Teams auf. Als schließlich der vierte und letzte Heli über der Lichtung niederging, war nur noch ein Passagier übrig, der abgeholt werden wollte.

Ein M-8-Karabiner mit angeklippter Schrotflinte kam durch die offene Seitentür des Hubschraubers gesegelt. Amanda Garrett fing die Waffe auf. Sie reichte sie dem Crew Chief des Kampfhubschraubers, stützte sich mit einem Fuß auf eine Leiste am Boden und griff nach den Schulterriemen von Captain Stone Quillains MOLLE-Lasttragegestell, um ihm in die Kabine zu helfen.

Über dem Knattern der Rotorblätter hörte sie die Stimme des Crew Chiefs, der seinem Piloten zurief: »Passagier an Bord! Go! Go! Go!«

Der Hubschrauber stampfte und schaukelte wie ein kleines Boot in schwerer See und hob sich schließlich vom Landeplatz empor. Quillain legte seine Ausrüstung ab und ließ sich auf einen der Sitze aus Aluminium und Nylon sinken. Amanda setzte sich neben ihn und schnallte sich an. Bevor sie auch nur ein Wort mit dem Kommandeur ihrer Sea-Dragon-Kompanie wechselte, holte sie aus dem Eiskasten eine Cola-Dose heraus und reichte sie Quillain. Coca-Cola war das einzige alkoholfreie Getränk, das der groß gewachsene, aus Georgia stammende Marine regelmäßig trank. Es war für ihn fast eine Frage des Patriotismus.

Sie ließ ihn zuerst einmal zwei Dosen Cola trinken. Als er die dritte mit etwas kleineren Schlucken in Angriff nahm, wusste sie, dass er genug Flüssigkeit nachgetankt hatte, und sie reichte ihm einen Helm mit Headset für die Bordsprechanlage.

»Was, zum Teufel, machst du denn hier, Skipper?«, sprach Quillain ohne Umschweife in sein Kehlkopfmikrofon. Stone und Amanda hatten mit ihrer Seafighter-Task-Force bereits einiges zusammen durchgemacht, sodass sich zwischen ihnen eine gewisse Vertrautheit entwickelt hatte, die mit einem ziemlich lockeren Umgangston einherging. Darüber hinaus war ihr Stone Quillain zu einem richtigen Freund geworden, was ihr mit Männern noch nicht oft passiert war, ohne dass romantische Gefühle im Spiel waren.

»Einerseits wollte ich sehen, wie es mit dem Training läuft«, antwortete sie. »Andererseits wollte ich dich abholen. Admiral Sorenson will heute Nachmittag eine Sitzung mit den Kommandeuren der verschiedenen Einheiten abhalten.«

Der Hubschrauber löste sich aus der Formation und flog allein weiter. Er hielt sich nicht länger an die Vorgaben, wie sie für die Übungen galten, und kehrte in normaler Flughöhe zu seinem Mutterschiff zurück.

Der Ausdruck auf Quillains Gesicht wurde noch eine Spur mürrischer als gewöhnlich. »Großer Gott«, murmelte er in sein Mikrofon.

»Tut mir Leid, dass ich dich aus den Übungen herausreißen muss, Stone, aber das ist nun mal die Art von unserem neuen Boss. Wie kommt ihr mit den gemeinsamen Übungen voran?«

»Es geht, Skipper.« Der Marine wischte sich mit dem Handrücken den Schweiß von der Stirn und verschmierte dabei die Tarnfarbe in seinem Gesicht. »Meine Jungs sind perfekt, aber das weißt du ja. Die Anzacs sind auch nicht übel, aber das haben wir auch nicht anders erwartet. Die Aussies und die Kiwis haben immer schon gewusst, wie man im Dschungel kämpft. Und die Jungs von der Marine Amphibious Unit sind auch ganz okay. Man kann sie zwar nicht für Special Operations einsetzen, aber sie sind sehr solide, und schließlich gibt es ja nichts, was man einem Marine nicht über das Kämpfen beibringen könnte. Es geht jetzt vor allem darum, dass sich die Jungs aneinander gewöhnen und sehen, wie die anderen Einheiten arbeiten. Und dann haben wir hoffentlich noch Zeit genug, um das alles draußen auf dem Feld umzusetzen.«

»Wie kommst du mit dem Kommandeur der MEU zurecht?«, wollte Amanda wissen.

»Colonel Dogert ist ein fähiger Offizier, Ma'am.«

Amanda lächelte über die ausweichende Antwort. »Ich habe dich nicht nach seinen Fähigkeiten gefragt, Stone. Ich wollte wissen, wie du mit ihm auskommst?«

Quillain leerte die dritte Cola-Dose und zerdrückte sie in seiner mächtigen Faust. »Na ja, umbringen werde ich den engstirnigen Mistkerl wahrscheinlich nicht.«

Amanda lachte laut auf. »Wir sind ein bisschen verwöhnt, Stone, das ist unser Problem. Wir waren so lange unsere eigenen Herren. Es wird uns nicht schaden, wenn wir wieder einmal mitbekommen, wie es im Militär normalerweise zugeht.«

Amanda war als TACBOSS der Seafighter verpflichtet, mit gutem Beispiel voranzugehen, deshalb behielt sie für sich, dass sie selbst schon das eine oder andere Mal nahe daran gewesen war, Admiral Sorenson ein wütendes »Wie stellen Sie sich das denn vor?« entgegenzuschleudern.

»Mag sein, dass es uns nicht schadet«, entgegnete Quillain, »aber ich hoffe nur, dass es auch unserer Mission nicht schadet. Ich frage mich, wann sie uns endlich loslegen lassen. Wir haben immerhin ein paar Dinge zu erledigen.«

Amanda war froh, dass er ihre Augen hinter der Sonnenbrille nicht sehen konnte. Stone hätte ihr sonst vielleicht angesehen, was sie wirklich dachte. »Das müssen klügere Leute als wir entscheiden, Stone. Im Moment haben wir den Auftrag, die Intervention Force startklar zu machen, damit sie eingesetzt werden kann, wenn es soweit ist.«

Quillain antwortete nicht mit Worten, doch sein leicht spöttischer Gesichtsausdruck sagte ihr, dass er ihre militärisch korrekte Phrase als das erkannte, was sie in Wirklichkeit war.

Die Seafighter waren es gewesen, die Harconans Absichten entlarvt hatten. Amanda wusste auch, dass der Mann kurz davor stand, sein Ziel zu erreichen, und dass sie nur noch sehr wenig Zeit hatten, ihn daran zu hindern. Ebenso war ihr bewusst, dass auf den Inseln im Norden ein mörderischer Krieg entbrennen würde, wenn man nichts dagegen unternahm.

Und da saß sie nun in diesem Hubschrauber und konnte nichts tun als warten. Verdammt! Wann würde ihr Admiral MacIntyre endlich grünes Licht für die Jagd auf Harconan geben?

Im Laufe der Jahre war MacIntyre, in der Sprache der Flotte ausgedrückt, so etwas wie ihr »Sea Daddy« geworden, ihr Förderer und Mentor. Zuerst im Rahmen der Zweiten Flotte in der Drake-Passage und später mit NAVSPECFORCE vor der chinesischen Küste und in Westafrika hatte ihr der Admiral stets freie Hand bei ihren Operationen gelassen. Er hatte ihr die Ziele vorgegeben und sie ansonsten ihre Aufgabe so erledigen lassen, wie sie es für richtig hielt.

Für sie war es bereits eine Selbstverständlichkeit, dass Eddie MacIntyre sie stets als eine Art Feuerwehr in die heißesten Krisengebiete der Erde schickte – eine Rolle, an der sie durchaus Gefallen fand. Als Gegenleistung dafür hatte sie jedes Mal hundertzehn Prozent gegeben, um sein Vertrauen zu rechtfertigen. Sie hatte die Seafighter-Task-Force ins Leben gerufen und sie zur schärfsten Angriffswaffe der Naval Special Forces geschmiedet.

Vielleicht ließen es im Moment die Vorgesetzten des Admirals nicht zu, dass er ihr das Startsignal gab. Vielleicht hatte der Oberkommandierende der Siebten Flotte darauf bestanden, dass die Seafighter dem Kommando der Regional Intervention Force unterstellt wurden. Sie wusste, dass es innerhalb der Streitkräfte so manchen gab, der sie als einen gewissen Risikofaktor ansah, und das vielleicht nicht einmal ganz zu Unrecht.

Vielleicht war es aber auch MacIntyre selbst, der beschlossen hatte, ihren Tatendrang ein wenig zu zügeln.

Wenn es so war, hätte sie es ihm jedenfalls nicht übel nehmen können. Im Zuge der Operation gegen die indonesischen Piraten war sie Harconan als Gefangene in die Hände gefallen. Der Admiral hatte sich gezwungen gesehen, sie höchstpersönlich aus dem Schlamassel zu befreien, und dabei seine Laufbahn, die Seafighter und die Beziehungen zwischen den USA und Indonesien aufs Spiel gesetzt.

Innerhalb der Navy gab es nur zwei Menschen, die das volle Ausmaß von Amandas Beziehung zu Harconan kannten – zum einen ihre Freundin und Nachrichtendienst-Offizierin Christine Rendino, zum anderen Elliot MacIntyre.

Elliot hätte also gute Gründe, sich nicht mehr auf ihr Urteilsvermögen zu verlassen. Dennoch hatte sie gehofft, dass er ihr die Chance geben würde, sich noch einmal zu beweisen und den Fehler wieder gutzumachen.

»Ist alles okay, Skipper?« Sie spürte eine große raue Hand einen Moment lang auf ihrer Schulter ruhen. Amanda schreckte hoch und fasste sich rasch wieder. Stone Quillain mochte äußerlich wie ein grober Klotz wirken, doch er vermochte einen bisweilen mit seiner Feinfühligkeit zu überraschen.

»Ja, alles okay, Stone. Ich habe nur nachgedacht.«

Unter ihnen lag bereits der Ankerplatz der Francis Bay mit den Schiffen der vereinigten amerikanisch-australischen Regional Intervention Force.

Was die Militärtechnik betraf, umfasste die Streitmacht mehrere Generationen. Die beiden Schiffe der Seafighter-Task-Force, der CLA (Cruiser Littoral Attack) USS *Cunningham* und das LPD (Landing Platform Dock) USS *Evans F. Carlson,* gehörten von ihrer Bauweise her bereits dem einundzwanzigsten Jahrhundert an. Beide zeigten die typisch schlichten Formen der Stealth-Technologie. Ihre Waffensysteme waren mit RAM (Radar Absorbent Material), also einer radarabsorbierenden Beschichtung versehen, und die Sensoren waren auf frei stehenden Mastaufbauten installiert sowie als »Smart-Skin«-Segmente in die Decksaufbauten eingefügt. Im feindlichen Radar boten die beiden Schiffe das Radarprofil von zwei kleinen Fischerbooten und nicht von mächtigen Kriegsschiffen, die sie in Wirklichkeit waren.

Die anderen Schiffe der Intervention Force, die aus Amerika, Australien und Neuseeland stammten, waren von recht unterschiedlichem technischem Standard; manche waren relativ modern, andere waren Überbleibsel aus dem Zweiten Weltkrieg. Alle waren sie jedoch für eine ganz bestimmte Mission vorbereitet. Herkömmliche Überwasser-Kriegsschiffe und Schiffe für amphibische Gefechtsführung würden zusammenarbeiten, um Special-Operations-Truppen in ein küstennahes Krisengebiet zu bringen und sie dort zu unterstützen.

Als sie den Ankerplatz überflogen, schweiften Amandas Gedanken zu der Entwicklung, die die Seekriegsführung genommen hatte. Vor rund hundert Jahren war die Dreadnought die unumschränkte Königin der Meere gewesen. Sie war das Herzstück der Kriegsflotte, das von allen anderen Flottenteilen unterstützt wurde. Nach Pearl Harbor wurde diese zentrale Rolle zunehmend vom Flugzeugträger übernommen. Mit der Entwicklung des Atom-Unterseebootes waren es die »Bubbleheads« und die »Airdales«, die Marineflieger, die in der Zeit des Kalten Krieges in die Führungsrolle schlüpften.

Doch dann kam der elfte September, der so vieles veränderte.

Mit dem Kampf gegen den globalen Terrorismus gewannen die Schiffe für amphibische Gefechtsführung dank ihrer Fähigkeit der Machtprojektion zunehmend an Bedeutung, denn diese Schiffe sind imstande, den Krieg zum Feind zu tragen, der in der Regel in irgendeinem krisengeschüttelten Dritte-Welt-Land sitzt. Ihre Hauptwaffe waren dabei die Bodentruppen, die diese taktischen Landungsschiffe, die LPDs, transportierten.

Nun übernahmen die schwer bewaffneten Überwasser-Kriegsschiffe, die majestätischen Flugzeugträger und die aus der

Tiefe zuschlagenden Unterseeboote die Rolle von Dienern der amphibischen Transportschiffe.

Der Super Huey näherte sich im Sinkflug der Seafighter-Task-Force. Er umflog die *Evans F. Carlson* und senkte sich zu dem rechteckigen Hubschrauberlandeplatz hinab, der das gesamte achterliche Ende des Hauptsturmdecks einnahm. Wenige Augenblicke später setzte der Heli auf dem rutschhemmenden Belag auf.

Die Essenszeit war bereits vorbei, sodass die große Offiziersmesse der *Carlson* fast leer war. Nur ein einziger Sessel an einem der langen Tische war besetzt. Eine Frau von kleiner Statur saß vornübergebeugt vor ihrem Laptop, die Brille auf das blondgelockte Haar hochgeschoben.

»Morgen, Boss«, sagte Lieutenant Commander Christine Rendino ohne aufzublicken.

»Wir haben schon Nachmittag, Chris«, antwortete Amanda und warf ihre *Cunningham*-Baseball-Mütze auf die Hutablage bei der Tür. Sie empfand es als durchaus angenehm, von der drückenden Hitze, die draußen herrschte, in die klimatisierte Messe zu kommen, wo ihr die kühle Luft in die verschwitzten Kleider kroch.

»Morgen oder Nachmittag – was spielt das schon für eine Rolle«, erwiderte Amandas engste Freundin und Nachrichtendienst-Offizierin, ohne ihre Augen vom Bildschirm abzuwenden.

Amanda trat an ihre Seite. »Woran arbeitest du gerade?«

»Die neuesten Infos aus Indonesien. Ich hoffe, dass mir irgendetwas Nützliches auffällt. Ist aber leider noch nicht passiert.«

»Verstehe. Ich bin gleich wieder da«, sagte Amanda und ging zur Vorratskammer hinüber, wo sich der Messesteward aus der Tür beugte.

»Guten Tag, Ma'am. Kann ich Ihnen irgendetwas bringen?«

»Ja, gern, Nick. Ich habe das Mittagessen versäumt. Kann ich mein Spezialgericht haben?«

»Kein Problem, Ma'am. Erdnussbutter und Traubengelee auf Weißbrot – kommt sofort.«

Amanda ging zum Getränkeautomaten hinüber, hielt dann jedoch für einen Augenblick inne, um sich umzusehen. Jede Offiziersmesse hatte, so wie jedes Schiff und jede Besatzung, ihren ganz speziellen Charakter. Die Offiziersmesse der *Carlson* strahlte mit ihrem kastanienbraunen Teppich, ihren dunklen Eichenholzmöbeln und den gerahmten Lithographien von klassischen Kriegsschiffen eine kühle, betont militärische Würde aus.

Mit einer Ausnahme, die sofort ins Auge sprang – der Zwergpalme, die in einem Winkel des Raumes stand. Die Pflanze, die aus dem Offiziersclub von Pearl Harbor stammte, war still und leise eines Nachts aufgetaucht, und zwar mit der handgeschriebenen Nachricht »Captain Garrett's Property«. Amanda hatte auf das scherzhafte Geschenk so reagiert, dass sie dem Bäumchen einen festen Platz auf dem Schiff verschaffte. Sie sprühte etwas Wasser auf die grünen Blätter, ehe sie sich ein großes Glas Milch aus dem Automaten holte. Als sie zum Tisch zurückkam, war auch ihr Sandwich schon da.

»Danke, Nick«, sagte sie zerstreut und ließ sich auf den Sessel neben Christine sinken. »Okay, was gibt's Neues?«

»Absolut nichts Überraschendes oder Auffallendes. Das ist eben das Problem. Der Plan, den unser Freund Harconan da ausgetüftelt hat, läuft anscheinend wie geschmiert.«

Der Bildschirm von Christines Computer zeigte eine Karte der indonesischen Inseln, auf der beunruhigend viele Konfliktherde rot markiert waren. Christine tippte mit dem Fingernagel auf die auffallendste Markierung, die am Ostende von Neuguinea angebracht war. »Hier ist die Unabhängigkeitsbewegung ihrem Ziel schon recht nahe. Die Indonesier haben es nicht mehr mit verstreuten Guerillabanden zu tun, sondern mit einer

Armee, die Stück für Stück vorrückt und sogar schon einige der Kupferminen unter ihre Kontrolle gebracht hat. Die Produktion ist praktisch lahm gelegt.«

»Wie sieht es mit den ausländischen Arbeitern in diesen Anlagen aus?«

»Auf die Transmigrasi aus Java wird rücksichtslos Jagd gemacht. Aber die Rebellen scheinen sehr darauf zu achten, dass keine ausländischen Arbeiter zu Schaden kommen. Man schickt sie entweder in ihre Heimatländer zurück oder lässt sie unter dem Schutz der Revolutionäre in ihren Häusern bleiben. Die Führung der Unabhängigkeitsbewegung sucht auch den Kontakt mit den Bergbaugesellschaften, damit die Anlagen in dem Krieg nicht zu Schaden kommen oder geplündert werden.«

»Ich wette, das ist längst nicht alles, worüber sie sprechen«, sagte Amanda nachdenklich. »Als ich auf Harconans Stützpunkt in Neuguinea festgehalten wurde, habe ich jemanden von der Unabhängigkeitsbewegung kennen gelernt, einen sehr schlauen alten Herrn. Er und seine Landsleute wissen genau, dass die Kupferminen von großer Bedeutung sein werden, wenn sie es tatsächlich schaffen sollten, einen unabhängigen Staat zu errichten.«

»Ja, sie packen die Sache ziemlich raffiniert an«, pflichtete Christine ihr bei und fuhr mit dem Finger bis ans westliche Ende der Inselkette. »Hier in der Provinz Aceh auf Sumatra laufen die Dinge ganz anders. Da ist eine radikale islamische Erhebung im Gange, die immer mehr in sinnloses Blutvergießen ausufert.«

»Was geht dort vor?«, fragte Amanda stirnrunzelnd und biss von ihrem Sandwich ab.

»Der Führer einer Gruppierung, ein gewisser Muhammad Sinar, ein Verlierer, mit dem weder wir noch die indonesischen Sicherheitskräfte noch gerechnet haben, ist plötzlich wieder aus der Versenkung aufgetaucht. Offensichtlich hat ihm jemand kräftig mit Geld und Waffen unter die Arme gegriffen, und jetzt führt er einen Rachefeldzug gegen die Provinzregierung und gegen radikale Gruppierungen, die ihn vorher ins Abseits gedrängt hatten. Es werden Konvois angegriffen, Leute entführt, die Führer von verschiedenen Stämmen ermordet – kurz gesagt, es fließt jede Menge Blut.«

»Ist dieser Sinar ein Mann mit Führungsqualitäten?«

Christine verzog das Gesicht. »Der Mann ist ein absoluter Idiot, dem man nicht einmal ein abgebranntes Streichholz anvertrauen kann. Aber das passt hervorragend in Harconans Strategie, überall Chaos und Anarchie zu verbreiten. Bewaffnete Streitkräfte sind im Grunde so etwas wie ein Werkzeug. Ein geübter Zimmermann kann mit seinem Werkzeug etwas Brauchbares schaffen, aber ein Schwachkopf wird mit demselben Werkzeug nur Mist bauen.«

Amanda legte ihr halb verzehrtes Sandwich beiseite. Ihr war der Appetit vergangen. *Verdammt, Makara,* dachte sie. »Was geht sonst noch da draußen vor sich?«

Christine sprang mit dem Finger von einem Krisenherd zum nächsten. »Auch in Borneo haben wir Gewalttaten gegenüber den Einwanderern. Die Dayak fangen offenbar wieder an, sich als Kopfjäger zu betätigen. Und hier in Brunei versucht das Sultanat ein weiteres Bataillon von Gurkha-Söldnern anzuheuern, um gegen die wachsende Zahl von Banditen vorzugehen, die aus Indonesien ins Land eindringen. Auf den Ambon-Inseln spricht man bereits von der guten alten Zeit unter den Holländern. Und nicht zuletzt sehen wir auch eine zunehmende Welle des Vandalismus gegen hinduistische Kultstätten auf Bali, für die vermutlich moslemische Extremisten verantwortlich sind.«

Christine blickte von dem Bildschirm auf. »Letzteres halte ich für keine gute Idee von dem, der sich das ausgedacht hat. Die Moslems bilden weniger als sechs Prozent der Bevölkerung auf der Insel, und die Balinesen haben langsam die Nase voll.«

Amanda nickte grimmig. »Das kann ich mir vorstellen. Als die Balinesen im Jahr 1965 gegen die kommunistischen ›Dämonen‹ vorgingen, gab es innerhalb von wenigen Tagen über fünfzigtausend Exekutionen.«

Sie zeigte auf den Laptop-Bildschirm. »Hier siehst du, wie sich Harconans Strategie entfaltet. Er unterstützt die Aufständischen an den Rändern der Inselgruppe, um die indonesischen Streitkräfte von den zentralen Inseln abzuziehen. Wenn die Truppen erst in alle Winde verstreut sind, kann man sie leicht isolieren und ausschalten. Was ist mit den Bugi-Piratenclans? Was haben sie vor?«

»Das ist auch sehr interessant, Boss«, antwortete Christine. »Die Angriffe auf Schiffe unter ausländischer Flagge haben fast völlig aufgehört. Dafür nehmen sie jetzt die Schifffahrt im eigenen Land aufs Korn. Sie konzentrieren sich vor allem auf die nationale Schifffahrtslinie PELNI und die javanischen Fähren, die zwischen den Inseln unterwegs sind. Und besonders bemerkenswert ist, dass sich die Piraten nicht mehr damit begnügen, ein Schiff zu entern und die Fracht zu klauen – nein, jetzt versenken sie alles, was ihnen über den Weg läuft.«

Amanda nickte. »Er beginnt jetzt damit, das Meer unter seine Kontrolle zu bringen. Er will die einzelnen Inseln voneinander isolieren.«

»Ja«, sagte Christine, lehnte sich in ihrem Stuhl zurück und rieb sich die Augen. »Und wir können nicht viel gegen den Kerl unternehmen.«

»Sag mir, wo der Mistkerl steckt, dann zeige ich dir, was wir unternehmen können«, erwiderte Amanda und war selbst ein wenig überrascht, wie energisch sie reagierte.

Christine sah sie prüfend an. »Ich kann dir schon etwas darüber sagen, wo er wahrscheinlich steckt, Boss«, sagte sie schließlich. »Er hält sich bestimmt nicht an irgendeinem größeren Militärstützpunkt auf, wie das in Neuguinea der Fall war. Solche Plätze sind zu leicht aufzuspüren. Er wird sich in der Art eines Osama Bin Laden verteidigen und irgendeinen Ort wählen, wo er sich ohne irgendwelches Aufsehen einen kleinen Befehlsstab einrichtet, der für die Luftaufklärung nicht aufzuspüren ist.

Es muss ein Ort sein, dessen Bewohner sich ganz der Sache des *Raja Samudra* verschworen haben. Harconan stützt sich zu diesem Zweck oft auf Bugi oder Nung-Chinesen.«

Christine blickte nachdenklich zur Decke hinauf. Aus langjähriger Erfahrung wusste Amanda mit neunundneunzigprozentiger Sicherheit, dass die kleine blonde Offizierin mit jedem Wort, das sie sagte, ins Schwarze traf.

»Er wird wahrscheinlich Funkempfänger und eine gut getarnte Mini-Satellitenschüssel verwenden, um CNN zu empfangen, aber keine Satellitentelefone oder Internetzugang. Seine Kommandeure vor Ort können ihm über Funk Bericht erstatten, aber hinaus geht nichts. Wenn er sich an seine Leute wendet, tut er es über Kuriere. Das mag zwar etwas langsam sein, aber bei seiner Strategie fällt das nicht so sehr ins Gewicht.

Abgesehen von Harconans persönlichem Sicherheitsteam wird es keine nennenswerte Verteidigung geben, dafür aber jede Menge Beobachtungsposten. Sobald sich irgendwo ein feindliches Schiff am Horizont zeigt oder das Knattern eines Hubschraubers zu hören ist, wird er, schwupp, auf einem genau festgelegten Fluchtweg verschwinden.«

»Na toll«, sagte Amanda frustriert. »Ich habe verstanden, was du mir sagen willst, und ich glaube, dass du in allen Punkten Recht hast. Die Frage ist nur: Wo steckt er tatsächlich?«

»An irgendeinem von zehntausend derartigen Plätzen, Boss, und man kann beim besten Willen nicht sagen, warum es gerade irgendein bestimmter sein sollte und nicht ein anderer.«

Amanda schob den Stuhl zurück und erhob sich, um auf und ab zu gehen. Immer wenn sie unter großer Anspannung stand, musste sie sich bewegen. »Das reicht nicht, Chris! Das reicht bei weitem nicht.«

Christine zuckte die Achseln. »Du hast es selbst immer wieder gesagt, worauf es ankommt. Wer jagt, braucht Geduld.

Alles, was wir tun können, ist abwarten. Harconan ist auch nur ein Mensch. Früher oder später macht er bestimmt einen Fehler.«

»Wir können es uns aber nicht leisten, einfach nur abzuwarten, bis er einen Fehler macht, Chris. Bis dahin hat er den verdammten Krieg vielleicht schon gewonnen!«

»Dann müssen wir eben versuchen, ihn zu einem Fehler zu verleiten.«

Amanda blieb nachdenklich stehen. »Das wird nicht einfach sein. Er hat einen scharfen Verstand.«

»Mag sein, Amanda«, erwiderte Christine so leise, dass man es in der angrenzenden Vorratskammer nicht hören konnte. »Es gibt aber etwas, bei dem sein Verstand ein wenig auszusetzen scheint.«

»Was meinst du damit, Chris?«

»Wir wissen, dass Makara Harconan nicht unbedingt auf seinen Verstand hört, wenn es um dich geht.«

Als sie die Offiziersmesse verließ, hatte Amanda noch eine kostbare Stunde zur freien Verfügung, bevor sie zum Flaggschiff der Intervention Force aufbrechen musste, und sie wusste auch schon, wie sie die freie Stunde verbringen würde. Mit den Jahren hatte sie gelernt, auch auf sich selbst zu achten – ganz einfach, weil ihr bewusst wurde, dass ein Offizier, der übermüdet und gestresst war, zu Fehlern und falschen Urteilen neigte.

Sie grüßte den jungen Marine-Wachposten, der vor der Tür zu ihrer Kabine stand, trat ein und ging zu ihrem Schreibtisch, um dem Offizier vom Dienst in der Gefechtszentrale der *Carlsen* zu melden, dass sie in ihrem Quartier war.

Als ranghöchster Taktik-Offizier der Seafighter hatte sie Anspruch auf das Flaggoffiziersquartier des LPD. Sie verfügte hier über ein kleines Büro, das gerade groß genug für einen Schreibtisch, eine Ledercouch und einen Lehnstuhl war. Daran angrenzend befand sich eine Schlafkabine mit einer Koje, Toilette und

Dusche. Außer dem blauen Navy-Teppich, der Kunstholz-Täfelung und ein, zwei Bildern an den Schotts gab es hier nur wenig, was man als Luxus hätte bezeichnen können. Und doch war es für sie so etwas wie ein Zuhause, der einzige Raum, in dem sie seit fast einem Jahr etwas Privatsphäre genießen konnte, und damit war sie absolut zufrieden.

Sie seufzte, als sie an das dachte, was Christine ihr gesagt hatte. Ihre Freundin hatte Recht; sie musste Geduld haben und auf eine glückliche Wendung warten. Eine andere Möglichkeit hatte sie nun einmal nicht.

Sie zog ihre verschwitzten Kleider aus und nahm eine gut fünfminütige Dusche, eines der Privilegien eines Flaggoffiziers. Danach schlüpfte sie in frische Unterwäsche und legte den Soundtrack von *Kismet* in ihren CD-Player ein. Sie machte es sich auf ihrer Koje bequem und schloss die Augen, um sich eine Viertelstunde der absoluten Entspannung zu gönnen.

Die Welt wollte jedoch nicht mitspielen.

Amanda ließ gerade halb dösend die Klänge von *Night of My Nights* auf sich einwirken, als das Telefon auf ihrem Schreibtisch klingelte. Sie drückte auf die Pausetaste des CD-Players und ging fluchend zum Schreibtisch hinüber. »Garrett hier!«, meldete sie sich etwas unwirsch.

»Captain, hier ist die Kommunikationsabteilung«, antwortete eine Stimme entschuldigend. »Wir haben eine Milstar-Verbindung mit CINCNAVSPECFORCE. Verschlüsselt und maximale Sicherheit. Der Anruf ist nur für den TACBOSS bestimmt.«

Amanda ließ sich in ihren Stuhl sinken. Ihr Ärger war augenblicklich verflogen. »Stellen Sie durch«, sagte sie gespannt.

Endlich meldete sich Admiral MacIntyre. Vielleicht kam jetzt der Befehl zum Auslaufen. Ungeduldig wartete sie auf die Aufforderung, die Stimmerkennungsprozedur durchzuführen. »Hier spricht Amanda Lee Garrett … Sweetwater … Tango … zero … three … eight …«

»Guten Morgen, Amanda«, meldete sich der Admiral.

Sie musste lächeln – einerseits, weil sie sich freute, MacIntyres Stimme zu hören, andererseits, weil sie es lustig fand, dass sie instinktiv mit der Hand über ihr feuchtes Haar strich, um es zu glätten. Sie konnte nichts dafür, dass MacIntyre nicht nur ihr Vorgesetzter, sondern auch ein ziemlich gut aussehender Mann war. »Guten Tag, Sir.«

»Das bleibt abzuwarten, ob es ein guter Tag ist«, stellte MacIntyre kryptisch fest. »Ich muss mit Ihnen über etwas sprechen.«

Sie runzelte die Stirn. Ein seltsamer Ton war in Elliots Stimme. »Selbstverständlich, Sir. Was kann ich für Sie tun?«

»Es geht um Ihr Phantom-Projekt.«

Phantom? Amanda runzelte die Stirn. Phantom war ein Begriff, der ihr aus ihrer einstigen Mitarbeit an einem Stealth-Programm der Navy in Erinnerung war, das am David W. Taylor Naval Ship Development and Research Center in Bethesda gelaufen war. Sie hatte ein Referat über die Q-Schiffe aus dem Ersten und Zweiten Weltkrieg gehalten, also jene Schiffe, die, als wehrlose Frachter getarnt, über die Bewaffnung eines Kriegsschiffes verfügten. Es war in ihrem Referat auch um mögliche Anwendungen dieser Strategie auf Konfliktsituationen im 21. Jahrhundert gegangen. Sie hatte diese hypothetische Anwendungsmöglichkeit damals »Phantom Force« genannt.

Ihr Gedanke von damals war wieder in Diskussion gekommen, als das Naval War College kurz nach dem Anschlag vom elften September sie um eine aktualisierte und erweiterte Version ihrer damaligen Arbeit bat. Als sie etwas später mit NAVSPECFORCE in Kontakt kam, ersuchte Admiral MacIntyre sie, ein Special-Operations-Symposium zu diesem Thema zu leiten.

Phantom Force war zwar ihre Idee, doch es ging dabei um eine sehr hypothetische Angelegenheit. Im Moment gab es viel konkretere Dinge, um die sie sich kümmern musste.

»Was ist damit, Sir?«, fragte sie.

»Hätten Sie Interesse, sich wieder mit dem Projekt zu beschäftigen?«

Amanda reagierte ein wenig gereizt auf den Vorschlag. War sich der Admiral denn nicht bewusst, mit was für einem Pulverfass sie es hier in Indonesien zu tun hatten? Wie konnte sie sich da mit irgendwelchen Zukunftsprojekten beschäftigen?

»Sir, es freut mich wirklich, dass sich jetzt anscheinend doch jemand für meine Idee interessiert, aber ich bin hier im Moment ein bisschen zu sehr mit realen Problemen beschäftigt, um mich der theoretischen Arbeit an diesem Projekt zu widmen.«

Sie hörte MacIntyre leise lachen. »Wir wollen auch keine theoretische Arbeit von Ihnen, Amanda. Die Leute haben genug Interesse an der Phantom Force, so wie Sie sie entworfen haben.«

Sie hielt den Atem an und richtete sich auf ihrem Sessel auf. »Sie meinen, es besteht die Absicht, die Phantom Force in die Praxis umzusetzen?«

»Ich meine damit, dass sie bereits im Entstehen ist, Amanda. Die Basis- und Unterstützungseinheiten sind schon fertig. Man ist außerdem um einiges über Ihren ursprünglichen Plan hinausgegangen. Die Force ist größer, ausgefeilter und bedeutend leistungsfähiger.«

Amandas Stuhl knarrte, als sie sich zurücksinken ließ. Sie konnte kaum glauben, was MacIntyre ihr da sagte. Wie konnte es sein, dass ein Projekt, das sie selbst als noch längst nicht ausgereift ansah, plötzlich schon verwirklicht war? »Sie meinen, Phantom ist schon einsatzbereit? Aber ich habe kein Wort davon gehört … nicht einmal irgendein Gerücht …«

MacIntyre genoss es sichtlich, ihr diese Überraschung unterbreiten zu können. »Sie haben doch selbst gesagt, wie wichtig es wäre, auf strenge Sicherheitsvorkehrungen zu achten.«

»Aber, verdammt noch mal«, erwiderte sie ungehalten, »es ist mein Projekt! Ich habe es mir ausgedacht!«

MacIntyre lachte erneut. »Es kann hier doch nicht um irgendwelche Urheberrechte gehen. Außerdem ist das Projekt noch nicht ganz einsatzbereit. Wir waren ursprünglich davon ausgegangen, dass es in einem halben Jahr so weit sein würde, aber die jüngsten Entwicklungen haben es notwendig gemacht, die Sache zu beschleunigen. Wir werden Phantom Force schon jetzt in Betrieb nehmen und sie gegen Harconan einsetzen.«

Ein kalter Schauer lief ihr über den Rücken, der nichts damit zu tun hatte, dass sie halb nackt war und die Klimaanlage auf Hochtouren lief. »Dafür habe ich sie ja entwickelt, Sir.«

»Genau, Captain. Die Frage ist jetzt nur: Wollen Sie sie auch haben?«

Sie begann plötzlich zu zittern. »Sehe ich das richtig, dass Sie mir das Kommando über die Phantom Force anbieten, Sir?«

»Aber natürlich, wir sind doch immer davon ausgegangen, dass Sie das Ding übernehmen werden. Sie haben nicht nur das Grundgerüst dafür entworfen, sondern Sie haben sich auch in Ihrer Zeit auf der *Cunningham* und mit den Seafightern den Ruf erworben, immer wieder neue Waffensysteme und Strategien unter Gefechtsbedingungen zu erproben. Wir möchten, dass Sie das jetzt wieder tun.«

»D… danke, Sir.«

»Wir wollten Ihnen das alles eigentlich unter etwas ruhigeren Umständen sagen, nachdem Sie Ihre Tour mit den Seafightern beendet hätten«, fuhr MacIntyre fort. »Aber das ist jetzt leider nicht möglich. Ich weiß, wir haben sehr wenig Zeit – aber Phantom Force gehört Ihnen, wenn Sie sie wollen.«

MacIntyre zögerte einige Augenblicke. »Wenn Sie diesen Job lieber nicht übernehmen möchten, hätte das natürlich überhaupt keine negativen Auswirkungen auf Ihre Karriere. Es wird Ihnen keiner einen Vorwurf machen.«

Amanda war sich ziemlich sicher, dass Elliot MacIntyre von dem Lapsus wusste, der ihr mit Makara Harconan unterlaufen war. In diesem Moment war ihr das wieder einmal besonders peinlich. Eddie Mac bot ihr quasi an, dass sie sich aus der Verantwortung verabschieden konnte, wenn sie den Mann, der einmal ihr Geliebter gewesen war, nicht jagen und zur Strecke bringen wollte. Sie hatte das Gefühl, dass sie eine solche Rücksichtnahme nicht verdient hatte.

»Sir, ich nehme den Auftrag gerne an, und ich danke Ihnen für diese Chance.«

Es kam ihr so vor, als höre sie einen erleichterten Seufzer am anderen Ende der Leitung. »Ich kann Ihnen gar nicht sagen, wie sehr mich das freut, Amanda. Ich brauche Ihnen ja wohl nicht zu sagen, dass wir Ihnen da ein Instrument schicken, von dem keiner weiß, wie es im Ernstfall funktionieren wird. Und Sie müssen damit in einer überaus schwierigen Situation und unter großem Zeitdruck umgehen.«

»Wie viel Zeit habe ich, Sir?«, fragte sie.

»Sie sind ja im Moment viel näher am Geschehen. Also müssen Sie mir sagen, wie viel Zeit Sie haben.«

Sie zögerte einige Sekunden, in denen ihre Gedanken bereits vorauseilten und sich auf die neue Aufgabe stürzten. Sie hatte noch keine Einzelheiten, von denen sie ausgehen konnte, und keinen genauen Organisationsplan – doch sie wusste trotzdem schon, worauf es ankommen würde.

»Ich bin mir nicht sicher«, antwortete sie schließlich. »Aber eines weiß ich: Wenn ich Phantom Force schnell genug einsetzen will, damit sie etwas bewirkt, brauche ich die entsprechenden Leute dafür. Genauer gesagt, ich brauche *meine* Leute. Offiziere, die ich kenne und die mich kennen, und die genau wissen, wie ich arbeite. Ich habe ganz sicher nicht die Zeit, um das Ganze mit einer völlig neuen Mannschaft durchzuziehen.«

»Verstehe, ich sehe das genauso«, antwortete MacIntyre. »Ich bin auch schon dabei, möglichst viele von Ihren früheren Mitarbeitern dafür zu gewinnen. Ich glaube, Sie werden angenehm überrascht sein.«

»Was ist mit den Posten des Kommandeurs der Sea-Devil-

Force und des Nachrichtendienst-Offiziers? Haben Sie die schon besetzt?«

»Noch nicht.«

»Dann hätte ich gern Christine Rendino und Stone Quillain dafür.«

MacIntyre zögerte. »Hmm, das dürfte nicht ganz einfach werden.«

Amanda runzelte die Stirn. »Warum denn? Sie sind die Besten, die wir haben.«

»Da stimme ich Ihnen zu, aber wir haben da ein kleines Problem mit der Öffentlichkeit.«

»Wie meinen Sie das, Sir?«

»Na ja, Amanda, ich will damit sagen, dass Sie so eine Art Liebling der Medien geworden sind«, sagte MacIntyre ein wenig frustriert. »Dank Ihrer Einsätze in der Drake-Passage, in China und Westafrika sind Sie eine Berühmtheit geworden.«

»Eine Berühmtheit? Ich?«, fragte Amanda ungläubig. »Admiral, ich habe keine Ahnung, wovon Sie sprechen.«

»Das sollten Sie aber«, erwiderte MacIntyre mit einem säuerlichen Lächeln. »Sie sind eine sehr attraktive junge Frau, die zufällig auch zur Kriegsheldin geworden ist. Für die Medien ist so etwas ein gefundenes Fressen. Es ist Ihnen vielleicht gar nicht bewusst, aber für CNN und die anderen großen Sender gehören Sie zu den Personen, die immer von Interesse sind – und sie verfolgen Sie praktisch überallhin. Das heißt, auch nach Indonesien.«

»Oh, verdammt!« Mit den Medien ging es Amanda so wie mit Erdbeeren; sie war gegen beides allergisch.

»Wir wollten Ihre Übernahme des Phantom-Kommandos eigentlich ganz unauffällig über die Bühne bringen, indem wir Ihnen zuerst irgendeinen harmlosen Job übertragen, der niemanden interessiert«, fuhr MacIntyre fort. »Aber jetzt müssen wir uns irgendeine andere Geschichte einfallen lassen, warum wir Sie von ihrer gegenwärtigen Mission abziehen. Vielleicht müssen wir irgendwelche gesundheitlichen oder persönlichen Probleme erfinden – irgendeinen Vorwand, wie wir Sie aus dem Blickfeld bringen, ohne dass allzu viele Fragen gestellt werden.

Wenn dann noch einige Ihrer gegenwärtigen Mitstreiter genau zur selben Zeit verschwinden, könnte es sein, dass uns die Leute fragen, wo ihr plötzlich alle hingekommen seid. Das könnte das ganze Projekt gefährden.«

Amanda strich sich mit der Hand durch das feuchte Haar. Elliot hatte natürlich Recht, doch das änderte nichts daran, dass sie ihre Leute dringend brauchte. Sie überlegte fieberhaft, wie sie das Problem lösen und eventuell einen Nachteil in einen Vorteil verwandeln konnte. Es war dies ein Denkansatz, den sie in der Vergangenheit immer wieder mit Erfolg angewandt hatte.

»Admiral«, sagte sie schließlich, in Gedanken versunken, »ich glaube, ich wüsste da einen Weg, wie wir gleich mehrere unserer Probleme lösen könnten.«

»So schnell?«

»Na ja, ich habe eben keine Zeit zu vertrödeln«, antwortete sie lächelnd. »Die brillanten Ideen müssen jetzt sofort kommen.«

Sie erläuterte dem Admiral, wie sie das Problem mit den Medien zu lösen gedachte und gleichzeitig die Leute, die sie haben wollte, für die Mission gewinnen konnte. Es folgte eine richtiggehende Explosion am anderen Ende der Leitung, deren Ende sie geduldig abwartete.

»Es ist immerhin *meine* Karriere, die den Bach hinunterginge, Sir«, erwiderte sie schließlich. »Ich habe ja schon öfter miterlebt, wie Sie im Personalbüro wahre Wunderdinge vollbracht haben. Ich bin überzeugt, dass Ihnen auch diesmal irgendetwas Passendes einfällt. Und wenn es doch schief gehen sollte, dann scheide ich mit dem tröstlichen Gedanken aus der Navy aus, dass mein letzter Job das Phantom-Projekt war. Außerdem«, fügte sie nachdenklich hinzu, »hat mir vor kurzem jemand klar gemacht, dass wir Makara Harconan nur erwischen können, wenn er irgendeine Dummheit begeht. Vielleicht können wir ihn auf diese Weise zu einer solchen Dummheit verleiten.«

Die Washington Post
Washington D.C.

24. September 2008, 10:21 Uhr Ortszeit Der Reporter Ethan Smart fuhr sich mit der Hand durch das schüttere Haar und blickte mit finsterer Miene auf die wenigen Notizen hinunter, die auf seinem Schreibtisch verstreut lagen. Im Moment tat sich leider nicht sehr viel. Die einzige nennenswerte Spur, die er den halben Vormittag verfolgt hatte, ein möglicher Missbrauch von Agrarsubventionen irgendwo im Mittelwesten, hatte sich gerade in nichts aufgelöst.

Das Gemurmel der Telefongespräche und das Geklapper von Computertastaturen rings um ihn in der Redaktion steigerten seine Frustration nur noch mehr. Er hatte eine Deadline einzuhalten und einen unerbittlichen Chefredakteur im Nacken, dessen Motto lautete: »Wenn ihr keine interessanten Geschichten finden könnt, dann müsst ihr euch eben welche einfallen lassen!«

Das Telefon auf seinem Schreibtisch klingelte, und der Reporter nahm ohne große Begeisterung ab. »Smart hier.«

Es war eine weibliche Stimme, die sich meldete – und sie klang gedämpft und etwas nervös. »Mr. Smart, mein Name ist … nein, das tut nichts zur Sache. Ich denke, ich habe da etwas … eine Geschichte, die Sie interessieren dürfte.«

»So, meinen Sie?«, antwortete Smart lakonisch und fragte sich, ob er es wohl wieder einmal mit jemandem zu tun hatte, der die Medien, insbesondere die Washington Post, mit irgendwelchen idiotischen Geschichten heimsuchte. »Was haben Sie denn?«

»Ich arbeitete als Angestellte im Pentagon und habe viel mit dem Büro der Vereinigten Stabschefs zu tun. Die haben dort gerade einen riesigen Wirbel wegen irgendeiner Sache, die vor kurzem in Indonesien vorgefallen ist. Ein hochrangiger Offizier muss vor einen Untersuchungsausschuss. Das Ganze könnte vor dem Kriegsgericht enden. Sie versuchen die Sache geheim zu halten, weil es nicht *irgendjemand* ist, um den es hier geht.«

Smart richtete sich auf seinem Sessel auf. »Um wen geht es denn?«, fragte er vorsichtig.

»Captain Amanda Garrett.«

Smart war augenblicklich hellwach. »Sind Sie sich da sicher?«

»Ja, das bin ich«, antwortete die Stimme. »Ich habe sogar Kopien von einigen der Memos und Dokumente.«

Oh, wie schön klangen diese Worte: »Ich habe Kopien von Dokumenten.«

»Können Sie mir ungefähr sagen, was da drinsteht?«

»Es ist nicht sehr detailliert, aber es steht da etwas von ›Pflichtvernachlässigung‹ und von ›Benehmen, das sich für einen Offizier nicht ziemt‹.«

Die Frau mochte ja vielleicht eine Verrückte sein, aber Smart wollte auf jeden Fall einmal mit ihr sprechen. »Hören Sie, können wir uns vielleicht irgendwo treffen? Ich würde gerne einen Blick auf diese Dokumente werfen und mich mit Ihnen darüber unterhalten.«

»Gut … gut. Ich bin heute ganz früh wieder heimgegangen. Ich habe gesagt, ich hätte einen Zahnarzttermin. Wir könnten uns im ›Denny's‹ am Beltway treffen. Wäre Ihnen das recht?«

»Ja, großartig! Ich kann in einer Stunde dort sein, Miss …«

Die Frau zögerte einige Augenblicke. »Dewarshnick, Susan Dewarshnick. Glauben Sie mir, ich mache das nur, weil ich will, dass die Wahrheit herauskommt, Mr. Smart – aber Sie müssen verstehen … ich hatte in letzter Zeit einige größere Ausgaben in der Familie …«

»Kein Problem, Miss Dewarshnick«, antwortete Smart und holte das Scheckheft aus der Schublade, das die Zeitung für derartige Auslagen zur Verfügung stellte. »Wie erkenne ich Sie?«

»Ich habe schwarzes Haar, und ich werde eine rote Bluse und einen schwarzen Rock anhaben. Sie müssen doch nicht meinen Namen angeben, oder? Das würde mich meinen Job kosten.«

»Natürlich nicht, Miss Dewarshnick. Ich würde schreiben, dass das Material aus ›gut unterrichteten Kreisen‹ stammt. Dann bis bald.«

Smart legte den Hörer auf. Seine Laune hatte sich schlagartig gebessert. Amanda Lee Garrett von den Naval Special Forces war für die Medien eine der interessantesten Persönlichkeiten des vergangenen Jahrzehnts gewesen. Wenn sie tatsächlich Mist gebaut hätte, und er würde die Sache ans Licht bringen …

Als Smart die Redaktion verließ, träumte er bereits vom Pulitzerpreis.

Auf der anderen Seite des Potomac, in einem Büro im E-Ring des Pentagon, beendete Ensign Terri Calvert von der U.S. Navy das Gespräch, das sie mit ihrem Handy geführt hatte, und blickte zu ihrem befehlshabenden Offizier hinüber. »Jetzt weiß ich, wie sich Benedict Arnold gefühlt haben muss, als er im Bürgerkrieg seine Leute an die Briten verriet.«

»Na ja, das Ganze ist ja offensichtlich Captain Garretts Idee, Ensign«, antwortete Konteradmiral Nick Dunnigan, der Verbindungsmann von NAVSPECFORCE zu den Vereinigten Stabschefs. »Ich hoffe nur, dass sie weiß, was sie tut. Haben Sie die Dokumente?«

»Ja, Sir«, sagte sie und hielt eine Mappe hoch. »Komplett mit gefälschten Unterschriften und allem. Sie sehen schon echt aus, aber man wird ihre Echtheit hinterher glaubhaft dementieren können.«

»Was ist mit der Geschichte? Haben Sie alles parat?«

»Ja, Sir, ein Team von der Navy-CID hat mich den ganzen Vormittag gepiesackt. Und die Defense Intelligence hat mir falsche Papiere gegeben.«

Dunnigan nickte. »Gut, Ensign. Danke, dass Sie bei der Sache mitmachen. Das wird sicher positiv vermerkt. Aber ich glaube, Sie müssen sich jetzt umziehen, damit Sie Ihre Verabredung nicht verpassen.«

An seinem Telefon blinkte ein Licht. Er hob den Hörer ans Ohr und sagte: »Sie können Admiral MacIntyre mitteilen, dass die Bombe abgeworfen ist.«

Thomas Peak, San Bernardino National Forest

24. September 2008, 23:03 Uhr Ortszeit Eine der Besonderheiten Kaliforniens ist die Tatsache, dass Wildnis und moderne Großstadt so nah beieinander liegen.

Im Nordosten funkelten Palm Springs und seine Satellitengemeinden und verwandelten das Coachella Valley in ein Lichtermeer. Im Nordwesten bewirkte das Leuchten von Los Angeles, dass man keine Sterne mehr am Himmel sah, so wie es, wenn auch in etwas geringerem Maße, die Lichter von San Diego im Süden taten. Doch auf dem Thomas Mountain regierten nach wie vor der Puma und der Schwarzbär, und das einzige Geräusch war das Zischen und Seufzen des Windes in den Kiefern.

Plötzlich drang etwas in die Stille und Abgeschiedenheit ein, ein durchdringendes Dröhnen, das rasch lauter wurde. Vier schattenhafte Gebilde schlängelten sich an einer der Schluchten der Küstenkette hoch, zogen knapp über den Baumwipfeln dahin und flogen mit der gleichen schlafwandlerischen Sicherheit wie die nachtaktiven Fledermäuse und Eulen, die in der Gegend heimisch waren.

Die Formation löste sich auf, nachdem sie den Gebirgskamm überwunden hatte. Die erste der vier Maschinen stieg weiter zum sternenübersäten Himmel empor, die drei anderen glitten an der anderen Seite des Berges in die Wüste hinab.

Air-Ground Combat Center des Marine Corps
Twentynine Palms, Kalifornien

24. September 2008, 23:15 Uhr Ortszeit Lieutenant Colonel Robert Cassin vom U.S. Marine Corps schritt langsam hinter der Reihe von Computer-Workstations auf und ab und behielt dabei die Bildschirme im Auge, die eine der Wände in der verdunkelten Simulationskontrollzentrale bedeckten.

Als OPFOR-Kommandeur im Air-Ground Combat Center wusste er natürlich, dass das Ganze nur eine Übung war. Er und sein Team von altgedienten Gefechtsmanagement-Controllern waren sich bewusst, dass es ihre Aufgabe war, den »Schülern« zu helfen Erfahrung mit schwierigen Gefechtssituationen zu sammeln. Es ging gar nicht in erster Linie darum, zu gewinnen. Doch Cassin und seine Leute waren auch nur Menschen und vor allem Marines, sodass sie sehr wohl den Triumph auskosteten, wenn es ihnen gelang, ein Eindringen der »Blue Force« auf ihr Territorium zurückzuschlagen.

Als die kleine Gruppe von Militär-Experten, denen man den Spitznamen »Jedi-Ritter« gegeben hatte, die darniederliegenden Streitkräfte der Vereinigten Staaten nach dem Vietnamkrieg wieder aufbauten, führten sie einen Faktor in die neue Struktur des amerikanischen Militärs ein, der allzu lange vernachlässigt worden war; sie bestanden darauf, dass regelmäßig intensive Gefechtsübungen abgehalten werden sollten, in denen man sich den Bedingungen einer realen Gefechtssituation so weit wie möglich annäherte.

Man wusste aus Erfahrung, dass ein Soldat in den ersten zehn Tagen auf dem Feld besonders verwundbar war. Desgleichen war für den Militärflieger die Gefahr in seinen ersten zehn Einsätzen am größten. Wenn man dieses »blutige« Anfangsstadium in einer Umgebung durchmachen konnte, in der der »Tod« nur ein Ereignis war, aus dem man etwas lernte, so konnte man besonders fähige – und vor allem überlebensfähige – Kämpfer ausbilden.

Mit einer ausgefeilten Mischung aus kybernetischer Simulation und Hollywood-Spezialeffekten wurden eine Reihe von Übungsstützpunkten eingerichtet, um mögliche Gefechtssituationen zu simulieren. Dazu wurden Opposition-Force-Einheiten, die OPFORs, zusammengestellt, die feindliche Streitkräfte darstellten, welche die amerikanischen Truppen herausfordern und in eine simulierte Schlacht verwickeln sollten. Das Ergebnis wurde hinterher von unparteiischen Computer-Schiedsrichtern bewertet. Der Preis, der den Beteiligten winkte, waren die unbezahlbaren Fähigkeiten, die man benötigte, um im wirklichen Gefecht zu überleben.

Das National Training Center in Fort Irwin, Kalifornien, das Joint Readiness Training Center in Fort Polk, Louisiana, das »Red Flag« Air Warfare Center in der Nellis Air Force Base und das Naval Strike and Air Warfare Center in Fallon, Nevada, waren allesamt für solche OPFOR-Übungen eingerichtet worden.

Das Air-Ground Combat Center in Twentynine Palms, Kalifornien, war ebenfalls eine derartige Einrichtung. Auf knapp 2400 Quadratkilometern Sand und Gebirge im Herzen der Mojavewüste arbeiteten Marine Expedionary Units und Kampfstaffeln an der Verbesserung ihrer Fähigkeiten. Dabei wurden auch ständig neue Strategien und neue Ausrüstung erprobt.

In dieser Nacht waren jedoch etwa 250 Quadratkilometer für eine andere, ziemlich ungewöhnliche Aufgabe reserviert. In dieser Nacht wusste das OPFOR-Team nicht, mit wem oder mit was man es zu tun bekommen würde.

Das grundlegende Szenario war recht einfach. Cassin und seine Leute hatten die Anweisung bekommen, ein Luftabwehrnetzwerk von mittlerer Stärke zu entwickeln, wie man es irgendwo in der Dritten Welt vorfinden würde. Also ging das Air-Ground Combat Center daran, auf dem Übungsgelände eine hypothetische, aber effektive Flugabwehrzone einzurichten. Dabei wurden Waffen und Sensoren verwendet, wie sie in einer durchschnittlichen Dritte-Welt-Armee gebräuchlich waren.

Von einem Berggipfel in der Wüste aus wurde der Himmel mit Suchradar abgetastet, das in Frequenz und Leistung einem älteren französischen Thomson-CFM-System nachempfunden war, während restlichtverstärkende Kameras auf einigen anderen erhöhten Punkten Wachposten simulierten, die mit Nachtsichtferngläsern ausgestattet waren.

Ein halbes Dutzend Punktverteidigungsstellungen, die mit tragbaren russischen SA-18-Boden-Luft-Lenkwaffen und deutschen Rheinmetall-20-mm-Flugabwehrkanonen ausgerüstet waren, bewachten außerdem das Zentrum des Übungsgeländes. Es wurden jedoch nicht die echten Waffen verwendet, sondern bloß Kunststoff-Nachbildungen. Mit den Mitteln der Pyrotechnik und mit Stroboskoplichtern wurde der Abschuss von Flugkörpern und Artilleriefeuer simuliert. Außerdem wurde die entsprechende Abbildung über Radar- und Wärmesignale von Sensoren in der Luft aufgenommen.

Wenn ein angreifendes Flugzeug in die Reichweite der Verteidigungsstellung gelangte, würden die Computer, die das gesamte Geschehen überwachten, die Wahrscheinlichkeit einer Entdeckung und eines Treffers berechnen. Wurde ein Flugzeug mit einer SAM Boden-Luft-Lenkwaffe oder einer Flugabwehrkanone getroffen, so schien der Treffer auf den Bildschirmen der Kontrollzentrale auf, und ein elektronischer Impuls löste ein Stroboskoplicht und einen Alarmton an Bord des getroffenen Flugzeugs aus, um seine Zerstörung anzuzeigen.

Außerdem kreisten zwei F-16E-Abfangjäger der kalifornischen Air National Guard in einer Höhe von 35 000 Fuß über dem Gelände, um die Rolle einer Combat Air Patrol eines Dritte-Welt-Landes zu spielen.

Im Zentrum des Verteidigungssystems befand sich »die Villa«. Ein Dutzend rostiger Conex-Container war zu einem rechteckigen Stapel von der Größe eines Hauses aufgetürmt worden. Rundherum hatte man weitere Container aufgestellt, um eine Mauer zu errichten, und im Hof standen zwei alte Militärlastwagen.

Um diese Villa ging es bei der ganzen Übung. Um die Villa und um das, womit sie angegriffen werden würde. Sie mussten mit allem rechnen – mit Joint-Strike-Fightern ebenso wie mit F/A-22-Fightern, Tomahawk-Marschflugkörpern und UCAV-Angriffsdrohnen. Bei früheren Übungen hatten Cassin und seine Leute stets gewusst, womit sie es zu tun bekamen. Dies war einer der Vorteile, die man den OPFOR-Teams einräumte.

Heute Nacht war das anders.

Bemerkenswert war auch die Tatsache, dass sich im »War Room« ein eher unauffälliger Mann mittleren Alters aufhielt, der in Zivil gekleidet war und nicht einmal die übliche Kennmarke trug, wie man sie allen Besuchern der Anlage aushändigte.

Cassins unmittelbarer Vorgesetzter hatte den Mann hereingeleitet und den Anwesenden ganz präzise Anweisungen mitgegeben. »Dieser Mann ist gar nicht hier. Er ist nie hier gewesen. Sie können ihn völlig ignorieren, es sei denn, er sagt etwas zu Ihnen. Aber wenn er etwas sagt, hören Sie ihm zu!«

Bislang hatte sich der Eindringling jedoch still verhalten. Er saß schweigend ganz hinten in dem dunklen Raum und spielte mit den Fingern an seiner Sportuhr herum.

Cassin blickte zu dem Mann zurück, um in seinem ausdruckslosen Gesicht zu lesen. Dann wandte der Marine seine Aufmerksamkeit wieder den Bildschirmen zu. Auf dem zentralen Wandbildschirm war in einer Ecke ein Videobild erschienen, auf dem die Villa zu sehen war, wie sie in den matten, grauen Farbtönen einer restlichtverstärkenden Fernsehkamera abgebildet wurde.

Cassin trat zu seinem ranghöchsten System-Controller. »Irgendwas Neues, Gunny?«, fragte er.

»Absolut nichts, Sir. Alles ausgestorben wie ein Puff am Montag Morgen.«

Cassin warf einen Blick auf die Anzeige des Countdowns in der rechten oberen Ecke des Bildschirms. Das Geschehen sollte sich zwischen 22:00 Uhr und 24:00 Uhr abspielen, und sie hatten von den kritischen zwei Stunden bereits eine Stunde und siebenundzwanzig Minuten hinter sich.

»Trotzdem kein Grund, leichtsinnig zu werden«, stellte Cassin fest. »Sie haben noch genug Zeit.«

»Wissen wir schon irgendetwas darüber, mit wem wir's zu tun bekommen, Sir?«

»Ich schätze, Sie werden es früher wissen als ich, Gunny.«

Hoch auf dem Gipfel des Hidalgo Mountain rotierte der Suchkopf des Luft-Suchradarsystems lautlos unter seiner Glasfiberkuppel und tastete mit seinem Strahl den umgebenden Luftraum ab.

Man hatte die Leistung des Systems absichtlich gemindert, damit es dem technischen Standard entsprach, den man für die heutige Operation benötigte, doch es stellte auch so ein recht effektives und verlässliches Frühwarnsystem dar. Ja, es war so effektiv, dass es sogar oft auf Autos ansprach, die auf dem Highway 62, jenseits der Südgrenze des Übungsgeländes, unterwegs waren. Die Systemoperatoren hatten den Filter des Systems jedoch inzwischen so eingestellt, dass er diese lästigen und irreführenden Signale eliminierte.

Der Highway stellte aber auch die restlichtverstärkenden Kameras vor gewisse Probleme. Obwohl das Licht der Autoscheinwerfer über dreißig Kilometer entfernt war, wurde die hochempfindliche Optik dadurch immer wieder überlastet, sodass die Abbildung der Kameras beträchtlich an Schärfe einbüßte.

California Highway 62, Richtung Osten

24. September 2008, 23:30 Uhr Ortszeit Der Lastwagen mühte sich die sanfte Steigung hinauf, die aus dem Yucca Valley herausführte. Der Verkehr auf dem abgelegenen Wüstenhighway war sehr schwach; der Himmel war von Sternen übersät, während es unten auf der Erde nur wenige vereinzelte Lichtquellen gab. Die Einöde, durch die der Lastwagen rollte, hatte etwas Unheimliches an sich, was möglicherweise auch der Anlass für das Gespräch war, das im Führerhaus des Lasters stattfand.

»Fliegende Untertassen, Hank.«

»Was ist mit fliegenden Untertassen?«, murmelte der Beifahrer, der mit verschränkten Armen, geschlossenen Augen, das Kinn auf der Brust ruhend, auf seinem Platz saß.

»Das hier ist eine gute Gegend für fliegende Untertassen«, antwortete der Fahrer.

»Ervin, wie kann denn eine Gegend gut für Untertassen sein?«

»Man hat schon viele hier gesehen«, beharrte der Fahrer. »Und ein Kerl am Flughafen von Giant Rock hat sogar behauptet, dass er schon mit Außerirdischen gesprochen hat. Da gibt's richtige Konferenzen, wo tausende Leute aus dem ganzen Land zusammenkommen und erzählen, wie sie selbst irgendwelche Raumschiffe gesehen haben. Das muss schon irgendwas zu bedeuten haben.«

Der Beifahrer schnaubte verächtlich. »Ja, es bedeutet vor allem, dass da draußen jede Menge Verrückte rumlaufen.«

»Ach, meinst du? Also, ich bin mir sicher, es gibt Dinge auf der Welt, von denen du keine Ahnung hast, Hank.« Der Fahrer blickte in den Außenspiegel und sah drei grelle Scheinwerferpaare, die von hinten rasch näher kamen. Wahrscheinlich handelte es sich um Sportwagen, deren Fahrer sich auf dem verkehrsarmen Highway einmal so richtig austoben wollten.

Der Lastwagenfahrer blickte noch einmal in den Spiegel und fand nun, dass die Scheinwerfer ein wenig zu hoch lagen, als dass es sich um Sportwagen handeln könnte. Dann waren es eben ein paar Geländewagen, die sich hier ein Wettrennen lieferten.

»Also, eines weiß ich, Ervin, nämlich dass es keine fliegenden Untertassen gibt und … was ist denn das?«

Die Kaffeebecher begannen in den Becherhaltern zu tanzen und zu vibrieren. Von irgendwo aus der Dunkelheit kam plötzlich ein vibrierendes Brummen, das von einem durchdringenden metallischen Trillern begleitet wurde.

»Was, zum …?«

Silbriges Licht huschte an dem Lastwagen vorbei. Die drei »Scheinwerferpaare« überholten den Lastwagen und trennten sich in einer jähen Explosion. Ein Lichtpaar zischte nach rechts, eines nach links und das mittlere flog geradeaus weiter.

»Hank?«

Die beiden Männer im Führerhaus sahen plötzlich draußen etwas auftauchen, das wie ein Mensch aussah, der einige Meter über dem Boden in der Luft zu schweben schien. Die Gestalt war in ein gespenstisches graugrünes Licht gehüllt, in dem sie von der Taille aufwärts zu erkennen war; sie trug einen riesigen Helm mit einem schweren gläsernen Visier, das die Augen bedeckte. Das Visier wandte sich für einen Augenblick dem Führerhaus des Lasters zu. Dann drehte es sich wieder nach vorne, und die unheimliche Gestalt schwebte an dem Wagen vorüber.

Der Laster begann zu schlingern, als er von heftigen Windstößen geschüttelt wurde. Im nächsten Augenblick trafen sich die drei Fremdlinge wieder über der Straße und verschwanden in der Dunkelheit.

»Hank?«

»Ervin, fahr weiter. Ich sage nichts, und du sagst nichts. Fahr einfach weiter!«

Air-Ground Combat Center

24. September 2008, 23:35 Uhr Ortszeit »Colonel Cassin, wir haben da ein nicht identifiziertes Flugzeug, das sich der heißen Zone nähert.«

Das Symbol für einen Luftkontakt erschien auf dem Bildschirm und näherte sich von Südwesten dem Übungsgelände. Sein Kurs würde dieses so genannte »Bogie« über das südwestliche Viertel des A-GCC, des Air-Ground Combat Center führen, sodass es das aktive Übungsgelände durchqueren würde.

Cassin eilte sogleich zu seinem Controller. »Was haben Sie da, Gunny?«

»Ein einzelnes Ziel. Klares Radarprofil, Sir. Höhe 22 000 Fuß. Geschwindigkeit zweihundertzwanzig Knoten. Das Bogie hat einen Zivilluftfahrt-Transponder.«

»Wo kommt es her?«

»Wie es aussieht, ist das Ding in Palm Springs gestartet, Sir. Ich schätze, da hat sich ein Zivilflugzeug verirrt.«

»Mag sein«, antwortete Cassin. »Traffic Control, sagen Sie dem Kerl, dass er in militärischen Luftraum eindringt.«

»Aye, Sir.« Zwei Workstations weiter sprach eine junge weibliche Angehörige des Marine Corps in ihr Kehlkopfmikrofon: »Zivilflugzeug Echo George Tango, hier spricht Twentynine Palms Air Traffic Control. Sie sind gerade dabei, in gesperrten Luftraum einzudringen. Ändern Sie Ihren Kurs. Ich wiederhole, ändern Sie Ihren Kurs. Over.«

Aus einem Lautsprecher drang zuerst ein Rauschen, gefolgt von abgehacktem Gestammel. »Marine … Echo … Ge … Palm … Las Vegas … ausgefallen … wiederhole …«

Das Positionssymbol behielt seinen Kurs bei und schob sich über die Südgrenze des Combat Center.

Die junge Frau, die für die Luftraumüberwachung zuständig war, sprach erneut in ihr Mikrofon. »Echo George Tango, hier spricht Twentynine Palms Air Traffic Control. Sie sind gerade in militärischen Luftraum eingedrungen. Drehen Sie sofort nach Süden ab. Ich wiederhole, drehen Sie sofort nach Süden ab.«

Das Zielsymbol auf dem großen Bildschirm drehte nach Süden ab. Doch eine halbe Minute später änderte es erneut den Kurs und flog in westlicher Richtung weiter, sodass es ein Dreieck am Himmel beschrieb.

»Mar ... Air ... verstehen ... Kurs ... Kann nicht ... Nav ... Können Sie mich ...«

Das Bogie begann sein Dreiecksmuster über der Südwestecke des Übungsgeländes zu wiederholen und gab damit das Notsignal eines Flugzeuges, dessen Kommunikations- und Navigationssysteme versagten.

Die Operatorin blickte von ihrem Bildschirm auf. »Sir, ich glaube, der Kerl hat ernste Probleme.«

»Mag sein«, sagte Cassin noch einmal. Zivilpiloten tappten mit frustrierender Regelmäßigkeit in militärischen Luftraum, und ein Ausfall der Systeme während des Fluges konnte schließlich jedem passieren. Dennoch ... »Funkaufklärung, ich brauche eine Zielbeurteilung.«

»Signalmuster passen auf den Radartransponder eines Zivilflugzeugs, und die Schwankungen in der Funksignalstärke lassen ebenfalls auf einen Systemausfall schließen, Sir.«

Cassin überlegte einige Augenblicke und fragte dann seinen dienstältesten Unteroffizier um seine Meinung, was sich in der Vergangenheit stets bewährt hatte.

»Gunny, was halten Sie davon?«

»Schnell ist er nicht unterwegs«, antwortete der Gunnery Sergeant. »Das Flugprofil passt auf eine kleine Turboprop-Maschine. Es könnte also stimmen, was er sagt, Sir.«

»Könnte es sein, dass es ein Hubschrauber ist?«

»Unwahrscheinlich bei der Flughöhe und unmöglich bei der Geschwindigkeit, Sir.«

Cassin hatte dennoch ein komisches Gefühl. »Rufen Sie die Combat Air Patrol. Wenn er ein Zivilist ist, dann eskortieren Sie ihn hinaus. Wenn nicht … Ladies and Gentlemen, lassen Sie Ihre Bildschirme nicht aus den Augen. Es könnte sein, dass uns da jemand einen Streich spielen will.«

Cassin konnte nicht wissen, dass der stille Beobachter im Hintergrund der Kontrollzentrale nun nicht mehr mit seiner Uhr spielte, sondern den Daumen auf dem Startknopf ruhen hatte. Genauso wenig fiel irgendjemandem auf, dass in einem Winkel des Raumes auf einem Bildschirm, der die ungefilterte Abbildung eines Luft-Suchradars zeigte, drei extrem schwache Radarechos erschienen, die von Süden in das Übungsgelände eindrangen.

Das Gefechtsmanagement-System der Zentrale hatte die Echos schon vor einiger Zeit entdeckt, als sie mit über hundert km/m den Highway 62 entlanggewandert waren; es hatte sie jedoch als herkömmliche Störechos eingestuft, wie sie von den Autos erzeugt wurden, und sie dementsprechend nicht weiter verfolgt.

Das System kümmerte sich auch jetzt nicht weiter um diese »Autos«, obwohl sie inzwischen vom Highway abgedreht waren und ein Gelände durchquerten, durch das weit und breit keine Straße führte.

»Zivilflugzeug Echo George Tango, hier spricht California Air National Guard Butterball Two Five, können Sie mich hören? Over … Zivilflugzeug Echo George Tango, hier spricht California Air National Guard Butterball Two Five, können Sie mich hören? Over.«

Captain Brenda Zabreski, oder jetzt im Dienst Butterball Two Five, nahm den Leistungshebel zurück und fuhr die Bremsklappen aus, um die durch den Sinkflug erhöhte Geschwindigkeit zu drosseln. Als sie unter die 550-km/h-Grenze abfiel, fuhr Zabreski die Landeklappen ein Stück weit aus, und ihre nicht mehr ganz taufrische F-16 erschauderte, so als würde ihr der Geschwindigkeitsabfall gar nicht behagen.

Zu ihrer Linken blieb die Maschine von Lieutenant Dennis Ramirez, Butterball Two Six, an ihrer Seite, als die beiden Jäger aus 35 000 Fuß herabstießen, um sich auf dem Weg zu dem Objekt zu machen, das sie auf ihren Cockpit-Displays hatten.

»Ah ... bitte wiederholen ... kann nicht ... System ... Position ... Over.«

Zabreski seufzte und schaltete auf den Kommandokanal um: »Two Five an Two Six. Haben Sie damit irgendwas anfangen können, Denny? Over.«

»Negativ, Capt'n, nichts als Müll.«

»Roger, Denny, dann gehen wir mal von der Backbordseite an den Burschen ran, schön langsam, in ungefähr hundert Meter Abstand.«

»Alles klar, Ma'am. Ich würde gern so dicht an dem Idioten vorbeizischen, dass seine Türen wackeln. Wir haben wirklich was Besseres zu tun, Capt'n.«

»Immer mit der Ruhe, Denny. Vielleicht hat er ja wirklich Probleme. Außerdem kann der Bundesstaat Kalifornien keine Klage von irgendeinem Zivilluftfahrt-Heini gebrauchen, der behauptet, wir hätten ihm solche Angst gemacht, dass er seither an dauerhaften Potenzstörungen leidet.«

Eine andere Stimme schaltete sich in das Gespräch ein. »Butterball Two Five, hier spricht Twentynine Palms Traffic Control. Wir sehen das Bogie an Ihrer Ein-Uhr-Seite in acht Kilometern Entfernung. Können Sie ihn schon sehen? Over.«

Zabreski drückte auf den Sendeknopf an ihrem Steuerknüppel. »Wir haben da etwas in ein Uhr, allem Anschein nach die Positionslichter einer Zivilmaschine. Möchtet ihr, dass wir die Verfolgung fortsetzen? Over.«

Die Positionslichter tauchten im Display der Frontsichtanzeige der F-16 auf.

»Ja, Butterball Two Five«, antwortete Twentynine Palms. »Geht näher ran und identifiziert das Ziel.«

»Roger. Wird gemacht.« Zabreski fand die Jungs von der Kontrollzentrale wieder einmal absolut überkorrekt, doch sie kam der Aufforderung nach und schob sich näher an das Ziel heran. Ihre Maschine reagierte etwas störrisch, wie um anzuzeigen, dass sie nicht für so niedrige Geschwindigkeiten geschaffen sei.

Während sich die Entfernung weiter verringerte, griff Zabreski mit der linken Hand hinauf und klappte das restlichtverstärkende Visier herunter, um nach dem Flugzeug Ausschau zu halten. Bei dem schnellen Blinken der Positionslichter war es nicht einfach, etwas dahinter zu erkennen.

Das Bogie war auf jeden Fall nicht sehr groß. Vielleicht ein Turbo Mooney. Aber war das nicht ein Schwanzbaum? Konnte es sich vielleicht um eine alte Cessna Skymaster handeln, die volle Pulle dahinbrauste?

Plötzlich gingen die Positionslichter aus, und Captain Zabreski konnte das Ziel einen Moment lang gut erkennen.

Sie hatte noch nie in ihrem Leben etwas Derartiges gesehen.

Im Control Center des Übungsgeländes drang der erstickte Schrei der Abfangjäger-Pilotin aus den Lautsprechern. Auf dem Hauptbildschirm wurde das Zielsymbol des unidentifizierten Flugzeugs plötzlich um vieles langsamer.

Das »in Not geratene Zivilflugzeug« halbierte binnen weniger Sekunden seine Fluggeschwindigkeit. Hilflos schossen die beiden Abfangjäger über das mysteriöse Ziel hinaus, während sich das Bogie wand und wie eine fliegende Kobra nach einem der beiden Jets schnappte.

Die Stimme des Bogie-Piloten war erneut über Funk zu hören, doch diesmal ganz deutlich und völlig störungsfrei. »Feuer! Feuer! Feuer!«

Eine rote Abschussbox schloss sich auf dem Display um die F-16. »Butterball Two Six ist abgeschossen worden!«, rief ein Marine-Controller. »Mit einer Zwanzig-Millimeter-Kanone!«

Die Computer in der Zentrale hatten ermittelt, dass der Jet der Air Guard im Geschosshagel einer Maschinenkanone untergegangen war. Cassin drückte auf den Sendeknopf an seinem Headset. »Butterball Two Five, bitte melden! Was ist da draußen los?«

»Ich weiß es nicht!«, antwortete die Pilotin verzweifelt, während sie ihre Maschine beschleunigte. »Ich habe so etwas noch nie …«

»Fox three! Fox three!«, rief eine nüchterne männliche Stimme dazwischen. Irgendwo über dem Übungsgelände brausten hypothetische hitzesuchende Luftabfang-Flugkörper von den Startschienen und nahmen den Air-Guard-Jet aufs Korn. Die Computer registrierten das Ereignis, und eine zweite Abschussbox erschien rund um Butterball Two Five.

»Butterball Two Five ist soeben von einer Sidewinder X abgeschossen worden!«, meldete ein Controller.

In einem dunklen Winkel der Kommandozentrale drückte der namenlose Beobachter auf den Startknopf an seiner Uhr. Einhundert Sekunden ab jetzt.

Frustriert blickte Cassin zum Lautsprecher hinauf. Die Spielregeln gaben vor, dass die Abfangjäger-Piloten nicht melden durften, was sie so plötzlich außer Gefecht gesetzt hatte. Sie waren tot. Doch der Abfangjäger-Killer war noch das geringste Problem.

Drei weitere feindliche Flugzeug-Symbole tauchten wie aus dem Nichts auf den Radarschirmen auf, als das verwirrte Filtersystem mit großer Verspätung erkannte, dass es sich doch nicht um Autos handelte.

»Mehrere Luftziele in unserem Luftraum«, rief der dienstälteste Controller. »Flughöhe knapp über dem Boden, Geschwindigkeit hundertzwanzig Knoten, beschleunigt zusehends. Peilung null Grad. Hält auf erstes Ziel zu!«

»Gunny, womit haben wir's zu tun?«

»Das müssen Hubschrauber sein, Sir.«

Kampfhubschrauber, dachte Cassin. Es mussten AH-64 Apache sein, die von … etwas anderem eskortiert wurden. »Feuer frei, alle Stationen! Ziele knapp über dem Boden!«

Die OPFORs hatten immer noch eine Chance. Die Spielregeln besagten, dass die eindringenden blauen Streitkräfte die Villa innerhalb von einhundert Sekunden nach ihrer Entdeckung unter Beschuss nehmen mussten, und in diesem Fall waren die Hubschrauber ein bisschen zu früh entdeckt worden. Sie würden es nicht schaffen, rechtzeitig nahe genug heranzukommen.

»Moment! Ich korrigiere!«, rief der Chef-Controller aufgeregt. »Geschwindigkeit des Zieles jetzt über zweihundert Knoten, und wird schneller. Ziele sind *keine,* ich wiederhole, *keine* Helis.«

»Aber was, zum Teufel, sind sie dann?«

»Ich habe nicht die leiseste Ahnung, Sir. Die Geschwindigkeit war zuerst zu gering, als dass es sich um einen Festflügler hätte handeln können. Und jetzt ist sie zu hoch für einen Helikopter.«

»Was ist mit einem Schwenkrotorflugzeug? Könnten es Ospreys sein?«

»Das Radarprofil ist viel zu klein dafür! Die Radarsignaturen und Flugprofile stimmen mit gar nichts überein, was man kennt!«

Nun wurde Cassin einiges klar. Da war zuerst die Tatsache, dass man ihnen nicht mitgeteilt hatte, von wem sie angegriffen werden würden. Dann dieser anonyme Beobachter in der Operationszentrale. Das hier war nicht *irgendeine* Übung. Er und seine Leute wurden benutzt, um irgendein neues, geheimes und völlig anderes Waffensystem zu testen.

Videofenster öffneten sich an den Rändern des Hauptbildschirms, als restlichtverstärkende Kameras ihre Bilder von den Verteidigungsstellungen an den Rändern der Luftabwehrzone lieferten. Die Controller versuchten die Eindringlinge visuell zu erfassen, doch alles, was sie hereinbekamen, waren Lichtblitze in der Dunkelheit. Die Videoabbildung von den drei Flugabwehrstellungen löste sich in nichts auf, als die Kameras vernichtet wurden. Die Angreifer waren befugt, echte Waffen gegen die simulierten Bodenziele einzusetzen. Die Verteidigungsstellungen, die das Hauptziel im Süden bewachten, wurden mit Abschussmarkierungen versehen.

»Air Defense Sites drei, vier und fünf zerstört. Hellfire-Luft-Boden-Flugkörper.«

Hellfire-Lenkwaffen, 20-mm-Kanonen und Sidewinders. Wenigstens verwendeten diejenigen, die ihnen da in den Hintern traten, amerikanische Technik.

Aller Augen richteten sich auf das Fernsehbild der Villa, nur der mysteriöse Fremde im Hintergrund verfolgte den Leuchtzeiger seiner Sportuhr. Fünfzehn Sekunden … Zwanzig … Fünfundzwanzig …

Er stellte sich ein ganz anderes Szenario vor. Ein Mann, der genau weiß, dass er von einer mächtigen Armee gejagt wird, schläft in einem verdunkelten Raum. Ein Telefon klingelt. Eine Warnung wird durchgegeben.

Dreißig … Fünfunddreißig … Vierzig … Stiefel poltern eine Treppe herauf. Fäuste pochen verzweifelt gegen eine verschlossene Tür.

Fünfundvierzig … Fünfzig … Fünfundfünfzig … Leibwächter zerren einen schlaftrunkenen Mann aus seinem Bett. Erklärungen und Befehle werden gerufen. Die Männer stürmen über den Flur und die Treppe hinunter.

Sechzig … Fünfundsechzig … Siebzig … Motoren von Limousinen werden angelassen. Der Fluchtkonvoi steht bereit, die Türen sind geöffnet. Die Tore im Zaun gehen auf, um Platz zu machen für ein Wettrennen in der Dunkelheit. Fünfundsiebzig … Achtzig …

Auf dem Bildschirm an der Wand schlug eine Salve von drei Hellfire-Flugkörpern in das Zielhaus ein, eine zweite Salve folgte, dann eine dritte und eine vierte. Die Flugkörper folgten ihrem Laser-Leitstrahl und machten das Containergebilde dem Erdboden gleich.

Es war ein konzentrierter Beschuss, der das Gebäude nicht bloß beschädigen oder im üblichen Sinne zerstören sollte – nein, es sollte jeder Winkel vernichtet werden, in dem es möglich gewesen wäre, den Angriff zu überleben.

Das Manöver gelang. Nach nur dreißig Sekunden, wie die Sportuhr anzeigte, war von dem Gebäude nichts mehr übrig als unzählige Metalltrümmer, die in weitem Umkreis in der Wüste verstreut waren. Der Beobachter lächelte und drückte auf den Stop-Knopf.

Auf dem Hauptbildschirm war ebenfalls nichts mehr zu sehen. Die Positionssymbole der drei Angreifer waren in dem Augenblick, als der letzte Flugkörper abgefeuert worden war, wie von Geisterhand vom Bildschirm verschwunden. Das Gleiche galt für den vierten Eindringling, der die beiden Air-Guard-Maschinen ausgeschaltet hatte. Am Himmel über dem Übungsgelände waren nur noch die beiden geschlagenen F-16-Maschinen zu sehen, die zu ihrer Basis zurückkehrten.

Der Beobachter steckte die Uhr ein, trat aus seinem Winkel hervor und kam nach vorne zu Cassin, der betroffen auf den Hauptbildschirm starrte. »Danke, Colonel«, sagte er. »Sie und Ihre Leute haben uns sehr geholfen. Die Übung ist zu Ende.«

Dann drehte er sich um und verließ die Kommandozentrale.

USS *Bonhomme Richard*, LHD-6
48 Meilen vor San Diego, Kalifornien

25. September 2008, 00:58 Uhr Ortszeit Es war für die Anwesenden im Ruderhaus ein etwas seltsames Gefühl, als der Wächter von den U.S. Marines auf der Brücke erschien. Der Mann trat zu den Backbordfenstern und nahm die Klebestreifen ab, mit denen das Schutzkleid oberhalb der Scheibe fixiert war. Dann rollte er das Segeltuch herunter, um die Sicht auf das Flugdeck des riesigen Amphibienschiffes zu verdecken, und stellte sich mit dem Rücken zum Fenster.

Der Rudergänger und der Zweite Rudergänger, die am Ruder bzw. an der Maschinensteuerung postiert waren, sahen einander schweigend an, und der OOD murmelte: »Augen geradeaus, Gentlemen. Ihr wisst, wie die Übung abläuft.«

Einige Augenblicke später drang eine Stimme aus den Lautsprechern des 1-MC-Durchsagesystems. »Klarmachen zur Wiederaufnahme des Flugzeugs. Spezielle Sicherheitsmaßnahmen in Kraft setzen. Alle Videokameras an Deck ausschalten. Unbefugtes Personal sofort unter Deck begeben. Ich wiederhole, unbefugtes Personal sofort unter Deck begeben.«

In der vergangenen Woche waren für die Crew der *Bonhomme Richard*, von den eigenen Leuten liebevoll »The Bonny Dick« genannt, ziemlich rätselhafte Dinge auf ihrem Schiff abgelaufen.

Das LHD, das Landing Helicopter Dock der Wasp-Klasse war ursprünglich dafür konstruiert worden, den Großteil einer Marine Expeditionary Unit und ihre unterstützenden Lufteinheiten zu transportieren. Auf dieser Fahrt war jedoch jemand anders an Bord gekommen und hatte das Schiff übernommen. Wer das war, darüber konnte man jedoch nur mutmaßen.

Das Air One Flight Control Center am achterlichen Ende der Insel des LHD war von einigen der mysteriösen Fremden bemannt. Aber auch die Leute, die sich um die Flugzeuge kümmerten, sowie die Feuer- und Unfallteams auf dem Flugdeck gehörten zu den Unbekannten.

Auch die Flugservicebereiche waren zur verbotenen Zone erklärt worden. Die achterliche Hälfte der Hangarbucht war mit Persenning abgetrennt und wurde von bewaffneten Marines bewacht.

Diese Sicherheitstruppe wurde jedoch nicht von gewöhnlichen Ledernacken gebildet. Es handelte sich um Angehörige der Fleet Marine Force, jener handverlesenen Einheit, die über das Atomwaffenarsenal der Navy wachte.

All das brachte natürlich die Gerüchteküche an Bord des Schiffes zum Brodeln, doch man war noch zu keinen konkreten Schlussfolgerungen gelangt.

Der OOD neigte den Kopf und lauschte einer Stimme in seinem Kommando-Headset.

»Rudergänger, Kursänderung nach Backbord, auf null-neun-acht gehen.«

»Gehen auf null-neun-acht, Sir.«

Sie drehten das Schiff in den Wind, um das VTOL, das Vertical-Takeoff-and-Landing-Flugzeug aufzunehmen.

Ein durchdringendes Dröhnen drang aus der Dunkelheit herein. Die Mannschaft der *Bonny Dick* hatte sich in den vergangenen beiden Wochen an dieses Geräusch gewöhnt. Es war dem Lärm, den ein herkömmlicher Hubschrauber erzeugte, sehr ähnlich, aber es war eben doch ein klein wenig anders.

Wer immer diese Kerle waren, sie flogen jedenfalls nur bei Nacht. Nach Sonnenuntergang starteten sie, um dann irgendwann vor Sonnenaufgang zurückzukommen. Bei Tageslicht war das Flugdeck leer.

Es gab ein weiteres Detail, über das jede Menge Spekulationen angestellt wurden. Die Angehörigen dieser geheimnisvollen Fliegereinheit, die an Bord gekommen waren, um die Maschinen zu fliegen und instand zu halten, hatten alle dasselbe seltsame kleine Emblem auf der Fliegerkombi und der Arbeitskleidung. Kein Name der Einheit, keine Nummer und auch kein Motto auf dem runden schwarzen Ding, nur ein Logo: Ein waagrechter Blitzstrahl, der sich in eine rotäugige Kobra verwandelte, die mit entblößten Giftzähnen zuschlug.

Der drahtige Navy-Flieger mit dem Gesicht eines Filmstars trug immer noch die Schwimmweste und das Tragegurtzeug mit der

Überlebensausrüstung über der tarnfarbenen Fliegerkombi, als er vor Captain DeVilles Schreibtisch trat.

»Wie war es heute, CAG?«, fragte der Kommandant der *Bonhomme Richard*, indem er die überholte, aber traditionelle Abkürzung für »Commander Air Group« vewendete. Nachdem DeVille als Einziger von der *Bonny Dick* darüber informiert war, worum es sich bei der geheimnisvollen schwarzen Staffel handelte, war er befugt, diese Frage zu stellen.

»Ziemlich gut, Sir«, antwortete der Flieger lächelnd. »Ja, es hätte gar nicht besser laufen können. Ich bin wirklich zufrieden damit, wie sich diese Einheit entwickelt – vor allem, wenn man bedenkt, wie viel Entwicklungsarbeit wir noch mit der Technik vor uns haben. Ich würde fast sagen, wir sind so gut wie einsatzbereit.«

Der Skipper des LHD sah den Flieger mit einem ironischen Lächeln an. »Das freut mich zu hören, Vince. Nachdem Sie heute Abend aufgebrochen sind, haben wir eine dringende Nachricht aus dem Hauptquartier von NAVSPECFORCE erhalten.«

DeVille sperrte eine Schublade an seinem Schreibtisch auf, nahm die Nachricht heraus und reichte sie dem Offizier. »Wir haben die Anweisung bekommen, eure Übung zwei Tage früher abzubrechen. Die SPEED-Cobras sollen morgen Nacht zur Edwards Air Force Base fliegen, und wir bringen euer Unterstützungspersonal und die Ausrüstung am darauffolgenden Morgen nach Coronado. Ich bin befugt, Ihnen mitzuteilen, dass Ihre Staffel innerhalb der nächsten zweiundsiebzig Stunden von Edwards zu einem geheimen vorgeschobenen Stützpunkt weiterrücken wird.«

DeVille reichte dem Flieger eine zweite Botschaft. »Wir haben dann noch das hier bekommen, für Sie persönlich.«

Commander Vincent Arkadys Gesichtsausdruck wurde eine Spur nachdenklicher, als er die Nachricht las. Sie stammte von Admiral Elliot MacIntyre und hätte kürzer und prägnanter nicht sein können.

Sie bestand aus einem Wort. »Jetzt.«

Arkady blickte von der Nachricht auf. »Das sagt dann wohl alles, Capt'n.«

CNN Television

30. September 2008, 19:20 Uhr Ortszeit »Senator Donovan, Sie waren von Anfang an mit unserem gegenwärtigen Engagement in der Indonesien-Krise befasst. Nun scheint sich das Ganze sozusagen zu einer Amanda-Garrett-Krise auszuwachsen. Können Sie uns irgendetwas über diese jüngste Wendung der Ereignisse berichten?«

»Also, Larry, zuerst einmal möchte ich klarstellen, dass ich und meine Partei uns klar und eindeutig von diesem leichtsinnigen Cowboy-Interventionismus der Childress-Administration distanzieren, und das nicht nur in Indonesien, sondern überall auf der Welt. Und zu dem konkreten Vorfall kann ich nur sagen – eine solche Politik bringt zwangsläufig solche Leute hervor.«

»Wie meinen Sie das, Senator?«

»Es ist doch ziemlich offensichtlich, dass die aggressive Außenpolitik des Präsidenten und die Tatsache, dass er den Streitkräften praktisch freie Hand in ihrem Vorgehen lässt, eine gefährliche Rambo-Haltung in unserer militärischen Führung begünstigt. In einem solchen Klima kommen aggressive Draufgänger wie diese Amanda Garrett nach oben – also Personen, die sich nicht um den Willen des Kongresses und des amerikanischen Volkes kümmern und die nur nach persönlichem Ruhm streben.«

»Ich möchte doch einwenden, Senator, dass Captain Garrett zweimal das Navy Cross und eine Special United Nations Medal for Peacekeeping bekommen hat.«

»Ich will die Leistungen der jungen Frau auch gar nicht schmälern, aber es ist doch ziemlich offensichtlich, dass sie jetzt sogar die ohnehin sehr weit gefassten Grenzen der Childress-Administration überschritten hat. Es ist nur normal, dass sie dafür zur Rechenschaft gezogen wird.«

»In der Presseaussendung der Naval Special Forces ist aber nur sehr vage von einem Untersuchungsausschuss die Rede.«

»Das scheint mir die Taktik von Admiral Elliot MacIntyre zu sein, dem Kommandanten von NAVSPECFORCE. Er möchte Captain Garrett offensichtlich schützen, aber ich kann Ihnen versprechen, Larry, die Wahrheit wird ans Licht kommen …«

Diego Garcia, Indischer Ozean

2. Oktober 2008, 23:23 Uhr Ortszeit Diego Garcia war eine winzige Insel im Nirgendwo. Sechsunddreißig Quadratkilometer Land in der Weite des Meeres. Der einzige wirkliche Wert der Insel bestand in ihrer Lage. Von ihr aus konnte man den gesamten Indischen Ozean kontrollieren.

Nominell war Diego britischer Besitz. Man hatte die Insel jedoch langfristig an die Vereinigten Staaten verpachtet, und die einzigen Bewohner waren die amerikanischen Streitkräfte. Nach Diego kam man nur, wenn man eingeladen war, und eingeladen wurde man nur, wenn es triftige Gründe dafür gab.

Der Großteil der Hauptinsel wurde von einem riesigen Luftstützpunkt eingenommen. Die Rollbahnen, Parkplätze und Service-Einrichtungen waren in der Lage, auch die größten Flugzeuge aufzunehmen. Patrouillenflugzeuge, Transportmaschinen und Tankflugzeuge flogen hier regelmäßig aus und ein, um die Aufgaben zu erfüllen, die vom Pentagon vorgegeben wurden. Die Bomber des Air Combat Command, die B-52 BUFFs, die B-1 »Bones« und die B-2 Spirits, hatten im Golfkonflikt und im Afghanistankrieg ebenfalls ihren Stützpunkt in Diego Garcia.

Weitere große Kaliber waren auf dem Ankerplatz der Insel zu finden, die stattlichen grauen Schiffe des Military Sealift Command. Die Maritime Pre-positioning Force stand jederzeit bereit, um unverzüglich einen eventuellen Krisenherd an einer der Küsten Asiens oder Afrikas aufzusuchen. Die schnellen Transportschiffe waren voll gepackt mit der Ausrüstung einer Mechanized Expeditionary Force der Army, einer Marine Expeditionary Brigade und eines Air Force Combat Wing sowie mit der Munition, dem Treibstoff und den Vorräten, die man benötigte, um einen Monat lang Krieg zu führen. Außerdem wurden von hier aus Truppen zu den Krisenherden befördert, die zuvor auf dem Luftweg aus den Vereinigten Staaten auf die Insel gebracht wurden, sodass man in der Lage war, schnell auf eine Krisensituation zu reagieren. In Militärkreisen war man sich weltweit einig, dass Diego Garcia für die militärische Macht der USA in Asien von allergrößter Bedeutung war. Dementsprechend war die Insel Ziel einer besonders regen Spionagetätigkeit.

Nun hatten die militärischen Spionagesatelliten in den vergangenen sechs Monaten eine sonderbare neue Anlage auf Diego entdeckt, die in Ermangelung eines besseren Namens »The Cocoon« genannt wurde. Auf dem Ankerplatz war ein gigantisches schwimmendes Trockendock eingerichtet worden, das groß genug war, um sogar einen Flugzeugträger der Nimitz-Klasse aufzunehmen. Es war dies eine logische Ergänzung der bestehenden Einrichtungen. Dieses Trockendock war jedoch mit einem weißen Dach versehen, um das, was darunter verborgen lag, vor den neugierigen Blicken der Spionagesatelliten in der Erdumlaufbahn zu verbergen.

Nun war es wohl mit den Mitteln der Infrarotfotografie möglich, die Wände und das Dach eines Gebäudes zu durchdringen und einen Blick ins Innere zu erhaschen. Eine wenige Millimeter dicke Glasfaserkonstruktion sollte kein nennenswertes Hindernis darstellen. Doch was wie Glasfaser aussah, war in Wirklichkeit ein Infrarot absorbierendes Stealth-Material, das so undurchdringlich war wie die Felswand eines Berges.

Wenn es mit Infrarotfotografie nicht klappte, so würden vielleicht Mikrowellen zum Ziel führen. Wenn der »Kokon« ein großes Objekt aus Metall, beispielsweise ein Schiff, enthielt, so würde dieses Schiff eine geringe, aber messbare elektromagnetische Strahlung abgeben. Wenn man das Schiff also mit einem dafür ausgerüsteten Satelliten unter die Lupe nahm, so hätte es sich quasi anhand dieser Strahlung abbilden müssen.

Doch wenn nun ein solcher Satellit über der Anlage auftauchte, so musste er feststellen, dass der Himmel über dem Kokon mit einem breiten Spektrum von Mikrowellen förmlich zugedeckt wurde, sodass es unmöglich war, die Abbildung eines Schiffes darunter zu erkennen.

Die Spezialisten für die Luftaufklärung mussten also widerstrebend zur Kenntnis nehmen, dass hier nichts zu machen war.

Eine Macht, die theoretisch sogar ein Verbündeter der USA war und auch der NATO angehörte, gab sich damit jedoch nicht zufrieden. Sie startete von den Seychellen aus eine mit allen möglichen Instrumenten ausgerüstete Aufklärungsdrohne, die nahe genug an Diego Garcia herankam, um einen Blick ins Innere des mysteriösen Trockendocks zu erhaschen.

Das letzte Bild, das die Drohne lieferte, zeigte eine Patriot-III-Flugabwehrrakete. Verträge, die im Nordatlantik etwas galten, hatten hier im Indischen Ozean nicht unbedingt den gleichen Wert.

Im Laufe der vergangenen Woche hatten die Aktivitäten rund um den Kokon stark zugenommen, wovon die Welt jedoch nichts mitbekam. Diego Garcias »Captain Kirk«, der Aufpasser in der Erdumlaufbahn, spielte mit allen potenziellen Beobachtern Verstecken. Sobald der Himmel über Diego leer war, fuhren jede Menge Lastschiffe, Landungsschiffe und Leichter zwischen den Anlagen an der Küste und dem Trockendock hin und her. Doch kaum tauchte ein Aufklärungssatellit über dem Horizont auf, waren die Schiffe schon wieder unter der schützenden Hülle des Docks verschwunden oder an anderen Plätzen vor Anker gegangen.

In dieser Nacht zogen sich die Hilfsschiffe zum letzten Mal zurück, nachdem sie ihre Aufgabe erledigt hatten. Im Dock sowie an Bord dessen, was sich im Dock befand, gingen die Crews auf ihre Stationen und warteten auf die nächste Lücke in der Satellitenüberwachung.

Um genau 23:24 Uhr verschwand der Aufklärungssatellit *Shiun 5* der japanischen Selbstverteidigungskräfte hinter dem nördlichen Horizont. Nach einem letzten Informationsaustausch mit den Space Command Headquarters im Cheyenne Mountain gab »Captain Kirk« grünes Licht.

Im Trockendock plärrten die Warnhupen, und die Arbeitsbeleuchtung wurde schrittweise abgeschaltet. In der Dunkelheit ertönte das Dröhnen von leistungsstarken Maschinen.

Erneut plärrten die Hupen, und die riesigen Tore des Trockendocks gingen auf und verdrängten die Wellen ringsum. Trossen, so dick wie Pythonschlangen, wurden gelöst, und das Wasser wurde aufgewühlt, als sich mächtige Schiffsschrauben zu drehen begannen.

Ein riesiges kantiges Gebilde schob sich in die Nacht hinaus und drehte sich mit gravitätischer Anmut auf den Kanal zu, der auf das offene Meer hinausführte, worauf die Tore der geheimnisvollen Heimstätte wieder geschlossen wurden.

Eine Dreiviertelstunde später flog der kanadische Commercial Earth Surveillance Satellite *Red Eagle Alpha* über Diego Garcia hinweg. Im Auftrag von verschiedenen Regierungen und Privatpersonen wurde eine Fotoserie der Anlage angefertigt, die jedoch nichts Ungewöhnliches zutage förderte.

In der Inselgruppe der Molukken
Indonesien

4. Oktober 2008, 07:56 Uhr Ortszeit In der Luft hing ein Duft von Gewürznelken und Vanille und natürlich nach Meer. Der Frühstückstisch auf dem Lanai, der Terrasse des alten holländischen Plantagenhauses, war mit einer Vase mit Waldorchideen geschmückt, die eines der Dienstmädchen am frühen Morgen gepflückt hatte. Es war ein etwas ungewöhnliches Detail für einen Raum, in dem Kriegsrat gehalten wurde. Aber auch das Plappern der Sittiche bildete einen seltsamen Hintergrund für das Gesprächsthema im Raum.

»Wir müssen jetzt zur Luftisolierungsphase unserer Operation übergehen, Lo«, sagte Harconan zu seinem Assistenten. »Der Luftverkehr zwischen den Inseln muss nach und nach zum Erliegen kommen.« Harconan war mit Safarijacke und Hose bekleidet, während der Chinese, der ihm gegenübersaß, wie immer einen schwarzen Anzug trug.

»Wir haben mehrere Schiffe mit tragbaren Boden-Luft-Flugkörpersystemen zur Verfügung«, antwortete Lo. »Sie könnten in der Nähe der wichtigsten Flughäfen in Position gehen.«

Harconan schüttelte den Kopf. »Das können wir für die Militärtransportmaschinen in Erwägung ziehen, aber nicht für die Zivilfluglinien. Dort sollen Sabotageteams eingesetzt werden. Ich will, dass die Maschinen noch am Boden außer Gefecht gesetzt werden, nicht in der Luft.«

Lo runzelte die Stirn. »Ich möchte zu bedenken geben, dass der Terror-Effekt durch abstürzende Maschinen den Isolierungsprozess beschleunigen würde.«

»Das stimmt schon, *Bapak*«, erwiderte Harconan und verwendete dabei die indonesische Koseform für Vater. »Aber wir wollen doch die Verluste wenigstens einigermaßen in Grenzen halten.«

»Wir waren uns doch einig, dass Verluste unvermeidlich sein

würden, als wir uns auf dieses Unternehmen einließen, Herr«, entgegnete Lo.

»Ich weiß, ich weiß«, sagte Harconan und griff nach dem Obstmesser, um sich von einer Mango eine Scheibe abzuschneiden. »Wir haben von Anfang an gewusst, dass wir Mistkerle sein müssen, um unser Ziel zu erreichen, aber wir wollen doch auch nicht größere Mistkerle sein als unbedingt notwendig.«

»Ich muss sagen, das ist eine weise Einstellung, Herr.«

Harconan biss in die Frucht und runzelte die Stirn, als ihm etwas einfiel. »Sagen Sie, Lo, was ist eigentlich auf Bali los?«

»Was meinen Sie genau?«

»Die religiösen Unruhen, von denen wir kürzlich gehört haben. Unsere Agenten haben doch damit nichts zu tun, oder?«

Lo schüttelte den Kopf. »Nein, Herr. Unsere Zellen sind dort überhaupt nicht aktiv. Unsere Clan-Oberhäupter und Schiffskapitäne halten sich zurück, so wie Sie es angeordnet haben.«

»Nun, irgendwelche Idioten zetteln da etwas an, das nicht einmal ich will. Natürlich brauchen wir Chaos, aber keinen Krieg zwischen Moslems und Hindus.«

Lo nickte. »Aber man muss eben einkalkulieren, dass all jene, die auf Macht aus sind, in unruhigen Zeiten ganz einfach ihre Chance sehen. Wir wissen ja, dass es jede Menge islamische Gruppierungen in der Region gibt, die nach Einfluss streben. Wahrscheinlich will gerade eine solche Gruppierung ihre Macht beweisen, indem sie eine Konfrontation mit den Hindus heraufbeschwört.«

»Dann haben sich diese Leute einen sehr schlechten Ort dafür ausgesucht«, sagte Harconan, während er noch eine Scheibe seiner Mango verzehrte. »Wenn dieser Vandalismus weitergeht, könnte es passieren, dass die moslemische Minderheit auf Bali schnell ausgelöscht wird.«

Der Chinese zuckte die Achseln. »Man kann wohl nicht rationales Denken von Leuten erwarten, die glauben, dass sie die besondere Gunst der Götter genießen.«

»Genau das fürchte ich auch, Lo. Setzen Sie unseren Nachrichtendienst auf Bali darauf an. Ich will wissen, wer hinter den Provokationen steckt. Vielleicht wollen da ein paar übereifrige Mullahs frühzeitig zu Allah abberufen werden.«

»Wird gemacht, Herr«, sagte Lo, ohne sich eine Notiz zu machen, was er bei seinem Gedächtnis auch nicht nötig hatte. Er hatte jedoch an diesem Tag eine Mappe zu der morgendlichen Besprechung mitgebracht. »Ich habe noch etwas, das Sie interessieren dürfte.«

Lan Lo war ein Mensch, der äußerlich stets völlig gleichmütig blieb, doch Harconan kannte ihn so gut, dass er auch kleinste Gefühlsregungen an dem Mann wahrnahm. Sein Faktotum war offenbar wegen irgendeiner Sache beunruhigt.

»Was gibt's, Bapak?«

Der Chinese schob die Mappe schweigend über den Tisch. Harconan sah vor sich das Foto einer attraktiven Frau mit kastanienbraunem Haar, die eine amerikanische »Blue Baker«-Navy-Uniform trug.

Harconan las die ersten Absätze des beigefügten Berichts und runzelte die Stirn.

BERÜHMTE KRIEGSHELDIN BALD VOR DEM KRIEGSGERICHT?

Wie aus gut unterrichteten Quellen aus dem Pentagon verlautet, wurde Amerikas höchstdekorierte Offizierin, Captain Amanda Lee Garrett, ihres Kommandos enthoben, nachdem das Verteidigungsministerium eine Untersuchung gegen sie eingeleitet hat. Die Vorwürfe lauten auf »Pflichtvernachlässigung« und »Benehmen, das sich für einen Offizier nicht ziemt«.

In den vergangenen Wochen waren Captain Garrett und ihr Kommando, die Seafighter-Task-Force der U.S. Special Forces, in den Gewässern Indonesiens im Einsatz, um Operationen gegen Hochseepiraterie durchzuführen. Kritiker der Regierung Childress haben dieses Vorgehen als »krasse Einmischung in die inneren Angelegenheiten eines souveränen Staates« kritisiert.

Es wurden bisher noch keine Einzelheiten bezüglich der Untersuchungen bekannt. Das Verteidigungsministerium beschränkt sich bislang auf die Mitteilung, dass Captain Garrett im NAVSPECFORCE-Hauptquartier in Hawaii zu den jüngsten Vorfällen in Indonesien Stellung nehmen muss …

»Ich habe dich gewarnt, Amanda«, sagte Harconan zu jemandem, der gar nicht anwesend war. »Ich habe dich gewarnt, dass du am Ende doch verlieren würdest.«

Er schüttelte den Kopf und dachte an die vergangenen Wochen zurück. Amanda Garrett war die Frau, die seine Piratenorganisation zerschlagen hatte und die seine gesamten zukünftigen Pläne für Indonesien gefährdet hatte. Ihr Eingreifen hätte ihn um ein Haar das Leben gekostet.

Doch er musste auch daran denken, wie sie nackt am Strand seiner Insel dahinspaziert war und wie sie sich leidenschaftlich geliebt hatten. Sie war sein Feind und gleichzeitig die einzige Frau, die des Titels einer *Radu Samudra,* einer Königin der Meere, würdig war. Das Schicksal spielte uns schon manch grausamen Streich.

Nun, Amanda, bist du jetzt verbittert, weil dir deine eigenen Leute in den Rücken gefallen sind? Bist du nun vielleicht bereit, etwas ganz Neues zu versuchen?

Harconan überlegte einige Augenblicke. Oder könnte es sein, dass du dir nur eine neue List hast einfallen lassen?

»Wie es aussieht, ist Captain Garrett bei ihren Vorgesetzten in Ungnade gefallen«, merkte Lo an. »Wir haben da möglicherweise einen mächtigen Feind verloren.«

Harconan wusste schon seit langem, dass Lo imstande war, seine Gedanken zu lesen, einschließlich der Gedanken, die er sich über Amanda Garrett machte.

»Mag sein, Lo. Es ist wirklich denkbar, dass die Verantwortlichen in Amerika so dumm sind.« Er schob die Mappe wieder über den Tisch. »Vielleicht ist es aber auch ganz anders. Unser Nachrichtendienst soll sich der Sache annehmen. Ich will alles über diesen Vorfall wissen. Und ich will, dass Captain Garrett rund um die Uhr überwacht wird, so weit es uns möglich ist.«

»Wie Sie wünschen, Herr«, antwortete Lo und zögerte einen Augenblick, ehe er hinzufügte: »Wenn ich mir die Frage erlauben darf, Herr, hat Ihr Interesse an der Sache mit unseren Operationen hier zu tun oder hat es einen eher … persönlichen Hintergrund?«

Harconan lächelte. »Sie dürfen schon fragen, Lo, aber ich fürchte, ich weiß die Antwort selbst nicht genau.«

Pazifischer Ozean
Irgendwo südlich von Tasmanien

7. Oktober 2008, 05:51 Uhr Ortszeit Das Schiff war immer noch wie neu, die Farbe an den Schotts war makellos, und ringsum war alles blitzblank und sauber.

Lieutenant Commander Dixon Lovejoy Beltrain schritt durch die leeren Frachträume und Abteile und vergewisserte sich, dass jede wasserdichte Tür und jede Luke geöffnet war. Die Crew war geschlossen von Bord gegangen. Die Maschinen standen still. Ein Hilfsgenerator sorgte dafür, dass im Innern noch Licht war. Es war, als würde das riesige Schiff schlafen und nie wieder aufwachen.

Erneut verspürte Beltrain den Schmerz des Bedauerns, und mindestens zum zehnten Mal sagte sich der in Alabama geborene Offizier, dass es dumm war, solche Gefühle aufkommen zu lassen.

Und doch war es für einen Marineoffizier gar nichts Ungewöhnliches, eine tiefe Liebe für das Meer und für Schiffe in sich zu tragen, ein Gefühl, dass Schiffe nicht bloß Gebrauchsgegenstände waren, sondern dass sie irgendwie lebendige Wesen waren. Und daraus ergab sich eben eine gewisse Traurigkeit, wenn man miterleben musste, wie ein Schiff starb, auch wenn dies noch so notwendig sein mochte.

Beltrain ging weiter nach achtern, um seine Pflicht so schnell wie möglich hinter sich zu bringen, und stieg dabei vorsichtig über die Unheil verkündenden grauen Schnüre, die den Gang entlangliefen. Als er durch die letzte Luke schlüpfte, kam er auf einen Gang, der zur zweiten Ebene des Hauptmaschinenraums führte. Unter ihm blitzten die riesigen Dieselgeneratoren und Elektromotoren im grellen Licht der Arbeitsbeleuchtung. Ein Mann mittleren Alters, groß und schlank und mit einem Overall bekleidet, kniete neben einer teilweise zerlegten Kühlpumpe, an der er mit einem Schraubenschlüssel hantierte.

»Hey, Chief«, rief ihm Beltrain zu, »es ist Zeit zu gehen.«

Der Mann im Overall zögerte und drehte den Schraubenschlüssel noch ein letztes Mal, bevor er das Werkzeug in den Kasten zurücklegte.

»Ich komme schon, Mr. Beltrain. Ich habe nur gerade ein Leck hier unten entdeckt … ach, zum Teufel damit.«

Für Beltrain klang es immer noch komisch, dass Carl Thomson ihn mit »Mister« ansprach. Als sie gemeinsam an Bord der USS *Cunningham* gedient hatten, war Thomson der Chefingenieur gewesen und hatte damit sowohl was den Rang als auch was die Erfahrung betraf weit über Beltrain gestanden. Nun war Beltrain Erster Offizier, und der Chief bestand auf der förmlichen Anrede. Sein Ordnungssinn als Schiffsingenieur verlangte es so.

Thomson stieg die Leiter zum Gang hinauf, und die beiden Männer standen eine Weile still da und betrachteten den Maschinenraum.

»Verdammt«, sagte Thomson schließlich, »man könnte glatt heulen.«

»Ich verstehe Sie gut, Chief«, antwortete Beltrain, erleichtert, dass er mit seinen sentimentalen Gefühlen nicht allein war. »Sie haben ja nach irgendeiner anderen Möglichkeit gesucht, aber es wäre einfach zu riskant, sie weiter im Verkehr zu lassen, selbst unter einem anderen Namen.«

»Das wird wohl stimmen«, sagte Thomson und nickte. »Aber es ist manchmal richtig beschissen, vernünftig sein zu müssen.«

Sie gingen nach oben an Deck.

Mit dem Morgengrauen hatte der Himmel aufgeklart, und es war weit und breit nichts zu sehen als die Positionslichter eines Schiffes am Horizont. Der Wind hatte etwas Beißendes, das einen daran erinnerte, dass die Antarktis nicht weit war. Sie waren aus zwei Gründen hierher in den äußersten Süden des Pazifischen Ozeans gekommen – zum einen, weil man hier fernab der verkehrsreichen Meeres- und Luftstraßen war, und zum anderen, weil die nächste Küste vier Seemeilen entfernt war.

Mittschiffs stand ein Hubschrauber vom Typ Augusta Bell A-109 bereit. Als Beltrain und der Chief aus dem Deckhaus kamen, erblickte sie der Pilot und startete die Turbinen.

Der einzige weitere Anwesende an Deck und an Bord des Schiffes war mit dem Tarnanzug der Army bekleidet, ein grünes Barett tief ins Gesicht gezogen. »Wir sind soweit, Sir«, rief er Beltrain über dem Dröhnen der Hubschrauberturbinen zu.

»Okay, Sergeant. Sie können die Sache erledigen, und dann nichts wie weg hier.«

Der Sergeant der Special Forces wandte seine Aufmerksamkeit den Drähten zu, die aus einer Luke zu einem schwarzen Kasten führten. Er kniete sich nieder und stöpselte eine Reihe von Steckern in den Kasten ein. Sorgfältig überprüfte er die Zeitzündereinstellung und drückte schließlich einige Schalter. Nachdem er seine Aufgabe ausgeführt hatte, folgte er Thomson und Beltrain an Bord des Hubschraubers.

Der Augusta Bell schraubte sich in den Himmel empor und ging über dem Schiff in Beobachtungsposition, während auf dem LED-Display an dem schwarzen Kasten die Sekunden heruntertickten.

Ganz allein und seinem Schicksal überlassen trieb das Schiff nun mit brennenden Lichtern auf dem Wasser. Fünf Minuten vergingen, dann begannen die Zündschnüre abzubrennen, und das Innere des Schiffes wurde von einer ganzen Kette von Explosionen erschüttert.

Man sah von außen keine Anzeichen einer Explosion, kein Feuer und keinen Rauch, doch die kleinen, sorgfältig platzierten Sprengladungen rissen an verschiedenen Stellen Löcher in den Rumpf des Schiffes, durch die das kalte Meerwasser eindringen konnte.

Die Lichter des Schiffes gingen aus, und binnen weniger Augenblicke begann es zu sinken. Fünf weitere Minuten später hob die *Galaxy Shenandoah* ihren Bug aus dem Wasser und verschwand schließlich in einem Inferno von Schaum und Gischt. Es blieb nichts zurück, nicht einmal ein Ölfleck, denn das Schiff hatte gerade genug Treibstoff mitgeführt, um den Ort seines Sterbens zu erreichen.

Der Hubschrauber kreiste noch ein letztes Mal über dem verschwundenen Schiff und hielt dann auf die Lichter zu, die in der Ferne leuchteten. Wenig später brauste die *Galaxy Shenandoah* über ihr eigenes Grab hinweg und nahm Kurs nach Norden.

USS *Evans F. Carlson*
Joseph-Bonaparte-Golf, Australien

9. Oktober 2008, 09:00 Uhr Ortszeit »Du wirst es nicht glauben, du komisches Gewächs«, sagte Amanda laut zu der kleinen Palme, »aber ich werde dich tatsächlich vermissen.«

Sie besprühte die Palme noch ein letztes Mal mit Wasser, ehe sie die Flasche niederstellte und sich in der verlassenen Offiziersmesse umblickte. Es war immer traurig, von zu Hause wegzugehen, und als Soldat und Seefahrer war man an vielen Orten ein wenig zu Hause.

Sie würde nicht mehr hierher zurückkehren – zumindest nicht als TACBOSS der Seafighter. Es war ein weiter Weg gewesen, der sie von der Chesapeake Bay an die wilden Küsten Westafrikas geführt hatte, und von dort weiter in die Gewässer Südostasiens. Es war ihr, als würde sich eine Tür hinter ihr schließen, und sie trat wieder einmal ins Unbekannte hinaus.

Als sie das Kommando auf der *Cunningham* niedergelegt hatte, war ihr wenigstens noch eine feierliche Übergabezeremonie zuteil geworden; diesmal würde es nichts dergleichen geben. Da war nichts als der Hubschrauber, der darauf wartete, sie nach Darwin zu bringen. Theoretisch würde sie nun ins NAVSPECFORCE-Hauptquartier nach Pearl Harbor fliegen, um sich einem Untersuchungsausschuss zu stellen.

Doch sie war sich bewusst, dass sich über ihr dunkle Wolken zusammenbrauten. Die falschen Informationen, die man an die Medien hatte durchsickern lassen, erweckten den Anschein, als hätte sie diesmal wirklich Mist gebaut. Eine ganze Reihe von namhaften Kritikern der Childress-Administration waren bereits überzeugt, dass sie vors Kriegsgericht kommen würde und sich auch einer Untersuchung durch den Kongress würde stellen müssen. In den Medien wiederum wurde genüsslich von »Pflichtvernachlässigung« und von »Benehmen, das sich für einen Offizier nicht ziemt« gesprochen.

Na ja, dachte Amanda mit einem bitteren Lächeln, wenn die Karriere schon den Bach hinunterging, dann doch gleich mit Pauken und Trompeten.

Was ihr besonders zu schaffen machte, war die Auswirkung, die die ganze Situation auf die Seafighter hatte. Es war noch nie vorgekommen, dass eine US Naval Task Force geschlossen gemeutert hätte, doch ihre Leute waren nahe daran. Sie hatte sich nach Kräften bemüht, die Situation zu beruhigen, indem sie darauf hinwies, dass sie sich ja nur einer Anhörung stellen musste und dass die Sache schnell wieder in Ordnung kommen würde. Trotzdem war sie froh, dass sie die Funktion des TAC-BOSS an Captain Carberry von der *Carlson* übergeben konnte. Ein Außenstehender hätte auf diesem Posten wahrscheinlich seine liebe Not gehabt.

Der Untersuchungsausschuss war natürlich eine reine Erfindung. Ebenso würde Amanda nicht wirklich nach Hawaii fliegen.

Sie hörte, wie sich jemand räusperte, und als sie aufblickte, sah sie Stone Quillain mit der Mütze in der Hand in der Tür stehen. »Deine Sachen sind im Hubschrauber, Skipper«, sagte er in einem Ton, als würde er sie auffordern, sich probeweise in ihren eigenen Sarg zu legen. Amanda konnte sich ein Lächeln nicht verkneifen. Das Ganze schien dem stattlichen Marine tatsächlich sehr zuzusetzen.

»Und du bist den ganzen Weg hier heraufgekommen, nur um mir zu sagen, dass mein Koffer im Hubschrauber ist?«, fragte sie.

Stone verzog das Gesicht. »Ach, verdammt, es ist einfach so, dass sich die anderen Offiziere draußen auf dem Flugdeck versammelt haben, um sich von dir zu verabschieden, und ich wollte einfach der Erste sein.«

»Stone, es ist nur ein Untersuchungsausschuss, kein Exekutionskommando.«

»Ich weiß, ich weiß. Howlin' Mad Smith hatte in seiner Laufbahn gleich mehrere davon.« Er hielt kurz inne, um dann unvermutet zu explodieren. »Es ist nur so, dass das Ganze ein Riesenschwachsinn ist! Es will mir einfach nicht in den Kopf!«

»Ja, mir geht's genauso«, pflichtete Amanda ihm bei. »Aber so geht es eben manchmal. Wir hatten es mit einer ziemlich kniffligen Situation zu tun, und wir waren gezwungen, zu recht unkonventionellen Maßnahmen zu greifen. So was gefällt gewissen Leuten eben nicht. Ich muss mich einfach nur für bestimmte Maßnahmen rechtfertigen, das ist alles.«

Quillains Miene verdüsterte sich noch etwas mehr. »Ich kann ja verstehen, dass die Art, wie wir unsere Operationen durchziehen, manchen Herrschaften daheim in den Staaten nicht gefällt, aber dass sie dir auch noch Pflichtvernachlässigung anhängen wollen! Was für ein Vollidiot hat sich das bloß ausgedacht?«

Es fiel Amanda immer schwerer, bei ihrer erfundenen Geschichte zu bleiben. »Ich werde es schon erfahren, wenn ich dort bin«, sagte sie. »Na, dann wird's wohl Zeit für mich.«

Sie streckte ihm die Hand entgegen. »Kümmere du dich nur um die Dinge hier, und ich regle die Sache in Pearl.«

Ihre Hand verschwand beinahe in der großen Hand des Marines, doch sein Händedruck war bei aller Festigkeit doch überraschend sanft. »Gib's ihnen ordentlich, Skipper, und komm so schnell wie möglich zurück. Wir haben hier einiges zu tun.«

»Das haben wir«, stimmte Amanda zu und zögerte einen Augenblick. »Stone, hast du eigentlich Commander Rendino irgendwo gesehen?«

»Ich glaube, ich habe sie vor einer Weile auf den Aufbauten gesehen. Sie ist auch nicht gerade glücklich über die Sache.«

»Ich weiß.« Sie hob die Hand an Quillains Schulter und ließ sie einen Moment lang darauf ruhen. »Tu mir einen Gefallen und sag den Leuten auf dem Flugdeck, dass ich gleich komme. Ich muss noch schnell etwas erledigen.«

Sie fand Christine Rendino am achterlichen Ende des Deckhauses der *Carlson,* dem abgeschiedensten Ort auf einem Schiff, auf dem Privatsphäre etwas sehr Kostbares war. Die Intel-Offizierin stand an der Reling und blickte auf den Ankerplatz im Bonaparte-Golf hinaus, ohne die Schiffe zu sehen, die dort vor Anker lagen. Sie drehte sich auch nicht um, als Amanda kam.

»Chris, ist alles in Ordnung?«, fragte Amanda leise, als sie zu ihrer Freundin trat.

»Nein, ist es nicht. Und dir geht's wahrscheinlich auch nicht besser«, sagte Christine und wandte sich ihr zu. Die Augen der

Nachrichtendienst-Offizierin waren gerötet, so als hätte sie geweint. »Amanda, bitte, nimm mich mit. Fälsche die Papiere oder rede mit den zuständigen Leuten. Verdammt, ich reise auch als blinder Passagier, wenn es sein muss, aber lass mich bitte mit nach Hawaii kommen.«

Amanda war sprachlos angesichts der Verzweiflung in Chris' Stimme. »Das geht nicht, Chris, das weißt du genau. Aber warum? Was ist denn los?«

»Ich glaube einfach, dass du dort jemanden an deiner Seite brauchst. Bitte, lass mich mitkommen!«

»Chris, was meinst du damit?«

»Ich glaube, dass dort in NAVSPECFORCE etwas ganz Verrücktes abläuft. Ich glaube, dass dir irgendjemand etwas heimzahlen will.«

»Wie meinst du das?«

»Ich glaube, dass dich jemand unter irgendeinem Vorwand vors Kriegsgericht zerren will.«

»Chris, das ist doch Unsinn.«

»Das glaube ich nicht, Amanda, ehrlich! Hör mir bitte zu! Ich habe versucht, der Sache mit dem Untersuchungsausschuss auf den Grund zu gehen. Ich wollte wissen, wer oder was dahintersteckt, damit ich dir vielleicht einen kleinen Vorteil verschaffen kann. Aber niemand von meinen Kontakten in NAVSPECFORCE und der Siebten Flotte hat mir irgendwas sagen können. Niemand will irgendetwas dazu sagen! Niemand! Du bist dort auf einmal eine Persona non grata. Es will niemand mehr auch nur deinen Namen laut aussprechen. Das ist doch ein abgekartetes Spiel!«

Oh Gott! Schütze uns vor unseren treuen Freunden, dachte Amanda inständig. Sie hätte sich gleich denken können, dass Chris angesichts dieser Entwicklung besorgt sein würde und ihr helfen wollte. Und genauso selbstverständlich war, dass sie versuchen würde, die schützenden Mauern zu durchbrechen, die rund um Amandas Übernahme des Phantom-Force-Projekts errichtet worden waren. Und zum ersten Mal, seit Amanda sie kannte, war Christine Rendino mit ihren Vermutungen völlig auf dem Holzweg.

»Das muss doch nichts zu bedeuten haben, Chris«, entgegnete Amanda in möglichst beiläufigem Ton. »Es darf eben niemand über die Sache reden, bevor sie vor den Ausschuss kommt.«

Christine schüttelte energisch den Kopf. »Nein, da steckt mehr dahinter. Ich habe das verdammt ungute Gefühl, dass da irgendetwas anderes läuft. Anders ergibt es einfach keinen Sinn ...« Sie hielt inne und suchte nach den richtigen Worten, um ihr Unbehagen auszudrücken. »Schau, ich habe seit der Operation in Westafrika ein ziemlich enges Arbeitsverhältnis zu Admiral MacIntyre, fast so wie mit dir. Seit das mit dem Untersuchungsausschuss bekannt wurde, habe ich immer wieder versucht, Kontakt mit ihm aufzunehmen. Ich wollte ihn fragen, ob er weiß, wer dafür verantwortlich ist, damit wir uns vielleicht eine Verteidigungsstrategie für dich zurechtlegen können. Ich habe angenommen, dass er auf deiner Seite ist. Aber das ist er nicht! Ich glaube fast, dass er derjenige ist, der dich den Löwen zum Fraß vorwirft!«

»Admiral MacIntyre! Chris, das ist doch absoluter Unsinn!«

Die Intel-Offizierin schüttelte den Kopf. »Ist es nicht! Wenn er auf deiner Seite wäre, würde er ganz anders reagieren. Er telefoniert ständig mit dem JSOC und den Joint Chiefs, aber mit uns will er nicht reden! Hör mal, Boss, ich habe den ernsten Verdacht, dass er dich vors Kriegsgericht bringen will!«

Amanda legte ihrer Freundin die Hände auf die Schultern. »Chris, es geht hier um einen Untersuchungsausschuss, nicht mehr.«

»Das ist nur der erste Schritt!«, stieß Chris verzweifelt hervor.

»Chris, glaub mir, dieses eine Mal irrst du dich. Admiral MacIntyre hat überhaupt keinen Grund, mich fallen zu lassen.«

»Vielleicht sieht er das anders«, beharrte Christine Rendino.

»Aber warum, um Himmels willen?«

»Wegen Makara Harconan«, antwortete Chris mit etwas leiserer Stimme.

Amanda ließ die Hände sinken. »Nun, ich muss zugeben, ich bin nicht gerade stolz auf das, was ich da getan habe, aber ich glaube nicht, dass mich Eddie Mac deswegen über die Klinge springen lässt.«

»Vielleicht doch, Amanda. Glaub mir. Weißt du, aus Eifersucht machen die Leute manchmal seltsame Sachen.«

Eifersucht? »Chris, könntest du dich bitte etwas deutlicher ausdrücken? Warum sollte Elliot MacIntyre ... eifersüchtig sein?«

»Oh, verdammt, weil er in dich verliebt ist ...«, antwortete die junge Offizierin ungeduldig. »Zumindest war er es!«

Einen Moment lang hatte Amanda das Gefühl, dass das Deck unter ihren Füßen zu schwanken begänne. Sie schüttelte das momentane Schwindelgefühl ab und blickte sich rasch um, um sicher zu gehen, dass niemand in Hörweite war. »Bist du jetzt vollkommen verrückt geworden, Chris? Wie kannst du so einen Unsinn behaupten?«

»Weil es die Wahrheit ist«, erwiderte Christine herausfordernd. »Wie ich schon gesagt habe, ich habe in letzter Zeit eng mit dem Admiral zusammengearbeitet, und wir haben uns über so manches unterhalten. Dein Name ist in unseren Gesprächen immer wieder vorgekommen.«

»Willst du damit andeuten, dass er dir geradeheraus gesagt hat, er sei ...«

Christine schüttelte den Kopf. »Nein, natürlich nicht! Er ist genauso diszipliniert wie du. Und er ist es sicher gewohnt, Geheimnisse für sich zu behalten, aber es gibt doch Dinge, in denen er genauso leicht zu durchschauen ist wie jeder andere Mann. Ich habe genau gesehen, wie er sich verhalten hat, als du Harconans Gefangene warst. Hör mal, ich weiß genau, wie ein Mann aussieht, den es voll erwischt hat, und Eddie Mac ist schon ziemlich lange voll in dich verknallt.«

Amanda war ungefähr so verblüfft, wie wenn soeben der

Hauptmast ins Meer gekippt wäre. Das war doch einfach nicht möglich. Elliot MacIntyre war ihr befehlshabender Offizier und ein sehr guter Kamerad, vielleicht sogar ein Freund. Doch diese ungeheuerliche Behauptung kam immerhin von Christine Rendino, die nach Amandas Erfahrung in ihrem Urteil so gut wie immer richtig lag – und das allein hinderte sie daran, die Sache automatisch als Unsinn abzutun.

»Deine Affäre mit Harconan könnte den Admiral so sehr verletzt haben, dass er sich zu einem Racheakt hinreißen lässt«, fuhr Christine mit schonungsloser Offenheit fort. »So etwas kommt immer wieder vor. Vielleicht hat er sogar das mit deiner Affäre ausgeplaudert. In manchen Kreisen könnte so etwas durchaus als ›Pflichtvernachlässigung‹ und als ›Benehmen, das sich für einen Offizier nicht ziemt‹ angesehen werden.«

»So gemein ist Elliot bestimmt nicht!«, platzte Amanda heraus.

»Das glaube ich eigentlich auch, Boss«, erwiderte Christine bekümmert. »Aber es ist die einzige Erklärung, die einen Sinn ergibt.«

Amanda wusste, dass sich Christine zumindest zur Hälfte irrte, nämlich was die Sache mit dem Kriegsgericht betraf. Aber was war mit der anderen Hälfte? Wenn Christ Recht hatte, was Elliot ... Admiral MacIntyre betraf ...

Nein, das war das Letzte, was sie jetzt gebrauchen konnte! Die Indonesienkrise und der Phantom-Einsatz verlangten ihre volle Aufmerksamkeit – da war an so etwas nicht einmal im Entferntesten zu denken! Wütend schob Amanda den absurden Gedanken in den hintersten Winkel ihres Bewusstseins – fest entschlossen, sich nicht weiter damit zu beschäftigen.

Sie atmete tief durch. »Chris, das ist doch absoluter Quatsch!«, sagte sie in kühlem Ton. »Und ich will nichts weiter davon hören.«

»Aber ...«

»Schluss, aus, Ende der Debatte, Commander! Das ist ein Befehl!«, versetzte Amanda und bemühte sich, den Schmerz im Gesicht ihrer Freundin zu ignorieren.

»Alles klar, Ma'am«, sagte Christine und wandte sich zur Bucht hinaus. »Es tut mir Leid, dass ich meine Grenzen überschritten habe.«

Amanda knirschte mit den Zähnen. Diese verdammten Sicherheitsvorkehrungen. Sie legte der jungen Offizierin die Hände auf die Schultern. »Chris, könntest du bitte ein paar Dinge für mich tun?«

»Was?«, erwiderte sie fast unhörbar.

»Erstens, vertrau mir und vertrau auf den Admiral, egal was passiert. Egal was du hörst. Du kannst dich darauf verlassen, dass alles gut gehen wird. Okay?«

»Okay«, antwortete Christine unsicher. »Was noch?«

»Kümmere dich um meine verdammte Palme.«

Christines Lachen klang etwas erstickt, doch sie wandte sich Amanda zu und umarmte sie herzlich.

Im Hilton Hotel, Sydney

9. Oktober 2008, 20:10 Uhr Ortszeit Auf dem Flug von Darwin nach Sydney hatte sich Amanda irgendwie komisch gefühlt – vor allem, weil sie nach langer Zeit wieder einmal Zivilkleider trug. Nun, vielleicht sollte sie sich langsam wieder daran gewöhnen. Wenn die Sache planmäßig lief, würde sie sie noch öfter brauchen.

Laut Anweisung sollte sie einen zwanzigstündigen Aufenthalt in Sydney einlegen, bevor sie nach Hawaii weiterfliegen würde, um vor den NAVSPECFORCE-Untersuchungsausschuss zu treten. Doch ihre geheimen Anweisungen besagten, dass sie von »jemandem« kontaktiert und »anderswohin« gebracht werden würde.

Es war für sie schon eine enorme Herausforderung gewesen, in den Bereich der Naval Special Operations überzuwechseln, doch was sie in ihrem neuen Kommando alles auf sich nehmen musste, war wohl noch etwas gewöhnungsbedürftiger. Und dass es so gekommen war, dafür war sie ganz allein verantwortlich. Als sie die Idee der Phantom Force entwickelt hatte, war ihr nicht im Entferntesten bewusst gewesen, was es bedeuten würde, die Idee in die Tat umzusetzen.

Amanda wusste, dass Sydney eine schöne und faszinierende Stadt war, doch sie hatte keine große Lust auf irgendwelche Sehenswürdigkeiten. Sie suchte ihr Zimmer im Hilton auf und beschloss, hier darauf zu warten, bis jemand mit ihr Kontakt aufnahm. Sie machte sich nicht einmal die Mühe, ihren Koffer zu öffnen, sondern streifte nur die Jacke ab und begann im Zimmer auf und ab zu gehen.

Was würde bei diesem neuen Kommando sonst noch anders sein? Inwiefern würde sie sich ändern müssen, um der Aufgabe gerecht zu werden? Phantom war ihr Kind, mehr noch als die *Cunningham* oder die Seafighter. Sie hatte die Grundzüge skizziert, die Voraussetzungen und Erfordernisse festgehalten und die möglichen Strategien vorgezeichnet. Doch sie wusste nicht, wie das Endergebnis in der Realität aussehen würde. So ähnlich musste sich eine jungfräuliche Braut in der Hochzeitsnacht fühlen, dachte sie. Oder vielleicht ließ es sich eher mit einer werdenden Mutter vergleichen, die kurz vor der Entbindung stand.

Admiral MacIntyre hatte versprochen, dass er einige ihrer früheren Mitarbeiter für die Operation gewinnen würde. Sie fragte sich, um wen es sich wohl handeln würde und ob sie sich zu einem ähnlich guten Team zusammenschweißen ließen wie früher.

Und dann war da natürlich die große Frage: Würde sie es hinbekommen? Sie wusste nur zu gut, was für ein großes Glück sie sowohl mit der Duke als auch mit den Seafightern gehabt hatte, dass sie mit so tollen Crews hatte arbeiten können. Durfte sie hoffen, noch einmal solches Glück zu haben?

Das Ganze hatte allerdings auch eine Kehrseite. Wenn Phantom so funktionierte, wie sie es erwartete, und sie selbst entsprechend damit umgehen konnte, dann würde diese Einheit die Waffe sein, mit der Makara Harconan zu Fall gebracht wurde. Und sie wusste, dass sie ihm damit den Todesstoß versetzen musste.

Verdammt, Makara! Warum hast du dich nicht damit zufrieden geben können, ein Multimillionär zu sein?

Und dann war da noch dieser absolute Wahnsinn, den Chris behauptet hatte. Wie um alles in der Welt war sie bloß auf die Idee gekommen, dass Admiral Elliot Edward MacIntyre irgendein Interesse an ihr haben könnte, das über das Berufliche hinausging? Gut, er hegte vielleicht freundschaftliche Gefühle für sie – schließlich hatten sie in den vergangenen Monaten immer wieder Gelegenheit gehabt, auch außer Dienst ein wenig zu plaudern. Doch dabei war es um ganz alltägliche Dinge gegangen, um Elliots Familie und um ihre Laufbahn und Zukunft in der Navy. Das, wovon Chris gesprochen hatte, war nicht einmal andeutungsweise vorgekommen.

Dabei war es gar nicht so, dass ihr die Vorstellung, rein theoretisch, so schrecklich gewesen wäre. Admiral MacIntyre war ein Mann, an den man durchaus nicht ungern dachte. Es fühlte sich nur anders an. War Harconan wie eine heiße Flamme gewesen, die sich mitten in ihre Schwachstelle brannte, so kam ihr Elliot mehr vor wie warmer Stahl, der Kraft und Wärme spendete.

Sie überlegte einen Augenblick lang und schob den Gedanken erneut weit weg. Ihr Privatleben war auch so schon verpfuscht genug. Sie würde sich hüten, auch nur an etwas zu denken, das ihre Probleme noch um ein Vielfaches vergrößern würde.

Die Zeit verstrich quälend langsam. Sie warf einen Blick in

das Buch, das sie für die Reise mitgenommen hatte – Haywards großartige Analyse von Nelsons Gefechtsstrategien –, und schlug es schon nach kurzer Zeit wieder zu. Dann schaltete sie den Fernseher ein, den sie aber ebenfalls nach fünf Minuten wieder ausmachte. Sie studierte die Karte für den Zimmerservice und legte sie wieder beiseite, ohne sich für etwas zu entscheiden. Nur das unermüdliche Auf-und-ab-Gehen und der Himmel, der sich allmählich verdunkelte, beruhigten sie ein wenig.

Ein gemieteter Range Rover fuhr in den Parkplatz des Hotels ein. Der Fahrer blickte zu der Wand voller beleuchteter Hotelfenster hinauf. Er wusste bereits, wo er sein Ziel finden würde. Zimmer siebenhunderteinundzwanzig. Er konnte sich lebhaft vorstellen, wie die Inhaberin des Zimmers unter intensivem Nachdenken auf und ab ging.

Ja, er kannte sie wirklich gut, dachte er lächelnd. Er kannte ihre Art zu denken, ihre Gewohnheiten, und er kannte auch ihren Körper. Doch das war lange her. Heute würde es bestimmt ganz anders sein.

Er blieb noch einige Augenblicke hinter dem Lenkrad des Range Rovers sitzen und dachte an die vergangenen Zeiten, ehe er ausstieg. Dann nahm er eine abgewetzte Aktentasche vom Rücksitz des Rovers und ging zum Hoteleingang hinüber.

Amanda stand auf dem kleinen Balkon und blickte zu den Landelichtern der Verkehrsflugzeuge hinüber, die den Flughafen anflogen, als es leise an der Tür klopfte. Sie zögerte einen Augenblick, bevor sie ins Zimmer zurückging. Vielleicht war es ja nur das Zimmermädchen, das gekommen war, um das Bett aufzudecken.

Sie trat auf den kleinen Flur hinaus. Doch bevor sie nach dem Schloss und der Kette griff, warf sie einen Blick durch den Türspäher.

Draußen stand ein schlanker dunkelhaariger junger Mann von durchschnittlicher Größe, der mit ausgewaschenen Jeans und einem blauen Polohemd bekleidet war. Sein ansprechendes Gesicht hatte ein südländisches Flair, doch seine durchdringenden Augen waren von einer außergewöhnlichen eisblauen Farbe.

Sie musste sich einen Moment lang an der Tür festhalten, so schockiert war sie. Was machte denn *er* hier? Dann musste sie lächeln. Nun, wo sollte er auch sonst sein?, kam es ihr in den Sinn.

Rasch öffnete sie das Schloss. »Was um alles in der Welt ...«, begann sie, als sie die Tür weit öffnete.

Lächelnd hob Commander Vincent Arkady eine Hand und legte die Fingerspitzen an ihre Lippen, um sie zum Stillsein aufzufordern. Dann trat er rasch ein und forderte sie mit einer Geste auf, die Tür wieder zu verschließen.

Amanda kam der Aufforderung nach und sah etwas verwirrt, wie ihr einstiger Geliebter in ihrer Zeit auf der *Cunningham* zum Bett hinüberging. Er öffnete die Tasche und holte ein kleines elektronisches Gerät von der Größe einer Zigarettenschachtel heraus. Er schaltete es ein und verfolgte aufmerksam das winzige Display. Das Wanzenspürgerät tastete das elektromagnetische Spektrum des Zimmers ab und zeigte schließlich an, dass nichts im Raum war, was nicht hergehörte.

»Alles in Ordnung«, meldete er und warf das kleine Gerät aufs Bett. »Die Luft ist rein, Capt'n.«

Er verzichtete darauf, sie mit dem zärtlichen »Babe« anzusprechen, wie er es einst getan hatte, doch er betrachtete sie mit dem gleichen jungenhaften Lächeln wie früher. Er machte jedoch keine Anstalten, auf sie zuzukommen oder sie zu berühren, wofür ihm Amanda sehr dankbar war. Ihr erster Impuls war gewesen, in seine vertrauten Arme zu fallen, so wie sie es einst getan hatte.

Sie und dieser schneidige junge Offizier hatten einst das Risiko des beruflichen Selbstmords in Kauf genommen und sich auf eine leidenschaftliche Liebesbeziehung eingelassen. Sie hatten es damals beide nicht bereut; ihre Gefühle waren so stark gewesen, dass sogar eine Heirat im Bereich des Möglichen schien.

Doch dazu war es nicht gekommen; die Pflicht hatte ihre Wege wieder getrennt. Nach diesem unerwarteten Wiedersehen war sich Amanda nicht sicher, wie sie jetzt miteinander umgehen sollten.

Sie konnte jedenfalls froh sein, dass er hier war, zumal sich die Erfolgsaussichten des Phantom-Projekts dadurch schlagartig erhöhten. In ihm hatte sie einen hervorragenden Hubschrauber-Piloten an ihrer Seite.

»Mein neuer CAG?«, fragte sie.

»Und gleichzeitig Strike Squadron Leader, wenn ich das hinzufügen darf.«

Sie schüttelte den Kopf. »Verdammt, Eddie Mac hat mir versprochen, dass er mir einige aus der alten Bande schicken würde, aber das hätte ich nie erwartet! Als wir das letzte Mal miteinander gesprochen haben, hattest du gerade dieses Joint-Strike-Fighter-Projekt in Japan.«

Arkady zuckte die Achseln. »Stimmt. Aber du weißt ja, wie das ist, wenn etwas Neues und sehr Interessantes auftaucht. Und das hier scheint mir sehr interessant zu werden.«

»Das kann man wohl sagen.« Sie biss sich auf die Lippe, konnte sich die Frage aber nicht verkneifen. »Ich weiß, dass ich damit wahrscheinlich gegen die Sicherheitsbestimmungen verstoße, aber ich muss einfach fragen. Wo ist sie?«

»Sie liegt im Moment in Port Jackson.«

»Und wissen die Australier Bescheid?«

»Sie haben keinen blassen Schimmer. Das ist sozusagen ein letzter Sicherheitstest. Aber bevor wir weitersprechen, Skipper, musst du erst den üblichen Papierkram erledigen.«

Arkady setzte sich auf die Bettkante und zog einen ganzen Packen Umschläge aus seiner Tasche. »Die sind alle für dich. Direkt von Admiral MacIntyre, aus dem NAVSPECFORCE-Hauptquartier.«

Amanda setzte sich neben den Piloten aufs Bett und nahm den ersten Umschlag entgegen. Sie öffnete ihn und betrachtete das Schreiben, das an das Personalbüro der United States Navy gerichtet war. Es war ihr eigenes Rücktrittsgesuch.

Auch wenn das Ganze ihre eigene Idee gewesen war, schnürte es ihr nun doch die Kehle zu.

»Das hier geht an den Militärattaché der amerikanischen Botschaft hier in Sydney«, merkte Arkady an. »Der Poststempel wird die Geschichte bestätigen, sollte es jemand nachprüfen wollen. Dein Rücktritt ist schon angenommen.«

Amanda schluckte erst einmal. »Verstehe«, sagte sie.

Er reichte ihr den zweiten Umschlag und erhob sich von der Bettkante. Mit absolut ernster Miene hob er die Hand, um zu salutieren. »Ich weiß, ich bin nicht in Uniform, Admiral, aber erlauben Sie mir trotzdem, der Erste zu sein, der vor Ihrer Flagge salutiert.«

Amanda wollte schon etwas antworten, als ihr so richtig bewusst wurde, was er eben gesagt hatte. »Was?« Sie riss den Umschlag auf und starrte auf die Papiere vor ihr. »Arkady, was ist das?«

Er lachte und setzte sich wieder auf die Bettkante. »Ein weiteres Beispiel dafür, wie meisterhaft Eddie Mac mit der militärischen Bürokratie umzugehen versteht. Du kennst ja die alte Navy-Tradition. Wenn sich ein Captain aus der Navy zurückzieht, ist es üblich, dass er symbolisch noch eine Sprosse auf der Karriereleiter nach oben befördert wird. Nachdem du jetzt deinen Abschied genommen hast, kommst du auch in den Genuss.«

»Aber ich gehe doch nur zum Schein … oder zumindest war es so gedacht.«

»Das spielt doch keine Rolle«, erwiderte er und zeigte auf den zweiten Umschlag. »Damit trittst du in deine neue Stellung in der United States Naval Reserve ein. Es wird nicht in die Öffentlichkeit dringen, aber für die Vereinigten Stabschefs und die

Navy ist es beschlossene Sache. Sobald du diesen Spezialauftrag erledigt hast, wirst du wieder der Navy angehören, mit entsprechender Entschädigung für den Verdienstausfall und vor allem mit deinem neuen Rang. Das hat Eddie Mac so gedeichselt.«

Amanda lachte unwillkürlich. »So war das aber nicht gedacht.«

»Nicht? Du riskierst immerhin deine Laufbahn für das Phantom-Projekt, also sorgt der Boss dafür, dass du hinterher alles zurückbekommst, was du aufs Spiel setzt, und noch ein bisschen was dazu. Du kennst ja den Admiral. Er steht immer hundertprozentig hinter seinen Leuten.«

»Das tut er«, pflichtete Amanda ihm bei. »Aber hat nicht auch der Kongress bei der Bestimmung von neuen Flaggoffizieren ein Wörtchen mitzureden?«

»Sieh dir doch mal die Unterschriften hier an.«

Amanda warf einen Blick auf das Dokument und hatte Mühe, das Beben in ihrer Stimme zu bezähmen. »Der Präsident und der Verteidigungsminister?«

»Na, was sagst du dazu? Präsident Childress erinnert sich offenbar noch ganz gut an das, was du für ihn geleistet hast.«

Arkady zog einen weiteren Umschlag aus der Tasche. »Und wo du jetzt doch zurückgetreten bist, brauchst du einen neuen Job, damit du dem Steuerzahler nicht auf der Tasche liegst.«

Amanda las das Dokument, das er ihr reichte. Es handelte sich um einen Arbeitsvertrag vom Galaxy Maritime Consortium, das eine gewisse Amanda Lee Garrett als Kapitän der Handelsmarine in seine Dienste aufnahm, und das zu einem stattlichen Gehalt.

»Du sollst diesen Vertrag ebenfalls hier aus Sydney abschicken. Es ist eine reine Formalität, du bist sowieso schon auf der Gehaltsliste.«

Amanda runzelte die Stirn. »Galaxy Maritime Consortium. Der Name der Reederei sagt mir nichts.«

»Du musst sie doch kennen«, erwiderte Arkady prompt. »Der Personalchef ist ein alter Kumpel von deinem Dad. Er versucht dich doch schon seit Jahren zu überreden, dass du in seiner Firma anfängst. In Anbetracht der momentanen Umstände hast du nun Ja gesagt. Alles klar?«

»Verstanden. Könnte es nicht jemandem auffallen, dass ich gar nicht die Voraussetzungen für die Handelsmarine habe, geschweige denn ein Kapitänspatent?«

»Nö«, antwortete Arkady und reichte ihr den letzten dicken Umschlag. Er enthielt all die Papiere, die sie für ihr neues Leben brauchte. »Du hast nebenbei dein Kapitänspatent gemacht. Falls du es vergessen hast, erinnern sich eben andere für dich daran.«

Amanda atmete erst einmal tief durch. Sie wusste, dass sie sich längst auf die Sache eingelassen hatte, doch die ganzen Papiere hier in ihren Händen zu halten, machte es beängstigend real. »Phantom« näherte sich mit Riesenschritten seiner Verwirklichung.

Sie schlug die Beine übereinander und legte die Papiere auf ihr Knie. »Arkady«, sagte sie mit einem leichten Zittern in der Stimme, »hast du zufällig einen Kugelschreiber?«

Der Pilot sah ihr schweigend zu, wie sie die Papiere unterschrieb und in die entsprechenden Umschläge steckte.

»Du musst dein Gepäck mitnehmen, wenn wir aufbrechen, Capt'n«, sagte er. »Du kommst nicht mehr hierher zurück.«

»Ist mir recht«, antwortete sie. »Aber bevor wir wieder mal losziehen, um die Menschheit zu retten – können wir nicht noch zusammen essen gehen? Ich habe auf einmal einen Bärenhunger.«

Port Jackson, Sydney

9. Oktober 2008, 23:10 Uhr Ortszeit Ein kurzer tropischer Regenguss war vor kurzem über dem Hafen niedergegangen. Der Asphalt des langen Piers glitzerte feucht im Licht der Arbeitsbeleuchtung. Die nächtliche Luft war erfüllt vom salzigen Duft des Meeres und den Gerüchen des Hafens. Es war ein Duft, den Amanda Garrett liebte.

Der Range Rover holperte über einige Schlaglöcher, ehe Arkady anhielt. »Da ist sie.«

Amanda sagte kein Wort. Ihre ganze Aufmerksamkeit galt dem riesigen Gebilde, das da vor ihr am Pier lag und dessen Umrisse an seinen Lichtern zu erkennen waren. Ein bittersüßes Lächeln huschte über Arkadys Lippen. Er hatte diese einzigartige Frau einst an ein Schiff verloren. Als er vor kurzem erfahren hatte, dass er wieder an der Seite der »Lady« dienen würde, hatte er sich gefragt, ob es wohl möglich war … Nun, die Frage hatte sich ganz einfach aufgedrängt.

Doch jetzt, wo er die Begeisterung und die Konzentration in ihren Augen sah, wusste er Bescheid. Sie hatten sich gerade erst nach so langer Zeit wiedergesehen, und schon gab es wieder ein anderes Schiff. Es würde immer irgendein Schiff geben, das die Hauptrolle in ihrem Leben spielte. Er konnte sich höchstens mit dem Gedanken trösten, dass es wohl nie einen Mann geben würde, der mehr von Amanda Garrett besitzen würde, als er von ihr bekommen hatte.

Er ließ sie allein vorgehen, damit sie ein paar stille Minuten hatte, um sich mit ihrer neuen Liebe bekannt zu machen.

Amanda ließ ihren Blick über das große Schiff schweifen und nahm dabei jedes winzige Detail in sich auf. Es war ein Handelsschiff, ein Massengutfrachter oder Bulker, der voll beladen tief im Wasser lag. An dem achterlichen Deckhaus und den sieben großen Ladeluken, die über das lange Deck verteilt waren, erkannte sie sofort, womit sie es zu tun hatte.

Das war genau das, was ihr vorgeschwebt hatte. Im Gegensatz zu einem Tanker oder einem Containerschiff genoss ein Massengutfrachter ein hohes Maß an Operationsfreiheit. Diese Schiffe waren dazu da, Rohstoffe wie Getreide, Kohle oder Erz zu transportieren, sodass sie die moderne Version der alten Trampdampfer darstellten. Sie waren ohne festgelegte Route und ohne genauen Zeitplan auf den See-Schifffahrtsstraßen der Welt unterwegs, stets auf der Jagd nach den gewinnträchtigsten Frachten auf den Rohstoffmärkten der Welt.

Amanda schritt langsam die ganze Länge des Schiffes ab. Es war ein großes Schiff seiner Art, wenngleich es durchaus größere gab. Amanda schätzte, dass es sich um ein Panamax-Schiff handelte, ein Schiff, das so bemessen war, dass es den Panamakanal durchfahren konnte. Es musste wohl über 250 Meter lang sein und eine Verdrängung von mindestens 60 000 Tonnen aufweisen, womit es immerhin größer war als jedes Schlachtschiff aus dem Zweiten Weltkrieg.

Für ein Schiff dieser Art war es durchaus ansehnlich. Amanda vermutete, dass es aus einer japanischen Werft stammte, wo man einen Sinn für schöne Schiffe hatte. Es hatte nichts Klobiges an sich, sondern zeichnete sich durch einen ungewöhnlich langen Bug und ein ebensolches Vorderdeck aus. Amanda nahm an, dass es auch unterhalb der Wasserlinie stromlinienförmig gebaut war, sodass es mit entsprechend leistungsstarken Maschinen eine recht beachtliche Geschwindigkeit erreichen musste.

Genau das war aber auch nötig.

Das Schiff war offensichtlich in ausgezeichnetem Zustand; der schwarze Rumpf und die weißen Decksaufbauten waren frisch gestrichen und zeigten keinerlei Rostflecken. Und wenn man nach den Antennen auf dem Hauptmast und dem Göschstock ging, so musste das Schiff auch sehr gut ausgerüstet sein.

Am achterlichen Ende des großen sechsgeschossigen Deckhauses ragten zwei kantige Schornsteine empor. Die Maschinen liefen im Leerlauf, jederzeit bereit zum Auslaufen. Amanda spürte durch den Beton des Piers hindurch den starken Pulsschlag der mächtigen Diesel.

Es handelte sich um RPM-Maschinen mit Diesel-Elektro-

Antrieb, der es möglich machte, schnelle Manöver durchzuführen und rasch zu starten, wenn es nötig sein sollte. Bestimmt verfügte das Schiff über mehrere Schrauben, was die Manövrierfähigkeit weiter erhöhte. Es war alles so, wie Amanda es sich gewünscht hatte.

Sie spürte, dass dieses Schiff vor Leben sprühte, bis hin zu dem leisen Flüstern der Luft in den Belüftungsschächten. Als sie aufblickte, sah sie, dass jeder der beiden Schornsteine mit einem breiten blauen Streifen versehen war, auf dem in der Mitte das Symbol einer Spiralgalaxie zu sehen war. Eine Reihe von Scheinwerfern beleuchtete das Namensschild auf der Brückennock.

GALAXY SHENANDOAH

War das das Schiff, das sie im Sinn gehabt hatte, als sie die Idee einer Phantom Force entwickelt hatte? Nun, sie konnte sich jedenfalls kein anderes Schiff mehr in dieser Rolle vorstellen. Amanda hörte, wie hinter ihr eine Autotür zugeknallt wurde. Arkady trat mit ihrem Koffer an ihre Seite. »Na, was sagst du?«, fragte er.

»Sie ist schön, Arkady.«

»Ja, sie ist schon ein ganz ansehnliches Schiff«, pflichtete er ihr bei. »Dass das Deckhaus so weit achtern steht, ist ein bisschen gewöhnungsbedürftig, aber es hat offensichtlich niemand Anpassungsschwierigkeiten, nicht einmal die Army-Jungs.«

»Großartig«, sagte Amanda und wandte sich ihm zu. »Und was ist mit dir? Glaubst du, dass du dich in der neuen Aufgabe zurechtfinden wirst? Eine ehrliche Antwort, bitte.«

Er neigte den Kopf zur Seite und zuckte die Achseln. »Davon gehe ich aus, Capt'n. Ich habe auch ein paar Dinge dazugelernt. Du bekommst einen guten CAG.«

»Ich habe nichts anderes erwartet«, antwortete sie lächelnd. »Dann wollen wir mal sehen, wo man uns braucht.«

Es war nur ein Mitglied der Mannschaft an Deck gewesen, als

sie gekommen waren; nun tauchten zwei weitere aus dem Deckhaus auf und traten an die steile Aluminium-Gangway.

Während Amanda zum Sturmdeck des Bulkers hinaufstieg, widerfuhr ihr eine weitere faustdicke Überraschung, und sie legte die letzten Meter fast im Laufschritt zurück.

»Willkommen an Bord, Capt'n.«

»Dix!« Sie bemühte sich gar nicht erst, ihre Freude zu verbergen.

Lieutenant Commander Dixon Lovejoy Beltrain stand in der weißen Uniform der Handelsmarine vor ihr. Der blonde Mann mit den geröteten Wangen sah immer noch aus wie der Footballspieler, der er einmal gewesen war.

Beltrain hatte an Bord der *Cunningham* als Taktik-Offizier ebenfalls einst zu ihrem Team gehört. Sie fragte gar nicht erst, wie es kam, dass er auch hier war. Dass er die Uniform eines Ersten Offiziers trug, sagte ihr auch so, wer dahintersteckte.

»Irgendjemand hat anscheinend gefunden, dass Sie hier einen guten Stealth-Mann brauchen können, Ma'am«, sagte Beltrain, »und ich habe mein Handwerk in der besten Schule gelernt, die man sich vorstellen kann.«

»Ha!«, rief Amanda aus und wollte ihm schon die Hand schütteln, als ihr einfiel, dass sie ja, zumindest formell, gar nicht mehr der United States Navy angehörte. Somit brauchte sie sich auch nicht mehr an die strikten Umgangsformen in der Navy zu halten und konnte ihrer Freude jederzeit durch eine Umarmung Ausdruck verleihen, wenn ihr danach war, und genau das tat sie nun.

Ein weiterer Mann, groß gewachsen und mit dem Overall eines Ingenieurs bekleidet, stand neben Beltrain. »Mich sollten Sie lieber nicht umarmen, Capt'n, mein Overall ist voller Öl.«

Sie beherzigte zwar seinen Rat, nahm aber seine schwielige Hand in beide Hände und drückte sie herzlich. »Verdammt, Chief, ich habe gedacht, Sie hätten sich schon aus der Navy verabschiedet!«, rief sie erfreut.

»Oh, das habe ich eigentlich auch«, antwortete der ehemalige Chefingenieur der *Cunningham.* »Ich bin Zivilist und habe für diesen Job hier bei Galaxy Maritime angeheuert.«

»Aber Sie waren doch als Berater bei Lockheed Shipbuilding.«

Er hob die Schultern. »Sie wissen ja, wie das so ist, Capt'n. Ich hatte es einfach satt, am Strand herumzusitzen. Außerdem habe ich mich immer schon gefragt, wie sich wohl die Leute im Maschinenraum von einem dieser alten Trampdampfer gefühlt haben, und das hier scheint mir etwas ganz Ähnliches zu werden.«

Arkady, Beltrain und Thomson. Amanda blickte in die Gesichter, die ihr so vertraut waren, und dachte einen Moment lang an die Triumphe und Rückschläge zurück, die sie in der Drake-Passage und an der chinesischen Küste gemeinsam erlebt hatten. Sie bemühte sich, das Brennen in ihren Augen zu unterdrücken, um sich nicht ganz zum Narren zu machen.

Ihr fiel beiläufig der Gedanke ein, der ihr am Tag zuvor in den Sinn gekommen war. Als Soldat und Seefahrer war man an vielen Orten zu Hause – und sie spürte, dass sie wieder einmal nach Hause kam.

MV *Galaxy Shenandoah*
Port Jackson

10. Oktober 2008, 02:22 Uhr Ortszeit Als Amanda ihren Koffer öffnete, spürte sie, wie sich das Deck unter ihren Füßen kaum merklich neigte. Die *Shenandoah* wurde von der ersten Welle des offenen Meeres hochgehoben. Sie verfolgte, wie die Welle den Rumpf des riesigen Schiffes entlangrollte und lauschte auf ein eventuelles Knarren und Knirschen in den Spanten. Doch da war nichts als das Grollen der Maschinen und das leise Dröhnen der Schrauben. Das Schiff hatte einen »steifen« Rumpf, wie Amanda zufrieden zur Kenntnis nahm.

Die Kapitänskabine war geräumig und nach Navy-Maßstäben richtiggehend luxuriös. Sie verfügte über einen großen eingebauten Schreibtisch, ein Sofa und ein Bett, ein richtiges Bett anstelle einer Koje. Und sie hatte sogar Fenster, keine Bullaugen, sondern Fenster mit Vorhängen. Draußen sah Amanda die Lichter des Sydney Harbour National Park in der Dunkelheit vorüberziehen.

Amanda packte rasch die wenigen Habseligkeiten aus, die sie mit sich führte, um sich hier heimisch zu machen. Sie zog die Schuhe aus und genoss das Gefühl, mit den bestrumpften Füßen über den weichen Teppich zu schreiten. Dann nahm sie ihre Haarbürste, setzte sich an den Schreibtisch und öffnete den Laptop. Einige solcher »Laptops« fand man auch im Heckbereich der *Shenandoah*, wo sie für recht interessante Zwecke vorgesehen waren.

Amanda schaltete den Computer ein und warf einen Blick auf den Spickzettel, den man ihr gegeben hatte. Es würde noch einige Tage dauern, bis sie die Zugangscodes im Gedächtnis hatte.

»Kommunikationsabteilung, hier ist der Capt'n«, sagte sie, um das System zu testen.

»Funkabteilung, aye«, meldete sich prompt eine Stimme aus den Laptop-Lautsprechern. »Willkommen an Bord, Ma'am.«

»Danke. Ich habe gehört, dass Sie eine Nachricht aus dem NAVSPECFORCE-Hauptquartier für mich haben.«

»Ja, Ma'am. Sie sollen sich persönlich über eine Direktverbindung bei Admiral MacIntyre melden, sobald Sie an Bord sind und das Kommando über Phantom übernommen haben.«

»Eine Direktverbindung?«

»Ja, Ma'am. Der Phantom-Force-Commander hat jederzeit eine direkte abhörsichere Verbindung mit dem Oberkommandierenden von NAVSPECFORCE. Das hat Admiral MacIntyre so angeordnet.«

Amanda hob überrascht eine Augenbraue. »Also gut, dann verbinden Sie mich.« Es war wohl kurz nach vier Uhr morgens in Hawaii, aber Befehl war nun einmal Befehl.

Auf einem der Schornsteine der *Shenandoah* ragte ein Stahlschaft wie das Periskop eines Unterseebootes in die Nacht hinaus. An der Spitze war ein drehbarer Spiegel montiert, der einen unsichtbaren Laserstrahl durch ein Loch in der Wolkendecke zu einem Milstar-Kommunikationssatelliten schickte.

Amanda hatte gerade erst begonnen, ihr Haar zu bürsten, als die Verbindung auch schon zustande kam.

»MacIntyre hier.« Die Stimme am anderen Ende klang etwas schlaftrunken. Nachdem sie eine Direktverbindung hatte, bedeutete das wohl, dass sie auch mit MacIntyres Wohnung verbunden werden konnte. Plötzlich hatte sie das Bild eines Mannes vor sich, der sich auf einen Ellbogen aufstützte, die Bettdecke über der Brust und das dichte Haar zerzaust. Möglicherweise lag es nur an ihrer momentanen Hochstimmung, doch sie fand das Bild ... interessant. Eines Tages, unter etwas ruhigeren Umständen, würde sie sich vielleicht noch einmal mit Christine über das Thema Elliot MacIntyre unterhalten.

»Tut mir Leid, dass ich Sie geweckt habe, Sir. Hier ist Amanda Garrett. Ich bin an Bord der *Shenandoah,* und ich habe das Phantom-Kommando übernommen.«

»*Shenandoah?*«, fragte MacIntyre nun schon hellwach. »Wie ist Ihr Status?«

»Voll einsatzfähig, Sir. Ich habe mir schon einen ersten Überblick über das Schiff verschafft, und wir sind bereits unterwegs.«

»Ausgezeichnet ... Nun, was halten Sie von dem Schiff?«, fragte MacIntyre, und es klang ein wenig gespannt, so als hoffe er auf ein positives Urteil von ihr.

Sie strich sich mit der Bürste durchs Haar und traf eine blitzschnelle Entscheidung. »Ich bin äußerst zufrieden, Elliot«, sagte sie, davon ausgehend, dass es für einen Kapitän der Handelsmarine durchaus nicht unschicklich war, einen Admiral mit dem Vornamen anzusprechen. »Mit dem Schiff und auch mit der Crew.«

Im Darwin Hotel
Darwin, Australien

14. Oktober 2008, 23:44 Uhr Ortszeit Der Barkeeper in der Hotelhalle des Darwin fragte sich, ob er wohl bald einen betrunkenen weiblichen Gast haben würde. Die blonde junge Frau, die allein an einem der hinteren Tische saß und tief in Gedanken versunken Cola-Rum trank, war noch nicht ganz so weit, aber sie war auf dem besten Weg.

Wahrscheinlich hatte sie Probleme mit irgendeinem Typen, dachte der Barkeeper und warf einen kurzen Blick auf die zierliche Frau in pinkfarbenen Capris. Sie war recht hübsch, und es schien eine Mischung aus Wut und Verzweiflung zu sein, was sie zum Trinken trieb. Vielleicht war es besser, schon jetzt einzuschreiten, bevor sie größere Probleme machte.

Die Aufmerksamkeit des Barkeepers wurde durch die Ankunft eines neuen Gastes abgelenkt. Es war ein groß gewachsener breitschultriger Mann, der mit Sporthemd und Jeans bekleidet war, ein Ami, nach dem Äußeren zu schließen. Wahrscheinlich war er mit einem der Schiffe gekommen, die draußen im Hafen lagen. Davon hatte er in letzter Zeit jede Menge hier gehabt. Keine schlechten Gäste, wenn man mit dem komischen Akzent zurechtkam.

Der Mann blickte sich in der gedämpft beleuchteten Halle um. Als er die blonde Frau an ihrem Tisch sah, ging er zu ihr hinüber. Falls der Typ auf charmante Gesellschaft aus war, würde er mit ihr kein Glück haben. Ein paar Typen von hier aus der Stadt hatten es im Laufe des Abends schon bei ihr probiert, und der Barkeeper hatte ihre gereizte Reaktion bis ans andere Ende der Halle gehört. Die Lady war ganz offensichtlich nicht in Stimmung.

Doch als der groß gewachsene Kerl an ihren Tisch trat, nickte sie ihm zu, und er setzte sich ihr gegenüber.

Also wirklich, bei diesen verdammten Amis wusste man nie.

»Ein Bier, bitte, Ma'am«, sagte Stone Quillain zu einer vorbeigehenden Kellnerin. Dann wandte er sich wieder der missmutig dreinblickenden Frau zu. »Ich habe die ganze Stadt nach Ihnen abgesucht, Ma'am«, sagte er.

»Nun, jetzt haben Sie mich ja gefunden«, antwortete Christine Rendino.

Stone warf ihr einen verärgerten Blick zu. Er spürte, dass er es mit einem »launenhaften Weibsbild« zu tun hatte, wie es sein Vater ausgedrückt hätte. »Es wäre ein gutes Stück einfacher gewesen, wenn Sie Ihr verdammtes Telefon eingeschaltet hätten.«

»Vielleicht wollte ich nicht, dass es einfach ist«, murmelte sie und nahm einen Schluck von ihrem halb leeren Drink.

»Verdammt, Commander! Wir haben uns gefälligst bereitzuhalten. Der Befehl zum Auslaufen kann jederzeit kommen. Es gibt da ein paar Regeln, die man bei einem Landurlaub einzuhalten hat!«

Christine hob eine Augenbraue. »Vielleicht sind mir die Regeln egal.«

Stone Quillain war ein Gentleman der alten Südstaaten-Schule, der die Ansicht vertrat, dass man eine Frau niemals schlagen durfte, um sie zur Vernunft zu bringen, auch wenn sie es noch so sehr verdienen würde. Er hielt seine verbale Explosion sogar so lange zurück, bis die Kellnerin sein Bier gebracht hatte.

»Also gut«, sagte er, nachdem er einen kräftigen Schluck zu sich genommen hatte, »was, zum Teufel, ist eigentlich los mit Ihnen?«

»Nichts.«

»Quatsch!«, knurrte er. »Sie sind schon seit Tagen zu nichts zu gebrauchen, wofür Sie eigentlich in der Task Force sind. Und Sie ziehen Ihre ganze Abteilung mit runter. Und jetzt betrinken Sie sich auch noch, kurz bevor wir zu einer Gefechtsoperation aufbrechen – da würde ich wirklich gerne wissen, was los ist! Wenn sie meinen Jungs und mir schon den Arsch wegschießen, weil wir mit schlechtem Nachrichtendienstmaterial versorgt werden, dann möchte ich wenigstens wissen, was der Grund dafür ist.«

»Das geht zu weit, Capt'n!«, versetzte die Intel-Offizierin gereizt.

»Ach ja? Alle taktischen Einheiten beklagen sich darüber, dass kaum noch brauchbares Nachrichtendienst-Material hereinkommt. Sie vernachlässigen Ihren Job, und ich werde nicht riskieren, dass meine Truppe in einen Hinterhalt gerät, nur weil Sie Ihre Arbeit nicht machen! Ich gehe mit der Sache zum TAC-BOSS!«

Christine trank ihr Glas in einem Zug leer und sah ihn an. »Tun Sie, was Sie wollen! Vielleicht ist das Kriegsgericht sowieso der schnellste Weg, um aus dieser Scheißtruppe rauszukommen.«

Stone Quillain atmete tief durch. Der Marine wusste, wann er es mit einem launenhaften Weibsbild zu tun hatte, doch er war, was vielleicht manchen überrascht hätte, auch einfühlsam genug, um zu wissen, wann er es mit einer Frau zu tun hatte, die an irgendeinem großen Kummer litt. »Commander … Ma'am. Irgendetwas stimmt da nicht. Irgendetwas ist nicht in Ordnung. Möchten Sie nicht vielleicht darüber reden? Vielleicht kann ich irgendwas tun.«

Christine starrte einen Moment lang auf ihr leeres Glas. Dann verzog sie das Gesicht und schob das Glas über den Tisch. »Tut mir Leid, Stone, Sie haben das nicht verdient. Es ist nur, dass … ich gehöre einfach nicht mehr hierher. Ich habe sowieso nie wirklich hierher gehört.«

»Wie meinen Sie das?«, fragte er stirnrunzelnd.

»Ich meine damit, dass ich eigentlich gar kein Navy-Offizier sein sollte! Ich wollte das gar nicht werden. Als ich auf die Highschool ging, hätte ich Ihnen ins Gesicht gelacht, wenn Sie mir so etwas vorgeschlagen hätten.«

Stone trank noch einen Schluck von seinem Bier. Es kam manchmal darauf an, die Leute zum Reden zu bringen. »Warum sind Sie's dann doch geworden?«

Die Intel-Offizierin zuckte die Schultern. »Es hat sich eben so ergeben. Ich wollte aufs College gehen, aber meine Leute hatten nicht das Geld dafür. Das Naval ROTC war so was wie ein Mittel zum Zweck. Ich würde meinen Abschluss bekommen, mir vier Jahre mit dem netten Spielzeug die Zeit vertreiben und dann nach Silicon Valley abhauen. Aber es hat nicht ganz so funktioniert.«

»Was ist denn dazwischengekommen?«

»Ich bin Captain Amanda Garrett begegnet«, antwortete sie. »Sie war damals noch nicht Captain, sondern erst Lieutenant Commander, und wir gehörten damals beide zum Operations Staff auf der alten *Enterprise.* Wir haben zusammengearbeitet, wir wurden Freundinnen, und irgendwie wollte ich dann nicht mehr weg.«

Stone lachte. »Das Gefühl kenne ich.«

Christine sprach mit leiser Stimme weiter, den Blick auf den Tisch gerichtet. »Plötzlich bedeutete mir das alles etwas, der Job und die Uniform. Es war nicht mehr so, dass ich nur darauf wartete, dass die vier Jahre vorbeigehen. Und als Amanda dann die *Cunningham* bekam, wollte sie mich dabeihaben. Seit damals arbeite ich mit ihr zusammen.«

»Ja«, pflichtete Quillain ihr bei. »Sie ist so ungefähr der beste Skipper, für den ich je gearbeitet habe. Sie ist schon was Besonderes.«

»Sie *war* was Besonderes«, entgegnete Christine voller Bitterkeit. »Sie war die Beste, die sie hatten, und jetzt lassen sie sie über die Klinge springen. Der beste Capt'n in der Flotte, und diese Mistkerle lassen Sie einfach über die Klinge springen!«

»Es wäre nicht das erste Mal, dass einer, der wirklich an der Front steht, den hoch dekorierten Herrschaften an ihren Schreibtischen nicht genehm ist«, sagte Quillain nachdenklich.

»Mag sein, aber ich verstehe einfach nicht, wie dieser Admiral MacIntyre das zulassen kann, nach allem, was sie geleistet hat. Aber was ich noch viel weniger verstehe, ist, dass sie es einfach so hingenommen hat, dass sie gar nicht gekämpft hat, Stone. Sie hat einfach so ihren Abschied genommen!«

»Mag sein«, antwortete Stone vielsagend.

Christine blickte zu ihm auf. »Was meinen Sie damit?«

»Ich meine, ich kenne den Skipper«, antwortete er. »Aufgeben ist nicht ihre Art. Sie würde kämpfen. Auch wenn sie nicht gewinnen könnte, würde sie kämpfen bis zum Ende. Ich kenne auch den Admiral sehr gut. Ich habe einiges über ihn erfahren, als wir auf Neuguinea Harconans Festung gestürmt haben. Er scheint mir überhaupt nicht der Mann zu sein, der einem guten Untergebenen in den Rücken fallen würde.«

»Aber genau das hat er getan, Stone. Und sie hat tatsächlich aufgegeben, ohne zu kämpfen.«

»Wie gesagt, mag sein.«

Christine blinzelte, um den Schleier wegzubekommen, der ihren Blick trübte. »Wovon reden Sie eigentlich?«

Er stellte sein Bierglas nieder. »Verdammt, Ma'am, Sie sind der Nachrichtendienst-Offizier von uns beiden! Sie sind doch immer wieder mit solchen Situationen konfrontiert. Wir haben einen Verband unter Beobachtung, der ganz plötzlich ohne erkennbaren Grund von seiner gewohnten Operationsweise abweicht. Was müssen wir daraus schließen?«

Christine runzelte die Stirn und dachte über das Problem nach. »Dass es da einen oder mehrere verborgene Faktoren gibt, die einen Einfluss auf diesen Verband haben.«

Stone nickte. »Eben. Ich halte mich in meinem Urteil über

den Skipper und den Admiral noch ein wenig zurück. Da gibt es irgendwas, das wir nicht sehen.«

»Aber was?«

Der Marine runzelte nachdenklich die Stirn. »Ich weiß es nicht. Könnte sein, dass wir's nicht wissen sollen. So was passiert manchmal, wenn man's mit Special Ops zu tun hat. Da kommt es immer mal wieder vor, dass jemand einfach so verschwindet, ohne Vorwarnung, ohne Erklärung. Und wenn man nachfragt, dann heißt es, er ist auf einer Dienstreise oder im Urlaub oder sonst irgendwas. Ein Jahr später taucht der Typ plötzlich auf und macht weiter, als wäre überhaupt nichts gewesen. Und wenn man ihn fragt, wo er die ganze Zeit war, zuckt er nur die Achseln und gibt dir irgendeine ausweichende Antwort.«

»Kommen solche Leute immer einfach so wieder zurück?«, fragte Christine mit leiser Stimme.

Er schüttelte den Kopf. »Nein. Manchmal heißt es, sie wären bei einem Übungsunfall ums Leben gekommen, oder sie bleiben einfach verschollen, und man hört überhaupt nichts mehr von ihnen.«

»Bevor Amanda die Task Force verlassen hat, da hat sie mir noch gesagt, dass ich ihr vertrauen soll«, murmelte Christine mehr zu sich selbst, »und auch auf den Admiral.«

»Ich würde an Ihrer Stelle auf sie hören«, sagte Quillain, trank sein Bier aus und stand auf. »Wir sehen uns dann auf dem Schiff, Ma'am.«

»Sicher, Stone. Oh, und Sie brauchen nicht mit dem TACBOSS zu sprechen. Die Intelligence-Abteilung wird ab morgen auf Hochtouren laufen, das verspreche ich Ihnen.«

»Ach«, sagte Quillain grinsend, »ich habe sowieso keine Zeit, um mit dem Typen zu reden.«

Zehn Stunden später erwachte Christine Rendino splitternackt in einem Hotelzimmer, und das Licht, das durch die ein Stück weit geöffneten Vorhänge hereindrang, explodierte in ihrem

Hinterkopf. Sie blickte sich blinzelnd um und sah ihre Kleider auf dem Fußboden verstreut liegen. Ihr nächster Blick fiel auf die Uhr auf dem Nachttisch. Dann schlüpfte sie wieder unter die dünne Bettdecke und schalt sich selbst eine ausgemachte Idiotin.

Nach ihrer Sauftour hatte sie sich am späten Abend ein Zimmer im Hotel Darwin genommen. Sie hatte sich vierundzwanzig Stunden Landurlaub genommen, und es hätte auch gar keinen Sinn gehabt, früher auf die *Carlson* zurückzukehren. Sie musste zuerst einmal einen schmerzhaften Kater überstehen. Außerdem gab es einiges, über das sie nachdenken musste, insbesondere über sich selbst.

»Egal was passiert, egal was du hörst«, hatte Amanda zu ihr gesagt, »vertrau uns und verlass dich drauf, dass alles gut geht.« War das vielleicht so etwas wie eine verschlüsselte Botschaft gewesen, die Christine entgangen war?

»Ich halte mich in meinem Urteil über den Skipper und den Admiral noch ein wenig zurück«, hatte Stone Quillain gesagt. Es beschämte sie, dass er den beiden weiter vertraute, während sie jeden Glauben verloren hatte.

Wenn sogar dieser Marine an Amanda glaubte, wie hatte es ihr dann passieren können, dass sie an ihrer besten Freundin zweifelte, die fast so etwas wie eine Schwester für sie war? Ja, sie hatte sich ganz in das Gefühl hineingesteigert, dass Amanda sie im Stich ließ. Wie eine verwöhnte Göre hatte sie sich aufgeführt!

Und mit Admiral MacIntyre war es genau dasselbe. Eddie Mac stand wie ein Fels hinter seinen Leuten, und er nahm dafür auch so manches Risiko in Kauf. Hatte er nicht darauf bestanden, den Sturm auf Harconans Festung höchstpersönlich anzuführen, um Amanda herauszuholen, obwohl er geahnt haben musste, dass sie eine Affäre mit Harconan hatte? Und war es nicht ohnehin ein wenig lächerlich, was sie dem Admiral zugetraut hatte – dass er wie ein gekränkter Schuljunge reagieren und sich an Amanda rächen würde?

Nein, Stone hatte Recht. Da musste irgendetwas anderes im Spiel sein.

Außerdem – was, zum Teufel, hatten Amanda Lee Garrett oder Elliot Edward MacIntyre mit Lieutenant Commander Christine Rendinos Pflichten und Aufgaben zu tun? Sie mochte ja mit dem Job begonnen haben, weil sie einen College-Abschluss brauchte, und sie war vielleicht wegen Amanda länger als geplant dabei geblieben – aber konnte es nicht sein, dass mittlerweile längst andere Gründe im Spiel waren?

Konnte es nicht sein, dass sie mittlerweile ganz einfach gut in ihrem Job war und dass sie stolz darauf war, ihn auszuüben?

Christine ignorierte das Hämmern in ihren Schläfen und griff auf den Fußboden neben dem Bett hinunter, wo ihre Tasche lag. Sie zog das Telefon hervor und schaltete es ein. Als das kleine Display aufleuchtete, zuckte Christine zusammen, als sie sah, dass ein halbes Dutzend Nachrichten auf sie warteten. Na toll.

Amanda würde ziemlich wütend auf sie sein, weil sie sich so entsetzlich hatte gehen lassen. Es war höchste Zeit, dass sie zu ihrem Job zurückkehrte. Es war aber auch Zeit, herauszufinden, was Amanda wirklich vorhatte. Wenn irgendjemand glaubte, dass irgendwelche Sicherheitsvorkehrungen genügten, um ihr etwas vorzumachen, dann hatten sich die Kerle getäuscht.

Sie warf die Bettdecke beiseite und ging schnurstracks unter die Dusche, um einen klaren Kopf zu bekommen. Sie trocknete sich gerade ab, als ihr Handy den Klingelton von sich gab, den sie für offizielle Seafighter-Angelegenheiten eingestellt hatte. Sie ging zu ihrem Telefon hinüber und drückte auf die Sprechtaste. »Commander Rendino hier«, meldete sie sich gespannt.

»Ich habe doch Anweisung gegeben, dass alle Offiziere ihr Telefon rund um die Uhr eingeschaltet haben sollen, wenn sie an Land sind, Chris«, tönte eine leicht verärgerte, wohlvertraute Altstimme aus dem Handy. »Ich versuche schon seit gestern Abend, dich zu erreichen.«

Das nasse Handtuch glitt Christine aus der Hand. »Boss …? Capt'n … Amanda!«

»Ja, Chris«, sagte die Stimme lachend. »Ich bin's wirklich. Jetzt beruhige dich erst mal und sag mir, wo du steckst.« Ihre Stimme klang leicht hohl, was auf eine Satellitenverbindung schließen ließ.

»Ich habe mir ein Zimmer im Darwin Hotel genommen.«

»Bist du allein, und ist die Verschlüsselung an deinem Telefon eingeschaltet?«

Christine überprüfte die Einstellung an ihrem Handy. »Zweimal ja.«

»Okay. Jetzt hör mir gut zu. Du musst dich beeilen. Du verlässt die Seafighter und kommst wieder unter mein Kommando.«

»Dein Kommando?«

»Stell jetzt keine Fragen. Wir haben nachher noch Zeit genug, um über alles zu reden. Eine taktische Truppe von NAVSPECFORCE-Intelligence wird innerhalb der nächsten vierundzwanzig Stunden in Darwin ankommen. Du tauschst einfach mit dem Kommandanten den Platz. Er übernimmt deinen Posten bei den Seafightern, und du fliegst mit dem Trupp zu unserer Botschaft in Jakarta. Dort bekommst du weitere Anweisungen.«

»Verstanden.«

»Gut. Ich denke, ich habe da eine interessante Aufgabe für dich, Chris. *Mucho divertessmento,* wie unser alter Freund Arkady sagen würde. Oh, übrigens arbeiten wir wieder mit ihm zusammen. Und auch einige andere alte Freunde von der Duke sind mit von der Partie.«

»Oh, mein Gott, Amanda, ich bin so froh, dass du angerufen hast.«

»Ich habe dich auch vermisst, Chris«, sagte Amanda lachend. »Es tut mir Leid, dass da ein falscher Eindruck entstanden ist – aber es gibt Gründe für das alles. Du wirst es sicher verstehen.«

Christine seufzte erleichtert. Ihr Kater war verflogen, und sie war rundum zufrieden, nachdem ihre Welt wieder in Ordnung gebracht worden war. »Kein Problem, Boss«, sagte sie.

Christine war in Hochstimmung, als sie rasch in ihre Kleider schlüpfte. »Girls just want to have fun«, summte sie beschwingt vor sich hin, als sie sich an die Frisierkommode setzte, um sich rasch etwas in Schuss zu bringen, während sie sich auf ein ausgiebiges Frühstück freute. Nachdem der Admiral und Amanda in ihrem Weltbild wieder dort waren, wo sie hingehörten, war ihr ganzer Kummer mit einem Schlag verflogen.

Der Admiral und Amanda.

Christine hörte abrupt auf zu summen, als ihr das letzte Gespräch in den Sinn kam, das sie mit Amanda auf der *Carlson* geführt hatte. Sie betrachtete sich vorwurfsvoll im Spiegel. »Christine Maude Rendino, du hast ein verdammt loses Mundwerk!«

Kimberley, Australien
90 Kilometer westlich der Kalumburu Mission

16. Oktober 2008, 10:05 Uhr Ortszeit Der Seawolf-Super-Huey ging auf dem Bergkamm nieder und wirbelte dabei eine Wolke aus Staub und Sand auf. Captain Stone Quillain blickte mit finsterer Miene durch die offene Tür des Hubschraubers auf die trostlose Landschaft hinaus, in der sie gelandet waren. Er öffnete den Gurt und beugte sich über die Schulter des Piloten nach vorne. »Okay, verdammt, was soll hier draußen sein?«, rief er ihm über dem schwächer werdenden Heulen der Turbinen zu.

Commander Richard »Cobra« Richardson, der befehlshabende Offizier der Light Attack Helicopter Squadron Three drehte sich zu dem Marine um. »Das hier ist die Stelle mit diesen ganz bestimmten GPS-Koordinaten«, antwortete der Pilot und hielt sein handtellergroßes Global-Positioning-Gerät hoch. »Hier musst du umsteigen. Ich habe dich hergebracht, jemand anders holt dich ab. Das ist alles, was ich weiß.«

»Das ist doch wohl das Verrückteste, was mir je passiert ist!«

»Stone, ich weiß auch nicht, wozu es gut ist! Ich habe dich herzubringen, das ist alles.« Der Pilot griff zwischen die beiden Pilotensitze und holte eine Feldflasche hervor, die er Quillain reichte. »Für den Fall, dass sie dich eine Weile warten lassen.«

Quillain machte ein säuerliches Gesicht. »Na, dann vielen Dank auch, Sir.«

»Gern geschehen«, antwortete der Heli-Pilot. »Dann bis später … hoffe ich zumindest.«

»Ha! Ha! Ha! Du solltest dir einen Job in einem Altenheim suchen, Cobra. Mit diesem Scherz kommst du dort sicher ganz toll an.«

Quillain schnappte sich seinen Seesack und sprang durch die offene Tür auf den steinigen Boden hinaus. Tief geduckt, um außer Reichweite der Rotorblätter zu bleiben, entfernte er sich von dem Hubschrauber. Er wandte sich ab, um keinen Sand in die Augen zu bekommen, der vom Rotorabwind aufgewirbelt wurde. Als er wieder hinsah, war der Seawolf schon wieder in der Luft und in nordöstlicher Richtung unterwegs, um zur Flotte zurückzukehren, die etwa zweihundertfünfzig Kilometer entfernt vor Anker lag.

Das Knattern der Rotoren verklang. Nur noch das Pfeifen des Windes war zu hören. Von seiner Position auf dem niedrigen Gebirgskamm aus konnte Quillain im Westen jenseits einer mit Buschwerk bewachsenen Wüstenlandschaft das Schimmern des Meeres erkennen. Weiter landeinwärts ragte eine Gebirgskette aus nacktem, zerklüftetem Fels zum Himmel empor. Darüber erstreckte sich der blassblaue Himmel, an dem sich da und dort ein paar Wolken angehäuft hatten. Die Hitze war noch nicht so extrem, doch man spürte schon, dass es ein heißer Tag werden würde.

Es war jedenfalls außer Sand und Fels weit und breit nichts zu sehen. Absolut nichts.

Quillain nahm die Mütze ab und schlug sich damit wütend auf den Schenkel.

Der ganze Schwachsinn hatte am Abend zuvor an Bord der *Carlson* begonnen, als ihn der neue TACBOSS zu sich rief. Captain Carberry sagte ihm, dass das Rote Kreuz die Task Force kontaktiert hätte. Einer von Stones Familienangehörigen war angeblich schwer krank, sodass er mit sofortiger Wirkung einen Sonderurlaub aus familiären Gründen zuerkannt bekam. Stone sollte das Kommando der Sea Dragons an den stellvertretenden Kommandeur übergeben und schon am nächsten Morgen zurück in die Staaten fliegen.

Quillain rief natürlich sofort seine Eltern daheim auf ihrer Farm in Valdosta, Georgia, an. Er erfuhr, dass seine Mutter, die zwar etwas überrascht, aber sehr erfreut war, dass er anrief, gerade einen Obstkuchen für den Weihnachtsbasar in der First Baptist Church zubereitete. Sein Vater war draußen im Geräteschuppen, und seine kleine Schwester spielte gerade Basketball. Und auch alle anderen Familienmitglieder, einschließlich seines schrulligen Cousins Ray John, der gerade im Gefängnis saß, erfreuten sich bester Gesundheit.

Als er zum TACBOSS ging, um nähere Auskünfte zu verlangen, gab ihm der Mann in recht eindeutigen Worten zu verstehen, dass er den Mund halten und sich auf die Abreise vorbereiten solle. Bis auf weiteres war ein Angehöriger von ihm todkrank, sodass seine Anwesenheit zu Hause erforderlich war.

Die Übergabe des Sea-Dragons-Kommandos stellte jedenfalls kein Problem dar. Es gehörte zu Amanda Garretts Philosophie, dass niemand innerhalb der Seafighter unersetzlich war. Jeder Kommandeur irgendeiner Einheit hatte darauf zu achten, dass jederzeit ein Nachfolger für ihn bereitstand, um eine nahtlose Übergabe des Kommandos zu gewährleisten. Alles, was Quillain zu tun hatte, war, einige Stunden Schlaf zu opfern, um den ganzen Papierkram zu erledigen und die Zügel zu übergeben. Am nächsten Morgen erschien er ziemlich mürrisch auf dem Flugdeck der *Carlson*, um sich nach Darwin fliegen zu lassen.

Das Seltsame war, dass Seawolf One mit ihm gar nicht nach Darwin flog.

Fünfzig Meter unter ihm guckte ein Känguru vorsichtig, aber neugierig hinter den vertrockneten Büschen hervor.

»Würdest du mir bitte verraten, was, zum Teufel, hier gespielt wird?«, brüllte Quillain dem Beuteltier zu. Das Känguru machte sich erschrocken aus dem Staub.

Eine halbe Stunde später saß Stone auf seinem Seesack, betrachtete die Feldflasche und sagte sich, dass er noch gar nicht wirklich durstig war.

Da hörte er plötzlich ein Geräusch näher kommen, das wie das Knattern eines Hubschraubers klang, jedoch einen seltsam trillernden Unterton hatte. Stone stand auf und blickte zum Horizont hinaus, von wo das immer lauter werdende Geräusch kam.

Plötzlich tauchte im Süden etwas über dem Gebirgskamm auf. Das Ding hielt genau auf Stone zu und flog so tief, dass es Staub und Sand aufwirbelte. Instinktiv duckte sich der Marine, als das Flugzeug über ihn hinwegbrauste. Er richtete sich auf und sah der bizarren Flugmaschine nach, die nun steil emporstieg und schließlich wieder zu ihm zurückkam.

Stone war kein Flieger, doch er kannte alle Waffensysteme der Welt in- und auswendig. Dieses seltsame Ding kam jedoch in seinem Repertoire nicht vor.

Es war ein Helikopter … zumindest in gewisser Weise. Da war eine gewisse Ähnlichkeit mit dem Bell-Textron AH-1 Super Cobra, der im Marine Corps eingesetzt wurde, doch es gab auch einige markante Unterschiede.

Bei dieser Maschine saß die Rotornabe direkt auf den beiden Turbinen, wie es auch beim AH-64 Apache der Fall war. Die

Landekufen des Cobra fehlten ebenso wie der Kinnturm für Kanonen und Sensoren. Dafür war dieser Hubschrauber mit einer dreiläufigen 20-mm-Kanone bestückt, die vorne in der Mitte installiert war.

Und in der Mitte des Rumpfes waren Flügel angebracht. Nicht die üblichen Stummelflügel, an denen verschiedene Waffensysteme montiert wurden, sondern richtige Flügel, an deren Unterseite abwerfbare Zusatztanks befestigt waren.

Doch so richtig merkwürdig wurde es im hinteren Bereich der Maschine. Statt des herkömmlichen Heckrotors verfügte dieses Ding über kreuzförmige Flossen und einen Propeller in einem runden Gehäuse. Außerdem schien in diesem Bereich so etwas wie ein Höhen- und ein Seitenruder vorhanden zu sein. Der Gesamteindruck, den dieses Fluggerät vermittelte, war eher der eines kleinen Kampfflugzeugs mit Rotoren als der eines gewöhnlichen Helikopters.

Bemalt war das Ding mit einer mattschwarzen Farbe, sodass Quillain erst, als es wieder zu ihm zurückgeflogen kam, die Phantomschrift und die Insignien auf den Seiten erkennen konnte. Was immer es war, es gehörte jedenfalls zur United States Navy.

Die Maschine wurde langsamer und ging schließlich wenige Meter von Stone entfernt nieder. Sie setzte mit den Rädern des Fahrwerks und mit einem dritten Rad, das aus dem runden Gehäuse am Heck kam, am Boden auf.

Unter dem Cockpit konnte Stone eine Doppelnull erkennen, was in der Navy darauf hinwies, dass es sich um einen Squadron oder Air Wing Commander handelte. In bunten Farben war die kurvige Figur eines blonden Mädchens in knappen Haremskleidern aufgemalt, das auf einem fliegenden Teppich saß. Darunter stand »Jeannie II«.

Das Knattern des Rotors sank zu einem leisen Schnurren herab, und der Mann auf dem Pilotensitz hob die Hand, um das Visier an seinem Helm hochzuklappen. Den Blick auf Stone gerichtet, grüßte er, indem er lässig zwei Finger hob.

Dabei fiel Quillain eine weitere Besonderheit dieser Maschine auf. Die Steuerelemente des Piloten befanden sich im vorderen Cockpit und nicht im hinteren wie beim Cobra.

Während Stone geduckt auf die Maschine zuging, öffnete der Pilot die Cockpithaube. Er drückte auf einen der Knöpfe im Cockpit, worauf sich eine Tür im Rumpf öffnete, durch die Stone seinen Seesack in das leere Munitionsabteil für die Kanone warf. Dann stieg er auf ein Trittbrett am Rumpf und beugte sich zum Piloten vor. »Okay«, rief er über dem Lärm der Rotoren, »bevor ich in dieses Ding einsteige, wäre es vielleicht ganz nett, wenn Sie mir verraten würden, was da läuft.«

Der Flieger, auf dessen Helm »CMDR ARKADY« stand, sah ihn mit seinen durchdringenden blauen Augen an. »Captain Garrett lässt grüßen. Wie klingt das?«

»Ha!«, rief Quillain aus, als ihm mit einem Schlag alles klar wurde. »Ich würde sagen, das klingt verdammt gut!« Das hintere Cockpit und der Fliegerhelm, der auf dem Sitz für ihn bereitlag, waren beide reichlich eng, was Stone jedoch bereitwillig in Kauf nahm.

Wenige Minuten später hatten sie sich bereits von dem Gebirgskamm emporgeschraubt und zogen in westlicher Richtung über die Timorsee hinweg, und zwar nicht mehr als hundert Fuß über der Meeresoberfläche, um eine eventuelle Entdeckung durch irgendwelche Radarsysteme zu vermeiden.

Quillain war in seinem Leben schon mit den verschiedensten Flugzeugen und Hubschraubern unterwegs gewesen, aber noch nie mit einer Maschine, die sich mit dieser hier vergleichen ließ. Zunächst einmal war sie bedeutend schneller unterwegs als jeder Hubschrauber, der ihm bisher untergekommen war. Aber auch das Fluggefühl war ziemlich ungewöhnlich. Als sie abgehoben hatten, spürte er das typische Vibrieren eines Hubschraubers. Doch mit zunehmender Geschwindigkeit war das Vibrieren nach und nach abgeklungen. Und jetzt glitten sie so sanft dahin wie irgendein Verkehrsflugzeug.

»Ich muss Ihnen eine Frage stellen, Commander«, sprach Quillain schließlich in sein Kehlkopfmikrofon. »Was, zum Teufel, ist das bloß für ein Vehikel?«

Arkady lachte. »Das ist ein Bell/Piasecki AH/C-1A SPEED Cobra, ein Verbundhubschrauber.« Er drehte sich auf dem Pilotensitz ein Stück zur Seite und streckte die Hand nach hinten aus. »Ich heiße übrigens Vince Arkady.«

Stone ergriff die Hand und schüttelte sie. »Stone Quillain. Captain Garrett hat schon viel von Ihnen erzählt.«

»Auch Sie müssen in den Plänen der Lady eine gewisse Rolle spielen, wie ich in den vergangenen Tagen bemerkt habe. Sie scheint der Ansicht zu sein, dass die westliche Zivilisation dem Untergang geweiht ist, wenn ein bestimmter Ledernacken nicht bei uns mitmacht.«

Stone genoss das Lob. Es freute ihn, dass ihn Amanda Garrett für unentbehrlich hielt. Die Frage war nur, wofür sie ihn brauchte. Er beschloss jedoch, die offenen Fragen schön der Reihe nach anzugehen.«

»Okay, Commander, was bitte ist ein Verbundhubschrauber?«

Der Pilot lachte erneut. »Das ist der Heilige Gral, nach dem man bei Piasecki seit den 1960er-Jahren gesucht hat. Eine andere Bezeichnung dafür ist *Convertaplane.* Es handelt sich um eine Kreuzung aus Helikopter und Flugzeug, bei der man zwischen den beiden Systemen hin und her wechseln kann.«

»Wie meinen Sie das, Sir?«

»Als Marine wissen Sie ja über die Vorzüge und Nachteile eines Hubschraubers genau Bescheid, nicht wahr?«

»Ich weiß, dass die Dinger verdammt praktisch sind, weil sie senkrecht starten und landen können«, antwortete Stone. »Aber es gibt einige Faktoren, wo sie schlecht abschneiden, nämlich Geschwindigkeit, Überlebensfähigkeit und Reichweite.«

»Stimmt genau. Das Hauptproblem ist die beschränkte Fluggeschwindigkeit«, sagte Arkady. »Sie können mit einem herkömmlichen Hubschrauber nicht schneller als etwa 320 km/h fliegen, weil es sonst zu einem Strömungsabriss kommt.«

»Ich habe Heli-Piloten über die Sache mit dem Strömungsabriss reden hören«, räumte Quillain ein, »aber ich habe nie so recht gewusst, was es genau bedeutet.«

»Es ist eigentlich ziemlich einfach«, erläuterte Arkady. »Die Rotorblätter eines Hubschraubers sind im Grunde seine Flügel, mit der Besonderheit, dass sie unabhängig von der Fluggeschwindigkeit Auftrieb erzeugen, indem sie um die Nabe rotieren. Dadurch kann ein Heli schweben, senkrecht starten und landen und auch seitwärts und rückwärts fliegen. Aber die Rotorblätter stehen auch in einer Wechselwirkung mit dem umgebenden Luftstrom. Wenn der Hubschrauber im Vorwärtsflug beschleunigt, wird der Anstellwinkel an den Rotorblättern, die sich in Richtung Heck bewegen, vergrößert, bis irgendwann der Luftstrom über die obere Fläche des Flügels unterbrochen wird und Auftrieb verloren geht. Bei den Rotorblättern, die nach vorne schwingen, ist es genau umgekehrt. Ab einem gewissen Punkt wird diese Instabilität problematisch, und der Heli lässt sich nicht mehr kontrolliert fliegen. Im Allgemeinen erreicht man den kritischen Punkt bei etwa 320 km/h.«

Stone blickte auf die Wellen hinunter, die unter dem SPEED Cobra dahinzogen. »Wir sind aber schon weit darüber, nicht wahr?«

»Ja, wir sind im Moment mit etwa 420 km/h unterwegs, und wir haben noch 100 km/h im Ärmel, wenn wir sie brauchen.«

»Na schön, Commander, die Frage ist nur: Wie funktioniert das? Warum haben wir keinen Strömungsabriss?«

»Das funktioniert, weil wir …«

Der Horizont begann sich zu drehen, als das Flugzeug mühelos eine Rolle vollführte.

»… im Moment ein Flugzeug sind.«

Quillain stieß ein ungläubiges Schnauben aus und hielt sich an den Armlehnen seines Sitzes fest.

»Ein Strömungsabriss kann uns nicht passieren«, fuhr Arkady gut gelaunt fort, »weil die Drehzahl des Rotors jetzt kleiner ist und der Auftrieb zunehmend von den Tragflächen übernommen wird.«

Der Horizont drehte sich um hundertachtzig Grad, als sich der SPEED Cobra auf den Kopf stellte und in dieser Position verharrte. »Sehen Sie? Unsere Flügel erzeugen den Auftrieb, der uns in der Luft hält. Wir steuern das Ding mit Höhenruder, Quer- und Seitenruder, und der Propeller gibt uns Vorwärtsschub.« Meer und Himmel begannen zu schwanken, als Arkady die Flügel neigte. »Wie gesagt, wir sind ein Flugzeug.«

Stone hing regungslos in den Gurten und war sich sicher, dass seine Finger bleibende Abdrücke in den Armlehnen hinterließen. »Ich glaube es Ihnen ja, Sir«, knurrte er mit zusammengebissenen Zähnen.

Der Horizont kippte erneut, und sie nahmen wieder die herkömmliche Fluglage ein. »Wirklich lustig wird es, wenn wir mit hoher Geschwindigkeit fliegen und dann langsamer werden«, fuhr Arkady enthusiastisch fort. »Ich nehme den Leistungshebel zurück, den ›Velocity Controller‹.«

Der Cobra stieg ein Stück weit empor. Die Geschwindigkeit nahm ab, doch Stone konnte keine Änderung im Klang des Motors feststellen. Was jedoch erneut spürbar wurde, war das vertraute Vibrieren.

»Sobald wir wieder die Grenze für den Strömungsabriss überschreiten, bringt das Fly-by-wire-Flugmanagement-System wieder den Rotor ins Spiel. Er übernimmt jetzt wieder einen zunehmenden Anteil des Auftriebs. Wenn wir noch langsamer werden, bekommen wir wieder das Problem mit dem Drehmoment …« – der Helikopter begann sich schlangenlinienförmig durch die Luft zu winden – »aber dafür haben wir den Heckrotor hinten, der wie ein herkömmlicher Fenestron das Drehmoment des Rotors ausgleicht und die Maschine stabilisiert. Und schwupp …« – die Maschine ging in den Schwebeflug und vollführte eine schnelle Drehung um dreihundertsechzig Grad – »… schon sind wir wieder ein Hubschrauber.«

Stone schluckte erst einmal und richtete sich in seinem Sitz auf. »Verzeihung, Captain, aber kennen Sie zufällig einen irren Heli-Piloten, den sie Cobra nennen?«

Arkady drehte sich kurz um. »Captain Quillain, ich selbst habe Cobra Richardson alles beigebracht, was er über das Irrsein weiß.«

»Hätte ich mir denken können.«

»Ich muss Ihnen aber noch etwas Interessantes zeigen«, fuhr Arkady mit wachsender Begeisterung fort. »Ich kann das Flugmanagement-System außer Kraft setzen und mit manueller Steuerung Dinge aufführen – also, das würden Sie nicht für möglich halten …«

»Nein! Äh … nein, es genügt schon, Sir. Vielleicht sollten wir uns lieber beeilen und ganz normal weiterfliegen. Dort, wo wir hinsollen, warten sie sicher schon auf uns.«

»Sie haben wahrscheinlich Recht.« Arkady beschleunigte den SPEED Cobra und ging wieder in den Flugzeug-Modus. »Das Wesentliche ist, dass man mit dieser Technik über ein Fluggerät verfügt, das sich von seinen Möglichkeiten her mit einem Jagdbomber aus dem Zweiten Weltkrieg vergleichen lässt, so was wie eine F4U Corsair oder eine F6F Hellcat. Der Unterschied ist nur, dass dieses Ding quasi mit einer Stealth-Tarnkappe daherkommt, dass es in der Nacht und bei jeder Witterung fliegen kann und dass es senkrecht starten und landen kann und dadurch von einer kleinen Plattform aus einsetzbar ist.«

Wenn er von seiner Übelkeit absah, musste sich Stone eingestehen, dass er doch beeindruckt war. »Junge, Junge! Das Corps muss unbedingt auch ein paar von diesen Dingern kriegen!«

»Das werdet ihr wahrscheinlich auch«, stimmte Arkady zu. »Man kann heute fast jeden Heli in einen solchen Verbundhubschrauber umbauen. Die Jungs in meinem Geschwader fliegen einen SPEED MH-60 Nighthawk. Aber im Moment wird wohl nur die Lady und Phantom Force damit ausgerüstet werden.«

»Was ist denn Phantom Force?«

»Das sind wir«, antwortete der Pilot und kramte einige Augenblicke in einem Kartenfach, aus dem er schließlich einen Umschlag hervorholte, den er Stone nach hinten reichte. »Das hier wird Ihr Job bei der Sache sein. Vielleicht wollen Sie schon mal einen Blick hineinwerfen. Der Skipper erwartet sicher, dass Sie gleich loslegen, wenn Sie ankommen.«

Stirnrunzelnd brach Quillain das Siegel des Umschlags auf und las die Überschrift auf der ersten Seite des dicken Dokuments.

Composite Operations Development Group Alpha

»Vorausgesetzt natürlich, Sie machen mit«, fügte Arkady hinzu. »Phantom ist eine freiwillige Angelegenheit.«

Quillain gab keine Antwort; er hatte sich bereits in den ersten Abschnitt des Papiers, den Organisationsplan, versenkt. Was er da las, weckte augenblicklich sein Interesse.

»Wir kommen jetzt zu Point Item«, machte ihn Arkady nach einer Weile aufmerksam.

Stone blickte auf. Point Item war der Fachausdruck für einen Treffpunkt zwischen einem Schiff und einem Flugzeug.

Am Horizont tauchten die dunklen Umrisse eines Schiffes auf, gefolgt von einem weißen Kielwasserstreifen. Als sie näher herankamen, erkannte Stone, dass es ein großes Handelsschiff mit achterlichem Deckhaus war, das mit relativ hoher Geschwindigkeit nordwärts lief.

Als der SPEED Cobra wieder in den Hubschrauber-Modus zurückkehrte, bemerkte Stone, dass sich das Handelsschiff in den Wind zu drehen begann – das Manöver eines Schiffes vor der Wiederaufnahme eines Hubschraubers.

»Wir landen auf diesem Schiff, Commander?«, fragte Stone ungläubig.

»Ganz genau.«

Als sie das Heck des Schiffes umkurvten, konnte Stone den Namen und den Registerhafen erkennen.

GALAXY SHENANDOAH
PANAMA

Dann fiel ihm eine schlanke, weiß gekleidete Gestalt auf der Backbord-Brückennock auf, die zu ihnen heraufblickte, und er sah den rötlichen Schimmer in ihrem Haar. Ja, die Lady hatte tatsächlich hier das Kommando übernommen.

Das Fahrwerk wurde ausgefahren, und plötzlich ging auf dem Schiff die mittlere der sieben großen Ladeluken auf. Ein Hubschrauberlandeplatz trat zutage, an dessen Ecken Stroboskoplichter blinkten.

Der Heli schwebte über den Landeplatz herein und setzte sanft auf dem Deck auf. In dem Moment, als das Fahrwerk Kontakt mit dem Untergrund hatte, nahm Arkady die Leistung zurück und schaltete die Maschine ab.

Quillain hatte ein unangenehmes Gefühl in der Magengrube, als das Deck unter ihnen nachgab und nach unten sank. Der Hubschrauberlandeplatz war gleichzeitig ein schneller Aufzug. Der Marine nahm einen kurzen Moment lang wahr, was da am Rand der Luke geschrieben stand.

DURCH DIESE TORE TRETEN NUR
DIE BESTEN EIN … PUNKT, AUS!

Dann schloss sich die Luke über ihnen und schnitt sie vom hellen Tageslicht ab. »Also, das glaubt mir kein Mensch!«, murmelte Stone.

Arkady lachte. »Willkommen im Wunderland, Alice«, sagte er.

In der amerikanischen Botschaft
Jakarta, Indonesien

19. Oktober 2008, 10:10 Uhr Ortszeit Botschafter Randolph Goodyard blickte durch eines der Panzerglasfenster seines Büros hinaus und verstand plötzlich sehr gut, wie sich der Kapitän der Titanic gefühlt haben musste. Es war schon extrem schmerzhaft, wenn man zusehen musste, wie sein »Schiff« unterging, ohne dass man irgendetwas tun konnte, um es zu retten.

Nach dem Anschlag vom elften September waren die amerikanischen Botschaften weltweit mit erhöhten Sicherheitsvorkehrungen versehen worden. Auf diese Weise hatten sie sich zu regelrechten Festungen entwickelt, die sowohl Terroranschlägen als auch dem eventuellen Ansturm einer aufgebrachten Menge standhalten sollten. Das Gefühl, sich in einem Fort zur Zeit der Indianerkriege zu befinden, war in den vergangenen Tagen durch die Ankunft eines FAST-Trupps, des Fleet Anti-Terror Security Teams, verstärkt worden, der den vorhandenen Sicherheitstrupp von Marines verstärken sollte.

Von seinem Beobachtungsposten aus konnte der Botschafter ein Team erkennen, das auf dem Dach des Parkhauses zum eventuellen Abfeuern von Stinger-Boden-Luft-Raketen in Stellung gegangen war. Außerdem patrouillierten Wachposten auf dem Gang, der an der Mauer entlangführte, die das Botschaftsgelände umgab. Es war beruhigend, diese Leute hier zu haben, wenn man bedachte, was außerhalb der Barriere aus weißem Beton vor sich ging.

Überall in der Stadt hing Rauch in der Luft. Es handelte sich jedoch nicht um die übliche Luftverschmutzung durch Brandrodung, die in Indonesien so weit verbreitet war – nein, dieser Rauch stammte von brennenden Häusern und Autos, in denen Menschen hilflos verbrannten, ein Rauch, der den Gestank einer belagerten und sterbenden Stadt mit sich trug.

Man hörte das Heulen von Sirenen und immer wieder auch

den einen oder anderen Schuss – Geräusche, an die man sich inzwischen gewöhnt hatte. Die Rebellen gewannen zunehmend die Oberhand. Die indonesische Regierung verlor allmählich die Kontrolle über ihre Hauptstadt und über das ganze Land.

»Es ist ja nicht deine Schuld, Randy.«

Der Botschafter wandte sich seiner Frau zu. Sharon Goodyard stand vor seinem Schreibtisch, mit einem tropischen Hosenanzug bekleidet, und sie hatte einen kleinen Koffer neben sich stehen. Die schlanke blonde Frau in den mittleren Jahren hatte sich viel von ihrer jugendlichen Attraktivität bewahrt. Sie hatte einst auf eine eigene Karriere verzichtet, um Goodyard in seiner beruflichen Laufbahn zu unterstützen. Er war es gewohnt, sie an seiner Seite zu haben, doch nun war ein Moment der Trennung gekommen.

»Warum lässt du mich nicht bei dir bleiben?«, fragte sie mit leiser Stimme.

Goodyard schüttelte den Kopf. »Es geht nicht, Sharon. Die Lage ist jetzt schon schlimm genug, und sie wird sicher noch schlimmer. Ich will, dass du so wie alle anderen Angehörigen unserer Leute hier in Sicherheit bist, bevor wirklich die Hölle losbricht.«

»Und was ist mit dir?«

Die kantigen Gesichtszüge des Botschafters verhärteten sich. Er war immer schon hager gewesen, doch in den vergangenen Wochen war er noch weiter abgemagert. »Ich bleibe, bis sie mich zum Gehen zwingen oder bis ich abberufen werde. Ich mag ja einiges hier vermasselt haben, aber ich werde nicht vor meiner Verantwortung weglaufen.«

Tränen traten ihr in die Augen. Sie kannte ihren Mann und wusste, dass er als Politiker alle möglichen Spielchen mitgemacht hatte, um die Karriereleiter hochzuklettern. Doch sie wusste auch, dass er im Herzen ein guter Mensch war, der sein Land aufrichtig liebte.

Sie fasste ihn am Arm. »Liebling, bitte! Das alles ist doch nicht deine Schuld!«, wiederholte sie eindringlich.

Goodyard lächelte und zog sie an sich. »Ich weiß. Das hat schon begonnen, lange bevor ich hier Botschafter wurde. Wahrscheinlich kann ich mich auch damit trösten, dass Harconan schon klügere Männer als mich zum Narren gehalten hat. Ich wünschte nur, ich hätte … irgendetwas dagegen unternehmen können.«

Draußen klopfte es an der Tür.

»Herein.«

Der junge Offizier, der den Marine-Trupp befehligte, erschien in der Tür. Der Botschafter hatte sich immer noch nicht daran gewöhnt, dass er den Mann nur noch im tarnfarbenen Gefechtsanzug und mit kugelsicherer Weste zu sehen bekam.

»Entschuldigen Sie, Herr Botschafter, Ma'am, aber die Maschine, die Sie abholt, ist schon im Anflug. Sir, wir würden das Ganze gern möglichst schnell abwickeln, wenn also Mrs. Goodyard …«

»Wir verstehen schon, Lieutenant. Meine Frau kommt sofort hinunter. Danke.«

Sie warteten, bis die Tür wieder zu war, ehe sie sich innig umarmten. »Du brauchst nicht mit hinunterzukommen, Liebling«, murmelte sie. »Aber bitte versprich mir, dass du nicht zu lange wartest, wenn es wirklich schlimm wird. Zum Teufel mit der Pflicht.«

Er strich ihr beruhigend mit der Hand über den Rücken. »Du brauchst dir keine Sorgen zu machen, Sharon. Diese Jungs hier passen schon auf. Genieße ruhig deinen Urlaub in Australien.«

»Als ob mir nach Urlaub wäre«, stieß seine Frau mit einem bitteren Lächeln hervor und küsste ihren Mann noch einmal. Dann löste sie sich aus seinen Armen, hob ihre Tasche und ihren Koffer auf und zwang sich, rasch zur Tür zu gehen.

Als sie draußen war, wandte sich Goodyard wieder mit angespannter Miene dem Fenster zu. Er hörte bereits das Flugzeug, das kam, um die Evakuierung durchzuführen.

Der mit Tarnanstrich versehene MV-22B Osprey tauchte jenseits der Mauern des Botschaftsgeländes auf und brauste im Tiefflug heran. Die Triebwerke an den Flügelenden kippten in die Vertikale, und die beiden riesigen Propeller verwandelten sich in Hubschrauberrotoren. Das große Schwenkrotorflugzeug stieß herab wie ein jagender Falke und drehte sich um hundertachtzig Grad, bevor es auf dem Hubschrauberlandeplatz des Botschaftsgeländes niederging.

Die Heckrampe des Osprey klappte herunter, und etwa ein Dutzend Männer und Frauen in Khakihosen oder Tarnanzügen sprangen heraus. Seesäcke, Waffen und eine Reihe von Aluminiumkästen wurden ausgeladen, um Platz für die Leute zu schaffen, die es zu evakuieren galt.

Die Tatsache, dass noch mehr militärisches Personal in die Botschaft kam, war für Goodyard ein weiterer Beweis für die Schwere der Krise. Es handelte sich um eine Art Nachrichtendienst-Einheit, die vom Botschaftsgebäude aus Informationen sammeln würde.

Goodyard bemerkte unter den Neuankömmlingen eine kleine blonde Frau in der Uniform eines Navy-Offiziers. Irgendetwas an ihr kam ihm bekannt vor, doch bevor ihm einfiel, was es war, wurden auch schon die Angehörigen der Botschaftsbediensteten über den Landeplatz zu dem wartenden Flugzeug geführt.

Goodyards Aufmerksamkeit wurde auf seine Frau gelenkt, die sich ebenfalls in der kleinen Gruppe von Zivilisten befand. Sie winkte, ehe sie im dunklen Innern des Osprey verschwand. Die Heckrampe schloss sich, und die Turbinen wurden hochgefahren, sodass im Hof vor dem Botschaftsgebäude eine Staubwolke aufgewirbelt wurde.

Das Schwenkrotorflugzeug stieg über die Mauer hinweg und bahnte sich seinen Weg durch die Rauchwolken der Stadt. Vorsichtshalber wurden Wärmescheinziele ausgestoßen, während die Maschine an Geschwindigkeit gewann und sich von einem Helikopter in ein Flugzeug verwandelte. Wenige Augenblicke später war der Osprey fort und brauste nordwärts zum Meer hinaus, wo er relativ sicher war, um dann in einem weiten Bogen um Java herum nach Australien zu fliegen.

Goodyard und seine Frau waren in all den Jahren schon mehrmals gezwungen gewesen, sich voneinander zu verabschieden. Zum ersten Mal fragte sich der Botschafter, ob es diesmal wohl ein Abschied für immer war.

Er ging zu seinem Schreibtisch zurück, wo er sich in den Stuhl sinken ließ und den Kopf auf beide Hände stützte.

Dieser Harconan.

Goodyard hatte sich eigentlich immer für einen recht schlauen Menschen gehalten, der sich in dem bisweilen zwielichtigen Geschäft der Politik nicht so schnell hinters Licht führen ließ. Doch Makara Harconan hatte ihn zum Narren gemacht.

Als Goodyard den Botschafterposten in Indonesien angetreten hatte, war Harconan mit offenen Armen auf ihn zugekommen, um ihn in dem Land zu empfangen. Der schwerreiche Unternehmer mit einem holländischen Vater und einer Bugi-Mutter war einer der mächtigsten Männer hier in Indonesien, und es war Goodyard nicht unklug erschienen, sich ihn zum Freund zu machen.

Doch dann kam der Tag, an dem Goodyard die bittere Wahrheit ins Gesicht geschleudert bekam. Makara Harconan, sein Freund und Vertrauter, hatte eine dunkle Seite, die er hinter der Fassade des erfolgreichen Unternehmers verborgen hatte. Es stellte sich heraus, dass er der Chef einer internationalen Piratenorganisation war, die in den Gewässern Südostasiens ihr Unwesen trieb und nicht nur für Schäden in der Höhe von hunderten Millionen Dollar verantwortlich war, sondern auch hunderte Tote auf dem Gewissen hatte. Er war außerdem die treibende Kraft hinter einem Plan, nicht bloß die indonesische Regierung zu stürzen, sondern den Staat selbst zu zerstören.

Die Piratenorganisation konnte durch das Eingreifen der United States Navy zerschlagen werden. Doch der zweite Teil von Harconans Plan, die Zerstörung des indonesischen Staates, hatte allem Anschein nach gute Aussichten, verwirklicht zu werden.

Goodyard legte keinen Wert darauf, als letzter amerikanischer Botschafter in Indonesien in die Geschichte einzugehen, doch wie es schien, wurde ihm diese zweifelhafte Ehre nun gegen seinen Willen zuteil.

Er wurde in seinen düsteren Gedanken unterbrochen, als die Sprechanlage klingelte. Er drückte auf eine Taste, worauf die raue Stimme des jungen Marines ertönte, der nun anstelle seiner Sekretärin den Platz im Vorzimmer einnahm.

»Commander Rendino von der taktischen Nachrichtendienst-Truppe ist hier, Sir.«

»Gut, schicken Sie sie bitte herein.«

Wenige Augenblicke später ging die Bürotür auf, und Goodyard erinnerte sich schlagartig, wo er die junge Offizierin schon einmal gesehen hatte. Der einzige Unterschied war, dass sie damals einen Minirock getragen hatte.

Die zierliche blonde Frau, die eine gewisse koboldhafte Attraktivität ausstrahlte, stellte einen Aluminium-Computerkoffer nieder und trat an Goodyards Schreibtisch.

»Lieutenant Commander Christine Rendino. Stehe zu Ihrer Verfügung, Herr Botschafter.«

»Ich glaube, wir sind uns schon einmal begegnet, Commander.«

Commander Rendino hatte damals der Seafighter-Task-Force angehört, jener Einheit der Naval Special Forces, die Harconans Piratenorganisation zerschlagen und seine finsteren Absichten ans Licht gebracht hatte.

Als die amerikanischen Truppen in indonesische Gewässer vorgedrungen waren, hatte Goodyard das noch als »unnötige Provokation« kritisiert. Die fähige, wenn auch umstrittene Kommandantin Amanda Garrett hatte er als »Cowgirl« und »Rambo« abqualifiziert.

»Ja, Sir. Auf Harconans Empfang auf Bali.«

Es schmerzte Goodyard, sich an jene Tage zurückerinnern zu müssen, und an die Dinge, die er damals gesagt hatte. Nein, er war an seinem Irrtum ganz allein selbst schuld.

Er stand abrupt auf und streckte ihr die Hand entgegen. »Willkommen in Jakarta, Commander Rendino. Ich wünschte, ich hätte ein bisschen weniger geredet und ein bisschen besser zugehört, als wir uns das letzte Mal trafen.«

Christine Rendino lächelte und schüttelte ihm die Hand. »Herr Botschafter, mein Sea Daddy, der zufällig eine Frau ist, hat mir beigebracht, dass es zutiefst menschlich ist, Fehler zu machen. Worauf es ankommt, ist, wie man hinterher damit umgeht.«

Goodyard lächelte unwillkürlich. »Captain Garrett?«

»Ja, Sir.«

»Sie muss eine bemerkenswerte Frau sein. Ich wünschte, ich hätte die Gelegenheit genützt, sie etwas besser kennen zu lernen. Es tut mir Leid, dass sie anscheinend ... Schwierigkeiten hatte. Setzen Sie sich doch, Commander.«

»Solche Dinge passieren nun einmal im Krieg. Danke, Sir.« Die Intel-Offizierin nahm dankbar auf einem der brokatbezogenen Stühle vor dem Schreibtisch Platz. Irgendetwas an ihrem Verhalten kam dem Botschafter sonderbar vor. Die Frau war doch eine Freundin von Captain Garrett – und doch hatte sie nicht mit der Wimper gezuckt, als er ihren erzwungenen Abschied aus der Navy angesprochen hatte. Ja, da war sogar ein fast amüsiertes Funkeln in ihren blaugrauen Augen.

Goodyard setzte sich ebenfalls. »Ich habe vorhin noch mit dem Außenminister telefoniert. Er hat mir mitgeteilt, dass das Militärkommando, das angesichts der Krise eingerichtet wird, eine Kontaktperson zu mir schicken wird. Ich nehme an, das sind Sie, Commander.«

»Ja, Sir«, bestätigte Christine. »Ich gehöre einer der Einheiten an, die die Aufgabe haben, Nachrichtendienstmaterial für die Regional Intervention Force zu sammeln. Es gehört auch zu meinem Job, Sie über die Lage auf dem Laufenden zu halten.«

»Es gibt mehrere Einheiten dieser Art?«

»Ja, Sir«, antwortete die junge Frau vorsichtig. »Es sind eine ganze Reihe von Nachrichtendienst-Operationen innerhalb der Inselgruppe im Gange.«

»Und diese Operationen dienen der Vorbereitung auf eine militärische Intervention?«

Erneut huschte ein kurzes Lächeln über Commander Rendinos Gesicht. »Der Oberbefehlshaber der Regional Intervention Force lässt im Moment eine ganze Reihe von Plänen für alle möglichen Szenarien ausarbeiten, Sir.«

»Und werde ich von diesen Plänen in Kenntnis gesetzt, Commander?«

»Herr Botschafter, ich versichere Ihnen, dass Sie voll informiert werden, was die Intervention Force vorhat, sobald eine bestimmte Vorgangsweise feststeht.«

Goodyard verstand. Dieses kleine diplomatische Geplänkel hatte ihm deutlich gemacht, welchen Platz er in den bevorstehenden Operationen einnehmen würde, ohne dass es direkt ausgesprochen werden musste. Es war so, als wäre eine dritte Person im Zimmer anwesend, die Commander Rendino über die Schulter blickte und stumm, aber eindeutig betonte: »Herr Botschafter, wir haben hier einen Krieg zu führen, und wir werden das auf unsere Weise tun, und nicht auf die Ihre.«

Einen Moment lang überlegte Goodyard, wer diese unsichtbare Person wohl sein mochte. MacIntyre von NAVSPECFORCE vielleicht? Er war immerhin auch bei jenem unglücklichen Empfang dabei gewesen. Oder war es gar jemand, der im Moment ganz von der Bildfläche verschwunden war und aus dem Hintergrund die Fäden zog?

Doch egal wer dafür verantwortlich war, dass Goodyard so

deutlich auf seinen Platz verwiesen wurde – er hatte nur zwei Möglichkeiten, darauf zu reagieren; er konnte dagegen protestieren oder sich in aller Bescheidenheit damit abfinden. Es war ihm jedoch klar, dass es beim jetzigen Stand der Entwicklung ziemlich sinnlos gewesen wäre, noch einen Streit vom Zaun zu brechen.

»Gut, Commander. Sie können sicher sein, dass ich Sie bei Ihren Operationen unterstützen werde, so weit es mir möglich ist.«

Die Offizierin, die ein wirklich reizendes Lächeln hatte, entspannte sich auf ihrem Stuhl. »Wir haben auch nichts anderes von Ihnen erwartet, Herr Botschafter. Möchten Sie jetzt einen aktuellen Sitrep?«

»Sitrep?«

»Militärsprache für *Situation Report.* Verzeihung, Sir.«

»Sie brauchen sich nicht zu entschuldigen, Commander. Ich werde diese Sprache jetzt ohnehin lernen müssen.«

Dritter Teil

Erster Kontakt

Westlich der Inselgruppe Pulau Seribu, 30 Seemeilen nördlich von Jakarta, Indonesien

19. Oktober 2008, 13:12 Uhr Ortszeit Es war ein Bild, wie man es nicht selten in den Häfen der Dritten Welt sehen konnte: Handelsschiffe lagen vor der Küste vor Anker und warteten.

Sie warteten, dass sich an irgendeinem Pier ein Platz eröffnete, dass ein Streik der Hafenarbeiter zu Ende ging oder dass eine bestimmte Fracht geliefert wurde. Bisweilen warteten sie auch ab, ob ihr Anlaufhafen am nächsten Morgen überhaupt noch da war.

Auf der windgeschützten Seite der Inselgruppe Pulau Seribu drängte sich eine kleine Gruppe von Containerschiffen, Roll-on-Roll-off-Schiffen und Massengutfrachtern, die unter den Flaggen von einem halben Dutzend Ländern unterwegs waren, wie eine Herde wachsamer Elefanten. Nervöse Ankerwachen suchten den wolkenverhangenen Horizont ab, und nervöse Skipper guckten CNN und überlegten, ob sie eventuell Schadensbegrenzung betreiben und so schnell wie möglich verduften sollten.

Während das satte Grün der Inseln jenseits des Ankerplatzes im Dunst der tropischen Hitze verblasste, schloss sich ein Neuankömmling der Gruppe an, ein großer ansehnlicher Massengutfrachter, der aus der Sundastraße kam. Auf den Kanälen für den Funkverkehr zwischen den Schiffen begann es zu knacken.

»Dottier av *Dalarna,* Dottier av *Dalarna,* hier ist die *Galaxy Shenandoah,* können Sie mich hören? Over.«

»*Galaxy Shenandoah,* hier spricht Captain Bolstad von der *Dalarna.* Wir hören Sie, over.«

»Guten Tag, Captain Bolstad. Hier spricht Captain Garrett von der *Shenandoah.* Ich würde ungefähr einen halben Kilometer achtern von Ihnen vor Anker gehen, wenn Sie nichts dagegen haben. Over.«

»Ich habe kein Problem damit, Capt'n. Es ist Platz genug da. Over.«

»Danke, Capt'n. Wie ist denn hier die Lage? Hört man noch etwas von Piraten in der Gegend?«

»Das nicht, aber sonst geht hier alles vor die Hunde. Over.«

»Was meinen Sie damit, Capt'n? Over.«

»Schauen Sie doch mal nach Süden. Der Rauch da am Horizont, der kommt aus Jakarta. Die Stadt brennt lichterloh. Möchten Sie meinen Rat hören, Captain Garrett? Over.«

»Sehr gern sogar. Over.«

»Dann halten Sie die Ankerwinde bereit und sagen Sie Ihren Leuten im Maschinenraum, sie sollen klar zum Auslaufen bleiben. Es könnte sein, dass wir alle hier Hals über Kopf verduften müssen.«

Das einzige Boot, das für den Hafen- und Zolldienst verfügbar war, machte keinen allzu verlässlichen Eindruck. Nach der zweistündigen Fahrt von Jakarta zu dem Ankerplatz vor der Inselgruppe Pulau Seribu, wo die Handelsschiffe lagen, war Leutnant Simandos Stimmung wieder einmal sehr gedrückt.

Nachdem in der indonesischen Hauptstadt das Kriegsrecht ausgerufen worden war, hatte die Marine die Kontrolle über das Büro des Hafenmeisters übernommen, und Simando war zum Inspektionsdienst abkommandiert worden. Er wusste, dass er den Posten nur bekommen hatte, weil er einigermaßen Englisch sprach, die weltweite Verkehrssprache der Handelsmarine, und weil sonst niemand verfügbar war.

Simando hasste diese Arbeit, zumal er von den Feinheiten des Zollrechts nicht allzu viel verstand. Die ausländischen Offiziere der Handelsmarine mit ihrer raubeinigen Art machten ihm ein wenig Angst, und er war außerdem ganz und gar nicht zum Seemann geboren. Auf seinem Boot war er fast ständig seekrank, und die Peinlichkeit, sich übergeben zu müssen, war ihm schon mehr als einmal widerfahren.

Er hatte außerdem Angst. Nachdem sich nun Chaos und Anarchie in Indonesien ausbreiteten, konnte man sich nicht unbedingt sicher fühlen, wenn man als Staatsdiener, noch dazu in einem kleinen, höchst unzuverlässigen Boot, unterwegs war. Weder die Pistole an seinem Gürtel noch die beiden desinteressierten indonesischen Marineinfanteristen, die ihn begleiteten, konnten daran etwas ändern. Das einzige Mittel der Verteidigung, das ihm blieb, war, möglichst forsch aufzutreten.

»Gehen Sie längsseits, aber rasch!«

Der freche Bugi-Rudergänger lenkte das Boot wortlos um das Heck des riesigen Massengutfrachters herum. Simando blickte gar nicht erst hinauf, um den Namen des Schiffes zu lesen, der auf das breite Heck gemalt war. Er erkannte die panamaische Flagge; die Details konnten warten, bis er an Bord war. Außerdem hatte er mit der englischen Schrift bedeutend größere Probleme als mit der gesprochenen Sprache.

Wenigstens war die Besatzung des Schiffes zivilisiert genug gewesen, eine Gangway herunterzulassen. Es wäre ganz und gar nicht angenehm gewesen, auf einer einfachen Strickleiter diesen gewaltigen Schiffsrumpf hochklettern zu müssen.

Am oberen Ende der Gangway wartete bereits ein zweiköpfiges Empfangskomitee auf ihn. »Willkommen an Bord der *Galaxy Shenandoah*«, sagte der eine der beiden. »Ich bin Dritter Offizier Carstairs, und das ist Bootsmann Devego. Was können wir für Sie tun?«

»Ich bin Leutnant Simando von der indonesischen Marine. Ich bin für die Zollkontrolle und die Hafensicherheit zuständig.«

Carstairs runzelte die Stirn. »Wir hatten eigentlich den Hafenmeister von Jakarta erwartet.«

»Die indonesische Marine kümmert sich jetzt um diese Dinge«, entgegnete Simando schroff. »Wir haben hier die alleinige Autorität.«

Der Dritte Offizier nickte respektvoll. »Natürlich, Leutnant. Wir werden Ihnen in jeder Weise behilflich sein.«

»Sehr gut«, lenkte Simando ein, nachdem er sicher war, dass er hier mit dem nötigen Respekt behandelt wurde. »Meine Männer werden die Inspektion durchführen. Ich möchte den Kapitän sprechen.«

»Ja, Sir«, antwortete der Dritte Offizier und wandte sich dem Bootsmann zu. »Chief, Sie unterstützen das Inspektionsteam. Sorgen Sie dafür, dass die Herren alles sehen, was sie sehen müssen. Leutnant, wenn Sie mich in den Hauptsalon begleiten, der Kapitän wartet schon mit den Ladepapieren auf Sie.«

»Sehr gut«, antwortete Simando hochmütig. »Dann werde ich jetzt mit Ihrem Kapitän sprechen.«

Simando verspürte erneut eine gewisse Unsicherheit, als sie die vier Ebenen zum Salon hochstiegen. Dieses riesige Schiff hatte wahrscheinlich eine größere Verdrängung als die gesamte indonesische Marine, und der Kapitän war offensichtlich kein Mann, der die Zügel schleifen ließ. Die weißen Gänge waren frisch gestrichen, und die blauen Linoleumböden waren blitzsauber. Dieses Schiff hob sich deutlich vom üblichen Standard auf Handelsschiffen ab. Ein Kapitän, der mit einer relativ kleinen Mannschaft ein Schiff in so ausgezeichnetem Zustand halten konnte, musste schon eine außergewöhnliche Persönlichkeit sein. Trotz der Klimaanlage begann Simando wieder zu schwitzen.

Sie traten schließlich in den Hauptsalon ein, der anstelle des Linoleumbodens mit einem blauen Teppich ausgelegt war. Es war dies jener Raum, der der Offiziersmesse auf einem Schiff der Marine entsprach.

»Capt'n, das ist Leutnant Simando von der indonesischen Marine. Leutnant, das ist Captain Garrett von der *Galaxy Shenandoah.*«

Simando war erst einmal sprachlos. Der Kapitän war eine Frau!

Es war heutzutage durchaus keine Seltenheit mehr, dass auch Frauen einer Schiffscrew angehörten, und das auch im Offiziersrang, ja, auch weibliche Kapitäne tauchten immer öfter auf – aber dass dieses blitzblanke Ungetüm von einem Schiff auch von einer Frau kommandiert wurde, war doch ein Schock. Insbesondere, da es sich um eine – zumindest nach westlichen Vorstellungen – ziemlich attraktive Frau handelte.

Sie sah Simando mit ihren großen goldfarbenen Augen an, die ihn an die Augen einer Löwin erinnerten, und das auf eine Weise, die ihn ziemlich verunsicherte. »Danke, Mr. Carstairs. Ich übernehme hier.«

Die Frau, die an dem großen dunklen Ahornholztisch saß, erhob sich und streckte ihm die Hand entgegen. »Willkommen an Bord meines Schiffes, Leutnant«, sagte sie. »Darf Ihnen meine Stewardess eine Tasse Kaffee bringen, oder vielleicht ein kaltes Getränk?«

Der Indonesier hätte nur zu gern eine eisgekühlte Orangenlimonade getrunken, doch er hatte das Gefühl, dass ihm die Kontrolle über die Situation immer mehr entglitt. Mit einer einfachen und durchaus höflichen Bemerkung hatte diese rothaarige Teufelin klargestellt, dass er sich hier auf *ihrem* Schiff befand und dass sie hier das Sagen hatte.

Simando ignorierte die ausgestreckte Hand und senkte den Blick. »Nein, ich möchte nichts. Danke ... danke.«

Garrett ... der Name kam ihm seltsam bekannt vor. Die Frau lächelte und zeigte mit ihrer ausgestreckten Hand auf die Papiere, die vor ihr auf dem Tisch lagen.

»Ich nehme an, Sie wollen die hier durchsehen, Leutnant. Hier sind meine Schiffspapiere, die Dokumente über meine Crew und die Frachtbriefe. Es müsste alles in Ordnung sein.«

Immer noch stehend, begann Simando mit finsterer Miene die Papiere durchzusehen. Er hoffte, dass er, um das Gesicht zu wahren, wenigstens einen kleinen Mangel finden würde, auf den er hinweisen konnte. Irgendetwas, das die Fähigkeiten dieses weiblichen Kapitäns in einem nicht ganz so strahlenden Licht erscheinen lassen würde. Es ärgerte ihn immer mehr, dass sie mit einer solchen Gelassenheit und Sicherheit auftrat. Leider hatte Simando keine Ahnung, wonach er suchen sollte.

»Ihre Ankunft in indonesischen Gewässern war nicht vorgesehen, Captain. Warum sind Sie hierher gekommen?«, fragte er schließlich.

Sie zeigte mit einem Kopfnicken auf ihre Papiere. »Wir kommen aus Mittelamerika mit einer Ladung Holzschnitzel für eine Papierfabrik in Amsterdam. Die Maklerfirma, mit der unser Reeder Geschäfte macht, konnte in Nicaragua nur drei Viertel der benötigten Fracht zusammenkratzen, aber sie haben uns den Tipp gegeben, dass wir in Kalimantan weitere fünftausend Tonnen Papierbrei bekommen könnten. Mein Eigner hat mich deshalb angewiesen, hier vor Anker zu gehen und abzuwarten, bis die Verhandlungen abgeschlossen sind.«

»Wir wissen davon nichts«, erwiderte Simando steif. »Es muss Ihnen klar sein, dass wir hier große Probleme haben. Es wurde das Kriegsrecht ausgerufen. Das indonesische Militär ist nicht verantwortlich für Ihre Geschäfte.«

Die Frau schüttelte den Kopf. »Das habe ich auch gar nicht erwartet. Aber es sind nicht *meine* Geschäfte, Leutnant, sondern die meines Reeders. Ich führe nur meine Anweisungen aus. Ich meine aber sehr wohl, dass das indonesische Militär für die Sicherheit meiner Crew verantwortlich ist, solange wir uns in Ihren Gewässern bewegen. Die Schwierigkeiten, die Ihr Land im Moment durchmacht, sind Ihr Problem, nicht das meine.«

Simando verbiss sich die Bemerkung, dass die indonesische Marine genug damit zu tun hatte, ihre eigenen Schiffe zu verteidigen, als dass sie sich auch noch um diese verdammten Frachtschiffe kümmern konnte. Aber ein solches Eingeständnis wäre noch viel peinlicher gewesen. »Ich werde jetzt Ihre Fracht inspizieren«, stellte er fest und warf die Papiere, mit denen er ohnehin nichts anfangen konnte, auf den Tisch zurück. Der abrupte Themenwechsel bot ihm einen Ausweg aus der peinlichen Situation.

Zum ersten Mal wirkte Captain Garrett ein klein wenig irritiert. »Meine Fracht? Warum? Ich habe Ihnen doch gesagt, dass wir Holzschnitzel geladen haben. Sie haben ja die Frachtbriefe gesehen.«

»Ich will Ihre Fracht sehen!«, beharrte Simando, erfreut darüber, dass er die Frau doch noch ein wenig aus der Ruhe bringen konnte. Er sollte nicht der Einzige am heutigen Tag sein, der Unannehmlichkeiten hatte.

Die Frau verdrehte die Augen – eine Reaktion, wie man sie bei Kapitänen von Handelsschiffen sehr oft zu sehen bekam. »Wie Sie wünschen, Leutnant. Kommen Sie mit.«

Sie verließen den Salon und stiegen zum Sturmdeck des Frachtschiffes hinunter. Captain Garrett schritt zügig aus, sodass Simando etwas Mühe hatte, ihr zu folgen. Er musste sich zwingen, nicht ständig auf das sanfte Wiegen ihrer Hüften zu starren, als sie vor ihm den Zwischendeckniedergang hinunterstieg. Diese verdammten Frauen aus dem Westen wussten einfach nicht, wo ihr Platz war.

Sie gingen vom Deckhaus aus nach vorne und näherten sich der ersten der riesigen Ladeluken des Schiffes. Daneben war ein kleines Luk für das Personal in das Stahldeck eingebaut. Das Luk war nicht nur zu, sondern auch noch mit einem schweren Vorhängeschloss gesichert. Außerdem war es mit Klebeband versiegelt, auf dem Simando das international gebräuchliche Symbol für gefährliche chemische Substanzen sah. Offenbar befand sich darunter etwas, mit dem man sehr vorsichtig umzugehen hatte.

»Haben Sie nicht gesagt, Sie hätten nur Holz geladen?«, rief Simando aus und starrte auf das Unheil verkündende Luk. Nun sah er, dass die große Ladeluke daneben auf die gleiche Weise mit Klebeband versiegelt war.

»So ist es auch«, erwiderte Amanda Garrett gelassen. »Wir transportieren Holzschnitzel aus einer tropischen Gegend. Bevor wir die Fracht in Europa abladen können, müssen wir sie gründlich begasen, um eventuelle Schädlinge abzutöten. Wir haben schon damit begonnen, bevor wir hierher geschickt wurden. Um den Vorgang zu unterbrechen, müsste ich meine Frachträume reinigen und die Decksluken öffnen, und das werde ich nicht tun, solange ich nicht weiß, ob ich eine Fracht aufnehmen werde. Methylbromid kostet schließlich Geld.«

»M… Meth …?« Simando hatte das Wort noch nie gehört. Er war sich nicht sicher, ob er überhaupt wissen wollte, was es bedeutete.

Captain Garrett nickte und trat einen Schritt von dem Luk zurück. »Ich kann Meerwasserschläuche für die Dekontaminierung hinterher bereitstellen, aber Sie müssen die Schutzanzüge und Gasmasken für sich und Ihr Team selbst mitbringen. Sie müssen verstehen, dass ich Ihnen nicht unsere Ausrüstung zur Verfügung stellen kann. Ich bräuchte außerdem eine unterschriebene Erklärung von Ihnen, dass ich von der Verantwortung für jeden, der da hinuntergeht, befreit bin. Und wenn Sie da unten Probleme bekommen«, fügte sie grimmig hinzu, »dann erwarten Sie nicht von mir, dass ich meine Leute zu Ihnen hinunterschicke. So gut werden sie nicht bezahlt.«

Simando zog sein schweißgetränktes Taschentuch aus der Hosentasche und tupfte sich die Wangen ab. »Ich habe ja die Ladepapiere gesehen«, murmelte er.

Amanda sah dem indonesischen Offizier nach, wie er die Gangway hinunterging. Er hatte es sichtlich eilig, von ihrem Schiff hinunterzukommen. Die beiden Männer seines Inspektionsteams, die die Zeit hauptsächlich damit zugebracht hatten, die Kombüse zu »inspizieren«, wo sie von einem freundlichen Koch verwöhnt wurden, folgten ihm zu dem armseligen Boot hinunter.

Amanda atmete tief durch. Das war der heikle Punkt Ihrer

Mission – dass sie Kapitän eines Frachters war, der überhaupt keine Fracht mit sich führte.

Als die *Shenandoah* gebaut worden war, hatten ihre Konstrukteure überlegt, ob man nicht einen echten Frachtraum einrichten sollte, doch man konnte den Platz dafür einfach nicht entbehren. Es gab einfach zu viel, was auf dem Schiff untergebracht werden musste. Die Fracht der *Shenandoah* existierte nur in den meisterhaft gefälschten Papieren im Büro von Galaxy Maritime und den falschen Frachtlisten, die in der Dokumentenabteilung hergestellt worden waren.

Und sollten sich die indonesischen Hafenbehörden die Mühe machen, ihre Papiere zu überprüfen, was angesichts der chaotischen Lage im Land nicht allzu wahrscheinlich war, so würden die Anrufe und Faxe an Personen gehen, die die Richtigkeit ihrer Angaben bestätigen würden. Amanda wusste selbst nicht genau, wie das funktionierte, aber sie vermutete, dass da die altbewährten »Christians In Action«, auch CIA genannt, ihre Hand im Spiel hatten.

Sie lehnte sich an die Reling und zeigte sich ganz bewusst den Männern, die sich in dem kleinen Boot entfernten. Täuschte sie sich oder ließ der Steuermann seinen Blick besonders lang auf ihr ruhen? Und wenn ja, lag das nur daran, dass sie für ihn ein exotisches Bild bot, oder konnten noch andere Gründe mit im Spiel sein? Nun, es war jedenfalls möglich.

Genau aus diesem Grund hatte Amanda ihr Schiff unter seinem echten Namen in indonesische Gewässer geführt. Und genau deshalb trat sie auch ganz offen als Kapitän in Erscheinung. Sie war überzeugt, dass selbst das allerkleinste Ereignis zwischen diesen Inseln auch dem *Raja Samudra* zu Ohren kommen würde. Harconan würde bald erfahren, dass sie in anderer Funktion nach Indonesien zurückgekehrt war, nachdem sie bei ihren Vorgesetzten in Ungnade gefallen war.

Sie wandte sich von dem Boot ab, das sich allmählich entfernte, und blickte zum Horizont hinaus. Würde er die Falle wittern? Es war jedenfalls nicht auszuschließen. Sie wusste, dass Makara so schlau und misstrauisch war wie ein Barrakuda.

Die Frage war nur, ob er so kühn sein würde, auch dieser ganz speziellen Beute nachzujagen – sei es, um sich zu rächen, oder aus irgendwelchen anderen Gründen. Amanda schüttelte den Kopf. Sie konnte einfach nicht glauben, dass jemand wegen ihr ein solches Risiko eingehen könnte. Nun, sie konnte es jedenfalls nicht beeinflussen. Sie konnte nur abwarten und zuschlagen, wenn sich die Gelegenheit ergab.

Amanda drehte sich um und trat zu dem Telefon, das neben der Tür zu den Decksaufbauten angebracht war. Sie nahm den Hörer aus der wasserdichten Box und drückte zweimal auf die Sprechtaste, um zum gesamten Schiff zu sprechen.

»Hier ist Captain Garrett«, sagte sie ganz bewusst, um die Stimmidentifikation auszulösen. »Den Ersten Offizier bitte.«

»Hier spricht der Erste«, meldete sich Dix Beltrain prompt.

»Unsere Gäste sind gegangen, Dix. Sie können den stillen Modus aufheben. Sturmdeck-Sicherheitsmaßnahmen bleiben in Kraft.«

»Gut, Ma'am. Ich wollte Ihnen noch mitteilen, dass sich die *Remora* zurückmeldet. Ich bitte um Erlaubnis, den Moon Pool zu fluten, um sie an Bord zu holen.«

»Sie können jederzeit die Wiederaufnahme einleiten, Dix. Wie ist es den SEALs ergangen?«

»Chief Gillespie meldet, dass es keine Probleme und keine feindlichen Kontakte gegeben hat. Das Abhörsystem ist installiert und in Betrieb.«

»Sehr gut. Ich komme gleich zu Ihnen in die Gefechtszentrale.« Amanda legte auf und kehrte ins Deckhaus zurück. Sie stieg eine Ebene unter das Hauptdeck hinunter und ging durch einen schmalen Durchgang zu dem massiven Schott, das den Heckbereich vom Frachtraum trennte.

In diesem Schott gab es eine kleine wasserdichte Tür. Nach den Schiffsplänen handelte es sich um einen Zugang zu einem der Ballasttanks von Frachtraum Nummer sieben. Solche Ballasttanks gehörten zur Standardausstattung eines Frachtschiffes. Das Luk war verschlossen und mit der Anordnung versehen, dass es verschlossen bleiben musste, solange das Schiff auf See war.

Doch bevor sich Amanda mit Hilfe des Stimmautorisierungssystems Zutritt verschaffen konnte, ging das Luk auf, und drei Navy-Seemänner kamen heraus und eilten auf ihre Stationen im Heck.

»Wenn Sie gestatten, Capt'n«, sagte der Ranghöchste der drei höflich.

»Weitermachen, Mr. …« Ihr Blick fiel auf das Namensschild auf dem Hemd des Seemanns. »Shmitsky.«

Sie würde mit der Crew dieses Schiffes wohl nie so vertraut sein wie mit jener der *Cunningham* oder ihrer alten Hovercraft Squadron. Es war einfach zu viel Personal an Bord; insgesamt waren es über zweitausend Leute. Aber sie musste sich wenigstens bemühen. Sie musste dieser vielsprachigen Horde von Fremden das Gefühl geben, dass jeder Einzelne für sie zählte.

Hinter dem Luk befand sich nicht wirklich ein Ballasttank, sondern nur ein kurzer grauer Laufgang mit Zugangstüren zu Systemabteilen und Büroräumen zu beiden Seiten. Die Luft hier drin war warm und stickig. Wenn das Schiff im »stillen Modus« lief, mussten Belüftung und Klimaanlage in den Frachträumen auf das absolute Minimum gedrosselt werden. Dieser Zustand würde jedoch nicht mehr lange andauern. Amanda spürte bereits, wie die Decks zu vibrieren begannen, nachdem in den Hilfsmaschinenräumen über dem Kiel die Generatoren anliefen, sodass aus den Gittern des Belüftungsschachts ein kühler Luftstrom hereindrang.

Sie trat durch eine weitere massive feuersichere und schalldichte Tür und gelangte auf das Hangardeck. Auf dem Deck, das so lang war wie zwei Footballfelder, widmeten sich die Instandhaltungs- und Serviceteams wieder in der üblichen Intensität ihren Aufgaben.

Die Maschinen des Hubschrauber-Geschwaders standen in langen Reihen auf beiden Seiten des Hangars – die schnittigen SPEED Cobras der Navy, die die Angriffsstaffel bildeten, die stämmigen MH-60 SPEED Hawks der Air Force, die vor allem für Transporte eingesetzt wurden, und die spinnenartigen AH-6 »Little Birds«, die für Aufklärung zuständig waren.

Die beiden weiß und orange bemalten Hubschrauber vom Typ Augusta Bell A-109 hoben sich von den übrigen Maschinen mit ihren mattschwarzen Farbtönen ab. Einer der beiden Hubschrauber trug das Logo eines bekannten indonesischen Flugtourismus-Unternehmens, während der andere als Rettungshubschrauber des Roten Halbmonds in Erscheinung trat.

Zwischen den Helis waren die kleinen aerodynamischen Drohnen mit zusammengeklappten Flügeln und Rotoren geparkt. Außer den sechsundzwanzig bemannten Maschinen der Air Group verfügte die *Shenandoah* noch über eine gleich große Anzahl von Unmanned Air Combat Vehicles, die für unbemannte Luftkampf-Missionen verschiedenster Art vorgesehen waren.

Auf einem der großen Querbalken hatte man ein Plakat befestigt, auf dem geschrieben stand: THINK PURPLE!

Purple, also violett, war die Farbe, die herauskam, wenn man alle Farben der verschiedenen US-Teilstreitkräfte mischte. Das war die Farbe, die für die *Shenandoah* passend war. Sie war zwar ein Schiff, das von der United States Navy in Dienst gestellt worden war, doch sie operierte unter der Schirmherrschaft des Joint Special Operations Command. Auf der *Shenandoah* waren Einheiten aller Teilstreitkräfte vertreten. Nachdem es allgemein immer wichtiger wurde, dass die alten Mauern zwischen den verschiedenen militärischen Bereichen niedergerissen wurden, wies dieses Schiff den Weg hin zu den vereinigten Streitkräften, wie man sie in der Zukunft benötigen würde.

Es war Amanda deshalb ein großes Anliegen, die verschiedenen Einheiten zu einem einheitlichen Ganzen zusammenzuschweißen. Wer »wir« sagte, musste alle Teilstreitkräfte meinen, und wer »die anderen« sagte, durfte höchstens den Feind, aber keine andere amerikanische Einheit meinen.

Während sie weiterging, bemühte sie sich, die Leute, die ihr begegneten, nicht nur zu grüßen, sondern auch das eine oder andere Wort hinzuzufügen. »Guten Morgen, Sergeant ... Mr. Devin, guten Morgen ... Weitermachen, Ladies ...«

Auch auf den drei Aufzügen des Hangardecks standen schon Maschinen bereit – ein SPEED Cobra, der mit Sidewinder-Flugkörpern bewaffnet war, ein MH-60, der mit Penguin-Anti-Schiff-Flugkörpern ausgerüstet war, und eine Eagle-Eye-Schwenkrotor-Drohne, die für Aufklärungsmissionen vorgesehen war. Alle drei Maschinen konnten jederzeit an Deck gebracht und eingesetzt werden.

Routinemäßige Luftoperationen würden nicht tagsüber durchgeführt werden, und auch nachts nur dann, wenn weit und breit kein anderes Schiff oder Luftfahrzeug zu sehen war. Dennoch wollte Arkady jederzeit imstande sein, auf jede mögliche Situation sofort reagieren zu können.

Amanda war sehr zufrieden mit ihm. Arkady hatte sich selbst immer als einen ganz gewöhnlichen Heli-Piloten bezeichnet, doch ihr einstiger Geliebter und gegenwärtiger Air-Group-Commander (CAG) schien sich zu einem reifen und verantwortungsbewussten Offizier entwickelt zu haben. Wie sich diese Reife auf ihr persönliches Verhältnis zueinander auswirken würde, musste sich erst zeigen. Bisher hatten sie beide gar keine Zeit gehabt, um sich über solche Dinge Gedanken zu machen, was wahrscheinlich auch besser so war.

Mittschiffs stieg Amanda tiefer in den riesigen Rumpf des Schiffes hinunter. Abgesehen von den großen Flugzeugträgern war die *Shenandoah* das größte Kriegsschiff in den Diensten der United States Navy, doch sie war trotzdem zum Bersten voll. Ihr Luftgeschwader, ihre Landungstruppen, ihre Waffensysteme und neunundneunzig Prozent der Crew mussten in den

Frachträumen verborgen bleiben, nachdem Bug und Heck einem herkömmlichen Handelsschiff entsprechen mussten.

Die überwältigende Mehrheit ihrer Mannschaft war gezwungen, die meiste Zeit über in den stickigen Räumen unter Deck zu bleiben. Amanda war sich bewusst, dass sich daraus mit der Zeit große Probleme ergeben konnten. Deshalb dachte sie daran, eine Art Rotationssystem einzuführen, um ihren Leuten, wenn schon keinen Landurlaub, so doch so oft wie möglich eine Art »Decksurlaub« zu gewähren, sobald sie unterwegs waren …

Zwei Ebenen tiefer stieg sie durch ein Luk in einen Raum, der einem Dampfbad glich. Sie befand sich auf dem Unterbringungs- und Übungsdeck der Landungs- und Kommandotruppen. Hier unten konnte ein ganz eigenes Raumklima erzeugt werden, um den Angehörigen der »Composite Development Group« die Möglichkeit zu geben, sich an ganz bestimmte klimatische Bedingungen zu gewöhnen. Stone Quillain bereitete die Sea Devils offenbar gerade auf das feuchtheiße Klima Indonesiens vor.

Aus einem Seitengang drang ein Chor von lauten Zurufen, die aus der Turnhalle des Schiffes kamen. Gleichzeitig war das Poltern von schweren Stiefeln auf dem Stahldeck zu hören.

»WANN WAR DER LETZTE LEICHTE TAG?«

»GESTERN, SIR!«

»WANN IST DER ERSTE HARTE TAG?«

»MORGEN, SIR!«

»STIMMT GENAU, JUNGS!«

Die Sea Devils waren ein weiteres großes Experiment, eine bunt zusammengewürfelte Truppe in Kompanie-Stärke, die aus Angehörigen der Green Berets und Army Rangers sowie aus SEALs und Marine-Force-Recon-Leuten bestand. Es handelte sich somit um eine absolute Eliteeinheit. Ein wesentliches Element der Composite Development Group war größtmögliche Flexibilität. Die Zusammensetzung der Einheit sollte für die jeweilige Mission maßgeschneidert werden, was den beteiligten Special-Forces-Leuten ein hohes Maß an Professionalität und Disziplin abverlangte.

Die Frage war, ob dieses Konzept aufgehen würde. Stone Quillain würde ihr bald seine Eindrücke mitteilen. Wenn das Experiment fehlschlagen sollte, so würde es jedenfalls nicht an mangelndem Training liegen.

Amanda spürte, wie ihr der Schweiß ausbrach, und sie ging rasch weiter, um in kühlere Gefilde zu gelangen. Noch ein Deck tiefer gelangte sie in den Command and Control Block.

»Captain im CIC!«

»Weitermachen«, antwortete Amanda auf den traditionellen Ruf, während sie in das gedämpfte blaue Licht der Hauptgefechtszentrale der *Shenandoah* trat.

Es war ein geräumiger Arbeitsplatz, der Größe des Schiffes sowie der Tragweite der Entscheidungen, die hier getroffen wurden, angemessen. Ringsum an den Schotts waren Bildschirme aufgereiht, auf denen alle relevanten Abbildungen und Daten hereinkamen. An Steuerbord und Backbord waren Workstations eingerichtet, an denen still und konzentriert gearbeitet wurde. Das vordere Schott wurde von dem leuchtenden vier mal zwei Meter großen taktischen Display beherrscht.

Amanda warf da und dort einen Blick auf die Bildschirme, um sich einen Überblick über den Status ihres Schiffes sowie über das, was innerhalb eines Zweihundert-Meilen-Radius passierte, zu verschaffen.

An der Konsole für Unterseeboot-Operationen war gerade live zu sehen, wie die Wiederaufnahme der *Remora* verlief, des Advanced SEAL Delivery Vehicle. Der stämmige Kommandoturm des Mini-Unterseebootes tauchte gerade an der Oberfläche des Moon Pool auf, während Taucher in das umgebende Wasser sprangen, um die Trossen anzubringen, mit denen die *Remora* in den Service-Hangar gehoben wurde.

An der Konsole für die Drohnenkontrolle war auf einem Display die amerikanische Botschaft in Jakarta aus der Vogelperspektive zu sehen. Ein gut getarntes Mariner-RPV, ein Remotely Piloted Vehicle, kreiste ständig über der Botschaft, damit man über eventuelle Zwischenfälle sofort im Bilde war.

Ganz vorne, auf dem Alpha-Display, krochen Positionssymbole wie Ameisen über eine Computerkarte von Java. Hier wurde der Standort eines jeden Luft- oder Seefahrzeugs in Echtzeit verfolgt – und zwar nicht als direkte Radarabbildung, wie das mit dem SPY-1-System eines Aegis-Kreuzers möglich war, sondern mit Hilfe von passiven Sensoren von Global-Hawk-Aufklärungsdrohnen, die über der Inselgruppe kreisten, sowie von Aufklärungssatelliten der NSA und der Navy, die hoch über der Erde ihre Kreise zogen. Aus beiden Quellen wurden die Gefechtsmanagement-Systeme der *Shenandoah* mit einem kontinuierlichen Datenstrom versorgt. Diese Fülle von Informationen war zwar überaus hilfreich, man konnte sich davon bisweilen aber auch ein wenig erdrückt fühlen.

Und inmitten dieser kalten, hochmodernen Technik gab es ein sehr menschliches Bindeglied zu einer heroischen Tradition. Am vorderen Schott, direkt über dem Alpha-Bildschirm, war eine Displaybox aus Kunststoff montiert, die das Modell eines Kriegsschiffes aus dem 19. Jahrhundert zeigte; es handelte sich um ein Schiff der Konföderierten Staaten, die *Shenandoah,* nach der die USS *Shenandoah* benannt war und die das erfolgreichste Raider-Schiff aller Zeiten war.

Als Handelsschiff getarnt, war die C.S.S. *Shenandoah* unter den Flaggen verschiedener Länder gesegelt und hatte sich so zum Schrecken der Handelsmarine der Unionsstaaten entwickelt. Die Kühnheit und Entschlossenheit, mit der Kapitän und Mannschaft zuschlugen, nötigte selbst jenen, die sich geschworen hatten, das Schiff zu vernichten, größten Respekt ab.

In ihrem Entwurf der Phantom Force hatte Amanda an eine Streitmacht gedacht, die mit der gleichen Kühnheit zuschlagen sollte; nun ging es darum, diesen Grundgedanken in einer Welt anzuwenden, in der jedes Land genauso wie jede terroristische Organisation jederzeit Zugang zu den globalen Informationsquellen hatte und so praktisch ununterbrochen über das Geschehen auf dem gesamten Planeten informiert sein konnte.

Der Truppenträger *Shenandoah* war ein Seewolf im Schafspelz. Hinter der Fassade eines Handelsschiffes verbarg sich die Bewaffnung eines Kriegsschiffes, das für Operationen verschiedenster Art gerüstet war. Dieses Schiff war nicht nur ein Nachfolger der *Shenandoah* aus dem Bürgerkrieg, sondern auch der deutschen Kaperschiffe und der britischen Q-Schiffe aus den Weltkriegen, also von Schiffen, die getarnt in Erscheinung traten, aber über enorme Feuerkraft verfügten.

Für Amanda war das eine etwas andere Form einer »Stealth«-Technologie. Auf diese Weise konnte man eine beachtliche Streitmacht samt Luftunterstützung mitten ins Herz einer feindlichen Hochburg einschleusen, wo sie dann, gleich einer Autobombe, ihre verheerende Wirkung entfalten konnte.

Ein Kaffee- und ein Heißwasserautomat standen neben der Tür. Amanda begutachtete die Sammlung von Teebeuteln und bereitete sich eine Tasse zu.

Der erhöhte Kapitänssessel stand mitten in dem Abteil, das hinter der Gefechtsruderstation und der Station des Taktik-Offiziers eingerichtet war. So wie auf ihrer alten Duke war der Stuhl auch hier nach achtern ausgerichtet, wie um sie zu empfangen. Sie setzte sich und drehte sich herum, sodass sie das Alpha-Display vor sich hatte.

Amanda schloss einen Moment lang die Augen. Sie war wieder Capt'n eines Schiffes und nicht bloß Taktik-Offizierin – ein wirklich gutes Gefühl.

Ihr Erster Offizier trat an ihre Seite und reichte ihr ein Work Pad. »Guten Morgen, Ma'am. Hier sind die Berichte der verschiedenen Offiziere über die gestrigen Übungen. Sieht vielversprechend aus.«

»Ja, es entwickelt sich recht gut, Dix, aber es muss noch besser werden.« Sie schlug die Beine übereinander, lehnte sich zurück und nahm den ersten Schluck von ihrem heißen Tee. »Guten Morgen, Ladies and Gentlemen. Es ist ein schöner Tag heute. Mal sehen, was wir tun können, damit er noch besser wird.«

Irgendwo in den Molukken, Indonesien

22. Oktober 2008, 17:37 Uhr Ortszeit Langsam arbeitete sich Makara Harconan durch den Stapel von Farbausdrucken. Es handelte sich um Fotografien eines großen schwarzen Handelsschiffes, von allen möglichen Blickwinkeln betrachtet. Eines der Bilder zeigte den Namen und den Heimathafen des Schiffes.

»Die *Galaxy Shenandoah*«, murmelte er nachdenklich. »Was wissen wir über das Schiff, Lo?«

»Ein Massengutfrachter der OB-Klasse«, antwortete sein Assistent, der ihm am Tisch gegenübersaß. Laut *Jane's All The World's Merchant Vessels* lief das Schiff 1992 vom Stapel. Es stammt aus einer finnischen Werft und wurde als Fünfundfünfzigtausend-Tonnen-Panamax gebaut, ursprünglich mit MAN-Dieselantrieb und einem verstärkten Rumpf für Operationen in der Arktis. Bis vor drei Jahren war das Schiff als *Nordkapp Sif* unter norwegischer Flagge unterwegs.«

»Und dann?«

»Es gab einen schweren Maschinenraumbrand, als das Schiff im Hafen von Goa in Indien lag, und wenig später wurde es zum Verkauf angeboten. Vor ungefähr zwei Jahren wurde es vom Galaxy Maritime Consortium gekauft und in der Sanyo-Werft in Japan von vorne bis hinten renoviert. Es wurde mit Zwillingsschrauben und einem dieselelektrischen Antrieb ausgerüstet. Der Rumpf wurde verlängert und die Verdrängung auf etwa sechsundsechzigtausend Tonnen erhöht. Das Schiff befindet sich gerade auf seiner Jungfernfahrt für die Galaxy-Linie.«

»Und was wissen wir über Galaxy Maritime?«, fragte Harconan und nahm einen Schluck von seinem kühlen holländischen Bier.

»Ein kleines Unternehmen in amerikanischem Besitz«, antwortete Lo. »Gegründet wurde es vor ungefähr zehn Jahren von einer Gruppe von ehemaligen amerikanischen Navy-Offizieren. Die Schiffe fahren unter panamaischer Flagge, aber das Hauptquartier der Firma liegt in Boston, Massachusetts. Das Unternehmen besitzt noch drei weitere Schiffe, zwei Handimax-Tanker, die auf den Ölrouten in Afrika und im Persischen Golf unterwegs sind, und ein Containerschiff, das vor allem kleinere Häfen im Pazifik anfährt. Die *Galaxy Shenandoah* ist das größte und neueste Schiff in der Flotte. Das Galaxy Maritime Consortium scheint ein konservatives, gut geführtes Unternehmen zu sein, das offenbar gute Gewinne macht.«

»Verstehe.« Harconan betrachtete das letzte Bild der Serie. Es war mit einem leistungsstarken Teleobjektiv aufgenommen worden und war leicht unscharf, so als hätte sich die Kamera während der Aufnahme ganz leicht bewegt. Doch auch so waren Amanda Garretts rotbraunes Haar und ihr konzentriertes, fein geschnittenes Gesicht gut zu erkennen. In der Uniform eines Kapitäns der Handelsmarine stand sie auf der Brückennock ihres neuen Schiffes und blickte mit leicht zusammengekniffenen Augen direkt in die Kameralinse, so als betrachte sie prüfend das Bugi-Schiff, von dem aus der Fotograf das Bild schoss.

Ein Schiff wie die *Galaxy Shenandoah* wäre für seine gut ausgebildeten Piratenmannschaften eine leichte Beute gewesen, vor allem wenn es, so wie in diesem Fall, untätig vor Anker lag.

Es wäre ganz leicht gewesen. Zumindest sah es danach aus.

»Was wissen wir über Captain Garretts unfreiwilligen Abschied aus der Navy, Lo?«

»In den amerikanischen Medien wurde einiges darüber berichtet, dass Captain Garrett eine Zeit lang unsere Gefangene war. Es wird angedeutet, dass sie durch eigenes Verschulden in diese Lage kam. Ihre anschließende Rettung hat amerikanische Soldaten einer unnötigen Gefahr ausgesetzt. Man hat ihr die Schuld an den erlittenen Verlusten angelastet. Es wird angenommen, dass man ihr nahe gelegt hat, selbst zu gehen, um ihr die Schmach des Kriegsgerichts zu ersparen. Eine solche Vorgangsweise ist in den amerikanischen Streitkräften durchaus üblich.«

»Und sonst?«, fragte Harconan nach.

»Es wird berichtet, dass Captain Garrett die Verantwortung für den Vorfall übernommen hat und dass ihre Gegner mit dieser Lösung zufrieden gestellt sind. Die Geschichte hat einigen Staub aufgewirbelt, aber die amerikanischen Medien scheinen schnell wieder das Interesse an solchen militärischen Angelegenheiten zu verlieren.«

Harconan betrachtete das Bild aufmerksam. Es war nur ein einfaches Foto, und doch kam ihm irgendetwas daran merkwürdig vor. Harconan verstand es meisterhaft, die Schwachstellen seiner Gegner aufzuspüren – doch das hier war nicht das Bild eines Menschen, der nach einer persönlichen Niederlage verbittert oder deprimiert war. Nichts, aber auch gar nichts an Amandas Haltung wies auf die Schmach hin, die sie kurz zuvor erlitten hatte.

Sie war überhaupt ein Mensch, der nicht leicht zu besiegen war. Einmal hatte ihm reines Glück dazu verholfen, sie gefangen zu nehmen, doch davor hatte sie bereits seine Organisation in ihren Grundfesten erschüttert. Und als sie in seiner Hand war, hatte sie es doch geschafft, ihre Leute auf seine Spur zu bringen, sodass sie seinen wichtigsten Stützpunkt zerstören konnten.

Mit dem, was sie im Kampf gegen ihn erreicht hatte, hätte sie vor jedem Kriegsgericht der Welt bestehen können. Hatte sie vielleicht klein beigegeben, weil sie Angst hatte, dass etwas ganz anderes bekannt werden könnte – nämlich dass sie eine Zeit lang seine Geliebte war?

Harconan schüttelte den Kopf und grinste. Nein, Amanda Garrett brauchte sich dessen, wie sie im Bett war, genauso wenig zu schämen wie ihrer Verdienste auf dem Schlachtfeld. Wenn man ihr das vorwerfen würde, hätte sie genauso wenig klein beigegeben.

»Was meinen Sie, Bapak? Was halten Sie davon, dass Captain Garrett in unsere Gewässer zurückgekehrt ist?«

Die Falten in Los Gesicht vertieften sich vor Konzentration. »Es gibt keinerlei Hinweise, dass Captain Garrett, ihr Schiff und die Firma, von der sie geschickt wird, irgendetwas anderes vorhaben könnten als das, was sie vorgeben«, antwortete er schließlich. »Es kann sich durchaus alles so zugetragen haben, wie man es in den Medien gehört hat. Ich muss jedoch hinzufügen, dass diese Entwicklung schon äußerst günstig für sie ist.«

Harconan nickte. »Das sehe ich auch so. Wirklich sehr günstig.«

Das alles hat sich viel zu schnell ergeben und kommt einfach zu gelegen. Nein, die Dinge sind bestimmt nicht so, wie sie aussehen. Du hast irgendeinen Plan, meine Königin. Du willst mich aus der Reserve locken.

Er verfluchte diese Frau und auch sich selbst, weil er es zuließ, dass sie einen solchen Reiz auf ihn ausübte. Er spürte diese großen goldenen Augen auf sich gerichtet, wie sie ihn amüsiert und berechnend ansahen, und er erkannte die Gedanken, die dahintersteckten. Sie wusste, dass er die Falle spürte, die sie ihm mit ihrer Anwesenheit stellte. Sie wusste, dass es das einzig Vernünftige für ihn wäre, sich so weit wie möglich von ihr fern zu halten. Doch sie wusste auch, dass ihre Anwesenheit eine unwiderstehliche Herausforderung für ihn darstellte.

Ich stehe hier vor deiner Tür, Korsar. Komm und lass dich noch einmal auf einen Tanz mit mir ein.

Die Stimme der Vernunft sagte ihm, dass er nicht so dumm sein solle und dass er Größeres zu gewinnen habe.

Das mochte schon stimmen, aber Amanda Garrett hatte einen Blick in sein Innerstes geworfen. Sie wusste, dass Makara Harconan stets alles wollte.

Auf der indonesischen Fregatte *Karel Satsuitubun*
45 Seemeilen nordnordöstlich der Insel Damar, Bandasee

23. Oktober 2008, 22:57 Uhr Ortszeit Die *Karel Satsuitubun* war ein müdes altes Schiff. Es handelte sich um eine abgeänderte Kopie einer Fregatte der britischen Leander-Klasse, die in den 1960er-Jahren für die niederländische Marine gebaut worden war. Es entbehrte nicht einer gewissen Ironie, dass das Schiff später von einer ehemaligen holländischen Kolonie gekauft wurde.

Die *Karel* wurde mehrmals umgebaut und modernisiert, aber ein müder alter Gaul wurde auch mit neuem Geschirr nicht wieder jung. Ihre Maschinen brachten keine Leistung mehr zustande, und an ihrem Rumpf nagte unter dem Anstrich längst der Rost. Dennoch musste die *Karel* weitermachen, weil das Land, dem sie diente, in großer Gefahr schwebte. Sie wurde bitter benötigt, auch wenn sie möglicherweise nicht mehr imstande war, dem Geschehen eine entscheidende Wendung zu geben.

Einer der Mängel der *Karel* war es, der den Kommandanten sowie einen Großteil der Besatzung an Deck getrieben hatte. So wie eine Reihe anderer Systeme an Bord war auch die Klimaanlage ausgefallen, sodass die Kojen der Fregatte sich in eine feuchtheiße Hölle verwandelt hatten, in der an Schlaf nicht zu denken war.

Von seinem Platz auf der Steuerbord-Brückennock aus sah der Kommandant seine Männer auf dem Sturmdeck liegen, um in der Hitze der tropischen Nacht ein wenig Schlaf zu finden.

Mitten unter seinen Leuten konnte der Kommandant die

dunkleren Gestalten der KOPASSUS-Sondereinsatzkräfte in ihren Tarnanzügen erkennen – eine Bürde, die sie nicht gern an Bord genommen hatten, mit der sie aber leben mussten. Der Rest der Sondereinsatzgruppe der Armee mit ihren Fahrzeugen und schweren Waffen war auf der *Teluk Berau* untergebracht. War die Situation auf der *Karel* schon schlimm genug, so musste es auf dem alten Landungsschiff aus der ehemaligen DDR, das an Backbord vor der Fregatte lief, die reine Hölle sein.

Die *Teluk* hatte ihre eigenen Probleme. Ein Schaden an der Steuereinrichtung hatte das Auslaufen aus Surabaya um einen halben Tag verzögert, und die altersschwachen Pumpen des Schiffes hatten alle Mühe, mit dem Wasser fertig zu werden, das infolge einer schadhaften Dichtung an der Schraubenwelle eintrat.

Aber selbst vom dritten und neuesten Schiff der kleinen Kampfgruppe, dem Flugkörper-Schnellboot *Rencong*, waren schon Defekte im Maschinenraum gemeldet worden. Das kleinere Fahrzeug hatte sichtlich Mühe, mit den beiden anderen Schritt zu halten.

Solche Probleme waren in der indonesischen Flotte an der Tagesordnung. Die Schiffe, die größtenteils von irgendwelchen Industriestaaten übernommen worden waren, wo sie nicht mehr gebraucht wurden, waren abgenutzt und konnten aus Mangel an Geld und ausgebildeten Fachkräften nicht mehr entsprechend gewartet werden. In den vergangenen Monaten hatte sich die Lage weiter zugespitzt, weil die Streitkräfte gezwungen waren, von einem Krisengebiet in der Inselgruppe zum nächsten zu eilen, um die verschiedenen Aufstände im Zaum zu halten, was jedoch immer schwieriger wurde.

Im Moment spielten die schwarzen Wilden auf Irian Jaya verrückt. Die Kämpfer der »Morgenstern«-Unabhängigkeitsbewegung griffen staatliche Einrichtungen an – und das mit einer Verbissenheit, wie man es noch nie erlebt hatte. Die Einheimischen waren bereits drauf und dran, die indonesische Staatsgewalt von der Insel zu verdrängen.

Mehrere wichtige Bergbausiedlungen waren bereits den Rebellen in die Hände gefallen, die nun schon kurz davorstanden, die Hauptstadt der Insel Jayapura zu erstürmen. Die Gefechte waren erbittert und äußerst verlustreich. Man konnte nur zu Allah beten, dass diese letzte Hand voll von Verstärkungstruppen ausreichen würde, um die Lage wieder in den Griff zu bekommen.

Der Kommandant der *Karel* wandte sich nach achtern und Steuerbord und blickte mit düsterer Miene in die Nacht hinaus. Die *Rencong* sollte eigentlich einen Kilometer hinter der Fregatte sein, doch die Positionslichter des Flugkörper-Schnellbootes waren nicht mehr zu sehen.

»Offizier vom Dienst, warum ist die *Rencong* schon wieder zurückgefallen?«

»Das kann ich nicht sagen, Herr Kapitän. Wir haben nichts von ihr gehört«, antwortete eine Stimme aus dem dunklen Innern der Brücke.

»Haben Sie sie auf dem Radarschirm?«

»Es tut mir Leid, Herr Kapitän«, antwortete die Stimme zögernd. »Das Suchradar ist ausgefallen. Das System ist überhitzt. Die Klimaanlage ...«

Der Kommandant murmelte einen Fluch vor sich hin und nahm sich ein Fernglas aus dem Regal in der Brückennock. »Wenn wir noch Funkkontakt haben, erkundigen Sie sich, was dort schon wieder los ist.«

Der Kommandant hob das Fernglas an die Augen und suchte nach dem verschwundenen Schnellboot. Da war nichts als Dunkelheit. Nein ... Moment!

Da leuchtete doch in der Ferne etwas auf – es sah aus wie Wetterleuchten. Wenige Augenblicke später blitzte es erneut auf, und dann wieder und wieder. Kam das etwa von der *Rencong*? Konnte es sein, dass ein Feuer auf ihr ausgebrochen war? Sein

Griff um das Fernglas verstärkte sich, und er bemühte sich, irgendetwas zu erkennen. Da war wieder dieses Leuchten, und es wurde immer heller. Nein! Das Licht kam näher!

Völlig entgeistert stand der Kommandant der *Karel* wie angewurzelt da. Er konnte einfach nicht glauben, was er da sah. Als er sich endlich in Bewegung setzte, hatte er nur noch genug Zeit, um einen Schrei des Entsetzens auszustoßen.

Die erste Exocet-Rakete schlug unten in die Brücke ein, nachdem sich das Geschoss das größte Radarprofil auf dem Schiff als Ziel ausgesucht hatte. Der Einhundertfünfundsechzig-Kilo-Sprengkopf riss die gesamte Vorderseite der Aufbauten weg und schleuderte sie ins Meer. Männer, die dicht gedrängt auf dem Vorderdeck lagen, wurden mit einem Hagel von Granatsplittern eingedeckt. Während schwer verletzte Seeleute infolge der verheerenden Explosion durch die Luft flogen, schlug auch schon die zweite Exocet im Hubschrauberhangar ein.

Die todbringenden Raketen waren nicht aus großer Entfernung gekommen; der Großteil ihres Treibstoffs war noch unverbraucht. Brennende Stücke von festem Raketentreibstoff sorgten zusammen mit dem Kerosin des zerstörten Sea-Lynx-Helikopters dafür, dass das Schiff vom Bug bis zum Heck augenblicklich lichterloh brannte. Die wenigen Besatzungsmitglieder, die sich in den Maschinenräumen der *Karel* aufhielten, waren in einem Flammenmeer gefangen.

Und von unten kam das Wasser. Der altersschwache Rumpf hielt der Erschütterung nicht stand; Schweißnähte rissen auf, sodass an hundert verschiedenen Stellen Wasser eindringen konnte. Die wasserdichten Türen hatte man weit offen stehen lassen, um für eine gewisse Durchlüftung des Schiffes zu sorgen. Die Männer von der Schadenkontrollabteilung, die die Schotts hätten schließen sollen, lagen tot unter den brennenden Trümmern des Schiffes.

Mit einem letzten Stöhnen und Ächzen kenterte die *Karel*

schließlich, weit entfernt von den kalten Gewässern des Nordatlantiks, in denen sie das Licht der Welt erblickt hatte.

Die wenigen Besatzungsmitglieder, die noch lebten, bekamen höchstwahrscheinlich gar nicht mit, dass auch die *Teluk Berau*, das Transportschiff, das sie eskortiert hatten, dem Untergang geweiht war. Zu Beginn hatte die *Teluk* etwas mehr Glück gehabt. Eine der beiden Exocets, die auf das Schiff abgefeuert worden waren, hatte sich verirrt und ihr Ziel verfehlt. Nur eine einzige Rakete traf das Landungsschiff und schlug im Heckbereich ein. Brennend und antriebslos war sie als Schiff so gut wie tot. Doch es gab viele Überlebende und einige Offiziere, die geistesgegenwärtig genug waren, entsprechende Anweisungen zu geben. Und es blieb auch noch genug Zeit, um die Schwimmwesten anzulegen und die Rettungsboote zu Wasser zu lassen.

Das Problem war nur, dass es nicht genug Schwimmwesten und Rettungsboote gab. Das Landungsschiff war hoffnungslos überladen. Mitten in der Bandasee wiederholte sich das Schicksal der Titanic. Doch hier in diesen tropischen Gewässern war das Problem nicht die Unterkühlung – hier lauerte der Tod in anderer Form auf die Schiffbrüchigen. Die Haie, die stets zur Stelle waren, wenn sie in ihrem Reich Blut witterten, waren schon unterwegs. Sie wurden nicht von Hass oder Wut getrieben – denn solche Gefühle waren allein dem Menschen vorbehalten – nein, es war einzig und allein der Hunger, der sie zu den Schiffbrüchigen trieb.

Plötzlich durchschnitt ein Suchscheinwerfer die Dunkelheit über der ölverseuchten Wasseroberfläche. Die Männer, die sich noch an Bord der *Teluk* befanden, machten sich durch laute Rufe bemerkbar, während Leuchtraketen zum Himmel emporstiegen und die Umgebung in ihr helles Licht tauchten.

Nun waren auch die Umrisse der *Rencong* zu sehen, die rasch näher zu kommen schien. Die Überlebenden der *Teluk* brachen in lauten Jubel aus, als sie sahen, dass ihnen die Kameraden von der Flotte offensichtlich zu Hilfe eilten. Das Flugkörper-Schnellboot wurde langsamer und drehte bei, um dem sinkenden Schiff die Breitseite zuzuwenden. Nur ganz wenigen Crewmitgliedern der *Teluk* fiel auf, dass es aus den Exocet-Startrohren rauchte.

Dann eröffnete die *Rencong* das Feuer. Die großen Bofors-57-mm-Kanonen vorne, die Rheinmetall-20-mm-Kanonen mittschiffs und die beiden 40-mm-Kanonen achtern wüteten ungefähr drei Minuten lang und deckten das sterbende Schiff und seine Besatzung mit einem Kugelhagel zu, bis die Schreie verstummt waren und der durchsiebte Rumpf der *Teluk Berau* unter der Wasseroberfläche verschwand.

Die Maschinen der *Rencong,* die in Wirklichkeit vorzüglich funktionierten, erwachten wieder zum Leben, und das große Flugkörper-Schnellboot beschleunigte und entfernte sich mühelos von dem Ort des Massakers, um Kurs nach Nordwesten zu nehmen, wo neue Aufgaben warteten.

Die ersten sichelförmigen Flossen tauchten im Wasser auf. Ohne sich um die Niedertracht der Menschen zu kümmern, kamen die Herren der Bandasee herbei, um sich ihren Anteil zu holen.

Point Man Base,
Botschaft der Vereinigten Staaten, Jakarta, Indonesien

24. Oktober 2008, 07:02 Uhr Ortszeit Christine Rendino streckte sich und fragte sich einen Moment lang, wo sie war.

Es war dunkel im Schlafzimmer, nur an den Rändern der zugezogenen Vorhänge drang etwas Licht herein. Das Zimmer war mit teuren französischen Möbeln eingerichtet und zeichnete sich durch einen ausgezeichneten Schallschutz aus. Das einzige Geräusch, abgesehen vom Schnurren der Klimaanlage, kam von einem der Laptop-Computer, die auf der Frisierkommode standen.

Dann fiel es ihr wieder ein, und Christine streckte sich noch einmal im Bett aus. Sie schaltete die Nachttischlampe ein, schwang sich aus dem Bett und eilte barfuß über den dicken Teppich zu ihrer improvisierten Workstation hinüber. Sie drückte auf eine Taste, um den Bildschirmschoner zu deaktivieren, und sah auf dem PC, den sie als Kommunikationseinheit eingerichtet hatte, nach, wer sie gerade zu erreichen versuchte. Zufrieden nahm sie den Anruf entgegen und schaltete die Webcam ein, um eine audiovisuelle Verbindung herzustellen.

»Guten Morgen, Boss«, trällerte sie und setzte sich auf den zierlichen, mit Chenille bezogenen Stuhl.

Auf dem Bildschirm erschien Amanda Garretts Bild vor dem Hintergrund ihrer Kabine. »Guten Morgen, Chris«, antwortete sie, »das hat aber lange … Was, um alles in der Welt, hast du da an?«

Die Intel-Offizierin strich sich über den Ausschnitt ihres durchsichtigen grünen Négligés. »Oh, dieses Ding hat wohl die Kultursekretärin zurückgelassen, als sie von hier verschwinden musste. Der Botschafter hat mir ihre Wohnung zugewiesen, und ich habe mir gedacht, man kann ja durchaus von den Dingen Gebrauch machen, die hier herumliegen.«

Amanda schüttelte nur den Kopf.

»Nur weil manche Leute keine Ahnung haben, wie man einen Krieg auf zivilisierte Weise führt …«, fuhr Christine belehrend fort und schlug die Beine übereinander.

»Schon gut, Chris. Ich bin jedenfalls froh, dass ich dich nicht aus der Gefechtszentrale anrufen muss. Ich will einen Situationsbericht über alles, was in der Bandasee vor sich geht.«

Christine vergewisserte sich mit Hilfe des zweiten Laptops rasch, dass nichts Neues passiert war, seit sie sich vor drei Stunden schlafen gelegt hatte. »Ich kann dir nichts anderes sagen als dass niemand zu wissen scheint, was los ist, nicht einmal die Indonesier. Wir hören im indonesischen Verteidigungsministerium genauso mit wie im Präsidentenpalast, aber es herrscht überall nichts als Hysterie. Das Einzige, was man mit Sicherheit weiß, ist, dass eine Task Force aus drei indonesischen Schiffen, die Verstärkung nach Neuguinea bringen sollte, spurlos verschwunden ist.«

»Sie ist nicht verschwunden, Chris«, entgegnete Amanda grimmig, »sie wurde zerstört, völlig ausgelöscht. Wir haben eine Global Hawk über die Bandasee geschickt und sind auf ein Trümmerfeld gestoßen. Es ist nichts übrig als verstreute Teile von Schiffen, eine Ölspur und ein Rudel Haie.«

Christine stieß einen verblüfften Pfiff aus. »Mir scheint, die Morgenstern-Rebellen können jetzt ihre eigene Republik gründen. Die indonesischen Garnisonen haben ohnehin schon auf dem letzten Loch gepfiffen. Diese Verstärkungstruppen waren praktisch ihre letzte Hoffnung.«

»Ist die Sache damit gelaufen?«, fragte Amanda frustriert. »Löst sich der Staat jetzt auf?«

Christine zuckte die Achseln. »Er steht jedenfalls kurz davor, Boss. Noch ein gut gezielter Schuss, und Präsident Kediris Regierung kann sich wahrscheinlich einen neuen Job suchen.«

»Verdammt, Chris! Er wird sein Ziel erreichen!« Amanda blickte einen Moment lang zur Seite, um ihre Emotionen zu verbergen. Nachdem sie sich wieder gefasst hatte, blickte sie wieder in die Kamera. »Wie hat er das nur geschafft, Chris? Wie konnte er eine ganze Task Force auf offenem Meer ausschalten? Seine Boghammer-Gruppen und seine Schoner sind ganz gut, solange sie in Küstennähe agieren oder gegen Handelsschiffe vorgehen, aber doch nicht gegen Kriegsschiffe! Woher hat er bloß die Bewaffnung für einen solchen Angriff?«

»Ich habe keine Ahnung«, antwortete Christine geradeheraus. »Es muss genauso sein wie mit seinem unterirdischen Stützpunkt, an dem er dich festgehalten hat. Harconan muss insgeheim ein Arsenal aufgebaut haben, von dem wir keine Ahnung haben.«

»Könnte es sein, dass er sich irgendwo ein Unterseeboot angeeignet hat?«

»Vorstellbar wäre es«, antwortete die Intel-Offizierin. »Vielleicht hat er mit irgendeinem Admiral eines anderen Staates in Südostasien ein Geschäft gemacht und ein Unterseeboot samt Crew gemietet. Oder er ist irgendwie zu einer Staffel Jagdbomber gekommen, die von einem Stützpunkt aus dem Zweiten Weltkrieg operieren. Wir müssen eben suchen. Eines weiß ich jedenfalls: Wir haben diesen Harconan bisher ganz einfach unterschätzt …«

Sie hielt inne und machte plötzlich ein nachdenkliches Gesicht.

»Was ist los, Chris?«, fragte Amanda.

»Na ja, es könnte auch sein, dass wir ihn in Wirklichkeit überschätzen«, antwortete die blonde Nachrichtendienst-Offizierin.

»Wie meinst du das?«

»Mir ist da gerade etwas eingefallen, Boss. Könnte es nicht sein, dass wir die Sache viel zu eng sehen? Vielleicht ist Harconan ja gar nicht die Wurzel allen Übels.«

»Noch einmal, Chris: Wie meinst du das?«

»Ich will damit sagen, dass die Armee-Einheit, die gerade vernichtet wurde, eine Eliteeinheit war, die Präsident Kediri und seiner Regierung treu ergeben war. Es waren *Kommando Pasukan Khusis*, die Sondereinsatzkräfte der indonesischen Armee. Diese KOPASSUS-Einheit hat die Garde des Präsidenten gebildet. Deshalb hat das Verteidigungsministerium so gezögert, sie einzusetzen. Diese Einheit war vor allem auch dazu da, eventuelle Putschversuche niederzuschlagen.«

»Das ist vielleicht ein interessanter Hinweis«, pflichtete Amanda ihr bei. »Glaubst du, dass die Eliminierung dieser Truppe einen ganz bestimmten Zweck gehabt haben könnte?«

»Das weiß ich nicht«, antwortete Christine stirnrunzelnd. »Das müsste man genauer untersuchen. Aber wie sieht es bei euch auf dem Liegeplatz aus? Gibt es da irgendetwas Neues?«

»Ja. Ich glaube, Harconan schnappt schon nach dem Köder,

den wir ausgeworfen haben. Wir werden jedenfalls beobachtet.«

Christine richtete sich auf ihrem Stuhl auf. »Bist du sicher?«

»Absolut sicher. Die Frage ist nur, von wem.« Amanda blickte auf ihre Tastatur hinunter, und im nächsten Augenblick erschien auf dem Bilschirm ein *Prahu,* das kleinste Wasserfahrzeug, das die Bugi zur Verfügung hatten.

Das *Prahu* war vielleicht zehn Meter lang und hatte ein zeltartiges Dach über dem Bug und einen leistungsstarken Außenbordmotor am Heck. Zwei Mann waren an Bord, der eine am Motor und der andere halb verdeckt unter dem Dach. Das Bild des Mannes am Bug vergrößerte sich, bis es den ganzen Bildschirm ausfüllte. Er blickte gerade durch ein starkes Fernglas. Neben ihm lag etwas, das wie das Teleobjektiv einer Fotokamera aussah.

»Sie schleichen schon seit mindestens zwei Tagen um uns herum«, fuhr Amanda fort. »Sie tun so, als wären sie eines der vielen Fischerboote, die in der Gegend unterwegs sind, aber wir haben sie mit einer Drohne verfolgt, als sie sich am Abend zurückzogen – und sie sind nicht in eines der Fischerdörfer zurückgekehrt. Sie suchten vielmehr eine abgeschiedene kleine Bucht auf.«

Christine nickte zustimmend. »Die Jungs hat bestimmt Harconan geschickt. Ich würde mich liebend gern einmal mit ihnen unterhalten.«

»Ich auch.« Das *Prahu* und seine Crew verschwanden von Christines Bildschirm; stattdessen sah sie wieder Amanda vor sich. »An diese Möglichkeit habe ich auch schon gedacht. Aber wenn seine Scouts verschwinden, wird Harconan wahrscheinlich annehmen, dass wir ihm auf der Spur sind und dass hinter der *Shenandoah* mehr steckt als man ihr ansieht. Dann lässt er sich vielleicht durch nichts mehr aus der Reserve locken.«

»Vielleicht, vielleicht aber auch nicht«, erwiderte Christine nachdenklich. »Kannst du mich heute Abend auf das Schiff holen? Ich habe da so eine verrückte Idee, die ich gern ausprobieren würde.«

»Was genau verstehst du unter verrückt?«, fragte Amanda neugierig.

»Na ja, etwas, das sogar für meine Begriffe verrückt ist.«

In der Inselgruppe Pilau Sebu

24. Oktober 2008, 22:10 Uhr Ortszeit Malang Sengosari zog noch einmal an seiner Zigarette und legte sich dann auf den Rücken. Der junge Bugi-Seemann spürte, wie das kleine Fischerboot schaukelte und an seinem steinernen Anker zerrte, während sein Schiffskamerad Mahmud sich auf seinem Lager am Bug umdrehte und etwas Unverständliches vor sich hin murmelte.

Sie hatten nun den vierten Tag ihres Beschattungsauftrages hinter sich gebracht, und es wurde langsam ungemütlich. Sie lebten von den Fischen, die sie fingen und größtenteils roh aßen, und sie tranken das Wasser der Regengüsse, das sie mit ihren zerlumpten Hemden auffingen. Das Schlimmste aber war, dass er soeben seine letzte Zigarette geraucht hatte.

Trotzdem gehorchten sie als Bugi ihrem Clan-Oberhaupt, das seinerseits dem *Raja Samudra* gehorchte. Sie hatten die Anweisung erhalten, das große Handelsschiff nicht aus den Augen zu lassen und vor allem die rothaarige Frau zu beobachten – und diese Anweisung würden sie auch ausführen.

Wehmütig schnippte er die Kippe über Bord und hörte, wie sie zischend ausging. Ihr Mutterschiff würde bald zurückkehren, um sie nach neuen Informationen zu fragen, und dann würden sie auch wieder Zigaretten bekommen. Sengosari schloss müde die Augen.

Rumms! Er schlug die Augen auf. Irgendetwas war gegen das

Boot gestoßen. Der Bugi hob den Kopf von der zusammengeknüllten Decke, die er als Kissen benutzte, und blickte sich rasch um. Das Wasser der Bucht war spiegelglatt, und im Westen, jenseits der Bucht, funkelten die Ankerlichter der Handelsschiffe.

Es war wohl nichts Ernstes. Sengosari ließ den Kopf wieder auf das Kissen sinken.

Rumms! Dieser Stoß war noch heftiger als der erste.

Der Bugi sprang hoch und sah sich um. Da war etwas! Kleine Wellen breiteten sich vom Boot aus, und unter Wasser war ein schwaches Leuchten zu erkennen, das sich bewegte. Sengosari griff nach seiner Pistole, die er unter der Decke liegen hatte.

Vorne am Bug hörte er Mahmud schreien.

Erschrocken blickte Sengosari auf. Kräftige Arme stießen plötzlich aus dem Wasser hervor und griffen nach ihm. Sie packten ihn und zerrten ihn aus dem Boot. Sengosari wollte ebenfalls schreien, doch das dunkle Wasser schlug bereits über ihm zusammen und erstickte seinen Schrei, als ihn die schwarzen Teufel in ihre nasse Hölle hinunterzogen.

Irgendwo auf den Molukken, Indonesien

24. Oktober 2008, 22:10 Uhr Ortszeit Der Kommandant der *Karel Satsuitubun* dachte, dass er die Katastrophe, die seinem Schiff widerfahren war, wie durch ein Wunder überlebt hatte. Nun war er sich jedoch nicht mehr so sicher.

Nachdem er gleich zu Beginn des Angriffs über Bord geschleudert worden war, hatte er mit angesehen, wie die übrigen Überlebenden wenig später systematisch niedergemetzelt wurden. Er selbst war abgetrieben worden und dadurch verschont geblieben. Stundenlang hatte er sich an irgendein Bruchstück des Wracks geklammert und mit anhören müssen, wie die restlichen paar Überlebenden in Todesangst schrien, als die Haie kamen. Als sie auch ihn angriffen, betete er zu Allah und wehrte sich, so gut es ging, mit den Fäusten gegen die Meeresräuber.

Der Kapitän war bereits nahe daran, sich in sein Schicksal zu ergeben, als er im Licht der aufgehenden Sonne eine Bugi-Pinisi sah, die direkt auf ihn zukam.

Nachdem er das blutige Gemetzel überlebt hatte, musste er jedoch feststellen, dass seine Not noch längst kein Ende hatte. Man fesselte ihn, verband ihm die Augen und brachte ihn an Bord des Schoners an irgendeinen Ort, wo man ihn in ein Amphibienflugzeug steckte und woandershin brachte, bis er schließlich in diesem kleinen fensterlosen Raum landete, in dem es nach Kopra und Meer roch.

Man nahm ihm die Fesseln und die Augenbinde ab, behandelte seine Wunden und gab ihm zu essen und zu trinken. Doch zwei schweigsame chinesische Wächter bewachten die Tür, und er hatte keine Ahnung, wie es mit ihm weitergehen würde.

Dann kam der groß gewachsene, fast europäisch wirkende Mann mit dem dünnen Schnurrbart, der ihn verhörte. Er saß auf der anderen Seite des klapprigen Tisches dem Kapitän gegenüber und stellte ihm Fragen. Der indonesische Marineoffizier sah keinen Grund, ihm die Antworten zu verweigern.

»Warum?«, fragte der Fremde schließlich.

Der Kapitän schüttelte den Kopf. »Ich weiß es nicht. Ich schwöre beim heiligen Namen Allahs, ich weiß es nicht. Unser eigenes Schiff, unsere eigenen Männer haben uns niedergemetzelt. Es gab keine Warnung und keinen Grund. Wenn Sie die Erklärung wissen, dann sagen Sie mir bitte, warum wir so schmählich verraten wurden.«

Der groß gewachsene Mann schwieg eine ganze Weile. »Ich weiß es auch nicht«, sagte er schließlich.

Er stand auf und ging zur Tür. Dann hielt er inne und drehte sich noch einmal um. »Es wird Ihnen nichts geschehen, Kapitän. Sie werden für eine Weile mein Gefangener sein, aber man wird Sie gut behandeln, und Sie werden Ihr Zuhause und Ihre Familie bald wiedersehen. Sie haben mein Wort.«

Zum ersten Mal seit dem Untergang seines Schiffes wagte der Kapitän der *Karel Satsuitubun* zu glauben, dass er doch noch davonkommen könnte.

Makara Harconan ging nachdenklich zum Lanai, der Terrasse seines Plantagenhauses zurück, wo er von Lo erwartet wurde. Harconan gab dem hageren Mann im schwarzen Anzug mit einer Geste zu verstehen, dass er auf einem der Rattansessel Platz nehmen solle, ehe er sich selbst setzte. »Das Flugkörper-Schnellboot, das den Angriff durchgeführt hat – haben wir es schon irgendwo gesichtet?«

Lo schüttelte den Kopf. »Nein, Herr. Die Inselwelt hier ist groß, auch für unsere eigenen Leute. Das Boot hat sich offensichtlich auf irgendeinen Inselstützpunkt zurückgezogen, den selbst die Bugi nicht kennen.«

Harconan lächelte grimmig und gab der Dienstbotin, die in der Tür erschien, mit einem Wink zu verstehen, dass sie verschwinden sollte. »Ich glaube, so was nennt man, mit den eigenen Waffen geschlagen werden. Das ist eine höchst seltsame Wendung der Ereignisse, Bapak. Höchst seltsam.«

»Ich muss Ihnen zustimmen, aber vielleicht hat es irgendetwas mit den jüngsten Vorfällen auf Bali zu tun.«

»Was gibt es dort Neues?«, fragte Harconan.

»Noch mehr seltsame Dinge, Herr. Unsere Leute dort haben, Ihren Anweisungen folgend, nichts unternommen, um noch mehr Unruhe zu schüren. Das Potenzial für einen blutigen ethnischen und religiösen Bürgerkrieg ist einfach zu groß. Doch es gibt offenbar jemanden, der genau das im Auge hat. Unser Nachrichtendienst vor Ort hat mehrere aktive Zellen aufgespürt, die offensichtlich dabei sind, einen solchen Konflikt zu schüren.«

»Wer steckt dahinter, Lo?«, wollte Harconan wissen. »Zu wem gehören diese Leute?«

»Das können wir im Moment noch nicht sagen, Herr. Die Operation scheint gut organisiert zu sein, und die Leute, die die Anschläge ausführen, dürften gut ausgebildet sein. Unser Nachrichtendienst hat die Drahtzieher bisher noch nicht ausfindig machen können. Wir wissen bis jetzt nur, dass sie da sind und dass sie es auf eine Konfrontation zwischen Moslems und Hindus abgesehen haben – aber darüber hinaus wissen wir recht wenig über sie. Eines dürfte aber klar sein: Es gibt wohl noch eine dritte Kraft, die ihre eigenen Ziele verfolgt.«

»Was vermuten Sie, Lo, wer diese dritte Kraft sein könnte?«, fragte Harconan weiter.

»Ich habe keinen konkreten Verdacht. Aber nach der Art und Weise zu schließen, wie die Anschläge ausgeführt werden, könnte es sich um einen Konflikt innerhalb der indonesischen Streitkräfte oder der Regierung handeln. Vielleicht gibt es da eine Gruppe, die gegen Präsident Kediri ist.«

»Sind diese Zellen auch noch anderswo aktiv geworden?«

Der Chinese nickte. »Es gibt Hinweise, dass sie auch auf einigen der christlichen Inseln vertreten sind, zum Beispiel in Timor und Ambon, obwohl sie dort noch nicht aktiv geworden sind. Das lässt eventuell Schlussfolgerungen auf die Absichten dieser dritten Kraft zu.«

»Und die wären?«

»Wir müssen davon ausgehen, dass es eine Gruppe gibt, die Ihre Pläne von einer revolutionären Veränderung innerhalb des Archipels teilt. Diese Leute scheinen aber weit über unser Ziel hinausgehen zu wollen. Sie streben offensichtlich nicht bloß die Zerschlagung des indonesischen Staates an, sondern wollen einen Krieg zwischen den Völkern Indonesiens anzetteln, indem sie ein Volk gegen das andere aufhetzen und eine Religion gegen die andere.«

»Aber aus welchem Grund tun sie das, Lo?«

»Sie verfolgen zweifellos irgendein Ziel damit. Möglicherweise glauben sie, dass Indonesien leichter zu beherrschen wäre, wenn es hier nur noch eine Religion oder eine Volksgruppe gäbe. Ich glaube, man nennt so etwas heutzutage eine ›ethnische Säuberung‹.«

Los Erklärung klang durchaus plausibel, doch Harconan war von dem Chinesen auch nichts anderes gewohnt.

»Diese verdammten Mistkerle!«, rief Harconan aus und knallte mit der Faust auf den Tisch.

»Wenn man einen Acker pflügt«, sagte Lo mit leiser Stimme, »dann kommt es manchmal vor, dass das Unkraut schneller wächst als die Pflanzen, die man anbaut.«

MV *Galaxy Shenandoah*

24. Oktober 2008, 23:40 Uhr Ortszeit »Bringt sie herauf!«

Windenmotoren schnurrten, und der ziegelförmige Rumpf der *Remora* hob sich aus dem Moon Pool, dass das Wasser in Sturzbächen von ihrer gut getarnten Hülle strömte. Ladearme schwenkten nach unten und umfassten das Advanced SEAL Delivery Vehicle, um es an seinen vorgesehenen Platz zu hieven.

»Wiederaufnahme abgeschlossen, Capt'n«, meldete der Chief Petty Officer, der der Hangarcrew vorstand, zu der Gangway hinauf, die über ihm verlief.

»Sehr gut, Chief. Weitermachen«, rief Amanda zurück. An ihrer Seite trat Christine Rendino ungeduldig von einem Bein auf das andere. Einige Stunden zuvor hatte sie ein Hubschrauber von Point Man Base abgeholt, um sie zur *Shenandoah* zu bringen. Die Intel-Offizierin hatte darauf bestanden, dieses spezielle Verhör persönlich durchzuführen.

Die Luke im Kommandoturm des Mini-Unterseebootes ging auf. Ein Mann im Taucheranzug und mit der muskulösen Figur eines Navy SEALs kam heraus und sprang an Deck. Er blickte zur Gangway hinauf und reckte eine Faust mit ausgestrecktem

Daumen empor. »Wir haben sie, Capt'n«, rief er, dass es von den Stahlwänden des Raumes widerhallte.

Christine konnte es kaum noch erwarten. »Ist alles glatt gegangen?«

»Völlig glatt, Ma'am. Sie haben gar nicht mitbekommen, was mit ihnen passiert ist.«

»Sind sie am Leben?«

Der SEAL-Teamführer machte ein leicht gekränktes Gesicht. »Sie wollten sie lebend – und so bekommen Sie sie auch. Keine drei Minuten, nachdem wir sie geschnappt hatten, waren sie schon im Boot. Der Doc hat ihnen die Mittelchen verpasst, die Sie angeordnet haben.«

In diesem Augenblick tauchte ein Team von Sanitätsspezialisten bei der Luke der *Remora* auf, die den schlaffen Körper eines Mannes, der am Venentropf hing, an Deck manövrierten, wo bereits eine Trage wartete.

»Ja, ja, ja!«, jubelte Christine. »Ich liebe es, wenn ein Plan funktioniert.«

Amanda sah ihre Freundin zweifelnd an. »Mir ist immer noch nicht ganz klar, was du mit deinem Plan genau bezweckst.«

»Man könnte es eine experimentelle Verhörtechnik nennen. Wenn es klappt, dann wird hinterher keiner von den beiden Jungs wissen, dass er irgendetwas ausgeplaudert hat.«

Malang Sengosari fragte sich, ob er wohl tot war. Nicht dass es allzu wichtig gewesen wäre, denn er fand den Tod, wenn er es denn war, ganz annehmbar. Er hatte das Gefühl, in pulsierender Dunkelheit zu treiben, während im Hintergrund leise himmlische Musik erklang. Und so wie der Prophet verheißen hatte, erwarteten ihn siebzig Jungfrauen im Paradies.

Nun, genau genommen war es bis jetzt nur eine Einzige, doch die war dafür sehr schön anzusehen. Sie war nackt und hatte Fingerspitzen wie warme Seide. Für seine Zukunft als toter Mann war das durchaus vielversprechend. Aber vielleicht war er ja gar nicht tot. Denn seine schöne Begleiterin war zwar wunderschön anzusehen, doch sie entsprach nicht unbedingt dem Bild, das er sich von einer himmlischen Jungfrau gemacht hatte. Er hatte sie sich nicht gerade blassblau mit silbrigem Haar vorgestellt.

Vielleicht war sie ja eine Art Meeresfee, eine Djinn. Immerhin erinnerte er sich ja auch verschwommen daran, dass er ins Wasser gezogen worden war. Und der Ort, an dem er sich hier befand, schien ganz leicht zu schwanken, so als würde er von den Wellen geschaukelt. Wahrscheinlich war er ein Gefangener der Djinn, wie man es oft in den Geschichten hören konnte, die die Bugi sich erzählten. Nun, eine solche Gefangenschaft schien ihm durchaus nichts Unangenehmes zu sein.

Ja, so musste es sein. Seine schöne Begleiterin war bestimmt eine Djinn. Das würde auch den seltsamen Tonfall ihrer Stimme und ihren Akzent erklären. Man konnte von einer Djinn ja wohl nicht erwarten, dass sie perfektes Bahasa-Indonesisch sprach. Er stellte es sich amüsant vor, ihr Unterricht zu geben – sie schien ihm recht lernwillig zu sein. Bereitwillig murmelte er die Antworten auf ihre kindlichen Fragen …

Christine Rendino trat mit einer Strandjacke über dem blau bemalten Körper durch die äußere Tür des Verhörbereichs.

»Wie ist es gegangen?«, fragte sie.

Die beiden Verhörspezialisten an der Biomedizin-Konsole sahen ganz und gar nicht wie CIA-Agenten aus. Der Mann, der von schmächtiger Statur war und schütteres Haar hatte, erinnerte eher an einen Versicherungsvertreter, während die Frau wie eine mütterliche Krankenschwester aussah.

»Sehr gut, Commander«, antwortete die männliche Hälfte des Teams. »Sogar unter Stimulation konnten wir den Traumzustand aufrechterhalten.«

Er aktivierte den Drucker des Lügendetektors und ließ ihn einen langen Papierstreifen ausdrucken. Christine riss den Streifen ab und überflog mit Kennerblick die Antwortzeilen, die sie mit Sangosaris biologischen Reaktionen auf ihre sorgfältig formulierten Fragen verglich.

»Er hat keinerlei Stress gezeigt«, sagte sie schließlich. »Es gibt keine Anzeichen von Angst oder Wut, und er hat sich ganz bestimmt nicht gegen die Befragung gewehrt. Ich würde sagen, er hat absolut die Wahrheit gesagt.«

»Das sehe ich auch so«, bestätigte der Verhörspezialist und nickte.

»Dann war dieser Durchgang ein Erfolg, würde ich sagen.« Christine faltete den Ausdruck zusammen und legte ihn auf die Konsole. »Wie ist der gegenwärtige Status der beiden?«

»Als Sie uns das Signal gaben, haben wir den Ersten wieder in richtigen Schlaf versetzt«, antwortete die Verhörspezialistin. »Der Zweite schläft noch, aber wir können ihn wecken, wann immer Sie wollen.«

Christine blickte auf die Uhr am Schott. »Okay, wir liegen immer noch gut in der Zeit. Bereiten Sie Nummer eins schon mal auf den Abtransport vor. Dann machen Sie Nummer zwei für die Befragung fertig. Ich will sehen, ob ich zu ein paar Angaben seines Kollegen eine Bestätigung bekommen kann.«

»Das sollte kein Problem sein, Commander.« Während die CIA-Agentin das EKG und die Herzüberwachungsmonitore der beiden Bugi im Auge behielt, gab sie Anweisungen in ihr Kontrolldisplay ein, um geringfügige Änderungen im Drogencocktail vorzunehmen, der den beiden intravenös verabreicht wurde.

Im Hintergrund des Arbeitsbereichs stand Amanda Garrett, die das Ganze bislang schweigend und ziemlich verblüfft verfolgt hatte, von ihrem Klappsessel auf. »Was hast du bis jetzt erreicht?«, fragte sie.

»Es sind tatsächlich zwei Gesandte des *Raja Samudra,* die uns die Ehre gegeben haben«, antwortete die Intel-Offizierin und lehnte sich mit ihrer leicht geschürzten Hüfte an den Rand der Konsole. »Unser Freund da drin heißt Malang Sengosari oder Sengosara, und sein Kumpel heißt Mahmud, kein Nachname. Sie sind Bugi-Piraten aus dem gleichen Dorf bei Mataram und haben die Anweisung, die *Shenandoah* zu überwachen und besonders nach einer ›Frau mit rotem Haar‹ Ausschau zu halten. Sie sollten Fotos von ihr machen. Man hat ihnen zu diesem Zweck sogar beigebracht, wie man mit einer Fotokamera mit Teleobjektiv umgeht.«

Amanda nickte. »Wir haben die Kamera zusammen mit zwei leistungsstarken Ferngläsern in ihrem Boot gefunden. Was wir nicht gefunden haben, waren Funkgeräte oder sonstige Kommunikationsausrüstung.«

»Das macht durchaus Sinn. Harconan ist zwar neugierig, aber auch sehr misstrauisch. Er geht davon aus, dass jeder Funkverkehr in der Umgebung der *Shenandoah* abgehört werden könnte. Malang hat gesagt, dass ihr Mutterschiff alle zwei bis drei Tage vorbeikommt, um die neuesten Informationen abzuholen und ihnen neue Anweisungen zu geben. Morgen sollte das Schiff wieder kommen.«

»Wir können das Schiff mit einer Drohne überwachen, sobald es kommt«, merkte Amanda an. »So weit, so gut, aber bringt uns das irgendwie näher an Harconan heran?«

Christine zuckte die Achseln. »Es ist jedenfalls ein Anfang. Wir haben die erste Zelle von Harconans Netzwerk geknackt, und wir haben die zweite gefunden. Jetzt müssen wir sehen, wie es weitergeht.«

»Die Zeit drängt aber, Chris!«

»Das weiß ich«, erwiderte die Offizierin gelassen. »Aber wenn man in ein solches Sicherheitssystem eindringen will, muss man das Schritt für Schritt machen. Anders geht es nicht.«

»Das verstehe ich ja, Chris, aber, verdammt, wir haben immer noch nichts in der Hand!«

»Und ob wir etwas haben. Wir wissen, dass Harconan neugierig ist und dass er an dem Köder schnuppert. Wir sind außerdem in sein Netzwerk eingedrungen, und wenn wir Glück haben, merkt er es nicht einmal.«

»Ich kann mir immer noch nicht so recht vorstellen, wie das funktionieren soll. Genauso wie ich nicht weiß, was du eigentlich vorhast«, fügte Amanda hinzu und zeigte auf das recht eigenwillige Outfit der jungen Offizierin.

»Na ja, wir gönnen den beiden einen kleinen Urlaub von der Welt, wie sie sie kennen.«

»Wie meinst du das?«

»Nun, stell dir einfach vor, du spazierst eines Tages nichtsahnend die Straße entlang, da springen dich plötzlich ein paar ziemlich unsympathisch aussehende Männer an, zerren dich in irgendein schmutziges Hinterzimmer und stellen dir ziemlich gezielte Fragen. Du würdest in dem Fall wohl davon ausgehen, dass es sich um eine Art Verhör handeln muss, nicht wahr?«

»Stimmt«, bestätigte Amanda.

»Aber was ist, wenn du die Straße entlangspazierst und plötzlich aus irgendeinem Grund in einen tiefen Schlaf fällst? Und wenn du aufwachst, liegst du im Bett mit … äh, sagen wir, Errol Flynn, Johnny Depp und Sean Connery, die nett mit dir plaudern und sich auch anderweitig bemühen, dir die Zeit zu vertreiben.«

»Dann würde ich sagen, dass ich entweder betrunken oder völlig durchgeknallt sein muss«, antwortete Amanda geradeheraus.

»Genau. Es wäre ein Erlebnis, das sich mit deiner Vorstellung von Realität absolut nicht vereinbaren lässt. Diese Jungs hier erleben gerade etwas in dieser Art. Wir haben sie heute Abend von ihrem Boot runtergeholt. Morgen Früh werden sie wieder in ihrem Boot aufwachen und nichts Greifbares in der Hand haben, was darauf hinweisen würde, dass irgendetwas vorgefallen ist. Sie werden nur eine verschwommene Erinnerung an ein höchst seltsames Erlebnis haben.«

Amanda hob amüsiert eine Augenbraue. »Zum Beispiel, dass sie von einer azurblauen Masseuse verwöhnt worden sind.«

»Du hast es erfasst. Im Moment werden unsere Schützlinge mit Tranquilizern und Hypnotika gefüttert, die den Willen und das rationale Denken unterdrücken. Sie liegen außerdem auf warmen Wasserbetten in einem dunklen, schalldichten Raum …«

»Sensorischer Entzug?«, fragte Amanda etwas beunruhigt.

Christine schüttelte den Kopf. »O nein, sie werden einfach nur ganz bestimmten Sinnesreizen ausgesetzt. Wir lassen sie leise Musik aus der Gegend hier hören, damit sie etwas Vertrautes haben. Wir achten auch darauf, dass sie sich wohl fühlen, damit kein instinktiver Fluchtreflex einsetzt. Verlass dich ruhig auf mich, Boss, diesen Jungs geht's gut. Die Umgebung, in die wir sie hineingesetzt haben, ist außerdem absolut irrational. Sie hat nichts mit irgendwelchen normalen, rationalen Erfahrungen zu tun, also wird sie auch keine normalen, rationalen Reaktionen hervorrufen, wie zum Beispiel, dass sie sich weigern, unsere Fragen zu beantworten.«

Amanda beschloss, so zu tun, als verstünde sie, was gemeint war. »Hast du nicht immer gesagt, dass man Vernehmungen unter dem Einfluss einer Wahrheitsdroge nicht trauen kann?«

»Es geht hier nicht um irgendwelche Details, sondern um allgemeine Informationen«, entgegnete Christine. »Der Vorteil dieser Verhörmethode ist, dass wir die Kerle nicht verschwinden lassen müssen. Wir können sie hinterher wieder an ihren Platz setzen, ohne dass sie wüssten, was ihnen widerfahren ist.«

»Bist du dir da sicher?«

»Ziemlich sicher«, antwortete Christine und zeigte auf die Biokontrollkonsole und auf das Team, das daran arbeitete. »Im Moment bearbeiten wir den Ersten gerade mit einer massiven Dosis Scopolamin, dem Zeug, das sie manchmal Frauen bei der Entbindung geben, damit sie sich nicht an die Schmerzen erinnern können. Es kann die Erinnerung nicht total auslöschen, aber es trägt dazu bei, eine ohnehin schon verschwommene Erinnerung noch mehr zu verwässern.

Die meisten Indonesier, egal ob Moslems, Hindus oder was auch immer, haben immer noch einen starken Bezug zur einheimischen Mythologie, in der es nur so wimmelt von Göttern, Geistern und Dämonen. Wenn sie das Ganze hier nicht für einen besonders lebhaften Traum halten, so werden sie es wahrscheinlich als irgendeine Art übersinnliche Erscheinung betrachten. Mit etwas Glück werden sie gar nicht erst auf den Gedanken kommen, dass sie vielleicht zu Gast auf dem Schiff ihrer Feinde gewesen sein könnten.«

Amanda hatte schon vor Jahren gelernt, dass man sich in gewissen Dingen ganz einfach auf seine Spezialisten verlassen musste. »Okay, Chris, dann mach weiter.«

Amanda wollte schon zur Tür gehen, hielt aber noch einmal inne. »Was du hier machst, erinnert mich stark an die Geschichten von Leuten, die behaupten, dass sie von Außerirdischen entführt wurden. Du weißt schon, die Geschichten mit den kleinen grünen Männern mit ihren Untertassen. Es kann nicht vielleicht sein, dass ...«

Christine machte ein ziemlich betretenes Gesicht.

Amanda hob beschwichtigend die Hände. »Ich weiß, ich weiß. Du könntest es mir sagen, aber dann müsstest du mich töten.«

»Äh ... na ja, nicht direkt, Boss«, erwiderte sie und zeigte auf das zweiköpfige CIA-Team. »Ich könnte es dir sagen, aber dann müssten sie uns beide töten.«

Der Versicherungsvertreter und die mütterliche Krankenschwester blickten auf und lächelten freundlich.

Malang Sengosari schreckte aus dem Schlaf hoch. Die Sonne stand bereits hoch am Himmel und spiegelte sich in den Wellen der Bucht.

Sie hatten viel zu lange geschlafen. Sein Kopf dröhnte, und er hatte einen ekelhaften Geschmack im Mund. Mahmud saß vorne am Bug und sah für seine braune Hautfarbe ziemlich blass aus.

Irgendetwas war passiert. Da war etwas aus dem Meer aufgetaucht … und dann war da das Mädchen … das Mädchen mit der blauen Haut, das ihn angelächelt und ihm ins Ohr geflüstert hatte … Beim Propheten, was war bloß passiert?

Malang griff nach der Kürbisflasche mit dem Regenwasser und trank sie zur Hälfte leer. Mahmud kam zu ihm, nahm ihm die Flasche aus der Hand und trank die andere Hälfte. Eine volle Minute lang sahen sie einander schweigend an. Schließlich sagte Mahmud: »Ich werde dann mal den Anker hieven. Es ist schon spät.«

Malang nickte. »Ich werfe den Motor an. Wir sehen uns noch einmal am Liegeplatz um, bevor die Pinisi kommt.«

Eines Tages, wenn er erst ein Clan-Kapitän mit grauem Bart war und im Kreise seiner respektvollen Mannschaft Geschichten zum Besten gab, würde er auch davon erzählen, wie er einmal eine Nacht in den Armen einer wunderschönen Meeres-Djinn verbracht hatte. Aber bis es soweit war, würde er kein Sterbenswörtchen darüber verlieren.

Der Tempel von Pura Luhur Batukaru
Tabanan, Bali

25. Oktober 2008, 12:00 Uhr Ortszeit Tief in den kühlen, nebelverhangenen Regenwäldern am Fuße des heiligen Berges Gunung Batukaru liegt Pura Luhur Batukaru, der Tempel, der den Gottheiten der Berge und Seen geweiht ist. Es heißt, dass der Tempel im 11. Jahrhundert von dem weisen Hindu Kuturan gegründet wurde, doch es wurden alte Monolithe gefunden, die darauf hindeuten, dass der Ort schon in prähistorischer Zeit als Kultstätte diente.

Neben dem Haupttheiligtum führen Stufen, die von Dämonenstatuen bewacht werden, zu einem kleinen Teich hinunter, in dessen Mitte sich eine winzige Insel befindet. Darauf stehen zwei Bale-Plattformen; die eine ist Gunung Batukaru gewidmet, die andere den Gottheiten der drei Seen – Tamblingan, Buyan und Bratan. Daneben sprudeln heiße Quellen auf den moosbewachsenen Ufern. Es ist dies für die balinesischen Hindus ein Ort von hoher Spiritualität und großer Macht.

Genau das war es, was die vier jungen Moslems zu dem Tempel geführt hatte. Wahrscheinlich wollten sie gar keinen wirklichen Schaden anrichten. Sie waren Jungen aus der Stadt, die Söhne von javanischen Staatsbeamten und Geschäftsleuten aus Tabanan. Ihre Familien waren relativ wohlhabend, und wie das bei Kindern aus gehobenen Verhältnissen oft der Fall ist, verfügten auch sie über zu viel Zeit und Energie und zeichneten sich durch eine gewisse Überheblichkeit aus. Und so wie junge Leute anderswo aus Langeweile zu Drogen und Alkohol greifen, füllten diese vier Jungen ihr inneres Vakuum mit einem Übermaß an Religion.

Der Islam in Indonesien war im Allgemeinen nicht mit dem militanten Wahabi-Islam Saudi-Arabiens oder Afghanistans zu vergleichen. Die Moslems in Indonesien tranken Bier, die Frauen gingen unverschleiert, und manche trugen sogar Bikinis. Sie hatten für gewöhnlich eine viel tolerantere Weltsicht als ihre radikalen Glaubensbrüder. Für diese kleine Gruppe von unreifen jungen Leuten war der islamische Fundamentalismus deshalb mehr so etwas wie ein Weg zu größerer Individualität. Auf diese Weise konnte man sich als etwas »Besonderes« fühlen und sich von der Masse abheben, und man hatte außerdem einen moralischen Hintergrund, der es leichter machte, die elterliche Autorität zu kritisieren. Die entrüsteten Reaktionen der Eltern machten die verbotene Frucht nur noch süßer.

Diese Jugendlichen waren jedoch noch weit davon entfernt, im Namen ihrer Religion einen Selbstmordanschlag zu verüben. Der lange geplante Ausflug zum Tempel Pura Luhur Batukaru war mehr ein Akt des Trotzes und der Auflehnung gegen die guten Sitten. Sie hatten ganz sicher nicht im Sinn, für ihre Überzeugungen zu sterben.

Auch der alte Imam, der sie zu dieser Tat ermuntert hatte, wollte nicht, dass die jungen Leute ihr Leben riskierten. Er war ein verbitterter engstirniger Mann, der in seiner Dumpfheit nicht viel von den balinesischen Hindus wusste, außer dass er nichts mit ihnen zu tun haben wollte. Er war sich nicht klar darüber, dass er in seiner religiösen Verbohrtheit drauf und dran war, brennende Streichhölzer in eine Benzinlache zu werfen. Seine Ignoranz und sein Fanatismus sollte auch ihn schon bald das Leben kosten.

Die vier moslemischen Jugendlichen stellten ihren klapprigen Toyota auf dem kleinen Parkplatz unterhalb des Tempels ab. Mit ihren Gebetsteppichen unter dem Arm stolzierten sie die mit Flechten bewachsenen Stufen zu der breiten Terrasse vor dem Tor hinauf. Sie taten so, als bemerkten sie die kalten Blicke nicht, mit denen die anderen Tempelbesucher sie anstarrten, doch insgeheim genossen sie die Aufmerksamkeit.

Mit übertriebener Sorgfalt richteten sie ihre Teppiche gen Mekka und knieten darauf nieder. Laut begannen sie ihr Mittagsgebet herzusagen, damit nur ja alle mitbekamen, wie sie dieses hinduistische Heiligtum entweihten. Sie waren jung und fühlten sich unsterblich und als Günstlinge Allahs. Außerdem waren die Hindus ja als Pazifisten bekannt.

In ihrer Hingabe merkten sie nicht, wie sich eine Menschenmenge auf den Stufen der Terrasse ansammelte. Still und leise kamen sie von allen Seiten herbei und scharten sich um die Eindringlinge. Die Moslems konnten nicht wissen, dass sie nicht die Ersten waren, die in den Tempel eingedrungen waren.

In der vergangenen Nacht war eines der Heiligtümer hier im Wald verwüstet worden. Der *Pemangku* des Tempels war zusammengeschlagen und schwer verletzt liegen gelassen worden, und die Dorfbewohner waren den ganzen Vormittag damit beschäftigt gewesen, Tierkot von den heiligen Stätten abzuwaschen und Bruchstücke von geweihten Gegenständen aufzusammeln.

Die vier moslemischen Jugendlichen hatten mit diesem Akt von Vandalismus nichts zu tun, der von viel berechnenderen Leuten geplant und ausgeführt worden war. Den wütenden Menschen ringsum war das jedoch ziemlich egal. Langsam schob sich die Menschenmenge näher heran. Kein Geräusch war zu hören außer den gesprochenen Gebeten, bis die vier Jungen plötzlich verstummten.

Als sie aufblickten, sahen sie sich von einer Menschenmauer umgeben; es waren steinere, grimmige Gesichter, die ihnen entgegenblickten, Gesichter, die so gar nicht zu den freundlichen, friedfertigen Menschen passten, die sie hier kennen gelernt hatten. Nun spürten sie auch die unbändige stille Wut, die ihnen entgegenschlug. Die moslemischen Jugendlichen begannen erneut zu beten, doch diesmal still, und nicht aus Trotz und jugendlichem Übermut, sondern aus nackter Angst.

Ein Kind, ein acht Jahre altes Mädchen, warf den ersten Stein – in diesem Fall einen Stock, den sie nach den Jungen warf. Dann stürmte die Menge los.

Einem der Jungen gelang es, sich aus dem Getümmel zu befreien. Nachdem man ihm bereits das Hemd und fast die ganze Haut von der Brust gerissen hatte, flüchtete er sich zum Parkplatz des Tempels, von etwa hundert schweigenden Menschen verfolgt. Seine Hand schloss sich noch um den Türgriff des Toyota, als ihn grobe Hände zu fassen bekamen. Und bei alldem wurden keine wütenden Schreie oder Flüche ausgestoßen. Man hörte nichts als die Schreie der Opfer und die anderen … Geräusche, die entstehen, wenn ein Mensch buchstäblich in Stücke gerissen wird.

Point Man Base,
Botschaft der Vereinigten Staaten, Jakarta

25. Oktober 2008, 17:43 Uhr Ortszeit »Was gibt's?«, fragte Christine Rendino, als sie in die Operationszentrale trat, nachdem man sie während der Mahlzeit aus dem Speisesaal der Botschaft gerufen hatte.

»Es gibt Ärger auf Bali, Commander«, antwortete der Offizier vom Dienst und blickte von seiner Workstation auf. »Das Polizeikommando von Denpasar hat regen Telefonkontakt mit dem Verteidigungsministerium. Es ist von systematischer Gewalt in der Gegend von Tabanan die Rede.«

»Was genau meinen Sie mit systematischer Gewalt?«, fragte Christine und setzte ihren Kommandokopfhörer auf.

»Denpasar selbst ist auch nicht gerade sicher, Ma'am. Die Unruhen konzentrieren sich aber offensichtlich auf Tabanan, breiten sich aber zunehmend aus. Und es handelt sich nicht um zivilen Ungehorsam oder gelegentlichen Aufruhr, sondern um systematische Gewalt auf den Straßen, die sich offensichtlich gegen die moslemische Minderheit richtet.«

»Oh, mein Gott«, stieß Christine entsetzt hervor. »Wann hat das begonnen? Wie weit hat es sich schon ausgebreitet, und bekommt es die Polizei in den Griff?«

Der OOD schüttelte den Kopf. »Das kann ich Ihnen im Moment nicht beantworten, Ma'am. Die Kommunikationsnetze in der Region sind zusammengebrochen.«

»Das ist schlimm, sehr schlimm sogar. Haben wir eine Drohne über der Region?«

»Nein, Ma'am, im Moment nicht.«

»Dann rufen Sie im Global-Hawk-Command auf der Curtin Air Force Base an, damit sie sofort eine Drohne losschicken! Danach verbinden Sie mich mit der *Shenandoah.* Ich muss sofort Captain Garrett sprechen!«

»Wird gemacht, Commander«, antwortete der Offizier vom

Dienst mit einem flauen Gefühl im Magen, nachdem die leicht verschrobene, aber stets lockere Intel-Offizierin plötzlich so nervös wurde. »Was meinen Sie, ist da unten los, Commander?«

»Das Jüngste Gericht. Und jetzt verbinden Sie mich schnell mit der Lady!«

Im CIC der USS *Shenandoah*

25. Oktober 2008, 18:18 Uhr Ortszeit »Legen Sie es mir auf das Alpha-Display«, befahl Amanda.

Das leise Gemurmel in der verdunkelten Gefechtszentrale wurde noch eine Spur leiser. Die Offiziere vom Dienst und die Systemoperatoren warfen kurze Blicke auf das Bild, das auf dem großen Bildschirm erschien.

Es handelte sich um die Ansicht von einer kleinen Stadt, der Provinzhauptstadt Tabanan. Sie war von grünen Reisfeldern umgeben. Am Ostrand der Stadt stiegen mehrere Rauchsäulen empor. Die Ansicht drehte langsam, während die Global-Hawk-Drohne 60 000 Fuß über der Stadt kreiste.

Amanda lehnte sich in ihrem Kapitänssessel vor und betrachtete das Bild aus zusammengekniffenen Augen. »Vergrößerung«, befahl sie.

Der Drohnen-Kontroll-Offizier murmelte den Befehl in sein Mikrofon, um ihn an den RPV-Kontrollposten der *Shenandoah* weiterzugeben.

Achthundert Kilometer entfernt reagierte das Linsensystem der Drohnenkamera auf die Anweisung und zoomte sich an ihr Ziel heran. Tabanan war bis vor kurzem ein nettes Städtchen gewesen, das sich rasch an die moderne Zeit anpasste. Nun sah man unterhalb der Rauchwolken Flammen aus den Gebäuden züngeln.

»Das war die Moschee«, stellte der Kontrolloffizier fest und legte eine Zielbox um den größten Brandherd. »Und das hier ist die Polizeistation ... Die anderen Gebäude an der Hauptstraße ... diese Wohnhäuser in der Nähe der Moschee ... die gehören wahrscheinlich der einheimischen moslemischen Bevölkerung.«

»Ja, wahrscheinlich. Bringen Sie uns näher heran.«

»Aye aye. Ich gehe auf maximale Vergrößerung.« Die Kamera zog die verwüstete Stadt noch etwas näher heran, sodass man nun auch Menschen erkennen konnte. Bei den Hindu-Tempeln hatten sich große Menschenmengen versammelt, während auf den Straßen und auf dem Marktplatz Tote lagen. Sie lagen nicht wahllos durcheinander, sondern merkwürdigerweise in geordneten Reihen, was nicht auf einen wütenden Ausbruch der Gewalt, sondern auf eine ganz bewusste Exekution hindeutete.

»Gehen Sie wieder zurück auf null Vergrößerung und lassen Sie die Kamera rotieren – dreihundertsechzig Grad.«

Der Bildausschnitt verbreiterte sich wieder, und die Kamera schwenkte langsam über die fruchtbare Landschaft von Bali, die Reisfelder, die helleren Flecken der verstreuten Ortschaften, den Gipfel des Karangasem im Nordosten und das azurblaue Meer im Südwesten.

Rauchsäulen stiegen von mindestens vier weiteren Orten zum Himmel empor.

»Gehen diese Bilder auch in die Botschaft?«, fragte Amanda.

»Ja, Ma'am. Und genauso an das Flaggschiff von NAVEX 7.2 und das NAVSPECFORCE-Hauptquartier.«

»Sehr gut.« Amanda drückte auf den Sendeknopf an ihrem Kehlkopfmikrofon. »Signal Intelligence, hier ist der Capt'n.«

»Hier Signal Intelligence, Captain Montgomery«, meldete sich eine feste weibliche Stimme.

»Captain, fängt die Global Hawk über Bali irgendwelche Signale ab? Irgendetwas, das uns sagen könnte, was da vor sich geht.«

»Nichts Definitives, Ma'am, nur allgemeine Hinweise auf

Terror im großen Maßstab, der sich gegen die moslemische Minderheit richtet. Und den Zivilbehörden scheint die Sache völlig zu entgleiten. Tabanan scheint das Zentrum der Unruhen zu sein, und wir haben handfeste Hinweise auf einen Gewaltakt in einem der Hindu-Tempel.«

Das deckte sich leider mit den Exekutionen, die offensichtlich auf den Straßen der Stadt stattfanden. Das Schlimmste, was passieren konnte, war, dass die wütenden Pedanda der balinesischen Hindus zu einer »Austreibung der moslemischen Dämonen« aufriefen, wie es einst in den 1960er-Jahren mit den Kommunisten geschehen war. Wenn es so weit kam, wenn der Ruf nach einer ethnischen Säuberung der Insel im Namen der Trisakti-Gottheiten von einem Tempel zum nächsten ging, dann war das hier erst der furchtbare Anfang eines noch viel furchtbareren Blutbades.

»Das zivile Telefonnetz ist in weiten Teilen der Insel zusammengebrochen, genauso die Funknetze der Sicherheitskräfte«, fuhr die Offizierin für Funkaufklärung fort. »Wir bekommen nur hie und da etwas von irgendwelchen isolierten taktischen Einheiten herein. Die Polizei-Hauptquartiere sind offensichtlich ebenfalls Ziel der Attacken.«

»Das war zu erwarten. Die meisten höheren Polizeibeamten sind javanische Moslems. Was bekommen Sie aus Denpasar herein?«

»Nicht viel. In Radio und Fernsehen gibt es zunehmend Hinweise auf zivilen Ungehorsam und Unruhen in einigen Städten und Dörfern im Norden, aber das Ausmaß der Gewalt wird allgemein heruntergespielt. Wir hören immer wieder Aufrufe zur nationalen Einheit. Ich würde sagen, die Regierung will sich ihre Angst nicht anmerken lassen.«

»Wie sieht die Reaktion der Sicherheitskräfte aus?«

»Das Polizeihauptquartier in Denpasar hat von den regionalen Polizeistationen mehr Informationen verlangt und den Befehl ausgegeben, die Unruhen mit allen Mitteln zu bekämpfen.

Aber seit ungefähr zwanzig Minuten hören wir überhaupt nichts mehr aus Denpasar. Wir haben über die Kanäle der zivilen Notdienste spärliche Hinweise auf eine Explosion im Kommandoposten der Polizeibrigade hereinbekommen, möglicherweise eine Autobombe.«

»Verdammt!«, murmelte Amanda. »Schlimmer hätte es gar nicht kommen können.«

»Ich fürchte, Ma'am, es könnte sehr wohl noch um einiges schlimmer kommen«, erwiderte Janet Montgomery. »Wir haben da nämlich gerade etwas hereinbekommen, das Sie sich unbedingt anhören müssen.«

Amanda kannte Captain Janet Montgomery von der U.S. Army Intelligence noch nicht sehr lange, doch sie spürte, dass sich die Frau für gewöhnlich eher zurückhaltend auszudrücken pflegte.

»Ich bin schon unterwegs.«

Die Abteilung für Signal Intelligence, die Funkaufklärung, gehörte zum Joint Intelligence Center, das sich an Steuerbord achtern des CIC befand. Der schalldichte Raum war voll gestopft mit Funkempfängern, die eine umfassende Überwachung des Kommunikationsspektrums ermöglichten. Obwohl die Sig-Int-Abteilung von gesprochener Kommunikation regelrecht überquoll, war es erstaunlich still im Raum.

Das Stimmengewirr blieb auf die Kopfhörer der Intelligence- und Kommunikationsspezialisten beschränkt, die der indonesischen Sprache mächtig waren. Die einzigen allgemein hörbaren Geräusche waren das Schnurren der Klimaanlage und das gelegentliche Klappern einer Computertastatur.

Captain Janet Montgomery war eine kompetent wirkende junge Frau mit dunklen Augen und schwarzem Haar, das sie im Nacken zusammengebunden hatte. Als Amanda ihr Reich betrat, begann die mit einem Army-Tarnanzug bekleidete Frau ohne Umschweife zu sprechen. »Ma'am, die Dinge entwickeln sich auf ziemlich beunruhigende Weise – und zwar nicht nur auf Bali, sondern auch auf Java und Sumatra.«

Die Frau aus der Army drückte auf eine Taste an ihrer Workstation. Eine Stimme ertönte aus dem Lautsprecher. Amanda konnte nicht verstehen, worum es ging, doch der Zorn, die Hysterie und der Hass der Botschaft waren deutlich zu spüren. »Wer ist das?«, fragte Amanda. »Und was sagt er?«

»Das ist Ishmael Muarasi«, antwortete Captain Montgomery, »ein sehr bekannter radikaler Mullah in Indonesien. Was er sagt, ist eine kaum verhüllte Fatwa, ein Aufruf zum Dschihad gegen die balinesischen Hindus. Er fordert die Gläubigen ziemlich unverblümt auf, die Hindus auszurotten. Das ist nur eine von mehreren derartigen Sendungen.«

Montgomery drückte mehrere Tasten an ihrer Konsole; mit jedem Kanalwechsel änderte sich die Stimme, nicht aber der Hass, mit dem gesprochen wurde.

Amanda runzelte besorgt die Stirn. »In Anbetracht der Situation auf Bali musste das ja fast kommen.«

»Ich fürchte, Sie haben mich noch nicht ganz verstanden, Ma'am«, wandte Montgomery ein. »Vor etwa einer Stunde haben vier große zivile Radiostationen, zwei auf Java und zwei auf Sumatra, mit ihrem gewohnten Programm aufgehört, alle mehr oder weniger zur gleichen Zeit. Dann begannen diese vier Stationen plötzlich nur noch solche Hasstiraden zu senden, wie Sie sie hier hören. Das Entscheidende ist, dass alle vier Stationen genau dasselbe senden. Sie haben nicht bloß ein ähnliches Programm, nein, es sind genau dieselben Sendungen. Das ist kein spontanes Ereignis. Das muss Teil einer geplanten Propagandakampagne sein.«

»Sie meinen, das sind vorfabrizierte Sendungen?«

Die Army-Offizierin nickte. »Es muss so sein. Es werden in keiner dieser Sendungen irgendwelche Angaben von Ort und Zeit gemacht. Es wird ganz allgemein von Gräueltaten auf Bali gesprochen, ohne auf die tatsächlichen Ereignisse dort Bezug zu nehmen. Nein, das sind Sendungen, die schon in der Erwartung produziert wurden, dass das Pulverfass Bali explodieren würde.«

»Und die Sendungen stammen natürlich von denselben Leuten, die für die Explosion auf Bali verantwortlich sind.«

»Exakt, Ma'am. Keine andere indonesische Radio- oder Fernsehstation hat bisher von den Vorfällen auf Bali berichtet. Jakarta versucht offenbar, die Sache totzuschweigen. Die Sender, die die Fatwa-Programme senden, müssen von jemand anderem kontrolliert werden – von jemandem, der die Absicht hat, die Krise in Indonesien eskalieren zu lassen und die Regierung Kediri zu Fall zu bringen.«

Amanda Garretts Gesicht war unbewegt, doch in ihrem Kopf wirbelten die Gedanken wild durcheinander, in dem Bemühen, eine rasche Antwort auf diese unerwartete Entwicklung zu finden. Ihr wurde klar, dass sie das Szenario in Indonesien von Anfang an falsch eingeschätzt hatte, doch mit solchen Gedanken konnte sie sich jetzt nicht aufhalten. Wie ein Fechter, der einen unerwarteten Angriff des Gegners parieren musste, gab es auch für Amanda nur eines zu tun, nämlich blitzschnell zu reagieren. »Miss Montgomery, haben Sie Ihre Beobachtung schon NAVSPECFORCE mitgeteilt?«

»Ja, Ma'am«, antwortete die Army-Offizierin prompt. »Wir liefern ihnen ständig die neuesten Informationen.«

»Sehr gut. Entwickeln Sie einen Plan für eine Mission zur Signal-Unterdrückung gegen die Radiostationen, die diese Propagandasendungen bringen. Der Air-Group-Commander wird sich gleich mit Ihnen in Verbindung setzen. Halten Sie mich bitte auf dem Laufenden.«

Amanda verließ das Intelligence Center und machte sich auf den Weg in den Heckbereich. Während sie den Laufgang entlangschritt, gab sie über ihr Command-Headset Anweisungen.

»Brücke, hier ist der Capt'n!«

»Brücke, aye.«

»Mr. Beltrain, klarmachen zum Auslaufen.«

»Aye aye, Ma'am!«

»CAG, Capt'n hier.«

»Arkady von Air One.«

»Ich habe eine Mission, Commander. Ein bewaffneter Angriff! Setz dich mit Montgomery von der Funkaufklärung in Verbindung. Sie teilt dir alles mit, was du wissen musst. Es geht um Signalunterdrückung gegen mehrere Radiostationen! Nachtoperation! Optimiere deine Bewaffnung, damit die Kollateralschäden so gering wie möglich ausfallen! Das Ganze muss blitzartig passieren, Arkady!«

»Wird erledigt, Capt'n«, antwortete Arkady knapp.

»Kommunikation, Capt'n hier!«

»Kommunikation, aye.«

»Bereiten Sie eine Konferenzschaltung für mein Quartier vor. Ich muss sofort Commander Rendino auf Point Man Base sprechen. Dann rufen Sie Admiral MacIntyres Stabschef an und sagen Sie ihm, dass ich den Admiral so bald wie möglich sprechen muss.«

Beide Laptops auf dem Schreibtisch in ihrer Kabine waren eingeschaltet und mit den Kommunikationssystemen des Schiffes verbunden. Auf einem Bildschirm war das NAVSPECFORCE-Testbild zu sehen, der andere zeigte eine sichtlich gestresst dreinblickende Christine Rendino. Im Hintergrund des Webcam-Bildes sah Amanda das Intelligence-Team an seinem Arbeitsplatz. Die Leute trugen Pistolen, und auf den Schreibtischen lagen kugelsichere Westen, Helme und Karabiner bereit.

»Chris, wie ist die Lage in Jakarta?«, wollte Amanda wissen.

»Im Moment ruhig, aber keiner weiß, wie lange das anhält«, antwortete die Intel-Offizierin. »Es wurde eine nächtliche Ausgangssperre über die Stadt verhängt, und in den Straßen ist jede Menge Polizei und Militär zu sehen. Es spricht sich herum, welche Massaker gerade in Bali verübt werden, und es braut sich eindeutig etwas zusammen. Die Leute scheinen noch nicht so recht zu wissen, an wem sie ihren Unmut auslassen sollen, aber dass sie's tun werden, scheint ziemlich klar zu sein.«

»Wie ist die Lage in der Botschaft?«

»Die Anlage wird von FAST-Marines bewacht«, antwortete die Nachrichtendienst-Offizierin. »Außer den Australiern sind wir die letzte ausländische Botschaft, die noch in der Hauptstadt vertreten ist, und der australische Botschafter und sein Rumpfteam haben sich mit uns zusammengetan. Wir sind so etwas wie der Sammelpunkt für den letzten Rest an Internationalität, der noch verblieben ist. Unsere Marines haben den ganzen Nachmittag Evakuierungskonvois zum Flughafen eskortiert. Wir haben hier noch eine weitere ziemlich beunruhigende Entwicklung. Es kommen immer mehr balinesische Hindus, die hier in Jakarta leben, zu uns, um Schutz vor der Gewalt des Mobs zu suchen. Sie haben kein Vertrauen mehr in die moslemischen Behörden.«

»Wie geht Botschafter Goodyard damit um?«

»Er lässt die Leute herein. Und er hat außerdem klar gemacht, dass er vorhat, zu bleiben, bis die letzte Katze in der Gasse tot ist. Das Außenamt kann stolz auf ihn sein.«

Ein Lächeln trat auf Amandas Lippen. »Das klingt ja nach einem leichten Gesinnungswandel, seit wir ihn das letzte Mal gesehen haben.«

»Er hat einiges dazugelernt, würde ich sagen«, pflichtete Christine ihr bei.

»Was bekommst du von der Regierung herein?«

»Da sind intensive Gespräche zwischen Jakarta, Canberra und Washington im Gange. Im Moment berät sich Präsident Kediri gerade mit unserem Außenminister und dem von Australien.«

»Worüber sprechen sie denn?«

»Äh ... also, diese Gespräche laufen über abhörsichere Leitungen des Außenministeriums, Boss«, antwortete die Intel-Offizierin ausweichend. »Ich bin nicht befugt ...«

»Chris, worüber sprechen sie?«

Sie seufzte. »Kediri bittet um Hilfe. Er sagt, dass seine Streitkräfte nicht in der Lage sind, mit den Unruhen auf Bali fertig zu werden, und dass seine Regierung kurz vor dem Zusammenbruch steht.«

»Und?«

»Und die Regional Intervention Force wird eingesetzt, um alle Ausländer aus Indonesien zu evakuieren und die Straße von Malakka offen zu halten. Aber das ist auch schon alles.«

»Dann lassen sie ihn also fallen«, murmelte Amanda. »Sie betrachten Indonesien als verloren.«

Christine zuckte die Achseln. »Was soll ich sagen, Boss. Harconan scheint zu gewinnen.«

Amanda schlug mit der Hand auf den Schreibtisch. »Nicht Harconan, Chris. Das ist ja gerade das Problem. Es ist nicht Harconan!«

»Was?«

»Da ist nicht nur Harconan am Werk. Es gibt da noch jemanden!«

Sie wurde von einer Stimme unterbrochen, die aus dem zweiten Laptop ertönte. »Capt'n, hier ist die Kommunikationsabteilung. Admiral MacIntyre von NAVSPECFORCE ist in der Leitung.«

»Schalten Sie ihn bitte dazu.«

Auf dem Bildschirm des zweiten Laptops erschien Elliot MacIntyre vor dem Hintergrund des Lagebesprechungsraums der Naval Special Forces. Er schien allein zu sein, und seine Anspannung war deutlich zu erkennen. »Amanda, wir haben es gerade mit einer dramatischen Entwicklung der Situation zu tun.«

»Commander Rendino und ich arbeiten schon an dem Problem«, antwortete Amanda. »Wir wissen, dass die indonesische Regierung wegen der Situation in Bali kurz vor dem Zusammenbruch steht. Wir wissen auch, dass Präsident Kediri um Hilfe ersucht hat und dass die Intervention Force eingesetzt wird.«

MacIntyres Mundwinkel zuckten kurz nach oben. »Das hätte ich mir denken können.« Er wandte sich einem zweiten Konferenzbildschirm zu. »Guten Abend, Miss Rendino. Es freut mich, dass Sie wieder einmal alle Informationsquellen nutzen, die Sie kriegen können. Das vereinfacht die Sache sehr, und genau das können wir jetzt dringend gebrauchen.«

»Hat sich der ursprüngliche Auftrag der Intervention Force eigentlich geändert?«, warf Amanda ein.

»Nicht nennenswert. Es geht immer noch darum, alle Ausländer, die noch im Land sind, zu evakuieren und die Freiheit der Meere zu wahren.«

»Und die Mission ist nicht etwa ausgedehnt worden?«

»Bis jetzt nicht. Unsere Joint Naval Expeditionary Group und die ANZAC-Truppen sollen von Darwin aus nach Bali kommen. Sie werden auf der Südhalbinsel einen Brückenkopf errichten und den Flughafen von Negura Rai sowie die Hafenanlagen von Benoa sichern, damit man dort einen zentralen Sammelpunkt zur Evakuierung und eine Operationsbasis einrichten kann.«

Amanda runzelte nachdenklich die Stirn. »Einen Hafen einzunehmen ist nicht unbedingt die Standardvorgehensweise bei einer Evakuierung, Elliot.«

»Sagen wir mal so: Da denkt offenbar jemand langfristig. Wenn wir eine Balkanisierung der indonesischen Inselwelt erleben, dann könnte es sehr nützlich sein, einen permanenten Stützpunkt in der Region zu haben.«

»Was ist mit unseren Leuten, den Seafightern?«

»Sie gehören jetzt nicht mehr unmittelbar zur Expeditionary Group, sondern agieren als unabhängige schnelle Eingreiftruppe. Sie gehen zuerst nach Labuhanbajo auf Flores, um bei der Evakuierung der Tourismuszentren mitzuhelfen. Ihr nächstes Ziel ist die Südküste Sumatras.«

Amanda nickte.

»Und wie sehen die Pläne für Phantom aus, Sir?«

»Sie werden vor der Nordküste Balis Nachrichtendienst-Material sammeln, und Sie werden bereitstehen, um nötigenfalls die Bali Occupation Force zu unterstützen.«

»Das heißt also, dass wir das Ziel, den Staat und die Regierung zu retten, aufgeben.«

MacIntyre verzog das Gesicht und blickte auf seinen Schreibtisch hinab. Es fiel ihm nicht leicht, eine Niederlage einzugestehen. »So offen wird das hier nicht ausgesprochen«, sagte er schließlich, »aber hinter vorgehaltener Hand ist man sich einig, dass Kediri und Indonesien am Ende sind, Amanda. Unser Freund Harconan hat gewonnen.«

»Das ist ja gerade das Problem, Elliot. Wir kämpfen gar nicht gegen Harconan – zumindest nicht im Moment und nicht auf Bali!«

MacIntyre blickte abrupt auf. »Was?«

»Das Szenario hat sich geändert. Es gibt eine dritte Macht hier in Indonesien – jemanden, der ganz andere Ziele verfolgt als Harconan.«

Amanda berichtete dem Admiral in knappen Worten, was sie von der Signal-Intelligence-Abteilung der *Shenandoah* über die Fatwa-Sendungen erfahren hatte.

»Aber das passt doch genau in das Bild dessen, was Harconan erreichen wollte: einen Umsturz durch absolutes Chaos«, erwiderte MacIntyre, als sie mit ihrem Bericht geendet hatte.

Amanda schüttelte den Kopf. »Nein! Hier steckt ein ganz anderer Plan dahinter. Ja, Makara Harconan wollte sehr wohl die verschiedenen Gruppierungen Indonesiens anstacheln, damit sie sich gegen die Regierung erheben. Auf diese Weise wollte er die Zerschlagung des Staates erreichen, das schon, aber es war nicht seine Absicht, die einzelnen Völker aufeinander zu hetzen!«

Amanda schob ihren Stuhl zurück und erhob sich, um auf und ab zu gehen. »Der Krieg zwischen den indonesischen Moslems und Hindus, den wir im Moment auf Bali miterleben, gehört ganz sicher nicht zu seinem Plan! Da muss jemand anders dahinterstecken! Jemand, der noch viel rücksichtsloser vorgeht.«

»Es gibt aber überhaupt keinen Beweis dafür, dass eine dritte Macht in der Inselgruppe aktiv ist, Amanda«, wandte MacIntyre ein.

»Ja, weil sich diese Leute bisher hinter Harconans Operationen versteckt haben! Ich glaube, dass sie Harconans Plan geschickt für ihre eigenen Ziele benutzen. Und wenn man bedenkt, dass sie einen Krieg zwischen den beiden größten Gruppierungen auf der Insel vom Zaun brechen wollen, dann können das keine guten Ziele sein.«

MacIntyre schüttelte ungeduldig den Kopf. »Ich kann immer noch keine nennenswerte Abweichung von der Strategie erkennen, wie Harconan sie verfolgt hat.«

»Sir«, meldete sich Christine Rendino zu Wort, »es geht auch gar nicht darum, ob es eine Abweichung darstellt oder nicht, sondern um das Ausmaß der Krise. Was gerade auf Bali passiert, wäre aus Harconans Sicht überhaupt nicht notwendig gewesen. Er hätte auch so alle seine Ziele erreicht. Er hatte überhaupt keinen Grund, ein derartiges Blutbad auszulösen. Aman … Captain Garrett hat Recht. Die Vorfälle auf Bali stehen in krassem Widerspruch zu Harconans Zielen.«

MacIntyre runzelte skeptisch die Stirn. »Und woher wollen wir wissen, wie diese Ziele wirklich aussehen, Commander?«

»Ich weiß es«, warf Amanda ein. »Ich habe von ihm selbst gehört, welche Absichten er verfolgt, und ich weiß ganz einfach, dass das nicht zu ihm passt.«

»Sind Sie sich sicher, dass Sie den Mann so gut kennen?«, erwiderte MacIntyre und starrte sie eindringlich an.

Sie erwiderte seinen Blick unerschrocken. In diesem einen Augenblick ging es plötzlich nicht mehr um Indonesien oder irgendwelche militärischen Strategien. »Verdammt, Elliot, ich habe mit dem Mann geschlafen! Wenn es jemanden gibt, der von sich sagen kann, dass er Harconan kennt, dann bin das wohl ich!«

»Oh, mein Gott!«, stöhnte Christine auf.

»Stimmt, Amanda«, entgegnete MacIntyre in eisigem Ton. »Sie haben mit ihm geschlafen.«

»Und das mehrmals«, betonte Amanda und blickte MacIntyre direkt in die Augen. »Sie haben es genau gewusst, Elliot, und trotzdem haben Sie mir Phantom anvertraut und mich hierher geschickt, damit ich ihn zur Strecke bringe! Sie fangen also ein bisschen spät an, mein Urteilsvermögen in der Angelegenheit in Frage zu stellen!«

Eine ganze Weile sagte keiner der drei ein Wort. »Admiral«, meldete sich schließlich Christine Rendino zu Wort, »vor kurzem hat mich jemand an eine Binsenweisheit der Nachrichtendienst-Branche erinnert. Wenn es eine Abweichung von einer bestehenden Norm gibt, dann muss es irgendeinen Grund dafür geben, der nur noch nicht sichtbar ist. Amandas Theorie von einer dritten Macht könnte eine ganze Reihe scheinbar unerklärlicher Ereignisse erklären, die wir in letzter Zeit miterlebt haben, wie zum Beispiel den Untergang der indonesischen Task Force in der Bandasee. Wenn Sie von mir eine professionelle Einschätzung dieser Theorie von einer dritten Macht hören wollen, so würde ich sagen, dass sie sehr plausibel klingt.«

»Na schön«, räumte MacIntyre ein. »Es wäre vielleicht eine mögliche Erklärung der Ereignisse. Aber das ist bis jetzt nichts als eine Annahme – auch wenn sie von Ihnen beiden kommt. Wir haben nicht den geringsten Beweis dafür in der Hand.«

Amanda zuckte die Achseln. »Sie haben völlig Recht«, erwiderte sie mit ruhiger Stimme. »Aber solange wir nichts anderes haben, müssen wir von dieser Annahme ausgehen. Wenn wir warten, bis wir etwas Konkretes in der Hand haben, dürfte es längst zu spät sein. Wir können natürlich auf Nummer Sicher gehen und die Hände in den Schoß legen, wir können aber auch versuchen, diesen verdammten Krieg zu gewinnen. Wir müssen uns hier und jetzt entscheiden.«

MacIntyre lehnte sich zurück und fuhr sich mit der Hand

durchs Haar. »Also gut, nehmen wir einmal an, wir hätten es tatsächlich mit einer solchen dritten Macht zu tun. Was können wir dagegen unternehmen? Amanda, Ihre Theorie beruht im Wesentlichen auf Ihrer persönlichen Einschätzung von Harconan. Sind Sie sich in dieser Einschätzung sicher genug, dass Sie Ihre ganze Strategie darauf aufbauen könnten?«

»Wenn ich es nicht wäre, hätte ich Sie gar nicht damit behelligt«, erwiderte sie in sachlichem Ton.

MacIntyre sah sie einige Augenblicke lang an, dann seufzte er fast resignierend. »Also schön, Amanda. Es ist ja wohl sowieso zu spät, um jetzt noch die Pferde zu wechseln. Aber selbst wenn ich Ihnen die Sache abnehme, kann ich Ihnen versichern, dass Sie damit in Washington niemanden überzeugen werden. Das Außenministerium und der Präsident werden von uns handfeste Beweise für die Existenz einer solchen Gruppierung verlangen. Und dann werden sie natürlich auch noch wissen wollen, was wir zu unternehmen gedenken – vorausgesetzt, sie sind überhaupt gewillt, es zu versuchen.«

»Ich würde vorschlagen, dass wir einen Schritt nach dem anderen machen«, entgegnete Amanda und ließ sich wieder in ihren Stuhl sinken. »Im Moment geht es einmal darum, dass wir uns selbst und der Regierung Kediri ein wenig Luft verschaffen, bis sich die Situation so weit geklärt hat, dass wir Beweise für die Existenz einer dritten Kraft vorlegen können. Gilt die Anweisung, dass wir den Zusammenbruch der indonesischen Regierung verhindern sollen, immer noch?«

MacIntyre hob eine Augenbraue. »Daran hat sich meines Wissens nichts geändert.«

»Damit haben wir grünes Licht, um aktiv zu werden.«

»Was schlagen Sie vor?«

»Dass wir auf der Fahrt nach Bali einen kleinen Umweg machen.«

Irgendwo auf den Molukken

25. Oktober 2008, 21:50 Uhr Ortszeit Makara Harconan blickte aus dem Schlafzimmerfenster auf die Bucht hinaus. Das große zweimotorige Amphibienflugzeug setzte gerade auf und hinterließ im Licht der Sterne einen weißen Streifen auf der spiegelglatten Wasseroberfläche.

Sie würden das Flugzeug vor dem Abflug noch einmal auftanken müssen, doch bis dahin blieben ihm noch einige Minuten.

Er zog den Reißverschluss der wasserdichten Tragetasche zu, die er mitnehmen würde, und steckte die große Browning-Hipower in den Bund seiner Jeans. Die Fünfzehn-Schuss-Magazine, die er vorbereitet hatte, verstaute er in den Taschen seiner Safarijacke. Dann nahm er die Tasche und trat ins Wohnzimmer des Plantagenhauses.

Lo und ein halbes Dutzend seiner schweigsamen chinesischen Leibwächter warteten auf ihn. Letztere waren mit Tarnanzügen bekleidet und hatten Sturmgewehre und Maschinenpistolen geschultert.

»Das Flugzeug ist da, Herr«, sagte Lo mit leiser Stimme. »Wir sind mit der Sangeang-Angriffsgruppe in Kontakt. Sie warten beim Treffpunkt auf uns. Wie Sie angeordnet haben, sind alle Schiffe in der Java- und der Floressee, die keine anderweitigen Aufgaben haben, nach Bali unterwegs.«

»Wie ist die Lage auf der Insel selbst?«

»Es wird immer schlimmer. Die Leute aus den muslimischen Ansiedlungen flüchten sich mit ihren Booten nach Flores und Sulawesi. Unsere bewaffneten Zellen sind aktiv geworden und decken den Rückzug. Sie stellen sich, wenn es nötig ist, den extremistischen Hindu-Gruppen in den Weg.«

»Was ist mit den staatlichen Sicherheitskräften auf der Insel?«

»Sie können den Unruhen nichts mehr entgegensetzen und haben sich praktisch aufgelöst.«

»Ich hätte nie gedacht, dass es mir eines Tages um die indonesische Polizei Leid tun würde. Lo, sagen Sie unseren Kapitänen, dass sie jeden mitnehmen sollen, der Bali verlassen will – egal ob Moslem, Christ oder Hindu. Das ist ein Befehl des *Raja Samudra.*«

»Wird erledigt, Herr.« Der Chinese zögerte, was bei ihm auf einen tiefgreifenden inneren Konflikt hindeutete. »Wenn ich mir einen Einwand erlauben darf, Herr«, begann er schließlich, »ich finde diese Vorgangsweise ... unklug.«

Harconan, der einen so massiven Widerspruch von seinem treuesten Helfer noch nie zu hören bekommen hatte, lächelte. »Warum, Bapak?«

»Sie gehen ein extrem hohes Risiko ein, wenn Sie sich so weit aus der Deckung wagen und ganz offen das Kommando über die Clans übernehmen.«

»Mag sein, aber ich gehe davon aus, dass die Regierung und die anderen regionalen Machthaber im Moment ganz andere Sorgen haben.«

»Aber was ist mit dieser dritten Macht, Herr? Wir wissen immer noch nicht, wer dahintersteckt, welche Möglichkeiten diese Leute haben und welche Ziele sie verfolgen.«

»Die Antworten auf diese Fragen sind nicht erfreulich, fürchte ich, aber wir werden ja sehen. Im Moment spielt das alles jedenfalls keine Rolle. Ich kann in so einer Situation nicht hier in meinem Versteck bleiben und die Hände in den Schoß legen. Ich muss jetzt bei meinen Kapitänen sein und die Situation wieder in den Griff bekommen. Ach ja, was ich noch fragen wollte – haben wir die Waffenlieferungen an die einzelnen Gruppen eingestellt, mit Ausnahme der Morgenstern-Bewegung und unserer eigenen Leute?«

»Ja, es ist alles so geschehen, wie Sie es angeordnet haben«, antwortete Lo. »Aber ich möchte zu bedenken geben, dass sich die Lage auf Bali von niemandem mehr kontrollieren lässt, auch nicht von Ihnen.«

»Das kann sein, aber man muss es wenigstens versuchen«, erwiderte Harconan und fragte nach kurzem Zögern: »Hat unser Nachrichtendienst etwas Neues über Amanda Garrett herausgefunden?«

»Die *Galaxy Shenandoah* ist gerade vom Liegeplatz bei den Pulau-Seribu-Inseln aufgebrochen und verlässt allem Anschein nach die indonesischen Gewässer.«

»Und es hat absolut nichts … Auffälliges gegeben?«

»Nein, Herr, alle Beobachtungen deuten darauf hin, dass Captain Garrett eine ganz normale Offizierin der Handelsmarine ist und ihr Schiff ein ganz normaler Frachter.«

Harconan verzog das Gesicht und schüttelte eine Hoffnung ab, die er insgeheim gehegt hatte. »Es stimmt schon, Lo – man sollte Acht geben, was man sich wünscht, denn die Götter könnten einem grausamerweise den Wunsch erfüllen. Passen Sie hier auf alles auf, ich muss weg.«

Flottenstützpunkt Pearl Harbor, Oahu, Hawaii

24. Oktober 2008, 18:46 Uhr Ortszeit MacIntyre packte sein Rasierzeug in eines der Außenfächer der Reisetasche, zog den Reißverschluss zu und hob die abgenutzte Tasche vom Bett, um sie neben die Aktentasche und die Computertasche zu stellen.

Dann griff er nach dem Telefon, das auf dem Nachttisch stand, und wählte die Nummer des NAVSPECFORCE-Hauptquartiers. »Offizier vom Dienst, bitte … Hier spricht Admiral MacIntyre. Wie sieht es mit meinem Kommandoflugzeug aus? … Sehr gut. Schicken Sie einen Wagen zu mir nach Hause und sagen Sie dem Sicherheitsdienst, dass meine Tochter zum Flugplatz mitkommt … Danke, Commander.«

Er legte den Hörer auf und blickte sich noch einmal in dem kleinen Schlafzimmer mit seinen beigefarbenen Wänden, den blassgrauen Vorhängen und der dazu passenden Tagesdecke um, um sicher zu gehen, dass er nichts vergessen hatte.

Er mochte dieses Zimmer. Seine Tochter hatte die gemeinsame Wohnung mit viel Geschmack eingerichtet und so einen Ort geschaffen, an dem man sich erholen konnte. Es war nur schade, dass er nicht mehr Zeit hier verbringen konnte. Er nickte noch einmal dem Bild seiner verstorbenen Frau auf dem Nachttisch zu, ehe er seine alte, abgetragene Uniformmütze nahm und über den Flur zum Wohnzimmer ging.

Seine Tochter Judy saß, mit Hose und ärmellosem Top bekleidet, mit untergeschlagenen Füßen auf der Couch. Wenn sie sich auf irgendetwas konzentrierte, sah sie ihrer Mutter sehr ähnlich, und im Moment konzentrierte sie sich ganz auf das, was gerade im Fernsehen lief.

Auf dem Bildschirm war eine ganze Kolonne von grauen Schiffen vor dem Horizont zu sehen. Mit einer restlichtverstärkenden Kamera aufgenommen, funkelten die Positionslichter der Schiffe, während ein Moderator, der nicht im Bild war, dazu sprach.

»Die Regional Intervention Force, die sich aus Einheiten der amerikanischen, der australischen und der neuseeländischen Marine zusammensetzt, ist heute Abend aus Darwin ausgelaufen, um sich in das zunehmende Chaos zu begeben, das gegenwärtig in Indonesien herrscht.

Die Hand voll Schiffe und die Elitetruppen, die auf ihnen in das Krisengebiet gebracht werden, dürften die letzte Hoffnung für die tausenden von Ausländern sein, die gegenwärtig in Indonesien festsitzen, nachdem der zivile Luftverkehr zum Erliegen gekommen ist. Die letzte Hoffnung könnten sie aber auch für die angeschlagene Regierung von Präsident Ahsan Kediri sein. Es bestehen ständige diplomatische Kontakte zwischen Washington, Canberra und Jakarta, um einen Weg hin zu einer Stabilisierung der immer schlimmer werdenden Lage zu finden, doch die CNN-Experten für internationale Beziehungen haben wenig Hoffnung. Die blutigen religiösen Konflikte auf Bali scheinen dem viertgrößten Staat der Erde den Todesstoß zu versetzen …«

Judy drückte eine Taste auf der Fernbedienung, worauf das Bild verschwand und der Ton verstummte. »Du gehst wieder dorthin, nicht wahr?«, fragte sie.

»Ja«, antwortete er und setzte sich neben das Jüngste seiner drei Kinder. »Die Sache da unten spitzt sich zu, und ich will mir selbst ein Bild machen, wie die Operationen laufen, die wir durchführen. Hast du Captain Grayson's Frau angerufen?«

»Ja, Dad«, antwortete das Mädchen geduldig. »Sie kommt jeden Tag vorbei und kümmert sich um das Haus, und ich rufe sie an, bevor ich irgendwohin gehe. Wirst du diesmal auch wieder mitten ins Kampfgebiet gehen, so wie beim letzten Mal?«

MacIntyre schüttelte energisch den Kopf. »Beim letzten Mal waren es besondere Umstände. Diesmal ist es reine Routine.«

»Dad«, erwiderte Judy lächelnd, »du hast mir doch den War Room in eurem Hauptquartier gezeigt. Wenn du dir bloß ein Bild von den Operationen machen wolltest, dann könntest du das auch von hier aus tun.«

»Es gibt gewisse Dinge, die man sich aus der Nähe ansehen muss, Schatz. Also, die Rechnungen für diesen Monat sind bezahlt, und du hast tausend Dollar und die Kreditkarte für Notfälle in meinem Schreibtischsafe. Aber nicht vergessen, die Kreditkarte ist wirklich nur für den Notfall …«

Er hielt inne, als sich seine Tochter an ihn schmiegte und den Kopf auf seine Schulter legte. »Dad, was ist eigentlich los? Du hast noch nie Schuldgefühle gehabt.«

Verdammt, Judy hatte noch viel mehr von ihrer Mutter geerbt als ihre Schönheit. Sie hatte genau wir ihre Mutter die Gabe, in sein Inneres blicken zu können. »Ich nehme an, das kommt daher, dass es mir immer schwerer fällt, die jungen Leute ins Gefecht zu schicken«, antwortete er und legte den Arm um sie. »Ich kann nicht bloß vor meinem Bildschirm sitzen, Kaffee trinken und zusehen, wie die Opferzahlen steigen. Ich weiß, dass es heutzutage so gemacht wird, und es gibt auch sehr gute Gründe dafür, aber dafür bin ich einfach nicht mehr stark genug. Es tut mir Leid, Judy, es ist nicht fair dir gegenüber, aber wenn es zum Kampf kommt, und danach sieht es leider aus, dann muss ich da unten bei meinen Leuten sein.«

»Ist es auch deshalb, weil ich auf die Air Force Academy will?«, fragte sie.

»Also, um ganz ehrlich zu sein«, antwortete er seufzend, »ja und nein. Mit deinen Brüdern habe ich mir viel leichter getan. Sie sind klug genug, eine Laufbahn in der Privatwirtschaft einzuschlagen.«

Judy rümpfte die Nase. »Brian und Steve sind beide Waschlappen. Irgendjemand muss ja schließlich die Familienehre hochhalten.«

MacIntyre lachte und drückte seine Tochter an sich. »Aber ganz im Ernst, bevor du dich bewirbst, hätte ich gerne, dass du mit jemand Bestimmtem sprichst. Auch heute ist es für Frauen, die eine Karriere im militärischen Bereich anstreben, nicht ganz einfach. Ich kenne da eine Lady, die dir viel besser als ich oder sonst jemand sagen kann, wie es wirklich ist.«

»Captain Garrett«, sagte Judy und hob den Kopf.

»Nun … ja. Amanda Garrett.«

Ein verschlagenes Lächeln huschte über Judys Lippen. »Du wirst wieder mit ihr zusammenarbeiten, nicht wahr?«

»Amanda Garrett gehört nicht mehr der Navy an und steht darum auch nicht mehr unter meinem Kommando, Judy.«

Sie schnaubte verächtlich. »Ja ja, schon gut. Das kannst du jemand anderem erzählen, Dad.«

»Wie meinst du das?«, fragte MacIntyre mit finsterer Miene.

»Captain Garrett ist genauso wenig aus der Navy ausgeschieden wie du. Oder wenn sie's doch ist, arbeitet sie für die CIA oder sonst jemanden in einer streng geheimen Angelegenheit.«

MacIntyre richtete sich auf und sah seine Tochter eindringlich an. »Judy, wie kommst du auf so etwas?«

Seine Tochter machte ein unerträglich selbstgefälliges Gesicht. »Ich habe meine Gründe, Daddy.«

Judy sagte niemals »Daddy« zu ihm, außer wenn sie ihn auf die Palme bringen wollte. »Dann sag mir gefälligst deine Gründe, junge Dame! Jetzt sofort!«

»Oh Dad, du hast es mir doch gerade selbst gesagt. Erstens würdest du mich nie im Leben um Karrieretipps zu jemandem schicken, der gerade unehrenhaft aus der Navy ausgeschieden ist. Zweitens hättest du es niemals zugelassen, dass sie Captain Garrett rauswerfen. Drittens habe ich dein Gesicht gesehen, als die Politiker im Fernsehen über sie hergezogen sind …«

MacIntyre hob fragend eine Augenbraue. »Was war denn mit meinem Gesicht?«

»Du hast so dreingeschaut wie damals in Neapel, als dieser Betrunkene etwas Hässliches über Mom gesagt hat und du ihm einen Kinnhaken verpasst hast.«

»Oh Gott!« Seine Tochter war seiner Frau viel ähnlicher, als ihm lieb sein konnte. MacIntyre fasste sie fest an den Schultern. »Judy, Amanda Garrett ist nicht mehr in der Navy und hat mit NAVSPECFORCE absolut nichts mehr zu tun. Alles ist genau so, wie man es überall gehört hat! Hast du mich verstanden?«

»Selbstverständlich, Dad. Genauso wie du weißt, dass nichts, was in diesem Haus besprochen wird, je nach außen dringt.«

MacIntyre zerzauste ihr zärtlich das Haar. »Warum hat mir deine Mutter nicht noch einen Sohn schenken können?«

Judy kicherte. »Du magst sie wirklich, nicht wahr?«

»Wen, deine Mutter?«

»Nein. Amanda Garrett. Du magst sie wirklich.«

»Wie, zum Teufel, kommst du denn darauf?«, fragte MacIntyre verblüfft.

»Es ist wie mit der anderen Sache, über die wir gerade gesprochen haben. Wenn man dich kennt, dann sieht man dir so etwas an.« Judy hielt einige Augenblicke nachdenklich inne, ehe sie fortfuhr: »Weißt du, als Mom gestorben ist, da ist, glaube ich, auch in dir irgendetwas gestorben. Du warst immer noch unser Dad und der Admiral, aber irgendetwas an dir … war nicht mehr da. Ich habe es ganz einfach gespürt. Du warst einfach nicht mehr ganz derselbe. Aber jedes Mal, wenn ich dich zusammen mit Amanda Garrett gesehen habe, wie zum Beispiel damals, als du sie zu uns zum Essen eingeladen hast, oder wenn du von ihr sprichst, dann ist dieser Teil von dir wieder da. Und das ist gut so. Gott weiß, dass Mom es auch gut finden würde.«

Hier ging es um mehr als nur die Sicherheitsbestimmungen der Navy. Hier ging es darum, dass er seine Tochter über persönliche Angelegenheiten belog, und es gab einen sehr strengen Maßstab, nach dem er sich zu richten hatte. Anne hatte ihren Kindern immer die Wahrheit gesagt, auch wenn das manchmal nicht angenehm war.

»Judy, es ist denkbar, dass an dem, was du sagst, etwas dran ist.« MacIntyre lehnte sich auf der Couch zurück. »Aber was dein närrischer alter Vater vielleicht für Amanda Garrett empfindet, ist nicht in Ordnung. Ganz und gar nicht.«

»Ich weiß schon, es gehört sich nicht, eine Beziehung mit jemandem innerhalb der Kommandokette einzugehen«, wandte seine Tochter ungeduldig ein. »Aber das alles spielt doch jetzt überhaupt keine Rolle mehr.«

»Wieso denn nicht, Judy?«

»Aber, Daddy, es wäre doch nichts dabei, wenn du eine Beziehung mit einer Offizierin der Handelsmarine hättest. Schließlich hat Amanda Garrett doch absolut nichts mehr mit der Navy oder NAVSPECFORCE zu tun.«

MacIntyre stöhnte auf und strich seiner kichernden Tochter die Haare über die Augen. »Ein dritter Sohn. Wäre das zu viel verlangt gewesen?«

Auf der Javasee, nördlich von Jakarta

25. Oktober 2008, 22:30 Uhr Ortszeit Der schnittige Bug der *Shenandoah* bahnte sich zielstrebig seinen Weg durch die Wellen, als das Schiff mit ausgeschalteten Deckslichtern durch die Nacht brauste – mit einer Geschwindigkeit, wie sie normalerweise kein Handelsschiff der Welt erreichen konnte.

Im Maschinenkontrollraum ging Chief Thomson langsam hinter den Power-Management-Stationen hin und her und verfolgte auf den Displays, wie die Maschinenleistung immer weiter anstieg.

»Maschinen laufen in Zivilleistung volle Kraft voraus«, meldete der ranghöchste Maschinentechniker.

»Gut, Shimsky. Johnson, wie ist der Status in den Hilfsmaschinenräumen?«

»Alle Hilfsmaschinen sind bereit zum Integrieren, Chief.«

»Schön, dann schalten Sie alle Systeme auf Gefechtsleistung. Hilfsmaschinen integrieren.«

Die Flachbildschirme gingen aus und sprangen gleich wieder an – doch sie zeigten nun eine Maschinenleistung an, die sich in einem ganz anderen Bereich bewegte als zuvor. Die Anzeige für die Hauptmaschinenleistung fiel auf halbe Kraft voraus.

»Dann drehen wir jetzt voll auf«, verkündete Thomson. »Alle Maschinen volle Kraft voraus, Gefechtsleistung!«

Das Deck unter ihren Füßen begann stärker zu beben, und das Dröhnen der Hauptmaschinen stieg zu einem durchdringenden Heulen an. Das integrierte Elektroantriebssystem nahm den Strom auf, der von den Hauptgeneratoren und von den Hilfsmaschinenräumen geliefert wurde. Wie so vieles an Bord der *Shenandoah* entsprachen auch die Leistungsangaben der Maschinen nicht den tatsächlichen Gegebenheiten.

Auf dem Sturmdeck gingen unterdessen einige bemerkenswerte Veränderungen vor sich. Der kurze Göschstock vorne verschwand in einem Hohlraum im Rumpf. Die Ladeluken zwei, vier und sechs schoben sich horizontal auf. Jede der Platten schlug gleichsam eine Brücke zu den benachbarten Luken, sodass sich eine einzige große Fläche bildete, die als Flugdeck genutzt werden konnte.

Die Aufzüge stiegen aus der Tiefe des Schiffes empor und trugen Helikopter und Crews herauf. Fluchend und keuchend schoben die Männer die schweren Flugmaschinen zu ihren Startplätzen. In der grünlichen Welt ihrer Nachtsichtvisiere schwärmten die Fliegercrews der SPEED Cobras zu ihren Maschinen wie Ameisen zu einer flugunfähigen Libelle. Flügel senkten sich herab, Rotorblätter wurden auseinandergefaltet, und schlanke, todbringende Gebilde wurden in die Startschienen gelegt.

Marine First Lieutenant Keith Pinkerton, Spitzname »Pink«, fügte sich Handgriff für Handgriff in sein Fluggerät ein: Gurten, Verbindung zur Sauerstoffmaske, Mikrofon und Helm-Headset-Kabel, Strom- und Datenleitung für das Helmdisplay und Nachtsichtvisier.

»Pink« war nicht der Spitzname, den er sich selbst ausgesucht hätte; ihm wäre etwas wie »Thunderbolt« oder »Fireball« lieber gewesen. Doch einer alten militärischen Tradition folgend wurde dieser Spitzname von den Kameraden im Geschwader ausgesucht, die unweigerlich irgendeinen besonders lächerlichen Namen fanden.

Es sei denn, man war jemand wie Pinks Squadron Commander Vincent Arkady, der für alle Welt nur »Vince« war. Ein respektvoller Spitzname war in dieser Branche schon etwas Besonderes.

Jemand gab Pinkerton einen Klaps auf den Helm, und als er aufblickte, sah er Arkady draußen vor dem Cockpit stehen.

»Bist du bereit, Pink?«

»Ich hoffe es«, antwortete Pinkerton ehrlich. »Ich meine, wann hat zum letzten Mal jemand so etwas gemacht?«

»Du meinst, einen Start ohne Katapult?«

»Unter anderem, ja.«

Arkady überlegte kurz. »Das dürfte vor ungefähr fünfzig Jahren gewesen sein.«

»Ist dir schon mal der Gedanke gekommen, dass es gute Gründe dafür gibt? Zum Beispiel, dass ein Koloss von einem Schiff über einen drüberfährt, wenn etwas schief geht.«

»Sieh's mal von der positiven Seite, Kumpel. Wenn du es vermasselst, kann dich kein Mensch mehr dafür kritisieren.«

»Na, dann bin ich ja beruhigt.«

»Pink, wir werden unseren Spaß dabei haben, du wirst schon sehen!« Arkady stieg von der Cockpitstufe herunter und lief zu seiner Maschine hinüber.

Pinkerton schüttelte skeptisch den Kopf. »Das sagen sie einem immer.«

»Abstand halten zu Auspuffrohren, Lufteinlässen und Propellern!«, rief der Deck-Boss über die Lautsprecher an Deck. »Maschinen starten!«

Turbinen erwachten dröhnend zum Leben, und Rotoren begannen sich zu drehen. An den Enden der Rotorblätter waren kleine Lichter angebracht, die mit bloßem Auge nicht zu sehen waren, sehr wohl aber mit den Nachtsichtvisieren, die die Flieger und die Angehörigen der Deckscrew trugen. Jeder Helikopter war auf diese Weise von einem leuchtenden Ring umgeben, der den Radius der Rotorblätter anzeigte, von dem man sich am besten fern hielt.

Der Nachteil des Verbundhubschraubers lag in seinem Gewicht. Die Flügel und zusätzlichen Bordsysteme vergrößerten zwar die Ladekapazität dieser Maschinen, doch dafür war das Gewicht begrenzt, mit dem sie im Senkrechtstart abheben konnten. Heute Nacht war jeder der SPEED Cobras schwer beladen mit abwerfbaren Zusatztanks, Lenkwaffen und Kanonenmunition. Mit dieser Last mussten die Maschinen wie Flugzeuge starten und den Auftrieb der Rotoren und der Flügel kombiniert nützen, um hochzukommen. Um diese neueste Errungenschaft im Arsenal der Navy-Fliegerei einsetzen zu können, musste man auf eine Vorgangsweise zurückgreifen, die an die Zeiten der Sturzbomber und ledernen Fliegerhelme erinnerte.

Pink hatte bereits solche Starts durchgeführt – auf Übungsschiffen, am Simulator und sogar einige Male von dem engen Deck der *Shenandoah* aus. Dennoch hatte er einen trockenen Mund und wünschte sich, er hätte eine Feldflasche in Reichweite.

»Delta Strike Lead an The Lady.« Arkadys Stimme klang irgendwie abgehackt und verfremdet, was daran lag, dass heute Nacht ein Funksystem verwendet wurde, das nur sehr schwer abzuhören war. Er sprach außerdem ungewöhnlich förmlich. »Alle Maschinen sind startklar.«

»Hier spricht die Lady«, antwortete eine kühle Altstimme. »Ihr habt grünes Licht für den Start.«

Captain Garrett gehörte ebenfalls zu den seltenen Personen, denen ein respektvoller Spitzname zuteil geworden war. Ihr Ruf grenzte schon fast ans Legendäre, und Pinkertons Staffelführer hatte ihm versichert, dass jedes Wort davon der Wahrheit entsprach. Pink wusste, dass Arkady selbst einige Male auf Captain Garretts Zerstörer im Einsatz gewesen war. Es wurde sogar gemunkelt, dass sie und Arkady die eine oder andere Navy-Vorschrift übertreten hatten. Pink wusste nicht, ob da etwas dran war. Arkady war sein Freund und Kollege, doch es gab gewisse Dinge, nach denen man einfach nicht fragte, egal, wie gut man den Betreffenden kannte.

Vor ihm musste Arkady bereits dem Launch-Boss, der am Rand des Decks stand, mit einem Salut signalisiert haben, dass sie bereit waren. Pink spürte ein leichtes Rütteln vom Rotor- und Propellerabwind von Arkadys Maschine, als dieser die Turbinen voll aufdrehte.

Der Launch-Boss, auch »Deck Monkey« genannt, gab das

Startsignal, indem er seine übertriebenen Discoschritte ausführte, die damit endeten, dass er sich auf ein Knie niederließ und eine Faust nach vorn streckte.

Pinks Helikopter erzitterte unter dem Luftstoß, als sich Arkadys Cobra in Bewegung setzte und das eng begrenzte Flugdeck entlangrollte. Beunruhigend langsam gewann die Maschine an Geschwindigkeit, bis das Fahrwerk schließlich den Bodenkontakt verlor. Der Cobra ließ das Flugdeck und das Vorderschiff hinter sich. Als er über den Bug hinaus war, sackte er ab wie ein Stein.

Pink spürte, dass ihm das Herz bis in die Kehle heraufschlug. Dann kam der leuchtende Ring von Delta Leads Rotorlichtern wieder in Sicht und stieg in den schwarzen Himmel empor.

Pink hatte ein paar Meter mehr für den Start zur Verfügung als Arkady. Er schluckte kurz und fuhr die Triebwerke hoch, ehe er seinerseits dem wartenden Deck Monkey das Bereitschaftssignal gab.

Vier SPEED-Cobra-Angriffsteams gingen in die Luft, deren Helikopter mit je zwei AGM-88 Advanced Anti-Radiation Guided Missiles an den Flügelenden ausgerüstet war. Das Wort »Radiation« bezog sich dabei nicht auf radioaktive, sondern elektronische Strahlung. Der AGM-88-Flugkörper war ein »Radar-Killer«, der feindliches Such- und Flugabwehr-Radar außer Gefecht setzen sollte, indem er gleichsam auf den elektromagnetischen Impulsen »ritt«, die von einer Radaranlage abgestrahlt wurden. Doch die AGM-88 war eine äußerst vielseitige Waffe, die so programmiert werden konnte, dass sie auch andere Energiestrahler, wie zum Beispiel einen Fernsehturm oder eine Radiostation, aufspüren und ausschalten konnte.

Zwei Cobra-Staffeln machten sich auf den Weg nach Java, um die Sender aufs Korn zu nehmen, die von den Städten Bandung und Semarang aus extremistische Hetzpropaganda verbreiteten. Das dritte Team schnitt durch die Sundastraße, um die Stationen in Padang im Süden Sumatras außer Gefecht zu setzen.

Das vierte Team flog nach Nordwesten an der Nordküste Sumatras entlang, um das am weitesten entfernte Ziel zu erreichen, den Sender von Pakanbaru.

Das Kommunikationssystem des SPEED Cobra empfing die Signale, die über eine Satellitenverbindung hereinkamen, und eine Stimme ertönte in Arkadys Kopfhörer.

»Star Child an Delta Strike Lead. Alpha Strike hat das erste Ziel ausgeschaltet. Alpha kehrt zur Basis zurück. Star Child out.«

Arkady bestätigte den Empfang der Meldung, indem er kurz auf die Coder-Taste an seinem HOTAS, dem Hands-on-Throttle-and-Stick-Steuersystem drückte. »Das war Nummer eins, Pink«, murmelte Arkady über den internen Kanal.

»Hey, Vince, ich hätte eine Frage zu diesem Einsatz«, meldete sich Pink. Trotz der Nähe der beiden Helikopter hörte Arkady die Stimme des anderen Piloten nur sehr leise in seinem Kopfhörer. Es war zwar schwer, den Funkverkehr abzufangen, aber nicht unmöglich, sodass man die Senderleistung auf ein Minimum zurückgeschraubt hatte.

»Schieß los, Pink.« Arkadys Blick wechselte unentwegt zwischen seinem Navigationsdisplay und der Meeresoberfläche hin und her, die sich nicht mehr als fünfzehn Meter unter dem Cobra befand.

»Es gibt da etwas an der Mission, was mir nicht ganz einleuchtet«, fuhr sein Flügelmann fort. »Warum schalten wir die Ziele eigentlich nacheinander aus? Wir hätten doch die Starts so staffeln können, dass wir alle im selben Augenblick zuschlagen könnten.«

»Warum sollten wir das tun?«, fragte Arkady nachsichtig und drehte kurz den Hals hin und her, um sich zu entspannen. Er bekam jedes Mal Nackenschmerzen vom Gewicht des Nachtsichtvisiers.

»Na ja, mir fällt da schon ein Grund ein: Es wäre ganz einfach sicherer. Wenn wir gleichzeitig zuschlagen, hätten wir den Überraschungseffekt auf unserer Seite und könnten verduften, bevor irgendjemand uns daran hindern könnte. So aber sind wir die Letzten, die zuschlagen. Wenn die Kerle merken, dass da jemand ihre Radiostationen eine nach der anderen ausknipst, könnten sie Lust bekommen, etwas dagegen zu tun. Und das bekämen dann vor allem wir zwei zu spüren.«

»Klingt logisch, was du da sagst«, pflichtete Arkady ihm bei.

»Freut mich, dass du das auch so siehst«, erwiderte Pink frustriert. »Mich würde aber vor allem interessieren, warum wir es dann nicht so machen.«

»Sieh mal, es ist so, Kumpel. Strike Alpha ist praktisch ein Kinderspiel, weil die Jungs auf der anderen Seite gar nicht wissen, wie ihnen geschieht. Bei Strike Bravo bekommen die Kerle vielleicht schon mit, dass da jemand auf ihre Stationen schießt. Bei Strike Charley bekommen sie es ganz sicher mit. Und bei Strike Delta, das sind wir schneidigen Jungs, da werden sie sich sagen …«

»Wir müssen diese Kerle abschießen!«, führte Pinkerton, nicht gerade erfreut, den Gedanken zu Ende.

»So in etwa, Pink. Unten in Jakarta ist eine hübsche kleine Blondine gerade mächtig am Spionieren, um herauszufinden, wer da unten sauer auf uns sein könnte. Wenn wir das herausfinden, könnte uns das so manche offene Frage beantworten.«

»Das freut mich riesig. Sag mir eins, Vince. Machen wir so was in nächster Zeit öfter?«

Arkady lachte. »Pink, du arbeitest jetzt für die Lady. Du wirst Sachen machen, die glaubst du noch nicht mal dann, wenn du schon mittendrin bist.«

USS *Shenandoah*
Nördlich der Sundastraße

26. Oktober 2008, 00:50 Uhr Ortszeit Der Tee in Amandas Becher schmeckte bitter – ein Zeichen, das sie sich wohl schon eine Tasse zu viel genehmigt hatte, und ihre Augen brannten, nachdem sie allzu lange auf irgendwelche Bildschirme gestarrt hatte.

Sie stand in einem Winkel von Air One, der kleinsten, aber einer der wichtigsten Operationszentralen der *Shenandoah*. Hier befand sich das Hirn der Air Group und das Herz aller Flugoperationen. Ein halbes Dutzend Workstations waren an den Schotts des gedämpft beleuchteten kleinen Abteils angebracht; den restlichen Platz nahm ein Computer-Kartentisch in der Mitte ein.

Das hier war Vince Arkadys Ecke des Schiffes, und er hatte ihr bereits seinen Stempel aufgedrückt. Farbdrucke von klassischen Navy-Kampfflugzeugen zierten die Wände, und ein Poster von einer Air Show in Tokyo hing an der Innenseite der Tür. Amanda bemerkte auch die Aufschrift, die in der rechten unteren Ecke mit einem Textmarker hinzugefügt worden war.

Danke für die schönen Erinnerungen.
Akiko

Selbst unter dem Druck, der im Moment auf ihren Schultern lastete, konnte Amanda nicht umhin, sich eine sehr weibliche Reaktion zu gestatten und sich zu fragen, wer diese Akiko sein mochte und woran sie sich so gerne erinnerte.

Alpha Strike war bereits erfolgreich zum Schiff zurückgekehrt und im Hangar verstaut. Die Helikopter von Bravo konnte man auf den Monitoren verfolgen, wie sie gerade mit dem Aufzug hinuntergebracht wurden, und Charley Strike hatte seinen Job ebenfalls erledigt und kehrte durch die Sundastraße zum Schiff zurück. Nur Delta war noch im Einsatz. Sein Positionssymbol näherte sich bereits dem Ziel, das auf dem Display im Mittelpunkt eines Kreises lag.

»Signal Intelligence, kommen immer noch Propagandasendungen aus Pakanbaru?«

»Ja, Ma'am«, antwortete Captain Montgomery so müde, wie

Amanda sich selbst fühlte. »Wir bekommen auch einiges von den taktischen Kanälen der indonesischen Armee herein. Irgendwo in der Gegend von Pakanbaru sind Gefechte zwischen Regierungstruppen und einer Gruppe von Aceh-Separatisten im Gange. Die Regierungstruppen versuchen, die Radiostation wieder in ihre Gewalt zu bekommen, doch bislang ohne Erfolg.«

»Dann können wir ihnen vielleicht ein wenig Arbeit abnehmen. Bleiben Sie dran, Captain. Und geben Sie Ihren Leuten von mir weiter, dass sie gute Arbeit machen. Ihr alle habt heute einiges geleistet.«

»Danke, Ma'am«, sagte sie, doch es klang so, als würde sie jeden Orden der Welt gegen eine ungestörte Stunde im Bett tauschen.

»Star Child, hier Delta Strike Lead.« Vince Arkadys Stimme klang hingegen so fest und stark wie die eines Mannes, der eine Nacht durchgeschlafen hatte. »Wir kommen jetzt zum Ziel und gehen auf Angriffshöhe.«

Amanda blickte zum Lautsprecher auf und stellte sich vor, wie die leeren Zusatztanks unter den beiden fernen SPEED Cobras ins Meer stürzten und die Maschinen in den Steigflug gingen.

Nun kam der Moment des höchsten Risikos, denn die Hubschrauber zogen nun nicht länger knapp über der Meeresoberfläche dahin, sondern stiegen in eine Höhe empor, wo sie nicht länger unsichtbar waren. Diese Helikopter waren zwar dank einer ausgeklügelten Technik relativ schwer zu entdecken; sie waren mit einem radarabsorbierenden Anstrich versehen und mit radartransparenten Rotor- und Propellerblättern ausgestattet. Doch diese Stealth-Merkmale vermochten das Radarecho lediglich zu verringern, aber nicht ganz zu eliminieren. Die SPEED Cobras waren relativ gut getarnt, aber ihre Tarnkappe war keineswegs vollkommen. Sie waren durchaus verwundbar, wenn der Feind den Luftraum systematisch mit seinem Radarauge absuchte.

»Wir steigen auf zweitausend, Pink.«

»Hier ist Angels two. Wir sind mit dabei, Lead.«

Air One klinkte sich nun direkt in den Kanal ein, der für die Kommunikation zwischen den Piloten vorgesehen war, da dies der einfachste Weg war, um das Geschehen zu verfolgen. Die Stimmen der beiden Piloten tönten aus den Lautsprechern in der Flugzentrale.

»Dann machen wir mal die Dinger scharf, Pink.«

»Roger, Vince. Okay … Lenkwaffen sind scharf.«

»Gut, Pink, geh auf 210 Grad. Die Jagd beginnt.«

»Roger.«

»Man würde doch annehmen, dass sie ihren Sender abschalten, damit man ihnen das verdammte Ding nicht in die Luft jagt«, murmelte der Fighter Direction Officer an der Hauptkonsole.

»Das wäre eine Möglichkeit, wenn sie permanenten Zugang zu den Sendern hätten«, erwiderte Amanda nachdenklich. »Aber wer immer unsere Freunde von der Dritten Macht sind, sie wissen wahrscheinlich, dass sie nur eine begrenzte Zeit senden können. Es ist nur eine Frage der Zeit, bis die indonesischen Truppen die Sender zurückerobern oder ihnen einfach den Saft abdrehen. Bis dahin wollen sie so viele Sendestunden wie möglich für ihre Propaganda herausholen.«

Aus dem Lautsprecher drangen plötzlich hysterische, Indonesisch sprechende Stimmen, die ein hektisches Hintergrundgeflüster zur Stimme von Vince Arkadys Flügelmann bildeten. »Delta Lead, ich habe das Ziel aufgefasst.«

»Roger, Pink. Ich habe noch nicht aufgefasst. Ich will noch etwas näher rangehen.«

Die Positionssymbole von Strike Delta näherten sich der Küste von Sumatra. Ein drittes Fliegersymbol bewegte sich parallel zu ihnen etwas weiter von der Küste entfernt, die Global-Hawk-Drohne der Air Force, die die Mission durch elektronische Aufklärung unterstützte.

Plötzlich erschienen zwei weitere Symbole aus nordwestlicher Richtung auf dem Display, die sich jedoch durch ein bedrohliches rotes Blinken von den anderen unterschieden.

Der Fighter Director drückte sofort auf die Sendetaste. »Strike Delta, zwei feindliche Maschinen nähern sich von Nordwesten. Sie kommen aus dem Luftstützpunkt Medan. Wir sehen aktives Radar, die Ziele sind auf Abfangkurs!«

»Roger, Star Child«, meldete sich Arkady in ruhigem, sachlichem Ton. »Wir haben sie auf dem Display. Sie haben uns beleuchtet. Wir haben immer noch genug Raum und halten weiter auf das Ziel zu.«

Amanda guckte dem Fighter Director über die Schulter. »Was gibt's?«

»Eine Staffel indonesischer Abfangjäger, Ma'am. Sie sind mit ASRAAM-Luft-Luft-Raketen, Kanonen und Luftabfangradar ausgerüstet.«

Die beiden SPEED Cobras überflogen gerade die Küstenlinie und näherten sich weiter ihrem Ziel, doch die schnelleren Abfangjäger waren hinter ihnen her und ließen sich von der Bodenkontrolle zum Ziel leiten.

Die Lautsprecher knisterten und knackten und gaben leises Gemurmel von sich. »Kommt schon, Leute. Ihr hört doch, was eure Jungs daheim sagen. Warum fasst ihr uns nicht auf?«

Amanda zwang sich, nicht einzuschreiten und den Befehl zum sofortigen Rückzug zu geben. Vince Arkady wusste genau, was er tat.

»Hey, Lead, ich bekomme eine Warnmeldung. Die Hawks sind hinter uns her. Dreißig Sekunden, bis wir in Reichweite ihrer ASRAAM sind.« Pinkertons Stimme war nicht minder ruhig als die von Arkady.

»Alles klar, Pink. Wir kümmern uns erst mal um unseren Job hier. Ich habe ihn aufgefasst! Feuer, Pink! Knipsen wir ihn aus!«

»Verstanden! Feuer in drei, zwei, eins ...« Ein schneidendes Geräusch drang aus den Lautsprechern, als die Flugkörper von den Startschienen brausten.

»Missiles unterwegs! Sieht gut aus!«

»Roger! Nach links abdrehen, Pink! Düppel! Düppel!«

Auf dem Large-Screen-Display erschien ein leuchtender Fleck, der erkennen ließ, dass die Systeme für Gegenmaßnahmen des Hubschraubers so genannte Düppel ausstießen; dabei handelte es sich um Bündel von dünnen Streifen aus Aluminiumfolie, die das feindliche Radar verwirren sollten. Die Symbole der Hubschrauber und die der indonesischen Jets verschwanden in einer difusen Düppelwolke.

Es folgte ein Moment der quälenden Ungewissheit, ehe die beiden Symbolgruppen wieder auftauchten und sich trennten. Die frustrierten Jets flogen nach Westen, während die amerikanischen Helikopter bereits nach Südosten abdrehten und sich so den Kanonen und Flugkörpern ihrer Verfolger entzogen.

»Star Child, hier Delta Lead. Wir haben das Ziel erledigt und machen, dass wir hier wegkommen.«

In der Air-One-Zentrale schnippte Amanda mit den Fingern und zeigte auf eine Systemoperatorin. Die junge Frau brauchte keine ausdrückliche Anweisung, um zu wissen, was sie zu tun hatte. Sie rief den Signal-Abfangkanal auf, worauf die polternde Stimme eines zornigen Imams zu hören war, die nach wenigen Augenblicken abrupt abbrach, so als hätte Allah selbst ihm die Stimme genommen.

Auf den Hügeln über der Stadt Pakanbaru schossen vier Lichtstrahlen wie Meteore auf einen hohen Turm herab. Von mehreren Sprengköpfen getroffen, schwankte die Antenne einen Moment lang, ehe sie zu Boden stürzte.

Die Arbeit war erledigt. Jetzt galt es, die Arbeiter sicher nach Hause zu bringen.

Die SPEED Cobras waren weiter in südöstlicher Richtung unterwegs. Sie flogen parallel zur Küste von Sumatra, blieben aber über dem Festland. Amanda erkannte, was Arkady vorhatte. In einem Wettrennen zwischen Hawk und Cobra hatten die Cobras keine Chance. Ebenso bedenklich wäre es gewesen, auf das Meer hinauszufliegen, denn vor dem flachen eintönigen Hintergrund hätten sie ein allzu deutliches Radarprofil geboten. Indem er jedoch tief über dem Festland blieb, konnte sich Arkady wie eine Schlange durch das Gelände winden und immer wieder Deckung finden.

»Bleib dicht dran, Pink.« Die Stimmen auf dem taktischen Kanal sagten alles, was zu sagen war.

»Bin hinter dir, Lead ... Ich bekomme gerade eine Warnmeldung.«

»Ich auch. Lassen wir sie noch ein wenig rankommen, dann drehen wir nach rechts ab ... ich sag's dir, wenn es so weit ist ... Halte die Scheinziele bereit, falls sie wieder feuern.«

Es klang immer noch ziemlich ruhig, doch man hörte, dass Arkadys Atem etwas schneller ging. Auch in Air One war man ziemlich atemlos, doch keiner sprach ein Wort. Es gab einfach nichts Konstruktives zu sagen, während die indonesischen Abfangjäger hinter den flüchtenden Helikoptern herjagten und versuchten, die hin und her huschenden Ziele aufzufassen.

Die indonesischen Piloten gingen relativ vorsichtig vor; sie waren sich offensichtlich nicht ganz sicher, was da unten zwischen den Hügeln lauerte.

»Da kommen sie ... ein bisschen näher noch ... Los Jungs, traut euch ein bisschen weiter runter ... Okay, Pink! Scharf nach rechts und hinauf!«

»Nach rechts! Bin hinter dir ...«

»Roger ... und jetzt über den Bergkamm! Scheiße! Kabel! Kabel!«

»Ich geh rauf! Vince, pass auf!«

Die beiden blauen Positionssymbole verschwanden vom Bildschirm. Amanda hatte das Gefühl, dass ihr Herz stehen blieb.

»Vince, alles okay?«, tönte eine zögernde Stimme aus dem Lautsprecher.

»Ja, alles okay, Pink. Toller Platz für ein Hochseil zum Holztransport, was?«

Amanda und einige andere Anwesende unterdrückten einen erleichterten Seufzer. Dass sie von den Bildschirmen verschwunden waren, hatte einen ganz einfachen Grund: Durch den Sprung über den Gebirgskamm war der Kontakt mit dem Global-Hawk-Radar kurz unterbrochen gewesen.

»Mensch, du bist unten durch geflogen, Vince!«

»Na ja, was soll's. Dafür bist du drübergehüpft. Wo bist du jetzt, Pink?«

»An deiner Vier-Uhr-Seite. Wo sind die Kerle?«

»In zehn Uhr. Hast du noch Warnmeldungen, Pink?«

»Nein, alles okay, Lead.«

»Gut, also, ich habe jetzt genug von diesen Spielchen. Zurück in den Heli-Modus. Gehen wir runter und lassen wir die Jungs vorbeiziehen.«

»Was haben sie vor?«, fragte Amanda.

»Sie gehen unter den Baumkronen in den Schwebeflug«, antwortete der Fighter Director. »Auf diese Weise vermischt sich ihr Radarprofil mit dem des Bodens.«

»Wird das funktionieren?«

»Das kommt ganz darauf an, Ma'am, ob die indonesischen Hawks über Infrarotwahrnehmung verfügen und die Rotoren auf dem Radarschirm sehen.«

»Wann werden wir's wissen?«

»Ziemlich bald, Ma'am.«

Die Radarabbildung des Global Hawk zeigte die indonesischen Jäger, wie sie wie zwei frustrierte Bluthunde, die einer verlorenen Fährte nachjagten, den Bereich absuchten, wo sie die beiden Helis zuletzt wahrgenommen hatten.

Die Jagd dauerte noch etwa fünf Minuten an, die den Anwesenden in Air One wie fünf Jahrhunderte vorkamen. Dann kam den Delta-Strike-Helis ein einfaches Gesetz der Fliegerei zugute. Nachdem sich die indonesischen Jets nun ebenfalls in geringer Höhe bewegten, verschlangen sie Unmengen von Treibstoff. Sie überflogen das Gebiet noch ein letztes Mal und machten sich dann in nordwestlicher Richtung auf den Heimweg. Und es kam keine frische Staffel, um die Jagd fortzusetzen.

Der Fighter Direction Officer wartete, bis sich die Hawks ein gutes Stück entfernt hatten, ehe er in sein Mikrofon sprach. »Delta Strike, die Luft ist rein. Die Abfangjäger sind weg.«

Es folgte längeres Schweigen, ehe sich Arkady meldete. »Roger, Star Child. Mission erledigt. Wir kehren zur Basis zurück.«

Die beiden blauen Symbole tauchten wieder auf dem Bildschirm auf und begaben sich auf den langen Heimweg.

Amanda konnte dem Drang nicht widerstehen, mit den Helis Kontakt aufzunehmen. »Lagebericht, Delta Lead.«

»Alles in Ordnung, Capt'n.« In leicht amüsiertem Ton fügte Arkady hinzu: »Es gibt da aber mindestens einen Bauern auf Sumatra, von dem man das leider nicht sagen kann.«

»Wie bitte, Delta Lead?«

»Wir sind direkt in seinem Hof in den Schwebeflug gegangen. Dabei haben wir seinen Hühnerstall und das Plumpsklo umgeblasen und ihm das Stroh vom Dach gefegt. Nach dem Kriegstanz, den er aufgeführt hat, war er wohl nicht sehr erfreut über unseren Besuch.«

»Da ist er hoffentlich nicht der Einzige. Wir sehen uns dann auf dem Schiff, Delta Lead.«

MV *Galaxy Shenandoah*

26. Oktober 2008, 03:34 Uhr Ortszeit Plötzlich wurde es Arkady bewusst, dass es das erste Mal war, dass er sich im Heckbereich des Schiffes aufhielt. Der Gegensatz zwischen der Enge des gut getarnten Frachtbereichs, der ausschließlich für militärische Zwecke genutzt wurde, und der Bewegungsfreiheit im zivilen Teil des Schiffes war wirklich frappierend.

Er hatte bisher alle Hände voll zu tun gehabt, die Air Group auf ihren Einsatz vorzubereiten, sodass er gar keine Zeit gefunden hatte, das Deckhaus aufzusuchen. Andererseits hatte man ihn auch nicht eingeladen, zu kommen – doch das konnte verschiedene Gründe haben. Immerhin hatten er und Amanda einiges, über das sie nachdenken mussten.

Als er die Zwischendecksleiter hochstieg, spürte er, wie die Schubkraft der Schrauben das Heck erbeben ließ. Die *Shenandoah* hatte sofort nach der Wiederaufnahme der Delta-Strike-Hubschrauber ihren Kurs geändert und lief jetzt nach Osten. Offensichtlich hatte man es eilig, irgendwohin zu kommen.

Er klopfte an die Tür der Kapitänskabine, hinter der er verschiedene Stimmen hörte.

»Herein.« Als er eintrat, sah er Amanda Garrett so, wie er sie so oft an Bord der *Cunningham* gesehen hatte: hoch konzentriert und voller Energie auf und ab gehend, mit dunklen Ringen unter den Augen, in denen dennoch ein Leuchten zu sehen war. Sie sah ihn an und schenkte ihm ein strahlendes Lächeln als Willkommensgruß. »Komm herein, Arkady. Tritt ein in den Kreis der Familie.«

Sie war allein in der Kabine. Die anderen Stimmen, die er von draußen gehört hatte, waren aus den Laptop-Computern gekommen, die auf dem Schreibtisch standen. Arkady erkannte sogleich die Gesichter auf den beiden Bildschirmen.

»Guten Morgen, Admiral … Hallo, Chris.«

Christine Rendino saß in einer elegant eingerichteten Suite, während MacIntyre sich in das enge Kommunikationsabteil eines Orion-Command-and-Control-Flugzeuges gezwängt hatte. Das leise Stöhnen von Turboprops ließ erkennen, dass er in der Luft war.

»Guten Morgen, Commander«, antwortete MacIntyre. »Gratuliere zu der erfolgreichen Mission.«

»Danke, Sir.«

»Da schließe ich mich gleich an, Arkady«, warf Christine ein.

»Ich schick dir einen dicken Kuss auf die Wange oder sonst wohin! Du warst großartig, wie immer!«

»Ich weiß, Schwesterherz, aber so schwer war es auch wieder nicht, die paar Sender auszuschalten.«

»Du hast bei weitem mehr getan«, wandte Amanda ein. »Du hast uns den handfesten Beweis für einen bevorstehenden Staatsstreich gegen die Regierung Kediri geliefert.«

Arkady legte seinen Fliegerhelm auf den Schreibtisch. »Dann haben wir mit unserer Provokation Erfolg gehabt?«

»Ja. Chris, erzähl bitte Arkady, was es Neues gibt.«

»Mit Vergnügen«, antwortete die Intel-Offizierin. »Also, es ist Folgendes, Flyboy. Das Entscheidende war nicht, was wir in den vergangenen Stunden gesehen haben, sondern das, was wir nicht gesehen haben. Nach den Telefongesprächen in und aus dem Verteidigungsministerium und dem Palast, die wir mitgehört haben, sind Präsident Kediri und seine Leute ziemlich schockiert von dem, was in Bali vorgeht. Sie vermuten, dass da jemand die Regierung stürzen will, und sie erkennen auch die Gefahr eines Blutbads, das für die nächsten hundert Jahre Krieg zwischen Hindus und Moslems in Indonesien bedeuten würde.

Leider können sie nicht allzu viel dagegen unternehmen. Militär und Sicherheitskräfte sind so weit verstreut und in Gefechte verwickelt, dass es Tage dauern würde, bis man eine schlagkräftige Truppe beisammen hätte.«

»Und es sieht immer mehr so aus, als hätte irgendjemand genau das geplant«, fügte MacIntyre hinzu.

»Genau, Sir«, stimmte Christine zu. »Als diese Radiostationen plötzlich anfingen, Hasspropaganda auf den größeren Inseln zu verbreiten, hat die Regierung den Befehl ausgegeben, dass diese Sendungen sofort und unter allen Umständen gestoppt werden müssen. Doch die Sicherheitskräfte waren entweder zu weit entfernt oder haben ziemlich lahm reagiert. Darum haben ja dann auch wir die Sache für sie erledigt.«

»Wie reagieren die Indonesier auf unser Eingreifen?«, wollte Arkady wissen.

»Keiner scheint genau zu wissen, wer es war, doch die Indonesier wissen auch, wie ein HARM-Flugkörper aussieht. Kurz nachdem Alpha und Bravo zugeschlagen hatten, hat das Verteidigungsministerium eine Meldung an den Präsidenten durchgegeben, dass es Hinweise auf eine amerikanische Intervention gäbe.«

»Und was hat der Präsident geantwortet?«, fragte Arkady.

»Er hat Anweisung gegeben, nichts dagegen zu unternehmen. Die indonesischen Streitkräfte sollten den Angriff auf die Sender in keiner Weise behindern.«

»Moment mal«, wandte Arkady stirnrunzelnd ein. »Wenn der Befehl schon ausgegeben wurde, nachdem Bravo zugeschlagen hatte ...«

»Genau«, warf Amanda ein. »Die beiden Abfangjäger, die hinter euch her waren, hat nicht Jakarta geschickt. Das Verteidigungsministerium hat nicht einmal davon gewusst.«

»Scheiße!« Arkady stemmte die Hände in die Hüfte und überlegte, wie das Ganze abgelaufen sein könnte. »Es kann nur so sein, dass irgendjemand den ganzen verdammten Stützpunkt in der Hand hat, von dem aus die Flugzeuge gestartet sind!«

»Vielleicht nicht nur den Stützpunkt, sondern das ganze Militärkommando auf Sumatra«, warf MacIntyre ein. »Commander, in den vergangenen zwölf Stunden haben mich diese beiden Ladies von ein paar Dingen überzeugt. Eins davon ist die Tatsache, dass eine Gruppierung innerhalb der indonesischen Streitkräfte den Umsturzversuch von Harconan für ihre eigenen Zwecke ausnutzen will. Und zweitens, dass diese Leute ein gewaltiges Blutbad anrichten wollen.«

»Und drittens«, warf Christine ein, »dass diese Gruppierung vorhat, vielleicht schon in den nächsten Stunden nach der Macht zu greifen.«

»Verdammt!«, stieß Arkady hervor. »Kurz gesagt, die Lage ist nicht mehr bloß schwierig, sondern aussichtslos.«

»Nicht unbedingt.« Arkady war der einzige Teilnehmer der Konferenz, der die leise gemurmelten Worte hörte. »Nicht unbedingt.«

Er drehte sich um und sah Amanda am Fenster ihrer Kabine stehen und in die Nacht hinausblicken. Ihr Gesicht, das sich im Glas spiegelte, hatte einen konzentrierten Ausdruck, so als betrachte sie irgendetwas da draußen in der Dunkelheit, das niemand außer ihr sehen konnte.

Tobasee, Nordsumatra

26. Oktober 2008, 06:34 Uhr Ortszeit »Die Zahl der Todesopfer wird im Moment auf über zweitausend geschätzt, Admiral.«

»Geschätzt, Kapitän?«, fragte Admiral Ketalaman ein wenig vorwurfsvoll. Er konnte Ungenauigkeiten nicht leiden. Vielleicht war das der Grund, warum er sich hier in der Kommandozentrale, die in die Lavahöhle hinter seiner Villa eingebaut war, so wohl fühlte. Der grauschwarze Basalt der niedrigen Decke, das kalte blaue Licht der Bildschirme ringsum, das leise disziplinierte Gemurmel der Systemoperatoren an den ihnen zugewiesenen Schreibtischen – all das strahlte eine beruhigende Ordnung aus.

»Genaue Angaben sind schwer zu bekommen, Herr«, antwortete der Stabschef vorsichtig. »Die Lage auf Bali, vor allem in den nördlichen Provinzen, wird immer chaotischer. Das allein zeigt schon, dass die Operation ein Erfolg war. Außerdem konnte Oberst Penyu, der Brigadekommandant der balinesischen Polizei, mit einer Autobombe getötet werden. Unser Agent, Major Malioburo, hat jetzt das Kommando inne, und er beginnt bereits mit seiner Strategie von Provokation und Rückzug.«

Ketalaman nickte. »Das ist zufriedenstellend. Und die Lage insgesamt?«

»Alles deutet darauf hin, dass die Hindus die moslemische Bevölkerungsgruppe auf Bali auslöschen wollen. Selbst wenn Jakarta noch Verstärkung schicken könnte, ist die Lage nicht mehr unter Kontrolle zu bekommen.«

Der Admiral sah die Sorge oder möglicherweise Schuldgefühle in den Augen seines Stabschefs aufblitzen. »Keine Angst, Kapitän«, sagte er lächelnd, »die Hindus werden schon bald dafür bezahlen. Die Geschichte von den Gräueltaten wird uns sehr zugute kommen, wenn wir die Insel zurückerobern, als Rechtfertigung für ein hartes Durchgreifen. Aber was ist mit den Australiern und den Amerikanern?«

»Der Hauptteil der Regional Intervention Force ist aus Darwin ausgelaufen und läuft gegenwärtig nordwärts. Sie sollten innerhalb der nächsten vierundzwanzig Stunden vor Bali eintreffen. Singapur und Japan lassen ihre Schiffe ebenfalls in der Straße von Malakka patrouillieren.«

»Gibt es irgendwelche Hinweise, dass sich auch andere Streitkräfte einmischen oder dass die vorhandenen ihre Missionen verändern?«

»Nein, Herr, sie verfolgen immer noch die gleichen Ziele – die Freiheit der Meere zu sichern und alle ausländischen Bürger von der Inselgruppe zu evakuieren.«

»Ausgezeichnet! Wir werden ihnen gestatten, die Ausländer abzuholen. Das erleichtert die Sache sehr. Damit gibt es einen Grund weniger für eine künftige Einmischung in unsere Angelegenheiten.«

Der Stabschef brachte ein schwaches Lächeln zustande. »Die ausländischen Medienvertreter sprechen bereits vom ›indonesischen Chaos‹.«

»Auch ein gutes Omen. Und wie ist die Lage in Jakarta?«

»Unsere Truppen gehen in Position, Herr. Die siebzehnte Brigade hat ihre Garnison eingerichtet, und die meisten Attentats- und Sabotageteams sind ebenfalls bereit, um auf Ihr Kommando hin loszuschlagen. Wir können jederzeit starten, aber

Brigadegeneral Tagang hätte gern noch vierundzwanzig Stunden, um letzte regierungsfreundliche Einheiten aus der Umgebung von Jakarta abzuziehen.«

»Ich denke, wir können ihm die Zeit geben, Kapitän. Dadurch wird sich die Hysterie über die Massaker auf Bali in der Zivilbevölkerung noch ein wenig steigern. Umso gerechtfertigter werden unsere Maßnahmen erscheinen.«

Der Stabschef wollte noch etwas sagen, zögerte dann aber. Ketalaman sah ihn stirnrunzelnd an. »Was gibt's, Kapitän?«

»Da ist … nun, etwas, das mir ziemlich merkwürdig erscheint.«

»Wie meinen Sie das … merkwürdig?«

»Vergangene Nacht haben wir, wie vorgesehen, auf Bali unsere Propaganda gestartet. Die radikalen Kommandoteams haben die betreffenden Radiostationen eingenommen und mit ihren Fatwa-Sendungen begonnen. Die Stationen hörten aber schon nach wenigen Stunden wieder auf zu senden.«

»Wir sind ja davon ausgegangen, dass es Kediri gelingen würde, unsere Sendungen irgendwann zu stoppen.«

»Das Problem ist nur, dass keine Regierungstruppen dafür verantwortlich waren. Die Sender wurden von Anti-Radiation-Flugkörpern zerstört. Wir glauben, dass es sich um amerikanische AGM-88-HARMs gehandelt hat.«

»Von wo wurden sie abgefeuert?«, wollte Ketalaman wissen.

»Das wissen wir nicht, Herr. Alles, was wir sagen können, ist, dass die Flugkörper vom Meer aus abgefeuert wurden.«

»Solche Waffen brauchen eine Startplattform, Kapitän.«

»Ich weiß, Herr. Es waren aber zu dem Zeitpunkt keine Schiffe oder Flugzeuge der Regierungstruppen in der Gegend des Abschusses. Und auch die Kräfte der Regional Intervention Force waren nicht dort. Es gab einige vage Radarkontakte vor der Küste von Sumatra, aber nichts Handfestes. Die Erklärung, die mir am plausibelsten erscheint, ist …«

»Dass sie von irgendeiner gut getarnten Plattform aus abgefeuert wurden. Die Amerikaner.« Ketalaman verzog das Gesicht. Dies war ein Faktor, der seine Ordnung auf unangenehme Weise durcheinander brachte. Er hatte die Möglichkeit eines amerikanischen Eingreifens sehr wohl einkalkuliert, und solange sich das Ganze in den konventionellen Bahnen bewegt hätte, wäre er nicht übermäßig beunruhigt gewesen. Doch diese unerwartete Initiative durch eine unbekannte und offenbar unsichtbare Kraft war doch besorgniserregend. Es war so, als hätte man einen rachsüchtigen Hantu-Geist in seinem Rücken. Möglicherweise hatte der amerikanische Riese doch größeres Interesse an der Angelegenheit als erwartet.

»Steigern Sie die Aufklärungstätigkeit rund um die Regional Intervention Force und behalten Sie auch die amerikanische Botschaft in Jakarta gut im Auge. Lassen Sie es mich unverzüglich wissen, wenn es neue Hinweise auf eine massive Einmischung durch die Vereinigten Staaten gibt. Informieren Sie auch Brigadier Tagang, dass wir ihm seine vierundzwanzig Stunden möglicherweise doch nicht geben können.«

»Ja, Herr. Wird erledigt.« Sein Stabschef blätterte zur nächsten Seite seines morgendlichen Berichts weiter. »Es gibt da noch ein Ereignis zu vermelden. In der Sache mit Harconan hat sich eine erfreuliche Wendung ergeben.«

»Inwiefern, Kapitän?«

»Ein patrouillierendes Polizeiboot hat an der Nordküste der Insel Sumbawa in einer abgeschiedenen Bucht ein abgestürztes Flugzeug entdeckt. Es handelt sich um ein Amphibienflugzeug, das gegen ein Riff gekracht ist. Es waren eine Reihe von Einheimischen am Strand, die in die umliegenden Hügel geflüchtet sind, als das Polizeiboot kam. Ein Untersuchungstrupp hat mehrere Fässer Flugzeugtreibstoff gefunden. Das Flugzeug wollte offenbar nachtanken, als der Unfall passierte.«

Ein Amphibienflugzeug? »Konnte der Besitzer des Flugzeuges identifiziert werden?«, fragte Ketalaman.

»Die Maschine war neu gestrichen worden und mit einer

falschen Kennnummer versehen, doch die Motorseriennummer stimmt mit der von Makara Harconans Privatflugzeug überein.«

»Aha«, sagte Ketalaman leise. »Konnten irgendwelche Hinweise gefunden werden?«

»Es wurde versucht, das Flugzeug so schnell wie möglich zu verbrennen, doch es konnten trotzdem mehrere Karten und ein intaktes Global-Positioning-Gerät sicher gestellt werden. Die Maschine war offenbar auf dem Rückflug von einem Treffen vor der Insel Lombok.«

Ketalaman zwang sich, seine Aufregung zu verbergen. »Woher ist sie gekommen?«

»Von einer kleinen Plantageninsel in den Molukken.«

»Wurde diese Information an das Verteidigungsministerium weitergegeben?«

»Der Kommandant des Polizeibootes ist einer von meinen Leuten, Herr.«

Ketalaman nickte zufrieden. »Sehr gut, Kapitän. Das ist ein positives Ereignis. Sehr positiv.«

Am Strand von Kuta
Badung, Bali

28. Oktober 2008, 05:35 Uhr Ortszeit Nancy Aimsley saß auf dem Bett in der feuchten, stickigen Dunkelheit ihres Hotelzimmers und hielt ihre Kinder fest an sich gedrückt. Sie dachte an Vermont und an Weihnachten und fragte sich, ob sie wohl den nächsten Morgen noch erleben würden.

Die wenigen Dinge, die sie tun konnte, hatte sie getan; sie hatte die Tür versperrt, die zum Strand hinausführte, und die Vorhänge zugezogen. Dann hatte sie auch noch die spärlichen Möbelstücke vor die Tür gestellt.

Bald würde sie aber wieder hinaus müssen, in eine Welt, in der der absolute Wahnsinn ausgebrochen war. Es gab keinen Strom und kein Wasser, und so hatten sie zuletzt von irgendwelchem Knabberzeug und Limonade gelebt, die sie noch in der Küche gefunden hatte. Doch sie wusste nicht mehr, wohin oder an wen sie sich noch hätte wenden können.

Hier in diesem Motel am Strand wohnten außer ihr nur ein zutiefst verängstigtes australisches Ehepaar in den Siebzigern und zwei dänische Studentinnen auf Urlaub, die vor Schreck kein Wort Englisch mehr sprachen und sich in ihrem Zimmer eingesperrt hatten, wo sie entweder weinten oder sich mit etwas Marihuana trösteten.

Die Besitzer des Motels waren ganz einfach verschwunden. Nancy versuchte nicht darüber nachzudenken, wohin. Die beiden waren balinesische Moslems gewesen.

Nancy griff erneut nach ihrem Handy. Obwohl auf dem Display immer noch »No Service« angezeigt wurde, drückte sie verzweifelt die Wiederwahltaste, um den amerikanischen Konsul in Denpasar zu erreichen. So wie die letzten fünfzig Male, die sie es versucht hatte, kam auch diesmal keine Verbindung zustande, und nun blinkte auch schon die Warnanzeige, die ihr sagte, dass der Akku bald leer sein würde.

Sie spürte, wie ihre Augen feucht wurden, nachdem die Tränen auf ihren Wangen gerade erst getrocknet waren. Sie wünschte sich so sehr, dass sich irgendjemand melden möge. Sie wünschte sich, sie und ihre Kinder wären irgendwo anders, nur nicht auf Bali. Wenn sie doch nur die Zeit zurückdrehen könnte, dann würde sie die vergangenen achtundvierzig Stunden ungeschehen machen, oder noch besser, gleich die vergangenen sechs Monate.

Das Angebot, für Suncrest Fashions hierher nach Bali zu kommen, war ihr wie ein Traum erschienen. Das gute Gehalt und die wunderschöne exotische Umgebung boten ihr die ideale Fluchtmöglichkeit aus ihrer gescheiterten Ehe. Nancy fand ein reizendes Apartment auf der Halbinsel Benoa in der Nähe ihres Büros, eine gute Privatschule für ausländische Schüler, wo sie ihre Söhne unterrichten lassen konnte, und sogar ein balinesisches Hausmädchen, das kochte und die Wohnung sauber hielt.

Es war sehr wohl von Unruhen in Indonesien gesprochen worden, doch man hatte ihr versichert, dass Bali davon nicht betroffen war. »Die Balinesen sind doch die freundlichsten und friedfertigsten Menschen auf der Welt!«, hatte es geheißen, und diesen Eindruck hatte auch Nancy immer gehabt. Es war fast so etwas wie ein Paradies, das sie hier gefunden hatte, und möglicherweise hatte sie sich deswegen so lange dagegen gesträubt, von hier wegzugehen.

In der ersten Warnung von Seiten der amerikanischen Botschaft in Jakarta hatte es geheißen, dass die Lage in Indonesien immer instabiler würde und dass man allen amerikanischen Staatsbürgern den Rat gebe, sich auf eine baldige Evakuierung vorzubereiten. Doch Nancy war davon ausgegangen, dass sich das unmöglich auf Bali beziehen konnte.

Als die zweite Warnung kam, in der allen Amerikanern nahe gelegt wurde, Indonesien unverzüglich zu verlassen, wurde auch die kleine amerikanische Gemeinde in Benoa aktiv. Die Leute trafen sich im Haus eines Professors für Politikwissenschaften und besprachen die Situation. Der Professor erklärte ihnen, dass die Sache mit der Evakuierung nichts als ein politischer Schachzug der gegenwärtigen reaktionären Regierung sei – mit dem Ziel, Unterstützung für künftige militärische Interventionen zu bekommen. Er beharrte darauf, dass für all jene, die unvoreingenommen mit den Balinesen umgingen, keine wirkliche Gefahr bestünde.

Nancy fühlte sich dadurch in ihrer Absicht bestärkt, auf der Insel zu bleiben. Andere, wie die Vales und die Smiths, gingen auf Nummer Sicher und reisten ab. Dann kam die dritte und letzte Warnung, in der ganz klar gesagt wurde, dass die Botschaft der Vereinigten Staaten nicht länger die Verantwortung für das Leben und die Sicherheit all jener amerikanischen Bürger übernehmen könne, die weiter im Land blieben.

Nun begann sich Nancy Aimsley doch langsam Sorgen zu machen. Vielleicht war es doch das Beste, für eine Weile in die Staaten zurückzukehren. Sie konnte ja ihre Eltern besuchen, und Walter hatte sich ohnehin schon beklagt, dass sie ihm sein Besuchsrecht verweigere. Nancy rief also ihr Reisebüro an, musste jedoch feststellen, dass das Büro in Denpasar geschlossen hatte. Dann rief sie direkt beim Flughafen an. Nach langem Warten sagte man ihr schließlich, dass für mindestens eine Woche keine freien Plätze mehr zu haben wären.

Am nächsten Tag hörte man dann die ersten Gerüchte von Unruhen und Gräueltaten auf Bali. Die Fernseh- und Radiosender in Denpasar meldeten, dass die Sicherheitskräfte »entschlossen reagieren« würden. Dann hörten sowohl Radio als auch Fernsehen auf zu senden.

Am nächsten Morgen kam das Hausmädchen nicht mehr zur Arbeit, und sie hatten auch keinen Strom mehr. Nancy ging mit ihren Söhnen in ihre Firma – nicht um zu arbeiten, sondern um ein paar freundlich gesinnte Menschen um sich zu haben. Die Geschäfte waren geschlossen, und auf den Straßen herrschte eine gespenstische Leere.

Die anderen Mitarbeiter von Suncrest hatten sich ebenfalls in der Firma versammelt, doch der einzige konstruktive Vorschlag, der von einem ihrer Kollegen kam, war, im Hauptsitz der Firma anzurufen. Doch sie bekamen weder mit dem Festnetztelefon noch mit dem Handy eine Verbindung.

Nun bekamen sie es wirklich mit der Angst zu tun. Nancy und ihre Landsleute waren in einer Welt groß geworden, die von Internet und prompter Telekommunikation geprägt war. Es gab immer jemanden, den man anrufen konnte. Irgendjemand war immer erreichbar, wenn es ein Problem gab – jemand, der dafür bezahlt wurde, dass er sich um einen kümmerte.

Mr. Juita, der javanische Gebietsleiter, traf wenig später bei ihnen ein – doch er konnte ihnen weder etwas Neues sagen noch in irgendeiner Weise helfen. Alles, was er sagte, war, dass er nicht hier wäre, falls jemand nach ihm fragen sollte. Nancy sah die Angst in seinen Augen, als er in sein Büro ging und sich einsperrte.

Es wurde allmählich heiß und stickig in den Büroräumen, nachdem die Klimaanlage nicht mehr lief. Mit der Zeit hörten auch Terrie und Frankie mit ihren nervösen Scherzen auf, und es unternahm keiner mehr den Versuch, die Situation irgendwie zu beschönigen. Unten auf der Straße brauste ein Auto vorbei. Einmal heulte in der Ferne die Sirene eines Polizeiwagens auf, um gleich wieder zu verstummen. Man hatte immer mehr das Gefühl, dass sich etwas zusammenbraute und dass jeden Augenblick ein Sturm losbrechen könnte.

Sie kamen kurz nach Mittag. Einige der Männer waren Fremde, andere waren Balinesen, die im selben Haus gearbeitet hatten, und sogar einige der einheimischen Angestellten von Suncrest waren dabei. Mit einem höflichen Lächeln fragten sie nach Mr. Juita. Zögernd sagten Nancy und die anderen Amerikaner das, was er ihnen aufgetragen hatte. Die Balinesen lächelten immer noch, dann klopften sie an Mr. Juitas Tür und forderten ihn auf, herauszukommen.

Als er sich weigerte, entschuldigten sich die Balinesen noch einmal und brachen dann die Tür auf. Sie zerrten den schreienden Manager aus seinem Büro und in den Hof hinunter, wo sie ihm die Kehle durchschnitten.

Die Angst wuchs zur Panik an, und man beschloss in der allgemeinen Verzweiflung, das amerikanische Konsulat in Denpasar aufzusuchen. Die Firmenangehörigen fuhren im Konvoi los, doch je näher sie der Hauptstadt der Insel kamen, umso schlimmer wurde die Lage. Immer wieder sah man entlang der Straße brennende Häuser und Autos. Die Bürgersteige waren blutverschmiert und voller Leichen. Die wenigen Moscheen, die es auf Bali gab, standen entweder in Flammen oder wurden von einer aufgebrachten Menge mit bloßen Händen niedergerissen.

Der Konvoi der Fluchtfahrzeuge suchte sich mühsam einen Weg über kleine Seitenstraßen, die noch nicht durch den Mob oder durch Straßensperren blockiert waren. Einzelne Autos wurden abgedrängt und vom Konvoi getrennt, als Leute auf der Flucht oder ihre Verfolger über die Straße strömten. So lange Nancy zurückdenken konnte, war es das erste Mal, dass Tommy und Aaron still im Auto saßen; ihre Augen waren von Angst geweitet.

Die Überreste des Konvois wurden schließlich von einer dichten Menschenmenge aufgehalten. Die Balinesen strömten zwischen den amerikanischen Autos hindurch und guckten durch die Fenster herein, um zu sehen, ob vielleicht jemand drinnen war, der in ihren Augen den Tod verdient hatte.

Nancy Aimsley wäre wahrscheinlich vor Angst verrückt geworden, wären da nicht ihre Kinder gewesen. Allein der Gedanke, dass sie jetzt stark sein musste, beschützte sie davor, in nackte Hysterie zu verfallen.

Und dann bog plötzlich ein Panzerwagen der Militärpolizei um die Ecke, und die Polizisten begannen mit Maschinengewehren herauszufeuern. Die Leute liefen schreiend weg, die Windschutzscheibe des Wagens vor ihr – es war der Volvo der Settermans – zerbarst in tausend Splitter, und Blut spritzte aus dem Wagen.

Nancy trat instinktiv aufs Gaspedal und bog in eine Seitengasse ein. Plötzlich rumpelte es unter ihr, und sie hörte einen erstickten Schrei, als sie jemanden überfuhr, ehe sie wenige Augenblicke später allein in der Gasse war.

Sie gab das sinnlose Unterfangen, zum Konsulat zu gelangen, auf und flüchtete sich in westlicher Richtung auf das Land hinaus, wo die Gewalt nicht ganz so allgegenwärtig war. Sie versuchte, zum Flughafen von Nagurah Rai zu gelangen, doch sie sah schon von weitem, dass keine Flugzeuge mehr von dort starteten; das Einzige, was zum Himmel emporstieg, war eine schwarze Rauchwolke aus dem brennenden Flughafengebäude.

Danach fuhr sie nur noch ziellos umher. Zweimal wurde sie in kleineren Ortschaften aufgehalten, doch als die Leute sahen, dass sie und ihre Kinder keine Moslems waren, ließ man sie weiterfahren. Die Leichen, die im Straßengraben lagen, sagten ihr deutlich, was ihr widerfahren wäre, wenn sie islamischen Glaubens gewesen wäre.

So war sie schließlich zu dem Motel an der Westküste im Bezirk Kota gekommen. Kota war nicht gerade der Zufluchtsort, den sich Nancy freiwillig für sich und ihre Kinder ausgesucht hätte. In dieser Gegend, die geprägt war von billigem Tourismus, trieben sich vor allem junge Leute aus Australien und den USA herum. Doch hier war ihr schließlich das Benzin ausgegangen, und sie wusste nicht, was sie anderes hätte machen sollen als hier zu bleiben.

Sie drückte noch einmal auf die Wiederwahltaste an ihrem Handy. Auch diesmal kam keine Verbindung zustande, und schließlich war auch der Akku endgültig leer.

Tommy und Aaron waren wirklich tapfer, obwohl sie erst sechs und acht Jahre alt waren. Sie schienen zu spüren, dass dies ein Moment war, in dem sie ihrer Mutter nicht auch noch zur Last fallen durften und sich still verhalten mussten. Doch sie hatten irgendwann begonnen, Fragen zu stellen. »Mommy, wann fahren wir nach Hause? Mommy, warum weinst du? Mommy, was ist denn mit dem Mann dort?«

Und schließlich kam auch die Frage: »Mommy, müssen wir jetzt sterben?«

Die Fragen würden aufs Neue kommen, wenn sie aufwachten, und sie würde wieder keine Antworten darauf wissen.

Nancy blickte zum Fenster hinüber. Bald würde die Sonne aufgehen. Sie würde irgendeinen Weg finden müssen, um den neuen Tag irgendwie zu überstehen.

Hier in diesem Zimmer hatte sie das Gefühl, zu ersticken. Vorsichtig löste sie sich von ihren schlafenden Kindern und ging zur Glastür hinüber. Sie öffnete das Schloss und machte die Tür auf. Von draußen drang frische Meeresluft herein, die eine Spur kühler war. Es war jedoch immer noch dunkel, sodass sie nur mit Mühe den Strand erkennen konnte, an dem sich die Wellen brachen.

Das Dröhnen war so leise und tief, dass sie es zuerst gar nicht wahrnahm. Als sie es schließlich bemerkte, hielt es Nancy zuerst für fernen Donner – doch dafür dauerte es zu lange. Dann begann der Boden leicht zu erzittern. Ein Erdbeben vielleicht?

Das Geräusch wurde lauter und kam näher, bis auch die Glastür zu vibrieren begann. Plötzlich sah sie mehrere dunkle Schatten am Himmel, die einen Moment lang die letzten Sterne der Nacht verdunkelten.

Tommy und Aaron schreckten schreiend aus dem Schlaf hoch.

Nancy schlug die Tür zu und verriegelte sie. Sie bemühte sich, ihre Kinder zu beruhigen, und eilte dann rasch zum Fenster zurück, wo sie durch einen Schlitz in den Jalousien hinausblickte.

Der Himmel war nun leer, aber nicht das Meer. Da tauchten seltsame Gebilde aus dem Wasser auf! Eine ganze Reihe von großen kantigen Ungeheuern kam aus dem Meer gebraust und donnerte über den Strand.

Sand und Wasser spritzten von den Ketten der Ungetüme hervor, und Türme schwenkten auf der Suche nach Zielen hin und her. Die Gebilde blieben abrupt stehen, und eine Horde von kleineren buckeligen Gestalten auf zwei Beinen strömte daraus hervor, die den Strand heraufgelaufen kamen.

Kleinere Bäume und Bambus zersplitterten, als die dröhnenden Maschinen das Haus umkreisten. Die dunklen Männer kamen ins Haus gestürmt. Türen gingen krachend auf. Heisere Stimmen riefen etwas herein. In ihrer Angst verstand Nancy kein Wort.

»Ist jemand hier? Sind hier drin vielleicht Amerikaner?«

Sie warf sich auf das Bett und drückte ihre Kinder an sich. Draußen auf dem Gang barsten Türen, die mit schweren Stiefeln aufgetreten wurden. Die dünne Holztür ihres Zimmers flog krachend auf, und die Möbelstücke, die sie davorgestellt hatte, wurden mühelos beiseite geschoben.

Ein wahrer Terminator trat ins Zimmer, mit Helm und Tarnanzug bekleidet und mit einer mehrläufigen Waffe in den Händen, deren Laservisier einen durchdringenden roten Strahl aussandte. Ein Gesicht ohne Augen, von einem Visier bedeckt, blickte in die Winkel des Raumes.

Nancy Aimsley schrie auf in der Gewissheit, dass das Ende gekommen war.

Das Visier wandte sich ihr zu. »Sind Sie Amerikanerin?«, fragte das Monster und ließ die Waffe sinken.

»Ja«, brachte Nancy in ihrer Angst hervor.

Das Monster klappte sein Helmvisier auf. In der Dunkelheit sah sie zwei Augen funkeln und ein verblüffend warmes und gütiges Lächeln. »Wir sind gekommen, um Sie abzuholen, Ma'am. Wir bringen Sie und Ihre Kinder und alle anderen so schnell es geht hier weg und zu den Schiffen hinaus. Beruhigen Sie sich, Ma'am. Es ist alles in Ordnung.«

Das freundliche Monster klappte das Visier wieder herunter und schritt auf den Gang hinaus.

Nancy Aimsley drückte ihre beiden Jungen so fest, dass sie wimmernd protestierten. Sie waren tatsächlich in Sicherheit. Während sie vor Erleichterung hysterisch zu schluchzen begann, verstand sie auf einmal den Sinn eines Satzes, den sie früher öfter gehört hatte.

»Die Marines sind gelandet und haben die Situation im Griff.«

Stopline Koala
Nördlich des Hafens von Benoa, Bali

28. Oktober 2008, 13:34 Uhr Ortszeit Zum hundertsten Mal ging 2nd Lieutenant Jordan Spokes von der Marine Expeditionary Unit 7.2 seine Befehle in Gedanken durch. »Haltet die Abriegelungsstellung. Lasst niemanden nach Süden in die Operationszone der Regional Intervention Force durch. Helft allen ausländischen Bürgern, die evakuiert werden wollen. Vermeidet, so weit wie möglich, Auseinandersetzungen mit der einheimischen Bevölkerung.«

Es waren recht einfache Anweisungen, doch der junge Offizier der Marines hatte schon festgestellt, dass im Krieg gar nichts einfach war.

Sein leichtes Panzerfahrzeug LAV-25 mit seinem Aufklärungsteam sollte die Einheit verstärken, die am Checkpoint Pesanggaran die wichtigste Zufahrt zu dem Hochseehafen bewachte.

Es war dies ein besonders kritischer Punkt in der Sicherheitslinie, die die Regional Intervention Force quer über die Halbinsel Bukit Badung gezogen hatte, und Lieutenant Spokes war erfreut gewesen, dass man ihn dort einsetzte, wo es wirklich um etwas ging. Doch als er dann vor Ort war, musste er feststellen, dass Koala Charley Five von nur einem einzigen Trupp der australischen Army besetzt war und dass er, Spokes, hier der ranghöchste Offizier und Checkpoint-Commander war.

Der australische Unteroffizier, ein sonnengebräunter Mann namens Gregson, kletterte geschickt mit einer Hand an der Seite des großen achträdrigen Panzerfahrzeugs hinauf. In der anderen hielt er einen halb verspeisten John-Wayne-Riegel aus einem amerikanischen Fertigmahlzeiten-Paket.

»Wie sieht's von da oben aus, Lieutenant?«, fragte er und beugte sich zum Turm des LAV vor.

»Bis jetzt absolut ruhig«, antwortete Spokes, zufrieden darüber, dass er so gelassen klang.

Das LAV und der australische Land Rover standen auf der asphaltierten zweispurigen Straße, wo sie eine provisorische Straßensperre bildeten. Die Infanteristen waren zu beiden Seiten der Straße postiert; es gab hier nichts, was man als Deckung hätte nützen können. Der Checkpoint war ganz bewusst an einem solchen Ort eingerichtet worden. Man war davon ausgegangen, dass überlegene Feuerkraft und freie Sicht die beste Verteidigung waren. Trotzdem kam man sich ohne Deckung ziemlich nackt vor.

Etwa fünfhundert Meter weiter nördlich erstreckte sich ein Wäldchen, hinter dem die Tempel und die verstreuten Gebäude eines kleinen Bauerndorfes standen. Bis jetzt hatten sich die Bewohner noch nicht blicken lassen, und die Straße war menschenleer geblieben.

»Ich weiß nicht recht«, sagte der Australier und rückte den Tragegurt seines Steyr-AUG-Sturmgewehrs zurecht, ehe er noch einmal von seinem Schokoriegel abbiss. »Ich glaube nicht, dass es so bleibt. Die Sache hier kommt mir ziemlich komisch vor.«

»Ja.« Auf der Fahrt von der Landezone hierher hatte Spokes die enthaupteten Leichen von Männern, Frauen und Kindern gesehen.

Plötzlich tönte eine Stimme aus dem Innern des LAV. »Hey, Lieutenant, da tut sich was im Dorf!«

Spokes' Sensoroperatorin saß im Crew-Abteil mit einem Laptop-Controller-Pad auf den Knien. Um ihre Sicherheit zu erhöhen, hatten sie gleich nach ihrer Ankunft beim Checkpoint ein Mini-Dragon-RPV gestartet, und nun kreiste die Drohne von der Größe eines Modellflugzeugs über dem Dorf und blickte mit dem Auge ihrer kleinen Fernsehkamera nach unten.

»Was gibt's, Scotty?«

»Das kann ich nicht genau sagen, Sir. Aber da sind jede Menge Leute, die schnell in unsere Richtung unterwegs sind.«

Der von der Sonne aufgeheizte Gummi an Spokes' Fernglas

brannte auf der Haut rund um die Augen, als er durch das Glas zum Dorf hinüberblickte. Zwischen den Bäumen tauchte eine Gestalt auf, die auf der Straße auf den Checkpoint zugelaufen kam. In dem Hitzeflimmern der Luft konnte Spokes erkennen, dass es sich um einen Mann handelte, der irgendetwas in den Armen hielt. Und hinter ihm tauchten noch mehr Gestalten auf, die ebenfalls liefen. In ihren Händen sah der Lieutenant Stahl aufblitzen.

»Achtung!«, rief Spokes. »Fertig machen zum Einsatz!«

Gregson schob sich den Rest des John-Wayne-Riegels in den Mund, sprang vom LAV herunter und nahm dabei sein Gewehr von der Schulter. »Achtung, Leute! Wir bekommen Arbeit!«

Der Aussie an dem drehbar gebetteten MG auf dem Land Rover zog den Spannhebel seiner Waffe, und der Gunner im Turm des LAV fasste mit seiner 25-mm-Maschinenkanone die Ziele auf. Spokes schwenkte den OCSW-20-mm-Granatwerfer auf dem Drehring herum.

»Granatschützen und Schrotflinten-Schützen, nicht-tödliche Aufruhr-Munition laden. Scotty, geben Sie mit dem Megafon eine Warnung an die Jungs durch.«

»Lieutenant, Vorsicht!«, rief Gregson und riss sein Gewehr hoch. »Der erste Kerl da hat etwas in den Händen!«

Spokes erstarrte für einen Augenblick. Ein Selbstmordattentäter!

Er drückte das Auge ans Visier des OCSW, während sein Daumen auf dem Magazin-Wahlschalter ruhte, mit dem er zwischen Tränengas und Anti-Personnel-Flechettes wählen konnte.

Im Fadenkreuz des Visiers erschien ein Junge von vielleicht vierzehn Jahren, dessen Gesicht von Erschöpfung und Angst verzerrt war und dessen nackte Füße über den heißen Asphalt trommelten. Und das Ding, das er in der Hand hielt, hatte lange schwarze Haare!

»Nicht feuern! Er ist nur ein Junge! Sie sind beide Kinder!«

Spokes hob das Visier von den Augen. Mehr als ein Dutzend Männer waren hinter dem Jungen her. Ihre Gesichter waren konzentriert, aber ruhig, fast friedlich, was im krassen Gegensatz zu den Messern und Macheten stand, die sie in den Händen hielten.

Spokes drückte auf den Sendeknopf an seinem Kehlkopfmikrofon. »Dingo Alpha! Dingo Alpha! Hier ist Koala Charley Five! Wir haben hier einen Zwischenfall! Over!«

In seinem Helmkopfhörer hörte er zwar verschiedene Stimmen, von denen jedoch keine mit ihm sprach.

»Dingo Alpha! Dingo Alpha! Hier spricht Koala Charley Five! Wir haben hier einen Zwischenfall! Ich wiederhole, wir haben einen Zwischenfall! Meldet euch! Over! Scotty, geben Sie noch eine Warnung über die Lautsprecher durch!«

Die vorfabrizierte Botschaft dröhnte der Menschenmenge entgegen. Es war ein Befehl, der an eine Ansammlung von Indonesiern gerichtet war, die man dazu bewegen wollte, Abstand zu halten.

Als sie den Warnruf hörten, wurden die Verfolger langsamer und blieben schließlich stehen – etwa fünfzig Meter von dem Militär-Checkpoint entfernt. Der Verfolgte ließ sich jedoch weder von dem Befehl noch von den drohenden Gewehrläufen aufhalten. Er lief auf das LAV zu und sank direkt neben dem Panzerfahrzeug zu Boden, wo er schwer atmend liegen blieb. Spokes blickte vom Turm hinunter und sah jetzt, dass das Kind, das der Junge in den Armen hielt, ein kleines Mädchen mit großen Augen war, das die Arme fest um den Hals seines Bruders geschlungen hatte. Der Junge wollte etwas sagen, war jedoch so außer Atem, dass er kein Wort herausbrachte.

»Sergeant, können Sie mit dem Jungen reden? Ich muss wissen, was da vorgeht!« Erneut schaltete Spokes sein Mikrofon ein. »Dingo Alpha! Dingo Alpha, hier spricht Koala Charley Five! Bitte, meldet euch! Hier hat es einen Zwischenfall gegeben! Over!«

Der australische NCO ließ sich neben dem Jungen auf ein Knie nieder und sagte ein paar zögernde Sätze auf Indonesisch.

Die Antwort war ein richtiggehender Wortschwall.

»Was sagt er?«, fragte Spokes, während er den Mob auf der Straße nicht aus den Augen ließ.

»Es ist nicht so einfach, ihn zu verstehen, Lieutenant. Er sagt, glaube ich, dass sie Hilfe brauchen … Und dann noch irgendwas über seine Eltern … Ja. Er und seine Familie sind Moslems … und sie wollten gerade von der Insel flüchten, als sie von Hindus angegriffen wurden …«

Der Australier blickte auf, einen bestürzten Ausdruck auf dem Gesicht. »Diese Bastarde haben seine Eltern umgebracht! Sie wollen auch die beiden Kinder ermorden! Er bittet um Hilfe! Großer Gott, Lieutenant! Das Mädchen ist vier Jahre alt!«

Spokes blickte auf. Die Gruppe von Dorfbewohnern auf der Straße war auf etwa dreißig Leute angewachsen. Ihre Gesichter waren ausdruckslos, doch man konnte förmlich den Zorn spüren, der in ihnen brodeln musste. Einige von ihnen näherten sich wieder der Straßensperre.

»Scotty, sagen Sie den Leuten, dass sie verschwinden sollen!« Spokes drückte erneut auf den Sendeknopf. »Dingo Alpha, könnt ihr mich hören! Hier spricht Koala Charley Five! Wir brauchen Hilfe hier draußen!«

Haltet die Abriegelungsstellung … Lasst niemanden nach Süden in die Operationszone der Regional Intervention Force durch … Helft allen ausländischen Bürgern, die evakuiert werden wollen … Vermeidet, so weit wie möglich, Auseinandersetzungen mit der einheimischen Bevölkerung.

Die Anweisungen klangen, wie immer, ganz eindeutig und allumfassend – bis zu dem Moment, wo man sie in der Praxis anzuwenden hatte.

Helft allen ausländischen Bürgern … Galt ein Moslem auf einer Insel voller aufgebrachter Hindus als »Ausländer«? Vermeidet, so weit wie möglich, Auseinandersetzungen mit der einheimischen Bevölkerung … Konnte man in diesem Fall eine Auseinandersetzung vermeiden, ohne einen Jungen und ein kleines Mädchen dem sicheren Tod preiszugeben?

Die Stimme aus dem Lautsprecher schmetterte erneut ihre Warnung hinaus, doch sie vermochte den Mob nicht länger aufzuhalten. Die aufgebrachten Einheimischen schoben sich immer näher heran, offenbar fest entschlossen, ihre entflohene Beute nicht entwischen zu lassen. Gregson hob erneut sein Gewehr, ging in die klassische kniende Schussposition und fasste das erste Ziel auf.

Doch die angelegten Gewehre vermochten den Mob genauso wenig aufzuhalten wie der Warnruf.

Der moslemische Junge, der zu erschöpft war, um noch weiterzulaufen, drückte das einzige noch lebende Mitglied seiner Familie noch enger an sich. Er blickte zu Spokes auf und sprach ihn an. Der Lieutenant konnte nicht verstehen, was er sagte, doch er hörte sehr wohl das Flehen, das aus seinen Worten sprach.

Erneut griff er nach dem Sendeknopf, hielt dann aber inne. Er begriff jetzt, dass keine Hilfe kommen würde und niemand ihm rechtzeitig einen Rat geben konnte. Da war kein Vorgesetzter, an den er die Verantwortung weitergeben konnte. In diesem Augenblick verstand er, warum man vor den Offizieren salutierte, warum sie besser bezahlt wurden und das eine oder andere Privileg genossen. Das alles war ein armseliger Lohn für Augenblicke wie diesen.

»Sergeant, bringen Sie die Flüchtlinge nach hinten!«

»Wird gemacht, Lieutenant!« Spokes hörte kaum noch das gemurmelte »Recht so, Yank.« Was er umso deutlicher hörte, waren die wütenden Rufe der Hindus, als die moslemischen Kinder in Sicherheit gebracht wurden.

Er hörte nun auch in seinem Kopfhörer, dass der Rückruf kam, doch der Kommandeur von Koala Charley Five hatte jetzt keine Zeit für irgendwelche Gespräche.

»Feuert Jellybags und Tränengas auf die Ziele! Alles andere über die Köpfe ... Feuerbereitschaft! ... Es geht los! ... Feuer frei!«

Das Missionsprofil der Regional Intervention Force hatte soeben eine radikale Ausweitung erfahren.

Im Norden von Bali

Ende Oktober 2008 Was soll man tun, wenn die Welt verrückt spielt? Was soll man tun, wenn sich jede Ordnung auflöst und Gesetze nichts mehr gelten? Wenn der allgemeine Wahnsinn Nachbarn und Freunde ansteckt und sie in kaltblütige Mörder verwandelt? Was soll man tun, wenn die Städte brennen und die Straßen vom Blut der Landsleute bedeckt sind?

Man ergreift die Flucht. Man nimmt diejenigen, die einem nahe stehen, an der Hand und flüchtet sich irgendwohin, wo noch die Vernunft regiert und wo man sich verstecken kann. Die Prioritäten ändern sich. Eigentum und Besitztümer verlieren ihren Wert. Nichts ist mehr von Wert als das unersetzliche Leben.

Egal ob im Auto, auf dem Motorroller, dem Fahrrad oder zu Fuß – die Moslems von Bali suchten ihr Heil in der Flucht. Doch sie flohen ohne irgendein Ziel vor Augen. Die Regierung, auf die sie sich verlassen hatten, existierte in Wirklichkeit nicht mehr, und ihre Vertreter ergriffen ebenfalls die Flucht. Sie hatten keinen Gott mehr, denn die Moscheen waren das Allererste, was den Flammen zum Opfer fiel. Es gab nirgendwo eine sichere Straße für sie, denn hinter jeder Ecke konnte der nächste wütende Mob lauern.

Für die Moslems im Süden von Bali gab es die Checkline und die Waffen der Regional Intervention Force, die Schutz versprachen. Für ihre Glaubensbrüder im Norden gab es nur einen einzigen schwachen Hoffnungsschimmer: das Meer!

Rasch sprach es sich unter den vielen Verzweifelten herum. Niemand wusste, woher die Botschaft kam, doch der Rat war immer der Gleiche: *Wenn ihr überleben wollt, flüchtet zum Meer!*

Und so begann der verzweifelte Exodus zu den Stränden und Häfen. Die balinesischen Moslems wussten nicht, was sie dort erwartete. Vielleicht ein Wunder und ein Fluchtweg, vielleicht stellte es sich aber auch nur als leere Versprechung heraus, hinter der wieder nur der Tod lauerte.

Doch es half nichts, diese eine Hoffnung war alles, was ihnen blieb.

MV *Galaxy Shenandoah*
Vor der Nordostküste der Insel Madura

29. Oktober 2008, 12:10 Uhr Ortszeit Während die blutigen Auseinandersetzungen auf den Inseln weiter zunahmen, war der stattliche Massengutfrachter ostwärts nach Bali unterwegs. Sein Kommen blieb in dem allgemeinen Chaos nahezu unbemerkt. In diesem typischen Dritte-Welt-Konflikt genossen neutrale Handelsschiffe eine seltsame Form der Immunität. So wie ein Postbote oder ein Zeitungsausträger, der von Haus zu Haus ging, wurden auch solche Schiffe meist nicht weiter beachtet, während sie ihren Geschäften nachgingen; es sei denn, jemand fand einen Grund, warum man sie unter Beschuss nehmen sollte. Bislang hatte jedenfalls niemand einen Grund gefunden, auf die *Galaxy Shenandoah* zu feuern.

In der Kapitänskabine war Amanda Garrett gerade dabei, sich auf etwas unorthodoxe Art und Weise Informationen zu verschaffen. Captain Ken Hiro, der Kommandant der USS *Cunningham,* gehörte nicht dem auserlesenen Personenkreis an, der über Phantom Force sowie Amandas gegenwärtigen

Status informiert war. Amanda war jedoch zu dem Schluss gelangt, dass sie ihren einstigen Ersten Offizier ins Vertrauen ziehen sollte, und das kam ihr nun zugute.

»Wie ist die Lage bei Ihnen, Ken?«

»Wir sitzen immer noch vor Benglulu an der Südküste von Sumatra fest«, kam Hiros Antwort mit schwacher, aber klarer Stimme. Sie unterhielten sich über eine kombinierte abhörsichere Verbindung zwischen den beiden Schiffen. Die Kommunikation lief über eine Laserverbindung von der *Shenandoah* zu einer ihrer Aufklärungsdrohnen und über Satellitentelefon von der Drohne zur *Cunningham.*

»Das Ganze sollte eigentlich eine schnelle Operation werden. Unser Auftrag war, eine Gruppe von Amerikanern und Australiern, die beruflich hier waren, und eine japanische Reisegruppe herauszuholen, aber es ist leider anders gekommen«, fuhr Hiro fort. »Die Sea Dragons und ein Landungstrupp haben am Strand eine Verteidigungsstellung errichtet. Sie stehen gegenwärtig zwischen ungefähr zweitausend balinesischen Hindus und Chinesen und ungefähr zehntausend aufgebrachten Moslems.«

Amanda hob überrascht eine Augenbraue. »Warum richtet sich ihr Zorn auch gegen die Chinesen?«

»Sie wissen ja, wie es mit den Chinesen in Südostasien ist, Capt'n. Sie sind beruflich erfolgreich, bilden aber kulturell eine Gruppe für sich. Wenn sich die allgemeine Lage verschlechtert, müssen sie immer wieder als Sündenböcke herhalten. Aber wie auch immer – wenn wir nicht mehr da wären, gäbe es hier ein Massaker.«

»Dieses Phänomen kann man im Moment überall beobachten. Was ist mit den Regierungstruppen?«

»Ein paar Einheiten von Polizei und Armee sind an unserer Verteidigungsstellung beteiligt, aber wenn wir weg wären, würden sie nicht länger als zehn Minuten durchhalten.«

»Werden die Seafighter selbst angegriffen?«

»Die Schiffe sind zur Zeit noch nicht betroffen, und auch am Strand haben wir die Lage bis jetzt mit nicht-tödlichen Maßnahmen ganz gut im Griff. Die Einheimischen halten sich noch zurück, aber sie machen immer mehr Druck. Es ist wohl nur eine Frage der Zeit, bis wir scharf schießen müssen.«

Hiro klang ziemlich müde. »Außerdem haben wir große logistische Probleme. Die Flüchtlinge brauchen Nahrung, ein Dach über dem Kopf und medizinische Versorgung – und zwar viel mehr, als wir ihnen bieten können. Es ist ein einziges Chaos, Capt'n.«

»Dieses Szenario haben wir überall, Ken«, erwiderte Amanda. Sie wünschte, sie könnte ihm irgendetwas Positiveres sagen. »Wir sind einfach zu wenige, um mit einer solchen Übermacht fertig zu werden. Was hat Captain Carberry vor?«

»Er hat mit der Evakuierung von indonesischen Flüchtlingen zur großen Regierungsgarnison in Padang begonnen. Dafür setzt er die Luftkissen-Patrol-Gunboats und unser Luftkissen-Landungsboot ein. Aber das braucht natürlich Zeit. Und was sie mit den Leuten in Padang machen, das weiß ich auch nicht.«

»Verstehe. Wir sind gerade zur Nordküste Balis unterwegs und werden mal sehen, was wir ausrichten können. Machen Sie das Beste aus der Situation, Ken.«

»Mache ich, Capt'n. Es freut mich, dass Sie immer noch hier bei uns sind.«

»Nein, bin ich nicht, Ken. Vergessen Sie das nicht. Ich bin nur ein kleiner Skipper auf einem Handelsschiff. Wir unterhalten uns dann später weiter.«

Sie legte den Hörer auf und starrte eine ganze Weile auf das Telefon hinunter. Verdammt! Ihr Versuch, die Katastrophe abzuwenden, war offensichtlich zum Scheitern verurteilt. Gewiss hätte sie sich sagen können, dass das alles begonnen hatte, lange bevor sie nach Indonesien gekommen war, und dass niemand auf der Welt das Desaster verhindern könnte. Doch es war nicht ihre Art, sich mit solchen Gedanken abzufinden.

Sie fuhr sich mit den Fingern durchs Haar und drückte ihre Kopfhaut, bis es schmerzte. Es muss doch irgendeinen Weg geben, Amanda, sagte sie sich.

Fast unbewusst registrierten ihre geschulten Sinne, dass die *Shenandoah* nun ein wenig anders auf die See reagierte. Sie stand von ihrem Stuhl auf und ging ans Fenster. Das Schiff drehte nach Süden ab. Ihr Fenster lag an Backbord, und sie sah die wolkenverhangenen grünen Hügel der Insel Kangean, die sich aus dem schimmernden Meer erhoben. Sie wusste, dass an Steuerbord die Insel Rass am Horizont zu sehen war und dass sie auf dem Weg von der Java- zur Balisee waren.

Sie hatte die exotischen Namen der Inseln lieb gewonnen, die einem in diesen Gewässern begegneten; Laute Kecil, Sawu, Karimunjawa. Wenn man über ein gutes Segelschiff verfügte, wie es die Bugi-Schoner waren, dann hätte man sein ganzes Leben damit zubringen können, von einem der mystischen Namen zum nächsten zu segeln.

Doch es war ihr nun einmal nicht gegeben, ein solch romantisches Leben ohne jede Verantwortung zu führen. Ein Leben, in dem sie sich in diesem Wunderland der Meere nur der Liebe und dem friedlichen Abenteuer hingegeben hätte. Tagsüber die Sonne im Rücken und nachts ein leidenschaftlicher Mann an ihrer Seite, und stets ein Schiff mit weißen Segeln zur Verfügung, mit dem man jederzeit zum nächsten Horizont aufbrechen konnte. Kurz gesagt, das Paradies, von dem sie als Teenager geträumt hatte.

Doch für die Verwirklichung des Traums hätte sie ihre Seele verkaufen müssen. Sie hätte einfach wegschauen müssen, wie neben ihr tausende unschuldige Menschen abgeschlachtet wurden.

»Verdammt, Makara!«

Die Bordsprechanlage klingelte, und sie eilte rasch zum Schreibtisch zurück.

»Capt'n hier.«

»Ma'am, hier spricht der Offizier vom Dienst im CIC. Wir haben hier eine Entwicklung, die Sie sich unbedingt ansehen müssen.«

Es handelte sich wohl kaum um eine Entwicklung zum Besseren. »Bin schon unterwegs.«

Im Hafen von Singaraja, Nordküste Balis

29. Oktober 2008, 12:10 Uhr Ortszeit Der Kapitän der kleinen Passagierfähre war ein tapferer Mann. Wenn er das nicht gewesen wäre, so hätte er es nicht riskiert, noch einmal den Hafen von Singaraja anzulaufen. Doch er war andererseits ein fähiger Seemann und als solcher auch Realist.

Sein Schiff war hoffnungslos überladen – und dennoch drängten immer mehr Flüchtlinge an Bord. Die Reihen der verängstigten Menschen auf der Flucht erstreckten sich immer noch über die ganze Länge des Piers und darüber hinaus.

Er zögerte noch einen Augenblick, doch schließlich musste er eingreifen. Mochte Allah ihm vergeben, doch mehr ging einfach nicht. Sein Schiff war weit über die maximale Ladekapazität hinaus beladen, und er konnte einfach niemanden mehr an Bord lassen, wenn er das Schiff heil nach Java bringen wollte.

Der Kapitän der Fähre ließ das Signalhorn plärren, worauf seine angespannten Männer die Trossen lösten. Dann schaltete er die Dieselmaschine auf Rückwärtsschub und riss das Ruder herum, um sein Schiff vom Pier wegzubringen. Es war höchste Zeit, von hier zu verschwinden.

Am Pier erhob sich ein vielstimmiger Aufschrei. Von einem Augenblick zum anderen verwandelten sich die wartenden Flüchtlinge in einen verzweifelten Mob. Das war genau die Reaktion, die der Kapitän befürchtet hatte. Im Hafen von Singaraja waren weit und breit keine Boote und keine Schiffe mehr zu sehen. Seine Fähre war das letzte Fahrzeug, das die Insel verließ, die letzte Fluchtmöglichkeit aus dem Wahnsinn, der hier um sich griff.

Verzweifelte Hände griffen nach der Reling der Fähre. Mitglieder von auseinander gerissenen Familien schrien ihren Angehörigen an Land etwas zu. Menschen stürzten, von der nachdrängenden Menge geschoben, vom Pier ins Wasser hinunter. Manche tauchten nicht wieder auf und verschwanden unbemerkt.

Ächzend unter ihrer menschlichen Last nahm die Fähre Kurs auf die Hafenmündung und auf die ferne Sicherheit, die Java bieten würde. Sie würde nicht wieder zurückkehren.

USS *Shenandoah*

29. Oktober 2008, 12:15 Uhr Ortszeit »Es ist Folgendes, Skipper«, begann Stone Quillain, »in Singaraja braut sich etwas Übles zusammen.«

»Was ist dort anders als überall sonst auf Bali?«, fragte Dix Beltrain, der auf dem Stuhl neben Amanda saß.

»Das Ausmaß, Dix. Das Ausmaß der Katastrophe ist ein anderes«, warf Vince Arkady ein. Der Flieger war das vierte und letzte Mitglied der kleinen Operations Group. Sie hatten sich im Briefing Room des Command Block rund um den Kartentisch versammelt, wo sie auf den Bildschirmen die Echtzeitabbildungen verfolgen konnten, die von den Aufklärungsdrohnen der *Shenandoah* geliefert wurden.

»Womit haben wir's zu tun, Arkady?«, fragte sie leise.

»Singaraja ist eine wichtige Fluchtroute für die moslemische Bevölkerung von Nordbali. Es ist der größte Hafen im Norden der Insel. Die Polizeipräsenz war dort besonders stark, und es hat dort immer eine eher kosmopolitische Atmosphäre geherrscht, in der sich kein religiöser Fanatismus bemerkbar gemacht hat. Aber das scheint sich jetzt zu ändern.«

Arkady stand auf und trat an den großen Bildschirm, wo er auf die Abbildung des Hafens von Singaraja zeigte. Die umliegenden Straßen waren von verlassenen Autos und Lastwagen verstopft, und auf dem Hafengelände drängte sich eine ungeheure Menschenmenge. »Es sind schon mehrere tausend Flüchtlinge, die sich hier in der Gegend angesammelt haben, um noch auf ein Schiff zu kommen, das von hier ablegt. Das Problem ist nur, dass es keine Schiffe mehr gibt. Die letzte staatliche Fähre hat die Insel verlassen, und auch die privaten Linien haben den Verkehr eingestellt.«

Amanda blickte auf den Bildschirm und nickte. Die Balinesen waren keine großen Seefahrer, was für ein Inselvolk recht ungewöhnlich war. Die meisten Küstenschiffe, die hier verkehrten, gehörten Moslems, für die Bali im Moment kein sehr attraktives Ziel war. Und wenn es doch ein paar balinesische Schiffseigner gab, so war es nicht sehr wahrscheinlich, dass sie dem Urteil ihrer Götter zuwiderhandeln und Mitgefühl mit den »moslemischen Dämonen« zeigen würden.

»Was ist mit der indonesischen Marine?«, fragte sie.

»Wir haben versucht, sie über die Situation zu informieren. Ich weiß aber nicht, ob das irgendetwas nützen wird; das nächste indonesische Schiff befindet sich über eine Tagesreise entfernt.«

Amanda runzelte ungläubig die Stirn. »Die indonesische Marine hat keine ständige Präsenz in den balinesischen Gewässern eingerichtet?«

Beltrain schüttelte den Kopf. »Jedenfalls nichts Nennenswertes, Ma'am. Die Schiffe der Ostflotte operieren hauptsächlich von Neuguinea aus, und die Westflotte ist in der Straße von Malakka konzentriert. Daran hat sich seit Beginn der Krise auf Bali nichts geändert.«

Amandas Miene verfinsterte sich noch mehr. Es war dies ein

weiteres Beispiel dafür, wie dilettantisch die Verantwortlichen mit der Situation umgingen. Sie würde sich darüber mit Chris unterhalten müssen, sobald sie eine Minute erübrigen konnte. »Ich nehme an, dass sich die Lage in Singaraja schon sehr bald zuspitzen wird, nicht wahr?«

»Es sieht ganz so aus, Capt'n.«

Auf dem Bildschirm war nun ein Ausschnitt der Stadt zu sehen, wo sich eine weitere riesige Menschenansammlung gebildet hatte, die noch viel größer war als jene am Hafen. Diese Menschen versammelten sich in den Straßen rund um einen offenen Gebäudekomplex.

»Die Massen kommen bei den Hindutempeln der Stadt zusammen, vor allem hier im Süden bei dem Tempel, der Shiva geweiht ist. Nach den Informationen aus unserer Datenbank ist das ein schlechtes Zeichen. Sie befragen ihre Götter in Angelegenheiten, die Leben und Tod betreffen. Und sie haben das auch getan, bevor die Massenhinrichtungen begannen.«

Arkady wandte sich vom Bildschirm ab und sah Amanda an. »Wenn dieser Mob zum Hafen strömt, dann fließt jede Menge Blut.«

»Was ist mit den Sicherheitskräften vor Ort?«

»Nach dem, was wir mitgehört haben, haben sie sich aufgelöst. Die balinesischen Hindus sind desertiert und haben sich dem Mob angeschlossen, und die Moslems in den höheren Dienstgraden haben sich entweder aus dem Staub gemacht oder in den Polizeihauptquartieren verbarrikadiert. Von ihnen ist jedenfalls nichts zu erwarten.«

»Was ist mit einer konventionellen militärischen Intervention? Von uns oder von den Indonesiern?«

Quillain zuckte die Achseln. »Es gibt einfach zu viele Brandherde, Skipper. Die RIF ist vor allem im Süden beschäftigt. Und die Indonesier sagen, dass sie keine Truppen mehr einsatzbereit haben und dass sie gar nicht rechtzeitig vor Ort sein könnten, wenn sie welche hätten.«

Amanda biss die Zähne zusammen. Am liebsten hätte sie für ein paar Minuten die Unerschütterlichkeit abgelegt, die man von ihr erwartete, um eine Tylenoltablette gegen ihre leichten Kopfschmerzen zu nehmen. »Welche Möglichkeiten bleiben uns?«

Auf der anderen Seite des Tisches sahen einander Quillain, Beltrain und Arkady an. Quillain übernahm es schließlich, zu antworten. »Wir könnten schon etwas tun«, sagte der Marine. »Wir müssten mit der kompletten Sea-Demon-Truppe anrücken, unterstützt von einem bewaffneten Sicherheitstrupp, um einen Verteidigungsring um das Hafengelände zu ziehen. Dann könnten wir die Flüchtlinge mit SPEED Hawks abtransportieren.«

»Die *Pelelieu* könnte uns mit ihren Ospreys und Sea Stallions aushelfen«, warf Arkady ein. »Trotzdem hätten wir natürlich nur eine kleine Zahl von Maschinen für die tausenden von Flüchtlingen zur Verfügung. Egal, ob wir sie nach Java brächten oder hinter die RIF-Checkline am südlichen Ende der Insel – es wären in jedem Fall lange Flüge. Wir wären mehrere Tage mit der Evakuierung beschäftigt und würden dabei einen großen Teil unserer Treibstoffreserven verbrauchen.«

»Also, ich denke«, warf Dix Beltrain ein, ohne den Blick vom Tisch zu heben, »es gibt zwei entscheidende Faktoren bei der ganzen Sache – zum einen die Zeit, die wir für die Operation brauchen, zum anderen die Tatsache, dass wir dann offen in Erscheinung treten müssten. Wir müssten uns ständig in Küstennähe aufhalten und rund um die Uhr unsere Hubschrauber und Boote starten. Kurz gesagt, wir würden aller Welt zeigen, dass die Vereinigten Staaten eine beträchtliche Streitmacht an einem Ort haben, wo wir eigentlich nicht präsent sein sollten. Unsere Tarnung wäre damit im Eimer, Ma'am, und zwar restlos.«

Die beiden anderen Männer schwiegen zu Beltrains Ausführungen. Amanda erkannte, dass sie sich abgesprochen haben mussten, bevor sie ihr das Problem unterbreiteten. Sie blickte auf den grauen Tisch hinunter und strich sich mit den Fingerspitzen über die Stirn. Elliot MacIntyre war wohl mittlerweile in Darwin und würde bald bei ihnen sein. Es wäre wohl das Einfachste gewesen, die Sache an ihn weiterzugeben oder das Problem so lange hin und her zu wälzen, bis die Gelegenheit zum Eingreifen vorüber war. Doch so war sie noch nie vorgegangen, und sie würde es auch jetzt nicht tun.

»Gentlemen«, begann sie, »was da in Singaraja passiert, ist Wahnsinn – aber wir werden uns damit abfinden müssen. In Anbetracht der Umstände können wir nicht wirkungsvoll eingreifen, ohne die künftige Effektivität der Phantom Force zu zerstören. Wir können nichts anderes tun als die Lage zu beobachten und zu melden.«

Mit ihrem Schweigen drückten die drei Anwesenden ihre Zustimmung aus. Es gab auch nicht mehr viel zu sagen, wenn man sich entschieden hatte, mehrere tausend Männer, Frauen und Kinder dem sicheren Tod preiszugeben.

Amanda wollte die Operation Group schon auflösen, als es im Lautsprecher knackte. »Briefing Room, hier Drohnenkontrolle. Wir beobachten gerade eine … ungewöhnliche Situation in der Umgebung von Singaraja.«

Amanda hob den Kopf und aktivierte das Mikrofon an ihrem Kommando-Kopfhörer. »Drohnenkontrolle, hier spricht der Capt'n. Definieren Sie die Situation.«

»Wir haben da eine größere Gruppe von Küstenschiffen, Ma'am. Es sieht fast so aus wie ein Konvoi. Sie scheinen eine Formation zu bilden.«

»Eine Formation?«, fragte Amanda stirnrunzelnd. »Lassen Sie uns mal die Bilder sehen.«

»Aye aye. Ich schicke sie Ihnen gleich.«

Auf dem Hauptbildschirm erschien das azurblaue Meer, von oben betrachtet. Und da war tatsächlich eine Formation von indonesischen Pinisi – neun Schiffe insgesamt, die in drei Reihen unterwegs waren. Einige waren klassische Schoner, andere waren motorisierte Küstenschiffe mit blockartigen Deckhäusern. Alle zusammen liefen zielstrebig auf die Hafenmündung von Singaraja zu.

»Was, zum Teufel, hat das zu bedeuten?«, murmelte Beltrain.

»Ich weiß es nicht genau«, antwortete Amanda mit zusammengekniffenen Augen. »Drohnenkontrolle, hier spricht der Capt'n. Können Sie mir den ersten Schoner in der mittleren Reihe heranzoomen?«

Im nächsten Augenblick erschien das betreffende Schiff groß im Bild. Es war ein Schoner, der für eine Pinisi sehr groß war. Das Schiff lief mit zusammengerolltem Gaffelsegel und wurde von leistungsstarken Dieselmaschinen angetrieben. Am Bug und am Heck blitzte Stahl auf; es handelte sich um eine Batterie von schweren Maschinengewehren. Außerdem waren überall auf dem Schiff Männer mit Sturmgewehren und Granatwerfern zu sehen.

»Das ist ein Bugi-Raider-Schiff«, stellte Amanda fest.

»Großer Gott«, murmelte Quillain. »Das ist doch nicht zu glauben! Haben die Leute in der Stadt denn nicht schon genug Ärger? Jetzt sind auch noch diese verdammten Piraten hinter ihnen her.«

Amanda schüttelte den Kopf. »Nein, wie es aussieht, sind nur die drei vorderen Schiffe bewaffnet. Die anderen Pinisi sind ganz gewöhnliche Küstenschiffe. Es sieht aus wie ein Konvoi mit Eskorte ...«

Amanda stieß den Stuhl zurück und stand auf. »Drohnenkontrolle«, sagte sie und trat näher an den Wandbildschirm heran. »Maximale Vergrößerung auf das Achterdeck des führenden Schoners!«

Erneut zoomte die Kamera einen kleinen Bildausschnitt heran. Er zeigte die Station des Rudergängers sowie die Männer, die ringsum standen. Ein Mann stach sofort heraus, da er einen Kopf größer war als die anderen Bugi. Mit Jeans und Safarihemd bekleidet gestikulierte er energisch, so als gäbe er Befehle.

»Harconan«, flüsterte Amanda.

»Was?« Beltrain blickte zwischen dem Bildschirm und Amanda hin und her. »Sie meinen, das ist der Kerl, hinter dem wir her sind?«

»Ja, ganz sicher«, sagte Stone Quillain und nickte. »Das ist der Gentleman.«

Arkady aktivierte sein Mikrofon. »Air One, hier ist der CAG! Haben wir einen klaren Horizont für einen Start? … Roger! Bewaffnet einen Heli mit Anti-Schiff-Waffen und stellt ihn auf den Aufzug. Rasch!«

Amanda wirbelte herum. »Nein! Kommando zurück!«

Der Pilot blickte mit finsterer Miene auf. »Capt'n, wir haben freie Schusslinie auf unser Hauptziel! Das ist der Kerl, den wir ausschalten sollen!«

Sie hob eine Hand. »Ich weiß, wie unsere Anweisungen lauten, Arkady, und ich weiß auch, dass dieser Mann unser Ziel ist! Aber in diesem Moment könnte er etwas anderes sein!«

»Wovon reden Sie, Skipper?«, wandte Stone ein.

Die drei Männer sahen, wie es in Amandas Kopf arbeitete, während sie auf den Bildschirm starrte. Sie streckte die Hand aus und tippte mit dem Zeigefinger auf Harconan. »Dieser Mann ist in der Tat unser Ziel. Aber er ist auch die Lösung für den Wahnsinn, der in Singaraja abläuft, und wir werden keinen Finger rühren, um ihn an dem zu hindern, was er vorhat.«

Sie wandte sich wieder ihren Offizieren zu. »Versteht ihr denn nicht? Das ist eine Evakuierungsflotte. Harconan ist gekommen, um die Flüchtlinge herauszuholen!«

»Wie können Sie das so genau wissen, Capt'n?«, fragte Beltrain.

»Es ist das Einzige, was Sinn ergibt, Dix. Es ist der einzige Grund, warum er hier so offen auftaucht! Ich habe dieses Problem schon mit Chris und Admiral MacIntyre diskutiert. Es deutet vieles darauf hin, dass es noch eine andere mächtige Gruppierung hier in Indonesien gibt, die in diesem Konflikt nach der alleinigen Macht strebt. Ein Blutbad auf Bali gehört nicht zu Harconans Plan. Hier ist der Beweis! Er greift aktiv ein, um ein Massaker zu verhindern!«

»Na ja, damit wäre wenigstens das Problem Singaraja gelöst«, warf Beltrain ein. »Das heißt, vorausgesetzt, er bekommt die Leute auf die Schiffe, bevor der Mob im Hafen ist. Wenn es zur Auseinandersetzung kommt, dann kann es immer noch zu einem Blutbad kommen.«

»Aber dagegen können wir etwas unternehmen«, erwiderte Amanda und wandte sich dem Chef ihrer Fliegertruppe zu. »Arkady, wir brauchen jetzt doch deinen Einsatz, aber mit Aufruhr-Munition. Harconan schnappen wir uns später. Fürs Erste geben wir ihm Luftunterstützung!«

Im Hafen von Singaraja

29. Oktober 2008, 12:50 Uhr Ortszeit Als der Schoner beim Pier ankam, streckten sich ihm viele Hände entgegen, um die Leinen aufzufangen, wenngleich der Großteil der Menschenmenge ängstlich zurückwich, als eine Phalanx von schwer bewaffneten Männern die Gangway heruntergestürmt kam.

»Kapitän Arimbi, Ihre Männer sollen die Straßen sichern, aber sie sollen sich nicht zu weit entfernen!«, rief Harconan mit lauter Stimme vom Achterdeck. »Versuchen Sie den Mob aufzuhalten, indem sie über die Köpfe der Leute feuern. Es soll niemand getötet werden, wenn es nicht unbedingt notwendig ist. Und ich schneide jedem persönlich die Kehle durch, der irgendein Haus plündert!«

»Jawohl, *Raja*«, antwortete der Kapitän prompt, aber doch ein wenig unsicher angesichts der ungewohnten Aufgabe, die ihm und seinen Männern hier zugewiesen wurde.

Harconan verstand die Skepsis des Mannes. Das, was er den

Leuten befahl, waren nicht gerade die Anweisungen, die ein Captain Kidd oder ein Blackbeard seinen Leuten gegeben hätte, aber die Zeiten und die Umstände änderten sich nun einmal.

Er legte die Hand auf das schwere Maschinengewehr, das am Heck installiert war, und verfolgte, wie die anderen Schiffe an die Piers heranfuhren. Auch die Rolle, die er selbst in den laufenden Ereignissen spielte, war gerade dabei, sich zu ändern, doch Harconan war sich noch nicht sicher, wie seine neue Position aussehen würde. Er hatte einen neuen Feind, und er wusste nicht einmal, wer er war, geschweige denn, was er beabsichtigte und welche Ressourcen er zur Verfügung hatte. Er wusste nur, dass er andere Ziele verfolgte als Harconan selbst und dass er diesen Feind bekämpfen musste. Und er wusste auch, dass er diesen Kampf hier und jetzt aufnehmen musste.

Die Evakuierung der moslemischen Flüchtlinge von Bali war nur eine Geste, ein kleiner Beitrag, um das Blutvergießen in Grenzen zu halten – aber was war danach? Zum ersten Mal in seinem Leben verspürte Harconan tiefe Unsicherheit – ein Gefühl, das ihm ganz und gar nicht behagte.

Sein Plan, die indonesische Regierung zu Fall zu bringen und den Staat zu zerstören, war nicht schwer zu verwirklichen. Es war immer einfacher, Chaos anzurichten, als Ordnung zu schaffen. Und nun musste er, Harconan, so etwas wie Ordnung schaffen, damit die Situation nicht völlig außer Kontrolle geriet.

Er brauchte jemanden, der ihm sagen konnte, wie man Ordnung und Sicherheit herstellte. Er musste neue Verbündete finden. Doch genauso wie er nicht wusste, wer seine Feinde waren, wusste er auch nicht, wer seine Verbündeten sein könnten.

Du hast mich gewarnt, Amanda. Du hast gewusst, welche Kräfte ich in meinem Hochmut und meiner Überheblichkeit entfesseln würde.

Er wurde von einem Zuruf des Ausgucks in seinen Gedanken unterbrochen. »Da kommen Flugzeuge von Norden her! Kampfflugzeuge!«

Seine grübelnden Gedanken waren augenblicklich vergessen. Harconan trat ein paar Schritte zur Seite, um seine Leute an das schwere Maschinengewehr zu lassen. Er riss das Fernglas hoch, das er umgehängt hatte, und suchte den nördlichen Himmel ab.

Da waren sie. Es waren ein halbes Dutzend Maschinen, die in lockerer Formation angeflogen kamen. Er sah jetzt auch, dass es sich um Hubschrauber handelte, die jedoch ungewöhnlich schnell unterwegs waren. Kampfhubschrauber, genauer gesagt, amerikanische AH-1 Cobras. Indonesien hatte jedenfalls keine AH-1 gekauft. Die einzige Streitmacht in diesen Gewässern, die den Cobra flogen, waren die United States Marines … aber die amerikanischen Marines flogen andererseits keine Cobras, die so aussahen wie diese hier!

Die Führungsmaschine der merkwürdigen Staffel flog der Formation ein Stück voraus und … das verdammte Ding neigte seine Flügel, die es gar nicht haben sollte! Der Pilot der sonderbaren Maschine gab das Signal für ein verbündetes Flugzeug.

Harconan riss sein Walkie-Talkie aus dem Gürtelholster. »Nicht feuern!«, rief er den Kapitänen der anderen Schiffe zu. »Hier spricht Harconan! Nicht auf die Hubschrauber feuern! Das ist ein Befehl! Nicht feuern!«

Die Flüchtlinge starrten ebenso wie die Bugi-Seemänner verblüfft nach oben, als die schwarzen Maschinen, die weder wie Hubschrauber aussahen noch so klangen, über sie hinwegbrausten. Die Helikopter flogen landeinwärts weiter; ihr Ziel war offensichtlich die Stadt selbst.

Plötzlich war Harconan alles klar. Er wusste auf einmal, wer hinter diesen Helikoptern steckte.

»Amanda.«

Der Hafen von Singaraja zog unter *Jeannie II* vorbei, als die Staffel die Küstenlinie überflog.

»Little Stinker Lead an Stinker Flights. Wir machen es so, wie wir es besprochen haben, Leute. Pom Pom, deine Staffel übernimmt den zentralen Tempel. BoJoe, deine Jungs fliegen in den Norden. Pink, du kommst mit mir. Wir knöpfen uns den Großen vor.«

»Alles klar, Lead.«

»Roger, Commander.«

»Bin bei dir, Vince.«

»Gut, Jungs. Lasst die Kotzladung runter, und dann nichts wie weg hier. Gebt Acht auf Feuer vom Boden. Sie werden nicht gerade froh sein über unseren Besuch … Little Stinker Flights … Achtung … los!«

Die beiden Teams scherten aus, und Arkady drückte auf einen Schalter an seinem Velocity Controller, um das Waffendisplay aufzurufen und seine Munitionsbehälter scharf zu machen. Er warf einen kurzen Blick nach unten und sah die Gajah-Mada-Straße, die Hauptstraße südlich des Hafengebiets. Er folgte der Straße, die ihn direkt zu seinem Ziel führen würde.

In den wenigen Sekunden, die ihm blieben, bevor er sein Ziel erreichen würde, kam ihm der Gedanke, dass er schon eine Menge außergewöhnliche Missionen für König und Vaterland durchgeführt hatte, insbesondere unter dem Kommando von Amanda Garrett – doch er hatte noch nie die Anweisung bekommen, eine Kirche zu bombardieren.

»Hier Little Stinker Lead. Pass auf die richtige Streuung deiner Ladung auf, Pink«, murmelte er in seine Sauerstoffmaske. »Wir gehen jetzt auf Abwurfhöhe.«

»Bin hinter dir, Lead.«

Arkady ging mit seinem SPEED Cobra in einen sanften Sturzflug. Vor ihm, gleich hinter dem Friedhof der Stadt, stand der Pura Dalem von Singaraja, der Tempel, der Shiva, dem Zerstörer, geweiht war.

Rund um den Tempel und auf der Gajah-Mada-Straße hatte sich eine riesige Menschenmenge versammelt, die offensichtlich drauf und dran war, sich in einen wütenden Mob zu verwandeln, der Jagd auf die moslemischen Flüchtlinge am Hafen machen würde.

Diesen Mob galt es zu eliminieren. Nicht die Menschen, aus denen er sich zusammensetzte – nur den Mob als Ganzes.

Arkady sah, dass sich tausende Gesichter nach oben wandten, um die schwarzen Monster zu betrachten, die da vom Himmel herabkamen und sie mit dem Knattern ihrer Rotoren und dem Dröhnen ihrer Triebwerke in ihren Gesängen störten. An den Rändern der Menge sah er hier und dort einen Funken aufblitzen, und er hörte, wie eine Gewehrkugel von dem gepanzerten Rumpf der Maschine abprallte.

Mobs in der Dritten Welt schossen für ihr Leben gern auf Hubschrauber.

Schließlich erreichten sie die vorgesehene Abwurfzone. »Little Stinker Lead ist in Position und scharf«, meldete Arkady und drückte auf den Auslöseknopf für seine Munitionsbehälter. »Abwurf! Abwurf! Abwurf!«

Eine Kette von leisen Detonationen ertönte unter den Flügeln der SPEED Cobras, und hunderte Geschosse von der Form und Größe eines Baseballs wurden aus den Startrohren geschleudert und regneten auf die Menschenmenge nieder, die sich um den Tempel versammelt hatte.

Gleich nach dem Abschuss wurde im Innern der Geschosse eine winzige chemische Zelle aktiviert. Eine hoch verdichtete Substanz, die gewöhnlichem Backsoda sehr ähnlich war, erwachte zischend zum Leben und übte von innen einen wachsenden Druck auf die dünne Kunststoffhülle aus. Fünf bis zehn Meter über dem Boden platzten die Geschosse wie Seifenblasen, worauf aus jedem etwa eine Tasse einer klaren öligen Flüssigkeit versprüht wurde.

Die freigesetzte Flüssigkeit regnete auf die versammelte Menschenmenge herab und traf dabei einen Großteil der Anwesenden. Für einige Augenblicke passierte nichts, außer dass sich die Leute ziemlich verwirrt ansahen. Dann begann das biochemische Teufelszeug mit dem Sauerstoff in der Atmosphäre zu reagieren.

Es war eine Besonderheit der Kriegsführung im 21. Jahrhundert, dass in einem Zeitalter, in dem die Massenvernichtung in einem nie gekannten Ausmaß möglich war, zumindest in den Armeen der westlichen Welt besonderer Wert auf die Entwicklung von Waffen gelegt wurde, die ihre Wirkung entfalteten, *ohne* zu töten.

Es kam allzu oft vor, dass sich Terroristen und Tyrannen verschiedenster Couleur hinter Unschuldigen und Wehrlosen versteckten, um auf diese Weise unangreifbar zu werden. Aus diesem Grund war die Entwicklung von nicht-tödlichen Waffen zu einem überaus wichtigen Ziel geworden – Waffen wie die CCD-N (Chemical Crowd Dispersant Non-lethal) 6 »Pigeye«.

Als wirkungsvolle Waffe gegen größere Menschenmengen setzte die Polizei schon seit langem und weltweit Tränengas und Pfefferspray ein – doch »Pigeye« ging weit über herkömmliches Tränengas hinaus. Wer mit dem Zeug in Kontakt kam, dessen Haut begann zuerst zu kitzeln, dann zu jucken und schließlich zu brennen, dass man es kaum noch auszuhalten glaubte. Die Augen begannen zu tränen, zu jucken und schwollen schließlich ganz zu. Und aus den Nasen floss der Schleim in Strömen.

Damit jedoch nicht genug. Mit gentechnischen Mitteln hergestellte Wirkstoffe drangen durch die Haut in den Blutkreislauf ein und gelangten schließlich ins Gehirn, wo sie auf ganz bestimmte Regionen abzielten. Das Ergebnis war eine augenblickliche unerträgliche Übelkeit, die in heftige Brechanfälle mündete, begleitet von unkontrollierbarem Durchfall.

Und über alledem erhob sich ein Gestank, wie man ihn sich schlimmer nicht vorstellen konnte. Stinktier zum Quadrat!

Gegen einen Angriff mit dieser Waffe gab es keinen Schutz, außer einem entsprechenden Anzug gegen chemische Kriegsführung. Und wenn man dem Mittel nicht mit heißem Wasser und einem guten Reinigungsmittel zu Leibe rückte, konnte man der teuflischen Wirkung nicht entkommen, bis sich die Substanz nach ein bis zwei Stunden verflüchtigte. Und das Schlimmste war, dass man dem Gebräu nicht bloß ausgesetzt war, solange man sich am Ort des Geschehens befand – nein, man trug das Zeug förmlich in sich, ohne es abschütteln zu können.

Der Einsatz von Pigeye verfolgte zwei Ziele – zum einen die Zerstreuung einer gefährlichen Menschenansammlung, was man schon allein dadurch erreichte, dass die Anwesenden einander im wahrsten Sinne des Wortes nicht mehr riechen konnten, und zum anderen die Vernichtung der Kampfmoral der Anwesenden, was man dadurch erreichte, dass sie sich so hundeelend fühlten, dass sie jede politische oder sonstige Motivation schlagartig verloren.

Die Little-Stinker-Staffeln stiegen nach getaner Arbeit wieder hoch und kreisten über der Stadt, um die Wirkung der Attacke zu beobachten. Die Menschenmenge unter ihnen schien regelrecht zu explodieren; die Anwesenden waren nur noch von dem Verlangen getrieben, sich so schnell wie möglich voneinander zu entfernen. Ein schwacher Hauch des Gestanks am Boden drang auch in die Cockpits ein, wo man die Sauerstoffmasken schnell etwas fester zog.

»Ich glaube, mir wäre ein feindlicher Napalmangriff fast noch lieber als das da«, stellte Pinkerton über Funk fest.

Dieselbe Szene zeigte sich auch auf den Bildschirmen des Joint Operations Command Center, und Amanda konnte sich ein Lächeln nicht verkneifen.

»Ich glaube, wir haben unserem Freund Harconan die Zeit verschafft, die er braucht, um die Evakuierung ungestört durchführen zu können.« Sie aktivierte ihr Headset. »Little Stinker Flight, hier Star Child. Mission erledigt. Sehr gute Arbeit. Kommt zur Basis zurück.«

»Roger, Star Child«, tönte Arkadys jubelnde Stimme aus dem Lautsprecher. »Stinkend, aber siegreich kehren wir zurück.«

»Aber bevor wir die Flugstation aufheben, würde ich gern noch eine andere Sache erledigen«, sagte Stone, zu Amanda gewandt.

»Und das wäre, Stone?«

»Ich würde gern eine Mariner-Drohne losschicken, die über dem Achterdeck unseres Freundes hier kreisen soll«, fuhr Stone fort und zeigte auf das Bugi-Flaggschiff in der Mitte des Hauptbildschirms. »Das muss einfach sein. Jetzt, wo wir Harconan im Visier haben, möchte ich absolut sicher gehen, dass wir ihn nicht mehr verlieren, bis wir bereit sind, ihn uns zu schnappen.«

Amanda unterdrückte den Anflug von Traurigkeit, den sie verspürte. »Das steht als Nächstes auf dem Programm«, sagte sie. »Wie es aussieht, nimmt Harconan auch ein paar Flüchtlinge auf sein Schiff, also können wir ihn nicht einfach abschießen. Aber selbst wenn diese Pinisi mit Höchstfahrt laufen, können sie nicht vor Einbruch der Nacht bei irgendeinem der Evakuierungspunkte außerhalb von Bali ankommen. Wir holen ihn uns in der Nacht. Ich würde es gerne nicht-tödlich machen, wenn es möglich ist.«

Quillain nickte. »Ich glaube nicht, dass es ein großes Problem werden sollte, Skipper. Ich habe mir schon einen Plan zurechtgelegt. Es sollte nicht weiter schwer sein, das Schiff zu entern.«

Er blickte auf seinen Block, der bereits jede Menge handschriftliche Notizen enthielt. »Zuerst sollen ihn die Helis mit Flashbang-Granaten und Pigeyes eindecken, damit sie alle unter Deck flüchten. Dann gehen wir mit einem Amphibienfahrzeug unter sein Heck und ruinieren sein Ruder, damit er nicht mehr manövrieren kann. Das ist der Moment, wo die SEAL- und Force-Recon-Teams mit den Schlauchbooten auftauchen und an Bord gehen. Harconans Passagiere werden seine Crew genauso behindern wie uns. Wenn er sich nicht gerade wie ein selbstmörderisches Arschloch verhält, sollten nur wenige Leute zu Schaden kommen.«

»Selbstmörder ist er keiner, Stone«, erwiderte Amanda. »Und er wird auch nicht Unschuldige opfern.«

»Was ist mit den anderen Schiffen seiner Flotille?«, wandte Dix Beltrain ein.

Stone zuckte die Achseln. »Wir treiben sie mit Flashbangs und Pigeyes weg und schicken ihnen ein paar Raketen und Kanonensalven vor den Bug, wenn sie's nicht kapieren wollen. Wenn sie so verrückt sind, sich trotzdem auf einen Kampf einzulassen, machen wir ernst.«

»Okay, das müsste klappen«, stimmte Amanda zu. »Dix, holen Sie die Little-Stinker-Staffel an Bord und starten Sie den Mariner, wie Stone vorgeschlagen hat. Harconans Schiff soll heimlich aus großer Höhe beobachtet werden. Wenn die Bugi-Schiffe aufbrechen, bleiben wir ihnen unauffällig auf den Fersen.«

»Aye aye, Ma'am.«

»Stone, arbeiten Sie einen detaillierten Operationsplan für den Entereinsatz aus. Sprechen Sie sich mit Mr. Beltrain und Mr. Arkady ab, damit wir den optimalen Punkt für die Operation finden.« Sie warf einen Blick auf die Armbanduhr. »Die nächste O-Group kommt um 19:00 Uhr zusammen. Dann gehen wir noch einmal alles durch ...«

Die Stimme aus dem Lautsprecher unterbrach sie in ihren Ausführungen. »Capt'n, hier ist der Offizier vom Dienst. Wir haben eine dramatische Entwicklung der Situation, Ma'am.«

Amanda reagierte sofort. »Hier spricht der Capt'n! Was gibt's?«

»Wir haben die Anweisung bekommen, so schnell wie möglich nach Jakarta zurückzukehren, Ma'am. Es ist ein Militärputsch gegen Präsident Kediri im Gange, und die amerikanische Botschaft wird ebenfalls angegriffen.«

Vierter Teil

Die erste Schlacht

Im Präsidentenpalast,
Merdeka-Platz (Freiheitsplatz), Jakarta, Indonesien

29. Oktober 2008, 11:27 Uhr Ortszeit Präsident Ahsan Kediri war ein müder Mann im mittleren Alter, der alles versucht hatte. Vor nicht allzu langer Zeit war er noch voller Energie gewesen, doch in den Jahren seiner Präsidentschaft war er hager und abgezehrt geworden, und sein schwarzes Haar war ergraut. Die ständige Anspannung, die nicht enden wollende Arbeit, die ständigen Kompromisse, die er mit anderen und mit seinem eigenen Gewissen eingehen musste – all das hatte seine Spuren hinterlassen.

Er stellte eine Ausnahme in indonesischen Regierungskreisen dar; er war einer der wenigen hohen politischen Verantwortlichen, die nicht aus der Armee kamen. Kediri war von seinem beruflichen Werdegang her ein Banker, der einzig und allein deshalb in die Politik gegangen war, weil er die Dinge in seinem Land zum Besseren verändern wollte. Doch nun war es anders gekommen. Das Land hatte ihn verändert und ihm den Idealismus geraubt, mit dem er sein Amt angetreten hatte. Indonesien schlitterte in eine immer tiefere Krise, die nun, wie es aussah, in den Untergang führte, sodass Kediri sich immer öfter wünschte, er hätte sich nie mit Politik abgegeben.

Und nun stand der amerikanische Botschafter vor seinem Schreibtisch und sagte ihm, dass wahrscheinlich bald alles zu Ende sein würde. Er hätte eigentlich erleichtert sein können, doch da war immer noch ein Funke des alten Idealismus in ihm, der ihn drängte, sich nicht in die Schmach der Niederlage zu fügen.

»Die Möglichkeit eines Militärputsches ist ein Damoklesschwert, das über jeder indonesischen Regierung schwebt«, erwiderte Kediri. »Ich kann meine Pflicht nicht im Stich lassen, nur weil auch jetzt wieder eine solche Gefahr besteht.«

Sein privates Arbeitszimmer zeugte von dieser ständigen Bedrohung. Es hatte keine Fenster und befand sich mitten im Herzen der Palastanlage des Präsidenten. Die geschmackvolle Einrichtung, die eine Mischung aus europäischen und asiatischen Elementen darstellte, verhüllte kaum die Tatsache, dass es sich nicht um ein herkömmliches Büro, sondern eigentlich um einen Bunker handelte.

Im Moment war Kediri mit den beiden diplomatischen Vertretern der Vereinigten Staaten allein im Büro.

»Meine Regierung möchte ja auch gar nicht, dass Sie das tun, Herr Präsident«, entgegnete Botschafter Goodyard. »Wir unterstützen Ihre Regierung seit dem Beginn der Krise, und das werden wir auch weiter tun. Deshalb sind Commander Rendino und ich ja hier. Es gibt deutliche Hinweise darauf, dass ein Militärputsch bevorstehen könnte, und wir möchten Sie ermuntern, entsprechende Maßnahmen zu treffen.«

»Wenn wir einmal davon ausgehen, dass diese Gefahr tatsächlich besteht, Herr Botschafter, was würden Sie vorschlagen, das ich tun soll?«, fragte Kediri. »Vielleicht, dass ich mein Amt und damit mein Land in dieser Zeit der Krise im Stich lasse? Das kann ich nicht! Das hieße doch, vor diesen revolutionären Elementen zu kapitulieren.«

»Wenn ich etwas einwenden dürfte, Herr Präsident«, meldete sich Commander Rendino zu Wort, Goodyards militärischer Berater, der überraschenderweise eine junge Frau mit blondem Haar war. »Unser Vorschlag ist nicht, dass Sie irgendetwas oder jemanden im Stich lassen sollen. Was wir meinen, ist, dass Sie Ihren Regierungssitz in eine Ihrer Garnisonen auf einer abgelegenen Insel verlegen, wo Sie es leichter hätten, die Regierungsgewalt zu behalten und für Ihre persönliche Sicherheit zu sorgen. Unser Nachrichtendienstmaterial lässt vermuten, dass die Bedrohung für Ihre Regierung vor allem von Java und von Sumatra ausgeht.«

Kediri schüttelte den Kopf. »Das kommt nicht in Frage! Java ist Indonesien, und Jakarta ist Java! Aus Java zu fliehen wäre gleichbedeutend mit einer Flucht aus dem Land!«

»Herr Präsident«, warf Botschafter Goodyard ein, »können Sie sich denn gar nicht vorstellen, dass die Bedrohung sehr real ist?«

Kediri schüttelte den Kopf. »Oh doch, Herr Botschafter, das kann ich mir sehr wohl vorstellen. Meine Nachrichtendienste sind nicht so unfähig, wie Sie vielleicht denken. Ich fürchte sehr wohl, dass ein solches Ereignis bevorstehen könnte. Aber wie ein weiser Mann einmal sagte: Die Angst ist ein schlechter Ratgeber. Ich muss den Leuten innerhalb der Streitkräfte vertrauen, von denen ich überzeugt bin, dass sie Indonesien und auch mir die Treue halten.«

»Herr Präsident«, wandte die junge Frau ein, »wissen Sie denn so genau, wer diese Getreuen sind?«

Kediri zögerte einen Augenblick, ehe er antwortete. »Ich habe persönlich bei der Auswahl der gegenwärtigen Offiziere mitgewirkt. Es sind Männer, die für ihre Treue zum Volk und zur Regierung bekannt sind.«

»Die Frage ist nur, welcher Regierung«, erwiderte die junge Frau, »ihrer eigenen Regierung oder der Ihren, Herr Präsident?«

Kediri tat so, als verstünde er nicht, was die Frau meinte. »Wie meinen Sie das, Miss ...«

»Commander Rendino«, antwortete sie. »Wir haben eindeutige Hinweise darauf, dass verschiedene Einheiten der indonesischen Streitkräfte militärische Operationen durchgeführt haben, die nicht vom Verteidigungsministerium befohlen und diesem auch nicht gemeldet wurden. Es wurden Einheiten auf eine Weise verlegt, die absolut keinen Sinn macht und die nur einen Zweck haben kann, nämlich die Herrschaft Ihrer Regierung auf Java und Sumatra zu schwächen. Es besteht kein Zweifel mehr, dass die gegenwärtigen Unruhen nicht von Harconan ausgelöst wurden, sondern von einer anderen Gruppierung. Und es weist vieles darauf hin, dass bestimmte Einheiten der indonesischen Streitkräfte, die auf Ihrer Seite stehen, von anderen Einheiten angegriffen und vernichtet wurden, die offensichtlich alles andere als regierungstreu sind! Herr Präsident, ganz unverblümt gesagt, Sie sitzen in der Klemme, und wenn Sie nicht rasch handeln, sind Sie erledigt!«

»Woher wissen Sie das alles?«, fragte Kediri etwas unwirsch.

Die junge Frau stieß ein ungeduldiges Schnauben hervor. »Natürlich, weil wir Sie ausspioniert haben.«

Niemand, nicht einmal Ahsan Kediri selbst, sollte je erfahren, was er auf diese Bemerkung geantwortet hätte.

Ein schriller elektronischer Ton zog die Aufmerksamkeit der drei Anwesenden auf sich. Die amerikanische Frau erstarrte für einen Augenblick und zog dann rasch ein Gerät von der Größe eines Handys aus einer Tasche am Gürtel. Sie klappte es auf und blickte auf das Display.

»Wir haben ein Sicherheitsproblem«, verkündete sie. »Eine *Burst Bug* ist gerade hier in diesem Büro aktiv geworden.«

»Eine *Burst Bug*? Was meinen Sie damit, Commander?«, fragte Botschafter Goodyard verwirrt.

»Das ist eine Spionagevorrichtung, Sir«, antwortete die Frau. »Eine Wanze, die Gespräche oder Daten digital speichert und sie dann in einem *Microburst* sozusagen im Paket an eine ferne Station schickt. Mit einem herkömmlichen Wanzenspürgerät kann man sie nicht finden. Die Daten werden entweder in einem vorgegebenen Takt oder auf Befehl übermittelt. Eine solche Wanze hat jedenfalls soeben von hier aus Daten abgeschickt. Entweder war das purer Zufall, oder irgendjemand hat großes Interesse an dem, was gerade in diesem Zimmer gesprochen wird.«

»Das ist unmöglich, Commander«, wandte Kediri ein und versuchte seine wachsende Angst hinter einer Maske der Verärgerung zu verbergen. »Meine Sicherheitsleute haben diesen Raum gründlich abgesucht.«

»Da wäre ich mir an Ihrer Stelle nicht so sicher, Herr Präsident«, erwiderte die Offizierin, klappte den Sensor zu und steckte ihn wieder in die Gürteltasche. »Herr Botschafter, es droht Gefahr! Wir müssen sofort in die Botschaft zurückkehren.«

»Meinen Sie, dass es Probleme geben könnte?«, fragte Goodyard stirnrunzelnd.

»Das werden wir sehr bald wissen, Sir, nämlich dann, wenn jemand die übermittelten Informationen abhört.« Sie sah über den Schreibtisch hinweg den Präsidenten von Indonesien an. »Präsident Kediri, ich bin nur eine einfache Navy-Offizierin und zu Gast in Ihrem Land. Es steht mir absolut nicht zu, dem gewählten Oberhaupt eines souveränen Staates Ratschläge zu geben – aber wenn Sie dem gut gemeinten Vorschlag eines besorgten Zeitgenossen Gehör schenken wollen: Verschwinden Sie von hier, so schnell Sie können!«

Point Man Base,
amerikanische Botschaft, Jakarta

29. Oktober 2008, 12:50 Uhr Ortszeit »Ärmel aufkrempeln, Jungs, es gibt Arbeit!«, rief Christine, als sie in ihre provisorische Operationszentrale trat. »Ich will, dass alle Stationen bemannt sind! Es kann sein, dass es gleich ernste Probleme gibt! Drohnen-Operatoren, behaltet alle Garnisonen von Jakarta im Auge. Ich will wissen, ob es irgendwelche Truppenbewegungen gibt.«

»Macht es Ihnen etwas aus, wenn ein interessierter Beobachter anwesend ist, Commander?«, fragte Botschafter Goodyard grimmig, während er ihr in den Raum folgte, der noch vor kurzem das Empfangszimmer der Botschaft war. »Wenn irgendetwas passiert, dann werden Sie es ja wohl als Erste wissen.«

»Sie können gerne hier bleiben, so lange Sie wollen, Herr Botschafter. Wir würden Ihnen gerne eine Workstation bereitstellen, aber ich fürchte, im Moment geht es ein wenig drunter und drüber.«

»Ich kann Ihnen ja über die Schulter gucken, Commander. Sagen Sie mir einfach nur, was ich wissen muss, und wenn ich Ihnen im Weg stehe, schieben Sie mich ruhig zur Seite.«

»Wie Sie wünschen, Sir«, antwortete Christine lächelnd. Dieser Gentleman hatte wirklich seine Lektion gelernt.

Christine trat an einen der Tische, die in dem großen Raum aufgestellt worden waren, und wandte sich an die Systemoperatorin, die davorsaß. »Was bekommen wir aus dem Präsidentenpalast? Irgendwelche Besonderheiten, was die Häufung von Gesprächen in den vergangenen zwanzig Minuten betrifft?«

»Ja, Ma'am«, antwortete die Systemoperatorin und ließ ihre Finger über die Tasten ihres Laptops tanzen. »Es gibt da eine Häufung ... und zwar hat es eine ganze Reihe von Anrufen aus dem Büro für Öffentlichkeitsarbeit gegeben, die aber mit dem Zugangscode des Präsidenten geführt wurden ... Anrufe an den Außenminister ... und an den Vorsitzenden der Golkar-Partei. Die Anrufe kommen von Präsident Kediri persönlich.«

»Ich will ein Protokoll der Gespräche.«

Erneut huschten die Finger der Operatorin über die Tasten. Wenige Augenblicke später erschienen die Zeilen der Computerübersetzung auf dem Bildschirm. »Der Vorsitzende und der Außenminister haben die Anweisung erhalten, dem Präsidenten unverzüglich Bericht zu erstatten.«

»Sie sind so tief in die Systeme der indonesischen Regierung eingedrungen?«, fragte Goodyard beeindruckt, aber auch ein wenig beunruhigt.

»Äh ... ja«, antwortete die Intel-Offizierin geistesabwesend. »Wir wissen sogar, wie oft im Präsidentenpalast die Klospülung betätigt wird.«

»Hm«, murmelte der Botschafter und dachte an sein eigenes Büro. »Was ist bloß aus dem Grundsatz geworden, dass Gentlemen nicht die Post anderer Leute lesen?«

»Wenn *wir* das alles machen können, Herr Botschafter, dann müssen Sie sich nur mal vorstellen, was jemand anstellen kann, der vielleicht im Palast ein und aus geht.«

»Wenn da vorhin in Kediris Büro wirklich irgendjemand mitgehört hat … meinen Sie, dass unser Besuch dann irgendwelche Konsequenzen haben könnte?«

Sie schüttelte den Kopf. »Das weiß ich nicht. Gehen wir einmal davon aus, dass die potenziellen Putschisten Kediri auf Schritt und Tritt überwachen und nur auf den passenden Moment warten, um ihn auszuschalten. Wenn sie fürchten, dass Kediri bald untertauchen könnte … Nun, wir werden ja sehen.«

»Commander Rendino, wir haben da wieder etwas aus dem Palast«, meldete die Systemoperatorin. »Ein Anruf an den Luftstützpunkt Halim … Es handelt sich um die Anweisung, das Flugzeug des Präsidenten startklar zu machen … Es wurde kein Ziel angegeben … Jetzt kommt auch noch die Anweisung, unverzüglich einen Helikopter zum Palast zu schicken.«

»Er glaubte uns also. Er macht sich aus dem Staub«, merkte Goodyard an.

»Das ist manchmal das Klügste, was man machen kann, Sir«, sagte Christine, zog ihre Brille aus der Brusttasche ihrer Bluse und setzte sie nachdenklich auf.

Es war wie in einem alten Western, kurz vor dem Showdown. Der größte öffentliche Platz in einer Stadt von über zehn Millionen Einwohnern war leer. Das riesige Nationaldenkmal stand mutterseelenallein da. Die Mullahs in der Istiqial-Moschee riefen niemanden zum Gebet auf. Die Touristen, die im Hotel Borobudur International gewohnt hatten, waren längst abgereist. Das Einzige, was sich bewegte, waren die Wachposten, die an den Straßensperren nervös auf und ab gingen.

»Situationsänderung im Feldlager von Suntir!«, rief eine Stimme von der anderen Seite des Empfangszimmers.

»Was gibt's?«, fragte Christine Rendino gespannt.

»Truppenbewegungen«, antwortete der Systemoperator, der an seinem Terminal die Bilder einer Mariner-Drohne hereinbekam. »Eine Kolonne am Boden … Geländewagen und leichte Panzer … eine verstärkte Kompanie. Sie sind auf dem Jalan Agung Boulevard in Richtung Stadtzentrum unterwegs.«

»Können Sie erkennen, welche Einheiten beteiligt sind?«

»Es müsste sich um das 137. Sicherheitsbataillon der Militärpolizei und die 17. motorisierte Brigade handeln. Die Kerle kommen ziemlich schnell voran.«

»Kennen Sie diese Leute?«, fragte Goodyard.

»Sie gehören jedenfalls nicht zur regulären Stadtgarnison«, murmelte Christine nachdenklich. »Es ist durchaus normal, dass solche Truppen in einer Zeit der Unruhen als Verstärkung angefordert werden, um die Palastsicherheitstruppen zu unterstützen. Drohnenkontrolle, behalten Sie die Kolonne im Auge. Kommunikation, gibt es Kontakt zwischen dem Sicherheitsbüro des Palastes und der Suntir-Garnison?«

»Nein, Ma'am. Da tut sich nichts … aber wir haben eine bemerkenswerte Kommunikation im Polizeinetz von Jakarta. Einer der Kommandanten fragt in seinem Hauptquartier an, wer diese Kerle sind.«

Christine runzelte die Stirn. »Das ist sehr interessant. Kommunikation, rufen Sie den Sicherheitskommandanten des Palastes an. Fragen Sie diskret an, ob er etwas von einer Panzerkolonne weiß.«

Der Indonesisch sprechende Green Beret am Kommunikationistisch hob den Hörer ans Ohr und drückte auf eine Taste, danach auf eine zweite und schließlich auf eine dritte.

»Commander, die Telefonleitung zum Palast ist tot«, meldete der Mann und warf einen Blick auf sein taktisches Display. »Die gesamte Telekommunikation im Palast ist soeben zusammengebrochen, Festnetz und Handy.«

»Ein Störsender ist gerade irgendwo in der Nähe aktiv geworden«, meldete der Funkaufklärungsspezialist aufgeregt. »Ein ziemliches Kaliber. Das Funknetz ist außer Gefecht!«

»Scheiße, damit ist alles klar! Sie isolieren den Palast und die Ministerien.« Christine wandte sich Botschafter Goodyard zu. »Sir, ich würde vorschlagen, dass Sie sich über Satellitenverbindung in Washington melden und unsere Leute darauf aufmerksam machen, dass Präsident Kediri kurz vor dem Fall steht. Das ist hundertprozentig ein Putsch!«

Der Militärputsch war in Indonesien fast so etwas wie eine Kunstform. Im Gegensatz zum Militär der Vereinigten Staaten, wo man den Offizieren einbläute, dass sie einer Zivilregierung unterstanden und dass sie sich nicht in die Politik einzumischen hatten, betrachtete es das indonesische Militär offenbar als seine Pflicht, ins politische Geschehen einzugreifen, wenn man es für notwendig hielt. Die Entscheidung, ob und wann ein solches Eingreifen erfolgen sollte, wurde natürlich meist sehr willkürlich getroffen.

Als ihr Funknetz von Störfunk überlagert wurde, spürte die Polizei in Jakarta bereits, was sich da ankündigte, und viele Angehörige der Sicherheitskräfte warfen in Gedanken eine Münze, um sich zu entscheiden, auf welche Seite sie sich schlagen sollten.

Das Gewicht von Christines kugelsicherer Weste schnitt ihr in die Schultern, und der Schweiß lief ihr den Rücken hinunter. »Stellt das Parabolmikrofon auf«, befahl sie, »und die Videokamera für große Entfernungen. Ich will sehen und hören, was da drüben vor sich geht.«

Die Nachrichtendienst-Spezialisten waren nicht allein draußen an der Mauer des Botschaftsgeländes – die ganze Botschaft war in Alarmbereitschaft. Die Tore nach außen waren geschlossen, und sowohl der FAST-Platoon als auch das Sicherheitsteam der Botschaft waren auf Gefechtsstation. Die mit Helmen und MOLLE-Tragevorrichtungen ausgerüsteten Männer waren auf dem Mauergang in Stellung gegangen.

Christine überlegte kurz, ob sie auch ihren Helm aufsetzen sollte, und kam zu dem Schluss, dass ihre Angst noch nicht ganz so groß war. »Okay, Owens«, rief sie in ihr Kehlkopfmikrofon, »was gibt es Neues?«

»Die Panzerkolonne ist noch etwa anderthalb Kilometer entfernt, Ma'am, und kommt rasch voran.«

»Was ist mit dem Evakuierungsheli für Kediri? Ist er schon bald da?«

»Er ist noch nicht einmal gestartet, Ma'am. Bei den Hangars tut sich überhaupt nichts.«

Die Intel-Offizierin verzog das Gesicht. »Na toll! Da haben die Kerle also auch schon ihre Finger im Spiel. Haben Sie es schon der *Shenandoah* gemeldet?«

»Ja. Wir liefern ihnen laufend die neuesten Informationen. Captain Garrett meldet, dass sie so schnell wie möglich kommt, um uns zu unterstützen.«

»Sind Sie schon zum Palast oder zum Verteidigungsministerium durchgekommen?«

»Nein, Ma'am, die Leitungen sind noch immer tot. Wir könnten einen Kurier hinschicken …«

»Negativ«, erwiderte Christine. »Dafür reicht die Zeit nicht mehr.«

»Was gibt es Neues, Commander?« Christine blickte auf und sah Botschafter Goodyard neben sich auf dem Mauergang stehen. Er hatte Krawatte und Jackett ausgezogen und dafür eine Gefechtsweste angelegt.

»Herr Botschafter, Sie sollten jetzt nicht mehr hier oben sein …«, begann sie.

»Lassen Sie bitte diesen Quatsch, Commander. Das hier ist meine Botschaft, und ich will sehen, was damit passiert.«

Es stand Christine nicht zu, ihm Vorschriften zu machen. »Wie Sie meinen, Sir.«

Er strich sich mit der Hand durch das schüttere Haar. »Danke, Commander. Also, wie ist die Lage?«

»Es könnte schon in ein paar Minuten ziemlich laut werden, Sir. Wenn es soweit ist, gehen Sie bitte in Deckung.«

»Aktivität am Checkpoint in der Jalan-Perwire-Straße«, meldete ein Wachposten.

Christine und der Botschafter hoben ihre Ferngläser und blickten zum nordöstlichen Winkel des Platzes hinüber. Die ersten Fahrzeuge der Kolonne, ein gepanzerter Kommandowagen vom Typ Cadillac Gage Ranger und ein leichter Panzer vom Typ Scorpion, waren an der Straßensperre der Polizei angelangt. Man konnte erkennen, dass sich ein Wortwechsel zwischen dem Checkpoint-Kommandanten und den Insassen des Kommandowagens entspann.

Die Konfrontation dauerte nicht lange. Die Männer an der Barrikade hatten keinen Panzer, der ihnen Rückhalt gegeben hätte. Man konnte erkennen, wie die Polizisten von Soldaten aus der Kolonne entwaffnet wurden.

Die Barrikade wurde beiseite geräumt, und die Kolonne fuhr in den Platz ein. Christine hörte die Stimme des Offiziers vom Dienst in ihrem Kopfhörer. »Die gepanzerte Kolonne verteilt sich in den Seitenstraßen, um den Palast zu umzingeln.«

»Gut, behalten Sie die Lage weiter im Auge.«

Ein Dutzend Fahrzeuge fuhr an der vorderen Mauer der Palastanlage vor und blockierte das Haupttor. Bodentruppen stiegen aus und verteilten sich. Eine Stimme, von einem Lautsprecher verzerrt, hallte über den Platz.

Der Mann am Parabolmikrofon zuckte zusammen und riss sich den Kopfhörer von den Ohren. »Sie fordern den Verbrecher Kediri auf, sich dem Willen Allahs und dem Urteil des indonesischen Volkes auszuliefern.«

Christine seufzte. »Ein Mal, ein einziges Mal, würde ich gerne hören, dass einer dieser Leute einfach hergeht und sagt ›He, Mann, komm raus, du hast ausgespielt!‹. Aber nein, sie müssen immer irgendwelche unsterblichen Worte für die Nachwelt sprechen.«

Goodyard ließ das Fernglas sinken. »Entschuldigen Sie, dass ich frage, Commander, aber das ist mein erster Militärputsch. Sind sie immer so … höflich?«

»Das kommt darauf an, Sir. Außerdem wird es mit der Höflichkeit gleich vorbei sein.«

Die verstärkte Stimme wiederholte die Aufforderung dreimal, ehe sie verstummte. Nach einer Weile der angespannten Stille ging schließlich das Palasttor auf.

»Die Show ist vorbei«, bemerkte jemand – verfrüht, wie sich gleich herausstellen sollte.

Plötzlich wurde aus einem halben Dutzend Schießscharten in der Palastmauer das Feuer mit automatischen Waffen eröffnet. Infanteristen brachen unter dem Kugelhagel zusammen, und Panzerkommandanten starben in den Türmen ihrer Fahrzeuge.

»In Deckung!«, rief Christine und schob den Botschafter unter die Brüstung, als die Kugeln durch die Luft pfiffen. Sie erhob sich auf die Knie und hob das Fernglas noch rechtzeitig, um zu sehen, wie eine große Mercedes-Limousine durch das Palasttor brauste und gegen die beiden Land Rover krachte, die die Ausfahrt blockierten.

Angesichts der Tatsache, wie die beiden Militärfahrzeuge zur Seite geschleudert wurden, musste es sich wohl um ein schwer gepanzertes Sicherheitsfahrzeug handeln. Die Vermutung bestätigte sich, als Tränengas aus verborgenen Schlitzen strömte und Maschinenpistolen aus Schießlöchern unter den Fenstern zu feuern begannen.

Zwei weitere Limousinen brausten durch die Lücke, die der erste Wagen gerissen hatte, und auch von ihnen kam Tränengas und MP-Feuer. Von einem Augenblick zum anderen hatte sich der ganze Platz in eine Gefechtszone verwandelt. Die Fahrzeuge aus der Kolonne der Putschisten erwiderten das Feuer und nahmen die flüchtenden Autos aufs Korn. Aus dem Palast wurde weiter gefeuert, und auch einige der Polizisten an den Rändern des Platzes griffen nun in das Gefecht ein.

Die 90-mm-Kanone eines Scorpion-Panzers feuerte eines ihrer Geschosse ab, das in einer der Limousinen einschlug. Der Wagen wurde hochgehoben und rollte brennend über den Platz. Die beiden anderen Wagen brausten im Zickzack weiter und versuchten, dem feindlichen Feuer möglichst auszuweichen, bis schließlich zu erkennen war, dass sie auf die amerikanische Botschaft zustrebten.

Wo sollten sie auch sonst hinfahren?, überlegte Christine aufgeregt.

Sie beugte sich zu Botschafter Goodyard hinunter, der immer noch hinter der Mauer in Deckung lag. »Herr Botschafter«, rief sie, um sich bei dem Donnern der Gewehre und Kanonen verständlich zu machen, »Sie müssen jetzt eine schnelle Entscheidung treffen! Die Überreste der Regierung Kediri kommen gerade auf die Botschaft zu. Ich nehme an, dass sie hier Zuflucht suchen. Was befehlen Sie, Sir?«

Es war der Augenblick, für den man Randolph Goodyard stets in Erinnerung behalten sollte. »Öffnet die Tore!«, brüllte er. »Öffnet die verdammten Tore!«

Das Gittertor aus massivem Stahl zog sich in die Mauern zurück, und die Barrieren gegen eindringende Fahrzeuge senkten sich auf Bodenhöhe. Die beiden Limousinen verlangsamten kaum ihre Fahrt, als sie, mit Dutzenden Einschussnarben versehen, in das Gelände der Botschaft einfuhren, worauf sich die Tore sofort wieder schlossen und die Barrieren hochgingen.

Eine ganze Panzerkolonne donnerte nun über den Freiheitsplatz auf die Botschaft zu. Einer der leichten Panzer feuerte auf die Botschaftsmauer; das Geschoss hinterließ zwar ein tiefes Einschussloch, vermochte den massiven Beton aber nicht zu durchdringen.

»Feuer erwidern!«, rief der FAST-Platoon-Führer. Ein Predator-Panzerabwehr-Flugkörper schoss aus einem Startrohr hervor, und der Panzer ging in einem schwarz und orange glühenden Feuerball unter.

Die Belagerung der amerikanischen Botschaft in Jakarta hatte begonnen.

Westlich der Inselgruppe Pulau Seribu

29. Oktober 2008, 20:00 Uhr Ortszeit Es gab keine Absprachen unter den Kapitänen der Frachtschiffe. Es wurde keine gemeinsame Entscheidung getroffen. Man wusste auch so, dass es höchste Zeit war, zu verschwinden. Aufgeregte Funksprüche gingen in alle Welt hinaus, um die Reeder von der Situation in Kenntnis zu setzen.

»Situation vor Ort außer Kontrolle! Zum Teufel mit den Verträgen! Wir verschwinden von hier!«

Küstenschiffe, Schoner und kleinere Schiffe – alles verließ fluchtartig den Hafen von Jakarta. Voll beladen mit Flüchtlingen entfernten sie sich von der krisengeschüttelten Stadt, um bei den entlegeneren Inseln Zuflucht zu suchen.

»Klarmachen zum Anker lichten! Maschinenraum, klarmachen zum Auslaufen!«

Zwei Jets der indonesischen Luftstreitkräfte brausten im Tiefflug über das Meer hinweg. Sie umkreisten zweimal den Liegeplatz, so als blickten sie nachdenklich auf die flüchtenden Handelsschiffe hinunter, ehe sie wieder über dem Festland verschwanden.

Positionslichter gingen an, und die Frachter setzten sich im Lichte der Dämmerung in Bewegung.

»Wohin, Kapitän?«

»Auf dem schnellsten Weg raus aus dieser Hölle! Maschinen volle Kraft voraus!«

Die Handelsschiffe zerstreuten sich und liefen entweder in nördlicher Richtung auf die Karimatastraße, in südwestlicher Richtung auf die Sundastraße oder in nordöstlicher Richtung auf die Makassarstraße zu. Eine Hand voll Flüchtlingsboote, die zu klein oder zu schlecht ausgerüstet waren, um die Flucht in die Freiheit zu schaffen, eilte hinter den Schiffen her, während ihre Insassen verzweifelt mit Geldscheinen winkten und flehten, dass man sie mitnehmen möge.

Immer mehr Menschen wurden von diesem Drang, zu fliehen, angesteckt; alle spürten, dass das Land im Sterben lag.

Nur ein einsames Schiff brauste auf die javanische Küste zu, um so schnell wie möglich nach Jakarta zu gelangen.

In der Botschaft der Vereinigten Staaten, Jakarta, Indonesien

29. Oktober 2008, 22:10 Uhr Ortszeit Goodyard hatte seinen konservativen blauen Nadelstreifenanzug angelegt – nicht den neuen hellen Tropenanzug, den er sich zugelegt hatte, bevor er nach Jakarta kam, sondern den alten Anzug, der ihm schon einst in Lincoln, Nebraska, gute Dienste geleistet hatte. Dazu trug er ein weißes Hemd und als Glücksbringer die blaue Krawatte, die ihm Caroline zum Geburtstag geschenkt hatte.

Es war eine etwas beängstigende Aufgabe, die er nun vor sich hatte. In den nächsten Minuten würde er die Vereinigten Staaten von Amerika vertreten. Er musste für das mächtigste Land der Welt sprechen und möglicherweise den Kurs der USA in dieser Krisensituation entscheidend mitbestimmen. Es war dies eine der Aufgaben eines Botschafters, wie sie schon zur Zeit eines Benjamin Franklin festgelegt wurden, und die ganze hochmoderne Telekommunikation der Welt konnte die Last seiner Verantwortung nicht leichter machen. Goodyard hatte nicht im Entferntesten gedacht, jemals in eine solche Situation zu kommen, doch nun war er sich seiner Verantwortung absolut bewusst.

Er saß gerade an seinem Schreibtisch, als es an der Tür des Arbeitszimmers klopfte. »Herein.«

Er schrieb gerade etwas auf ein Blatt Papier und blickte nicht auf, als Commander Rendino und der Kommandeur des Marine-Sicherheitstrupps eintraten und einen indonesischen Armeeoffizier hereinführten. Die beiden Angehörigen der amerikanischen Streitkräfte trugen einfache Tarnkleidung, während der Indonesier seine Uniform mit Ordensbändern geschmückt hatte. Das Pistolenholster an seinem Gürtel war jedoch leer. Der Mann machte einen unruhigen und aggressiven Eindruck.

Goodyard schrieb weiter und ließ den Mann eine gute Minute lang warten. Dann legte er die Feder zur Seite und blickte auf.

»Diese Botschaft wird angegriffen und von feindlichen Truppen umzingelt«, sagte er ohne lange Einleitung in kaltem Ton. »Diese Situation ist absolut inakzeptabel, und ich will wissen, wer für diese Ungeheuerlichkeit verantwortlich ist.«

Der Indonesier, der eigentlich vorgehabt hatte, selbst die Forderungen zu stellen, war von diesem unerwartet forschen Beginn des Botschafters sichtlich überrascht. »Ich bin Major Tetari von der Indonesischen Armee der nationalen Wiedervereinigung«, begann der Mann mit leichtem Akzent, aber in präzisem Englisch. »Wir haben nicht die Absicht, irgendeinen Konflikt mit den Vereinigten Staaten zu beginnen, doch diese Botschaft bietet im Moment einem Kriminellen Zuflucht, einem Mann, der sich zahlreicher Verbrechen gegen das indonesische Volk schuldig gemacht hat.«

»Mir ist nichts davon bekannt, dass sich ein Verbrecher hier in der Botschaft aufhält«, erwiderte Goodyard. »Unsere Botschaften bieten solchen Personen keine Zuflucht.«

Major Tetari schluckte. »Wir verlangen im Namen des indonesischen Volkes, dass Sie den ehemaligen Präsidenten Ahsan Kediri ausliefern, damit er wegen Korruption, Terrorismus und Amtsmissbrauch angeklagt werden kann.«

»Mir ist nichts bekannt, dass von der Beratenden Volksversammlung Indonesiens oder irgendeiner anderen anerkannten Institution solche Anklagen gegen Präsident Kediri erhoben würden«, entgegnete Goodyard. »Außerdem muss ich Ihnen sagen, dass die Vereinigten Staaten von Amerika keine Organisation anerkennen, die sich Indonesische Armee der nationalen Wiedervereinigung nennt. Indonesien ist gegenwärtig ein geeintes Land mit einer vom Volk gewählten Regierung, sodass keinerlei Berechtigung für eine Armee der Wiedervereinigung besteht. Und deshalb verlangen wir jetzt, dass die feindlichen Streitkräfte, die die Botschaft umzingeln, unverzüglich – ich betone: unverzüglich zurückgezogen werden!«

»Das wird geschehen, sobald Sie den Verbrecher Kediri ...«

»Wir haben bereits darüber gesprochen, inwieweit Präsident Kediri als Verbrecher zu betrachten ist oder nicht, Major!«, fiel Goodyard dem Offizier der Putschisten ins Wort. »Für die Vereinigten Staaten ist Präsident Kediri weiterhin das Oberhaupt der indonesischen Regierung. Als Freund und Verbündeter der Vereinigten Staaten ist er selbstverständlich als Gast in unserer Botschaft willkommen – und zwar so lange er dies wünscht.«

Tetari schluckte, ehe er antwortete. »Können Sie uns wenigstens die Zusicherung geben, dass Ihr ... Gast keinerlei Maßnahmen ergreifen wird, die den Interessen des indonesischen Volkes und der Armee der nationalen Wiedervereinigung zuwiderlaufen?«

»Wie ich schon gesagt habe, Major, die Vereinigten Staaten können diese Organisation nicht anerkennen. Außerdem steht es Präsident Kediri als Freund der Vereinigten Staaten selbstverständlich frei, die Einrichtungen der Botschaft in jeder Weise zu nützen, um den Interessen der legitimen indonesischen Regierung zu dienen.«

»Das ist inakzeptabel!«, platzte der Indonesier heraus. »Wir bestehen darauf ...«

»Sie werden auf gar nichts bestehen, Major!«, donnerte Goodyard. »Nicht hier und heute!«

»Unsere Streitkräfte können diese Botschaft jederzeit einnehmen, Herr Botschafter!«

»Es ist mir sehr wohl bewusst, Major, dass es auf dieser Welt immer wieder Idioten gibt, die vor keiner Dummheit zurückschrecken! Wenn Ihre Armee der nationalen Wiedervereinigung einen weiteren Beweis für diese Tatsache liefern möchte, dann können Sie jederzeit angreifen!«

Goodyard griff nach seiner Feder und wandte seine Aufmerksamkeit wieder dem Papier zu, das vor ihm auf dem Schreibtisch lag. »Lieutenant, ich bin mit diesem Gentleman fertig. Sie können ihn hinausbegleiten.«

»Aye aye, Sir«, antwortete der Marine knapp. »Major, wenn Sie mir bitte folgen.«

Dem wütenden Indonesier blieb nichts anderes übrig als das Büro zu verlassen.

Christine Rendino blieb noch einen kurzen Augenblick, zwinkerte dem Botschafter zu und zeigte mit dem Daumen nach oben.

Goodyard grinste und erwiderte das Augenzwinkern. Dann blickte er auf das Blatt Papier hinunter, das er vor sich liegen hatte, und auf dem er bereits zum fünften Mal »Mary had a Little Lamb« geschrieben hatte.

Tobasee, Nordsumatra

30. Oktober 2008, 00:12 Uhr Ortszeit Admiral Ketalaman blickte an den Gesichtern der anderen Männer vorbei, die am Konferenztisch seines Bunkers saßen, und betrachtete die Wand aus schwarzem Basalt.

Der Berg gibt dir Kraft. Sei wie der Stein – stark, hart und unbeugsam, auch wenn die Umstände nicht günstig sein mögen.

Mit neuem Mut erfüllt ließ er die zögernden Worte des Offiziers über sich ergehen, der ihm Bericht erstattete.

»Der amerikanische Botschafter weigert sich, mit uns über Präsident Kediri zu verhandeln, und er tut das offenbar mit Unterstützung seiner Regierung. Es ist offensichtlich, das die Botschaft Anweisung hat, bewaffneten Widerstand zu leisten, falls wir versuchen sollten, Kediri mit Gewalt herauszuholen.«

»Sie haben doch nur eine Hand voll Soldaten dort«, warf der islamische Verbindungsmann ungeduldig ein. »Einen Zug oder so. Das kann doch kein Problem sein.«

»Das Problem wäre aber, dass wir damit den Vereinigten Staaten den Krieg erklären würden«, wandte ein anderer Offizier trocken ein, der die Sache etwas realistischer sah.

»Das Schwert Allahs ist mächtiger als jedes Land der Welt!«

»Zum Teufel mit dem Schwert Allahs! Wir würden einem Tiger in den Hintern beißen!«

»Genug!«, sagte Ketalaman nicht sonderlich laut, doch in eisernem Ton. Disziplin war besonders dann wichtig, wenn es Rückschläge zu überwinden gab. Genauso wichtig war, dass der Führer den Eindruck vermittelte, auch einer schwierigen Situation gewachsen zu sein.

»Das war ein unglücklicher Vorfall. Dass Kediri immer noch auf freiem Fuß ist und sich die Amerikaner weigern, ihn auszuliefern, erschwert die Sache zwar etwas, doch das Problem ist nicht unlösbar. Wir werden uns schon bald darum kümmern. Aber zuerst müssen wir uns mit den Schwächen in den eigenen Reihen beschäftigen, durch die es erst so weit kommen konnte. General Mytari, Sie sind der zuständige Offizier für die Operationen auf Java. Wie konnte das passieren? Warum hat man es zugelassen, dass sich Kediri in die amerikanische Botschaft flüchten konnte?«

Ketalaman sah im gedämpften Licht, wie der General schluckte. »Das war nicht zu erwarten. Als unser Nachrichtendienst herausbekam, dass die Amerikaner Präsident Kediri von unseren Plänen in Kenntnis setzten, waren wir gezwungen, sofort zu handeln. Wir waren zu dem Zeitpunkt noch nicht … hundertprozentig vorbereitet, den Palast einzunehmen.«

»Das hätten Sie aber sein sollen«, sagte Ketalaman mit leiser Stimme. Für einige Augenblicke ließ Ketalaman den verängstigten Offizier zappeln, ehe er hinzufügte: »Ich wünsche, dass Sie eine sofortige Untersuchung dieser Angelegenheit durchführen und eine Liste der Offiziere erstellen, die für dieses Versagen direkt verantwortlich sind. Wir werden über die Sache weiter beraten, sobald Sie das getan haben.«

»Jawohl, Herr, wird sofort erledigt.« Der Mann, der noch einmal mit dem Leben davongekommen war, versuchte sich möglichst unauffällig den Schweiß vom Gesicht zu wischen.

Die Befürchtungen des Generals waren in Wirklichkeit grundlos. Ketalaman hatte nie daran gedacht, den Mann töten zu lassen. Er war ein recht fähiger und engagierter Offizier, dessen Tod nur unnötige Turbulenzen in der Kommandostruktur heraufbeschworen hätte. Doch der Admiral hatte nicht die Absicht, seine Untergebenen dies wissen zu lassen.

Wahrscheinlich war es bei diesem Vorfall so, dass es gar keine wirklich Schuldigen gab. Bei einem Militärputsch musste man immer mit unerwarteten Faktoren rechnen. Der General würde ihm eine Liste mit mehreren Namen liefern, und Ketalaman würde die Betreffenden exekutieren lassen. Das würde die Disziplin fördern, und der General würde sich in Zukunft noch mehr Mühe geben.

»Und nun zu Kediri«, fuhr der Admiral fort. »Das ist ein Problem, das sich möglicherweise von selbst lösen wird. Die Regierung Kediri wird sich wahrscheinlich auch mit Unterstützung der Vereinigten Staaten nicht halten können. Wir haben der Regierung einen schweren Schlag versetzt. Ihre wichtigsten Mitglieder sind entweder tot oder in unserer Gewalt. Es kommt jetzt ganz auf die Reaktion der Kommandeure in den entlegeneren Garnisonen an. Wenn sie sich uns anschließen oder sich eine eigene Hausmacht aufbauen wollen, dann haben wir gewonnen, und Kediri kann trotz seiner mächtigen Verbündeten nichts dagegen tun. Wenn Kediri jedoch an der Macht bleibt … dann müssen wir weitere Maßnahmen ergreifen …«

Der Führer muss immer einen Plan haben. Oder er muss zumindest den Eindruck vermitteln, einen Plan zu haben.

»Wir werden jedenfalls mit unseren Operationen zur Sicherung des Regierungsviertels weitermachen, und wir werden auch unsere Propagandaprogramme fortsetzen und die entlegeneren Inseln im Auge behalten. Außerdem müssen wir sofort Verhandlungen mit den Kommandeuren der Regierungstruppen aufnehmen, die sich noch nicht festgelegt haben. Wir müssen ihnen klar machen, dass es sinnlos wäre, Kediri weiter zu unterstützen.

Und wir müssen auch den Ring um die amerikanische Botschaft in Jakarta verstärken. Es darf niemand hinein oder hinaus! Kediri darf nicht noch einmal entwischen, ist das klar?«

Ein Chor der Zustimmung erhob sich rund um den Tisch.

»Also gut«, fuhr Ketalaman fort. »In vierundzwanzig Stunden werden wir zur nächsten Besprechung zusammenkommen. Inzwischen möchte ich, dass Sie einen Plan ausarbeiten, wie wir die Botschaft in Jakarta einnehmen können. Wenn es notwendig sein sollte, werden wir diese Maßnahme ergreifen. Wir sind schon zu weit, um jetzt zurückzuweichen.«

Das zustimmende Gemurmel klang diesmal ein wenig zögerlich.

Sei wie der Berg, Ketalaman. Zeige auch nicht einen Hauch deiner Ängste und Bedenken.

»Und jetzt zu etwas ganz anderem. Was ist mit der Operation gegen Harconan?«

»Das Flugzeug ist gestartet und sollte in Kürze über dem Ziel sein«, berichtete sein Adjutant, erleichtert, etwas Positives vermelden zu können. »Es läuft alles nach Plan.«

»Ausgezeichnet.«

Noch heute Nacht muss Harconan entweder unser Verbündeter, unser Gefangener oder ein toter Feind sein, dachte Ketalaman. Am besten wäre es, ihn als Verbündeten zu gewinnen. Mit seiner Unterstützung wäre er, Ketalaman, in einer viel besseren Position.

Doch wie schon im Falle Kediri konnte man auch hier nicht sagen, was passieren würde. Sie hatten Harconans Hauptquartier im Visier, doch es gab keine Garantie, dass er dort war. Man musste einen zweiten Plan vorbereiten, um für alle Fälle gewappnet zu sein.

»Kapitän Menjual.«

»Ja, Admiral.«

»Ich habe Befehle für das Erste Kampfgeschwader. Unsere Schiffe sollen sofort auslaufen und sich so schnell wie möglich in die Gewässer vor Südsulawesi begeben. Ich werde ihnen später weitere Anweisungen geben.«

Im Weißen Haus
Washington D.C.

29. Oktober 2008, 01:22 Uhr Ortszeit »Die Situation sieht im Moment folgendermaßen aus«, berichtete Van Lynden. »Präsident Kediri, sein Außenminister, der stellvertretende Verteidigungsminister und einige hochrangige Angehörige der Beratenden Volksversammlung haben sich in unsere Botschaft in Jakarta geflüchtet und sind dort von Botschafter Goodyard aufgenommen worden. Die Kämpfe zwischen regierungstreuen und regierungsfeindlichen Teilen der indonesischen Streitkräfte dauern weiter an und breiten sich von der Hauptstadt rasch auf ganz Java und Sumatra aus.

Einige indonesische Radio- und Fernsehstationen melden, dass die Regierung Kediri gestürzt worden sei und dass eine neue ›Regierung der nationalen Einheit‹ unter Admiral Ketalaman von der indonesischen Marine gebildet worden wäre.«

»Wie ist die Lage in der Botschaft?«, wollte Präsident Childress wissen. Er war mit Sporthemd und Pullover bekleidet, was den Eindruck erweckte, dass er sich in aller Eile angezogen hatte.

»Im Moment stehen sie nicht unter Beschuss, aber das Botschaftsgelände ist von Ketalamans Truppen umzingelt. Sie wollen Kediri und seine Leute, aber sie wollen sich andererseits auch nicht auf eine bewaffnete Auseinandersetzung mit den Vereinigten Staaten einlassen. Zumindest noch nicht.«

Van Lynden trug Anzug und Krawatte, doch man sah seinen Kleidern an, dass sie mehr als einen Tag lang ununterbrochen getragen worden waren. Er hatte sich tief in den Sessel sinken lassen und ließ die Schultern erschöpft hängen. Ein Butler des Weißen Hauses trat durch den Personaleingang ein und brachte auf einem silbernen Tablett Kaffee und Kuchen. Childress zeigte wortlos auf die Ecke des Tisches, die dem Außenminister am nächsten war.

Van Lynden ließ sich eine Tasse einschenken und nahm den Kaffee ohne Milch und Zucker entgegen. »Danke, Sir. Wir vermuten, dass wir unabsichtlich dazu beigetragen haben, dass Ketalaman frühzeitig mit dem Putsch begonnen hat. Er war offenbar noch nicht hundertprozentig vorbereitet. Das könnte uns einige Möglichkeiten eröffnen.«

»Wer ist dieser Ketalaman und was für Ziele verfolgt er?«

Van Lynden runzelte die Stirn und nahm noch einen Schluck von seinem dampfend heißen Kaffee. »Das ist eben das Problem. Keiner scheint viel über Ketalaman zu wissen. Wir haben es offenbar mit einem Mann zu tun, der sehr geschickt darin ist, Macht an sich zu reißen, ohne große Aufmerksamkeit auf sich zu ziehen. Er ist Marineoffizier, doch er kommt nicht aus den Kreisen, aus denen traditionell die hohen Offiziere kommen. Er stammt aus der Provinz Aceh auf Sumatra, der Hochburg des konservativen Islam in Indonesien.«

»Dann ist er also ein moslemischer Extremist?«, fragte der Präsident.

»Nein, Sir, das glauben wir eigentlich nicht. Er stammt sogar aus einer christlichen Familie. Wir nehmen eher an, dass wir es mit einem absoluten Opportunisten zu tun haben. Wahrscheinlich unterhält er gute Beziehungen zu den radikalen Islamisten, aber er betrachtet sie wohl eher als nützliche Erweiterung seiner Machtbasis. Er benutzt sie als Werkzeug, um seine eigenen Ziele zu erreichen, genauso wie er seine militärische Position und Harconans Aufstand benutzt.«

»Und wie sehen diese Ziele aus?«

»Wir glauben, dass es ihm vor allem um die Macht auf den beiden Hauptinseln Java und Sumatra geht. Er ist klug genug, zu wissen, dass er nicht alle Inseln auf einen Schlag an sich reißen kann, aber mit Java und Sumatra als Machtbasis wäre er in der Lage, auch den Rest der Inselgruppe einzunehmen.«

»Mit anderen Worten, wieder so ein Westentaschendiktator, der nach der Macht greift.«

Van Lynden trank seinen Kaffee aus und fragte sich kurz, wie viele Tassen es wohl heute schon gewesen sein mochten. »Im Wesentlichen ja, aber er dürfte ein intelligenter und geduldiger Westentaschendiktator sein. Ketalaman muss in aller Stille und über viele Jahre hinweg die Voraussetzungen für seinen Putsch geschaffen haben. Er hat sich gut vorbereitet und auf eine größere Krise gewartet, die ihm seine Chance geben würde. Harconans Angriff auf die indonesische Regierung kam ihm dabei natürlich sehr gelegen.«

Präsident Childress nickte nachdenklich. »Das heißt, er hat sich still im Hintergrund gehalten und sich stets den Umständen angepasst.«

Der Außenminister stellte die Kaffeetaste auf das Tablett zurück. »Als ich sah, wie sich die Sache mit Harconan entwickelte, habe ich schon befürchtet, dass jemand wie Ketalaman im Hintergrund lauern könnte.«

»Es ist manchmal verdammt bitter, Recht zu behalten«, murmelte Childress. »Was für Möglichkeiten haben wir?«

»Bis jetzt haben wir in mancher Hinsicht Glück gehabt. Wir haben Ketalaman zu einem verfrühten Losschlagen gezwungen, und Kediri und seine Leute haben sich dann auch noch in unsere Botschaft flüchten können. Die Regierung ist also immer noch im Amt, und es gibt auch noch regierungstreue Truppen, die gegen die Putschisten kämpfen. Ketalaman hat seine Machtbasis noch längst nicht in der Tasche. Aber die regierungstreuen Truppen brauchen eine Führung, und die indonesische Regierung muss beweisen, dass sie noch existiert – und zwar dem eigenen Volk gegenüber ebenso wie der internationalen Staatengemeinschaft.

Es gilt deshalb folgende Entscheidung zu treffen, Mr. President: Gewähren wir Präsident Kediri und seinen Leuten nicht bloß Zuflucht, sondern geben wir ihnen auch Zugang zu den Kommunikationssystemen, die sie brauchen, um ihren Kampf gegen Ketalamans Streitkräfte zu koordinieren? Im Klartext: Lassen wir die indonesische Regierung von unserer Botschaft aus agieren?«

»Da stellt sich natürlich die Frage, wie Ketalaman reagieren würde, wenn wir Kediri von unserer Botschaft aus regieren lassen«, entgegnete der Präsident.

»Sie haben völlig Recht, Sir. Ketalaman hat bereits gefordert, dass wir ihm Kediri und seine Leute ausliefern, und er hat das mit einer kaum verhüllten Drohung bekräftigt. Wenn wir Kediri und seinen Leuten eine Plattform für ihre Maßnahmen geben, dann fürchte ich, dass Ketalaman den Befehl zum Sturm auf die Botschaft geben wird. Nach allem, was er eingesetzt hat, wird er vor diesem Schritt wohl nicht zurückschrecken.«

Childress überlegte eine ganze Weile und wog die Worte ab, die er als Nächstes sagen würde.

»Wir haben von Anfang an gewusst, dass die jetzige indonesische Regierung ihre Mängel hat, aber sie hat auch einen gewissen Anlass zur Hoffnung gegeben, dass sich die Zustände bessern könnten. Diese Hoffnung sehe ich in einer Militärdiktatur nicht, die sich noch dazu mit dem islamischen Fundamentalismus zusammentut. Wir werden Kediri unterstützen.«

Van Lynden nickte. »Dann müssen wir Kediri und seine Leute aus der Botschaft wegbringen. Die jetzige Situation ist viel zu unsicher. Das heißt aber, dass wir uns viel mehr als bisher werden einmischen müssen, Mr. President. Wir müssen davon ausgehen, dass Ketalaman Kediri nicht so einfach ziehen lassen wird. Die Evakuierung wird nicht friedlich ablaufen. Er wird Kediri erledigen wollen, auch wenn er dafür in die Botschaft eindringen muss.«

»Ich glaube nicht, dass uns der Kongress in dieser Angelegenheit Schwierigkeiten machen würde«, stellte Childress fest. »Niemand will eine Wiederholung der Geiselaffäre im Iran erleben. Ist die Regional Intervention Force imstande, die Evakuierung zu bewältigen?«

»Nein, Sir. Die RIF hat schon genug zu tun. Außerdem könnte es sein, dass Ketalaman sofort zuschlägt, wenn er sieht, dass unsere Truppen nach Jakarta kommen. Aber das Joint Special Operations Command hat verdeckte Einheiten in der Region, die bereits unterwegs sind …«

Vor der Nordküste der Insel Lombok

30. Oktober 2008, 00:25 Uhr Ortszeit Die wasserdichte Tasche, die er umgehängt hatte, behinderte Harconan zwar ein wenig, doch er kam dennoch mit kräftigen Armzügen voran und durchquerte das Kielwasser der Pinisi-Flotte.

Er hielt kurz inne und blickte auf, um sich in der nächtlichen Dunkelheit zu orientieren und sein Ziel zu finden. Schließlich sah er den großen gekrümmten Bug vor den Sternen aufragen, dessen Anwesenheit durch das Dröhnen der Schiffsmaschinen und durch die helle Bugwelle unterstrichen wurde.

Nach einigen weiteren kräftigen Zügen hob er erneut den Kopf, um die Entfernung zum Schiff einzuschätzen, als auch schon die Bugwelle über ihm niederging und der Rumpf des umgebauten Schoners an ihm vorbeizog.

Harconan strich mit den Fingerspitzen über den hölzernen Rumpf und fand schließlich das Seil, das vom Deck herunterhing. Er packte zu und wurde im nächsten Augenblick durch das Wasser gezogen und gegen die Schiffswand geschleudert. Er musste jedoch nicht lange in dieser unbequemen Stellung ausharren. Dunkle Gestalten tauchten über ihm auf und streckten ihm die Hände entgegen, um ihn aus dem Wasser zu ziehen.

Die Decks und Kajüten des Schiffes waren voll mit Flüchtlingen, doch man hatte einen Platz an der Reling für Harconan freigehalten. Eine Gruppe von Bugi-Seeleuten versammelte sich respektvoll um ihn, während er allmählich wieder zu Atem kam. »Ich ersuche um Erlaubnis, an Bord Ihres Schiffes zu kommen«, sagte Harconan zum Kapitän.

»Es ist mir eine Ehre, Sie an Bord zu haben, Herr.«

Harconan klopfte dem Seemann auf die Schulter. »Die Ehre ist ganz meinerseits. Sie und Ihre Männer haben heute gute Arbeit geleistet. Ohne Sie wären viele dieser Leute hier jetzt nicht mehr am Leben. Aber wir haben keine Zeit zu verlieren. Ich brauche ein Funkgerät.«

Der Kapitän reichte ihm ein in China hergestelltes Walkie-Talkie. Harconan hob es an die Lippen und sprach einige wenige Worte hinein. Es war ein kurzer, harmlos klingender Satz, auf den jedoch die übrigen Kapitäne der Evakuierungsflotte bereits gewartet hatten.

Als sie das Kommando hörten, änderten sie sogleich ihren Kurs, sodass sich die Flottille auflöste und die Schiffe in alle Richtungen auseinander liefen. Harconan verfolgte das Manöver mit einem Lächeln. Amanda war ihm in Singaraja freundlicherweise zu Hilfe geeilt, doch nun musste er ihre Pläne durchkreuzen. Er hatte keinen Zweifel an ihren wahren Absichten. Es würde bestimmt nicht lange dauern, bis sie sein Flaggschiff aufs Korn nahm.

Er konnte sich gut vorstellen, wie zornig sie werden würde, wenn sie feststellte, dass er ihr entwischt war. Ihre Entermannschaft würde nur einen harmlosen Bugi-Schoner voller balinesischer Flüchtlinge vorfinden. Die Waffen des Schiffes waren über Bord geworfen worden. Er war sich noch nicht sicher, was ihre neue unkonventionelle Streitmacht zu leisten imstande war, doch er ging davon aus, dass sie nicht über die Mittel verfügte, um alle verstreuten Schiffe der Flottille gleichzeitig zu entern.

Und wenn sie es doch vermochte, so konnte er sich immer noch darum kümmern, wenn es soweit war. Er empfand es jedenfalls als sehr stimulierend, sich wieder mit ihr zu messen – auch wenn sie jetzt angeblich nur Kapitän eines Frachtschiffes war.

»Sie können gern meine Kajüte haben, Herr, wenn Sie sich ausruhen möchten«, murmelte der Kapitän des Küstenschiffes.

Harconan schüttelte den Kopf. »Das ist nicht nötig, Kapitän. Bis wir zum nächsten Treffpunkt kommen, brauche ich nichts als ein Plätzchen an Deck, so wie jeder andere Seemann.«

»Es wäre mir aber eine große Ehre, wenn Sie meine Kajüte in Anspruch nehmen würden.«

»Na gut, wenn Sie meinen, Kapitän. Sie haben hier das Kommando.«

Die Kajüte des Kapitäns war nicht viel größer als eine Hundehütte, doch man fand hier immerhin ein wenig Privatsphäre und ein einigermaßen sauberes Handtuch. Harconan trocknete sich ab, zog die nasse Badehose aus und schlüpfte in die trockenen Kleider, die er in seiner Tasche mitgenommen hatte. Dann streckte er sich auf der schmalen Koje aus und überlegte, welche Möglichkeiten er hatte.

Die heutige Operation war ein erster Schritt im Kampf gegen die Kräfte gewesen, die seine Pläne zu durchkreuzen versuchten. Doch es würde mehr als das nötig sein, um seine Ziele zu erreichen. Er musste seinen Feind finden und ihm das Handwerk legen. Er war sich bewusst, dass er es mit einer völlig veränderten Situation zu tun hatte, auf die er mit einem neuen Plan reagieren musste.

So war es beispielsweise notwendig, Amanda, die Regional Intervention Force und sogar die Regierung in Jakarta unter einem ganz anderen Licht zu sehen. Sie alle konnten ihm eventuell helfen, einen noch mächtigeren Feind außer Gefecht zu setzen.

Vor allem Amanda. Sie musste mit irgendeinem amerikanischen Kampfverband für Sondereinsätze hier sein, und hinter ihrem Frachter steckte gewiss mehr als man ihm ansah. Wenn man sich vor Augen führte, wie schnell und entschlossen sie heute eingegriffen hatte, dann konnte man davon ausgehen, dass sie imstande war, weitgehend unabhängig zu operieren. Sie musste außerdem erkannt haben, dass die Ereignisse auf Bali nicht sein Werk waren und dass es eine noch größere Bedrohung gab.

Wenn sie beide doch nur Gelegenheit gehabt hätten, miteinander zu sprechen – als Gleichgesinnte und Verbündete, und nicht als Jäger und Gejagter …

Vielleicht würde sich das ja arrangieren lassen. Zuvor aber musste er herausfinden, wer der gemeinsame Feind war. Damit hätte er eine Information in der Hand, die er Amanda anbieten konnte. Um dies zu erreichen, musste er erst einmal mit Lo Kontakt aufnehmen und sich über die jüngsten Entwicklungen informieren. Vielleicht hatte sein Nachrichtendienst ja schon herausgefunden, mit wem er es zu tun hatte.

Harconan erhob sich von der Koje und holte das wasserdichte Gehäuse der Satellitentelefonanlage heraus. Er stellte die Antenne von der Größe einer Untertasse auf den grob gezimmerten Tisch und schaltete das System ein, das sogleich nach einem aktiven Kommunikationssatelliten zu suchen begann. Schon nach wenigen Augenblicken war ein geeigneter Satellit gefunden, und das Licht für eingehende Anrufe leuchtete auf.

Lo versuchte bereits, ihn zu erreichen. Im nächsten Augenblick erschrak Harconan, als er die Nummer auf dem Display sah. Sie war für absolute Krisenfälle reserviert.

Irgendwo auf den Molukken

30. Oktober 2008, 00:10 Uhr Ortszeit Die C-130 Hercules war eines der wenigen Langstrecken-Transportflugzeuge, das die indonesischen Luftstreitkräfte zur Verfügung hatten, genauso wie die KOSSUS-Truppen, die mit ihr transportiert wurden. Sie waren die letzten verbliebenen Sondereinsatzkräfte der Armee. Aus diesem Grund hatte Admiral Ketalaman beides für einen Moment wie diesen aufgespart.

Die C-130 blieb in einer Höhe von zwölftausend Fuß, als sie sich ihrem Ziel näherte. Sie hielt dabei stets einen Abstand von mindestens acht Kilometern zur Küste ein. Es war auch nicht nötig, die Insel zu überfliegen, um ihre Fracht ans Ziel zu bringen.

Ein eventueller Beobachter auf der Insel hätte höchstens gesehen, dass ein scheinbar harmloses Flugzeug in der Ferne vorüberzog. Im Laderaum traten schwarz gekleidete Männer an die offene Heckluke und stürzten sich in die Dunkelheit hinaus. Fallschirme öffneten sich, und die Männer glitten still und leise auf die Insel zu. Jede der Gruppen orientierte sich dabei an dem Licht, das der Gruppenführer an der Rückseite seines Helmes befestigt hatte.

Der Zug kam über die Riffe hereingesegelt und landete im hüfthohen Wasser. Die Fallschirme fielen in sich zusammen und wurden rasch zusammengerollt, und im nächsten Augenblick wurden Codewörter in Mikrofone geflüstert.

Die schwer bewaffneten Männer teilten sich in zwei Gruppen auf und eilten in entgegengesetzten Richtungen den Strand entlang. Ihr Ziel lag am anderen Ende der kleinen Insel, und sie hatten vor, sich ihm von beiden Seiten zu nähern, damit es kein Entkommen gab.

Lan Lo erwachte jäh und hörte den langen Feuerstoß von automatischen Waffen. Er erkannte das scharfe Krachen eines Steyr-Sturmgewehrs, der bevorzugten Waffe des chinesischen Sicherheitsteams. Er blieb jedoch noch einige Augenblicke liegen und wartete – und prompt kam die Antwort in Form von wütendem Feuer einer Waffe von schwererem Kaliber, einer FN FAL, der Standardwaffe der indonesischen Armee.

Es war also passiert.

Lo stand auf und schaltete die kleine Nachttischlampe ein. Der Hauptgenerator war am Abend ausgeschaltet worden, doch die Hilfsbatterien reichten für mehrere Stunden aus. Lo kleidete sich rasch an und vergaß auch die Krawatte nicht, während er lauschte, was draußen vor sich ging.

Der Schusswechsel war rasch heftiger geworden und hatte sich mittlerweile auf verschiedene Punkte ausgedehnt. Hin und wieder schlug auch eine Kugel im Plantagenhaus ein und ließ Holz splittern oder Glas zu Bruch gehen. Sie waren ganz nahe, und es war deutlich zu hören, dass die Angreifer nicht nur stärker bewaffnet, sondern auch zahlenmäßig weit überlegen waren.

Lo hatte noch einiges zu tun, und ihm blieb nicht viel Zeit dafür.

Es klopfte leise an der Schlafzimmertür. Lo steckte eine kleine Seecamp-Pistole Kaliber .32 in die Tasche seines Jacketts und bat den Mann, der draußen wartete, herein.

Es war der Kommandeur des Sicherheitsteams. »Wir stehen unter schwerem Beschuss, Herr«, meldete er knapp. »Die Anlage ist umzingelt. Wir können die Stellung nicht halten.«

»Ist eine Flucht möglich?«, fragte Lo mit leiser Stimme.

»Nein. Die Angreifer haben schon den Pier und das Bootshaus besetzt. Sie haben uns den Weg abgeschnitten.«

»Ich verstehe. Ich brauche noch ein paar Minuten.«

»Die können wir Ihnen geben.« Der chinesische Söldner zog seine Pistole und schritt über den Flur zur Vorderseite des Hauses. Sie würden sich nicht ergeben. Sie kämpften zwar für Geld, doch sie hatten trotzdem ihren Stolz und ihre Ehre.

Lo schloss die Schlafzimmertür und drehte den Schlüssel im Schloss. Dann wandte er sich der Reihe aus Laptop-Computern, Funkempfängern und Satellitentelefonen zu, die an einer Wand angeordnet waren. Das war alles, was von dem einst so mächtigen Harconan-Firmenimperium übrig geblieben war, und Lan Lo hatte darauf bestanden, es persönlich zu verwalten.

Die Sender und Satellitentelefone hatte Lo aus Sicherheitsgründen nur sehr sparsam eingesetzt, doch darauf brauchte er jetzt keine Rücksicht mehr zu nehmen. Lo wählte das Krisentelefon, das allein in einer Situation wie der jetzigen verwendet werden durfte, im Falle des absoluten Desasters. Egal, was über dieses Telefon noch gesprochen wurde – an der Tatsache, dass es benutzt wurde, konnte Harconan bereits erkennen, dass hier alles verloren war.

Lo tippte die Nummer ein und griff nach dem Hörer. Stirnrunzelnd nahm er zur Kenntnis, dass sich niemand meldete. Er wusste, dass er außerhalb der für die Kontaktaufnahme vereinbarten Zeiten anrief und dass er Harconan vielleicht nicht erreichen würde. Lo bedauerte das sehr. Er hätte ihn gerne noch persönlich von der Lage unterrichtet.

Lo ließ das Satellitentelefon eingeschaltet und begann mit seinen letzten Pflichten.

In einem Winkel des Schlafzimmers stand ein großes Fass aus Stahl, in das er zuerst das Regal mit wichtigen CDs und einen kleinen Stapel von Dokumenten warf. Als Nächstes folgten die Laptops, der kleine Drucker und die Funkempfänger. Die Ausrüstung war bereits so angeordnet, dass er die Aufgabe rasch und ohne Schwierigkeiten erledigen konnte. In nicht ganz zehn Minuten war er mit allem fertig.

Der Feuersturm draußen tobte mit immer größerer Heftigkeit. Lo hob den letzten Gegenstand auf, der noch auf dem Schreibtisch lag – einen kleinen Zylinder aus Metall mit einem Stift an der Oberseite.

Von der Vorderseite des Hauses kam ein heftiges Donnern, das das Haus bis in die Grundmauern erschütterte. Draußen auf dem Flur pfiffen Granatsplitter durch die Luft, und die Gewehre der Verteidiger verstummten. Wahrscheinlich setzten die Angreifer nun Handgranaten ein. Lo zog den Stift seiner eigenen, kleineren Handgranate und warf sie in das Fass. Ein greller blauweißer Lichtblitz zuckte aus dem Fass hervor, gefolgt von Rauch und Flammen, die bis zur Decke emporschossen. Der scharfe Geruch von verbranntem Kunststoff erfüllte das Zimmer.

Das war erledigt. Das gesamte Informationsmaterial, das Harconans Gegnern hätte nützen können, war vernichtet. Lo zog das Krisentelefon aus der Tasche und sah das Licht aufleuchten, das ihm sagte, dass der Rückruf kam. Rasch drückte er die Sprechtaste.

Von draußen waren Stimmen und das Poltern von Stiefeln zu hören. Er wusste, dass ihm nur noch wenige Sekunden blieben.

»Lo hier spricht Harconan. Was geht bei euch vor?«

»Herr, Ihr Hauptquartier ist entdeckt und wird gerade gestürmt. Ich glaube, es ist der neue Feind. Es tut mir Leid ...«

Die Schlafzimmertür wurde krachend aufgetreten, und Lo wusste, dass er nur noch Zeit für die allerletzte Pflicht hatte. Er presste den Lauf seiner Pistole an die Schläfe und drückte ab.

Im Hafen von Benoa, Bali

31. Oktober 2008, 09:41 Uhr Ortszeit Das Besondere an der modernen Naval Expeditionary Group bestand darin, dass sie viel mehr war als eine bloße Ansammlung von Schiffen. Es handelte sich um eine komplette unabhängige Streitmacht im Miniaturformat, die überall auf der Welt eingesetzt werden konnte, wo es genug Wasser gab.

Es mussten keine zusätzlichen Bodentruppen eingeflogen werden. Ein Marine-Bataillon verstärkt mit Panzern, Artillerie und Aufklärungseinheiten gehörte mit zur Grundausstattung des Verbandes. Es mussten auch keine Flugplätze errichtet oder instand gesetzt werden. Die Flugdecks der Amphibienschiffe bildeten die Basis für ein Dutzend Kampfhubschrauber, VTOL-Transportmaschinen und Strike Fightern.

Man war auch nicht auf Nachschub angewiesen, denn die Amphibienschiffe konnten genug Bohnen und Gewehrkugeln mitführen, um die Landungstruppen und die Air Group zwei Wochen zu versorgen. Man brauchte auch keinen Gedanken daran zu verschwenden, eine Verteidigung zu organisieren, denn die Aegis-Kreuzer konnten mit jeder Art von Bedrohung fertig werden, von Unterseebooten bis hin zu Raketengeschossen.

Die Sache mit den Naval Expeditionary Groups hatte eigentlich nur einen Haken – es gab einfach zu wenige davon.

Die Welt rund um die USS *Pelelieu* war wohlgeordnet. Die Bienenkönigin von NAVEX 7.2 lag mitten im Hafen von Benoa vor Anker – umgeben von einem Schwarm von fleißigen Arbeitsbienen. Lastschiffe und LCAC-Luftkissenboote pendelten zwischen dem Schiff und der Küste hin und her, und die Osprey-Schwenkrotorflugzeuge und Hubschrauber starteten und landeten regelmäßig auf ihren Decks, um die Bodentruppen auf der Halbinsel Badung zu versorgen.

Die große künstliche Insel, auf der die wichtigsten Hafenanlagen installiert waren, wurde von einer gemischten Truppe aus U.S. Navy Seabees und der Küstenwache kontrolliert. Versorgungsschiffe der Royal Australian Navy und schnelle Katamaranboote brachten regelmäßig Verstärkung und Nachschub.

Hier war alles so, wie es sein sollte – doch der Hafen von Benoa und die Halbinsel Badung waren eben nur ein kleiner Teil der Insel Bali, und Bali selbst war nur eine Insel unter tausenden.

An Bord der *Pelelieu* war die Anspannung im Büro des Task Force Commanders deutlich zu spüren. Zwei Männer standen einander zu beiden Seiten des Schreibtisches gegenüber. Die beiden waren einander in vielerlei Hinsicht ähnlich. Beide standen sie schon lange Jahre als Militäroffiziere im Dienst ihres Landes. Sie verfügten beide über beachtliche Gefechtserfahrung und waren fähige Männer, die zu Recht geachtet wurden.

Doch der eine war Kommandant auf einem Linienschiff und der andere Oberkommandierender der Special-Operations-Streitkräfte der Navy. Obwohl heute immer wieder das Gemeinsame der verschiedenen Teilstreitkräfte betont wurde, gab es doch Mauern, die nur schwer zu überwinden waren.

Es gab noch einen anderen Unterschied. Der eine hatte einen einzigen Stern am Kragen seiner weißen Uniform, der andere hatte drei Sterne auf der von der langen Reise zerknitterten Khakiuniform.

»Wir stellen NAVSPECFORCE gerne die Flugzeuge zur Verfügung, die Sie brauchen«, sagte Admiral Sorenson etwas steif. »Aber es gibt gewisse Probleme mit dem Zeitplan. Ihre Mission soll erst am Abend starten, und die Hälfte meiner Ospreys sind schon für verschiedene Aufgaben vorgesehen.«

»Ich verstehe Sie gut, Admiral«, antwortete Elliot MacIntyre. »Wir nehmen einen großen Teil Ihrer Luftkapazität in Anspruch, und wir hätten ja auch unsere eigenen Special-Ops-Ospreys kommen lassen, wenn wir genug Zeit gehabt hätten. Aber das ist nun einmal nicht der Fall, deshalb müssen wir uns Ihre Maschinen ausleihen. Es ist absolut notwendig, dass wir heute Abend vier Ospreys und zwei Ersatzmaschinen auf dem Luftstützpunkt in Jakarta haben. Genauso ist es mit Ihren F-35. Sie haben die einzigen echten Stealth-Flugzeuge, die wir rechtzeitig vor Ort haben können.«

»Wir hätten sie schon hingebracht«, beharrte Sorenson. »Auf meine Leute kann man sich verlassen.«

»Davon bin ich überzeugt, Admiral.« MacIntyre kannte den wahren Grund für Sorensons Gereiztheit. Kein Kommandant hatte es gern, wenn NAVSPECFORCE sich in die Operationen von NAVEX 7.2 einmischte. Doch im Moment konnte MacIntyre keine Rücksicht darauf nehmen, ob er mit seinen Maßnahmen vielleicht den einen oder anderen Kollegen vor den Kopf stieß. Diese Ospreys mussten unbedingt heute Abend vor Ort sein – und zwar gut gewartet und mit ausgeruhten Crews an Bord.

»Noch etwas, Admiral MacIntyre«, wandte Sorenson ein. »Meine Maschinen und meine Crews werden eine wichtige Rolle bei der Evakuierung der Botschaft in Jakarta spielen, aber meine Offiziere haben bis jetzt nur minimale Informationen über den Einsatz bekommen. Meine Leute haben keine Ahnung, mit wem wir zusammenarbeiten sollen. Das ist ein sehr unangenehmer Zustand, Sir.«

»Es geht aber leider nicht anders, Admiral«, erwiderte MacIntyre, »und zwar aus Gründen der Sicherheit, auf die ich nicht im Detail eingehen darf. Ich kann Ihnen aber versichern, dass Ihre Crews alle Informationen bekommen werden, die sie brauchen, um die Operation erfolgreich durchführen zu können.«

MacIntyre hörte, wie Sorenson den Atem zwischen den zusammengebissenen Zähnen hervorpresste. »Da wäre dann noch etwas, Admiral. Sie haben eine meiner Ospreys für Ihre … persönliche Verwendung reservieren lassen. Mein AIRBOSS hat aber bisher keinerlei Angaben erhalten, wohin Sie fliegen wollen.«

»Das ist richtig, Admiral«, stellte MacIntyre unbeeindruckt fest. »Ihre Leute werden die entsprechenden Informationen erhalten, sobald wir in der Luft sind. Sie werden außerdem vom Oberbefehlshaber der Streitkräfte die ausdrückliche Anweisung erhalten, absolut nichts von dem, was sie während dieses Fluges sehen, an irgendjemanden preiszugeben.«

»Ich verstehe … Admiral.«
»Das freut mich zu hören, Admiral.«

An der Nordküste der Insel Lombok

31. Oktober 2008, 12:00 Uhr Ortszeit Makara Harconan ging in der Hütte des Clan-Oberhauptes ungeduldig auf und ab. Das entlegene Bugi-Dorf hatte ihm alles gegeben, was es zu bieten hatte – die besten Nahrungsmittel, die beste Unterkunft, das beste Schiff und die beste Mannschaft, damit er jederzeit auslaufen konnte. Was sie ihm jedoch nicht geben konnten, war so etwas wie innerer Frieden.

Harconan war sich immer darüber im Klaren gewesen, dass er einiges aufs Spiel setzen musste, wenn er seine Ziele erreichen wollte. Seinen Reichtum, seine Position, seinen Komfort, seine persönliche Sicherheit, das Erbe seines holländischen Vaters, ja, die ganze Welt, die er rund um sich aufgebaut hatte. Harconan hatte das alles eingesetzt und sein Glück versucht.

Doch es gab gewisse Dinge, über die man nicht so einfach hinwegkam, wenn man ein Herz im Leib hatte. Harconan hatte sich nie davor gefürchtet, allein dazustehen, wenn es sein musste. Aber wenn das bedeutete, dass all jene, die einem etwas bedeuteten, sterben mussten …

Das Schlimmste war, dass er nicht einmal wusste, was wirklich passiert war. Die Satellitentelefone und Funkempfänger in seinem Hauptquartier waren tot, und Lo hatte schon dreimal verabsäumt, die vereinbarte Meldung zu machen. Wenn auch der vierte Anruf nicht kam …

Plötzlich klingelte das Satellitentelefon, das er mitten im Zimmer auf einem Tisch stehen hatte. Er entnahm dem Display, dass es ein Anruf über die Krisenverbindung war. Harconan hämmerte auf die Sprechtaste.

»Lo?«

»Makara Harconan?« Trotz der Störgeräusche erkannte Harconan die Stimme sofort. Doch es war eine Stimme, die er nicht hören wollte.

Harconan verstand, was das zu bedeuten hatte. Mit einem Schlag war ihm alles klar.

»Guten Tag, Admiral Ketalaman.«

»Guten Tag, Herr Harconan. Es freut mich, dass ich Sie endlich erreichen konnte. Wir haben wichtige Dinge zu besprechen.«

»Ich wollte mich genauso gerne mit Ihnen unterhalten, Admiral. Nur war es mir bis jetzt nicht bewusst.«

Es war Merpati Ketalaman aus Sumatra, der Admiral, der das Meer hasste. Ein äußerst beherrschter Mann, der nie laut wurde. Harconan hatte ihn vor Jahren gekauft, um ihn für seine Piraterie-Operationen zu benutzen. Ketalaman war immer schon ein großer Pragmatiker gewesen, auf den man sich hundertprozentig verlassen konnte, solange die Aufgaben, die man ihm anvertraute, in seinem eigenen Interesse waren.

»Was ist mit meinem Hauptquartier passiert?«, fragte Harconan. »Was haben Sie mit meinen Leuten gemacht?«

»Wie ich schon sagte, ich wollte unbedingt mit Ihnen sprechen«, fuhr Ketalaman fort. »Wir hatten eine sehr erfolgreiche Zusammenarbeit, als Sie Ihren Piraterie-Operationen nachgingen, und ich habe auch jetzt wieder den Wunsch, mich mit Ihnen zusammenzutun. Aber Sie waren in letzter Zeit nicht leicht zu erreichen.«

»Meine … Leute … Ketalaman«, wandte Harconan mit eisiger Stimme ein.

»Es tut mir Leid, Ihnen sagen zu müssen, dass es einen bedauerlichen Zwischenfall gegeben hat. Als wir uns Ihrem Stützpunkt näherten, kam es zu einer Auseinandersetzung zwischen meinen Männern und Ihren Sicherheitskräften. Ein wirklich bedauerlicher Zwischenfall. Wenn Sie hier gewesen wären, hätte sich das alles gewiss vermeiden lassen.«

»Und mein Assistent, Lan Lo?«

»Er ist leider tot, aber ich versichere Ihnen, dass meine Männer nicht für seinen Tod verantwortlich sind.«

»Das kann ich mir denken«, murmelte Harconan wütend.

Er kannte Lo genau. Der Chinese hätte es niemals zugelassen, dass er dem Feind in die Hände gefallen und zu einer Bedrohung für Harconan geworden wäre.

»Sie scheinen einige Mühe auf sich genommen zu haben, um mit mir Kontakt aufzunehmen.«

»Das habe ich, Herr Harconan. Ich glaube, dass wir beide als realistische Menschen auch jetzt wieder einiges füreinander tun können.«

Harconan hätte dem Mann am liebsten an den Kopf geknallt, dass er sich zum Teufel scheren solle, doch er beherrschte sich und fragte in ruhigem Ton: »Wie stellen Sie sich das vor, Admiral?«

»Wir streben doch im Wesentlichen das gleiche Ziel an. Sie wollen die Regierung in Jakarta stürzen. Das will ich ebenfalls. Sie wollen die Einheit zwischen den Inseln auflösen – und das will ich genauso. Mir geht es um die Kontrolle über Java, Sumatra und einige kleinere Gebiete. Nachdem sich unsere Absichten gleichen, schlage ich vor, dass wir uns treffen und überlegen, inwieweit wir unsere Operationen aufeinander abstimmen können. Ich glaube, Sie wären ein wertvoller Verbündeter.«

»Ich fühle mich geschmeichelt, Admiral«, entgegnete Harconan nicht ohne eine gewisse Bitterkeit. »Aber warum sollten wir uns auf so etwas einlassen?«

»Weil wir beide davon profitieren würden. Sie verfügen über Ressourcen, die mir helfen würden, die Lage auf Java und Sumatra zu stabilisieren. Ihre Bugi-Clans könnten dafür in Zukunft mit meinem Wohlwollen rechnen.«

»Ich verstehe. Sollten sich denn die Bugi Sorgen darüber machen, Ihr Wohlwollen zu genießen?«

»Das wäre außerordentlich klug«, antwortete Ketalaman mit sanfter Stimme, so als spreche er mit einem Kind.

»Um welche meiner Ressourcen geht es Ihnen konkret, Admiral?«, fragte Harconan.

»Die Einzelheiten besprechen wir besser, wenn wir uns treffen.« Ketalaman klang sehr zufrieden. »Ich kann Ihnen aber verraten, dass ich Schiffe für Truppen und Nachschub benötige. Sie könnten mir auch bei verschiedenen nachrichtendienstlichen Aufgaben helfen. Außerdem bräuchten meine Truppen Zugang zu den Waffenlagern, die Sie auf verschiedenen Inseln eingerichtet haben.«

»Ist das alles, was Sie von mir wollen, Admiral?«

»Für die nähere Zukunft, ja.«

»Okay. Wissen Sie was, Ketalaman? Schieben Sie sich Ihre Forderungen in den Arsch. Ich wollte die Völker Indonesiens von einer Westentaschendiktatur befreien – aber nicht, um sie dann einer viel schlimmeren Diktatur auszuliefern.«

Harconan hörte den Mann leise seufzen. »Sehr theatralisch, Herr Harconan, aber auch sehr überheblich. Ich rufe Sie morgen zur gleichen Zeit wieder an. Bis dahin werden Sie es sich überlegt haben, nehme ich an.«

Die Verbindung riss ab. Harconan knallte den Hörer auf die Gabel und schaltete das Gerät aus. Er hatte seinen neuen Feind gefunden. Jetzt musste er sich auf die Suche nach neuen Verbündeten begeben.

**Östlich der Inselgruppe Pilau Sibu,
45 Meilen nordnordöstlich von Jakarta**

31. Oktober 2008, 22:20 Uhr Ortszeit »Capt'n, hier ist Air One. Admiral MacIntyres Maschine ist im Anflug. Das Schiff ist bereit, ihn aufzunehmen, und die Luft ringsum ist rein.«

»Sehr gut, Air One«, antwortete Amanda in ihr Mikrofon. »Holt ihn an Bord.«

Sie war allein in der Dunkelheit an Deck. Sie konnte kein Personal für eine Ehrengarde erübrigen. Die komplette Besatzung arbeitete unter Deck, damit Operation »Trick or Treat« rechtzeitig beginnen konnte. Außerdem hätte auch die taktische Situation keine Zeremonien erlaubt. Die *Shenandoah* war bereits in der Position, von der aus der Angriff gestartet werden würde.

Amanda stand am Fuße der kurzen Leiter, die zu Ladeluke Nummer vier hinaufführte, und sie griff instinktiv nach einer der Sprossen, als sie plötzlich von einem leichten Schwindelgefühl befallen wurde. Die *Shenandoah* glitt sanft über die niedrigen Wellen hinweg, und Amanda hatte weiß Gott genug Zeit auf See verbracht, doch die Nacht auf einem dunklen Schiffsdeck konnte einem trotzdem manchmal ein komisches Gefühl verursachen.

Die Decksbeleuchtung war ausgeschaltet, und die Lichter der javanischen Küste lagen hinter dem südlichen Horizont. Nicht einmal die Lichter von Jakarta erhellten den Himmel. Die Stadt war verdunkelt, wenn auch nicht freiwillig. Die Energieversorgung war in dem allgemeinen Chaos zusammengebrochen.

»Capt'n, die Maschine des Admirals ist im Landeanflug.«

Jetzt hörte Amanda über dem Zischen der Bugwelle und dem Grollen der Schiffsmaschinen auch das Stöhnen von Turbinen. Ein MV-22 Osprey kam von der Leeseite herein; die Propellerturbinen waren bereits hochgekippt, wie es für den Hubschrauber-Modus notwendig war. Wie eine gewaltige Fledermaus zog er knapp über der Meeresoberfläche dahin und war überhaupt nur daran zu erkennen, dass er stets einen Teil der Sterne verdeckte.

Das Kipprotorflugzeug wurde langsamer, als es über das Deck der *Shenandoah* hereinkam, und Amandas Haare klatschten ihr ins Gesicht, als sie vom Rotorabwind erfasst wurde. Sie spürte, wie das Fahrwerk des Osprey auf dem Hubschrauberlandeplatz niederging.

Rasch stieg sie die Leiter hoch und sah, wie eine schemenhafte Gestalt aus der Heckluke der Transportmaschine sprang. Im nächsten Augenblick musste sie die Augen schließen und sich an der Leiter festhalten, als sie erneut den Rotorabwind zu spüren bekam. Als sie den Kopf hob, war der Osprey schon wieder in der Luft und schraubte sich empor, um zu seiner fernen Heimat an Bord der *Pelelieu* zurückzukehren.

Der Mann, der aus dem Hubschrauber gestiegen war, öffnete den Reißverschluss seiner Windjacke und zog eine Offiziersmütze hervor. Er setzte sie auf und schritt mit einer Tasche in der Hand auf die Ecke des Landeplatzes zu.

Amanda erreichte unterdessen das Ende der Leiter. Sie nahm eine aufrechte Haltung an und salutierte. »Willkommen an Bord der *Shenandoah,* Sir«, begrüßte sie den Gast.

»Es freut mich, dass ich hier an Bord sein kann, Capt'n.« MacIntyre zögerte für einen Augenblick. »Verdammt, Amanda, ich weiß schon, dass es sich gehören würde, vor der Fahne zu salutieren. Aber es kann niemand von mir erwarten, dass ich das vor der Flagge von Panama mache.«

»Kein Problem, Sir. Heute Nacht fahren wir ohnehin unter der Kriegsflagge.«

Das grün getönte Bild auf dem Flachbildschirm war ein wenig verwackelt, als die mit der Hand geführte Kamera über den Merdeka-Platz schwenkte. »Wie ihr sehen könnt«, tönte Christine Rendinos Stimme aus dem Lautsprecher, »ist auf dem Platz selbst nicht allzu viel los. Die Rebellen scheinen den ganzen Regierungsbezirk zu isolieren … Ich glaube, das könnte uns zugute kommen. So müssen wir uns keine Gedanken machen, dass es viele unschuldige Opfer geben könnte. Wir haben schon zwei von ihren Panzern mit Predators ausgeschaltet. Die Wracks stehen … hier … und hier.«

Die Plasma-Displays im Briefing Room des Command Block zeigten taktische Karten und Statuskarten, die ständig aktualisiert wurden.

»Wie viele Predators habt ihr noch übrig?«, fragte Stone Quillain.

Am anderen Ende war mehrstimmiges Gemurmel zu hören. »Lieutenant Trennan sagt, dass wir noch drei übrig haben«, antwortete Christine schließlich. »Aber die Indonesier haben ihre Fahrzeuge jetzt in den Seitenstraßen rund um den Platz postiert. Sie wollen keine weiteren Abschüsse riskieren. Es sind aber ringsum auf den Dächern und in den Häusern Soldaten postiert … Ich versuche mal, näher an eines der Häuser ranzugehen.«

Die Kamera schwenkte auf das Dach des Gambir-Bahnhofs an der Ostseite des Platzes ein und zeigte die behelmten Köpfe, die über Sandsäcke hinwegguckten.

Amanda beugte sich vor und verschränkte die Arme auf dem Tisch. »Was ist mit Flugabwehrwaffen, Chris?«

»Es ist so wie mit den Panzern, Boss. Sie haben nichts Schweres in Sichtweite der Botschaft postiert, aber es könnten überall auf den umliegenden Dächern SAMs in Stellung sein. Ganz sicher haben sie leichte automatische Waffen und Granatwerfer, aber ich glaube, da sind auch schwere MGs auf dem Dach des Verteidigungsministeriums … Ich werde mal versuchen, euch einen Blick darauf werfen zu lassen …«

Das Bild schwenkte zurück zur Westseite des Platzes und dann nach oben, sodass derjenige, der die Kamera führte, aufstehen musste.

»Chris! Bleib unten!«, rief Amanda in ihr Mikrofon. »Das ist ein Befehl!«

Das Videobild verschwamm und schwenkte zurück unter die Balustrade. Wenige Augenblicke später zeigte die Kamera wieder das Gesicht von Christine Rendino, die unter ihrem tarnfarbenen Helm hervorblickte. »He, ist ja gut. Sie sind jetzt ganz nett zu uns. Es ist einige Stunden her, seit sie zum letzten Mal auf uns gefeuert haben.«

»Was Sie da sagen, könnten leicht die letzten Worte eines Soldaten sein, Commander«, warf MacIntyre streng ein, der hinter Amandas Sessel stand. »Wir wollen aber nicht, dass es die Ihren werden. Sie haben die Anweisung, am Leben zu bleiben, bis wir Sie herausholen können.«

»Wird erledigt, Sir. Das ist so ziemlich alles, was ich Ihnen an taktischen Informationen bieten kann. Alles andere können Ihnen die Drohnen und Satelliten viel besser liefern als ich.«

»Ich nehme nicht an, dass die Putschisten uns den Gefallen tun, die Kommunikationsanlagen im Verteidigungsministerium und im Palast zu benutzen?«

»Leider nein, Admiral. Präsident Kediris heldenhafte Verteidiger, diese Mistkerle, haben noch schnell ihre Kommunikationssysteme und unsere kleinen Signal-Intelligence-Hilfsmittel sabotiert, bevor sie glorreich in der Schlacht fielen. Alles, was wir hereinbekommen, kommt von den indonesischen taktischen Funknetzen.«

»Wie ist die Lage in der Botschaft?«, wollte Amanda wissen.

»Das Botschaftspersonal verbrennt gerade die Dokumente und Unterlagen. Die Computerspeicher sind gelöscht, und die Hardware wurde mit Sprengsätzen versehen, damit sie jederzeit vernichtet werden kann. Wir sind praktisch startklar.«

»Nimm dir nichts Längerfristiges vor, Chris. Wir holen euch bald ab«, warf Amanda ein.

Die Intel-Offizierin hob eine Augenbraue. »Ich habe ohnehin nicht daran gedacht, groß auszugehen. Point Man Base, out.«

Es folgten einige Augenblicke des Schweigens im Briefing Room. »Wir werden genau das machen, was Sie gesagt haben, Amanda«, sagte MacIntyre schließlich. »Wir holen sie dort heraus.«

»Verdammt! Es ist nur so, dass die Sache ziemlich schwierig wird, Elliot.«

Sie hörte ihn leise lachen, und spürte, dass er ihr eine Hand auf die Schulter legte. »Das habe ich mir schon gedacht. Jedes Mal, wenn ich euch irgendwohin schicke, wird es noch ein kleines bisschen schwieriger als beim letzten Mal.«

Zum ersten Mal seit Tagen musste Amanda wieder an das denken, was Christine ihr über MacIntyre gesagt hatte. Sie konnte eigentlich nicht glauben, dass es tatsächlich so war – doch die Berührung fühlte sich jedenfalls sehr beruhigend an.

»Es könnte schlimmer sein«, warf Stone Quillain ein, was Amanda durchaus willkommen war, weil er sie dadurch von ihren unpassenden Gedanken ablenkte. »Unsere Funkaufklärung und die Aufnahmen der Drohnen lassen vermuten, dass die Rebellen in und um Jakarta nur über eine verstärkte Brigade und ein paar kleinere Einheiten verfügen. Das ist nicht gerade viel, um eine so große Stadt zu kontrollieren.«

Amanda nickte. »Und es gibt immer noch einzelne Widerstandsnester, vor allem von Einheiten der Militärpolizei. Das macht die Sache für die Putschisten nicht gerade einfacher.«

»Das ist immerhin etwas.« MacIntyre nahm die Hand von ihrer Schulter und ging zu einem anderen Bildschirm hinüber, auf dem eine Computerkarte der Umgebung von Jakarta zu sehen war. Die roten Positionssymbole auf der Karte waren weit voneinander entfernt. »Ihre Truppen sind nicht gerade dicht gestaffelt, und sie haben weder die Unterstützung der gesamten Streitkräfte noch der Bevölkerung. Offenbar setzen sie ganz darauf, dass sie Kediri eliminieren können. Aber solange der Präsident am Leben ist und Anweisungen geben kann, können sich die Putschisten ihrer Sache nicht sicher sein.«

Amanda runzelte die Stirn. »Genau das ist aber die große Gefahr für die Botschaft. Wir müssen Kediri und seine Leute herausholen, bevor die Rebellen in ihrer Verzweiflung die Botschaft stürmen.«

MacIntyre sah sie mit ernster Miene an. »Ich habe Ihnen das besorgt, was Sie sich von der Regional Intervention Force und den Australiern gewünscht haben, aber es wird mindestens noch achtundvierzig Stunden dauern, bis wir zusätzliche Schiffe oder Special-Ops-Bodentruppen herbekommen. Mein Gefühl sagt mir, dass wir so viel Zeit nicht haben.«

»Das stimmt«, pflichtete Amanda ihm bei. »Wir müssen es

noch heute Nacht machen – und zwar mit dem, was wir an Bord der *Shenandoah* haben. Davon sind wir auch in unseren Planungen ausgegangen.«

»Und wie stellen Sie sich das vor?«

»Wir haben uns auf einen etwas ungewöhnlichen Weg geeinigt.« Sie stand von ihrem Stuhl auf und trat zu MacIntyre an den Kartenbildschirm. »Wir haben zuerst daran gedacht, es auf dem Landweg zu versuchen – aber wir waren mit dieser Option nicht wirklich glücklich. Vom Hafen bis zur Botschaft sind es fast sieben Kilometer durch die alten Viertel von Batavia. Mein Berater für Bodenoperationen brachte nicht viel Freude für diese Variante auf.«

»Ja«, warf Stone ein und nickte. »Wir haben es hier mit verflucht engen Straßen und dem Kanalsystem der Altstadt zu tun. Da gibt es jede Menge Stellen, an denen man einen kleinen Trupp aufhalten könnte. Wir müssen schließlich hundertachtundzwanzig Menschen aus der Botschaft evakuieren. Wir haben nicht annähernd genug Fahrzeuge, um so viele Leute auf einmal zu transportieren, und ich kann Ihnen garantieren, dass wir kein zweites Mal durchkommen.«

»Wir haben sogar überlegt, ob wir es nicht mit unseren Amphibienfahrzeugen und Schlauchbooten über den Banjii- oder den Gunung-Sahari-Kanal versuchen sollten«, warf Amanda ein und fuhr mit der Fingerspitze eine der blauen Linien auf dem Bildschirm entlang. »Aber es gibt zu viele Brücken, wo uns die Rebellen festnageln könnten. Nein, wir müssen es auf dem Luftweg machen.«

»Das sehe ich auch so, aber ich habe trotzdem einige Bedenken«, wandte MacIntyre ein und griff nach dem Trackball Controller und dem Keypad neben dem Bildschirm. Er vergrößerte damit den zentralen Bereich der Karte, bis er den ganzen Bildschirm ausfüllte. »Wir haben hier den Heli-Landeplatz in der Botschaft, und wir haben den Freiheitsplatz, der natürlich auch als Landeplatz genutzt werden kann«, sagte er. »Aber je näher man zum Regierungsbezirk kommt, desto schwieriger wird das Gelände für die Hubschrauber, wenn man bedenkt, wie viele Hochhäuser es hier gibt. Wenn wir hier Maschinen verlieren würden, könnte sich leicht ein Katastrophen-Szenario wie damals in Mogadischu ergeben.«

»Das ist mir klar«, warf Amanda ein. »Darum haben wir uns auch eine etwas unkonventionelle Variante einfallen lassen, mit der wir die Situation bewältigen könnten.«

MacIntyre sah sie überrascht an. »Was für eine Variante?«

»Unsere Luftstreitkräfte und Bodentruppen werden die Rollen tauschen.«

»Die Rollen tauschen?«

Amanda nickte. »Normalerweise werden die Luftstreitkräfte eingesetzt, um die Bodentruppen zu unterstützen. Aber heute …« – Sie tippte auf der Karte auf einen Punkt an der Küste von Jakarta, der mit ›Ancol-Park‹ bezeichnet war – »heute werden es die Bodentruppen sein, die die Luftstreitkräfte unterstützen.«

Point Man Base,
Botschaft der Vereinigten Staaten, Jakarta

31. Oktober 2008, 23:03 Uhr Ortszeit Prozessoren und Chips, die bestimmt eine Million Dollar wert waren, wurden mit Brechstangen und Gewehrkolben zertrümmert.

»Alles außer den Funkgeräten, Leute!«, rief Christine Rendino in dem Lärm ringsum. »Sergeant McGuffin, Sie und Stacy bleiben bis zum letzten Augenblick an den indonesischen taktischen Monitoren. Bereiten Sie dann aber die Sprengsätze vor, damit wir alles in die Luft jagen können, sobald wir hier raus sind.«

»Kein Problem, Ma'am«, antwortete der Unteroffizier. »Wenn wir hier fertig sind, ist bestimmt nichts mehr übrig.«

Das einst so elegant eingerichtete Empfangszimmer der Botschaft sah aus wie eine zerbombte Elektronikfabrik. Sie hatten nicht genug Zeit und Ladekapazität, um auch die Ausrüstung mitzunehmen – doch sie würden wenigstens sicher stellen, dass nichts von den ausgeklügelten Systemen zum Sammeln von Nachrichtendienstmaterial heil zurückblieb. Die gleiche organisierte Zerstörung würde in der Kommunikationszentrale stattfinden.

Eine der Botschaftsangestellten erschien in der Tür des Empfangszimmers und zuckte kurz zusammen, als sie das Zerstörungswerk vor sich sah. »Commander Rendino, der Botschafter würde Sie gerne sprechen, wenn es möglich wäre.«

»Aber klar, Sally. Bin schon unterwegs. McGuffin, Sie machen hier weiter Kleinholz – ich bin gleich wieder da.« Um sich einen gewissen militärischen Anstrich zu geben, griff sie nach ihrem Helm und der P 90 Personal Assault Weapon, die sie auf einem der Schreibtische liegen hatte, und folgte der Angestellten.

Botschafter Goodyard und Präsident Kediri erwarteten sie in Goodyards Büro. Der Botschafter saß in Golfhemd und Hose an seinem Schreibtisch, während der Präsident in demselben zerknitterten Safarianzug, den er schon am Tag des Putsches getragen hatte, auf und ab ging. Auf dem Schreibtisch lagen zwei Kevlar-Helme und kugelsichere Westen. Obwohl die Klimaanlage lief, war es ziemlich warm im Büro.

Goodyard blickte auf, als sie eintrat. »Guten Abend, Commander. Darf ich Ihnen etwas Kaltes zu trinken anbieten?«

»Nein, danke, Sir«, antwortete Christine ebenso höflich. In der momentanen angespannten Situation verursachte ihr allein der Gedanke an ein kühles Erfrischungsgetränk Übelkeit.

»Ich weiß, Sie sind im Moment sehr beschäftigt, aber ich habe mich gefragt, ob Sie Präsident Kediri und mir nicht vielleicht kurz berichten könnten, was es hinsichtlich der Evakuierung Neues gibt.«

»Die Vorbereitungen für die Evakuierung sind so gut wie abgeschlossen, Herr Botschafter. Wir werden bereit sein, wenn der Zeitpunkt gekommen ist.«

»Und das wird … wann genau sein?«

»Ich kann Ihnen nur sagen, dass es bald sein wird. Der genaue Zeitpunkt hängt von verschiedenen Faktoren ab. Wir werden Sie aber unterrichten, wenn es so weit ist.«

Christine wandte sich Präsident Kediri zu, der mit gleichmütiger Miene zuhörte. »Herr Präsident, haben Ihre Leute eigentlich schon den Status der indonesischen Fregatte eruieren können, die sich gegenwärtig vor Jakarta aufhält?«

Kediri schüttelte den Kopf. »Der Flottenstützpunkt von Surabaya versucht schon den ganzen Tag, die *Wiratno* zu erreichen. Sie meldet sich einfach nicht.«

»Das ist sehr bedauerlich, Sir«, sagte Christine vorsichtig.

Kediri verzog das Gesicht. »Die ganze Situation ist sehr bedauerlich, Commander.«

Christine konnte ihm nur zustimmen. »Wenn es so weit ist, werden Sie, Botschafter Goodyard und die anderen Mitglieder Ihrer Regierung mit der ersten Maschine evakuiert. Wir gehen davon aus, dass das der sicherste Flug ist. Sie werden zuerst von hier in die Sporthalle geführt, und von dort zum Osprey. Sie brauchen sich nur an das zu halten, was Ihnen die Leute sagen, die Sie begleiten, dann sollte nichts schief gehen.«

»Und wohin werden wir evakuiert?«, fragte Kediri ein wenig misstrauisch.

»Nach Bali, Herr Präsident.«

»Bali?«

»Ja, Sir«, antwortete Christine, »zu den Schiffen der Regional Intervention Force im Hafen von Benoa. Sie sind dort nicht nur in Sicherheit, sondern verfügen auch über alle Einrichtungen, um Ihre Regierungsgeschäfte weiterzuführen. Es wäre politisch nicht unbedingt klug, wenn Sie eine Exilregierung anführen würden.«

»Ich finde, dass der Flottenstützpunkt Surabaya besser geeignet wäre«, erwiderte Kediri steif.

»Aber das wäre um einiges gefährlicher für Sie, Sir. Es haben sich möglicherweise noch nicht alle Angehörigen Ihrer Streitkräfte deklariert, die die Rebellen unterstützen. An Bord unserer Schiffe können wir für Ihre Sicherheit garantieren.«

Kediri gab schließlich nach.

»Unsere Botschaft wird ebenfalls dorthin übersiedeln, Herr Präsident«, warf Goodyard beschwichtigend ein. »Es ist ja nur eine vorübergehende Lösung.« Der Botschafter wandte sich Christine zu. »Kommen Sie mit uns, Commander?«

Christine schüttelte den Kopf. »Nein, Sir. Meine Leute und die Marines gehen … woandershin.«

»Verstehe.« Er erhob sich von seinem Platz und streckte ihr die Hand entgegen. »Falls wir keine Gelegenheit mehr dazu haben sollten, würde ich mich gerne für alles bedanken, was Sie und Ihre Leute geleistet haben. Ich glaube, ich habe in mancher Hinsicht einiges von Ihnen gelernt.«

Christine schüttelte dem Botschafter die Hand. »Sie waren ein ausgezeichneter Schüler, Sir. Es ist mir eine Ehre, dass ich mit Ihnen zusammenarbeiten durfte.«

»Das fasse ich als großes Kompliment auf, Commander.«

MV *Galaxy Shenandoah*
In den Gewässern vor Jakarta

31. Oktober 2008, 23:05 Uhr Ortszeit Das Ruderhaus der *Galaxy Shenandoah* glich dem der meisten modernen Handelsschiffe. Es erstreckte sich über die volle Breite der Aufbauten und war mit wasserdichten Türen zur Brückennock ausgestattet. Durch das breite Fenster hatte man einen ausgezeichneten Überblick über das Hauptdeck und darüber hinaus.

Höchstens einem Experten wäre aufgefallen, dass die Fenster aus kugelsicherem Panzerglas waren, und nur mit Hilfe eines Bohrers hätte man feststellen können, dass die Stahlwände mit einer dicken Polymer-Panzerschicht unterlegt waren.

Im Standard-Operationsmodus war die Brücke im Vergleich zu einem Kriegsschiff recht karg ausgestattet. Es gab eine kombinierte Station für den Rudergänger und den Zweiten Rudergänger, von wo aus die Maschinen und Steuersysteme bedient werden konnten. Ebenfalls in dieser Station war ein Kartentisch mit einer Konsole für die Navigationssysteme kombiniert. Weiters befanden sich in dem Raum zwei Drehstühle, die für den Kapitän und den Offizier vom Dienst bestimmt waren. Was die Kommunikation betraf, so war die Brücke mit Bordsprechanlage und Talk-Between-Ships-Funk ausgestattet, die zu beiden Seiten der Tür angebracht waren, welche in den Karten- und den Hauptkommunikationsraum führte.

Nachdem es in dieser Nacht einiges zu tun gab, hatte man die Standardausrüstung um ein halbes Dutzend der allgegenwärtigen Milspec-Laptops erweitert. Sie waren mit dem integrierten Gefechtssystem der *Shenandoah* verbunden und dienten dazu, den Datenstrom vom CIC auf die Brücke zu holen.

Jenseits des Bugs erstreckte sich am südlichen Horizont ein breites Band, das noch dunkler war als die umgebende Nacht und auf dem einige vereinzelte Lichter funkelten: die Insel Java und die wenigen Lichter von Jakarta, die noch brannten.

Die *Shenandoah* hatte alle Standardpositions- und Deckslichter eingeschaltet, während sie mit etwa acht Knoten auf die Küste zulief, so wie jedes andere leichtsinnige, aber harmlose Handelsschiff. Genauso harmlos war auch die elektromagnetische Signatur des Schiffes. Irgendwelche Systeme zur elektronischen bzw. Funkaufklärung hätten nur ein einfaches Standardnavigationsradar wahrgenommen. Die starken optronischen Sensoren, die die Nacht durchdrangen, und die Datenverbindungen, die das Schiff mit dem fernen Auge seines wachsamen

Drohnennetzwerks verbanden, waren für niemanden zu erkennen.

Amanda beugte sich vor und studierte das taktische Display auf einem der Laptops. Das CIC, das Combat Information Center, war die übliche Gefechtsstation für den Kommandanten eines modernen Kriegsschiffes. Es bildete das Zentrum, in dem alle Informationen zusammenliefen und von dem aus man mit Hilfe der Schiffssensoren den Gefechtsverlauf am besten mitverfolgen konnte.

Doch in dieser Situation hatte Amanda beschlossen, zunächst einmal den traditionellen Platz auf der Brücke einzunehmen. MacIntyre würde die Dinge im Command and Control Block managen, sodass sie es sich leisten konnte, oben an Deck zu sein und ihr Schiff mit ihren eigenen Augen in seine erste Schlacht zu führen.

Auf dem kleinen Alpha-Bildschirm war nur einziges Symbol eines Überwasser-Kontaktes zu sehen, das langsam dahinkroch und das als nicht identifiziertes Ziel gelb leuchtete. Amanda rief das System für elektronische Aufklärung auf und sah, dass die *Shenandoah* von Suchradar erfasst wurde.

»Wir werden beleuchtet«, sagte der Offizier vom Dienst, der hinter ihr stand. »Er weiß, dass wir hier sind.«

»Sieht ganz so aus, Mr. Carstairs. Und wahrscheinlich will er auch etwas gegen uns unternehmen.«

»Verzeihung, Capt'n, aber wissen wir denn schon, auf welcher Seite der Kerl steht?«

»Nicht genau, aber er hat schon jede Möglichkeit gehabt, sich auf die richtige Seite zu stellen.«

Sie tippte ihren Kommandocode ein, um Zugang zur Zieldesignation zu bekommen. Mit dem Touchpad des Laptops erfasste sie das indonesische Kriegsschiff in einer Zielerfassungsbox und änderte den Bedrohungsgrad, der von ihm ausging, von Gelb für Unbekannt auf Rot für Feindlich.

»Mr. Carstairs, sagen Sie den Leuten vom Moon Pool, dass

sie grünes Licht haben, um zu fluten und die Türen zu öffnen. Mark-48-Torpedos vorbereiten und klarmachen zum Überwasser-Einsatz.«

»Jawohl, Ma'am.« Sie hörte die unterdrückte Anspannung in der Stimme des jungen Offiziers. Wahrscheinlich war dies der erste Feuerbefehl überhaupt, den er weiterzugeben hatte. Das erste Mal, dass er in einen blutigen Job involviert war. Es war dies eine Schwelle, die fast jeder Offizier in den bewaffneten Streitkräften irgendwann einmal zu überschreiten hatte. Amanda hatte so manche Nacht damit zugebracht, ihr erstes blutiges Gefecht zu verarbeiten.

Zwei schattenhafte Gestalten, die eine groß und voll bepackt mit Ausrüstung, die andere vergleichsweise klein, traten zu ihnen auf die Brücke. Amanda warf einen kurzen Blick über die Schulter. »Guten Abend, Gentlemen. Statusbericht, bitte.«

»Die Bucht ist geflutet, Skipper«, meldete Stone Quillain mit tiefer, ruhiger Stimme. »Die Crews der amphibischen Traktoren und die Landungstruppen sind an Bord und startklar. Sky-Island- und Special-Boat-Teams sind bereit.«

»Hast du immer noch vor, Sky Island Alpha zu begleiten?«

Quillains Tragegurtzeug klickte, als er die Schultern zuckte. »Wenn man den Zirkus anführt, muss man sich selbst vorne hinstellen.«

»Ich bin selbst schon öfter nach diesem Motto vorgegangen, darum kann ich dir auch kaum einen Vorwurf machen. Arkady, wie sieht es mit der Air Group aus?«

»Wir sind startklar, sobald an Deck alles bereit ist.«

»Es wird gleich so weit sein«, antwortete Amanda, ohne den Blick vom Bildschirm zu wenden. »Arkady, was gibt es Neues von der Sky Base?«

»Alle Sky-Base-Maschinen und Unterstützungseinheiten sind auf Station und startklar.«

»Sehr gut. Wir haben hier noch ein letztes Problem, um das wir uns kümmern müssen. Dann beginnen wir mit den Luft-

und Landungsoperationen. Sobald wir diese indonesische Fregatte ausgeschaltet haben, halten wir an und lassen den Traktor-Platoon und die Landungstruppen auslaufen. Währenddessen bereiten wir schon das Deck vor und lassen die Eagle und Hell Eyes starten. Dann drehen wir uns in den Wind und erhöhen das Tempo. Arkady, sobald du den richtigen Wind über dem Deck hast, kannst du mit deiner Maschine starten.«

Amanda drehte sich um und sah ihre beiden Untergebenen an. »Flüssig, flexibel und schnell, Gentlemen, so wollen wir die Sache durchziehen. Viel Glück euch beiden, und mögen wir morgen beim Frühstück über eine gelungene Operation sprechen können.«

»Ich frage mich, ob wohl irgendjemand in der Messe weiß, wie man schöne gebackene Maismehlfladen macht«, sagte Quillain nachdenklich. »Nach einem solchen Einsatz gibt es nichts Besseres als einen guten Teller Maismehlfladen.«

»Ich werde mal nachfragen, Stone. Arkady, wenn du noch ein paar Minuten bleiben könntest – ich müsste dich kurz sprechen.«

»Kein Problem, Ma'am«, antwortete er förmlich.

Quillain ging hinaus, und sie geleitete Arkady auf die Backbord-Brückennock hinaus. Sie wollte ungestört mit ihm sprechen und schloss die Ruderhaustür hinter ihnen beiden.

Draußen nahm sie den Kommando-Kopfhörer ab, lehnte sich gegen die Reling und blickte über den Bug hinaus. Sie hoffte, Arkady würde die Aufforderung zum zwanglosen Gespräch in ihrer Haltung erkennen. Nach einigen Augenblicken trat er zu ihr, sodass sie nebeneinander an der Reling standen.

Sie und Arkady mussten sich erst an ihr neues Verhältnis zueinander gewöhnen. Sie fürchtete, dass ihre heutigen Befehle die Sache nicht gerade einfacher machten.

»Aus irgendeinem Grund erinnert mich das alles hier an eine bestimmte Nacht vor Shanghai«, begann sie. »Ich meine die erste Nacht, als wir das chinesische Torpedoboot gerammt haben.«

Er nickte. »Daran habe ich auch gerade gedacht. Es ist irgendwie das gleiche Gefühl.«

»Ja, ziemlich. Es ist anders, und doch ganz ähnlich.« Sie fand, dass sich mit diesen Worten auch ihre gegenwärtige persönliche Situation ziemlich treffend beschreiben ließ. »Arkady, darf ich dich etwas fragen?«

»Aber klar … Ma'am.« Sie hörte das Zögern in seiner Stimme, den Hauch von Frustration über die militärischen Umgangsregeln, die ihre Beziehung zueinander allzu förmlich machten.

»Hast du damals wirklich den Verlobungsring vom Bootsdock meines Vaters ins Meer geworfen?«

Ihre Frage kam für ihn sichtlich überraschend, und genau das war auch ihre Absicht gewesen. Arkady versuchte das Lachen zu unterdrücken, das aus ihm herausplatzen wollte. »Verdammt, woher weißt du das?«

Sie lächelte vor sich hin. Sie hatte die richtigen Worte gefunden, um das Eis zu brechen. »Dad hat mir das erzählt. Er wollte, dass ich weiß, was für eine Chance ich da vermasselt hatte.«

»Es war nicht deine Schuld, B…«

»Arkady, ich bin immer noch die Gleiche«, sagte Amanda. »Du kannst es ruhig sagen.«

»Es war nicht deine Schuld, Babe.« Erleichtert sprach er den Kosenamen aus, mit dem er sie in den Tagen ihrer Beziehung stets angesprochen hatte. »Es war überhaupt niemandes Schuld. Irgendwie sollte es eben nicht sein.«

Amanda schüttelte den Kopf. »Nein, und wir können auch nicht mehr zu diesem Punkt zurück, das müssen wir akzeptieren, Arkady. Was wir zusammen hatten, war sehr, sehr schön, und ich bereue keinen Augenblick davon. Es hätte etwas daraus werden können. Ich schätze, wir hätten eine funktionierende Ehe daraus machen können, wenn wir gewollt hätten. Wir haben ja damals beide daran gedacht. Aber als der Moment kam, eine Entscheidung zu treffen, haben wir uns anders entschieden. Zumindest ich habe es getan.«

»Warum?«, fragte er knapp. Sie konnten einander zwar in der Dunkelheit kaum sehen, doch sie wusste trotzdem, dass er ihr ins Gesicht sah. Sie atmete tief durch, wohlwissend, dass sie ihm eine ausführliche Antwort auf diese Frage schuldete. »Ich weiß nicht, ob es irgendeinen Sinn ergibt, was ich zu sagen habe. Ich habe oft darüber nachgedacht und es selbst nicht wirklich verstanden. Aber ich habe mich mein Leben lang auf meinen Instinkt verlassen, und das hat bis jetzt auch ganz gut geklappt. Ich hoffe, du siehst das auch so ähnlich.«

»Ich habe an deinem Instinkt bis jetzt nichts auszusetzen gehabt.«

Amanda atmete noch einmal tief durch. »Also gut. Als ich damals bei den Seafightern war, da hatten wir eine Maschinentechnikerin, die mit einer bestimmten Gabe gesegnet oder geschlagen war: Sie hatte oft Vorahnungen. Sie schien immer schon vorher zu wissen, ob eine Mission gut oder schlimm enden würde. Oder ob jemand sterben würde. Hast du von so was schon mal gehört?«

»Solche Geschichten hört man immer wieder«, antwortete Arkady ausweichend.

»Und manchmal stellt sich heraus, dass sie stimmen«, fuhr Amanda fort. »Na ja, an jenem Tag, als ich von dir weglief, um den Job in Westafrika zu übernehmen, da hatte ich auch so ein … Gefühl, dass es nicht sein sollte. Dass irgendwo irgendein anderes Schicksal auf mich wartet. Ein Schicksal, in das ich einen so liebevollen und wirklich wunderbaren jungen Mann nicht hineinziehen wollte.«

»Oh Gott.«

Sie spürte seine Hand an ihrer Wange. Einen schönen Moment lang neigte sie den Kopf zu ihm, um die Liebkosung zu akzeptieren. Dann nahm sie seine Hand in die ihre und küsste die schwielige Handfläche. »Verdammt, Arkady, wir werden immer etwas voneinander mit uns tragen. Und Gott weiß, dass ich dich heute genauso sehr brauche wie damals. Ich brauche dich, damit du mir sagst, ob ich das Richtige tue oder nicht, und damit du mir ein klein wenig Halt gibst, wenn ich es nötig habe.«

Sie wartete gespannt auf seine Antwort. Die Rolle des Ritter Lanzelot war nicht einfach zu übernehmen. Sie verlangte ein sehr großes Herz und starke freundschaftliche Gefühle. Schließlich spürte sie seinen starken warmen Händedruck.

»Alles okay. Wir jagen die Schurken gemeinsam, so wie wir's immer gemacht haben.«

Sie biss sich auf die Lippe. Es war schön, festzustellen, dass man aus etwas, das einmal gut gewesen war, etwas Neues schmieden konnte.

»Es freut mich sehr, das zu hören, Arkady, mehr als du dir vorstellen kannst. Ich habe nämlich heute Nacht einen Spezialauftrag für dich. Einen ziemlich haarigen Job.«

»Schieß los, Babe. Die Sache wird erledigt«, sagte er, ohne zu überlegen.

»Okay, es geht um Folgendes. Wenn deine Strike Group nach Jakarta kommt, dann bleibst du hoch oben und wartest ab. Du wirst erst aktiv, wenn du grünes Licht von mir bekommst. Es ist ein ganz konkreter Befehl, Commander, der sich nicht in irgendeiner Weise auslegen lässt.«

Sie wusste, dass sie ihn mit dem plötzlichen Themenwechsel auf dem falschen Fuß erwischt hatte. »Verzeihung, Capt'n, aber das da draußen ist meine Staffel!«

Amanda fuhr fort, bevor er weitere Einwände erheben konnte. Sie hob die Hand und streckte zwei Finger aus. »Es gibt zwei Gründe für das, was ich von dir verlange, Arkady. Erstens bist du mein Air Group Commander. Du bist derjenige, der alles überwachen und koordinieren muss, daran musst du dich gewöhnen.«

Das persönliche Gespräch war offensichtlich vorbei. »Ja, Ma'am.«

»Und jetzt zum zweiten Grund. Ich muss wissen, dass du und dein Flügelmann noch über voll bewaffnete und unbeschädigte

Maschinen verfügt und dass ihr jederzeit einsatzbereit seid. Ich kenne deine Fähigkeiten und will sie dann einsetzen, wenn es wirklich notwendig ist. Du bist meine Feuerwehr, Arkady. Wenn irgendetwas schief gehen sollte – und ich habe jeden Grund zur Annahme, dass das passieren wird –, dann will ich darauf zählen können, dass du uns rausholst. Irgendein Problem damit?«

Sie sah, dass er kurz lächelte. »Nicht im Geringsten, Capt'n.« Er streckte die Hand aus, und sie ergriff sie.

»Capt'n«, sagte eine leise Stimme im Kopfhörer, den sie um den Hals hängen hatte. Ihre Hände lösten sich voneinander, und sie sprach in ihr Kehlkopfmikrofon: »Capt'n hier.«

»Ein Funkspruch von der Rebellen-Fregatte! Entfernung fünfzehntausend Meter, verringert sich langsam.«

»Leiten Sie das Täuschungsmanöver ein und bereiten Sie alles für den Einsatz vor! Klarmachen zum Start unserer Mission!«

Arkady hatte bereits die Tür zur Brücke geöffnet. »Viel Glück, Capt'n«, rief er zurück.

»Viel Glück, Arkady, und gute Jagd.« Sie hoffte, dass er auch das hörte, was sie zwar nicht aussprach, aber meinte: »Und danke für alles, Liebling.«

»Handelsschiff, Handelsschiff! Identifizieren Sie sich!« Das Kriegsschiff, eine Fregatte der Parchim-Klasse aus DDR-Beständen, lief langsam auf die *Shenandoah* zu. »Hier ist die *Wiratno* von der indonesischen Marine der Nationalen Wiedervereinigung. Sie sind unbefugt in unsere Gewässer eingedrungen. Identifizieren Sie sich!«

»Hier ist das Motorschiff *Chiku Shan* aus Taipeh«, antwortete eine Stimme mit starkem Akzent über Funk. »Wir sind unterwegs nach Jakarta.«

»Der Hafen von Jakarta ist für die Schifffahrt gesperrt. Wir fordern Sie auf, sofort zu wenden! Sofort wenden!«

»Hier ist die *Chiku Shan*. Wir werden in Jakarta erwartet!«, erwiderte die fast verzweifelt klingende Stimme.

»*Chiku Shan,* machen Sie sofort kehrt und verlassen Sie diese Gegend, sonst eröffnen wir das Feuer …«

Amanda senkte ihr Nachtglas und blickte auf den Laptop hinunter. Auf dem Display war gerade live zu sehen, wie im Moon Pool die Ladearme ausgefahren wurden, um zwei Mark-48-ADCAP-Torpedos zu umfassen.

»CIC«, sprach sie in ihr Kehlkopfmikrofon, »haben wir Entfernung und Feuerleitlösung für das Überwasserziel, Master Zero One?«

»Brücke, Entfernung ist jetzt fünfzehnhundert Meter, und wir haben eine Feuerleitlösung.«

»CIC, entsichern Sie die Waffe … Nummer eins abfeuern.«

Ein Mark-48 löste sich vom Ladearm und tauchte glatt in den Moon Pool ein.

»Nummer zwei abfeuern.«

Der Antrieb der beiden Torpedos erwachte zum Leben, als die Geschosse unter dem Kiel der *Shenandoah* wegtauchten. Sie beschleunigten und brausten auf ihr Ziel zu, während aus ihrem Heck die Lenkdrähte austraten.

»Torpedos sind los, Capt'n. Sie sind scharf und laufen ins Ziel.«

Amanda hob ihr Nachtglas an die Augen und blickte über den Bug der *Shenandoah* hinaus. Sie sah den schlanken Rumpf der Fregatte in der Optik des Nachtglases blaugrün schimmern.

Erneut drang die wütende Stimme aus dem Lautsprecher. »*Chiku Shan,* das ist unsere letzte Warnung! Machen Sie sofort kehrt, sonst eröffnen wir das Feuer!« In ihrem Glas sah Amanda, wie die feindlichen Maschinenkanonen auf die *Shenandoah* gerichtet wurden. In einigen Sekunden würde das nicht mehr von Bedeutung sein.

Sie würden bis zuletzt nicht wissen, was da im Wasser auf sie zukam. Das Schraubengeräusch des Frachters überdeckte das scharfe Zischen des Torpedoantriebs. Von den Sensoren der *Shenandoah* geleitet, jagten die beiden Mark 48 auf ihr Ziel zu.

Als sie am Ende ihres Weges ankamen, stiegen sie steil nach oben und schnitten sich in den Bauch der Fregatte.

Einen Moment lang sah Amanda in ihrem Nachtglas nichts als das grelle blauweiße Leuchten der Explosion. Dann tauchte das kleine Kriegsschiff auf, das sich mittschiffs aufbäumte, nachdem sein Rückgrat gebrochen war.

Die Decks- und Positionslichter der *Shenandoah* wurden abgeschaltet, und der Truppentransporter setzte völlig verdunkelt seine Fahrt fort. Amanda ließ das Glas auf die Brust sinken und gab rasch eine Kette von Befehlen durch. Es gab nun verschiedene Dinge, die unverzüglich ausgeführt werden mussten, bevor das Militärkommando der Rebellen reagieren konnte.

»Zweiter Rudergänger! Alle Maschinen volle Kraft zurück und stoppen!«

»Alle Maschinen laufen volle Kraft zurück, Ma'am!«

»Air One! Deck vorbereiten. Die Air Group kann unverzüglich starten!«

»Erste Staffel ist auf den Aufzügen, Capt'n.«

»Landing Force Operations Center, Sie haben grünes Licht für Ihren Landungstrupp!«

»Landungstrupp ist unterwegs.«

»CIC, informieren Sie die Botschaft und Sky Base! Operation ›Trick or Treat‹ startet jetzt!«

Das war alles, was sie tun konnte. Der Beitrag der *Shenandoah* war damit erschöpft. Was nun passierte, lag in anderen Händen.

Über der Javasee,
hundert Meilen nordöstlich von Jakarta

31. Oktober 2008, 23:15 Uhr Ortszeit Sky Base war keine Anlage im herkömmlichen Sinn. Sie existierte lediglich in Form von bestimmten Koordinaten, um die eine große und vielfältige Formation von Luftfahrzeugen in einem weiten Bogen kreiste.

Da waren zunächst zwei Boeing 767 in Militärausführung, eine davon ein Airborne Warning and Control System, ein AWACS-II-Warn- und Kontrollflugzeug der U.S. Air Force, und die zweite eine Compass-Call-Bravo-Maschine für elektronische Kriegführung. Zur Formation gehörte weiter ein KC-10-Extender-Tankflugzeug zur Luftbetankung, das dem Schwarm der so genannten »Little Friends« Gelegenheit zum Nachtanken gab.

Die beiden Staffeln zu je vier F/A-18 Hornet-Trägerflugzeugen der Royal Australian Air Force waren von Osttimor aus gestartet und mit Luft-Luft-Flugkörpern bewaffnet. Die Staffel von F-35 Joint Strike Fighters des U.S. Marine Corps operierte von der USS *Pelelieu* aus und war für den Angriff auf Überwassereinheiten gerüstet.

In etwas geringerer Höhe und auf einer kleineren Kreisbahn war ein weiteres Tankflugzeug, eine KC-130J-Turboprop-Maschine, unterwegs, dem der Schwarm von MV-22 Osprey-Kipprotorflugzeugen folgte, die vor allem für die Evakuierung zuständig waren.

Kurzfristig konnte die Sky Base alle Aufgaben eines Bodenstützpunkts erfüllen, abgesehen von der Versorgung mit neuen Waffen und der Möglichkeit für die Crews, einmal die Beine auszustrecken.

Als das Startsignal kam, ging die Compass-Call-Maschine sogleich in die elektronische Offensive und blies mit ihren leistungsstarken Störsendern ein ohrenbetäubendes Gekreische von weißem Rauschen über die Standard-Funkkanäle und Datenverbindungen der indonesischen Streitkräfte.

Gleichzeitig zogen die vier F-35 ihre Funkantennen und Betankungsstutzen ein, damit ihre Tarnkappe voll wirksam werden konnte. Nachdem sie nun für feindliches Radar unsichtbar waren, beschleunigten die Jagdfbomber auf annähernd Schallgeschwindigkeit und schossen auf ihre Ziele in und um Jakarta zu.

Fünf Seemeilen vor der Küste kam die *Shenandoah* dank des Rückwärtsschubs ihrer Schrauben bebend zum Stillstand. Auf beiden Seiten des Schiffes gingen Luken im Rumpf auf, deren Ränder durch falsche Schweißnähte getarnt waren. Aus den verborgenen Bootsbuchten wurden vier zehn Meter lange Rigid Inflatable Boats mit Davits herausgehoben. Mit jedem der Angriffsboote war eine Special-Boat-Crew unterwegs, die von einem aus vier Mann bestehenden SEAL-Team verstärkt wurde. Außerdem waren alle RIBs mit beachtlichen Mengen an Waffen und Munition beladen.

Als die Boote auf der Wasseroberfläche landeten, hatten die Crews alle Hände voll zu tun, um sie vom Kran zu lösen und sie startklar zu machen. Man hatte wenig Zeit oder Gelegenheit gehabt, dieses Manöver zu üben, doch sowohl die Fahrzeuge als auch die Startbuchten waren zum Glück mit Special-Boat-Leuten bemannt, die so gut wie alles über den Umgang mit diesen kleinen Booten wussten, was es zu wissen gab.

Mittschiffs an Backbord und Steuerbord gingen weitere Luken nach oben auf und entließen eine ganze Reihe von panzerähnlichen Gebilden ins Meer. Wie Wasserbüffel wälzten sich die hochmodernen taktischen AAAV-Amphibienfahrzeuge, die Advanced Amphibious Assault Vehicles, aus ihrem teilweise gefluteten Hangar, und ihre Dieselmaschinen wirbelten Gischtfontänen auf, als sie ins Wasser eintauchten. Kaum erschienen sie wieder an der Oberfläche, brausten die mächtigen Maschinen auch schon los und setzten dabei ihre Ketten als Schaufelräder ein.

Kaum hatten sie sich von ihrem Mutterschiff entfernt, setzte eine wundersame Verwandlung ein, in deren Verlauf quasi aus einem Warzenschwein eine Gazelle wurde. Das gesamte Kettensystem wurde eingezogen und von stromlinienförmigen Türen bedeckt, wodurch das Fahrzeug einen Hochgeschwindigkeits-Gleitrumpf erhielt.

Im Maschinenabteil entfalteten die mächtigen MTU/Detroit-Dieselmaschinen ihre vollen 2600 PS, um die beiden starken Jetpumpen anzutreiben. Der Hydrojet-Antrieb wirbelte hohe Gischtfontänen empor, und die AAAVs wurden ruckartig nach vorne und gleichzeitig nach oben gerissen, worauf sie elegant auf den Wellen dahinglitten.

Mit einer Geschwindigkeit von dreißig Knoten brauste der AAAV-Platoon auf den Hafen von Jakarta zu und wurde dabei von den vier RIB-Schlauchbooten eskortiert, die eine Diamantformation um die amphibischen Traktoren bildeten.

Nachdem der Kommandotrupp gestartet war, wurde das Sturmdeck der *Shenandoah* für Luftoperationen umgestaltet. Jede Maschine der Air Group kam zum Einsatz und musste so schnell wie möglich in die Luft gebracht werden. Als Erste kamen die taktischen Aufklärungs- und Angriffs-RPVs an Deck, die Boeing Textron Eagle Eyes mit ihren Aufklärungssystemen und die Hell Eyes mit ihren Hellfire-Luft-Boden-Flugkörpern – die fern gesteuerten Augen und Fangzähne des Schiffes.

Ein Dutzend dieser kleinformatigen Verwandten des Osprey-Kipprotor-Flugzeugs wurden in zwei Reihen auf dem Deck aufgestellt. Ihre Mini-Turbinen erwachten kreischend zum Leben, und ihre beiden Luftschrauben begannen sich wie die Rotoren eines Hubschraubers zu drehen, um auf Kommando wie ein kleiner Vogelschwarm zum Himmel emporzusteigen.

Im Zentrum von Jakarta war das Krachen von Torpedotreffern wie fernes Donnergrollen zu hören. Die indonesischen Patrouillen und Wachposten, die rund um den Merdeka-Platz postiert waren, blickten etwas verwundert auf. Es blieb ihnen jedoch nicht viel Zeit, um sich zu fragen, was das zu bedeuten haben könnte, denn es gab plötzlich Wichtigeres, um das sie sich kümmern mussten; vom Platz selbst war nämlich das durchdringende Krachen von Gewehrschüssen zu hören.

Dem Unteroffizier, der eine Patrouille an der verlassenen griechischen Botschaft vorbeiführte, wurde regelrecht der Kopf abgerissen. Der Wachposten, der auf der Aussichtsplattform des MONAS-Denkmals postiert war, stürzte hundertzwanzig Meter in die Tiefe. Die beiden Soldaten an den Toren des Verteidigungsministeriums brachen gleichzeitig zusammen. Ein Offizier, der aus dem Fenster des Aryaduta-Hyatt-Hotels blickte, wurde mit einem riesigen Loch in der Brust nach hinten geschleudert. An vielen verschiedenen Punkten rund um die amerikanische Botschaft starben Menschen eines gewaltsamen Todes.

Der Einsatz von Scharfschützen war eine bevorzugte Strategie des Marine Corps. Jeder Platoon des Fleet Anti-terror Strike Teams verfügte über zwei aus je zwei Mann bestehende Scharfschützenteams, die mit der Kaliber .300-Magnum-Variante des Remington M-40C-Gewehrs ausgerüstet waren. Außerdem hatte mindestens ein Angehöriger einer jeden FAST-Gruppe den Scharfschützenkurs der Marines besucht, um zu lernen, wie man das M-8-Sturmgewehr möglichst effizient einsetzen konnte.

Diese Männer hatten den ganzen Nachmittag damit zugebracht, die Standorte der Wachposten und die Wege der Patrouillen zu studieren und so eine Liste der wichtigsten Ziele sowie einen Plan zu deren Ausschaltung zu erstellen. Und nun gingen sie mit höchster Präzision ans Werk, sodass es für gewisse Leute höchst gefährlich wurde, sich in der Umgebung der amerikanischen Botschaft aufzuhalten.

»Wie kommen wir voran?«, fragte Amanda, als sie in das gedämpfte blaue Licht des Landing Force Operations Center eintrat.

»Die Maschinerie beginnt zu laufen«, antwortete MacIntyre, der auf dem schmalen Gang zwischen den Stationen der Systemoperatoren auf und ab ging. »Die Botschaft hat begonnen, die Umgebung zu säubern, und der Fire-Base-Trupp nähert sich dem Strand. Die Sky-Base-Strike-Group sollte innerhalb der nächsten dreißig Sekunden den Abwurfpunkt erreichen.«

»Der Anfang ist gemacht«, stellte Amanda fest und trat zu

MacIntyre an das Alpha-Display, das eine Karte des Gebietes rund um Jakarta zeigte. Sie konzentrierte sich ganz auf den Bildschirm; es hätte keinen Sinn gehabt, den Männern und Frauen an ihren Konsolen prüfend auf die Finger zu sehen, um sich zu vergewissern, ob sie ihren Aufgaben auch gerecht wurden. Diese Einheit aus Maschinen und Menschen, die man hier gebildet hatte, musste ins kalte Wasser springen können – und wenn sie den aktuellen Anforderungen nicht gewachsen sein sollte, so würde sich das wahrscheinlich schon jetzt, während dieser ersten schweren Belastung, zeigen. Es hatte keinen Sinn, sich groß Sorgen zu machen. Bald würde sie wissen, woran sie war.

Das Positionssymbol des Fire-Base-Trupps kroch stetig auf den geplanten Landekopf am Ancol-Vergnügungspark in Jakarta zu.

Sie trat noch einen halben Schritt näher an MacIntyre heran. In diesem Augenblick fühlte es sich gut an, nicht ganz so allein zu sein. »Wie sieht es bei Air One aus?«, fragte sie leise.

»Die RPV-Gruppe ist startklar«, antwortete MacIntyre ebenfalls mit leiser Stimme. »Die Strike- und Sky-Island-Maschinen können jederzeit auf die Aufzüge gebracht werden, sobald die Drohnen weg sind. Wenn am Himmel die Luft rein ist, kann's losgehen.«

Plötzlich erschienen auf dem Alpha-Display vier blaue fledermausförmige Flugzeug-Positionssymbole. Für einige Augenblicke traten sie in einem breiten Bogen über der Operationszone in Erscheinung, ungefähr fünfzehn Kilometer von der Küste entfernt. Dann verschwanden sie so plötzlich wie sie aufgetaucht waren.

»Und da haben wir auch die Marine Air Group«, murmelte MacIntyre.

An Land, in der Luftverteidigungszentrale des Luftstützpunkts Halim Perdana Kusuma, sahen die Systemoperatoren ebenfalls für einen kurzen Augenblick Luftziele vor der Küste aufblitzen.

Doch die Kontakte waren nur so kurz vorhanden, dass die indonesischen Radarleute zögerten, ehe sie reagierten. Als sie schließlich verstanden, was das zu bedeuten hatte, war es bereits zu spät.

Die kurz aufflackernden Luftziele hatten den Anfang vom Ende der indonesischen Luftverteidigung eingeläutet. Die kurzzeitige Erscheinung war durch das Öffnen der Waffenschächte der herannahenden F-35-Flugzeuge verursacht worden, wodurch eine momentane Lücke in der Stealth-Hülle der Jagdbomber entstanden war.

Aus jeder der Maschinen wurden zwei AARGM-88-Anti-Radar-Flugkörper abgefeuert, deren Überschallknall über der Stadt widerhallte, während sie auf die Küste zubrausten. Wenige Augenblicke später erloschen die Radarschirme in der Luftverteidigungszentrale, als die HARMs, die Highspeed Anti-Radiation Missiles, den Radarsender außer Gefecht setzten, sodass die Anlage quasi blind war. Die indonesischen Radaroperatoren kamen nicht mehr dazu, das zweite Radarecho von den Stealth-Maschinen wahrzunehmen, als diese die restlichen Flugkörper abfeuerten.

Die Strike Fighters ließen Geschosse verschiedener Art auf ihre Ziele los; das Gemeinsame daran war das »Diamondback«-JDAMS, das Joint-Direct-Attack-Munitions-Trägheits-Lenksystem. Gleich nachdem sie das Flugzeug verlassen hatten, wachten die Waffen gleichsam auf und suchten mit Hilfe ihrer Miniatur-GPS-Empfänger ihre durch exakte Koordinaten festgelegten Ziele auf.

Die F-35-Maschinen machten kehrt und entfernten sich wieder von der Küste, ohne je über der Stadt aufgetaucht zu sein. Nachdem sie ihre Fracht abgeliefert hatten, war ihr Auftrag ausgeführt. Die Bomben würden nun allein ans Ziel kommen.

Auf dem Alpha-Display war gut zu sehen, wie die Diamondback-JDAMS fächerförmig ausschwärmten.

»HARMs sind am Ziel, und das indonesische Radar ist außer Gefecht, Capt'n«, meldete ein Systemoperator. »Der Luftraum ist sauber!«

»Sehr gut. Informieren Sie Air One, dass sie mit ihrer Operation beginnen können. Kommunikation, melden Sie in die Botschaft, dass wir unterwegs sind.«

Die ersten Detonationen am Luftstützpunkt Halim Perdana Kusuma waren noch nicht allzu spektakulär – eine Serie von rasch aufeinander folgenden Blitzen über den Rollbahnen und ein wiederholtes leises Krachen wie von Feuerwerkskörpern. Im nächsten Augenblick regnete es jede Menge Metallgegenstände in der Größe von Suppendosen vom Himmel.

Die Suppendosen schlugen am Boden auf und explodierten. Ihre Sprengköpfe bohrten sich durch den dicken Beton. Blitze zuckten über den Boden und verwandelten die Rollbahnen in einen Trümmerhaufen. In der näheren Zukunft würde mit Sicherheit nichts, was Flügel besaß, vom Stützpukt Halim Perdana Kusuma abheben.

Als zusätzliche Versicherung wurden die Rollbahnen von stummen Wächtern umgeben. Es handelte sich um so genannte »Area Denial Munitions«, wie das militärische Wort für Landminen lautet, die rund um den Stützpunkt abgeworfen wurden und am Boden lauerten. Wer zu den Rollbahnen wollte, um sie zu reparieren, würde sich erst mit diesen tückischen Hindernissen befassen müssen, ehe er an die Arbeit gehen konnte.

Östlich der Stadt, jenseits des Sunter-Kanals, hatten die Unterstützungseinheiten der 17. motorisierten Brigade ihr Lager für die Besetzung Jakartas errichtet. Hier, innerhalb dieses befestigten Lagers, befand sich das Herzstück der mobilen Truppe, die Befehls- und Kommunikationsfahrzeuge, die Transport- und Tanklaster und die 105-mm-Feldhaubitzen, die einzige schwere Artillerie, die gegenwärtig bei der Stadt in Stellung war.

Die Brigade war gut gerüstet. Die Kommandeure hatten ihre Ausrüstung klugerweise auf verschiedene Punkte verteilt, und sie hatten sich tief eingegraben, um gegen einen eventuellen Luftangriff gerüstet zu sein. Die Soldaten hatten unter Schweiß und Flüchen Wälle errichtet und Unmengen von Sandsäcken aufgeschichtet.

Sie hatten außerdem einen Teil ihrer Luftverteidigung aus Stryker-Panzerfahrzeugen, bewaffnet mit französischen Mistral-Boden-Luft-Flugkörpern, in Stellung gebracht, um das Lager zu sichern. Sie dachten, dass sie so für jede Eventualität gerüstet seien.

Wahrscheinlich war das der Grund, warum niemand ernstlich beunruhigt war, als in der Ferne weitere Blitze am Himmel auftauchten – insbesondere nachdem keine Explosionen am Boden folgten. Und es konnte auch niemand die Armada von hunderten kleinen Fallschirmen sehen, die zum Lager gesegelt kamen. An jedem Fallschirm baumelte eine scheibenförmige »Tontaube«, die eine hochexplosive Sprengladung enthielt und außerdem mit einem winzigen, aber höchst wirkungsvollen Elektronik-Paket ausgestattet war. Jede der Tontauben suchte den Boden mit Mikrowellen- und Infrarot-Mikrosensoren nach ganz bestimmten geometrischen Formen ab – nach Lastwagen, Panzern und Artillerie. Und wenn diese »intelligente« Waffe ein solches Gebilde identifizierte, explodierte sie auf ganz eigentümliche Weise. Der Boden der Tontaube bestand aus einer außergewöhnlichen Kupferlegierung, die durch die Explosion zu einem panzerbrechenden Pfeil umgeformt wurde, der aus dem Himmel auf sein Ziel herabschoss.

Ein grüner Feuerstrahl traf das Stryker-Flugabwehrfahrzeug, das am Rande des Lagers postiert war. Es stand augenblicklich in Flammen. Weitere flammende Blitze regneten aus dem Himmel herab, als der Schwarm von Tontauben über das Lager hereinbrach. Befehls- und Führungsfahrzeuge wurden ausgelöscht, Tanklaster vergingen in Feuerbällen, Munitionswagen explodierten, Kanonen wurden entzweigeschnitten. Die tief eingegrabenen Stellungen waren wertlos, nachdem der Angriff von einer Seite kam, wo man am verwundbarsten war – von oben.

Die tödlichen Pfeile hatten es grundsätzlich nur auf Fahrzeuge und Ausrüstung abgesehen. Es ließ sich allerdings nicht vermeiden, dass auch Soldaten in der Feuerhölle eingeschlossen wurden.

Die Bomben, die das indonesische Verteidigungsministerium und seine Garnison ausschalteten, waren hingegen kein bisschen außergewöhnlich. Es handelte sich um simple, eine Tonne schwere Brocken Sprengstoff, die das Dach durchschlugen und sich bis in den Keller bohrten, bevor sie explodierten, sodass das ganze Gebäude in sich zusammenfiel.

In der Point-Man-Operationszentrale, die etwa achthundert Meter entfernt auf der anderen Seite des Platzes lag, hob sich Christine Rendinos Stuhl einige Zentimeter in die Luft, und Fensterscheiben gingen unter dem Druck der donnernden Explosionen zu Bruch.

»Ich glaube, unser Taxi kommt«, sagte sie, nachdem sie sich etwas von dem Klingeln in den Ohren erholt hatte.

Immer mehr »freundliche« Positionssymbole tauchten auf dem Alpha-Display auf, als der Luftverkehr über Jakarta stark zunahm.

Ganz hoch oben, in etwa sechzigtausend Fuß, kreisten die großen Global-Hawk-Aufklärungsdrohnen der U.S. Air Force, die ihre Echtzeit-Radar- und Videobilder der beginnenden Schlacht zur Erdoberfläche hinunterschickten.

Darunter, in etwa dreißigtausend Fuß, richteten die F/A-18 der Australian Air Force eine Combat Air Patrol über Jakarta ein, um jederzeit zuzuschlagen, wenn jemand von außen in den Luftraum eindringen sollte. Noch etwas tiefer näherten sich die Aufklärungs- und Angriffs-RPVs der *Shenandoah* der Stadt.

Auf der Meeresoberfläche lief der AAAV-Landungstrupp auf

den Strand zu, an dem er an Land gehen würde, während die RIB-Boote ihren Zielen am Hafen zustrebten.

Mit jeder Sekunde tauchten weitere freundliche Positionssymbole auf dem Display auf. Von den dazwischen liegenden Decks gedämpft, drang ein anhaltendes vibrierendes Dröhnen in die Landing-Force-Zentrale herunter. Auf verschiedenen Monitoren konnte man verfolgen, wie ein Hubschrauber nach dem anderen von der *Shenandoah* abhob. SPEED Cobras, SPEED Hawks und Little Birds – alles, was das Schiff an Fluggeräten aufzubieten hatte. Doch es kamen noch weitere Kontakte von Norden heran – die Ospreys, die für die Evakuierung eingesetzt werden würden.

Operation *Trick or Treat* wuchs sich allmählich zu einer gewaltigen Übung in Sachen Luftverkehrskontrolle aus.

»Capt'n, hier Drohnenkontrolle«, ertönte eine Stimme in Amandas Headset. »Alle Einheiten in Position und einsatzbereit.«

»Drohnenkontrolle«, antwortete Amanda in ihr Kehlkopfmikrofon, »bleibt hoch oben und markiert alle Ziele, die sich ergeben. Nicht angreifen, bis die Fire-Base am Strand so weit ist.«

»Aye aye, Ma'am«, kam die etwas enttäuscht klingende Antwort. Es war offensichtlich, dass die RPV-Operatoren mit der Jagd beginnen wollten, doch sie mussten sich noch ein wenig gedulden, bis sie ihre Fluggeräte ins Feuer schicken konnten.

Im Landing-Force-Op-Center wurde es immer wärmer, je länger Menschen und Maschinen auf Hochtouren arbeiteten. Jemand kam herein und teilte wortlos kalte Getränke aus. Amanda nahm mechanisch einen Schluck, ohne zu schmecken, was sie da trank.

»Star Child, hier Sea Demon Six. Wir sind jetzt an der Startlinie. Die Sky-Island-Staffel ist einsatzbereit.« Stone Quillains Stimme war vom Heulen des Windes und dem Dröhnen der Rotoren überlagert. Um die Vier-Mann-Sky-Island-Teams und ihren kleinen Berg von Ausrüstung und Munition transportieren zu können, waren die AH-6-Hubschrauber der Army ihrer Bewaffnung sowie der Rumpftüren entledigt worden, sodass sie kaum mehr als fliegende Skelette waren. Stone saß angegurtet am Boden des Little Bird und ließ dreihundert Meter über dem Erdboden die Beine in der Luft baumeln.

»Star Child, hier Strike Lead«, meldete sich Vince Arkady. »Strike Group ist in Position über der Sky-Island-Staffel. Wir sind bereit, die Stadt kräftig durchzuschütteln.«

»Verstanden, Strike Lead. Verstanden, Sea Demon Six. Bleibt an euren Checklinien in Position. Der Fire-Base-Trupp ist schon am Strand.«

Ancol-Vergnügungspark, Jakarta

31. Oktober 2008, 23:23 Uhr Ortszeit Der Ancol-Park war so etwas wie der Spielplatz von Jakarta. Die Anlage mit eigenem Freilicht-Theater, Schwimmbad, Golfplatz und öffentlichem Park erstreckte sich fast zwei Kilometer die Küste entlang und bot mit ihren breiten Sandstränden eine willkommene Abwechslung vom Leben in der Stadt, in der es auch den Tropenbewohnern manchmal gar zu drückend heiß wurde.

In normalen, friedlichen Zeiten war der Park ein Ort des Vergnügens und der Erholung. Doch in letzter Zeit traf man hier außer einer Hand voll verängstigter Gestalten, die dem Chaos der Stadt entflohen waren, höchstens Militärpatrouillen der Putschisten an.

Nun tauchten plötzlich neue Eindringlinge in der Anlage auf. Der AAAV-Platoon der *Shenandoah* kam aus dem Wasser gekrochen. Die großen amphibischen Kampfmaschinen hatten ihre Ketten wieder ausgefahren und räumten hier und dort einen Picknicktisch beiseite, während sie über den Sand zu dem festeren Boden der Sportanlagen heraufrollten.

Als sie Gras unter sich hatten, bildeten sie eine bogenförmige Formation, in der die Fahrzeuge so postiert waren, dass die schweren Waffen jederzeit auf eventuelle Eindringlinge gerichtet werden konnten.

Dass diese Maßnahme notwendig war, zeigte sich schon nach wenigen Sekunden, als eine motorisierte Patrouille der indonesischen Armee herangerollt kam, um nachzusehen, was es mit dem Motorenlärm, der vom Strand her kam, auf sich hatte. Der indonesische Land Rover kam mit quietschenden Reifen zum Stillstand, als seine Scheinwerfer auf eines der bulligen Gebilde fielen, die da auf dem von der Sonne verbrannten Gras lauerten. Der Unteroffizier, der die Patrouille anführte, griff nach dem Funkmikrofon, doch er konnte seine Absicht nicht mehr ausführen, denn die Bushmaster-Kanone des AAAV schwenkte bereits herum und stieß einen raschen Feuerstoß von 25-mm-Geschossen hervor.

Heckklappen gingen auf, und ein gemischtes Team aus U.S. Army Rangers und Force Recon Marines strömte ins Freie. Der Großteil der Männer verteilte sich sogleich, um eine breite Verteidigungsstellung zu bilden. Der Rest machte sich in aller Eile daran, die Bettungsplatten, Zweibeine und Rohre von zwei schweren 120-mm-Mörsern zu installieren. Es folgten mehrere Kisten Munition, worauf die Schützenmannschaft daranging, die wurstförmigen Granaten auf dem Boden auszulegen, die mit Seitenflossen versehen waren und eine gläserne Linse in die Nase eingebaut hatten.

»Der Landungstrupp meldet, dass die Stellung gesichert ist und die Mörser in Position sind!«, verkündete ein Systemoperator. »Sie sind bereit, das Feuer zu eröffnen.«

»Sehr gut«, antwortete Amanda. »Die Mörser-Teams können feuern, sobald sie ihre Ziele markiert haben. Drohnenkontrolle, es geht los. Sie haben grünes Licht, nach eigenem Ermessen zu feuern und Ziele zu markieren.«

In der Drohnenkontrollzentrale saßen zwölf junge Männer und Frauen in einer Welt, die von Computern beherrscht wurde. Jeder von ihnen bediente einen Steuer- und Leistungshebel und trug darüber hinaus einen Videohelm, der es dem Betreffenden ermöglichte, ein Gebiet in fünfzehn Kilometern Entfernung abzusuchen.

Sie gehörten alle einer Generation an, die mit Computerspielen groß geworden war. Nun wandten sie die Fähigkeiten, die sie im Spiel erworben hatten, in einem sehr ernsten Umfeld an. Sie waren die erste Generation von Warbot-Kämpfern.

Während sie die Welt mit den Augen der Roboter sahen, die sie aus der Ferne steuerten, tauchten sie schließlich in die Straßenschluchten von Jakarta hinunter und schalteten die Stroboskoplichter ihrer RPVs ein. Sie wollten gesehen werden, weil es zu ihrer Aufgabe gehörte, dass man auf sie feuerte. Es war ihnen vorherbestimmt, zu sterben, zumindest kybernetisch gesehen.

Es dauerte nicht lange, bis das Feuer eröffnet wurde. Auch wenn die Befehlsnetzwerke ihrer Brigade außer Gefecht waren, reagierten die Rebellen-Kommandeure auf Kompanie- und Bataillonsebene doch instinktiv und unmittelbar auf den Angriff.

Ein leichter Spähpanzer vom Typ Scorpion stand auf einer Brücke, wo der Samanhudi-Boulevard den Ganung-Sahari-Kanal überquerte. Der Kommandant des Fahrzeugs erhob seine Flugabwehr-MG und feuerte auf eines der unverschämt blinkenden Lichter am Himmel.

Die junge Pilotin des RPV, das unter Beschuss stand, reagierte so, wie sie es in zahllosen Computerspielen getan hatte, indem sie auswich und mit den radargelenkten Hellfire-Flugkörpern antwortete.

Der Hellfire war imstande, es mit viel größeren Panzerfahrzeugen aufzunehmen, als es der Scorpion war, und der kleine britische Aufklärungspanzer wurde dementsprechend zermalmt wie eine Blechdose. Die Drohnenpilotin setzte die Jagd fort.

Weiter östlich hatte ein Eagle-Eye-Operator sein Auge auf zwei Rheinmetall-20-mm-Flaks geworfen, die er auf dem Messegelände der Stadt entdeckt hatte. Seine Aufklärungsdrohne war zwar nicht bewaffnet, doch sie verfügte über etwas, das mindestens genauso tödlich war, nämlich ein Gerät zur Laserdesignation. Der Eagle-Eye-Operator ließ sein Fluggerät über das Dach des Airport International Hotels steigen und markierte die erste der beiden Flugabwehrkanonen mit dem unsichtbaren Infrarotstrahl seines Designators.

Im Landing Force Operations Center verfolgte ein Feuerleit-Offizier die Abbildungen, die die restlichtverstärkende Kamera des RPV lieferte. Als die Flugabwehrkanone ins Fadenkreuz der Zielerfassung kam und die Designationsbox auf seinem Bildschirm erschien, sprach der Offizier einen Befehl in sein Mikrofon.

Am Landekopf im Alcol-Park ließ ein Army Ranger eine 120-mm-Mörsergranate das Rohr hinuntergleiten und duckte sich, um dem Mündungsfeuer auszuweichen, als die Granate am Bodenstück der Waffe auf den Zündbolzen traf und gezündet wurde.

Der Mörser war bereits auf die Gegend des Messegeländes eingestellt. Als die Granate, ein Erzeugnis der hervorragenden schwedischen Munitionsfirma Bofors, den höchsten Punkt ihrer Flugbahn erreichte, wurde der Lasersensor in ihrer Nase aktiv. Er suchte und fand jenen ganz bestimmten Lichtpunkt, der von dem markierten Ziel reflektiert wurde. Die Leitflossen richteten sich entsprechend aus, als das Geschoss sein Ziel anvisierte.

Wumm! Ein Geschoss abgefeuert – ein Ziel eliminiert. Effizienter konnte ein militärischer Angriff nicht ablaufen. Wenige Augenblicke nach dem Treffer zeigte der Designationsstrahl auf die zweite Kanone, um sie ebenfalls zu vernichten.

Weiter westlich zog eine andere Eagle-Eye-Drohne im Hubschraubermodus über den Jalang-Torman-Raya-Boulevard hinweg und hielt sich dabei unterhalb der Hochhausdächer. Der Operator konzentrierte sich ganz auf den Präzisionsflug seiner Drohne und wurde von einer Lastwagenladung von indonesischen Infanteristen überrascht, die plötzlich aus einer Seitenstraße auftauchten.

Ein leichtes Maschinengewehr und ein halbes Dutzend automatische Gewehre feuerten auf das niedrig fliegende Fluggerät. Die Kugeln durchschlugen die Drohne, und ihr Systemoperator fluchte, als er das rote Warnlicht für Gefechtsschaden aufleuchten sah. Als die getroffene Drohne vom Himmel fiel, riss sie der Operator noch ein letztes Mal mit seinen Steuerelementen herum.

Der Jubel blieb den indonesischen Infanteristen im Hals stecken, als sich das tödlich getroffene RPV plötzlich in einem unerwarteten Kamikazeflug auf den Laster stürzte.

An Bord der *Shenandoah* riss sich der Systemoperator wütend den Virtual-Reality-Helm herunter. Für ihn, aber auch für einige andere, war der Kampf vorbei.

Überall über der Stadt nahmen die RPVs ihre Ziele aufs Korn und provozierten eine Reaktion, lenkten die feindlichen Truppen ab und gingen dabei ein Risiko ein, wie es für ein bemanntes Flugzeug undenkbar gewesen wäre. Und die Roboter mussten hohe Verluste in Kauf nehmen, während sie das Feuer vom Boden auf sich zogen, um den nachfolgenden Truppen den Weg in die Stadt zu ebnen.

Im Hauptquartier der Hafenpatrouille beugte sich ein Offizier über die Schulter eines Operators, der an einem Funkgerät saß und durch die Nähe des Vorgesetzten noch nervöser wurde.

»Verdammt, Gefreiter! Können Sie diesen Störfunk denn nicht durchdringen? Ich brauche sofort Kontakt zur Brigade!«

»Es tut mir Leid, Major, aber das ist mehr als nur Störfunk. Ich bekomme zwar hin und wieder etwas von den anderen taktischen Einheiten herein, aber die Brigade ist nicht mehr zu erreichen! Ich bekomme absolut nichts mehr herein.«

Es war nicht schwer zu erraten, warum das so war. Von draußen drangen das Krachen von automatischen Waffen und das Donnern von Explosionen herein.

Ein Unteroffizier mit einer Taschenlampe in der Hand kam aus einem angrenzenden Büro hereingeeilt. Nachdem die Stromversorgung der Stadt zusammengebrochen war, reichte der kleine Generator gerade aus, um die Funkgeräte in Betrieb zu halten.

»Sind Sie schon zum Verteidigungsministerium durchgekommen?«, wollte der Offizier wissen.

»Nein, Major, aber ich habe Leutnant Sirhi am Gambir-Bahnhof erreicht. Es gibt kein Verteidigungsministerium mehr. Es ist völlig zerstört worden.«

»Was?«

»Ja, Sir.« Der Sergeant wischte sich mit dem Ärmel über die schweißnasse Stirn. »Amerikanische gelenkte Bomben. Das Gebäude wurde dem Erdboden gleichgemacht, und der Befehlsstand am Merdeka-Platz ist vernichtet.«

»Ist das sicher, dass es die Amerikaner waren?«

»Es gibt keine andere Erklärung. Wer sonst hat solche Waffen?« Der Unteroffizier zeigte in die Dunkelheit hinaus. »Wir müssen davon ausgehen, dass die Brigade außer Gefecht ist. Die Amerikaner kommen, um ihre Leute aus der Botschaft herauszuholen, und sie sind schon irgendwo in der Gegend an Land gegangen.«

»Wie kommen Sie darauf?«, fragte der Major entgeistert.

»Mörserfeuer, Major. Man hört es ganz deutlich. Sie setzen schwere Mörser ein, um auf Ziele in der Stadt zu feuern.«

»Die motorisierte Patrouille im Park meldet sich nicht, Major«, warf ein Funker ein. »Es kann natürlich sein, dass wir sie durch den Störfunk nicht hören können, aber … es könnte auch etwas anderes sein.«

»In Mohammeds Namen«, stöhnte der Major. »Was denn noch alles?«

Als Antwort auf seine rhetorische Frage zerbarsten die Fenster, durch die man zum Hafen hinunterblickte, in einem plötzlichen Kugelhagel.

Der Offizier, der Sergeant und der Gefreite warfen sich auf den Boden, als ein Geschoss vom Kaliber .50 das Funkgerät vom Tisch fegte.

Zwei RIB-Raider lagen etwa hundert Meter vor dem Hauptquartier und nahmen nicht nur das Gebäude, sondern auch den Pier und die Patrouillenboote systematisch unter Beschuss. Die SEALs und die Special-Boat-Leute waren dabei, vom Meer her Chaos und Verwirrung unter den Truppen zu verbreiten.

Sie hielten den Beschuss aufrecht, bis die Gebäude, die sie aufs Korn nahmen, in Flammen standen. Dann feuerten sie einige Rauch- und Leuchtbojen ab und machten sich auf, den feindlichen Truppen noch mehr Ärger zu bereiten. Jakarta hatte einen großen Hafen, der ein weites Betätigungsfeld bot.

Die Sky-Island-Staffel erreichte die Stadt und zog über die dunklen Straßen hinweg. Stone Quillain lehnte sich, auf seine Nylon-Gurte vertrauend, weit aus dem AH-6-Hubschrauber und blickte mit seinem Nachtsichtvisier hinab.

Die einzigen Lichtquellen am Boden waren vereinzelte Autoscheinwerfer und einige brennende Häuser in der Ferne. Da und dort waren die Feuerblitze von Granaten und MGs in der Dunkelheit zu sehen.

Es blitzte jedoch nichts auf, was in Richtung der Little Birds abgefeuert worden wäre. Die vielfältigen Ablenkungsmanöver bewirkten, dass die kleinen Hubschrauber unbehelligt vordringen konnten. Dennoch wäre es noch zu riskant gewesen, jetzt schon die Ospreys zur Botschaft zu schicken, um die Eingeschlossenen abzuholen. Es war die Aufgabe der Sky-Island-Mission, die Bedingungen für die Evakuierung zu schaffen.

Der legendäre chinesische General Sun Tsu hatte einst im ersten Buch über militärische Strategie folgenden Satz geschrieben: »Wer es nicht schafft, die Anhöhe einzunehmen, der wird im Tal untergehen.«

Diese Regel galt mitten in einer Großstadt genauso wie überall sonst. Vor den Little Birds lag die Anhöhe, die es im Zentrum von Jakarta einzunehmen galt. Vier riesige Hotelhochhäuser ragten am Merdeka-Platz empor, von denen aus man einen ausgezeichneten Überblick über die Botschaft und ihre Umgebung hatte – das Sriwiljaya im Norden, das Transaera im Osten, das Aryaduta Hyatt im Südosten und das Metropolitan im Südwesten. In ihren Fenstern brannte kein Licht mehr, und die Touristen und Reisenden, die sie beherbergt hatten, waren längst fort, doch heute Nacht würden sie Gäste ganz anderer Art bekommen.

Stone wählte an seinem Transceiver den Luft-Kommandokanal. »Strike Lead, hier Sea Demon Six«, rief er über das Dröhnen der Rotoren. »Alle Sky-Island-Einheiten sind bereit, ihre Stationen zu beziehen.«

»Roger, Sea Demon«, ertönte Vince Arkadys entspannt klingende Antwort in Stones Headset. »Strike Elements … Baker … Charley … Dog … Echo, klarmachen zur Säuberung der Sky Islands. Und … los!«

Stones Hubschrauber schwankte einen Moment lang, als zwei größere und elegantere Schatten über ihm vorbeizogen. Stone blickte durch sein Nachtsichtvisier hinauf und sah zwei SPEED Cobras, deren Waffenbehälter deutlich sichtbar unter den Flügeln befestigt waren. Sie flogen genau auf Stones zukünftigen Befehlsstand, das Dach des Hotels Sriwiljaya, zu.

Man musste davon ausgehen, dass die Indonesier ebenfalls Sun Tsu gelesen hatten.

Erneut lehnte sich Stone hinaus, um die Lage zu verfolgen. Gleich würde es interessant werden, denn auf dem Hoteldach war offensichtlich jemand aus dem feindlichen Lager postiert. Das Aufblitzen von Gewehrfeuer, das von der Balustrade aus die herannahenden Kampfhubschrauber empfing, war ganz deutlich zu erkennen.

Der erste der Cobras antwortete mit einem leuchtenden grünen Strahl, der die Dachkante entlangstrich und das Gewehrfeuer wegfegte. Stone wusste, dass es sich um die Leuchtspurgeschosse einer 20-mm-»Vulcan-Lite«-Gatling-Kanone handelte. Und er nahm anerkennend zur Kenntnis, dass die Waffe meisterhaft eingesetzt wurde.

Was er dann sah, gab ihm jedoch Anlass zur Sorge. Der SPEED Cobra stieg steil empor, wurde langsamer und driftete seitwärts. Quillain dachte zuerst, dass er getroffen worden sei, erkannte dann aber, dass der Kampfhubschrauber der Navy immer noch voll unter Kontrolle war.

Als der Flügelmann ebenfalls hochstieg und abdrehte, tänzelte der Führungshubschrauber seitwärts um das Dach des Hotels herum, bald ein Stück hochsteigend, bald mit der Nase nach unten stoßend.

Nun erkannte Quillain, was das zu bedeuten hatte. Er hatte so etwas Ähnliches schon einmal gesehen, und zwar zu Hause auf der Farm seines Vaters. Der alte Kater der Familie schlich sich mit ähnlichen Bewegungen an, wenn er hinter einer Maus her war. Der Heli-Pilot hatte zuvor jemanden verfehlt und verfolgte nun den Betreffenden, der zwischen den Belüftungsschächten auf dem Dach zu entkommen versuchte.

Quillain mochte noch so kampferprobt sein – der Anblick jagte ihm dennoch einen kalten Schauer über den Rücken. Er wählte den »Talk-Between-Pilots«-Kanal an seinem Funkgerät, um mithören zu können, was die Piloten untereinander sprachen.

»Brauchen Sie Hilfe da drüben, Lieutenant?«, fragte der Cobra-Flügelmann.

»Negativ, negativ, der Kerl ist nur ein bisschen lästig«, antwortete eine frustriert klingende weibliche Stimme. »Wo ist er bloß hin, verdammt noch mal? … Moment mal … Okay, jetzt hab ich ihn wieder … Ich nehme eine Granate … Ja!«

Der geflügelte Kater schlug zu. Eine Granate schoss aus einer

Kanone hervor, und ein Feuerball erglühte auf dem Dach. Dann stieg der SPEED Cobra empor und machte sich davon. »Sea Demon Six, hier Strike Flight Bravo. Die Landezone ist sauber, wir hauen ab. Das Bettchen ist gemacht, ihr könnt euch hineinlegen.«

»Hier Sea Demon Six. Danke, gute Arbeit.«

Der AH-6 setzte auf dem Dach des Hotels auf, und die wenigen Passagiere stürzten explosionsartig ins Freie hinaus. Die Sky-Island-Force bestand aus drei Vier-Mann-Teams von Green Berets und den Scharfschützenteams des Marine Force Recon Platoon. Um das gemeinsame Vorgehen zu betonen, hatte sich Stone einer Abteilung der Army Special Forces angeschlossen. Doch im Licht seines Nachtsichtgeräts war es ohnehin unmöglich, die »Dogfaces« von den »Ledernacken« zu unterscheiden.

Stone aktivierte erneut sein Funkgerät. »Star Child, Star Child, hier Sea Demon von Sky Island Alpha. Wir sind auf Station.«

»Verstanden, Island Alpha.«

Wortlos spaltete sich die aus vier Mann bestehende Special-Forces-Einheit in zwei Teams auf. Das Team aus Scharfschütze und Späher eilte zur Balustrade, die vom Feuer der Hubschrauberkanone arg in Mitleidenschaft gezogen war und von der man den gesamten Freiheitsplatz überblickte. Unterdessen ging das Sicherheitsteam daran, die Zugangstüren zum Dach zu sichern.

Wieder einmal zeigte sich, was ein Scharfschütze zu leisten vermochte. Ein einzelner gut ausgebildeter Schütze, der mit tödlicher Präzision aus der Ferne zuschlug, konnte eine ganze Truppe in Schach halten. Selbst einem kampferprobten Soldaten, der sich längst an den Gedanken gewöhnt hatte, dass ihn auf dem Schlachtfeld jederzeit eine tödliche Kugel treffen konnte, lief bisweilen ein kalter Schauer über den Rücken, wenn er daran dachte, dass ihn eine einzelne Kugel mit solch kalter Berechnung niederstrecken könnte.

Die taktischen Scharfschützen auf dem Botschaftsgelände

hatten mit dieser Strategie begonnen, nun führten die Sky-Island-Schützen das Werk fort. Bewaffnet waren sie mit dem »Big Fifty«, dem Barrett-M82A1 Kaliber .50.

Mit raschen, aber nicht überhasteten Bewegungen stellten die Green-Beret-Scharfschützen das Zweibein ihrer schweren Waffe an einer geeigneten Stelle auf. Sie nahmen die Hülle von der Linse des Wärmebild-Visiers und legten zusätzliche Munition bereit. Nach nicht einmal einer Minute blickten Schütze und Späher bereits durch ihre Zielfernrohre und machten Jagd auf potenzielle Ziele.

Quillain klappte sein Visier hoch und hob das Nachtglas an die Augen, um in die Stadt hinauszublicken. Da und dort flammte Mörser- und Raketenfeuer auf, das gelegentlich von Flugabwehrkanonen beantwortet wurde. Das Feuer der Verteidiger wurde jedoch allgemein immer spärlicher. Die Strategie der Flak-Unterdrückung, die von RPVs, SPEED Cobras und Mörserteams umgesetzt wurde, schien Erfolg zu haben.

Südwestlich von ihrer Position, auf der anderen Seite des riesigen Platzes, stieg von den Ruinen des indonesischen Verteidigungsministeriums eine dichte Rauchwolke auf. Von der amerikanischen Botschaft war das regelmäßige Peitschen von Gewehrfeuer zu hören, begleitet von dem gelegentlichen Knattern eines Maschinengewehrs und dem Krachen einer Granate. Die FAST-Marines feuerten offensichtlich aus allen Rohren, um die Umgebung mit einem stetigen Kugelhagel einzudecken.

Bisher sah man keine Anzeichen einer koordinierten Aktivität seitens der feindlichen Truppen, die die Botschaft belagert hatten. Die Schockwirkung des Angriffs hielt immer noch an. Sie wussten noch nicht einmal, wer der Feind war und welche Absichten er verfolgte, und auch nicht, von wo der nächste Schlag kommen würde. Die Kommandeure auf Kompanieebene warteten auf entsprechende Befehle oder ganz einfach darauf, dass sich die Lage klärte, bevor sie etwas unternahmen.

Stone erkannte die Falle, in die die Indonesier tappten. Wenn man angegriffen wurde, war es immer besser, irgendetwas Konstruktives zu unternehmen, als nur herumzustehen und zu überlegen, was man tun sollte, bis es zu spät war.

Sein Blick fiel auf das MONAS-Denkmal, wo eine Gruppe von indonesischen Infanteristen hinter dem Sockel in Deckung gegangen war, um vor dem Feuer aus der Botschaft geschützt zu sein. Durch sein leistungsstarkes Nachtglas konnte Stone erkennen, dass einer der Soldaten etwas vor sein Gesicht hielt, offensichtlich ein Funkgerät. Der Gruppenführer versuchte offenbar Kontakt mit seinen Vorgesetzten aufzunehmen, damit sie ihm sagten, was er tun sollte.

Stone war nicht der Einzige, der die Gruppe bemerkt hatte.

K-R-A-A-A-C-K! Selbst wenn man drei Meter von der Waffe entfernt stand, spürte man das Mündungsfeuer des Barrett Big Fifty fast wie einen Schlag ins Gesicht.

Das Barrett verfeuerte die Browning-Maschinengewehrmunition Kaliber .50, ein kampferprobtes Projektil, das kurz nach dem Ersten Weltkrieg entwickelt worden war und das sich eher zufällig als die präziseste Munition für große Entfernungen erwies, die in der Geschichte der Schusswaffen je entwickelt worden war. Sie war jedoch nicht für den Einsatz in Scharfschützengewehren gedacht gewesen. Ursprünglich sollte sie vor allem im Kampf gegen Panzer und Flugzeuge Verwendung finden. Wenn eine solche Kugel auf den viel zerbrechlicheren menschlichen Körper traf, war die Wirkung entsprechend verheerend.

Der indonesische Soldat wurde buchstäblich zerrissen, als er von dem Geschoss getroffen wurde.

K-R-A-A-A-C-K! Ein weiteres Ziel am Fuße des Denkmals wurde auf die gleiche Weise außer Gefecht gesetzt. Einige der Indonesier ließen ihre Waffen fallen und flohen in ihrer Angst. Sie nahmen die Möglichkeit, auf dem offenen Platz von einer Kugel getroffen zu werden, in Kauf, um dem sicheren Tod zu entgehen, der sie ereilen würde, wenn sie blieben, wo sie waren. Andere duckten sich wie erstarrt, während der Scharfschütze systematisch sein Magazin verfeuerte. Was immer sie taten, diese Soldaten sollten nicht mehr in die Schlacht eingreifen können.

Stone war zufrieden. »Star Child, Star Child, hier spricht Sea Demon Six auf Island Alpha. Die Lage könnte nicht günstiger sein. Holen wir unsere Leute raus.«

Im Landing Force Operations Center stellte Amanda fest, dass Remotely Piloted Vehicles eine ganz wunderbare Sache waren. Fast die Hälfte der Kipprotor-Drohnengruppe war im Zuge der Mission abgeschossen worden, doch sie hatte dabei keinen ihrer Leute verloren. Es war dies eine Bilanz, die vielleicht den amerikanischen Steuerzahler, nicht aber ihr Gewissen belastete.

Sie studierte die ständig aktualisierten Symbole auf den Displays und war durchaus zufrieden mit dem, was sie da sah. Das indonesische Kommandonetzwerk war immer noch außer Gefecht. Die Bodentruppen waren größtenteils wie gelähmt, und die Flugabwehrstellungen, die man gefunden hatte, waren von Mörsern und Flugkörpern ausgeschaltet worden. Sie kam zu dem Schluss, dass Stone Recht hatte. Eine bessere Gelegenheit würde sich nicht mehr ergeben.

»Air One, hier spricht der Capt'n. Beginnen Sie mit der ersten Phase der Evakuierung. Legen Sie die Decke über die Hauptlandezone und schicken Sie die Ospreys los.«

Point Man Base,
amerikanische Botschaft, Jakarta

31. Oktober 2008, 23:31 Uhr Ortszeit »Es ist so weit! Los!«, rief Christine.

Die Systemoperatoren tauschten ihre Headsets gegen Helme und verließen die letzten funktionierenden Workstations. Sie griffen nach ihren Waffen und eilten hinaus. Sergeant McGuffin und Christine verließen als Letzte den Operations Room, wobei McGuffin ein Zündkabel hinter sich herzog.

Auch die Funkgeräte hatte man bereits mit Sprengschnur umwickelt. Christine blickte sich noch einmal mit etwas Wehmut in dem Empfangszimmer um. Es war eine etwas eigenartige Mission gewesen, doch es war immerhin ihr erstes unabhängiges Kommando.

»Feuer im Loch!«, rief McGuffin, und Christine drückte sich gegen die Wand.

Die mit Sprengstoff getränkte Schnur wurde gezündet und brannte mit extrem hoher Temperatur ab. Dabei vollführte sie ein genau kalkuliertes Zerstörungswerk, das die Operationszentrale von Point Man Base absolut unbrauchbar machte.

Als sie das Botschaftsgebäude verließen, wurden sie von dröhnendem Gefechtslärm und dem Gestank von brennenden Häusern empfangen.

»Sarge, gehen Sie zu den anderen und sorgen Sie dafür, dass alle bereit sind zur Evakuierung. Ich schaue noch einmal von der Mauer hinunter.«

»Okay, Ma'am. Aber passen Sie auf Ihren A… äh … passen Sie auf sich auf.«

»Aber sicher.«

Christine stieg die Leiter zum Mauergang hinauf. Die FAST-Marines und die Sicherheitskräfte der Botschaft waren entlang der Mauer postiert, als gelte es, eine mittelalterliche Burg zu verteidigen.

Die Schützen überblickten mit ihren Nachtsichtvisieren den Merdeka-Platz und die umliegenden Gebäude, und sie schossen auf alles, was sich bewegte, und auch auf Stellen, wo sich etwas bewegen könnte. Sie verfeuerten beängstigend viel Munition, doch das war nun einmal notwendig, damit sich die feindlichen Truppen in den nächsten Minuten nicht aus der Deckung hervorwagten.

Es kam immer noch sehr wenig Gegenwehr, und Christine

guckte vorsichtig über den Rand der Mauer hinaus. Was sie da vor sich sah, war eine einzige Flammenhölle. Die verdunkelten Häuser im Zentrum von Jakarta bildeten eine zerklüftete Gebirgslandschaft rund um das Tal des Freiheitsplatzes, und das brennende Verteidigungsministerium glich einem ausbrechenden Vulkan. Es war ein Anblick, der Christine, wie sie sich eingestehen musste, sehr wohl ein klein wenig Angst machte.

Eine Stimme dröhnte, von einem Megafon verstärkt, über das Botschaftsgelände. »Chemiewaffen-Alarm! Chemiewaffen-Alarm! Gas! Gas! Gas!«

Das Feuer der Marines ließ kurzfristig nach, als sie rasch ihre Schutzausrüstung hervorholten. Christine griff ihrerseits nach ihrer Gasmaske und versuchte sich zu erinnern, wie man mit dem Ding umging. Sie wusste, wenn sie es nicht richtig hinbekam, würde ihr das für eine ganze Weile ziemlich Leid tun.

Der nächste Akt in dem Luftballett begann. Die MH-60 SPEED Hawks kamen über die Küste herein und flogen in dichter Formation durch den schmalen Korridor, den ihnen die GPU-Systeme vorgaben.

Die Verbundhubschrauber der Air Force trugen Waffen verschiedenster Art an ihren Flügeln. Rauch- und Tränengasbomben schossen aus den Startrohren hervor, als sie über die Stadt hinwegzogen. Hunderte von gespenstischen weißen Rauchfahnen stiegen von Straßen und Dächern auf und vermischten sich mit dem Nebel, der von oben kam und sich über den Platz und die Botschaft legte.

Solche Nebelwände wurden zwar nicht mehr so häufig eingesetzt wie früher, doch es gibt kaum eine Waffe oder Taktik, die jemals ganz in Vergessenheit gerät.

Die SPEED Hawks warfen die leeren Munitionsbehälter ab und machten kehrt, um wieder zu ihrer Startposition über dem Meer zurückzukehren. Sie würden schon bald ihre nächste Aufgabe übernehmen.

Von seiner Position auf Sky Island One betrachtete Stone Quillain die Gasschwaden, die sich über den Platz legten und in die umliegenden Gebäude eindrangen. Er befand sich zwar über dem Niveau der höchsten Konzentration, doch er spürte trotzdem ein erstes Brennen in den Augen und setzte rasch die Gasmaske auf.

»An alle Sky-Island-Scharfschützen-Teams, hier spricht Sea Demon Six. Geht auf Wärmebild-Visier und bleibt weiter am Drücker. Seht zu, dass ihr die Kerle von den Evakuierungsmaschinen fern haltet!«

Die Schützen der Marines und Green Berets stellten ihre Visiere von Restlichtverstärkung auf Infrarot-Zielerfassung um. Sie blickten durch die künstliche Nebelwand und setzten ihre Jagd fort.

Der erste Osprey senkte sich aus dem Himmel herab und wirbelte mit seinem Rotorabwind den Rauch auf. Die Piloten hatten ebenfalls ihre rauchdurchdringenden thermografischen Systeme eingeschaltet. Als der Osprey die Mauer des Botschaftsgeländes überflog, drehte er sich, fuhr das Fahrwerk aus und setzte auf dem Landeplatz auf.

»Erste Gruppe einsteigen!«, rief der Marine, der das Geschehen am Landeplatz zu regeln hatte. »Bewegt eure Ärsche, Leute! Los!« Dass es zufällig der Botschafter der Vereinigten Staaten und ein ausländischer Staatsschef waren, denen er die Kommandos gab, war ihm sichtlich gleichgültig.

Von ihrer Position auf der Mauer aus verfolgte Christine Rendino, wie Botschafter Goodyard, Präsident Kediri und ihre Assistenten sich beeilten, ins Innere der ungeduldig wartenden Maschine zu kommen. Goodyard konnte sie wahrscheinlich nicht sehen, doch sie hob trotzdem die Hand zum Abschied.

Nach nur fünfunddreißig Sekunden am Boden schraubte sich der Osprey schon wieder empor und stieg durch die Rauchdecke zum Himmel empor, um aus der Stadt und in Sicherheit zu gelangen. Der wichtigste Teil der Mission war erledigt. Was Admiral Ketalaman mit aller Macht angestrebt hatte, war nicht mehr zu erreichen. Eigentlich hätte damit die Schlacht von Jakarta zu Ende sein können. Doch wie mit allen Kriegen war es auch in diesem Fall leichter, ihn zu beginnen, als ihn zu beenden.

Der Unteroffizier der Rebellen kauerte in einer Ecke des Bahnhofswartesaals. Das Tränengas brannte ihm höllisch in den Augen, und seine Uniform war mit dem Gehirn seines Kompaniekommandanten besudelt. »Ja, die verdammten Amerikaner holen ihre Leute aus der Botschaft heraus!«, rief er über den Störgeräuschen in seinem Funkgerät. »Nein, wir können nichts dagegen tun! Sie zerreißen uns in der Luft! Wenn ihr wollt, dass wir sie aufhalten, brauchen wir Hilfe! Alles, was wir bekommen können! Alles … aber schnell!«

Bezirk Glodok, Jakarta

31. Oktober 2008, 23:38 Uhr Ortszeit Taschenlampen und Scheinwerfer leuchteten auf, und hastig gerufene Befehle hallten zwischen den Betonsäulen wider. Motoren erwachten zum Leben und füllten die Tiefgarage mit Dieselabgasen. Männer zwängten sich durch die Luken der Panzertürme, um ihre Plätze im Fahrzeug einzunehmen.

Von mehreren Schichten Beton geschützt, waren sie sicher vor feindlicher Beobachtung und vor der Feuerhölle gewesen, die draußen in der Nacht wütete. Sie waren eine der letzten intakten Einheiten der Garnison von Jakarta, und ihre Stunde war nun gekommen.

Landing Force Operations Center, USS *Shenandoah*

31. Oktober 2008, 23:40 Uhr Ortszeit »Osprey Bravo ist in der Luft«, kam die Meldung von Air One. »Der australische Botschafter und seine Leute sind unterwegs. Osprey Charley ist im Landeanflug.«

»Damit hätten wir diesen Teil der Sache erledigt«, murmelte MacIntyre, ohne den Blick vom Alpha-Display zu wenden. »Aber wir haben immer noch einen weiten Weg vor uns.«

Amanda wusste, dass er Recht hatte. Auf dem Bildschirm begannen sich die feindlichen roten Symbole in Bewegung zu setzen. Wie weiße Blutkörperchen, die eine Infektion zu bekämpfen hatten, strömten sie zum Freiheitsplatz und zum Landekopf am Strand. Das Manöver war noch langsam und nicht allzu zielstrebig, doch man merkte zunehmend die Absicht, die dahintersteckte. Die Indonesier standen immer noch unter Schock, doch es begann sich wieder eine Kommandostruktur bemerkbar zu machen.

»Osprey Charley ist in der Luft, Capt'n. Das ist die erste Maschine, die Zivilisten herausholt.«

Gut. Sehr gut!

»Capt'n«, meldete sich eine andere Stimme. »Die Fire-Base am Strand meldet, dass sie nur noch vier Granaten pro Rohr übrig haben und dass die Gegenwehr zunimmt.«

Das war schlecht.

»Sagen Sie der Fire-Base, dass sie das Feuer einstellen soll! Sie soll die restliche Munition aufsparen, um sicher wegzukommen. Sagen Sie allen Special-Boat-Einheiten, dass sie Fire-Base bei der Wiederaufnahme unterstützen sollen.«

Der Höhepunkt der Angriffswelle war erreicht. Bald würde sie anfangen, abzunehmen.

Sky Island Alpha, Jakarta

31. Oktober 2008, 23:44 Uhr Ortszeit Der vierte der Ospreys donnerte am Dach des Hochhauses vorüber. Er stieg steil empor und kippte die Propellerturbinen in die Horizontale, um in den Flugzeug-Modus zu wechseln. Dabei stieß er Wärmescheinziele aus, um seine Flucht gegen feindliche Angriffe abzusichern.

Der Schweiß brannte Stone Quillain unter der Gasmaske, und er wünschte sich, er könnte eine so simple Geste ausführen wie sich mit dem Arm über das Gesicht zu wischen.

Die Barrett Big Fifty war verstummt. Das Scharfschützenteam, das die Waffe bediente, war mittlerweile von einem Halbkreis aus rauchenden Patronenhülsen umgeben. »Sie lernen dazu, Captain«, meldete der Späher. »Sie lassen jetzt die Köpfe unten.«

»Seht zu, dass sie unten bleiben. Wenn unsere Jungs aus der Botschaft abgeholt werden, dann verlieren wir ihre Feuerunterstützung.«

In diesem Augenblick spürte er eine Erschütterung unter seinen Stiefeln, und ganz in der Nähe ertönte der dumpfe Knall einer Explosion. »Da rührt sich etwas!«, rief einer aus dem Team, das für die Sicherung der Türen zuständig war, die zum Dach führten. Zwei lange Feuerstöße von M-8-Karabinern folgten.

»Gebt ihnen weiter Deckung!«, rief Quillain den Scharfschützen zu, während er quer über das Dach zum Treppenhaus lief. Ein dünner Rauchschleier stieg herauf, und die beiden Wachposten knieten zu beiden Seiten der Tür und richteten ihre Waffen in die Dunkelheit hinunter.

»Was ist los?«, fragte Quillain den Teamführer.

»Irgendjemand hat die Brandschutztür unten beim Treppenhaus aufgerissen. Wir haben sie mit einer Claymore-Mine gesichert – der Kerl hat eine volle Ladung abbekommen.«

Es war nur eine Frage der Zeit gewesen, bis die Indonesier bemerkten, was da über ihren Köpfen vor sich ging.

Stone blickte in das Treppenhaus hinunter. Durch sein Nachtsichtvisier konnte er die ramponierte Brandschutztür und einen Kampfstiefel erkennen. Der Fuß, der darin steckte, war nicht mehr mit einem Bein verbunden.

Über dem Dröhnen des Little Bird, dessen Triebwerke im Leerlauf liefen, hörte Quillain, wie unten Befehle gerufen wurden.

Stone nahm eine M-67-Splittergranate aus seinem MOLLE-Lasttragegestell und signalisierte dem Green Beret an der Tür, dass er zur Seite gehen solle. Er zog den Stift und schleuderte die Granate mit aller Kraft ins Treppenhaus hinunter. Die Metallkugel prallte gegen die Tür und flog in einen Korridor, den man von oben nicht einsehen konnte. Erneut spürte er eine Erschütterung unter den Stiefeln, und er sprang zur Seite, um nicht von Granatsplittern getroffen zu werden, die durch das Stiegenhaus heraufgeschleudert wurden.

»Ich glaube, wir können sie unten halten, Sir«, stellte der Green Beret fest.

»Ja«, stimmte sein Partner zu. »Solange sie nicht mit Sprengstoff kommen und uns das ganze Dach unter den Füßen wegblasen.«

In der Botschaft der Vereinigten Staaten, Jakarta

31. Oktober 2008, 23:46 Uhr Ortszeit Der letzte Osprey schraubte sich vom Landeplatz empor, um die letzte Hand voll von indonesischen Flüchtlingen in Sicherheit zu bringen. Auf dem Gelände der Botschaft war niemand mehr außer den Sicherheitskräften und der Nachrichtendienst-Einheit, insgesamt fünfundsiebzig Leute.

Die Zivilisten wurden alle zur RIF-Flotte und anschließend nach Australien gebracht. Die Truppe, die die Botschaft verteidigt hatte, sollte an einen viel näheren Bestimmungsort gelangen.

Christine Rendino hockte hinter der Brüstung der Mauer und bemühte sich, mit ruhiger Stimme in ihr Mikrofon zu sprechen. »Star Child, Star Child, hier Point Man! Der letzte Heli mit Zivilisten ist unterwegs! Wir sind bereit für Staffel zwei.«

»Die erste Maschine von Staffel zwei ist unterwegs, Chris.« Amandas völlig ruhig ausgesprochene Antwort war so wohltuend wie ein Schluck kühles Wasser. »Wir holen dich mit der nächsten Maschine raus, Chris.«

Christine schluckte erst einmal, ehe sie antwortete. »Negativ. Ich ... ich nehme die letzte Maschine.«

»Chris«, wandte Amanda mit Nachdruck ein, »die Intelligence-Gruppe ist als Nächstes dran.«

»Ich weiß! Ich weiß, Boss, aber ich bin der ranghöchste Offizier hier. Ich trage die Verantwortung! Ich nehme die letzte Maschine.«

Amanda zögerte einen Augenblick. »In Ordnung«, sagte sie schließlich. »Weitermachen, Commander.«

»Danke. Weißt du, das kommt davon, dass du so ein verdammt gutes Vorbild bist.«

Amanda lachte leise. »Danke für das Kompliment. Pass auf dich auf, Chris.«

Mit offenen Seitentüren und ausgefahrenem Fahrwerk senkte sich der erste der SPEED Hawks auf den Merdeka-Platz herab. Er wich dem MONAS-Denkmal aus, kam über die Mauer des Botschaftsgeländes herein und setzte auf dem Landeplatz auf. Die Mitglieder des Nachrichtendienst-Teams eilten an Bord des Hubschraubers, der sogleich wieder abhob.

»Erste und zweite Gruppe, runter von der Mauer!«, rief der FAST-Platoon-Kommandeur über den taktischen Funkkanal. »Fertig machen zum Evakuieren!«

Das Feuer, das von der Botschaft aus auf die Umgebung abgegeben wurde, ließ spürbar nach, und die ersten Sterne funkelten durch den dünner werdenden Rauch hindurch.

Drohnenkontrolle, USS *Shenandoah*

31. Oktober 2008, 23:45 Uhr Ortszeit Mehr als die Hälfte der Eagle-Eye- und Hell-Eye-Kontrollstationen war mittlerweile ausgeschaltet. Die »toten« Drohnenpiloten standen mit ihren Virtual-Reality-Helmen unter dem Arm herum und verfolgten mit kritischem Blick auf den Bildschirmen, wie es ihren Kollegen erging, die noch im Rennen waren.

»Sandy schlägt sich wirklich gut mit ihrer Eagle Eye.«

»Ja, sie sollte mal eine Hell Eye fliegen. Die würde ordentlich aufräumen.«

»Wir bräuchten einfach mehr Munition an Bord!«

»Du bist einfach zu ungeduldig, Tyrone. Du darfst eben nur dann feuern, wenn es sich wirklich lohnt, Mann!«

Diese jungen Leute bildeten die erste Generation von Warbot-Kämpfern. Es war ihnen nicht bewusst, dass sie – so wie die ersten Flieger, Panzer- oder Unterseeboot-Crews – wichtige Erfahrungen sammelten, die der Entwicklung dieser neuen Art von Kriegführung zugute kommen würde.

Plötzlich erschrak einer der Operatoren an einer noch aktiven Kontrollstation, während er auf Jakarta »hinunterblickte«. »Da sind feindliche Truppen! Im Glodok-Sektor!«

Augenblicklich waren alle Blicke auf ihn gerichtet.

»Großer Gott! Wo kommen nur all diese Kerle her?«

»Sie kommen aus einer Tiefgarage! Sie müssen dort verborgen gewesen sein.«

»Scheiße! Tyrone hat Recht! Wir brauchen einfach mehr Munition!«

Landing Force Operations Center, USS *Shenandoah*

31. Oktober 2008, 23:45 Uhr Ortszeit »Situationsänderung im Glodok-Sektor! Feindliche Panzerkolonne!«

»Holt sie auf den Bildschirm!«, befahl Amanda.

Die Abbildung, die die Drohne lieferte, erschien in einer Ecke des großen Bildschirms. Sie zeigte eine dunkle Straßenschlucht, die von Hochhäusern gesäumt war. Da waren Land Rover, Cadillac-Gauge-Mannschaftstransporter und Scorpion-Panzer, über zwanzig Fahrzeuge insgesamt. Eine volle motorisierte Kompanie, die völlig intakt war und offensichtlich einer ganz bestimmten Anweisung folgte.

»Wo, zum Teufel, kommen die plötzlich her?«, fragte MacIntyre.

»Ich weiß es nicht, Sir«, antwortete der Offizier vom Dienst. »Es war in diesem Sektor weit und breit keine Formation von dieser Größe zu sehen. Sie müssen als Reserveeinheit in irgendeinem Lagerhaus oder einer Garage gesteckt haben.«

»Sie sind nach Süden unterwegs«, stellte Amanda fest, »direkt zum Freiheitsplatz.«

»Ja, sieht so aus, Ma'am.«

»Wie lange dauert es, bis sie ins Geschehen eingreifen?«

Der OOD überlegte einen Augenblick. »Fünf Minuten, würde ich sagen. Höchstens sechs.«

»Schicken Sie die SPEED Cobras hin!«, befahl Amanda kurz entschlossen. »Ziele angreifen! Schaltet diese Kerle aus!«

»Nein!«, wandte Admiral MacIntyre mit Nachdruck ein. »Nicht angreifen!«

Amanda wandte sich ihm fragend zu. »Elliot, diese Kolonne ist unterwegs zur Botschaft! Sie werden in wenigen Minuten dort sein!«

»Sehen Sie sich die Gegend an, durch die sie fahren, Amanda. Die Kolonne ist gerade in einem dicht besiedelten Wohnviertel! Das sind Wohnhäuser zu beiden Seiten der

Straße, in einem Bezirk, der bestimmt nicht evakuiert worden ist!«

Er brauchte nicht deutlicher zu werden. Angesichts der nicht gerade massiven Bauweise dieser Häuser musste man damit rechnen, dass ein Angriff in diesen Straßen hohe Kollateralschäden mit sich bringen würde. Im Klartext: Es würden jede Menge Zivilisten sterben – Männer, Frauen und Kinder.

Elliot hatte Recht, und sie schlug mit der Hand auf die Konsole. »Verdammt, verdammt! Verbinden Sie mich mit Strike Lead.«

Wenige Sekunden später hörte sie Arkadys Stimme in ihrem Headset. »Hier Strike Lead. Was gibt's, Capt'n?«

»Neues Ziel! Nicht-tödlicher Einsatz! Da kommen Panzer aus dem Glodok-Sektor auf den Merdeka-Platz zu. Greift mit Pigeyes an. Versucht ihren Vormarsch zu verzögern!«

Amanda war sich vollauf bewusst, dass es ziemlich unüblich war, mit nicht-tödlichen Waffen gegen einen schwer bewaffneten Feind vorzugehen. Die Rebellen kümmerten sich keinen Deut darum, ob sie ihre eigenen Leute in Gefahr brachten, doch die internationalen Medien würden die Vereinigten Staaten brandmarken, wenn ihre Streitkräfte nicht alles unternahmen, um die Opfer unter der Zivilbevölkerung so gering wie nur irgend möglich zu halten – auch wenn dies bedeutete, dass Amerikaner ihr Leben aufs Spiel setzen mussten.

»Verstanden«, antwortete Arkady in leicht skeptischem Ton. »Pigeye-Staffel ist unterwegs.«

Amanda zwang sich, an andere Probleme zu denken. »Wie geht die Evakuierung der Botschaft voran? Wie viele Flüge brauchen wir noch?«

Es war MacIntyre, der auf ihre Frage antwortete. »SPEED Hawk Echo ist gerade gelandet, und Foxtrot steht ebenfalls schon bereit. Foxtrot ist der letzte Vogel, den wir brauchen.«

»Das könnte sich ausgehen.« Sie wandte sich dem Offizier vom Dienst zu. »Die Fire-Base und die Special Boat Sections sollen unverzüglich mit dem Rückzug beginnen! Sie können uns nicht mehr helfen, also sollen sie so schnell wie möglich abhauen! Sagen Sie den Sky-Island-Scharfschützenteams, dass sie sich bereithalten sollen! AIRBOSS, hier ist der Capt'n. Schickt die Krisenstaffel zur Checkline und sagt SPEED Hawk Foxtrot, sie sollen sich beeilen! Uns läuft die Zeit davon!«

Ancol-Park, Jakarta

31. Oktober 2008, 23:46 Uhr Ortszeit »Wir ziehen ab! Alles einpacken!«

Die Mörser-Teams trugen ihre Waffen über die Heckrampen in die AAAVs. Die dünne Verteidigungslinie aus Marines und Rangers löste sich auf, und die Soldaten feuerten auf dem Rückzug noch einmal aus allen Rohren in die Dunkelheit hinein.

Die RIB-Kanonenboote, die in Küstennähe warteten, eröffneten nun ebenfalls das Feuer und deckten die indonesischen Truppen mit einem konzentrierten Hagel von Granaten und Maschinengewehrfeuer ein.

An den Heckklappen der Amphibienfahrzeuge zählten die Gruppenführer ihre Leute ab.

»Wir sind da! Alle da! Los! Los! Los!«

Die Rampen gingen hoch und schlossen sich.

»Track Lead an alle Track-Einheiten! Ausschleusung beginnen! Deckt eure Sektoren ab! Feuer beibehalten!«

Aus Maschinenkanonen und MGs feuernd, zogen sich die AAAVs über den Strand zurück und rollten schließlich ins Wasser. Die feindlichen Kugeln prallten von ihren gepanzerten Hüllen ab, während die massigen Kriegsmaschinen im Wasser verschwanden.

Sky Island Alpha, Jakarta

31. Oktober 2008, 23:46 Uhr Ortszeit »Ja«, antwortete Stone in sein Kehlkopfmikrofon. »Alles klar, Skipper. Wir sind bereit.«

Er hockte sich neben die Tür zum Stiegenhaus nieder. Er und sein Team hatten sich mit den immer zahlreicher werdenden indonesischen Soldaten am Fuß der Treppe ein recht lebhaftes Baseballmatch mit Handgranaten geliefert. Dank ihrer erhöhten Position hatten Stone und die Sea Demons immer noch einen klaren Punktevorsprung.

Stone wechselte auf den taktischen Kanal, um sich an seine Schützen und den Piloten seines Flucht-Hubschraubers zu wenden. »Aufgepasst, Jungs. Wir werden recht bald von hier verschwinden.«

Er blickte über den Rand des Daches hinaus. Es war nur noch ein Evakuierungsflug ausständig – aber die letzte Fuhre machte immer die meisten Probleme.

Über dem Zentrum von Jakarta

31. Oktober 2008, 23:48 Uhr Ortszeit Im Licht des thermografischen Nachtsichtsystems leuchtete die Reihe der Panzerfahrzeuge wie eine Kette aus leuchtenden Perlen, die durch die Straßen der Stadt gezogen wurde. Aus einer Höhe von zehntausend Fuß konnte Arkady gut erkennen, mit welcher Absicht die Task Force ihren Weg durch die Stadt wählte. Der Kommandeur dieser Einheit führte seine Leute ganz bewusst durch dicht besiedelte Wohnviertel, weil er davon ausging, dass die feindlichen Flugzeuge keinen Angriff wagen würden, weil damit hohe Opfer unter der Zivilbevölkerung verbunden waren.

»Wenn ich euch Mistkerle nur fünf Minuten allein erwische«, murmelte Arkady.

»Strike Lead«, hörte er eine Stimme in seinem Kopfhörer, »hier ist Pigeye Lead. Wir haben das Ziel in Sicht, und wir haben freie Schusslinie.«

»Pigeye, hier Strike Lead«, antwortete Arkady. »Knöpft sie euch vor. Aber gebt gut Acht, es wird ziemlich heiß werden.«

Die Pigeye-Staffel trat in das Gesichtsfeld seines Nachtsichtvisiers ein. Er erkannte die beiden mit nicht-tödlicher Munition bewaffneten SPEED Cobras nicht nur an den thermischen Spuren ihrer Auspuffgase, sondern auch an den leuchtend blauen Identifikationssymbolen, die von ihrem Freund/Feind-Kennungssystem erzeugt wurden.

Ausgerüstet waren sie mit ungelenkten 2,75-Zoll-Pigeye-Gas-Raketen. Es blieb ihnen nichts anderes übrig, als direkt zum Ziel hinunterzutauchen und ihre Salven über die Kolonne zu verteilen.

Wie nicht anders zu erwarten war, wurden sie mit scharfem Feuer empfangen.

Die Kette von explodierenden Raketen zog sich über die ganze feindliche Kolonne hin und deckte sie mit einer Wolke aus Aufruhr-Gas zu. Doch aus der Gaswolke schoss plötzlich ein greller Feuerstrahl empor.

»SAM! SAM!«, rief Arkady in sein Mikrofon. »Abdrehen! Abdrehen!«

Die beiden SPEED Cobras beherzigten die Warnung und drehten nach beiden Seiten ab, während sie noch rasch Wärmescheinziele ausstießen.

Die Warnung war zu spät gekommen. Einer der abdrehenden Hubschrauber wurde von dem Flugkörper voll getroffen. Der Heli torkelte durch die Luft und zog dabei eine Feuerspur hinter sich her, bis er schließlich in das Dach eines Wohnhauses krachte. Die Wände des Gebäudes stürzten ein, als explodierender Treibstoff das Haus in eine Feuerhölle verwandelte.

So viel zum Thema nicht-tödliche Kriegführung!

»Star Child, hier Strike Lead. Pigeye Flight Lead ist getroffen! Unter keinen Umständen Krisenstaffel einsetzen. Keine Überlebenschance. Gasangriff gelungen.«

Die chemischen Reaktionen innerhalb der Gaswolke, die die Straße erfüllte, ließen keine eindeutigen thermischen Signaturen mehr erkennen. Schließlich stieß der führende Panzer aus der Wolke hervor, und seine Begleiter folgten ihm.

»Scheiße!«, stieß Pink Pinkerton hervor. »Wir haben ihren Vormarsch nicht einmal verzögert!«

»Ich sehe es, Pink. Star Child, hier Strike Lead. Pigeye war wirkungslos. Absolut wirkungslos. Sie müssen Ausrüstung für chemische Kriegführung haben. Die Kolonne ist in höchstens vier Minuten auf dem Merdeka-Platz!«

Landing Force Operations Center, USS *Shenandoah*

31. Oktober 2008, 23:49 Uhr Ortszeit »Air Boss! Wie sieht es mit dem letzten Evakuierungsflug aus?«

»SPEED Hawk Foxtrot landet gerade, Ma'am. Wir schaffen es!«

»Wenn nichts dazwischenkommt. Crisis Flight, hier ist die Lady. Geht an die Checkline für die letzte Phase! Arkady, ich will, dass du auf die Panzerkolonne wartest und dich bereithältst!«

In der US-Botschaft, Jakarta

31. Oktober 2008, 23:49 Uhr Ortszeit Die Nachrichtendienst-Einheit war ebenso fort wie die Angehörigen des FAST-Platoon. Nur die Garnison von Marines war noch vollzählig vertreten, und dazu eine Nachrichtendienst-Offizierin der Navy, die ihre

Angst nicht mehr ganz zu unterdrücken vermochte, während sie an der Innenseite der Mauer kauerte, die das Botschaftsgelände umgab.

Christine Rendino bekam durch die Filter ihrer Gasmaske nicht mehr genügend Luft, und so riss sie sich Helm und Maske herunter, um tief einzuatmen. Nur ein leichtes Brennen in den Augen deutete darauf hin, dass noch ein Rest von Tränengas in der Luft hing, der jedoch von den Rotoren des herannahenden Hubschraubers vertrieben wurde.

Der SPEED Hawk senkte sich zum Landeplatz herab. Das Fahrwerk war noch zwei Meter über dem Boden, als der Garnisonskommandant rief: »Los! Alles einsteigen!«

Einen furchtbaren Moment lang fühlte sich Christine Rendino wie gelähmt – so als wäre sie außerstande, sich zu bewegen, und müsse deshalb allein zurückbleiben. Im nächsten Augenblick brauchte sie sich über das Problem keine Gedanken mehr zu machen, weil sie von kräftigen Händen hochgehoben und zum Hubschrauber getragen wurde. Die beiden stämmigen Ledernacken warfen sie geradezu durch die offene Tür des SPEED Hawk. Auf Händen und Knien kroch sie von der Tür weg, um den Marines nicht im Wege zu sein, die nach ihr ins Innere der Maschine sprangen.

Das Fahrwerk hüpfte kurz über den Boden, dann schraubte sich der SPEED Hawk empor und stieg über die Mauern des Botschaftsgeländes hinweg. Christine kniete immer noch am Boden, als sie die Fahnenstange vorbeiziehen sah, an der vor dem Hintergrund der brennenden Stadt immer noch die Stars and Stripes im Wind wehten.

Es hatte eine kurze Diskussion darüber gegeben, ob man die Fahne abnehmen solle oder nicht, doch Botschafter Goodyard hatte darauf bestanden, sie hängen zu lassen, um der Welt zu zeigen, dass die Vereinigten Staaten sehr wohl die Absicht hatten, wieder in die Botschaft einzuziehen.

Der SPEED Hawk beschleunigte und zog über den Merdeka-

Platz hinweg. In etwa zehn Sekunden würde er den Gefahrenbereich hinter sich gelassen haben.

Bahnhof Gambir, Merdeka-Platz

31. Oktober 2008, 23:49 Uhr Ortszeit Unteroffizier Jambul Hadiah guckte vorsichtig über die Brüstung des Daches hinaus. Der Feuersturm aus der amerikanischen Botschaft, in dem die drei anderen Angehörigen seines Schwerwaffenteams gefallen waren, hatte aufgehört. Er wusste nicht, warum Allah ihn als Einzigen hatte überleben lassen. Er konnte sich nur noch erinnern, wie er sich wie ein Embryo hinter einem Belüftungsschacht zusammengekauert hatte, während seine Kameraden einer nach dem anderen fielen. Hadiah, der sich selbst für einen tapferen Mann hielt, hatte Todesängste ausgestanden, wie seine von Urin getränkte Hose zeigte.

Doch er war auch ein Mann, bei dem Angst schnell in Wut umschlagen konnte. Und während er nun zusah, wie der Helikopter aus der amerikanischen Botschaft emporstieg, war er von blinder Wut erfüllt.

Wenige Meter neben ihm lag sein Freund Lelang auf einer französischen ACL-STRIM-Panzerabwehrwaffe. Hadiah sprang kurz entschlossen hinüber und zog den Raketenwerfer unter dem Toten hervor. Rasch hob er ihn an die Schulter, zielte und drückte ab.

Was Hadiah nicht bedacht hatte, war, dass nicht nur in der Botschaft, sondern auch an anderen Punkten der Stadt amerikanische Scharfschützen postiert waren. Der Indonesier konnte den Triumph nicht mehr auskosten, zu sehen, wie seine Rakete in den Schwanz des flüchtenden Hubschraubers einschlug, weil ihn zuvor schon eine Kugel vom Kaliber .50, die ihn von oben traf, regelrecht in zwei Hälften spaltete.

Auf Sky Island Alpha hörte Stone den Special-Forces-Scharfschützen fluchen, weil er seinen Schuss nicht mehr rechtzeitig hatte anbringen können. Der Marine verfolgte mit Entsetzen, wie die Feuerspur der Panzerabwehrrakete durch den Nachthimmel schoss und auf den Schwanz des SPEED Hawk traf. Das gesamte hintere Ende des Hubschraubers wurde zerschmettert, worauf er schwer ins Trudeln geriet.

»Foxtrot ist getroffen! Foxtrot ist getroffen!«, rief Stone in sein Mikrofon, noch bevor der Helikopter abstürzte.

Das Ereignis wurde, von oben gesehen, auch im Landing Force Operations Center der *Shenandoah* mitverfolgt, und vielleicht zum ersten Mal in ihrem Leben hatte Amanda keine Worte für das, was in ihr vorging. Sie war außerstande, irgendeinen Befehl zu geben – alles, was aus ihr kam, war ein Aufschrei der tiefsten Verzweiflung, als sie diesen schlimmsten aller Albträume Wirklichkeit werden sah.

Dann spürte sie einen starken Arm, der sie stützte und davor bewahrte, zu Boden zu sinken, und im nächsten Augenblick hörte sie Elliot MacIntyres dröhnende Stimme. »Krisenstaffel einsetzen!«, rief er. »Holt diese Leute da raus!«

Was Christine Rendino als Erstes auffiel, war, dass es abgesehen von dem Dröhnen in ihren Ohren mit einem Mal so still ringsum geworden war. Man hörte nichts als ein gelegentliches Stöhnen und in der Ferne das Krachen von Schüssen. Sie schlug die Augen auf und schüttelte sich, um klarer sehen zu können. Zu ihrem Erstaunen stellte sie fest, dass sie noch am Leben war.

Man hatte die Sitze aus dem Evakuierungshelikopter entfernt, um mehr Raum zu bekommen, und es war auch niemand in der Kabine angeschnallt gewesen. Das Schicksal und die Zentrifugalkraft waren ihr zu Hilfe gekommen. Sie war genau unter der Rotornabe gekauert, als der Heli ins Trudeln geriet. Dadurch war sie die Letzte gewesen, die auf den Menschenhaufen geschleudert wurde, der sich hinter den Pilotensitzen gebildet hatte, sodass sie die Wucht des Aufpralls stark gedämpft miterlebt hatte.

Es roch nach Kerosin und Blut, und sie spürte schwache Bewegung unter sich. Christine rollte sich von den menschlichen Körpern herunter und stützte sich auf Hände und Knie. Alles tat ihr weh, doch es schien ihr nichts allzu Schlimmes passiert zu sein.

Der SPEED Hawk war beim Absturz von den Flügeln aufrecht gehalten worden, sodass er eine Bauchlandung auf dem Freiheitsplatz machte. Im schwachen Licht, das von draußen hereindrang, konnte Christine erkennen, dass die Seitentür durch den Aufprall aufgesprungen war. Sie hielt sich mit einer Hand an der Tür fest und stützte sich mit der anderen auf den bewusstlosen Türschützen, um sich auf die Beine hochzuziehen.

Sie lagen am Fuße des MONAS-Denkmals mitten auf dem Merdeka-Platz, und es war gespenstisch still ringsum. Das Einzige, was sich bewegte, waren die Flammen, die aus den brennenden Häusern hervorzüngelten. Dann hörte Christine das Knarren von Panzerketten, das zwar noch relativ weit entfernt schien, aber offensichtlich näher kam.

»Wir sind echt im Arsch«, murmelte sie, ohne dass sie irgendjemand hören konnte.

Landing Force Operations Center, USS *Shenandoah*

31. Oktober 2008, 23:49 Uhr Ortszeit Es gab keinen Feuerball, und die Abbildung der Drohne zeigte am Ort des Absturzes einen intakten Rumpf und keine weithin verstreuten Trümmer. Dieser kleine Hoffnungsschimmer war alles, was Amanda brauchte, um sich aus ihrem Schock zu lösen und wieder aktiv zu werden.

Ein einziger Blick auf das taktische Alpha-Display zeigte ihr, dass die Panzerkolonne der Putschisten den Regierungsbezirk erreicht hatte, in dem sie nicht länger unangreifbar war. Die Fahrzeuge waren nur noch ein kurzes Stück vom Merdeka-Platz entfernt, und Amanda drückte rasch auf den Sendeknopf an ihrem Kommando-Headset. »Arkady! Ich brauche dich! Jetzt sofort!«

Arkady war dem indonesischen Konvoi in zehntausend Fuß Höhe gefolgt und hatte sich dabei verschiedene Möglichkeiten überlegt, wie er die feindlichen Panzer ausschalten könnte. Er und Pinkerton waren rechtzeitig über dem Merdeka-Platz aufgetaucht, um den Absturz der Foxtrot-Maschine mitzuerleben, und er war innerlich längst einsatzbereit, als sich Amanda endlich meldete.

Sie hatte in ihrer Planung wieder einmal Recht behalten. Er wurde für genau diesen Moment gebraucht. Arkady beschleunigte seinen SPEED Cobra und tauchte auf den Platz hinunter.

Die lasergelenkten Flugkörper unter seinen Flügeln waren nutzlos. Er hätte mit ihnen niemals schnell und effizient genug zuschlagen können. Mit seinen Hydra-Raketen war es nicht anders. In dem Nahkampf, der ihm bevorstand, wären ihm die Explosionen seiner eigenen Waffen zum Verhängnis geworden. Nein, das hier war ein Fall für die Kanonen. Während *Jeannie II* in ihrem jähen Sturzflug beschleunigte, wählte er auf seinem Waffendisplay die dreiläufige 20-mm-Kanone und den 25-mm-Granatwerfer und schaltete beide Waffen auf den Auslöseknopf an seinem Steuerknüppel. Was er vorhatte, ließ sich nicht planen und mit kühler Überlegung durchführen – es war ein Vorgang, bei dem es mehr auf Gefühl ankam, auf den Instinkt, der teils angeboren und teils in langen Jahren als Kampfpilot erworben war.

Arkady fing seine Maschine etwa dreißig Meter über der Mitte des Platzes ab. Das MONAS-Monument strich an seinem rechten Flügel vorüber, während vor ihm und links von ihm der Präsidentenpalast lag. Direkt vor ihm erstreckte sich die Straße, auf der die Panzerkolonne auf den Platz zukam.

Der Kommandeur der Kolonne hatte sich zuerst in den Wohnbezirken und dann zwischen den Hochhäusern versteckt, um sich vor Luftangriffen zu schützen – doch nun, wo seine Panzer zwischen den Mauern der Palastanlage und einer Reihe von Bürogebäuden dahinrollten, wendete sich seine eigene Taktik gegen ihn. Er war auf einer Straße eingeklemmt – ohne jede Möglichkeit, seine Fahrzeuge ausschwärmen zu lassen, als die wild gewordene fliegende Motorsäge auf ihn zugebraust kam. Seine Panzer hatten nicht einmal freie Schusslinie auf den Angreifer, der knapp über dem Boden dahinstrich – ihre eigenen Kameraden standen ihnen im Weg. Sie hatten keine Möglichkeit, dem Verderben zu entrinnen, das aus der Luft über sie hereinbrach.

Während Arkady auf den Konvoi zubrauste, hielt er den Abzug gedrückt und entlud seine Magazine in einem einzigen wütenden Feuerstoß, in dem sich das summende Dröhnen der Gatling-Kanone mit dem schwereren heiseren Krachen des Granatwerfers vermischte. Im Licht seines Nachtsichtvisiers sah er die grünlichen Umrisse der feindlichen Panzer unter seiner Maschine aufblitzen, während sich das blendend weiße Feuer seiner Waffen über sie ergoss. Ohne es zu sehen, war ihm doch bewusst, dass die gläserne Front des Bürogebäudes nur eine Armlänge von seinem Steuerbordflügel entfernt war. Er zog unbeirrt über die Kolonne hinweg, ohne sich darüber Gedanken zu machen, dass ihn ein einziger Schuss mit einem Schlag vernichten konnte.

Er spürte das Donnern von Explosionen und sah aus den Augenwinkeln grelle Blitze zucken – doch er wusste, dass es nur die Benzintanks und Munitionsmagazine der Panzerwagen waren, die explodierten. Der Feind starb zu schnell, um zurückschießen zu können.

Doch dann hatte der heiß laufende Granatwerfer Ladehemmung, und die Munition für die Gatling-Kanone war verfeuert. Eine Klippe aus Glas erhob sich vor ihm. Die Straße endete mit einer T-förmigen Kreuzung, und es gab nur einen Ausweg: nach oben.

Arkady riss den Steuerknüppel zurück. *Jeannie II* richtete die Nase nach oben, doch der Schwung des Vorwärtsflugs trieb sie weiter auf den Glaspalast zu. Arkady schaltete das Flugmanagement-System aus und presste so viel Leistung wie möglich in die Rotoren. Der Rotorabwind drückte einige der Fenster ein, doch *Jeannie II* entging der Kollision und stieg senkrecht hoch.

Schließlich vollführte er einen halben Immelmann-Looping und drehte sich in den konventionellen Flug. Die Straße unter ihm war ein einziges Flammenmeer. Die Panzerkolonne der Putschisten war in zwei Hälften zerteilt – und zwar der Länge nach. *Es geht doch nichts über einen massiven Kanonenangriff!*

»Also … das hat richtig Spaß gemacht«, hörte Arkady die Stimme seines Gefährten im Kopfhörer. Arkady blickte sich um und sah Pink Pinkerton in der gewohnten Position des Flügelmannes hinter sich an seiner Steuerbordseite. Die Rohre von Pinks Gatling glühten in der Dunkelheit. Arkady hatte sich so auf den Angriff konzentriert, dass er gar nicht mitbekommen hatte, dass ihm der Marine bei seiner Tiefflug-Aktion zur Seite gestanden hatte.

»Strike Wing, hier Strike Lead. Ich habe dir ja gesagt, dass du verrückte Sachen machen wirst, wenn du für die Lady fliegst, Pink.«

»Negativ, Strike Lead. Diese verrückte Aktion geht ganz allein auf deine Kappe.«

»Strike Lead, hier spricht Crisis Lead«, meldete sich eine andere Stimme auf dem Talk-Between-Pilots-Kanal. »Wir nähern uns der Foxtrot-Absturzstelle. Könnt ihr uns den Status der Landezone durchgeben?«

Die schimmernden Rotorlichter der Rettungshubschrauber waren bereits in der Ferne zu erkennen, und Arkady und Pink machten kehrt, um die Krisenstaffel zu eskortieren.

»Crisis Lead, hier Strike Lead. Die Hauptgefahr am Boden ist ausgeschaltet, aber ihr könnt davon ausgehen, dass die Landezone trotzdem zumindest noch warm ist. Wenn ihr irgendwelche Ziele seht, sagt uns Bescheid, wir geben euch Feuerschutz.«

»Crisis Lead, hier ist Sea Demon Six«, warf Stone Quillain von seinem Posten ein. »Wir haben die Umgebung der Absturzstelle im Visier, und wir sehen Aktivität beim abgestürzten Heli. Es gibt Überlebende. Im Moment sehen wir keine feindlichen Bewegungen und kein Feuer am Boden. Ihr habt ihnen ihr Spielzeug kaputtgemacht und ihnen in den Sandkasten gepinkelt. Ich glaube nicht, dass die Jungs noch weiterspielen wollen.«

»Roger, Sea Demon Six. Dann bringen wir unsere Jungs nach Hause.«

Christine war selbst erstaunt, dass sie schon wieder in der Lage war, klar zu denken und Anweisungen zu geben. Sie hatte den vernichtenden Luftschlag auf die indonesische Panzerkolonne mitverfolgt, und die neue Hoffnung hatte ihr die Kraft verliehen, das Geschehen an der Absturzstelle zu organisieren.

Jene Flieger und Marines, die bei Bewusstsein waren und sich bewegen konnten, wurden eingeteilt, die Absturzstelle zu sichern, während jene, die dazu nicht mehr in der Lage waren, erste Hilfe erhielten.

Bislang war der dünne Sicherheitsring um das Wrack nicht ernsthaft gefordert worden. Es hatten sich noch keine feindlichen Truppen genähert, und der Beschuss durch die Indonesier hielt sich in Grenzen. Es sah fast so aus, als hätte der Verlust der Verstärkungskolonne den Rebellen den Wind aus den Segeln genommen. So wie die Überlebenden des Absturzes lagen auch die Indonesier keuchend und erschöpft in der feuchtwarmen Nacht.

Dann kamen endlich die Krisenhubschrauber mit ausgefahrenen Miniguns aus der Dunkelheit angebraust. Sie gingen zu beiden Seiten des ramponierten Hubschraubers nieder, worauf Sanitäter der Air Force aus den offenen Türen strömten – manche mit Tragen und Erste-Hilfe-Kästen, andere mit Karabinern bewaffnet.

Über alldem brummten zwei SPEED Cobras drohend – bereit, sich jedem feindlichen Eingreifen sofort entgegenzuwerfen.

Einer der Sanitäter kniete sich zu Christine, die, an den Rumpf des Helis gelehnt, am Boden saß. »Sind Sie okay, Ma'am?«

»Noch nicht ganz, aber ich glaube, es geht aufwärts.« Christine stellte fest, dass ihr etwas verschrobener Sinn für Humor wieder zurückkam.

»Ganz sicher, Ma'am. Wir bringen Sie gleich hinein.«

»Gut. Ich hoffe nur, dass ich bei euch einen Direktflug bekomme. Es macht mir nichts aus, in der Touristenklasse zu fliegen, aber es ist doch ziemlich lästig, wenn man dauernd umsteigen muss.«

Sky Island Alpha, Jakarta

31. Oktober 2008, 23:58 Uhr Ortszeit Vom Dach des Hotels Sriwijaya aus verfolgte Stone Quillain, wie die Rettungshubschrauber abhoben und nordwärts zum Meer flogen, gefolgt von den beiden Kampfhubschraubern, die ihre Eskorte bildeten. Auch in anderen Teilen der Stadt zogen sich Hubschrauber und RPVs zurück, um die Sicherheit des Meeres zu erreichen.

»Star Child, hier Sea Demon Six. Rettungshubschrauber sind unterwegs. Es sieht gut aus. Saubere Ausschleusung.«

Unten am Fuße des MONAS-Turms leuchtete plötzlich ein blauweißer Blitz auf. Im Rumpf des ramponierten SPEED Hawk war soeben ein Sprengsatz gezündet worden, und wenige Augenblicke später explodierten auch die Treibstoffzellen. Phantom Force ließ keine Geheimnisse zurück, die der Feind hätte auswerten können.

Die Stille über der arg beschädigten Stadt wurde immer tiefer.

Nichts regte sich außer den Rauchwolken und den Flammen, die aus brennenden Häusern und Fahrzeugen hervorschlugen. Irgendwo in der Ferne sah man das Blinklicht eines Krankenwagens, mit dem tapfere Leute unterwegs waren, um zu helfen.

Hier gab es nichts mehr zu tun. Es war Zeit, zum Schiff zurückzukehren.

»Verstanden, Sea Demon«, antwortete Captain Garrett. Ihre Stimme klang ebenfalls erschöpft. »Hier ist die Lady an alle Sky-Island-Teams. Ausschleusung!«

»Verstanden, Lady«, antwortete Quillain auf die ferne Stimme. »Wir ziehen ab.« Er erhob seine Stimme, um sich bei dem Knattern des Little Bird verständlich zu machen, der bereits wartete. »Aufsatteln, Leute! Wir verschwinden!«

Während das Scharfschützen-Team zum AH-6-Hubschrauber eilte, lief Stone noch einmal zur Tür zurück, die ins Treppenhaus führte. »Los, Jungs, steigt ein, ich mache das Rattennest dicht.«

Stone zog einen Kanister von der Größe einer Getränkedose aus einer Tasche seines Lasttragegurtzeugs. Er schulterte seinen Karabiner, zog den Stift aus dem Kanister und rollte die Brandgranate ins Treppenhaus hinunter. Dann ging er in Deckung, um nicht von den heißen Phosphorfunken getroffen zu werden und den metallisch schmeckenden Rauch nicht zu spüren. Unter ihm war jemand nicht in Deckung gegangen, und ein Schrei, gefolgt von unverständlichen Flüchen, hallte durch das Stiegenhaus herauf. Über diese Treppe würde in nächster Zukunft niemand hochsteigen.

Der Little Bird war schon startklar, als Stone an seinen Platz eilte und sich anschnallte. Der AH-6 hob mit einem Ruck vom Hoteldach ab und ließ Sky Island Alpha hinter sich. Während sie zum Himmel emporstiegen, sah Stone die Rotorlichter der Little Birds, die von den anderen Sky-Island-Basen starteten, und er hörte, wie die Piloten ihren Start meldeten. Weiter westlich stieg eine Kette von kleinkalibrigen Geschossen zum Himmel empor, ohne jedoch die Hubschrauber zu erreichen, die sich rasch entfernten.

Die letzten Schüsse der Belagerung von Jakarta waren abgefeuert.

USS *Shenandoah*

1. November 2008, 00:02 Uhr Ortszeit Amanda atmete tief durch. Sie war müde, sehr, sehr müde, doch das war völlig unwichtig. Sie stöpselte ihr Kommando-Headset in das 1-MC-Durchsagesystem ein. »Achtung, alle Decks. Hier spricht der Capt'n. Alle Hubschrauber sind über dem Wasser, und alle Einheiten des Landungstrupps haben den Strand verlassen. Wir beginnen mit der Wiederaufnahme-Operation. Die Verluste waren minimal, und es wurden alle Missionsziele erreicht. Operation *Trick or Treat* ist beendet. Gute Arbeit, Leute. Sehr, sehr gute Arbeit.«

Amanda nahm den Kopfhörer ab und schloss für einige Momente die Augen, als plötzlich jemand im Op-Center zu klatschen begann. Wenig später hallte das ganze Schiff vom Jubel der Crew-Mitglieder wider, die nach der Anspannung der vergangenen Stunden ihrer Erleichterung Luft machten.

Sie spürte eine warme Hand auf ihrer Schulter, die sich stark, aber doch fast zögernd anfühlte. »Ich habe Sie wieder einmal gebeten, aus fünf Fingern eine starke Faust zu machen, und bei Gott, Sie haben es geschafft!«

Sie öffnete die Augen und sah im schwachen Licht der Zentrale MacIntyres Gesicht vor sich. »Ich habe ganz einfach Glück gehabt, Elliot. Unglaubliches Glück.«

Sie dachte wieder einmal an das, was Christine ihr an ihrem letzten Tag an Bord der *Carlson* anvertraut hatte, und fand die Vorstellung durchaus interessant.

Etwas unsicher zog MacIntyre seine Hand zurück und gab

ihr noch einen leichten Klaps auf die Schulter. »Wie wär's mit einem Kaffee in der Messe?«

»Ich möchte zuerst Chris und die anderen Verwundeten in der Krankenstation besuchen, und dann muss ich noch kurz mit der Crew des Cobras sprechen, den wir verloren haben – aber dann stehe ich Ihnen zur Verfügung … Nur wäre mir der Salon, ehrlich gesagt, lieber als die Messe. Ich könnte nämlich einen Drink gebrauchen.«

Tobasee, Sumatra

1. November 2008, 00:31 Uhr Ortszeit »Wenn Sie es nicht wissen, Kapitän, dann finden Sie es heraus!«

Admiral Ketalaman nahm sich zusammen und zwang sich, eine ausdruckslose Miene zu machen. Er hatte von seinem Haus in die Kommandozentrale im Berg kommen müssen, nachdem ihn die Nachricht ereilt hatte, dass unbekannte ausländische Truppen Jakarta angegriffen hätten. Doch nach der alarmierenden Angriffsmeldung waren nur sehr spärliche Informationen eingelangt.

Das Gesicht des Offiziers vom Dienst war schweißnass, obwohl es hier in der Höhle ziemlich kühl war. »Das Hauptquartier der 17. Brigade und Brigadegeneral Tagang melden sich immer noch nicht, Herr. Wir können uns das nicht erklären.«

Die wahrscheinlichste Erklärung war ganz einfach. Das Hauptquartier der 17. Brigade existierte nicht mehr – und Brigadegeneral Tagang genauso wenig.

»Was ist mit dem Luftstützpunkt Halim? Meldet sich dort jemand?«

»Nein, Herr. Auch von dort kommt nichts mehr.«

»Wir hatten doch eine Fregatte vor dem Hafen. Was können sie uns sagen?«

Der Offizier vom Dienst schluckte. »Die Fregatte *Wiratno* meldet sich nicht, Herr. Aber eine unserer Küstenstationen hat ein Notsignal von ihr aufgefangen.«

Es musste ein massiver Angriff gewesen sein, der nicht nur sehr schnell, sondern auch mit großer Präzision erfolgt war.

»Was ist mit den Amerikanern? Was wissen wir von ihren Operationen?«

»Wir wissen, dass Lufteinheiten ihrer Regional Intervention Force von ihren Transportschiffen im Hafen Benoa gestartet sind. Wir haben sie aber über Nordbali aus dem Radar verloren. Es gab außerdem einigen Verkehr von den Stützpunkten in Nordaustralien, aber nichts, was auf eine zusammenhängende Operation hindeutet. Es ist aber so, dass viele unserer Radarstationen auf Java und Bali nicht mehr aktiv sind …«

Ketalaman wusste, dass große Teile des indonesischen Luftverteidigungsnetzes zusammengebrochen waren. Es war ihm auch klar, dass es nur einen Grund geben konnte, warum die Amerikaner einen so massiven Einsatz in Jakarta durchführen sollten. Die Frage war nur, von wo aus der Angriff erfolgt war und ob sie ihr Ziel erreicht hatten.

Ein Faxgerät spie ein Blatt Papier aus. Ketalaman stand regungslos am Hauptkartentisch und forderte den Offizier vom Dienst auf, ihm die Information zu bringen.

»Es ist vom Kommandanten der Polizeigarnison Bekasi. Seine Straßenpatrouillen haben Jakarta erreicht und mit den überlebenden Truppenteilen der 17. Brigade Kontakt aufgenommen.«

»Überlebende Truppenteile?«

»Die Verluste sind sehr hoch, Herr. Das Hauptquartier und die Hilfsbataillone der Brigade wurden vernichtet. Brigadegeneral Tagang gilt als vermisst. Es wird angenommen, dass er gefallen ist.«

»Und was ist mit der amerikanischen Botschaft?«

»Leer, Herr. Die Amerikaner haben sie erfolgreich evakuiert. Sie haben Präsident Kediri mitgenommen. Unsere … unsere

Garnisonstruppen berichten, dass sie zwei amerikanische Hubschrauber und eine größere Zahl von unbemannten Flugzeugen abgeschossen haben.«

»Das werden die Amerikaner verschmerzen können, Kommandant«, erwiderte Ketalaman bissig.

Der Admiral wandte sich ab und starrte auf den dunklen Basalt der Höhlenwand. *Sei unerschütterlich, auch in der Stunde der Katastrophe.* Das war die Lektion, die er von den Bergen gelernt hatte. Er musste einen schweren Rückschlag hinnehmen, und das in einem Moment, in dem es so wichtig gewesen wäre, unbesiegbar zu wirken. Kediri war ihm entwischt, und die Situation in Indonesien war nach wie vor offen. Darüber hinaus hatte man ihm wichtige Truppenteile zerschlagen.

Er musste jetzt vor allem seine eigene Angst und Unsicherheit unterdrücken und Siegesgewissheit ausstrahlen. »Wir müssen die Truppen ersetzen, die wir im Raum Jakarta verloren haben. Wir werden bei der morgendlichen Lagebesprechung eine halbe Stunde der Frage widmen, welche Truppen dafür in Frage kommen. Was gibt es eigentlich Neues vom Ersten Überwasser-Geschwader?«

Der Offizier vom Dienst brauchte einen Augenblick, um sich gedanklich auf den Themenwechsel einzustellen. »Äh … also, die letzte Meldung kam von Laut Kecil, mit Kurs auf die Gewässer vor Südsulawesi, wie Sie es angeordnet haben.«

»Sehr gut. Sagen Sie dem Geschwader-Kommodore, dass er unverzüglich mit der Operation im Hafen von Paotare beginnen soll.«

Er musste Harconan unbedingt bändigen. Mit seinen Streitkräften waren die Chancen immer noch gegeben. Auch wenn Kediri unter amerikanischem Schutz stand, konnte sein Plan immer noch aufgehen.

»Sehr wohl, Herr«, antwortete der Offizier vom Dienst. Er fasste wieder Mut, nachdem sein Führer solche Stärke zeigte.

»Ich kehre jetzt in mein Haus zurück, Kapitän. Verständigen Sie mich, sobald es neue Entwicklungen gibt.«

Ja, man brauchte die Unerschütterlichkeit eines Berges.

Im Hafen von Paotare, Südsulawesi

1. November 2008, 08:48 Uhr Ortszeit Die Stadt Ujung Pandang, von der der britische Naturforscher Alfred Wallace einst gesagt hatte, sie wäre »schöner und sauberer als jede andere Stadt, die ich je im Osten gesehen habe«, war tatsächlich ein blühender Ort.

Zuerst war sie im goldenen Zeitalter der Bugi-Seeclans die Hauptstadt ihres Reiches gewesen. Danach, in den Tagen des holländischen Kolonialismus, war sie eine blühende Handelsstadt gewesen, in der Güter aus Europa sowie Gewürze und Sandelholz gehandelt wurden.

Heute, im 21. Jahrhundert, war es die größte Stadt auf Sulawesi und die fünfgrößte Stadt der gesamten Inselgruppe, und nach wie vor ein Wirtschaftsmotor für die gesamte Region.

Den Kern des wirtschaftlichen Erfolges der Stadt bildeten die beiden Häfen – Sokarno, der Hochseehafen, in dem die moderne Handelsschifffahrt abgewickelt wurde, und Paotare, der Flachwasserhafen nördlich der Stadt.

Hier herrschten auch heute noch die Bugi.

Die Piers des Hafens waren voll mit Schiffen, die zwischen den Inseln verkehrten und hier Waren ablieferten oder aufnahmen. Die Güter wurden von Stauern auf dem Rücken getragen, so wie es seit Jahrhunderten üblich war.

Es war dies aber auch der Ort, an dem die einzigartigen Pinisi-Schoner entstanden, die aus dem Hartholz aus dem Herzen von Kalimantan gebaut wurden. Es mochte sich manches geändert haben – so wurden die Pinisi heute nicht mehr völlig ohne

Metall gebaut, wie das früher der Fall war, als man die Planken und Streben mit hölzernen Zapfen aneinandergefügt hatte, und sie wurden heute auch mit Dieselmotoren ausgestattet –, aber ansonsten war jedes Schiff immer noch so wie früher Handarbeit, für die kein Plan gezeichnet wurde. Der Plan eines solchen Schiffes existierte lediglich im Kopf eines Bugi-Schiffszimmermanns, der auf einer tausendjährigen Tradition aufbaute und dessen Wissen über das Meer schon in den Genen lag.

An diesem Morgen war im Hafen von Paotare nichts zu sehen, was auf den Zerfall des indonesischen Staates hingedeutet hätte. Die Bugi hielten sich, der Anweisung des *Raja Samudra* folgend, aus den Konflikten heraus.

Männer handelten, Frauen plauderten und Kinder lachten. Die Schoner zerrten an den ächzenden Trossen, so als könnten sie es gar nicht erwarten, wieder aufs Meer hinauszukommen. Aus der Werft war da und dort das Klopfen von Hämmern zu hören. Das einzige Anzeichen der modernen Zeit war die indonesische Dangdut-Popmusik, die aus einem Kassettenrekorder dröhnte.

Das Brummen eines leichten Hubschraubers, der in großer Höhe die Küste entlangflog, wurde ebenso ignoriert wie die drei großen Gebilde am westlichen Horizont, deren grauer Tarnanstrich sie in dem Dunstschleier, der über dem Wasser hing, schwer erkennbar machte.

Die Eindringlinge bildeten das stärkste Geschwader der indonesischen Marine. Die drei Fregatten der Fatahillah-Klasse, die *Fatahillah,* die *Malahayati* und die *Nala,* waren die neuesten und leistungsstärksten Schiffe, die der Marine zur Verfügung standen. Außer einer ganzen Batterie von Exocet-Raketen, Torpedos und Mörsern waren die Fatahillahs mit den schwersten Geschützen der gesamten Flotte, mit schwedischen Bofors-4,7-Zoll-Kanonen ausgerüstet.

Für die Bugi, die hier im Hafen ihren Geschäften nachgingen, waren diese Dinge jedoch nicht von Belang. Sie hörten nicht, was der Beobachter im Hubschrauber in sein Funkgerät sprach, und sie konnten auch nicht sehen, wie sich die Kanonen der Schiffe auf die Küste richteten.

Der Mann im Hubschrauber sorgte zusammen mit dem Feuerleitradar der Fregatten dafür, dass die gewünschten Ziele anvisiert wurden. Die erste Salve kam ohne jede Vorwarnung herein, die zweite folgte genau drei Sekunden später. Die Kanonen feuerten zwanzig Schuss pro Minute ab, wobei jedes dritte Geschoss eine Brandgranate war.

Mit computergesteuerter Präzision schlugen die Geschosse entlang des Hafens ein. Gebäude, Docks und Schiffe gingen in Flammen auf, und ein mörderischer Hagel von Holz- und Granatsplittern sorgte für zusätzliche Zerstörung. Die Menschen waren wie erstarrt angesichts der Welle der Verwüstung, die über sie hinwegfegte.

Schließlich wendeten die Schiffe, und das Gemetzel hörte wenigstens für einige Augenblicke auf, ehe das Zerstörungswerk mit Fünfzig-Pfund-Granaten weiterging. Es war ein barbarischer Akt, doch es war auch ein Beweis für die Tatsache, dass auch in Zeiten der Marschflugkörper und Präzisionslenkmunition konzentriertes Kanonenfeuer immer noch eine verheerende Wirkung entfalten konnte.

Nachdem jedes Schiff etwa hundert Schuss abgefeuert hatte, verstummten die Kanonen, und die drei Fregatten entfernten sich von dem Rauch und den zerstörerischen Flammen im Hafen in Richtung der Makassarstraße. Zurück blieben zerstörte Schiffe, tote Menschen und vernichtete Hoffnungen.

Jene Überlebenden, die nicht vor Schmerz schrien oder vor Trauer und Verzweiflung weinten, dachten voll Wut an die Regierung in Jakarta, die für sie hinter diesem barbarischen Akt stand. Die Bugi konnten nicht wissen, dass die Admiräle der indonesischen Marine nichts mit dieser Tat zu tun hatten – ja, dass die meisten von ihnen gar nicht mehr am Leben waren.

MV *Galaxy Shenandoah*

1. November 2008, 14:15 Uhr Ortszeit »Oh, und Frank, vergessen Sie nicht, in der letzten Fassung des Operationsberichts auch die Unterstützung durch NAVEX 7.2 besonders hervorzuheben. Einerseits stimmt es ja sogar, und andererseits werden wir sicher irgendwann wieder einmal mit Sorenson zusammenarbeiten müssen. Vielleicht besänftigt es ihn ein bisschen, wenn wir seinen Beitrag lobend erwähnen.«

»Aye aye, Sir.« MacIntyres Stabschef blickte aus dem Bildschirm des Laptops hervor, der auf einer Ecke des Schreibtisches stand. »Wird gemacht.«

»Wie steht es eigentlich mit den Medien? Ist schon irgendetwas von Phantom nach außen gedrungen?«

»Bis jetzt nicht, Sir. Unsere Leute stellen es so dar, dass es die Regional Intervention Force und die nordaustralischen Stützpunkte waren, die die Evakuierung der Botschaft durchgeführt haben.«

MacIntyre beugte sich über den Schreibtisch. »Was ist mit der Liste der Auszeichnungen und Beförderungen, die ich Ihnen geschickt habe, Frank?«

»Sollte im Großen und Ganzen kein Problem sein, Sir. Wir müssen zwar Captain Quillains Beförderung zum Major noch in Quantico absegnen lassen, aber bei seinen Leistungen sollte es nicht weiter schwierig sein.«

»Ausgezeichnet. Das würde Stone den Rückhalt geben, den er für sein Sea-Demon-Kommando braucht.«

»Äh … Sir, ein Problem gibt es aber. Die *Legion of Merit* für Captain Garrett. Ihre Position in der Navy ist ja ein wenig … unklar. Wie soll man jemandem einen Orden verleihen, der gar nicht mehr in der Navy ist?«

»Übergeben Sie die Sache einem guten Anwalt, Frank«, antwortete MacIntyre knapp.

»Aye aye, Sir.« Der Stabschef zögerte für einen Augenblick,

ehe er hinzufügte: »Wenn ich mir erlauben darf, ich sehe das auch so, Sir. Es war wirklich eine außerordentliche Operation. Das Ding scheint tatsächlich zu funktionieren.«

»Phantom Force? Bis jetzt ja«, antwortete MacIntyre und ging langsam den Schreibtisch entlang. »Wir haben aber immer noch keine Lösung für das Gesamtproblem gefunden. Gibt es irgendwelche neuen Informationen? Oder etwas, das wir bis jetzt übersehen haben?«

Der Stabschef starrte mit finsterer Miene aus dem Bildschirm hervor. »Es ist wie mit Captain Garretts Status, Sir. Etwas unklar. Wir sehen sporadische Auseinandersetzungen am Boden und in der Luft zwischen deklarierten regierungstreuen und aufständischen Truppen, und das auf Java und Sumatra. Außerdem haben wir da einen heftigen, aber anscheinend unkoordinierten Angriff auf Küstengebiete in Sulawesi – da wissen wir aber noch nichts Genaues. Ansonsten ist die Lage auf den äußeren Inseln relativ ruhig. Jedenfalls scheint sich von keiner Seite eine größere Offensive anzukündigen.«

»Wahrscheinlich sind beide Seiten noch in einer Art Schockzustand, Gott sei Dank«, brummte MacIntyre. »Die Dinge laufen für niemanden hier wirklich gut.«

»Es gibt aber etwas, das uns zugute kommen sollte, Admiral. Die Lage auf Bali scheint sich zu beruhigen. Die religiösen Führer bemühen sich offenbar, das Blutvergießen zu stoppen. Zumindest deuten die Informationen darauf hin, die der RIF-Nachrichtendienst aufgeschnappt hat.«

»Das ist wirklich günstig. Aber was ist eigentlich mit dem Rest der Welt? Gibt es sonst noch etwas, worüber wir uns Sorgen machen müssen?«

»Ja, Sir. Der östliche Mittelmeerraum.«

»Oh Gott«, murmelte MacIntyre, ließ sich in seinen Stuhl sinken und drehte den Laptop so, dass er auf den Bildschirm sehen konnte. »Wer ist denn wieder aneinander geraten?«

»Das Übliche. Griechenland und die Türkei. Die Stimmung hat sich in den letzten Wochen immer weiter aufgeheizt.«

»Worum geht es diesmal?«

»Immer das Gleiche. Transitrechte in der Luft und zur See und Hoheitsrechte in der Ägäis. Der Präsident der Europäischen Kommission hat beide Seiten aufgefordert, Zurückhaltung zu zeigen und einen konstruktiven Dialog aufzunehmen.«

MacIntyre verzog das Gesicht. »Das wird bestimmt weiterhelfen. Was sagen unsere Analytiker? Ist es das übliche Säbelrasseln, oder droht die Sache zu eskalieren?«

»Da sind wir uns nicht sicher, Sir. Wir verfolgen zwischen Griechenland und der Türkei schon seit Jahrzehnten ein Wettrüsten der Seestreitkräfte, sodass sie sich theoretisch auf eine Auseinandersetzung einlassen könnten. Außerdem gibt es da in letzter Zeit einige bemerkenswerte Entwicklungen.«

»Und zwar?«

»Griechenland hat zuletzt eine Reihe von gemeinsamen militärischen Übungen mit Bulgarien abgehalten. Auf der anderen Seite sind plötzlich israelische Schiffe in der Ägais aufgetaucht, offenbar in Koordination mit der türkischen Flotte.«

»Großer Gott! Sind schon Anweisungen von unserem Oberbefehlshaber gekommen, dass wir uns auf einen Einsatz vorbereiten sollen?«

»Nicht direkt, Sir. Wir wollen schließlich unsere NATO-Partner nicht vergrämen. Aber der Oberkommandierende der Sechsten Flotte hat die Anweisung erhalten, irgendwelche Gründe zu finden, um die Präsenz seiner Surface Action Group im östlichen Mittelmeerraum zu rechtfertigen, und alle US-Stützpunkte in den betreffenden Staaten sind angewiesen worden, nach ungewöhnlichen militärischen Aktivitäten Ausschau zu halten.«

»Halten Sie mich auf dem Laufenden, Frank. Wir können nur hoffen, dass wir noch genug Zeit haben, den Schlamassel hier in Ordnung zu bringen, bevor wir etwas Neues zu tun bekommen.«

»Ja, hoffentlich, Admiral. Gibt es heute sonst noch etwas?«

»Negativ, Frank. Dann bis morgen um die gleiche Zeit. *Shenandoah,* out.«

MacIntyre trennte die Verbindung und nahm sich vor, Frank bei der morgigen Besprechung eine Nachricht für Judy mitzugeben. Nur ein paar Worte – dass es ihm gut ging und dass alles in Ordnung war. Die strengen Sicherheitsbestimmungen für Phantom Force ließen einfach nicht mehr zu, solange er an Bord der *Shenandoah* war.

Dafür war die *Shenandoah* aber mit Sicherheit das komfortabelste Schiff, mit dem er je in die Schlacht gezogen war. Er sah sich anerkennend in der großzügig angelegten Kabine um, die eines Kreuzfahrtschiffes würdig gewesen wäre.

Plötzlich klopfte es zögernd an der Tür. »Herein.«

Christine Rendino trat in die Kabine ein. Sie hatte eine elastische Binde an ihrem verstauchten Handgelenk und einige Heftpflaster an sichtbaren Stellen, doch ansonsten schien sie sich von dem Hubschrauberabsturz ganz gut erholt zu haben. Die kleine blonde Nachrichtendienst-Offizierin wirkte jedoch irgendwie ernster und nervöser als sonst.

Sie trat an seinen Schreibtisch und salutierte. »Verzeihung, Admiral, aber kann ich Sie kurz sprechen?«

MacIntyre richtete sich auf und erwiderte den militärischen Gruß. Er kannte Christine gut genug, um zu wissen, dass es nichts Gutes verhieß, wenn sie sich wie eine perfekte Offizierin benahm. »Selbstverständlich, Chris. Setzen Sie sich doch. Was kann ich für Sie tun?«

»Es geht um … etwas Persönliches, Sir«, antwortete sie bedrückt und setzte sich auf den Sessel vor dem Schreibtisch. »Etwas ganz Privates sozusagen.«

Etwas Persönliches? Er beugte sich vor. »Was gibt's denn, Chris?« MacIntyre hatte im Laufe der Jahre nicht nur die Fähigkeiten der kleinen Offizierin schätzen gelernt, sondern sie in einer fast väterlichen Weise auch als Mensch lieb gewonnen. Wenn sie in Schwierigkeiten war …

Sie schien seinen Gedanken gelesen zu haben, wie sie es unheimlicherweise immer wieder einmal zu tun schien. »Äh ... nein, Sir. Es geht nicht um mich, sondern ... um Sie.«

Eddie Mac sah sie mit zusammengekniffenen Augenbrauen an. »Um mich? Wie meinen Sie das?«

Christine atmete tief ein. »Wissen Sie, Admiral, es ist so. Damals, als Amanda ... Captain Garrett ... scheinbar dieses Problem mit dem Untersuchungsausschuss hatte ... da wusste ich ja zuerst nicht Bescheid, was wirklich los war. Na ja, damals habe ich die Situation irgendwie falsch eingeschätzt ...«

Zwei Minuten später krachte MacIntyres Drehstuhl gegen die Wand hinter ihm, als er jäh aufsprang. »SIE HABEN IHR WAS GESAGT?«

Christine Rendino duckte sich auf ihrem Sessel und versuchte es in raschen Worten zu erklären. »Wie ich schon sagte, Admiral, ich habe die Situation falsch eingeschätzt, und wenn Sie mich zwischen fünfzig Peitschenhieben und Kielholen wählen lassen, dann nehme ich die Peitschenhiebe, weil ich den Atem überhaupt nicht lange anhalten kann.«

Elliot MacIntyre wusste nicht, was er sagen sollte, also sagte er gar nichts und ließ sich in seinen Sessel sinken. Die Ellbogen auf den Tisch gestützt, barg er das Gesicht in beiden Händen.

»Als ich die Wahrheit erfuhr, war mir sofort klar, dass es ein furchtbarer Fehler von mir war, mit Aman... Captain Garrett über Sie zu sprechen«, fuhr Christine am Boden zerstört fort. »Ich dachte mir, ich bin es Ihnen schuldig, Ihnen wenigstens zu sagen, was ich angerichtet habe. Es tut mir Leid, Sir. Es tut mir sehr, sehr Leid.«

MacIntyre blickte auf und sah Tränen in ihren Augen schimmern. »Oh Gott, jetzt weinen Sie nicht auch noch«, sagte er und schob eine Schachtel mit Papiertaschentüchern über den Tisch zu ihr hin. »Die Sache ist auch so schon schlimm genug. Außerdem haben Sie ja nur getan, was Sie für richtig hielten. Ich kann Ihnen ja keinen Vorwurf machen, dass Sie

Ihrem Capt'n beistehen wollten. Die Schuld liegt allein bei mir.«

»Ich glaube, es geht hier gar nicht um Schuld, Sir«, erwiderte Christine und trocknete ihre Augen mit einem Taschentuch. »Ich meine, Amanda ist eine wirklich tolle Frau. Es beweist ja nur, dass Sie einen sehr guten Geschmack haben, wenn Sie sich in sie verliebt haben.«

»Ich habe nie gesagt, dass ich verliebt in sie bin, Commander! Ich habe nur vielleicht angedeutet, dass … ich mir manchmal große Sorgen um sie gemacht habe.«

»Sir, ich glaube, Sie untertreiben ein wenig«, stellte Christine fest und nahm sich noch ein Taschentuch. »Mit Verlaub – ich habe Sie beobachtet, wenn Sie mit Amanda zusammen waren. Es ist nicht zu übersehen.«

MacIntyre zuckte zusammen und strich sich mit der Hand über die Stirn. »Mir scheint, ich habe dieses Gespräch vor kurzem schon einmal mit einer anderen jungen Frau geführt. Sagen Sie, Comm… Christine. Bin ich wirklich so leicht zu durchschauen?«

»Das kommt drauf an, Sir. Wenn Sie mit anderen Männern zusammen sind, brauchen Sie sich wahrscheinlich keine Sorgen zu machen. Aber eine Frau sieht so etwas sofort.«

»Wir hätten nie … nie … nie … Frauen in diese Navy reinlassen sollen«, murmelte MacIntyre vor sich hin.

»Es war ziemlich unvermeidlich, dass wir früher oder später reinkommen, Sir«, merkte Christine an. »Und genauso unvermeidlich war, dass Männer und Frauen, wenn sie schon mal in der Navy zusammenkommen, auch persönliche Beziehungen eingehen und damit genauso zurechtkommen wie Männer und Frauen anderswo … nämlich schlecht.«

»Danke für Ihr Verständnis, Commander. Aber sagen Sie mir lieber, was ich jetzt machen soll.«

Die Intel-Offizierin machte wieder ein betretenes Gesicht. »Sir, es steht mir nicht zu, Ihnen Ratschläge zu geben.«

»Commander, Sie haben die Krise ausgelöst. Jetzt können Sie mir wenigstens helfen, da wieder rauszukommen!«

Christine Rendino zögerte, bevor sie antwortete, so als würde sie ihre Worte sorgfältig abwägen. »Sir, ich glaube, die Frage ist vor allem, ob Sie denn herauswollen.«

MacIntyre runzelte die Stirn. »Was meinen Sie damit?«

»Ich meine, wenn Sie die ganze Sache vergessen wollen, dann ist das sicher kein Problem. Wissen Sie, Amanda ist es irgendwie gewohnt, dass sich die Männer ihr gegenüber manchmal ein bisschen komisch benehmen. Wenn Sie nichts zu ihr sagen und so tun, als wäre nichts gewesen, dann wird sie es genauso halten. So ist sie nun einmal.«

»Ich verstehe.« MacIntyre überlegte einige Augenblicke, ehe er etwas zögernd fragte: »Was passiert, wenn ich doch etwas sage?«

Christine sah ihn einen Moment lang an – mit einem schlauen, typisch weiblichen Ausdruck auf dem Gesicht. »Das kann ich nicht genau sagen, Sir«, erwiderte sie schließlich. »Aber wenn ich schätzen müsste, würde ich sagen, Sie werden das Ergebnis recht interessant finden.«

MV *Galaxy Shenandoah*

1. November 2008, 21:55 Uhr Ortszeit Auch nach den erfolgreichen Operationen vor Bali und der Schlacht von Jakarta war sich Amanda darüber im Klaren, dass es noch einer Menge Arbeit bedurfte, um Phantom Force zu der effizienten Einheit zusammenzuschweißen, die sie haben wollte. Das formelle Essen, das an diesem Abend im Salon stattfand, war ein weiterer Schritt in diese Richtung.

Der offizielle Anlass dafür war, die Offiziere der Marines an Bord willkommen zu heißen, die den FAST Platoon und das Sicherheitsteam der Botschaft in Jakarta befehligten. Ihre Einheiten wurden für den Rest dieser Mission den Sea Demons angegliedert und bildeten so eine willkommene Verstärkung der Bodentruppen der *Shenandoah.*

Es war dies aber auch eine ausgezeichnete Gelegenheit, die verschiedenen Offiziere in einem Rahmen zusammenzubringen, in dem sie sich auch persönlich besser kennen lernen konnten. Das wiederum sollte mithelfen, eventuell noch vorhandene Rivalitäten zwischen den einzelnen Teilstreitkräften zu beseitigen. Was Amanda wollte, war eine Crew, die sich weniger der Navy, der Air Force oder der Army zugehörig fühlte, sondern vielmehr der *Shenandoah.*

Dem Anlass entsprechend wurde das Beste aufgetischt, was die Offiziersmesse zu bieten hatte. Außerdem war für diesen Abend alles Berufliche bzw. alles, was die aktuelle Mission betraf, als Gesprächsthema absolut tabu.

Der einzigartige Status der *Shenandoah* brachte noch einen weiteren Vorteil mit sich. Von den Frachträumen nach achtern war sie ein ziviles Schiff, das auch entsprechend ausgestattet war. Dementsprechend hatte Amanda gefunden, dass das traditionelle Alkoholverbot auf Navy-Schiffen für die *Shenandoah* nicht galt. Somit war es durchaus akzeptabel, sich einen Cocktail zu genehmigen und zum Essen Wein zu trinken – und hinterher wurde noch der eine oder andere Toast ausgebracht.

»Ladies and Gentlemen«, meldete sich Amanda nach dem Essen zu Wort, »ich glaube, wir haben die Lieutenants Trennan und Bergstrom bereits voll und ganz in unserer Mitte aufgenommen. Mögen Sie den Rest unserer Reise mit uns interessant finden.«

»Danke, Capt'n«, antwortete der ranghöhere der beiden Neuankömmlinge. »Wir finden, dass es schon bisher verdammt interessant war.«

Nachdem ihre beiden Ehrengäste von den U.S. Marines nur geborgte Khaki-Uniformen hatten auftreiben können, hatte Amanda die Kleidervorschriften für das Abendessen entsprechend niedrig angesetzt. Sie selbst hatte sich für Zivil entschieden – ein Cheongsam-Kleid aus grüner Seide, das sie sehr gern trug und das, wie sie wusste, gut zu ihren Augen und ihrem Haar passte. Immerhin war der hohe Kragen mit ihren militärischen Insignien versehen. Seit sie das Kommando über die Phantom Force übernommen hatte, fühlte sich Amanda ein bisschen wie Dragonlady, und die exotischen Kleider entsprachen durchaus ihrer Stimmung.

»Ladies and Gentlemen«, sagte sie und hob ihr Glas. »Wenn Sie gestatten.«

Sie erhob sich nicht von ihrem Stuhl – eine Tradition, die sie von der Royal Navy übernommen hatte. Ein Trinkspruch konnte auch sitzend ausgebracht werden, was auf die Zeit der niedrigen Räumlichkeiten in den Fregatten zurückging. »Auf das Schiff, die Flagge und auf unsere gefallenen Kameraden.«

Rund um den Tisch antworteten die Anwesenden mit leiser Stimme auf den Trinkspruch. Admiral MacIntyre, der am anderen Ende des Tisches saß, erhob ebenfalls sein Glas. »Und wenn ich noch etwas hinzufügen darf, Ladies and Gentlemen – auf den Sieg, den wir eingefahren haben, und auf diejenigen, die ihn möglich gemacht haben.«

Elliot und die anderen sahen Amanda an, und sie errötete. Es war doch nicht sie, der das gelungen war – es waren doch die anderen, die draußen den Kopf hingehalten hatten.

»Mir scheint«, fuhr MacIntyre fort, »der Jetlag macht sich bei mir doch ein bisschen bemerkbar, darum möchte ich mich jetzt verabschieden, Capt'n.«

Als ranghöchstem Offizier kam es MacIntyre zu, den Abend offiziell für beendet zu erklären. »Selbstverständlich, Admiral«, antwortete Amanda. »Ich glaube auch, dass wir alle einen harten Tag vor uns haben. Ladies and Gentlemen, es war ein sehr angenehmer Abend.«

Die Anwesenden erhoben sich und setzten ihre Gespräche fort, während sie zur Tür gingen. Stone Quillain war gerade mit dem Chef der Air Commando Group in eine lebhafte Diskussion über die Jagd mit Handfeuerwaffen verstrickt, und Dix Beltrain unterhielt sich mit Captain Montgomery über die Football-Saison 1998.

Christine Rendino und Vince Arkady, die nebeneinander gesessen hatten, verließen den Salon gemeinsam und plauderten dabei angeregt über die alten Zeiten in Kalifornien. Zu ihrem eigenen Erstaunen konnte sich Amanda einer gewissen Eifersucht nicht erwehren, ehe ihr plötzlich etwas einfiel. Chris hatte schon vor langer Zeit einmal angedeutet, dass sie Arkady sehr attraktiv fand. Wenn sich die beiden nun näher kommen sollten, so konnte sie ihrer Freundin, oder vielmehr ihren beiden Freunden, nur alles Gute wünschen. Sie biss sich auf die Unterlippe und stellte sich vor, wie gewisse Entwicklungen verlaufen könnten.

»Worüber lächeln Sie denn gerade?«

MacIntyre stand neben ihrem Stuhl und sah sie fragend an.

»Oh, nichts Besonderes. Das ist eine lange und komplizierte Geschichte.«

»Davon scheint es in letzter Zeit eine ganze Menge zu geben«, merkte Elliot an und sah sie mit dieser Verlegenheit an, die sie schon einige Male an ihm beobachtet hatte, seit er an Bord gekommen war. »Amanda, kann ich mit Ihnen über etwas Bestimmtes sprechen? Allein?«

Sie hob überrascht die Augenbrauen und schob ihren Stuhl zurück. »Selbstverständlich. Warum nicht?« Das Rettungsboot-Sturmdeck lag auf derselben Ebene wie der Salon, und um diese Zeit hielt sich dort sicher niemand auf.

Das Wetter zeigte sich an diesem Abend etwas gemischt; an Backbord türmten sich Gewitterwolken, während über dem Schiff und an Steuerbord immer noch die Sterne am klaren Himmel funkelten.

Die *Shenandoah* war wieder als reines Handelsschiff unterwegs und tuckerte mit eingeschalteten Decks- und Positionslichtern gemächlich durch die Nacht, die von Dschungel- und Meeresduft erfüllt war.

»Sieht so aus, als würde das Gewitter unseren Weg kreuzen«, merkte MacIntyre an.

»Mhm.« Amanda lehnte sich an die Reling und blickte in die Nacht hinaus. »Die Wellen sollten aber nicht allzu hoch werden, und der Regen bringt ein bisschen Abkühlung. Ich habe vor, im Schutz des Gewitters den Kurs auf Ostnordost in Richtung Makassarstraße zu ändern. Wir werden für ein Weilchen untertauchen.«

»Wollen Sie die Tarnkappe des Schiffes wieder ablegen?«

»Noch nicht. Dieses Ass will ich noch ein Weilchen im Ärmel behalten«, antwortete sie. »Im Moment scheint uns jedenfalls niemand allzu große Aufmerksamkeit zu schenken. Unsere Glückssträhne könnte fürs Erste anhalten.«

»Ja«, sagte MacIntyre geistesabwesend. Es kam nicht oft vor, dass der Oberkommandierende von NAVSPECFORCE so zögerlich und unsicher wirkte. Ob ihn wohl irgendetwas bedrückte? Vielleicht etwas Familiäres, irgendetwas mit Judy.

»Amanda, habe ich Ihnen eigentlich hin und wieder mal etwas von meiner verstorbenen Frau erzählt?«, fragte MacIntyre schließlich, nachdem er sich neben sie an die Reling gelehnt hatte.

»Das eine oder andere vielleicht. Warum?«

»Weil Anne eine ganz besondere Frau war«, antwortete er. »Wir waren praktisch seit der Kindheit eng befreundet. Wir stammten beide aus Navy-Familien, und sie war mein bester Freund, bevor sie meine Freundin wurde, und danach meine Verlobte und meine Frau. Sie war auch dann immer mein bester Freund.«

»Das klingt beneidenswert.«

»Ja, ich hatte großes Glück«, stimmte Elliot zu. »Ich bin in der Highschool-Zeit kaum mit anderen Mädchen ausgegangen. Das war einfach nicht notwendig. Es gab für mich nur Anne, und wir wussten irgendwie, dass wir zusammengehörten. Ich habe sie am Tag nach meinem Abschluss in Annapolis geheiratet. Danach kam für mich ... sowieso keine andere Frau mehr in Frage. Ich hatte Anne, und ich habe sie immer geliebt, auch nachdem unsere drei Kinder gekommen waren, und bis zu dem Tag, an dem sie starb.« Seine Stimme brach ein wenig. »Ich liebe sie immer noch, und daran wird sich auch nichts ändern.«

Amanda sah ihn schweigend an. Sie wusste nicht, was sie hätte sagen sollen. Sie spürte, dass etwas Außergewöhnliches vor sich ging.

Er sprach fast ungeduldig weiter. »Ich rede von diesen ganzen emotionalen Dingen, weil ich damit etwas ganz Bestimmtes ausdrücken will, oder es zumindest rechtfertigen will.«

»Was?«

»Ich habe ... heute Nachmittag mit Christine Rendino gesprochen, und es ging dabei ... um Sie.«

Amanda hob überrascht eine Augenbraue. »Doch wohl nichts Unangenehmes, hoffe ich?«

Elliot lächelte etwas gequält. »Na ja, das Problem lag nicht bei Ihnen, sondern eher bei mir.«

»Wie denn das?«, fragte Amanda verwirrt.

»Ich habe herausgefunden, dass meine sozialen Fertigkeiten in mancher Hinsicht ziemlich unterentwickelt sind«, antwortete er. »Ich habe zum Beispiel nie gelernt, einer Frau gegenüber im richtigen Augenblick die richtigen Worte zu finden. Das war auch nie notwendig, weil ich ja Anne hatte.«

Amanda verstand, was er sagen wollte. Was Chris ihr an jenem letzten Tag an Bord der *Carlson* gesagt hatte, war also tatsächlich wahr. Und nun sprang dieser unerschütterliche Mann über seinen Schatten und versuchte zögernd die Hand auszustrecken.

Amanda wurde von einem Gefühl der Wärme, des Glücks und der Dankbarkeit erfüllt. Sie lächelte ihm ins Gesicht. »Das mag ja sein, Elliot. Aber wenn Sie die Meinung einer Frau hören wollen – Sie machen das gar nicht so schlecht.«

Er lachte etwas verlegen, und sie spürte, wie sich seine schwielige Hand auf die ihre legte. »Das freut mich zu hören. Die Frage ist nur, was sage ich als Nächstes?«

Amanda hätte das eine oder andere vorschlagen können, doch sie kam nicht mehr dazu.

»Verzeihung, Capt'n«, sagte Christine Rendino leise, aber mit großem Nachdruck. Amanda und MacIntyre erschraken und drehten sich zu ihr um, als die Intel-Offizierin zu ihnen geeilt kam. »Es tut mir wirklich Leid, aber es ist etwas ziemlich Merkwürdiges passiert.«

»Was denn, Chris?«, fragte Amanda sichtlich verärgert.

»Es ist gerade ein Anruf über Satellitentelefon hereingekommen. Der Anrufer möchte unbedingt mit Captain Garrett persönlich sprechen.«

»Wer ist es denn?«, fragte Amanda.

»Wir sind uns nicht ganz sicher, aber er sagt, dass er Makara Harconan ist.«

Der Zivilfunkraum der *Shenandoah* war außergewöhnlich gut ausgerüstet, aber gerammelt voll. Amanda setzte sich neben den Funker an die Hauptkonsole, während MacIntyre und Christine sich hinter sie zwängten. Sowohl die Offizierin als auch der Admiral trugen Kopfhörer, die mit dem Telefon verbunden waren. Christine fungierte außerdem als Bindeglied zur Signal-Intelligence-Abteilung.

Der Funkoperator nickte ihr zu, und Amanda stellte zu ihrem Ärger fest, dass ihre Kehle trocken war. Sie musste erst einmal schlucken, bevor sie den Hörer ans Ohr hob. »Hier spricht Captain Garrett.«

»Hallo, Amanda, hier ist Makara Harconan.« Ja, kein Zweifel. Die Stimme war unverkennbar. »Es freut mich, dass ich wieder einmal mit dir sprechen kann.«

Wie sollte sie bloß reagieren? Welche Maske sollte sie aufsetzen? »Ich wünschte, ich könnte das Gleiche sagen, Makara«, antwortete sie schließlich mit einigermaßen ruhiger Stimme.

»Das ist aber keine sehr warme Begrüßung zwischen zwei alten Schiffskameraden.« Harconan klang ein wenig amüsiert, und Amanda stellte fest, dass sie unwillkürlich errötete.

»Was erwartest du denn, Makara? Du treibst ein ganzes Land in den Ruin, und so nebenbei hast du auch meine Karriere ruiniert. Was willst du denn noch?«

Christine Rendino beugte sich vor und flüsterte Amanda ins Ohr: »Ein Iridium-II-Satellitentelefon, irgendwo in der Inselgruppe, aber auf See.«

Amanda nickte kurz, während Harconan antwortete. »Ich will von dir das, was ich immer von dir wollte, Amanda. Die Wahrheit. Wir haben zusammengearbeitet, um die Flüchtlinge in Singaraja zu retten. Jetzt will ich wieder mit dir zusammenarbeiten.«

»Singaraja? Ich habe keine Ahnung, wovon du sprichst.«

»Oh, das weißt du sehr wohl«, erwiderte er, »obwohl ich natürlich verstehe, dass du es nicht zugeben kannst. Höchste Geheimhaltung und so. Ich weiß genau, wie so etwas funktioniert. Aber ich brauche trotzdem deine Hilfe.«

»Meine Hilfe?«, fragte sie. »Wobei?«

»Es reicht nicht, ein paar Flüchtlinge zu retten. Ganz Indonesien steht vor dem Untergang.«

»Makara, dein Ziel war es von Anfang an, Indonesien zu zerstören, und offenbar ist dir das auch gelungen. Es scheint mir ein bisschen spät für einen solchen Gesinnungswandel zu sein.«

»Mag ja sein«, erwiderte er mit grimmiger Stimme, »aber ich will es trotzdem versuchen. Ich habe meine Gründe, und ich bin gerne bereit, sie dir darzulegen, aber persönlich. Wir müssen reden, Amanda, und zwar schnell, solange es noch eine Chance gibt.«

»Was für eine Chance denn?«, erwiderte sie vorwurfsvoll. »Was gibt es denn zwischen uns noch zu reden, und was habe ich mit alledem zu tun? Ich bin nur noch der Kapitän eines ganz normalen Frachtschiffes, dank dir.«

»Verdammt, Amanda«, entgegnete Harconan gereizt. »Könntest du bitte mit diesen Spielchen aufhören? Dafür fehlt uns wirklich die Zeit! Ich will dir anbieten, dass wir uns gegen unseren gemeinsamen Feind verbünden. Ich meine den Feind, gegen den wir schon in Singaraja gekämpft haben – den Feind, der die Völker Indonesiens gegeneinander aufhetzt!«

Amanda nahm sich einen Moment Zeit, um zu überlegen. Die Logik sagte ihr, dass irgendeine List dahinter stecken musste. Ihr Instinkt sagte ihr, dass er es ehrlich meinte. »Was schlägst du vor, Makara?«

»Ich möchte mit dir über ein Bündnis reden – ein Bündnis zwischen den Bugi-Clans und deinen Streitkräften, damit wir den Feind gemeinsam bekämpfen. Du und ich, Amanda, wir beide müssen das machen! Wir haben nicht genug Zeit, um die Diplomaten und Machthaber einzuschalten. Wir müssen reden!«

Sie beschloss, sich darauf einzulassen. »Wo?«

»Auf meiner Insel, Palau Piri. Auf unserem Strand. Morgen bei Sonnenuntergang. Ich komme allein. Du kannst mitbringen, wen du willst. Ich will nur, dass du mir dein Wort gibst, dass wir beide die Chance bekommen, über alles zu reden.«

Konnte es sein, dass es sich um irgendeine besonders raffinierte Falle handelte? Entweder das, oder er sagte hundertprozentig die Wahrheit. Und es gab niemanden auf der Welt, der das hätte beurteilen können.

»Was für Garantien gibst du mir, Makara? Ohne entsprechende Garantien komme ich nicht.«

»Die beste Garantie, die es gibt. Du bekommst den *Raja Samudra* als Geisel. Ich habe die Absicht, mich dir zu ergeben.«

Auf dem Hangardeck der USS *Shenandoah*
Vor der Nordwestküste von Bali

2. November 2008, 18:32 Uhr Ortszeit Christine Rendino folgte Amanda über das Hangardeck und redete unentwegt auf sie ein. »Also, ich weiß wirklich nicht, Boss. Das Ganze könnte eine *verdammt* schlechte Idee sein! Das ist wahrscheinlich ein Trick von Harconan, damit er dich wieder in seine Gewalt bekommt.«

»Im Moment hat Makara wohl ganz andere Sorgen. Ich glaube wirklich, dass ich im Moment weniger als ehemalige Geliebte interessant für ihn bin, sondern vielmehr als mögliche Verbündete. Admiral MacIntyre findet auch, dass es eine Überlegung wert ist.«

Die Intel-Offizierin schüttelte stirnrunzelnd den Kopf. »Es kommt mir ganz einfach nicht logisch vor, dass er jetzt plötzlich aufgeben will.«

»Die Logik kann viele Gesichter haben, Chris.«

Auf dem zweiten Aufzug stand ein SPEED Hawk, den die Air Crew gerade für den Einsatz vorbereitete. Sidewinder-X-Luft-Luft-Lenkwaffen wurden auf den Startschienen montiert, und die Bordschützen installierten ihre 7,62-mm-Miniguns in den Türen. Daneben waren vier Mann eines Force-Recon-Feuerteams dabei, ihre MOLLE-Tragevorrichtungen mit allem Nötigen zu bestücken, bevor sie in die Maschine stiegen.

Amanda zeigte auf all die Waffen, mit denen der Hubschrauber ausgestattet wurde. »Außerdem ist es ja nicht so, dass ich völlig schutzlos hingehe.«

»Das hast du beim letzten Mal auch gedacht!«, flüsterte ihr die Intel-Offizierin nachdrücklich zu.

»Jetzt beruhige dich erst mal, Mama. Der Admiral wird schon dafür sorgen, dass jemand auf mich aufpasst.«

Auf der anderen Seite des Hubschraubers tauchten Stone Quillain und Vince Arkady auf, die sich Fliegerkombi und Gefechtsanzug über die Schulter geworfen hatten. »Machen wir wieder mal einen kleinen Ausflug mit dem Hubschrauber?«, fragte der Marine.

Palau Piri, »Insel der Prinzen«
Vor der Nordwestküste von Bali

2. November 2008, 19:10 Uhr Ortszeit »Was sehen Sie?«, fragte Amanda über dem Heulen der Turbinen in das Mikrofon ihres Headsets.

»Keine Situationsänderungen auf der Insel, Ma'am«, antwortete der Air-Commando-Systemoperator an seinem Terminal. »Der Bugi-Schoner läuft weiter nach Nordosten. Die thermografische Abbildung zeigt auf der ganzen Insel nur eine einzige Wärmespur von der Größe eines Menschen. Keinerlei Signal- oder Emissionsaktivität.«

Der SPEED Hawk hatte eine Eagle-Eye-Drohne vorausgeschickt, um die Lage zu erkunden. Das RPV kreiste bereits über dem Zielgebiet, und es hatte bis jetzt nichts entdeckt, was auf eine mögliche Falle hingedeutet hätte. Es würde nicht mehr lange dauern, bis sie Gewissheit hatten.

Die Stimme von Arkady meldete sich über Bordfunk. »Ein Gespräch für dich, Capt'n. Es ist der Admiral.«

»Einen Moment, ich komme zu dir nach vorne.« Amanda zwängte sich an dem Systemoperator vorbei und hockte sich hinter die Pilotensitze. Arkady wandte sich vom Platz des Copiloten zu ihr um. »Okay, ich bin so weit«, sagte sie.

Der Flieger hob die Hand zum Kommunikations-Panel über ihm. »Du bist mit ihm verbunden.«

»Star Child, hier Gray Mare Lead. Over«, sprach sie ins Kehlkopfmikrofon.

»Wie ist die Lage, Amanda?«, hörte sie MacIntyres ferne Stimme im Kopfhörer.

»Bis jetzt sieht alles gut aus. Harconan scheint tatsächlich der einzige Mensch auf der ganzen Insel zu sein, und außer ihm hat ja wohl niemand einen Grund, dort zu sein.«

»Christine glaubt immer noch, dass er uns nur benutzen will.«

»Natürlich will er das, Elliot«, erwiderte Amanda geduldig. »Aber Tatsache ist, dass wir ihn genauso für unsere Zwecke benutzen können. Harconan hat nicht mehr die Kontrolle über seinen Umsturzversuch, und er kann sie allein auch nicht mehr zurückgewinnen. Wir wiederum versuchen, den Zusammenbruch Indonesiens zu verhindern, und das schaffen wir auch nicht allein. Jeder von uns beiden verfügt über Möglichkeiten, die dem anderen fehlen, also könnte ein kleines Geschäft nach dem Motto ›eine Hand wäscht die andere‹ durchaus angebracht sein. Der Grundsatz ›der Feind meines Feindes ist mein Freund‹ war schon oft die Basis für ein erfolgreiches Bündnis.«

»Na ja, mag ja sein. Aber es muss ihm doch klar sein, dass wir ihn am Ende den Behörden ausliefern müssen, wenn sich die Regierung durchsetzt. Ist ihm wirklich so sehr an einem Bündnis gelegen, dass er seinen eigenen Untergang in Kauf nimmt? Immerhin würde er ja auf der Seite seiner früheren Feinde kämpfen.«

»Also, ein Selbstmörder ist Makara ganz sicher nicht, Elliot«, erwiderte Amanda lächelnd. »Und er hat bestimmt nicht die Absicht, sich an irgendjemanden ausliefern zu lassen. Entweder ist er auf irgendein Geschäft aus, oder er geht davon aus, dass wir ihn nicht festhalten können, wenn er findet, dass es Zeit ist, zu verschwinden.«

Das Schnauben, das MacIntyre hervorstieß, zeigte, dass er von der Richtigkeit ihrer Vorgangsweise noch immer nicht überzeugt war.

»Vertrauen Sie mir, Elliot. Eine Zusammenarbeit mit Harconan könnte unsere einzige Chance sein, das Ruder doch noch herumzureißen.«

»Ich weiß nicht recht, Amanda. Ich bin mir nicht sicher, ob

es überhaupt noch eine Rettung gibt – auch mit Harconan als Verbündetem. Jeder muss irgendwann einmal eine Niederlage einstecken.«

»Das mag schon sein, Elliot«, entgegnete Amanda. »Aber ich habe nicht vor, heute schon eine einzustecken.«

»In Ordnung, Capt'n. Alles Gute.«

»Danke, Sir. Ich halte Sie auf dem Laufenden. Gray Mare, out.«

Jemand klopfte mit dem Knöchel an ihren Helm. Amanda blickte auf und sah, dass Arkady durch die Cockpitscheibe nach vorne zeigte. »Da ist sie.«

Vor ihnen lag die »Insel der Prinzen« vor dem Festland von Bali, ein grünes Gebilde im feurigen Licht des Sonnenuntergangs.

Der SPEED Hawk ging wieder in den Hubschrauber-Modus, und die Bordschützen öffneten die Seitentüren und richteten ihre mehrläufigen Waffen nach außen. Vorsichtig umkreiste der Hubschrauber zuerst die gesamte Insel, deren Umfang nicht mehr als drei Kilometer betrug, ehe er sich der Landezone an der Südspitze näherte.

Im schwindenden Licht des Tages sah Amanda die Insel genauso, wie sie sie in Erinnerung hatte, mit den Wellen, die sich schäumend am Riff brachen, dem schwarzen Sandstrand und dem dichten tropischen Wald. Palau Piri war eigentlich ein Naturschutzgebiet, und der einzige Einschnitt in die dichte Vegetation war jenes Stück Land, auf dem einst Harconans Anwesen gestanden hatte.

Der Hubschrauberlandeplatz, der Hangar für das Wasserflugzeug, der Pier und das Bootshaus – alles war weitgehend unberührt. Der Wald hatte gerade erst begonnen, das Stückchen Land zurückzuerobern. Doch die Hauptgebäude, das großzügig angelegte Haus, die Büroräume, die Quartiere für das Personal – all das war weg, nachdem es auf Makara Harconans Anordnung hin niedergebrannt worden war. Palau Piri war seine Insel gewesen, sein Zuhause und der Hauptsitz seines Imperiums. Er hatte dafür gesorgt, dass niemand sein Eigentum übernehmen oder sich die Geheimnisse, die hier verborgen waren, aneignen konnte.

Der Hubschrauber fuhr das Fahrwerk aus und ging in den Landeanflug. Während sie auf dem asphaltierten Landeplatz niedergingen, richteten die Bordschützen ihre Miniguns auf den dunklen Wald.

»Sichert das Gelände!«, rief Stone Quillain über das nachlassende Heulen der Maschinen.

Das Force-Recon-Team folgte Quillain ins Freie hinaus. Jeder der Marines war mit Gefechtsweste und der jeweiligen persönlichen Variante des M-8-Sturmgewehrs ausgerüstet. Während sie vom Hubschrauber ausschwärmten, nützten sie jede sich bietende Deckung. Aufmerksam suchten sie die Umgebung ab, wobei sie zwischen dem freien Auge, ihren Nachtsichtvisieren und den thermografischen Visieren ihrer Gewehre hin und her wechselten.

Als die Rotoren nach einigen Minuten ganz verstummten, stieg Amanda aus der Maschine und trat an Stones Seite. Die Luft war erfüllt von den Düften des Waldes und des Meeres, vermischt mit leichtem Brandgeruch.

»Scheint recht ruhig zu sein«, stellte Quillain fest und senkte die imposante Waffe, die er in den Händen hielt. Er hatte sein M-8 mit einem extra langen Scharfschützenlauf und einem entsprechenden Zielfernrohr ausgestattet. Die von ihm bevorzugte Schrotflinte war unten an das Gewehr angeklippt. Beide Waffen waren mit vollen Magazinen ausgestattet.

Vince Arkady sprang aus dem Cockpit des SPEED Hawk und trat zu den beiden. »Das Eagle Eye meldet immer noch keine Aktivität«, berichtete er. »Es gibt nur diesen einen Kontakt hier am Strand.« Er hatte seinen Fliegerhelm gegen eine Baseballmütze getauscht und trug eine FN P-90-MP, eine so genannte Personal Assault Weapon, in einer Hand, zu der er mehrere

Fünfzig-Schuss-Magazine der 5,7-mm-Munition vorne in der Gefechtsweste verstaut hatte.

Amanda nickte, während sie mit den Gedanken bereits woanders war. »Danke, Gentlemen. Haltet die Augen offen. Ich bin bald wieder da.«

»Willst du denn allein zum Strand hinübergehen, Skipper?«, fragte Quillain.

»Ja.«

Der Marine wechselte einen kurzen Blick mit Arkady. »Ich fürchte, das geht nicht, Ma'am. Der Commander und ich haben die Sache besprochen, und wir haben beschlossen, dass wir mitkommen werden.«

Amanda drehte sich gereizt zu den beiden um. »Mein Befehl gilt. Ich gehe allein.«

»Wir haben den Befehl verstanden, Capt'n«, warf Arkady ein, »aber wir haben vor, ihn nicht zu befolgen.«

»Das könnte als Ungehorsam, wenn nicht gar als Meuterei aufgefasst werden, Gentlemen!«

Arkady und Quillain sahen einander an. »Das ist absolut richtig, Capt'n.«

Amanda wollte schon explodieren, beherrschte sich dann aber doch noch. »Also gut«, sagte sie schließlich kopfschüttelnd, »aber ich weiß gar nicht, wie ich dazu komme, dass sich plötzlich alle um mich Sorgen machen.«

Quillain lachte leise. »Oh, wir erklären es dir auf dem Weg zum Strand.«

Der Weg zum östlichen Strand begann hinter dem Haupthaus, wo der Dschungel bereits begonnen hatte, verlorenes Terrain zurückzuerobern. Amanda erinnerte sich noch gut an jenen heißen Nachmittag, als sie an diesem Ort gewesen war – allerdings nicht in Uniform, sondern im Badeanzug. Damals war sie sich ganz sicher gewesen, sich in jedem Augenblick und jeder Situation absolut in der Gewalt zu haben.

Nach einem zehnminütigen Marsch kamen sie schließlich

zum Strand, wo die niedrigen Wellen zischend den schwarzen Sand hochliefen. Auch an diesen Strand erinnerte sie sich noch sehr gut. Sie hatte ihren Badeanzug ausgezogen, weil er ihr hier in diesem Paradies nicht notwendig erschienen war.

Arkady zog den Spannhebel seiner P-90 zurück, drehte sich um und ließ sich wortlos auf ein Knie nieder, um den Wald im Auge zu behalten. Quillain hob sein M-8 an die Augen und suchte den Strand mit dem Nachtzielgerät ab.

»Er ist da«, murmelte er. »Ungefähr fünfundsiebzig Meter von hier. Ganz oben, wo die Bäume anfangen. Ich sehe nur diese eine Wärmequelle.«

»Danke, Stone. Von hier aus, Gentlemen, schaffe ich es wirklich allein.«

Sie sah das Grinsen auf seinen Lippen. »Wie du meinst, Capt'n.«

Sie war gerade zwei Schritte gegangen, als sie Quillain leise pfeifen hörte. »Im Holster hilft er dir nicht wirklich, Ma'am.«

Sie nahm ihren SOC-Colt Kaliber .45 aus dem Holster und zog den Schlitten zurück. Als sie den Strand entlangging, spürte sie, wie ihr das unsichtbare Auge von Stones Nachtzielgerät über die Schulter guckte. Sie musste sich eingestehen, dass die Anwesenheit ihrer beiden etwas raubeinigen Schutzengel doch irgendwie beruhigend war.

Ihre Stiefel glitten durch den trockenen Sand. Sie bemühte sich, auf die verschiedenen Schatten in der Dunkelheit zu achten, doch er schaffte es dennoch, sie zu überraschen.

»Ich glaube, du gefällst mir doch besser so, wie du beim letzten Mal bekleidet warst.«

Erschrocken blickte sie hinunter und sah Harconan mit überkreuzten Beinen im Sand sitzen. So weit sie das an seiner Silhouette erkennen konnte, hatte er den Blick auf das Meer hinaus gerichtet.

»Das würde ich auch ganz angenehm finden«, antwortete sie, nachdem sie sich gefangen hatte, »aber es ist eben manchmal nicht ratsam, nackt durch die Gegend zu spazieren.« Sie setzte sich etwa zwei Meter von ihm entfernt in den Sand, behielt aber die Pistole in der Hand.

»Ja, man muss manchmal Dinge tun, die die Lebensqualität nicht unbedingt erhöhen«, stimmte er zu. Das Leuchten am Horizont reichte noch aus, dass sie sein fein geschnittenes Gesicht erkennen konnte, und sie spürte dieses leichte Kribbeln, das seine Nähe stets in ihr ausgelöst hatte. Sie erinnerte sich nur zu gut daran, wie sie damals der Verführung erlegen war.

»Die Pistole brauchst du nicht, Amanda«, fuhr er fort. »Ich habe keine Tricks vor. Ich spiele mit offenen Karten.«

»Ich gehe lieber auf Nummer Sicher, Makara.« Obwohl sie Christine und MacIntyre versichert hatte, dass ihr keine Gefahr drohte, blieb sie doch lieber wachsam. »Immerhin kannst du meisterhaft lügen. Du bist einer der überzeugendsten Lügner, der mir je begegnet ist.«

»Das nehme ich als Kompliment«, sagte er lachend. »Aber du selbst bist auch nicht ganz unbegabt in dieser Kunst. Ich erinnere mich noch an ein Ehrenwort, das du mir einmal gegeben hast.«

Amanda zuckte die Achseln. »Ich war dir gegenüber zu nichts verpflichtet, Makara. Du hast mich gegen meinen Willen festgehalten, und ich habe den Eid gegenüber der Navy und meinem Land schon gegeben, lange bevor ich dir etwas versprochen habe.«

»Ich verstehe dich ja«, sagte er und nickte. »Die Ehre kann verschiedene Gesichter haben. Darum hoffe ich ja, dass du das Ehrenwort eines Lügners akzeptierst, wenn er dir versichert, dass er nichts als die reine Wahrheit sagt. Du kannst es dir gar nicht leisten, mir nicht zu glauben.«

»Das Ehrenwort eines Lügners? Ich weiß nicht recht.«

»Darf ich dir dann das hier als Beweis meiner Ehrlichkeit geben?« Er zog etwas aus seiner Hemdtasche und warf es ihr hin. Sie fing es mit der freien Hand auf und stellte fest, dass es eine CD war.

»Ich habe bereits alle Waffenlieferungen an die verschiedenen aufständischen Gruppierungen eingestellt. Auf dieser CD findest du die GPS-Koordinaten von allen Waffenlagern, die ich noch habe, und eine detaillierte Auflistung der Waffen. Es sollte kein Problem sein, die Angaben zu überprüfen. Die einzige Ausnahme sind die Morgenstern-Separatisten in Neuguinea. Sie stehen so knapp vor ihrer Unabhängigkeit, dass ich sie einfach nicht im Stich lassen kann.«

Amanda steckte die CD in eine Tasche ihrer Uniform. Er hatte Recht; die Angaben sollten leicht zu überprüfen sein. Doch aus irgendeinem Grund wusste sie, dass alles so war, wie er es sagte. »Also gut, ich nehme das als Unterpfand für deinen guten Willen. Aber warum, Makara? Warum tust du das?«

Sie glaubte, die Antwort schon zu ahnen, doch sie wollte sie aus seinem Mund hören. Vielleicht konnte sie dann besser beurteilen, wie weit sie diesem Mann vertrauen konnte.

»Ich finde, ich habe einen sehr guten Grund dafür. Ich fürchte nur, es wird dir schwer fallen, mir zu glauben.«

Sie neigte neugierig den Kopf. »Ich höre.«

»Also gut. Ich hatte Unrecht.« Harconan nahm eine Hand voll von dem schwarzen Sand und ließ ihn durch die Finger rieseln. »Ich hatte Unrecht, und du hattest Recht. Man kann die komplexen Probleme unserer Zeit nicht mehr mit einem einzigen Schwertstreich lösen. Das Einzige, was man auf diese Weise erreicht, ist noch mehr Blutvergießen.«

Er nahm noch eine Hand voll Sand und ballte die Hand zur Faust. »Ich hatte Unrecht. Es tut mir Leid, dass ich diesen Wahnsinn ausgelöst habe, und ich will alles rückgängig machen!« Harconan öffnete die Hand und ließ den Sand hinunterrieseln. »Gott, es klingt so furchtbar pathetisch, wenn man es so sagt.«

»Die Einsicht kommt ein bisschen spät«, entgegnete sie trocken. »Jetzt, wo du kurz davor stehst, das zu bekommen, was du immer für Indonesien gewollt hast.«

»Verdammt, Amanda, das habe ich nicht gewollt! Ich wollte, dass die Völker Indonesiens vom Joch Jakartas befreit werden, aber nicht, dass sie sich gegenseitig an die Gurgel gehen. Ich wollte nicht, dass eine unterdrückerische Regierung durch eine absolute Diktatur ersetzt wird! Ich wollte nicht das, was in Bali passiert ist!«

Sie ließ ihn einige Augenblicke warten, ehe sie antwortete. »Also gut. Vielleicht ist es wirklich so, wie du sagst. Kennst du den Mann, der genau das will, was gerade passiert? Diesen Admiral Ketalaman?«

»O ja.« Sie hörte die Bitterkeit in seiner Stimme. »Ich fürchte, dass ich sogar mitgeholfen habe, dieses Monster zu züchten. Admiral Merpati Ketalaman, der Kommandant der indonesischen Westflotte, war eines meiner nützlichsten Werkzeuge, als ich noch meine Piratenorganisation hatte. Ich habe mir einiges darauf eingebildet, dass ich ihn kaufen konnte. Er war meine Marionette in den indonesischen Streitkräften. Aber was ich nicht bedacht habe, war, dass meine Marionette ein Eigenleben entwickeln könnte. Seinen Militärputsch gegen Kediri hat er nicht zuletzt mit meinem Bestechungsgeld finanziert.«

»Was hast du eigentlich erwartet, Makara?«, fragte Amanda nachdenklich. »Hast du wirklich gedacht, du wärst der Einzige mit großen Ambitionen? War dir denn nicht klar, dass immer solche Männer hochkommen, wenn Chaos und Anarchie herrschen?«

»Ich fürchte, mit solchen Details habe ich mich nicht abgegeben«, antwortete Harconan voller Selbstironie. »Ich hatte meinen Blick auf größere Dinge gerichtet.«

»Na großartig! Nun, jetzt, wo du den Geist aus der Flasche gelassen hast – was soll ich deiner Meinung nach unternehmen?«

»Hilf mir, ihn zu stoppen. Oder vielmehr, lass mich dir helfen.«

»Du meinst, du willst jetzt schnell noch auf die Seite der Guten wechseln? Dass du zugibst, ein verdammter Narr zu sein, ist sicher ein Schritt in die richtige Richtung, aber es reicht noch lange nicht, dass ich dir glaube.«

Harconan sah sie zornig an. »Du willst noch mehr Beweise? Die kannst du haben. Du hast sicher von der Bombardierung des Hafens von Paotare auf Sulawesi gehört. Das hat mir gegolten, Amanda, mir persönlich. Ketalaman will mich und meine ganze Organisation unter seine Kontrolle bekommen. Meine Clans, Amanda! Er hat mir gedroht, dass er die anderen Völker auf sie hetzen wird, wenn ich ihn nicht unterstütze!«

»Die Marionette will den Puppenspieler beherrschen. Ich kann mir schon vorstellen, dass du ganz nützlich sein kannst, wenn man dich an die Leine legt, Makara«, erwiderte sie trocken, um ihn noch mehr zu provozieren. »Aber es reicht mir trotzdem nicht.«

»Verdammt, Amanda! Was soll ich denn noch sagen?«

»Warum?«, forderte sie gnadenlos. Vielleicht war das ihre Rache für das, was vor ein paar Monaten hier an diesem Strand geschehen war.

Harconan war ein Mann, der bei all seiner Macht seine Untergebenen als Menschen sah, und nicht als eine gesichtslose Masse. Es war viel schwieriger, Macht auf diese Weise auszuüben, vor allem, wenn man vorhatte, einen Krieg zu führen. Amanda wusste das nur zu gut, denn sie hielt es als Schiffskommandantin ganz genauso.

Wenn er so plötzlich die Seite wechselte, dann musste es einen ganz bestimmten Grund dafür geben, einen Grund, der mit etwas Persönlichem zu tun hatte. Wenn es nicht so war, dann hatten Elliot und Chris Recht, und das Ganze war ein abgekartetes Spiel.

»Warum, Makara?«

»Erinnerst du dich an mein Faktotum, Mr. Lo?«, fragte Harconan mit tonloser Stimme.

»Du meinst den chinesischen Gentleman, den ich hier auf Palau Piri kennen gelernt habe?«

»Ja. Lan Lo war schon als Diener im Haus meiner Eltern, noch bevor ich zur Welt kam. Er war mein persönlicher Lehrer und hat sich von Anfang an um meine Erziehung gekümmert. Als ich in das Familiengeschäft eintrat, um das Harconan-Imperium neu aufzubauen, da war er mein Berater, mein Assistent, meine große Stütze und der einzige Mensch, dem ich hundertprozentig und ohne Vorbehalte vertraut habe. Er war ein großartiger Mann! Er hätte es leicht selbst zu Macht und Reichtum bringen können, aber er hat es vorgezogen, mir zu dienen.«

Amanda spürte, dass Harconan einen herben Verlust erlitten haben musste. »Was ist denn passiert?«

»Ich hatte einen verborgenen Stützpunkt auf den Gewürzinseln. Ketalaman hat ihn gefunden. Seine Leute wollten mich dort überraschen, aber ich war zufällig nicht dort. Ich musste weg, um die Evakuierung in Bali zu überwachen, und überließ Lan Lo das Kommando. Lo ist tot, Amanda. Ich weiß nicht, ob sie ihn umgebracht haben, oder … ob etwas anderes passiert ist, aber er ist jedenfalls tot.« Sie hörte den tiefen Schmerz, der aus Harconans Stimme sprach. »Ich habe zwei Männer in meinem Leben geliebt, Amanda. Der eine war der Vater meiner Mutter, ein Clan-Oberhaupt der Bugi. Er hat mir alles über das Meer und Schiffe beigebracht, was ich weiß, und durch ihn habe ich erfahren, wer ich bin. Der andere war Lan Lo.«

Erneut grub er seine Hand in den Sand. »Für Lo will ich diesen Wahnsinn beenden, den ich angezettelt habe, und ich werde den Mann vernichten, der ihn umgebracht hat. Bitte hilf mir dabei, Amanda. Ich kann es allein nicht schaffen.«

Amanda stand auf, sicherte ihre Waffe und steckte sie in das Holster. »Jetzt glaube ich dir«, sagte sie und streckte ihm die Hand entgegen.

USS *Shenandoah*
Vor der Nordwestküste von Bali

2. November 2008, 22:33 Uhr Ortszeit Die Hydraulik stöhnte auf, während der Aufzug auf die Ebene des Hangardecks hinunterfuhr und sich die Ladeluke über dem SPEED Hawk schloss.

Christine Rendino und Elliot MacIntyre verfolgten, wie die Türen des Hubschraubers aufgingen – die Intel-Offizierin mit interessiertem Blick, der Admiral mit versteinerter Miene.

Amanda sprang aus dem Hubschrauber, Stone Quillain folgte ihr. Die dritte Person stieg etwas vorsichtiger heraus, weil ihr die Augen verbunden waren. Amanda führte den Mann zu dem kleinen Empfangskomitee hinüber. »Admiral MacIntyre, ich glaube, Sie erinnern sich an Makara Harconan.«

Die Augen immer noch verbunden, streckte Harconan die Hand aus. Der Admiral zögerte kurz und schüttelte ihm schließlich die Hand. »Ich erinnere mich noch recht gut an Mr. Harconan«, sagte er.

»Und ich erinnere mich noch sehr gut an den Admiral«, antwortete Harconan mit einem Lächeln. »Besonders an unsere Begegnung auf der Halbinsel Krebsschere. Ihre Version des Campbeltown-Manövers war wirklich meisterhaft. Es freut mich, dass ich mit Ihnen zusammenarbeiten darf.«

»Danke, Mr. Harconan«, entgegnete MacIntyre grimmig. »Was den Rest betrifft, das wird sich noch zeigen.«

Amanda wandte sich Stone und den versammelten Force-Recon-Marines zu. »Captain Quillain, würden Sie sich bitte um ein passendes Quartier für unseren Gast kümmern?«

Stone wusste bereits, was sie unter »passend« verstand. Harconan würde eine Gästekabine im Frachtbereich bekommen, doch vor seiner Tür würde ein Sea-Devil-Wächter postiert sein, und er würde bis auf weiteres vom Rest des Schiffes isoliert bleiben.

Quillain nickte und legte Harconan seine Pranke auf die Schulter. »Ja, Ma'am. Wenn Sie mit mir kommen, Sir.«

»Ich glaube nicht, dass ich diese Einladung ausschlagen kann, Captain. Guten Abend, Amanda … Admiral.«

MacIntyre wartete, bis Quillain und sein Schützling außer Hörweite waren, und wandte sich dann Amanda zu. »Capt'n, Sie kommen mit mir. Wir haben etwas zu besprechen.«

»Ja, Sir«, antwortete sie. »Das haben wir.«

Christine Rendino, die sich betont im Hintergrund gehalten hatte, atmete tief durch. Mit dem Fliegerhelm unter dem Arm kam Vince Arkady auf sie zu. »Warum habe ich bloß das Gefühl, dass da mehr läuft, als ich weiß?«, fragte er, während er Amanda und dem Admiral nachblickte.

»Ich glaube, das willst du gar nicht wissen«, erwiderte Christine und griff nach seinem freien Arm. »Ich brauche jetzt einen doppelten Milchshake, Vincent. Wie wär's, wenn du mich begleitest?«

MacIntyre wartete, bis sich die schalldichte Tür seiner Kabine hinter ihnen geschlossen hatte. »Also, ich weiß nicht recht, Amanda. Wir haben einen solchen Aufwand mit den Sicherheitsvorkehrungen für dieses Schiff getrieben, und jetzt lässt du den Feind direkt auf unsere Decks!«

»Seine Leute haben keine Ahnung, wo er ist«, entgegnete Amanda. »Er übrigens auch nicht. Wir haben ihm noch auf Palau Piri die Augen verbunden. Solange wir ihn unter Deck im Frachtbereich halten, weiß er nicht mehr, als dass er sich an Bord eines großen amerikanischen Kriegsschiffes befindet.«

»Nachdem du auch hier bist, dürfte er schon ahnen, wo er ist.«

»Ahnen ist nicht Wissen, Elliot. Und wenn wir mit ihm fertig sind, haben wir außerdem die Möglichkeit, ihn zu töten, wenn es sein muss.« MacIntyre war einen Moment lang sprachlos. Der Gedanke, den sie so gelassen aussprach, als wäre es das Selbstverständlichste von der Welt, hatte natürlich, was die Nützlichkeit betraf, etwas für sich. Er musste plötzlich an einen Satz denken, den er irgendwo einmal gelesen hatte: *Die weiblichen Vertreter der Spezies sind gefährlicher als die männlichen.*

»Bis wir diese Entscheidung treffen müssen, können wir ihn aber für unsere Zwecke benutzen«, fuhr Amanda fort. »Und ich habe vor, ihn so weit zu benutzen, wie es nur geht.«

MacIntyre hörte eine gewisse Genugtuung in ihren Worten mitschwingen. Sie öffnete ihr zusammengebundenes Haar, sodass es ihr auf die Schultern herabfiel. »Macht es dir etwas aus, wenn ich mich umziehe, während wir reden?«, fragte sie und zeigte auf ihre staubige Uniform.

»Äh … nein, mach nur«, antwortete MacIntyre etwas verwirrt. »Und wie genau willst du ihn benutzen?«

»Also, laut seiner Schilderung sieht die Situation folgendermaßen aus«, begann Amanda, während sie die Verbindungstür zu ihrer Kabine aufsperrte. »Wie wir wissen, ist der Mann, der hinter den Unruhen auf Bali und dem Putschversuch gegen Präsident Kediri steht, Admiral Merpati Ketalaman, der Kommandant der indonesischen Westflotte.«

Amanda ging in ihre Kabine, ließ aber die Tür offen. »Harconan behauptet, dass Ketalaman zu jenen Männern in den indonesischen Streitkräften gehört hat, die er bestochen hat, als er sich noch als Pirat betätigt hat. Durch diese Verbindung bekam Ketalaman überhaupt erst die Möglichkeit, sich an Harconans Pläne anzuhängen und die Zerschlagung des indonesischen Staates für seine eigenen Zwecke auszunützen.«

MacIntyre lehnte sich an seinen Schreibtisch. »Aber warum sollte Harconan etwas gegen Ketalamans Aktivitäten haben? War es nicht von Anfang an sein Ziel, Indonesien in unabhängige Staaten aufzuspalten?«

In der Kabine nebenan landeten Schuhe mit einem dumpfen Poltern auf dem Boden. »Das schon, aber er wollte keine Militärdiktatur in Indonesien. Außerdem will Ketalaman Harconans Organisation seinen Streitkräften einverleiben. Für den Fall, dass sich Harconan und die Bugi weigern, mit ihm zusammenzuarbeiten, droht Ketalaman mit massiven Vergeltungsmaßnahmen gegen die Bugi-Clans. Mit der Bombardierung des Hafens von Paotare wollte Ketalaman demonstrieren, was er tun würde, falls Harconan nicht mitspielen sollte.

Ketalaman hat außerdem einige von Harconans persönlichen Assistenten umbringen lassen, darunter einen Mann, der Harconan sehr nahe stand. Das hat Harconan schließlich dazu bewogen, sich uns anzuschließen. Nach dem Motto ›der Feind meines Feindes ist mein Freund‹ braucht Harconan Freunde, um es mit Ketalaman aufnehmen zu können. Entschuldige mich für einen Augenblick.«

MacIntyre hörte nebenan eine leise Stimme aus der Bordsprechanlage und Amandas Antwort darauf. »Hier ist der Capt'n ... Hat es in den vergangenen zwei Stunden irgendwelche Veränderungen an den verschiedenen Schauplätzen gegeben? ... Sehr gut, Dix. Ich will in zwei Stunden eine O-Gruppe abhalten, und unser Gast Mr. Harconan soll sich bereithalten, für den Fall, dass wir ihn brauchen. Verstanden? ... Gut, weitermachen.«

»Du gehst also davon aus, dass Harconan die Wahrheit sagt«, stellte MacIntyre fest, nachdem sie den Hörer aufgelegt hatte.

»Es stimmt mit allem überein, was wir hier sehen, und es passt auch zu dem, was ich über den Mann weiß.«

MacIntyres Miene verfinsterte sich. Es gefiel ihm gar nicht, dass sie wieder einmal darauf hinwies, wie gut sie Harconan kannte.

»Makara Harconan plant seine Schritte bisweilen ganz minutiös, aber er ist von seinem Wesen her launisch und egozentrisch«, fuhr sie fort. »Er ist keiner Regierung Rechenschaft schuldig und steckt in keinem bürokratischen System, das ihn einengt. Er ist ein König und nimmt sich das Recht heraus, jederzeit seine Haltung zu ändern, wenn ihm danach ist. Man hat ihn angegriffen, er ist wütend, und er will den Angreifer bekämpfen. Das eröffnet uns gewisse Möglichkeiten.«

MacIntyre hatte etwas Mühe, ihren Ausführungen zu folgen. Seine Konzentration wurde zunehmend durch die Tatsache beeinträchtigt, dass er das Rascheln von Kleidern aus der Kabine nebenan hörte. »Was für Möglichkeiten?«

»Die Möglichkeit, die gesamte Situation in unserem Sinn zu beeinflussen«, antwortete sie.

MacIntyre blickte zu der halb geöffneten Tür hinüber und sah einen Moment lang sonnengebräunte Haut vorbeihuschen. *Verdammt, MacIntyre, nicht jetzt!*

»Das erscheint mir nicht ganz einfach«, erwiderte er. »Immerhin droht die gesamte Inselgruppe im Chaos zu versinken.«

»Stimmt, Elliot«, tönte ihre Altstimme nun aus etwas größerer Entfernung, und er hörte Wasser in der Duschkabine rauschen. »Wir wissen jetzt, mit wem wir es zu tun haben. Außerdem hat Ketalaman einen herben Rückschlag erlitten, indem wir Kediri in Sicherheit gebracht haben. Es geht jetzt darum, wer als Erster einen brauchbaren Plan entwickeln kann, um die Situation in den Griff zu bekommen!«

»Das klingt fast so, als hättest du schon einen«, sagte MacIntyre etwas lauter.

»Ich denke, ja. Aber es hängt alles von zwei Faktoren ab. Erstens müssen wir unsere Zusammenarbeit mit Harconan geheim halten. Niemand kann im Moment wissen, dass er auf unserer Seite ist. Das ist auch der Grund, warum ich ihn hierher auf die *Shenandoah* mitgenommen habe. Hier haben wir die volle Kontrolle über ihn und über die Situation. Als Nächstes wird es darauf ankommen, eine möglichst breite Front aus verschiedenen Personen und Gruppierungen zu bilden. Du hast doch einen guten Draht zum Außenminister, nicht wahr? Seid ihr nicht mal gemeinsam angeln gegangen?«

»Ja.«

»Toll. Dann kannst du ihn überreden, uns zu helfen.« Das Rauschen aus der Duschkabine hörte auf. »Außer dem Außenamt brauchen wir auch die Unterstützung der Regierung Kediri, der Australier, der Bugi-Clans, der Unabhängigkeitsbewegung in Neuguinea und der religiösen Führer auf Bali.«

MacIntyre wandte sich der Tür zu. »Verdammt, Amanda, wenn das zustande käme, das wäre ein wahres Wunder.«

Amanda erschien in der Tür, in eine Strandjacke gehüllt, die nicht ganz bis zu den Knien reichte, und rieb sich die Haare mit einem Handtuch trocken. »Das ist mir schon klar«, räumte sie mit einem säuerlichen Lächeln ein. »Und wir haben dafür höchstens ein paar Tage Zeit, vielleicht sogar nur ein paar Stunden.«

Command and Control Block, USS *Shenandoah*

3. November 2008, 00:24 Uhr Ortszeit Harconan fand die Situation durchaus amüsant; der Hai war von einer Herde Killerwalen umgeben. Die Gruppe von uniformierten Männern und Frauen, die sich um den Tisch versammelt hatten, beäugten ihn mit der gleichen drohenden Wachsamkeit wie die beiden bewaffneten Marines, die seine Kabinentür bewachten.

Es war schon ein Kompliment, als so gefährlich eingeschätzt zu werden, aber es würde die Aufgabe, sich hinterher aus dieser Situation zu befreien, nicht gerade erleichtern. Aber darum würde er sich später kümmern. Für den Augenblick war er genau dort, wo er sein wollte.

»Ladies and Gentlemen, erlauben Sie mir, Ihnen zu zeigen, was ich beisteuern kann.« Von seiner Position am Kopfende des Tisches zeigte Harconan auf den großen Bildschirm hinter sich, auf dem eine Karte von Indonesien zu sehen war. Auf den verschiedenen Inseln waren mehrere Positionssymbole eingetragen, die mit geographischen Koordinaten versehen waren.

»Mit einigen wenigen Ausnahmen, die ich bereits erwähnt habe, sind das meine unberührten Waffenlager in der Inselgruppe. Die regierungstreuen indonesischen Streitkräfte können sie bestimmt gut gebrauchen. Ich nehme an, dass Sie meine Angaben inzwischen überprüft haben?«

»Wir haben uns mit dem indonesischen Armeekommando auf Java in Verbindung gesetzt«, antwortete Admiral MacIntyre. »Sie haben bereits einige Ihrer Lager untersucht. Die Waffen waren da und stimmen mit Ihren Angaben überein. Was das betrifft, haben Sie nicht zu viel versprochen.«

»Ich kann Ihnen sogar noch mehr versprechen, Herr Admiral«, fuhr Harconan fort. »Sie können von mir Nachrichtendienst-Kontakte in allen größeren und den meisten kleineren Häfen haben, und dazu noch ein Netzwerk von Küstenspähern. Ein Beispiel ...« – Harconan stand auf und trat an den Bildschirm, wo er auf einen Hafen an der Nordwestspitze von Sumatra zeigte. »Hier in Banda Aceh sind die Seestreitkräfte der Putschisten besonders stark konzentriert. Sie finden hier im Moment die Fregatten *Slamet Riyadi* und *Silas Papare,* außerdem zwei größere Schiffe für die amphibische Kriegführung, das mittlere Landungsschiff *Teluk Hading* und das Flaggschiff der indonesischen Flotte, die *Teluk Surabaya.*

Darüber hinaus gibt es dort auch leichtere Einheiten – ein Flugkörper-Schnellboot, zwei Lürssen FPB-57-Kanonenboote und zwei Minensucher der Kondor-Klasse. Aber ...« – Harconan fuhr mit der Hand an die östliche Zufahrt zur Straße von Malakka – »hier haben, oder zumindest hatten sie ihre stärkste Waffe – drei Fregatten der Fatahillah-Klasse und ein weiteres Flugkörper-Schnellboot. Sie waren nach Banda Aceh unterwegs, um dort aufzutanken und Vorräte aufzunehmen.«

Am anderen Ende des Tisches sah Amanda ihren kleinen blondhaarigen Schatten, Christine Rendino, an. Die junge Offizierin nickte. »Wir wissen schon länger, dass Sie über alles Bescheid wissen, was in diesen Gewässern vor sich geht, Makara«, antwortete Amanda. »Gut, fahren Sie fort.«

»Also gut, ich kann Ihnen außerdem bewaffnete Teams für Sondereinsätze und zum Sammeln von Nachrichtendienstmaterial zur Verfügung stellen, und das auf einer ganzen Reihe von Inseln, darunter auch Java und Sumatra. Ich kann Ihnen Namen und Informationen über mehrere radikale islamische Zellen geben, die wahrscheinlich Ketalamans Putsch unterstützen, und ich habe Kontakte zu prominenten Hindu-Führern auf Bali. Ich habe sie bereits mit allem Nachdruck gebeten, der Gewalt gegen Moslems Einhalt zu gebieten.

Vor allem aber kann ich Ihnen die Kontrolle über die Küstengewässer anbieten. Ich kann Ihnen jederzeit Dutzende Pinisi an jeden Ort Ihrer Wahl liefern, dazu einige hundert Küstenschiffe und Schoner, die Truppen, Passagiere oder Frachten überallhin bringen können. Aber dafür brauche ich ein paar Dinge.«

»Was zum Beispiel?«, fragte MacIntyre. Harconan entging nicht, dass in dem Blick des Admirals etwas von der Wildheit eines wütenden Wasserbüffels lag. Dieser Gesichtsausdruck war ihm auch schon aufgefallen, als er mit dem Admiral und Amanda zusammen gewesen war. Wirklich interessant.

»Als Erstes brauche ich Kommunikationsanlagen«, antwortete Harconan. »Ketalaman hat mein Hauptquartier zerstört. Ihr feines Schiff hier, die *Galaxy Shenandoah,* sollte alles haben, was ich brauche.«

Keiner der Anwesenden reagierte auch nur im Mindesten auf seinen Versuch, ihnen ein paar Informationen über das Schiff zu entlocken, auf dem sie sich aufhielten.

»Oder wo immer wir uns gerade befinden«, fuhr Harconan fort. »Ich brauche außerdem das eine oder andere Versprechen von Ihnen.«

»Zum Beispiel?«

Harconan lehnte sich an den Tisch und betonte jedes einzelne Wort, das er sagte. »Ich will Ihr Wort, Admiral, und das von Captain Garrett, dass meine Leute Ihren Schutz genießen – meine Kapitäne, meine Mannschaften, meine Clan-Oberhäupter, meine Agenten. Sie alle werden unter Ihrem Kommando kämpfen, nicht unter dem von Kediri. Sie müssen ihnen aber dafür garantieren, dass sie anonym bleiben. Ihre Identität darf der Regierung nicht preisgegeben werden.«

Amanda und MacIntyre sahen einander kurz an. »Akzeptiert«, antwortete MacIntyre schließlich. »Was noch?«

»Wenn ich wirklich anfangen sollte, Sie aktiv zu unterstützen, wird Ketalaman unweigerlich davon erfahren. Er wird mit Vergeltungsmaßnahmen gegen Bugi-Ansiedlungen reagieren. Ich will Ihre Garantie, dass Sie auch die Zivilbevölkerung im vollen Ausmaß Ihrer Möglichkeiten beschützen werden.«

Diesmal war es Amanda, die antwortete. »Sie haben mein Wort.«

»Das genügt mir.«

»Sie haben nichts von Straffreiheit für sich selbst gesagt«, warf MacIntyre ein.

Harconan zuckte die Achseln und lächelte. »Ein Detail am Rande, über das wir uns später unterhalten können.«

Ein Lächeln huschte über Amandas Lippen. »Ich hätte noch eine Frage, Makara. Ich weiß, dass Sie in engem Kontakt zur Unabhängigkeitsbewegung auf Neuguinea stehen. Wie eng ist dieser Kontakt genau?«

»Ich unterstütze ihre Sache, und sie unterstützen die meine«, antwortete Harconan bedachtsam. »Ich habe ihnen Waffen geliefert und ihnen auch sonst den einen oder anderen Gefallen getan.«

»Werden sie auf Sie hören? Haben Sie irgendeinen Einfluss auf diese Leute?«

»Ich kann Sie mit einigen der Stammesführer zusammenbringen. Und wenn Sie meinen Rat brauchen sollten, werde ich nicht Nein sagen.«

Amanda und der Admiral sahen einander erneut an, und MacIntyre nickte schließlich. Dann wandte er sich wieder Harconan zu. »Alle Bedingungen werden erfüllt«, stellte er knapp fest.

Harconan kehrte zu seinem Stuhl am Tisch zurück. Der Admiral hatte gesprochen. Somit war er mit an Bord und Mitglied des Teams. Doch die beiden Wächter blieben vor seiner Kabinentür.

»Captain Garrett«, fuhr MacIntyre fort. »Das hier ist Ihr Kommando. Teilen Sie der Operations Group mit, wie die Lage im Moment aussieht.«

»Ja, Sir.« Sie erhob sich von ihrem Platz und ging den Tisch entlang und an Harconan vorbei, ohne ihn anzusehen.

»Geben Sie uns die Gesamtkarte.«

Auf dem Bildschirm erschien eine Karte der gesamten indonesischen Inselgruppe. »Ladies and Gentlemen, wie Sie wissen, liegt ein Hauptgrund der gegenwärtigen Unzufriedenheit in der Region an der Java-zentrierten Haltung der Regierung in Jakarta. Aber in diesem Fall gibt es triftige Gründe, Java in den Mittelpunkt zu stellen. Wer die Insel Java und ihre Hauptstadt Jakarta kontrolliert, der wird diesen Konflikt gewinnen. Im Moment kann man nicht so eindeutig sagen, wer was kontrolliert. Die Rebellen haben zwar die Hauptstadt in ihrer Hand, aber die Kämpfe zwischen Putschisten und Regierungstruppen gehen auf ganz Java weiter. Wir gehen davon aus, dass keine Seite genug Bodentruppen auf der Insel hat, um sie wirklich kontrollieren zu können. Somit dürfte es, wie so oft, darauf ankommen, möglichst schnell möglichst stark dort vertreten zu sein.

Im Moment haben die Rebellen die Nase vorn«, fügte sie hinzu und ließ ihre Hand von Java zur Sundastraße wandern. »Sie haben ihre Machtbasis und ihre wichtigsten Reserveeinheiten gleich nebenan, auf Sumatra, während die Regierungstruppen auf verschiedene Inseln verstreut sind, vor allem auf Neuguinea im äußersten Osten der Inselgruppe.

Die Aufgabe ist recht simpel. Wir müssen die Kräfte, die wir zur Verfügung haben, so einsetzen, dass die Verstärkungstruppen der Rebellen behindert und die der Regierung unterstützt werden. Den Faktor Entfernung können wir mit Lufttransporten ausgleichen, die von den Angehörigen der Regional Intervention Force durchgeführt werden können. Damit würden wir nicht einmal unsere bestehenden Richtlinien überschreiten.

Was den Rest betrifft, das ist unser Job.«

Washington D.C

5. November 2008, 04:52 Uhr Ortszeit Außenminister Harrison Van Lynden hatte mit der heutzutage üblichen Video-Diplomatie nicht allzu viel Freude. Er war ein Staatsmann und Pokerspieler der alten Schule und bevorzugte es, seinem Gesprächspartner persönlich gegenüber zu sitzen.

Durch den Einsatz von moderner Telekommunikation bekam man bisweilen auch die verschiedenen Zeitzonen der Erde unangenehm zu spüren. Die diplomatische Höflichkeit gebot es, dass man dem anderen seinen Schlaf ließ und selbst mitten in der Nacht aufstand.

Van Lynden hatte beschlossen, diese Videokonferenz von seinem Büro im Außenministerium aus zu führen. Es war ohnehin eine eher improvisierte Sitzung, was nicht zuletzt daran lag, dass sich Präsident Kediris »Regierungssitz« im Moment auf der USS *Pelelieu* befand, die im Hafen von Benoa vor Anker lag.

»Mr. Secretary, der Präsident von Indonesien ist bereit«, tönte die Stimme des Kommunikationsoffiziers aus dem Lautsprecher seines Schreibtisch-Videotelefons.

Van Lynden nahm einen letzten Schluck von seinem starken schwarzen Kaffee und reichte die Tasse einem Assistenten außerhalb des Kamerabereichs. Sein Stabschef war ebenfalls anwesend, und dazu noch ein Mitarbeiter mit einem Laptop auf den Knien, der ihm jederzeit jede gewünschte Information aus der Krisen-Datenbank liefern konnte.

Dann war da noch ein weiterer Beobachter, der jedoch nicht körperlich anwesend war. Präsident Childress verfolgte beide Enden der Leitung vom Weißen Haus aus.

»Stellen Sie Präsident Kediri bitte durch, und nehmen Sie das Gespräch auf.«

»Ja, Mr. Secretary.«

Auf dem kleinen Bildschirm des Videotelefons erschien ein Besprechungszimmer mit grauen Wänden, das an Bord des Flaggschiffes der Regional Intervention Force lag.

Präsident Kediri saß mit steinerner Miene im Vordergrund des Bildes. Rechts und links von ihm saßen der indonesische Außenminister und der Vorsitzende der Golkar-Partei, beide mit Kopfhörer, über den sie die Übersetzung des Gespräches geliefert bekamen. Einige weitere indonesische Amtsträger und Militäroffiziere nahmen die übrigen Plätze im Besprechungszimmer ein.

Die Anwesenden waren die einzigen führenden Repräsentanten des indonesischen Staates, die noch übrig waren, und es fragte sich, ob dies eine ausreichende Basis war, um darauf aufzubauen.

»Guten Tag, Herr Präsident«, begann Van Lynden. »Ich hoffe, es geht Ihnen gut, und die Unterbringung ist zu Ihrer Zufriedenheit.«

»Ihre Streitkräfte haben uns sehr geholfen, Mr. Secretary«, antwortete Kediri steif. »Wir konnten mit allen Einheiten Kontakt aufnehmen, die der Regierung weiter treu dienen. Wir haben den Angriff der Putschisten überlebt, aber die Lage ist immer noch kritisch.«

»Das ist uns durchaus bewusst, Herr Präsident, und wir tun alles in unserer Macht Stehende, um Sie in dieser Krise zu unterstützen.«

»Heißt das, dass Sie weitere Truppen zur Verfügung stellen, um meiner Regierung zu helfen, Ketalamans Putsch niederzuwerfen?«

»Nein, das heißt es nicht, Herr Präsident«, erwiderte Van Lynden geradeheraus. »Das Engagement der Regional Intervention Force wird in Art und Umfang so bleiben, wie es jetzt ist. Wir werden Ihrer Regierung jedoch auf anderen Gebieten jede erdenkliche Unterstützung zuteil werden lassen – beim Sammeln von Nachrichtendienstmaterial, in der Logistik, bei Transport und Kommunikation. Ja, diese Unterstützung ist bereits in Kraft. Wir tun, was wir können, Herr Präsident, aber ein aktives Eingreifen in Ihren Bürgerkrieg kommt nicht in Frage.«

»Aber wir werden diesen Krieg auf den drei wichtigsten Inseln verlieren – auf Java, Sumatra und Bali!«, protestierte Kediri. »Diese verdammten Hindus … die einheimische Bevölkerung von Bali … sie haben alle Regierungsbehörden von der Insel gejagt – außer dort, wo Ihre Friedenstruppen tätig sind. Und unsere Streitkräfte verlieren auch auf Java und Sumatra zunehmend an Boden. Ketalaman hat Jakarta besetzt! Es ist nur eine Frage der Zeit, bis der Widerstand dort völlig zusammenbricht!«

Van Lynden nickte ernst. »Wir stimmen Ihnen absolut zu, Sir. Und wir arbeiten auch schon an einer Lösung des Problems. Wir sind in Verhandlungen eingetreten, die zu einer solchen Lösung führen könnten.«

»Verhandlungen?«, fragte Kediri ungläubig. »Was für Verhandlungen und mit wem?«

»Mit einigen der betroffenen Parteien, Herr Präsident«, antwortete Van Lynden ausweichend. »Wir glauben, dass wir auf einem Weg sind, der zu einem glücklichen Ende für Ihre Regierung führen könnte.«

»Warum sind wir nicht in diese Verhandlungen eingebunden?«, fragte der Indonesier fordernd.

»Wir waren uns nicht sicher, wie sich die Dinge entwickeln würden, Sir, und wir wollten Ihnen etwas Fertiges in die Hand geben, etwas, mit dem Sie arbeiten können«, antwortete Van Lynden. *Und vor allem habe ich es nicht gebrauchen können, dass Sie mir dauernd dreinreden, Herr Präsident. Es ist auch so schon schwierig genug.*

»Wir haben einen Plan entwickelt, der zwei unterschiedliche Ansätze vorsieht«, fuhr der Außenminister fort, bevor der Präsident ihn unterbrechen konnte. »Wir sind der Überzeugung, dass man auf Bali anders vorgehen muss als auf Java und Sumatra. Auf Bali geht es um rein diplomatische Bemühungen. Wir haben auch schon mit einigen der einflussreichsten und angesehensten Vertretern der balinesischen Hindus Kontakt aufgenommen und ihnen erklärt, welche Absicht in Wahrheit hinter den Schändungen ihrer heiligen Stätten steckte. Sie haben sich auch tatsächlich bereit erklärt, ihren Einfluss geltend zu machen, um die Gewalt gegen die moslemische Bevölkerung von Bali zu stoppen. Die Balinesen sind im Grunde friedliche Menschen, die dieses Blutvergießen selbst nicht mehr wollen. Sie sind jedenfalls bereit, mit uns zusammenzuarbeiten, Herr Präsident.«

»Ich hoffe im Namen der Vernunft, dass es so ist!«

»Aber«, wandte Van Lynden ein, »sie verlangen auch, dass man ihre Sorgen und Anliegen endlich ernst nimmt.«

Kediris Augen verengten sich misstrauisch. »Sorgen? Was für Sorgen?«

»Sie wollen, nein, sie verlangen, dass die Hindus stärker als bisher in der Regierung vertreten sind. Außerdem treten sie für eine Art Selbstverwaltung ihrer Insel ein. Sie wollen, dass Bali von Balinesen regiert wird.«

»Das ist ein Schlag gegen die Zentralregierung«, wandte Kediri protestierend ein. »Das steht in krassem Gegensatz zu unserer nationalen Politik der Einheit in der Vielfalt!«

»Diesen Grundsatz haben die balinesischen Führer, mit denen ich gesprochen habe, auch aufgegriffen«, entgegnete Van Lynden mit einem Lächeln. »Sie haben gemeint, wenn sich die Javaner getreu diesem Grundsatz um die inneren Angelegenheiten Balis kümmern, dann wäre es nur gerecht, wenn die Balinesen genauso die inneren Angelegenheiten von Java regeln würden. Auf diese Weise wäre ein Gleichgewicht hergestellt.«

Kediris Gesichtszüge verhärteten sich.

»Die Balinesen haben aber auch hinzugefügt, dass sie in dem Fall, dass ihre Vorschläge nicht angenommen würden, durchaus gewillt sind, die völlige Unabhängigkeit für Bali ins Auge zu fassen.«

Van Lynden rückte seine Brille zurecht und warf einen Blick auf die Unterlagen, die er vor sich auf dem Schreibtisch liegen hatte, ohne jedoch dem indonesischen Präsidenten Gelegenheit zu geben, etwas zu antworten. »Um nun zu dem größeren Problem von Java und Sumatra zu kommen, dort ist die Situation im Moment ziemlich offen. Keine der beiden Seiten hat einen entscheidenden Durchbruch erzielen können, und selbst in der Gegend von Jakarta leisten Regierungstruppen immer noch Widerstand.

Bis jetzt hat Ketalaman noch keine wirkliche Dominanz auf diesen beiden Inseln erreicht. Die Verantwortlichen unserer Streitkräfte sind der Ansicht, dass der Einsatz von frischen Regierungstruppen das Ruder sehr wohl noch herumreißen und den Putsch niederwerfen könnte.«

»Aber wir haben keine Truppen mehr in Reserve«, wandte Kediri ein. »Alle Einheiten sind bereits irgendwo im Einsatz! Mehr haben wir nicht!«

»Doch, Herr Präsident. Sie haben große Reserven, darunter einige ihrer besten und verlässlichsten Bodentruppen, die jederzeit auf Java und Sumatra zum Einsatz kommen könnten. Ihre Garnisonen auf Neuguinea … Verzeihen Sie … auf Irian Jaya.«

Kediri sprang von seinem Stuhl auf. »Das ist unmöglich!«, rief er empört.

»Nein, ist es nicht, Herr Präsident«, fuhr der Außenminister fort, und tat so, als hätte er nicht verstanden, was Kediri wirklich meinte. »Die Luftflotten der Vereinigten Staaten und Australiens können jederzeit die nötigen Transportkapazitäten zur Verfügung stellen. Die ersten Maschinen könnten schon in wenigen Stunden starten.«

»Das können wir nicht machen!«, beharrte Kediri. »Wenn wir unsere Truppen dort abziehen, werden die Aufständischen dort unsere Bürger abschlachten!«

»Wir stehen auch in Kontakt mit der Führung der dortigen Unabhängigkeitsbewegung«, erwiderte Van Lynden. »Sie sind zu einem sofortigen Waffenstillstand bereit, und sie garantieren die Sicherheit aller indonesischen Staatsbürger, die sich gegenwärtig auf Irian Jaya befinden. Sie können Ihre Truppen abziehen, um sie gegen Ketalaman einzusetzen, ohne dass Sie ein Massaker befürchten müssen. Die Verantwortlichen dort haben uns ihr Wort gegeben, und wir glauben, dass man ihnen trauen kann.«

»Wie können Sie sich so sicher sein, dass diese Barbaren ihr Wort halten werden? Und warum sollten sie überhaupt bereit sein, der Regierung diesen … Gefallen zu tun, wo sie uns doch mit allen Mitteln bekämpfen?«

»Weil sie etwas dafür wollen, Präsident Kediri. Den Abzug aller indonesischen Garnisonen, der Transmigrasi und der Regierungsbehörden. Und die Anerkennung einer freien und unabhängigen papuanischen Republik unter der Fahne des Morgensterns.«

Es dauerte einige Augenblicke, bis Kediri schließlich herausplatzte: »Undenkbar! Das ist absolut undenkbar, Mr. Secretary! Ist Ihnen überhaupt bewusst, wie viele indonesische Patrioten ihr Leben verloren haben, um Irian Jaya von den holländischen Kolonialisten zu befreien? Das ist eine heilige Insel.«

»Die Unabhängigkeitsbewegung sieht das genauso, Herr Präsident«, entgegnete Van Lynden gelassen. »Und diese Leute haben ebenfalls große Opfer gebracht, um eine Regierung abzuschütteln, die sie als Kolonialmacht empfinden. Wir sind nicht die Richter, Präsident Kediri, die über Sie und den indonesischen Staat zu urteilen haben, aber die Zeiten des Kolonialismus sind vorbei, und zwar für alle.«

»Dürfte ich erfahren, wie Sie zu der Vereinbarung mit diesen … äh … Führern der Unabhängigkeitsbewegung gekommen sind?«

»Nein, Herr Präsident, das dürfen Sie nicht. Es muss genügen, wenn ich Ihnen sage, dass wir die Vereinbarung zustande gebracht haben. Es ist Ihre Entscheidung, ob Sie sie annehmen wollen oder nicht. Wir, das heißt die Regierungen der Vereinigten Staaten und Australiens, finden, dass Sie es tun sollten. Wir würden gerne weiterhin ein vereintes Indonesien sehen. Wir glauben, dass das auch im Interesse des ganzen pazifischen Raums und der Welt insgesamt wäre. Und es wäre der beste, wahrscheinlich sogar der einzige Weg, um die gegenwärtige Situation zu lösen. Aber eines muss Ihnen klar sein, Sir – wenn Sie diese Option nicht ergreifen, dann könnten wir uns gezwungen sehen, die Auflösung Indonesiens als Tatsache anzuerkennen. Wir hätten dann keine andere Wahl, als die verschiedenen unabhängigen Inselregierungen anzuerkennen, die sich bilden würden.«

Präsident Kediri starrte eine ganze Weile auf den Tisch und auf seine Hände hinunter, ehe er schließlich mit einem müden, ausdruckslosen Gesichtsausdruck aufblickte. »Es sieht so aus, als hätte ich nicht allzu viele Möglichkeiten.«

»Es gibt keine andere Möglichkeit, Herr Präsident«, stellte Van Lynden fest, »und wir haben sehr wenig Zeit, um zu handeln. Sie müssen sich entscheiden. Sie können Neuguinea verlieren, oder ganz Indonesien. Wie wir in unserem Land sagen: ›Entweder Sie akzeptieren es, oder Sie lassen es bleiben‹.«

Aus dem Funkverkehr über Indonesien

6. November 2008, 12:00 Uhr Ortszeit »KGKR an KGGX … KGKR an KGGX … Die Losung lautet … Ehre … Apfel … Blechtopf. Ich wiederhole, Ehre … Apfel … Blechtopf.«

»KGGX an KGKR. Ich habe die Losung verstanden. Meine Antwort lautet … Ruhm … Papaya … Kessel. Ich wiederhole, Ruhm … Papaya … Kessel.«

»Es tut gut, deine Stimme wieder zu hören, mein Vater Akima. Es freut mich, dass ihr eurem Ziel so nahe seid.«

»Wir gewinnen mit jedem Tag an Boden, mein Sohn Harconan. Wir gewinnen auch an Hoffnung, dank dir. Ich hoffe, dass auch du zufrieden bist.«

»Nein. Für mich sieht es nicht gut aus, mein Vater. Mein Freund Lo ist tot, und ich bin mit meinen Anliegen gescheitert.«

»Ich kann nicht zusehen, wie mein Sohn leidet. Wie können wir dir helfen?«

»Ich bin an meinem Scheitern selbst schuld, Vater. Andere haben mir meinen Traum gestohlen, und ich muss jetzt meinen Kampf beenden. Aber meine Niederlage kann der Sieg der Morgenstern-Bewegung sein. Es sind da zwei Männer bei mir, die gerne mit dir sprechen würden. Willst du hören, was sie dir zu sagen haben?«

»Wenn du es wünschst, mein Sohn.«

»Ja, Vater. Darf ich dir Präsident Kediri von Indonesien und Außenminister Harrison Van Lynden aus den Vereinigten Staaten von Amerika vorstellen? … Gentlemen, das ist Stammesoberhaupt Akima vom Volk der Asmat, ein Mitglied des Revolutionären Regierungsrates der Freien Papuanischen Republik. Herr Präsident …«

»Ich grüße Sie im Namen meines Landes«, sagte Kediri.

»Ich grüße Sie auch, Herr Präsident. Ich habe mir schon lange gewünscht, mit Ihnen sprechen zu können.«

»Vielleicht hätten wir schon viel früher miteinander sprechen sollen. Ich möchte mit Ihnen über einen Waffenstillstand zwischen der Morgenstern-Republik und Indonesien verhandeln. Ich biete Ihnen an, dass alle indonesischen Truppen und Regierungsvertreter abgezogen werden. Der Abzug würde unverzüglich beginnen.«

»Ich verstehe, Herr Präsident. Und Sie, Herr Außenminister?«

»Ich würde gerne im Namen der Vereinigten Staaten über eine offizielle Anerkennung der Freien Papuanischen Republik mit Ihnen sprechen. Wir wären eventuell auch bereit, Ihren Beitritt zu den Vereinten Nationen zu unterstützen.«

Es folgte Schweigen.

»KGKR an KGGX … hast du das verstanden, mein Vater?«

»Ich … ich habe es verstanden, mein Sohn. Ich bin noch da. Aber gib einem alten Mann einen Augenblick Zeit, um zu weinen.«

In der Sundastraße

8. November 2008, 20:35 Uhr Ortszeit Die Armee für Gottes heilige Rache setzte die Segel auf dem Tauchboot und den beiden Fischloggern, die man am Turtle Beach gestohlen hatte.

Das Schicksal war in den vergangenen Monaten abwechselnd gütig und grausam zu Muhammad Sinar gewesen. Zuerst waren die Waffen und das Geld von seinem geheimnisvollen Wohltäter gekommen, und Sinars Stern hatte wieder zu steigen begonnen. Er verfügte über so viel Macht und Ansehen, wie man sich mit einem dicken Bündel Geldscheinen und einer Lastwagenladung von AK-47-Gewehren nur verschaffen konnte. Seine Feinde, zumindest seine unmittelbaren, waren in ihrer Angst geflohen oder hatten sich ihm unterworfen.

Eine Zeit lang konnte er es genießen, als Allahs Flammendes Schwert und als Befreier des Volkes aufzutreten. Doch es kamen keine weiteren Waffen; Geld und Munition wurden knapp, und er wusste wieder nicht, wie es weitergehen sollte.

Das Geschehen auf Sumatra nahm eine bedrohliche Wendung. Es entwickelte sich plötzlich ein richtiger Krieg zwischen richtigen Armeen. Ketalaman, der Putschist, und Kediri, der Herrscher, lieferten sich einen erbitterten Kampf, in dem alle anderen, die nach Macht strebten, verdrängt wurden. Wenn man sich auf die Seite der alten Regierung stellte, musste man damit rechnen, gesteinigt zu werden. Wenn man sich auf die Seite der Rebellen schlug, musste man in den Krieg ziehen – und beides erschien Muhammad Sinar nicht wirklich verlockend. Es war, kurz gesagt, wieder einmal Zeit, zu verschwinden.

Der Aufruf der radikalen islamischen Führung, sich Ketalamans Armee anzuschließen, bot Sinar schließlich die Gelegenheit, auf die er gewartet hatte. Unterstützt von den feurigen Aufrufen der Mullahs hatte er ein paar Dutzend seiner Anhänger versammelt und ihnen in flammenden Worten versichert, dass man den Kampf gegen die verhassten Ungläubigen der Regierung aufnehmen müsse. Er nahm alle Boote, die er auftreiben konnte, und machte sich auf zum Schlachtfeld.

In Wirklichkeit dachte Muhammad Sinar nicht im Entferntesten daran, auf Java zu landen. Er hatte seine eigenen Pläne. Unter dem Vorwand, »einen Stützpunkt zu errichten«, würde er eine der kleineren, entlegeneren Inseln aufsuchen, auf der es ein, zwei Dörfer mit wehrlosen Arbeitskräften gab, die ihm gehorchen würden, und mit hübschen Frauen, die ihm die Zeit vertreiben würden. Dort würde Sinar sein eigenes Königreich errichten und erst einmal abwarten, was in der Welt passierte.

In dieser Nacht musste Sinars kleine Flotte die Sundastraße durchqueren, jene enge Passage, die Sumatra von Java trennte. Dieser Abschnitt war nicht ganz ungefährlich; sie würden der Konfliktzone sehr nahe kommen und mussten sich außerdem auf das offene Meer hinauswagen, ohne an irgendeinem Küstenabschnitt Schutz zu finden. Dementsprechend hatte Sinar angeordnet, alle Lichter zu löschen, und alle Mann, oder zumindest jene, die nicht seekrank waren, an Deck und zu den Waffen beordert, damit man rasch reagieren konnte, falls es Ärger gab.

Sie hatten nun schon den größten Teil der Meeresstraße hinter sich, ohne dass irgendetwas geschehen wäre. Die See war ruhig unter dem sternklaren Himmel, und sie schienen, abgesehen von der Vulkaninsel Krakatau, die Einzigen hier in der Sundastraße zu sein.

Muhammad Sinar hatte gerade begonnen, sich zu entspannen, als plötzlich, wie aus dem Nichts, drei schwarze Pinisi auftauchten. Von ihren Dieselmaschinen angetrieben, liefen sie parallel zu Sinars kleiner Flottille und passten sich auch in der Geschwindigkeit an die kleineren Boote an. Wie ein Barrakuda, der seine Beute im Auge behält, liefen sie neben den Booten her.

»Wer seid ihr und wohin wollt ihr?«, fragte eine ruhige Stimme aus der Dunkelheit.

Sinar sah, wie sich die Augen seiner Männer vor Angst weiteten. Sie waren schon zu Land nicht gerade die größten Kämpfer, umso weniger auf dem Wasser. Doch Sinar wusste, dass er vor ihnen sein Gesicht wahren musste, weil sie alles waren, was er noch hatte.

»Wir sind die Armee für Gottes heilige Rache, im Dienste Allahs. Der Prophet hat gesprochen, und wir sind unterwegs, um das vergossene Blut unserer javanischen Brüder zu rächen.«

»Nein, das werdet ihr nicht tun«, erwiderte die Stimme aus der Dunkelheit ein wenig amüsiert. »Dreh um und fahr heim, Landsmann. Du wirst auf Java nicht gebraucht und bist dort auch nicht erwünscht.«

Sinars Hände schlossen sich etwas fester um die Reling. Er hatte eine dunkle Ahnung, mit wem er es zu tun hatte – doch er wusste auch, dass seine Männer von ihm erwarteten, dass er sich als starker Führer zeigte. Er musste versuchen, vor ihnen den Schein zu wahren, zumindest so lange, bis er wieder festen Boden unter den Füßen hatte.

»Allah und sein Prophet Mohammed sagen, dass wir nach Java müssen!«

»Und der *Raja Samudra* sagt, dass ihr das nicht tun sollt.«

Flammen schossen von den Pinisi hervor, Maschinengewehre knatterten, Benzintanks und raketengetriebene Granaten explodierten in der Nacht, und Muhammad Sinar und seine Armee für Gottes heilige Rache hatten ihre letzte Schlacht geschlagen.

Im Hafen von Merak, Java

10. November 2008, 15:23 Uhr Ortszeit Das Ding lag im Schlamm des Grundes, ganz in der Nähe der Docks des Fährhafens. Der große rautenförmige Gegenstand, der in einer gummiartigen Hülle steckte, wog in seinem elektronischen Innern eine der beiden großen Fragen ab, die ihn allein interessierten.

Vor zwei Tagen war das Ding von dem SEAL-Delivery-Vehicle *Remora* sorgfältig hier deponiert worden. Es hatte ruhig und untätig hier gelegen, bis es vor etwa einer Stunde schließlich durch eine komplexe Folge von Ereignissen zum Leben erweckt worden war.

Im Hafen von Bakauheni auf Sumatra hatte ein Bugi-Schiffsbelader bemerkt, dass Ausrüstung und Soldaten einer gepanzerten Aufklärungskompanie der Putschisten an Bord der bestellten Autofähre *Bukit Barasan* gingen.

Der Mann reagierte mit einem kurzen Telefonanruf. Es folgte ein Funkspruch an die USS *Shenandoah*. Von dort ging ein weiterer Funkspruch weg, ein digitaler Aktivierungscode, der zum Hafen von Merak geschickt wurde.

Und nun begann das große Abwägen. Das passive Hydrophon-System des Gegenstandes suchte die Umgebung ab und verglich die Geräuschsignaturen der vorüberfahrenden Wasserfahrzeuge mit einer ganz bestimmten Signatur, die in seinem Computer gespeichert war. Es war die Geräuschsignatur, die von der Motorfähre *Bukit Barasan* erzeugt wurde und die zuvor von einer aus der Luft abgeworfenen Sensorboje aufgenommen worden war – ein Geräusch, das genauso aussagekräftig war wie ein menschlicher Fingerabdruck.

Ein Wassertaxi mit Außenbordmotor brummte vorbei … *Das ist es nicht!* Ein Fischerboot tuckerte in die Sundastraße hinaus … *Das ist es nicht!* Das Geräusch einer schwereren Schraube kam näher. Das hoch entwickelte und doch beschränkte Gehirn des Dings untersuchte das Geräuschmuster eingehend, das von den Schraubenblättern, der Kühlpumpe und dem Strömungsgeräusch des Wassers um den Bug erzeugt wurde … *Das ist es!*

Eine der beiden großen Fragen war somit beantwortet. Sicherheitsverschlüsse öffneten sich, und ein sekundäres Sensorsystem wurde aktiviert.

Die *Bukit Barasan* wurde langsamer und fuhr auf die Docks zu. Es herrschte Ebbe, und die fünfundfünfzig Meter lange Fähre war schwer beladen mit einigen Dutzend Panzern und über hundert Soldaten. Ihr Kiel war nur drei Meter von dem Ding auf dem Hafengrund entfernt, als es darüber weg lief. Die Drucksensoren und Magnetometer reagierten auf die Wasserverdrängung bzw. den stählernen Rumpf der Fähre, und das Ding beantwortete sich auch die zweite und letzte große Frage … *Jetzt!*

Die Zünder, die in einer halben Tonne PBXN-Sprengstoff verborgen waren, wurden aktiviert, und die »intelligente Mine« erfüllte ihre Aufgabe.

Flugplatz Bengkulu, Neuguinea

12. November 2008, 09:01 Uhr Ortszeit Das Transportflugzeug vom Typ Lockheed C-130 trägt den Spitznamen »Hercules«. Sie ist in Wirklichkeit eher so etwas wie ein »Unglücksbote«, denn nach fünfzig Jahren, die das Flugzeug jetzt in den Luftstreitkräften der Welt eingesetzt wird, bedeutet die Anwesenheit dieser Maschine zumeist, dass Krieg und Zerstörung drohen.

Ein halbes Jahrhundert lang ist die Hercules jetzt das weltweit bevorzugte Militärtransportflugzeug, und sie ist immer noch kein bisschen veraltet. So wie für den 1911A Colt und das »Ma Deuce«-Maschinengewehr Kaliber .50 gilt auch in diesem Fall, dass eine C-130 nur durch eine andere C-130 ersetzt werden kann.

Der Flugplatz von Bengkulu war voll mit verschiedenen Modellen dieses Flugzeugs – G, H, I, J und K –, die einen unterschiedlichen Tarnanstrich und verschiedene nationale Insignien aufwiesen – Australien, Neuseeland, Japan, Indonesien, Singapur und USA. Bodencrews schwärmten um die Maschinen herum, und Soldaten, Ausrüstung und Fahrzeuge strömten ohne Unterlass die Heckrampen hinauf. Alle paar Minuten stieg eine Hercules unter dem Stöhnen ihrer Turboprops zum Himmel empor, um schon wenige Minuten später von einer leeren Maschine ersetzt zu werden – ein »leerer Eimer«, der zum Flughafen zurückkehrte, um die Luftbrücke nach Java aufrechtzuerhalten.

An Bord der abfliegenden Maschinen lagen indonesische Soldaten auf Paletten oder in irgendeinem Winkel des Frachtraumes. Sie hatten die Augen geschlossen und versuchten bei dem Dröhnen der Propeller gar nicht erst zu sprechen. Sie ließen das »Land des allgegenwärtigen Todes« hinter sich.

Dem Krieg konnten sie allerdings nicht entkommen. Sie flogen nur von einem Krieg zum nächsten. Aber wenn sie fallen sollten, würde es wenigstens auf heimatlichem Boden sein.

Auf den Hügeln über dem Flugplatz blickten schwarzhäutige Männer zum Himmel hinauf und sahen zu, wie die Flugzeuge die braunhäutigen Männer wegbrachten. Bald würde ihr Land wirklich ihnen gehören, und sie würden sich bemühen, etwas daraus zu machen.

Sie waren mit einer unendlichen Geduld gesegnet. Sehr lange hatten sie auf diesen Augenblick warten müssen, jetzt konnten sie auch noch ein Weilchen warten, bis es so weit war.

Flugplatz Pangkalpinang
Insel Banka

14. November 2008, 07:16 Uhr Ortszeit Es war ein kühler und regnerischer Morgen, doch Kapitän Raya Sukawate, ehemaliger Pilot der Fluglinie Garuda und nun gezwungenermaßen Offizier der Luftstreitkräfte in den Reihen der Rebellen, schwitzte aus allen Poren, während er seinen Standpunkt klar zu machen versuchte.

»Verdammt! Das Flugzeug hat keine Ahnung von Ihren blöden Anweisungen!«

Sukawates De Havilland Dash-8 300 Turboprop-Flugzeug war in eine Militärtransportmaschine umgewandelt worden, indem man einfach radikal die ganze Innenausstattung entfernt hatte. Nun wurde es für einen weiteren Shuttleflug nach Java beladen – oder vielmehr überladen. Das Fahrwerk sank immer mehr ein, als eine Munitionskiste nach der anderen in die Maschine verfrachtet wurde.

»Wir sind schon über der Höchstbelastungsgrenze! Es könnte

durchaus sein, dass wir abstürzen, wenn wir mit dieser Ladung starten!«

»Wir sind im Krieg«, erwiderte der Logistik-Offizier mit steinerner Miene. »Wenn man den Sieg will, muss man eben Risiken eingehen! Diese Munition muss zu unseren Truppen auf Java gebracht werden!«

»Aber Sie werden Ihre Ziele nicht erreichen, wenn Ihre Flugzeuge unterwegs abstürzen!«

Der Gesichtsausdruck des Offiziers blieb unverändert, doch seine Hand wanderte zu dem Holster an seinem Gürtel, und Sukawate gab nach. Man hörte immer öfter, dass Männer wegen »Defätismus« erschossen wurden.

Der Pilot wandte sich dem Flugzeug zu und überlegte, ob sich nicht beim Treibstoff noch etwas einsparen ließe. Wenn er auf weitere vierhundert Liter verzichtete, würde er vielleicht mit dem letzten Tropfen Treibstoff nach Jakarta kommen.

Die randvoll beladene Turboprop-Maschine rollte ans äußerste Ende der Startbahn. Sukawate wollte jeden Zentimeter der Piste ausnützen, um die Maschine in die Höhe zu bringen. Zusammen mit seinem Copiloten ging er die Start-Checkliste durch und überprüfte die Funktionstüchtigkeit der Maschinen – stets darauf bedacht, dabei nicht zu viel kostbares Kerosin zu verbrauchen.

Schließlich kam der Moment, in dem es galt, tief durchzuatmen und die Maschinen voll aufzudrehen. Sukawate wartete, bis die Pratt & Whitney 123-Propellerturbinen-Luftstrahltriebwerke unter lautem Heulen ihre volle Leistung erreichten, ehe er das Flugzeug losrollen ließ.

Die De Havilland nahm langsam, viel zu langsam Fahrt auf. Als sie den für den Start entscheidenden Punkt erreichte, stützte sie sich noch immer schwer auf das Fahrwerk. Sukawate dachte an den Armeeoffizier und seine Pistole, und so biss er die Zähne zusammen und setzte den Start fort.

Als Sukawate schon das Ende der Startbahn auf sich zukommen sah, zog er das Steuerhorn zurück und versuchte, so viel Auftrieb wie möglich von den Flügeln zu bekommen. Die Maschine tänzelte einen atemlosen Moment lang auf ihren Zehen, ehe sie sich schließlich in die Luft erhob.

»Maschine in der Luft!«

Die Nadel am Fahrtmesser kroch nach oben, und sie kletterten mit Mühe über die Baumwipfel jenseits des Flugplatzes hinweg. Dahinter erstreckten sich der Strand und die malerische Bucht, in der ein einsamer Schoner unterwegs war.

Die Dash-8 stieg weiter empor, und Sukawate wagte wieder zu atmen. Sie würden es wohl doch schaffen.

Draußen in der Bucht verfolgte der Kapitän der Pinisi das Flugzeug mit seinem Fernglas. Er und sein Schiff warteten schon eine Stunde auf eine lohnende Beute, und dieses tief fliegende Transportflugzeug sah vielversprechend aus.

»Schützen, laden und Feuerbereitschaft herstellen … Feuer!«

Die Feuerteams hoben die Startrohre von Stinger-MANPAD-Boden-Luft-Flugkörpern auf ihre Schultern und fassten die Ziele auf. Im nächsten Augenblick schossen zwei Flugkörper kreischend zum Himmel empor.

Die nachfolgende Explosion war auch auf dem Bugi-Schoner zu spüren, der sich extrem auf die Seite legte.

Tobasee

16. November 2008, 06:54 Uhr Ortszeit »Wir haben Einheiten der 9. Infanteriebrigade, der mobilen Polizeibrigade und der 1. Panzerdivision auf Java identifiziert«, meldete Ketalamans Stabschef zögernd. »Und die Regierungsgarnison von Palembang ist mit einer noch nicht identifizierten Lufteinheit verstärkt worden.«

Ketalaman schwieg erst einmal. Die bedrohliche Stille im Befehlsstand bewog den Stabschef schließlich, herauszuplatzen: »Kediri kann diese Truppen nur aufgeboten haben, indem er Irian Jaya ganz aufgegeben hat.«

»Das lässt sich leicht feststellen«, antwortete Ketalaman mit leiser Stimme. »Was hören wir von unseren Quellen in Jayapura?«

»Das Übliche, Herr. Es werden Truppen mit Hilfe der Regional Intervention Force abtransportiert, und die Transmigrasi werden aus den abgelegeneren Dörfern in die dichter besiedelten Gebiete gebracht. Es gibt noch keine offiziellen Erklärungen von den führenden Repräsentanten, aber man hört, dass alles für eine Evakuierung vorbereitet wird.«

»Und die Separatisten? Wie reagieren sie?«

»Sie reagieren überhaupt nicht, Admiral. Die Separatisten haben alle militärischen Aktivitäten eingestellt. Wie gesagt, es gibt keine offiziellen Erklärungen, dass ein Waffenstillstand vereinbart wurde, aber es muss doch so sein.«

Ketalaman nickte. »Kediri und die Amerikaner opfern Neuguinea, um das übrige Indonesien zu retten. Und ich glaube, ich weiß auch, wer dieses Abkommen vermittelt hat.«

Erneut herrschte Stille in der Kommandozentrale. Diesmal war es General Tiamatu, der Kommandeur der islamischen Milizen, der das Schweigen brach. »Was machen unsere Luftstreitkräfte gegen diese Transporte? Können wir diese Flugzeuge nicht einfach abschießen?«

»Damit hätten wir die Amerikaner und die Australier gegen uns«, erwiderte der Verbindungsoffizier der Luftflotte. »Sie sind es, die den Großteil dieser Transporte durchführen. Außerdem werden die Transportmaschinen von australischen Jägern eskortiert, und die Flugrouten werden von amerikanischen Aegis-Schiffen gedeckt. Wenn wir auch nur versuchen würden, die Transportmaschinen abzufangen, würden wir unsere ohnehin schon spärlichen Luftstreitkräfte weiter dezimieren.«

»Können wir dann nicht wenigstens die Flughäfen auf Java bombardieren? Das wäre doch immerhin etwas.«

»Wir tun, was wir können!«, entgegnete der Fliegeroffizier gereizt. »Vergessen Sie nicht, dass sich die beste Einheit der Luftstreitkräfte, die F-16-Staffel, nicht auf unsere Seite geschlagen hat! Der Feind ist uns in der Luft absolut überlegen.«

»Es reicht!«, wies Ketalaman seine Untergebenen zurecht. »Solange sich die Amerikaner und die Australier nicht direkt einmischen, wird keine Seite die Möglichkeit haben, den Konflikt von der Luft aus entscheidend zu beeinflussen. Dieser Krieg wird auf dem Boden in Java gewonnen oder verloren. Wie ist die momentane Lage dort?«

»Die Fronten scheinen sich zu stabilisieren, Herr«, antwortete der Stabschef. »Wir haben die Umgebung von Jakarta gesichert, und abgesehen von ein, zwei Widerstandsnestern halten wir alle wichtigen Punkte im westlichen Drittel der Insel. Die Regierungstruppen haben immer noch die restlichen zwei Drittel unter Kontrolle. Einige Armeekommandanten im Osten von Java, mit deren Unterstützung wir gerechnet hatten, haben es sich offenbar anders überlegt, nachdem Kediri überlebt hat.«

»Sie werden sich auf unsere Seite schlagen, sobald wir wieder die Initiative ergreifen«, erwiderte Ketalaman. Er zeigte auf die Karte und ließ seinen Finger von einem Ende Javas zum anderen wandern. »Wir sind hier, und sie sind dort. Sumatra ist nebensächlich – dort können wir das, was wir haben, leicht halten und den Rest dazugewinnen, sobald die Regierung gestürzt ist. Der Kampf um Java wird den Krieg entscheiden, und die Seite, die hier eine Überlegenheit erringt und als erste angreift, wird gewinnen. Wie kommen wir mit dem Transport der Verstärkungstruppen voran?«

»Wir tun, was wir können, Herr«, murmelte der Stabschef.

»Das klingt fast wie eine Ausrede, Kapitän«, versetzte Ketalaman. »Der Feind muss zweitausend Kilometer überwinden, um seine Truppen in Position zu bringen. Wir müssen sie nur über eine zwanzig Kilometer breite Meerenge transportieren. Warum gelingt ihnen das viel besser als uns?«

»Wir haben große Probleme, den Transport zu koordinieren. Viele Küstenschiffe haben die Häfen verlassen, die wir kontrollieren. Andere Schiffe wurden sabotiert, einige davon wahrscheinlich von ihren eigenen Mannschaften. Einige Kapitäne haben sogar Munitionsladungen von uns angenommen und sie dann an die Regierungstruppen weitergegeben.«

»Zieht die Schiffe und ihre Mannschaften ein und lasst sie bewachen«, befahl Ketalaman.

»Das tun wir schon, Admiral, aber wir werden trotzdem massiv behindert. Unsere Schiffe und Fähren werden unterwegs angegriffen, und unsere Häfen werden vermint. Sogar Transportflugzeuge von uns sind schon abgeschossen worden.«

»Wer steckt dahinter?«

»Teilweise sind es Regierungstruppen, teilweise auch Guerillas zur See.«

»Die Bugi?«

»Ja, Herr, es sieht ganz so aus.«

»Könnte es sein, dass auch die Regional Intervention Force beteiligt ist?«

Der Stabschef zögerte. »Es scheint kein direktes Eingreifen zu geben, Herr. Sie haben die Evakuierung von ausländischen Staatsbürgern abgeschlossen. Daraufhin haben sich ihre Schiffe in die Gewässer vor der Südküste von Java zurückgezogen. Außer den Hilfsoperationen im Truppentransport gibt es kein aktives Eingreifen in den Krieg seit dem Vorfall mit der Botschaft von Jakarta.«

»Sie weichen mir aus, Kapitän«, stellte Ketalaman fest.

»Einige unserer Nachrichtendienst-Spezialisten sind der Ansicht, dass … die Behinderungen, mit denen wir beim Transport zu kämpfen haben, zu ausgeklügelt seien, als dass die Bugi oder Regierungstruppen dahinterstecken könnten.«

»Aber es gibt keine amerikanischen Einheiten zur See oder in der Luft, die gegen uns im Einsatz sind? Sie haben keine Schiffe in der Karimatastraße oder in der Javasee?«

»Nein, Admiral.«

»Zweifellos stellen die Amerikaner Kediri ihre Nachrichtendienste und Berater zur Verfügung. Solange sie aber nicht mit ihren Truppen eingreifen, werden wir damit fertig.« Ketalaman zeigte auf die Nordspitze von Sumatra. »Die klassische und erfolgreichste Methode, mit solchen Behinderungen fertig zu werden, ist der Konvoi. Wir haben hier im Flottenstützpunkt von Banda Aceh unsere stärksten Einheiten konzentriert, außerdem Amphibienschiffe und Minensucher und auch die meisten Handelsschiffe, die wir unter direkter Kontrolle haben. Sie werden die 4. Infanteriebrigade, die Eliteeinheiten unserer Milizen und genügend Nachschub für eine groß angelegte Offensive zum Schlachtfeld transportieren. Wir werden diese Kampfeinheiten in einem einzigen Konvoi bis nach Jakarta bringen. Weder Kediri noch die Bugi werden diese Streitmacht aufhalten können. Wir werden diese Truppen einsetzen, um eine große Offensive zu starten, bevor Kediri bereit ist, selbst zum Angriff überzugehen.«

»Die 4. Infanteriebrigade umfasst unsere gesamte strategische Reserve«, murmelte der Stabschef unsicher.

»Kediri schickt seine Alte Garde ins Feld. Wir müssen mit unserer Grenadiergarde kontern. Wenn Kediri uns etwas entgegensetzen will, muss er seine verbleibenden Seestreitkräfte einsetzen, und zur See haben wir die Übermacht. Was er auch tut, er wird verlieren. Meine Herren, ich will, dass dieser Truppentransport binnen achtundvierzig Stunden beginnen kann. Ich werde keine Ausreden akzeptieren.«

Ketalaman wandte sich vom Kartentisch ab, hielt dann aber noch einmal inne. »General«, sagte er zum Kommandanten seiner Luftstreitkräfte. »Da ist noch etwas. Erinnern Sie sich an den Angriffsplan, den ich Sie ausarbeiten ließ, als wir mit Harconan verhandelt haben?«

»Ja, Admiral«, antwortete der Kommandant unsicher.

»Führen Sie ihn unverzüglich aus. Maximale Wirkung. Maximale Einsatzgeschwindigkeit.«

Der General der Luftstreitkräfte, der trotz seiner Position nicht verlernt hatte, wie ein ganz normaler Mensch zu empfinden, griff nach einem Strohhalm, um aus dieser Situation herauszukommen. »Admiral, damit würden wir unsere ohnehin schon beschränkten Ressourcen von viel wichtigeren militärischen Zielen abziehen.«

»General«, entgegnete Ketalaman mit ruhiger, fast sanfter Stimme. »Fangen Sie an, die Bugi-Ansiedlungen zu bombardieren – und das so lange, bis Sie einen anders lautenden Befehl bekommen. Wir müssen jemanden daran erinnern, dass ich meine Versprechen halte.«

Über der Nordküste der Insel Madura

18. November 2008, 15:23 Uhr Ortszeit Jenseits seines linken Flügels funkelte die Javasee im gleißenden Sonnenlicht. Zur Rechten ragten die steilen grünen Hänge von Maduras zentraler Gebirgskette aus der schmalen Küstenebene der Insel hervor. Vor und unter ihm schlängelte sich der Küstenstreifen dahin. Der Pilot der Rebellen flog als Letzter in der Staffelformation aus vier Maschinen, und er langweilte sich fast ein wenig. Aber diese Langeweile war ihm durchaus nicht unangenehm.

Er hatte keine Ahnung, warum seine Staffel zu diesem Dorf beordert wurde, um es zu bombardieren. Die Ziele lagen weit von den Kampfgebieten entfernt und schienen auch keine konventionellen militärischen Ziele zu sein. Doch die Entscheidung war von Leuten in höheren Rängen getroffen worden.

Der indonesische Flieger sah mit Erleichterung, dass diese neuen Ziele anscheinend über eine deutlich schwächere Verteidigung verfügten als die Regierungstruppen, die sie zuvor hatten angreifen müssen. Diese verdammten Amerikaner gingen viel zu großzügig mit ihren Stinger-SAMs um.

Nicht dass diese Angriffe auf Dörfer ein reiner Spaziergang gewesen wären. Sie hatten es schon im ersten Dorf mit wütendem Gewehrfeuer zu tun bekommen, und er hatte mehrere Einschusslöcher in seiner Maschine abbekommen.

Diesmal würden sie etwas mehr Abstand zum Ziel halten. Ihre BAC-Hawk-Jäger waren mit HVARs, Hochgeschwindigkeits-Artillerie-Raketen, unter den Flügeln ausgerüstet, vier Stück pro Maschine, sodass sie durchaus die Feuerkraft eines massiven Artillerie-Angriffs entfalten konnten. Nachdem man ihnen keine bestimmten Ziele genannt hatte, sondern ihnen aufgetragen hatte, das Dorf als Ganzes dem Erdboden gleichzumachen, würden sie ihre Raketen-Salven aus größerer Entfernung abfeuern. Sie würden sich gar nicht in die Reichweite begeben, in der Handfeuerwaffen gefährlich werden konnten. Das Ganze sah tatsächlich nach einem Kinderspiel aus.

Unter ihm tauchte eine Bucht in der Küste auf, und der Pilot hörte die knappe Anweisung des Staffelführers. »Rakshasa-Staffel. Ziel voraus. Waffen scharf machen und klarmachen zum Einsatz.«

Der Pilot drückte auf die entsprechenden Knöpfe, um die Raketen scharf zu machen. Der Kapitän war kein Mann vieler Worte. Rein, raus und zurück zur Basis.

Er konnte das Ziel jetzt an seiner Zwei-Uhr-Seite erkennen. Ein schmales Band von Hütten und Häusern, das dem Verlauf der Küste folgte. Entlang des Strandes erstreckten sich einige Piers und Ablaufbahnen einer Werft in das blasse blaugrüne Wasser hinein. Das andere Dorf, das sie heimgesucht hatten, war mit ähnlichen Schiffsbaueinrichtungen ausgestattet gewesen. War das vielleicht der Grund, warum sie diese Dörfer bombardieren sollten?

»Rakshasa-Staffel. Zum Angriff!«, kam das Kommando des

Staffelführers, der daraufhin mit seiner Maschine scharf nach rechts abdrehte. Die anderen Maschinen folgten ihm in präzisen Zwei-Sekunden-Intervallen und stießen zum Ziel hinunter.

Während seine Maschine beschleunigte, konzentrierte sich der Pilot darauf, den richtigen Punkt für das Abfeuern der Raketen zu erwischen. Es dauerte ein, zwei Sekunden, bis sich die Raketenbehälter geleert hatten – deshalb musste es innerhalb des schmalen Bereiches passieren, von wo seine ungelenkten Raketen das Ziel erreichen würden und in dem er noch die Möglichkeit hatte, dem Feuer vom Boden auszuweichen. Als Letzter in der Staffel würde er am meisten Gegenwehr abbekommen.

Er sollte sich in seiner Einschätzung täuschen.

Zunächst sah er, wie das Führungsflugzeug seine tödliche Ladung abfeuerte und wie die großen HVARs mit einer Rauchspur zum Dorf hinunterschossen. Doch dann bemerkte er etwas Seltsames. Es war ihm, als wären da noch andere Rauchspuren, die auf jene der Raketen zuliefen und die von der Küste kamen. Im nächsten Augenblick verging das Flugzeug des Staffelführers in einem Ball aus schwarzem Rauch und orangeglühendem Feuer.

Der Pilot der zweiten Maschine rief noch eine Warnung aus und versuchte, auszuweichen, doch auch sein Flugzeug endete in einer riesigen Explosion. Der Pilot der vierten Maschine konnte nicht mehr sehen, was mit der dritten Maschine passierte, denn er drehte in einer blitzschnellen Reaktion nach rechts ab und feuerte seine Waffen ab.

Seine Maschine stand auf der Flügelspitze, als er im kleinstmöglichen Radius wendete. Er blickte aus dem Cockpit zum Meer hinunter und sah zwei schlanke dunkle Gebilde vorbeizischen.

Helikopter! Schwarze Helikopter, die viel schneller flogen, als irgendein Luftfahrzeug mit Rotoren eigentlich fliegen konnte. Sie hatten den Staffelführer und seinen Flügelmann abgeschossen, und zweifellos hatten sie es auch auf ihn abgesehen. Ihm war auch der ominöse weiße Blitz unter den bizarren Flügeln der Hubschrauber nicht entgangen. Luft-Luft-Flugkörper! Sidewinder!

Volle Triebwerksleistung! Kanone scharf machen! Versuche, von hinten an sie ranzukommen! Die britische Hawk konnte ein zäher Kämpfer sein, wenn es sein musste. Der Pilot riss seine Maschine herum und machte sich an die Verfolgung der mysteriösen Abfangjäger. Schließlich bekam er den Schwanz des führenden Hubschraubers ins Visier seines Heads-up-Displays.

Bevor er den Auslöser drücken konnte, schoss die Nase seines Ziels jäh nach oben, und die beiden Helikopter vollführten einen halben Immelmann-Looping.

Sein Instinkt sagte dem Piloten, dass er zum Meer hinabtauchen sollte, doch seine Ausbildung bewog ihn, noch ein enges Wendemanöver auszuführen. *Halte die Nase auf den Feind gerichtet,* lautete einer der ältesten und bewährtesten Grundsätze der Luftkriegsführung. Jeder Versuch, auszubrechen und zu flüchten, wäre ebenso vergeblich wie selbstmörderisch gewesen, wenn man bedachte, über welche Reichweite diese Sidewinder verfügten.

Möglicherweise war es aber genauso selbstmörderisch, sich auf einen Kampf mit diesen schwarzen Ungeheuern einzulassen. Hier wurde nicht aus einer Distanz gekämpft, wie sie im Luftkrieg heutzutage üblich war – das hier war so etwas wie ein »Messerkampf in einer Telefonzelle«, wie er noch im Zweiten Weltkrieg üblich war, und dafür war seine Hawk nicht gebaut. Er verlor in diesen engen Manövern einfach zu viel Geschwindigkeit.

Plötzlich hörte er über Funk den Hilferuf des anderen Überlebenden seiner Staffel. Hawk Nummer drei versuchte zu flüchten und jagte ostwärts die Küste entlang. Die Helikopter, die sich immer noch mit verblüffend hoher Geschwindigkeit bewegten, hefteten sich nun an seine Fersen. Sie feuerten ihre Flugkörper ab, die mit Überschallgeschwindigkeit auf ihr Ziel zuschossen.

»Raus hier!«, rief der Pilot in sein Mikrofon. »Raus! R…«

Der Hawk wurde herumgerissen und stieß einen Feuerball

hervor. Er verlor die Flügel und stürzte taumelnd vom Himmel. Auch diesmal war nirgendwo ein Fallschirm zu sehen.

Doch mit seinem Tod hatte ihm sein Kamerad eine Chance gegeben. Erneut machte sich der letzte der vier Piloten auf die Verfolgung der beiden Hubschrauber. Wenn sie doch noch einige wenige Sekunden abgelenkt bleiben würden!

Er näherte sich den schwarzen Helikoptern von hinten und spielte seinen Geschwindigkeitsvorteil aus, während er den Führer anvisierte. Der Flügelmann hatte ihn wohl kommen sehen, denn er brach plötzlich in einer Panikreaktion nach links aus, sodass er genau ins Visier des Piloten lief.

Der Indonesier wechselte auf das nähere Ziel und flog ein enges Manöver, um dieses besonders verwundbare Ziel aufs Korn zu nehmen. Die Entfernung stimmte! Der feindliche Helikopter tänzelte verlockend ein Stückchen außerhalb des Fadenkreuzes, und der Pilot zwang seine Maschine noch diese letzten paar Grad nach links, um den Helikopter in die Schusslinie zu bekommen.

Plötzlich pfiffen Leuchtspurgeschosse an seinem Cockpit vorüber, und ein hässliches Beben ging durch seine Maschine. Der Pilot warf einen kurzen Blick in den Rückspiegel und sah den Führungshelikopter, der direkt hinter ihm einen Kugelhagel losließ. Die Geschosse aus der Hubschrauberkanone beharkten das Flugzeug von hinten nach vorne und fanden schließlich den Weg ins Cockpit.

Vince Arkady brachte seinen SPEED Cobra aus der Querlage, nahm den Velocity Controller zurück und sah zu, wie der Hawk ins Meer stürzte. *Es geht doch nichts über einen Kanonenangriff!*

»Strike Wing, hier Strike Lead. Alles okay, Pink?«

»Ja, Vince.« Pinkertons SPEED Cobra ließ sich zurückfallen und nahm wieder seinen Platz an der Seite der Führungsmaschine an. »Nettes Manöver, Skipper.«

»Roger. Nach so vielen Jahren fallen sie doch immer wieder auf diesen kleinen Trick herein. Ab nach Hause, mein Freund.«

Die *Shenandoah* verharrte in einer massiven grauen Regenfront, die ihr half, ihre Luftoperationen zu verbergen. Die beiden SPEED Cobras gingen in den Heli-Modus und drangen in die warme Regenwand ein, wo sie knapp über den niedrigen Wellen dahinzogen.

Die Piloten spähten durch die regennasse Cockpitscheibe und hielten Ausschau nach der Spur, die sie nach Hause führen würde. Nach einigen Minuten erblickten sie schließlich die orange leuchtenden Lichtpunkte der kleinen Leuchtbojen auf der Meeresoberfläche und folgten ihnen durch den Regen.

Die Lichtsignale wurden vom Heck der *Shenandoah* abgeworfen. Es war dies eine simple und verlässliche Methode, um Luftfahrzeuge heimzulotsen – eine Methode, die von den Harrier- und Helikopter-Staffeln der Royal Navy erfunden worden war, um sich im dichten Nebel der Nordsee zurechtzufinden. Nach einer kurzen Verfolgung tauchte schließlich das Heck der *Shenandoah* vor den beiden Helikoptern auf.

Die SPEED Cobras passten Kurs und Geschwindigkeit dem Schiff an, fuhren das Fahrwerk aus und schwenkten über das Flugdeck herein. Wenig später waren sie an Bord des Schiffes und unter Deck, wo sie vom strömenden Regen geschützt waren.

»Gut gemacht, Arkady, gratuliere.«

»Wofür denn?«, fragte Arkady und setzte sich Amanda gegenüber an den Tisch. Im Augenblick waren sie allein im Salon – umgeben vom Prasseln des Regens an den Fenstern und dem dumpfen Grollen der Schiffsmaschinen.

»Na ja, du hast gerade Geschichte geschrieben. Karen, bitte ein kühles Bier für Mr. Arkady.«

Eine lächelnde Stewardess kam aus der Vorratskammer, ein Tablett mit zwei hohen Gläsern und zwei geöffneten Flaschen Tsingtao-Bier in den Händen.

»Gratuliere, Commander«, sagte sie leise und füllte die beiden Gläser.

»Danke«, antwortete Arkady etwas verwirrt, als sich die Stewardess wieder zurückzog. »Aber ich muss noch einmal fragen – wozu gratuliert man mir?«

»Du bist der Starpilot der Navy seit Randy Cunningham und Willie Driscoll und der Erste, der eine solche Leistung mit einem Hubschrauber zustande gebracht hat.«

»Heiliger Strohsack!« Mit einem Schlag war ihm alles klar. »Zwei Abschüsse heute und die drei über der Drake-Passage ... das macht insgesamt fünf! Junge, Junge!«

Amanda nickte. »Du hast die Gelegenheit verschenkt, der Erste zu sein, der ein Atom-Unterseeboot abschießt, als du damals vor Shanghai einer Kollegin den Vortritt gelassen hast. Aber jetzt bist du doch noch in den Geschichtsbüchern gelandet.«

»Aber nur als Fußnote in dem Kapitel, das dir gewidmet ist, Babe.«

Sie lächelte achselzuckend und erhob ihr Glas. Arkady griff ebenfalls nach seinem Glas und stieß mit ihr an.

»Das rinnt wirklich gut die Kehle runter«, sagte Arkady seufzend und stellte sein halb leeres Glas nieder. »Weißt du, es hat schon seine Vorteile, auf diesem Kahn hier zu dienen, wenn man bedenkt, was man auf einem gewöhnlichen Navy-Dampfer so bekommt.«

»Da hast du Recht«, pflichtete Amanda ihm bei. »Wenn ich gewusst hätte, dass man es als Skipper eines Handelsschiffes so gut hat, hätte ich schon längst den Job gewechselt.«

Der Flieger hob amüsiert eine Augenbraue. »Das kannst du jemand anderem erzählen, Admiral.«

»Ich bin noch nicht Admiral, Arkady.« Sie überlegte einige Augenblicke. »Ja, im Moment weiß ich überhaupt nicht so recht, was ich bin. Ich bin kein Navy-Offizier, und ich bin Kapitän eines Schiffes, das nicht zur Navy gehört, das aber trotzdem eines der mächtigsten Kriegsschiffe überhaupt ist. Was bin ich dann deiner Meinung nach?«

»Unentbehrlich?«

Amanda lachte und nahm einen Schluck von ihrem Bier. »Danke, Sir, aber so etwas wie Unentbehrlichkeit gibt es nicht. Aber ganz im Ernst, ich frage mich wirklich, wo ich innerhalb der offiziellen Regeln für Kampfhandlungen eigentlich stehe.«

»Soweit ich weiß, ist die einzig wichtige Regel, zu gewinnen – und darin bist du verdammt gut. Also was soll's?«

»Noch mal danke. Aber es ist trotzdem eine interessante Frage.«

Arkady überlegte einige Augenblicke. »Vielleicht bist du so eine Art moderner Kaperkapitän.«

»Ein Kaperkapitän? Jemand, der sich im Dienste eines Staates als Pirat betätigt?«

»Aber ja«, fuhr Arkady fort. »Schließlich gehörst du offiziell nicht zur Navy, sondern bist mit deinem Kaperschiff in einer ganz speziellen Mission unterwegs.«

»Also gut«, sagte sie lachend, »dann bin ich ab jetzt eine Kaperkapitänin.«

Amanda stellte fest, dass sie es genoss, ihre Gedanken mit einem guten Freund auszutauschen. Sie und Arkady hatten neben den Momenten der Leidenschaft viele solche Augenblicke erlebt. Es war eine interessante Erfahrung, dass das eine auch ohne das andere möglich war.

Arkady sah sie fragend an. »Hey, Babe, denkst du auch noch manchmal an die alten Zeiten?«

»Natürlich«, antwortete sie. »Und gar nicht ungern.«

»Geht mir genauso. Denkst du dir manchmal …«

»Was denkst denn du?«, fragte sie zurück.

Er überlegte eine Weile, ehe er antwortete. »Ich weiß nicht«, sagte er schließlich. »Vielleicht wäre es irgendwie ein Schritt zurück.«

Sie hob erneut ihr Bierglas. »Dann trinken wir jetzt auf unsere Schritte vorwärts, mein lieber und ganz spezieller Freund.«

Erneut stießen die Gläser klingend aneinander.

Joint Intelligence Center, USS *Shenandoah*

19. November 2008, 09:39 Uhr Ortszeit »Wie sieht es eigentlich in der Welt draußen aus?«

Amanda schreckte hoch und blickte vom zentralen Kartentisch auf. Sie war allein im Briefing Room gewesen, um nachzudenken. Nun stand Makara Harconan in der Tür. »Gibt es immer noch Sonne, Regen, Sterne und solche Dinge?«

»Ich denke schon«, antwortete sie ein wenig mitfühlend.

»Ich könnte es jedenfalls nicht sagen. In letzter Zeit habe ich ja nicht viel davon mitbekommen.« Mit geborgten Jeans und einem weißen T-Shirt bekleidet, trat er in den Arbeitsraum ein. Man sah ihm, so fand Amanda, nicht unbedingt an, dass er mehr oder weniger eingesperrt war. Der Piratenkönig sah genauso braun gebrannt und fit aus wie immer. Dieser Halunke.

Der Marine, der ihn auf Schritt und Tritt begleitete, erschien nach ihm in der Tür, und Harconan machte ein säuerliches Gesicht. »Schön langsam kann ich mich in einen Schleppkahn hineinversetzen.«

Amanda zögerte einen Augenblick und wandte sich dann an den Wächter. »Ist schon in Ordnung, Corporal. Machen Sie ein paar Minuten Pause. Ich übernehme hier.«

Erst jetzt wurde Amanda bewusst, dass sie in den beiden Wochen, seit Harconan an Bord gekommen war, kein einziges Mal mit ihm allein gewesen war. Sie hätte selbst nicht sagen können, ob das purer Zufall war oder ob sie es instinktiv vermieden hatte. Falls Letzteres der Fall war, so hatte sie nun vor, den Bann zu brechen.

»Wie Sie wünschen, Ma'am«, antwortete der Marine förmlich und warf Harconan noch einen kurzen misstrauischen Blick zu, ehe er hinausging. Die schalldichte Tür schloss sich mit einem leisen Klicken, und die Geräusche aus dem angrenzenden Command and Control Block verstummten.

»Ich wünschte, ich wäre wirklich so gefährlich, wie der Gentleman anscheinend glaubt«, stellte Harconan fest.

»Das bist du auch, das ist ja das Problem«, entgegnete Amanda und wandte sich wieder den Papieren zu, die sie vor sich liegen hatte.

»Danke für das Kompliment«, gab er zurück und trat zu ihr an den Kartentisch. »Ihr verwendet immer noch etwas so Altmodisches wie Papier – und das auf diesem Wunderwerk der Technik, das sich *Galaxy Shenandoah* nennt?«

»Oh, ist das unser Aufenthaltsort?«

»Na gut, dann wollen wir nicht an eure Geheimnisse rühren«, sagte er seufzend. »Aber ganz im Ernst, warum gebt ihr euch mit diesem altmodischen Papierkram ab, wenn ihr doch per Knopfdruck jede Karte auf diese Wandbildschirme zaubern könnt?«

»Weil diese Bildschirme auch ausfallen können«, antwortete Amanda geduldig. »Außerdem hilft mir so ein Ausdruck auf Papier manchmal beim Nachdenken.«

»Ah! Ich hab's ja gewusst, dass du altmodischer bist, als du es dir anmerken lässt. Wenn es wirklich nach dir ginge, wärt ihr heute noch mit Entermessern ausgerüstet, und du hättest das Kommando auf einem alten Schlachtschiff inne.«

Amanda musste sich ein Lächeln verkneifen. »Vielleicht auf einem guten alten Kanonenboot – aber das ist eben der Unterschied zwischen uns beiden. Ich weiß, dass ich im einundzwanzigsten Jahrhundert lebe. Ich versuche nicht, meine Fantasien auszuleben oder sie anderen Leuten aufzuzwingen.«

Harconan hob anerkennend eine Augenbraue. »Touché. Das hat gesessen.«

Amanda seufzte und wandte sich vom Kartentisch ab. »Das war wohl nicht wirklich nötig, nehme ich an. Tut mir Leid.«

»Das braucht es nicht. Du hast ja Recht. Man kann sich nicht vom ›Hier und Jetzt‹ abwenden, so Leid es mir auch tut.« Er sah sie neugierig an. »Wie ist es mit dir, Amanda? Was bedauerst du eigentlich wirklich?«

»Oh, da gibt es einiges«, antwortete sie leise. »Zum Beispiel auch, dass du das alles hier ausgelöst hast.«

»Auch da muss ich dir Recht geben, aber das weißt du ja längst. Ich habe eigentlich etwas anderes gemeint.«

Amanda griff nach einem Bleistift, hielt aber mitten in der Bewegung inne. »Was meinst du denn?«

»Ich meine, das ist das erste Mal, dass wir beide allein sind, seit ich an Bord dieses außergewöhnlichen Schiffes gekommen bin, wie immer es auch heißen mag. Und ich gehe davon aus, dass du absichtlich eine gewisse Distanz einhältst. Aber nachdem du jetzt deinem Vorsatz offensichtlich untreu geworden bist …«

»Ich bin keinem Vorsatz untreu geworden!«, platzte es aus ihr heraus, doch im selben Augenblick wurde ihr klar, dass er nicht ganz Unrecht hatte und dass sie ihm tatsächlich aus dem Weg gegangen war.

»Wie auch immer«, fuhr er beschwichtigend fort, »aber nachdem ich jetzt Gelegenheit dazu habe, würde ich gern meine Neugier und mein männliches Ego befriedigen. Bedauerst du das, was wir miteinander hatten, auch wenn es nur sehr kurz war?«

»Wir hatten überhaupt nichts, Makara«, entgegnete Amanda in eisigem Ton. »Zumindest nichts, was irgendwie zählen würde.«

Harconan verschränkte die Arme vor der Brust, lehnte sich an den Kartentisch und verdrehte die Augen. »Amanda, du bist einer der ehrenwertesten und vertrauenswürdigsten Menschen, die ich je kennen gelernt habe – außer in einem heiklen Punkt. In allem, was mit dir selbst zu tun hat, bist du eine ausgemachte Lügnerin.«

Amanda knallte den Bleistift auf den Tisch. »Und du bist ein arrogantes Arschloch!«

Er nickte. »Du hast Recht, meine Liebe«, sagte er mit leiser Stimme. »Aber ich gebe es wenigstens zu. Du aber hast nicht den Mut, einzugestehen, dass du eine Lügnerin bist. Nicht einmal dir selbst gegenüber.«

Seine Worte durchzuckten sie wie ein Messerstich, und sie

schmerzten mehr, als Worte es normalerweise vermochten. Sie hörte einen zornigen Aufschrei und merkte erst danach, dass sie ihn ausgestoßen hatte. Im selben Augenblick riss sie ihren Arm zurück, um auszuholen und zuzuschlagen – nicht, um ihm eine Ohrfeige zu verpassen, sondern um ihn mit der Faust am Hals zu treffen.

Er hatte nur darauf gewartet. Mit seiner großen Seemannshand packte er ihre Faust und wehrte den Hieb ab, bevor sie ihn anbringen konnte. »Tatsache ist, dass Captain Amanda Garrett es durchaus genossen hat, die Beherrschung zu verlieren und für eine kleine Weile die Sklavin eines Piraten zu sein.«

Sie schrie empört auf und riss sich aus seinem Griff los.

»Das ist es, was du wirklich bedauerst, Amanda«, fuhr Harconan mit einem unerbittlichen Lächeln fort. »Das und die Tatsache, dass du es nicht vor mir verbergen kannst. Es ist ein Teil von dir, den ich besitze und den du nicht wieder zurückbekommst, selbst wenn mich Präsident Kediri vor ein Exekutionskommando stellt.«

Irgendetwas in ihr zerbrach, und zu ihrer Scham äußerte sich das so, dass ihr Tränen in die Augen traten. »Also gut! Also gut! Ich bin eine Lügnerin! Bist du jetzt zufrieden?«

»Ja. Ja, das bin ich.« Der *Raja Samudra* griff in die Gesäßtasche seiner Jeans und zog ein sauberes weißes Taschentuch hervor. Sanft wischte er ihr die Tränen von den Wangen. »Meine liebe Amanda, die Lügen, die wir uns selbst erzählen, können großen Schaden anrichten. Wenn du endlich ehrlich zu dir selbst bist, dann wird das, was zwischen uns war, wirklich nicht mehr von Bedeutung für dich sein, und du kannst mit deinem bulligen Admiral, der dich so gern beschützen möchte, ein neues Kapitel beginnen.«

Sie wischte sich mit dem Handrücken die letzten Tränen aus den Augen. Woher, zum Teufel, konnte er wissen, dass sie für sich eine Entscheidung getroffen hatte, was Elliot betraf? »Was ist mit dem Teil, den du von mir besitzt?«

Er blickte lächelnd auf sie hinunter. »Nachdem du auch ein großes blutendes Stück aus meiner Seele gerissen hast, würde ich sagen, es ist ganz fair, so wie es ist. Bitte, meine Königin, wir wissen doch beide, dass das, was zwischen uns war, alles ist, was je zwischen uns sein wird. Du solltest es als eine Dummheit in Erinnerung behalten, die doch irgendwo schön war, und es nicht mit Schuldgefühlen verderben.«

Außer dass er ihr mit dem Taschentuch sanft über die Wange strich, machte er keine Anstalten, sie zu berühren.

Seltsamerweise war es Amanda so, als wären Arkady und Elliot mit ihnen hier im Raum, und noch ein anderer, der ebenfalls einmal eine Rolle in ihrem Leben gespielt hatte. Sie atmete tief durch und hatte das Gefühl, dass sich eine innere Last von ihr löste. Sie fragte sich, was sie als Nächstes sagen sollte, als sie ein leises Klopfen an der Tür hörte. Die Klinke ging hinunter, und Christine Rendino guckte vorsichtig herein. »Äh, darf ich reinkommen?«

»Natürlich, Chris«, antwortete Amanda mit ruhiger Stimme. »Wir haben uns gerade über die jüngsten Ereignisse unterhalten und darüber, was als Nächstes passieren könnte.« Was, wenn man es recht bedachte, sogar der Wahrheit entsprach.

»Oh.« Die Intel-Offizierin wirkte erleichtert. »Und gibt es neue Erkenntnisse?«, fragte sie und trat zu ihnen an den Kartentisch.

»Sie erwarten vielleicht, dass wir verzweifelt sind«, antwortete Harconan und wandte sich den Karten zu. So wie Amanda klang auch er ruhig und professionell. »Merpati Ketalaman hat mir sicher den einen oder anderen Schlag versetzt. Er ist ein Mann, der absolut den Eindruck erweckt, die Dinge im Griff zu haben. In Wahrheit hat er, glaube ich, große Angst, dass ihm die Kontrolle entgleiten könnte.«

Er blickte zu Amanda hinüber und zwinkerte ihr kurz zu. »Aber dass er sich so hart und unbeugsam gibt, könnte dazu führen, dass er irgendwann an seiner Last zerbricht. Und dann kann leicht etwas Unüberlegtes passieren.«

»Dann kann man also so etwas wie eine Verzweiflungstat von Ketalaman erwarten?«

»Genau.« Harconan strich mit der Hand über die Karte Indonesiens. »Wenn die Informationen von eurem Nachrichtendienst korrekt sind, dann zeigen eure Operationen bereits Wirkung. Kediris Truppen gewinnen die Initiative auf Java zurück, und Ketalaman verliert an Boden. Ich glaube, dass er nicht lange zuwarten wird, wie sich die Dinge entwickeln, sondern dass er alles auf eine Karte setzt. Wenn ihr seinen letzten Schlag abwehrt, habt ihr gewonnen.«

»Meinen Sie?«, fragte Christine skeptisch. »Bis jetzt hat Ketalaman jedenfalls jede Menge Geduld bewiesen.«

»Das stimmt schon, Commander«, entgegnete Harconan, »aber ein Mann ist wie ein Schiffsmast im Sturm. Er steht aufrecht, bis er bricht.«

Flottenstützpunkt Banda Aceh

19. November 2008, 09:39 Uhr Ortszeit Nach den Wochen, die er in seinem höhlenartigen Befehlsstand verbracht hatte, brannte ihm die helle Vormittagssonne schmerzhaft in den Augen.

Auf der langen Fahrt von seinem Hauptquartier am Tobasee die Küste entlang versuchte sich Admiral Ketalaman auf die Aufgaben zu konzentrieren, die vor ihm lagen. Er musste sich eingestehen, dass es nicht gut für ihn aussah. Kediri war ihm entkommen, und die Staaten der Regional Intervention Force griffen ebenfalls massiv zu seinen Ungunsten in das Geschehen ein. Ketalaman spürte, dass ihm auch seine Verbündeten zunehmend mit Misstrauen begegneten, so als spürten sie, dass eine Niederlage in der Luft lag.

Die letzte realistische Chance, die ihm blieb, war deshalb, mit einem Konvoi Verstärkung nach Java zu bringen. Ketalaman konnte aber nicht riskieren, das Kommando über den Kovoi einem seiner Untergebenen zu überlassen, weil er einfach nicht wusste, wie weit er seinen Leuten noch trauen konnte. Nein, er musste jetzt seine Entschlossenheit demonstrieren. Er musste allen zeigen, dass er immer noch das Heft in der Hand hielt.

Er saß auf dem Rücksitz seines Stabsfahrzeugs und schloss erneut die Augen, um sie vor der Helligkeit zu schützen, während er versuchte, sich auf die kommenden Ereignisse zu konzentrieren. Es war vergeblich. Immer wieder kam ihm die Vergangenheit in die Quere. Seine längst verstorbenen Eltern, seine Geschwister, von denen er sich entfernt hatte, alte Kameraden aus früheren Zeiten, eine ferne Liebesaffäre. Erinnerungen an einfachere Zeiten mit einfacheren Wünschen und Bedürfnissen.

In Indonesien glaubten selbst Menschen, die mitten im modernen Leben standen, an das Übernatürliche. Und so erschienen dem Admiral diese plötzlichen Gedanken an die Vergangenheit wie ein böses Omen für die Zukunft. Doch es spielte für ihn keine Rolle, ob diese Befürchtungen nun begründet sein mochten oder nicht; Ketalaman hatte sich längst entschieden. Er musste diesen letzten großen Anlauf wagen, sein Schicksal in die Hand zu nehmen.

Am Flottenstützpunkt von Banda Aceh wurden die Schiffe des Konvois bereits beladen und mit Waffen ausgerüstet. Die Transportschiffe nahmen Soldaten und Nachschub auf, während die Kriegsschiffe mit den allmählich schwindenden Munitionsreserven ausgestattet wurden. Auch die Treibstoffreserven gingen langsam zur Neige, nachdem alle Schiffe voll aufgetankt werden mussten.

Die zehntausend Mann, die nach Java gebracht werden sollten, bildeten so etwas wie eine Infanteriedivision. In Wirklichkeit war nur eine einzige Brigade, die 4. Infanteriebrigade, eine voll ausgebildete und ausgerüstete Kampfeinheit. Der Rest bestand aus einem Mischmasch von radikalen islamischen Milizen, die lediglich mit Handfeuerwaffen ausgerüstet waren.

Das Ganze stellte eher einen wilden Haufen denn eine organisierte Streitmacht dar. Die Eifersüchteleien der verschiedenen Imams hatten die Errichtung einer entsprechenden Kommandostruktur verhindert. Die einzelnen Einheiten hatten außerdem keine Gelegenheit gehabt, gemeinsame Übungen abzuhalten, um sich auf eine künftige Zusammenarbeit vorzubereiten. Es gab schwere Mängel in Artillerie, Transport, Befehlsstruktur und Logistik. Und dennoch – wenn es gelang, diese Truppen intakt auf das Schlachtfeld auf Java zu bringen und sie mit ihrer ganzen Wucht auf den Feind loszulassen, so war es möglich, Kediris spärliche Streitkräfte zu schlagen und den Krieg zu gewinnen. Das war der Gedanke, an den sich Ketalaman klammerte.

Das Problem war jedoch, die Truppen *intakt* ans Ziel zu bringen. Für diese Aufgabe wurde ein Verband von vier Transportschiffen eingesetzt. Zwei davon waren große Fahrzeug- und Passagierfähren, die man von der staatlichen Schifffahrtslinie PELNI beschlagnahmt hatte. Eines war ein mittleres Landungsschiff der Frosch-Klasse, das Indonesien einst bei dem großen Ausverkauf der ostdeutschen Marine nach dem Fall der Berliner Mauer erworben hatte, und das vierte Schiff war die *Teluk Surabaya.*

Letztere war das größte Schiff der indonesischen Flotte, das Flaggschiff der indonesischen Marine und eigentlich eine Art Missgeburt. Erworben hatte man das Schiff von der in Auflösung begriffenen russischen Marine nach dem Zusammenbruch der Sowjetunion. Die *Teluk Surabaya* war als LST, als Landungsschiff, ebenfalls ein Schiff der amphibischen Gefechtsführung – doch mit einer Verdrängung von vierzehntausend Tonnen und einer Länge von über 150 Metern war sie ein wahrer Koloss ihrer Gattung. Die *Teluk* und ihre Schwesterschiffe der Ivan-Rogov-Klasse waren gemäß der sowjetischen Philosophie der alten Schule gebaut worden: »Was größer ist, muss auch besser sein.«

Leider war das Schiff zu einer Zeit gebaut worden, als sich die Militärdoktrin und die Technologie bereits in eine andere Richtung entwickelten. Obwohl die Schiffssysteme teilweise modernisiert und westlichen Standards angepasst wurden, war die *Teluk Surabaya* immer noch hoffnungslos veraltet. Doch mit ihrem hohen Deckhaus und ihren mächtigen Kanonen- und Flugkörper-Batterien war sie immerhin eine imposante Erscheinung.

Die *Teluk* würde vor allem das schwere Gerät der 4. Brigade nach Java befördern. Admiral Ketalaman hatte außerdem beschlossen, selbst auf diesem Schiff nach Jakarta zu reisen. Egal, wie die Sache ausging – Ketalaman hatte fest vor, wenigstens einmal im Präsidentenpalast zu sitzen.

Als der Pfiff des Bootsmanns ertönte, strömte die Mannschaft der *Teluk Surabaya* an die Reling, um zu salutieren, während Admiral Ketalaman gravitätisch die Gangway hinaufschritt. Nur wenigen fiel auf, dass er eine Hand in der Tasche seiner Uniformjacke hatte. Niemand wusste, dass er einen Steinbrocken von seinem Berg fest in der geballten Faust hielt.

Joint Intelligence Center, USS *Shenandoah*

19. November 2008, 11:29 Uhr Ortszeit »Es gibt Neuigkeiten von meinen Leuten in Banda Aceh«, berichtete Harconan und blickte auf seine handgeschriebenen Notizen hinunter. »Fünfzehn Schiffe machen sich fertig zum Auslaufen. Der Transportverband und eine Eskorte aus zwei Divisionen. Die schwere Division umfasst die drei Fatahillahs, eine Van Speijk und eine Parchim. Zur leichten Division gehören drei Flugkörper-Schnellboote, zwei Lürssen-Kanonenboote und zwei Kondor-Minensucher.«

Christine blickte von ihrem Laptop auf. »Das kann ich in allen Punkten bestätigen.«

»Ich bin beeindruckt, Miss Rendino«, sagte Harconan mit einer galanten Verbeugung. »Die Transportschiffe werden gerade beladen, und es gehen Truppen in großer Zahl an Bord. Es geht das Gerücht im Hafen, dass der Konvoi heute Nacht auslaufen soll. Wenn man die Bedingungen im Hafen kennt, so kann man davon ausgehen, dass sie irgendwann zwischen zweiundzwanzig und dreiundzwanzig Uhr dreißig den Hafen verlassen dürften.«

»Ich würde sagen, das klingt plausibel«, stellte MacIntyre fest.

»Das sehe ich auch so«, warf Amanda ein. »Haben Ihre Leute sonst noch etwas für uns, Makara?«

»Ja. Das haben sie«, antwortete Harconan und warf sein Notizbuch auf den Kartentisch. »Ich habe mir das Beste für den Schluss aufgehoben. Es wurde beobachtet, dass eine große Gruppe von ranghohen Offizieren der Putschisten an Bord des Flaggschiffes gegangen ist. Es könnte durchaus sein, dass Admiral Ketalaman unter ihnen war. Wenn ihr die Meinung eines einfachen Piraten hören wollt, meine Freunde«, fuhr Harconan fort, »das ist der letzte große Anlauf, auf den Ketalaman alles setzt. Hier könnte uns eine wirklich fette Beute praktisch in den Schoß fallen.«

Dass Harconan die Worte »meine Freunde« und »uns« verwendete, klang nun nicht einmal mehr ironisch. Nachdem sie nun schon zwei Wochen zusammenarbeiteten, um die Krise zu bewältigen, war er ein fest integriertes Mitglied im Kommandoteam der *Shenandoah.* Amanda musste anerkennen, dass er seine dynamische Persönlichkeit voll in den Dienst der Sache stellte. Und sie wusste selbst am besten, was er mit seiner Persönlichkeit zu bewirken vermochte.

»Mag sein«, räumte Amanda ein. »Die Frage ist aber, ob der Schoß, den man zur Verfügung hat, groß genug ist, um die Beute aufzufangen. Chris, was hat die Regierung in Position, um den Konvoi abzufangen?«

Die Intel-Offizierin rief das Aufgebot der indonesischen Seestreitkräfte auf. »Gegenwärtig haben sie einen kleinen Kampfverband, der die Umgebung von Jakarta abdeckt«, antwortete sie. »Die Flottenübungsfregatte *Ki Hajar Deweantara,* eine Korvette der Parchim-Klasse und ein einzelnes Lürssen-Kanonenboot.«

Amanda schüttelte den Kopf. »Das reicht nicht. Nicht einmal annähernd. Elliot, vielleicht ist Ketalaman aus seinem Loch gekrochen, vielleicht auch nicht. Aber darum geht es gar nicht. Worum es geht, ist, dass das wahrscheinlich das entscheidende Ereignis in diesem Konflikt ist. Wir dürfen diesen Konvoi nicht durchlassen. In diesem Fall müssen wir direkt eingreifen.«

MacIntyres Miene verfinsterte sich, und er holte per Fernbedienung die Karte von Westindonesien auf einen der Wandbildschirme. »Ich würde auch sagen, dass sich hier etwas Entscheidendes anbahnt und dass wir handeln müssen. Aber was immer wir auch tun, es wird eine riskante Angelegenheit. Elf Geleitschiffe, Amanda, sieben davon mit Exocet- und Harpoon-Raketen ausgerüstet. Wenn sie die ganze geballte Ladung einsetzen … Commander Arkady, was meinen Sie?«

Arkady hatte an der Wand gelehnt und aus dem Hintergrund zugehört. Er richtete sich auf und trat ebenfalls an den Bildschirm. »Die Air Group würde das hinbekommen. Wir können sie aufhalten, nur nicht alle auf einmal. Wir sind da ein wenig eingeschränkt, was die Bewaffnung betrifft. Penguins und Hellfires sind die schwersten Anti-Schiff-Waffen, die wir zur Verfügung haben. Die Penguins sind ein bisschen stupid, und die Hellfires haben kurze Beine. Wir würden eine ganze Serie von Angriffen brauchen. Wir müssten ihnen die Geleitschiffe sozusagen Schicht für Schicht abziehen, um an den Kern heranzukommen.«

Amanda wandte sich Christine Rendino zu. »Chris, mit welchen Luftabwehrwaffen müssen wir rechnen?«

»Schwere Geschütze, Boss. Die ganze Palette von radar- und optronikgelenkten Kanonen, Zwanziger, Vierziger, Siebenundfünfziger und sogar 4,7-Zoll-Kanonen. Außerdem werden wahrscheinlich alle Schiffe mit Mistral-Flugkörpern bestückt sein, entweder von der Schulter oder mit SADRAL-Selbstschutz-Systemen abgefeuert.

Sie haben außerdem mindestens ein Flugkörper-System zur Gebietsverteidigung. Der große Brummer, die Ivan Rogov, war ursprünglich mit SA-N-4-Gecko-Boden-Luft-Raketen bestückt. Aber die Indonesier sind ihrer französischen Linie in der

Luftverteidigung treu geblieben und haben sie durch ein Crotal-SAM-System mit zusätzlicher Infrarot-Zielsuche ersetzt.«

Sie blickte von ihrem Laptop zu Arkady auf. »Ich weiß, wozu ihr Jungs fähig seid, aber wenn ihr euch mit diesen Geschützen anlegt, werdet ihr Verluste hinnehmen müssen, wahrscheinlich schwere Verluste.«

»Darum nennt man's auch Krieg«, erwiderte Arkady trocken.

»Nein, Arkady«, wandte Amanda entschieden ein. »Meine Strategie ist heute noch die Gleiche wie damals auf der Duke. So etwas wie Kanonenfutter wird es auf der … in der Phantom Force nicht geben! Wir haben es schon öfter mit solchen Situationen zu tun gehabt. Wir müssen eben auf den günstigsten Moment warten. Um einen Konvoi zu knacken, braucht man nur eine gute Gelegenheit.«

»Und eine gute Position«, warf Harconan ein und trat zu ihnen an den Bildschirm. »Wenn ihr das Ding durchziehen wollt, und das noch dazu möglichst ohne Verluste, dann braucht ihr eine günstige Position, von der aus ihr den Angriff startet.«

»Was würden Sie vorschlagen?«, fragte Amanda.

»Hier«, antwortete Harconan und zeigte mit dem Finger auf eine Inselgruppe am Ostende der Straße von Malakka, südöstlich von Singapur. »Die Riau- und die Lingga-Inselgruppe, die ›tausend Inseln‹, wie wir sie nennen. Dort müsst ihr Ketalaman angreifen.«

»Was ist so besonders an diesen Inseln?«, fragte MacIntyre neugierig.

Harconan zuckte die Achseln und strich sich mit der Fingerspitze über den Schnurrbart. »Meine Leute haben dort jahrhundertelang Schiffe versenkt. Ich würde sagen, der Erfolg spricht für sich.«

»Ich verstehe, was er meint, Sir«, warf Arkady nachdenklich ein. »Wenn wir ein wenig Deckung und Radarschatten hätten, dann wäre das eine sehr gute Ausgangsbasis.«

»Und wenn wir ihn an einer Stelle erwischen könnten, wo er

nicht allzu viele Möglichkeiten zum Manövrieren hat«, warf Amanda ein, während sie die Gedanken von Arkady und Harconan weiterdachte.

»Äh, Verzeihung«, meldete sich Christine zu Wort, »aber im Moment sind die Kerle *hier.*« Sie zeigte auf die Nordwestspitze von Sumatra. »Woher sollen wir wissen, ob sie überhaupt jemals zu der Stelle kommen, wo sie verwundbar wären?«

»Oh, das ist ganz einfach«, antwortete Harconan und legte der Intel-Offizierin freundschaftlich den Arm um die Schultern. »Konvois sind wie Rinderherden. Man muss sie eben dorthin treiben, wo man sie haben will.«

Im Indischen Ozean, südlich von Sumatra

19. November 2008, 14:25 Uhr Ortszeit Am Horizont war weit und breit nichts zu sehen, und das Meer rollte bis auf das gelegentliche Aufblitzen einer Schaumkrone ruhig und gemächlich dahin. Plötzlich bildete sich ein breites V auf der Wasseroberfläche, als von unten ein Unterseeboot hochstieg. An der Spitze des Vs tauchte ein Periskop aus dem Wasser auf und drehte sich langsam, um die Umgebung abzusuchen. Wenige Augenblicke später folgten noch ein Behälter für elektronische Kriegführung und ein Kommunikationsmast.

Die USS *Hampton,* ein Atom-Unterseeboot der Los-Angeles-Klasse, war mit einem ganz bestimmten Auftrag auf Periskop-Tiefe beordert worden, nachdem sie zuvor die westliche Flanke der Regional Intervention Force gedeckt hatte.

Im Kontrollraum lasen der Kommandant und sein Erster Offizier die Botschaft immer wieder und wieder. Sie konnten nicht glauben, was da stand, weil der Auftrag nach der Philosophie der Unterseeboot-Leute all das enthielt, was es um jeden Preis zu vermeiden galt.

»Lauft nordwärts auf die Küste von Sumatra zu – und zwar in Periskop-Tiefe und mit ausgefahrenem Mast. Sendet ununterbrochen auf den Standard-Frequenzen.« Der Erste Offizier blickte von der Nachricht auf. »Ich versteh's einfach nicht, Skipper. Senden – aber was und an wen? Was wird da überhaupt gespielt?«

»Ich weiß es auch nicht, Don. Es klingt fast so, als wollten sie lediglich, dass irgendjemand mitbekommt, dass wir da sind.«

USS *Cunningham*
Im Hafen von Benoa, Bali

19. November 2008, 14:27 Uhr Ortszeit Die Befehle gingen reihenweise über das 1-MC-Durchsagesystem hinaus. »Ankerraum, klarmachen zum Ankerlichten! Maschinenräume, alle Turbinen hochfahren! Condition Zebra in allen Abteilungen! Klarmachen zum Auslaufen! Ausführung!«

»Status, Mr. Winfield.« Captain Ken Hiro trat auf die Brücke der Duke und setzte sich den Kommandokopfhörer auf.

»Ankerraum ist klar zum Ankerlichten, Capt'n. Klar zum Auslaufen in …« – Hiros Erster Offizier blickte auf die Anzeigen an der Station des Zweiten Rudergängers – »… vier Minuten.«

»Sehr gut. Ist schon eine Nachricht gekommen, wo es hingeht?«

»Nein, Sir. Außer dem Befehl zum sofortigen Auslaufen von der *Carlson* ist nichts mehr gekommen. Und die *Shiloh* soll mitkommen, wo immer sie gerade ist.«

Auf der anderen Seite des Liegeplatzes stieg aus den Schornsteinen eines Aegis-Kreuzers der Ticonderoga-Klasse dunkler Rauch auf. Eines der Geleitschiffe des NAVEX-7.2-Verbandes machte sich offenbar ebenfalls fertig zum Auslaufen.

»Capt'n, hier Kommunikation«, tönte es in Hiros Kopfhörer, »Die *Carlson* meldet sich, Sir. Es ist Captain Carberry.«

»Stellen Sie durch.«

Wenige Augenblicke später hörte Hiro in seinem Kopfhörer die Stimme des neuen Seafighter-TACBOSS. »Captain Hiro, hier ist Carberry. Wie ist Ihre Situation?«

»Wir haben den Befehl zum sofortigen Auslaufen erhalten, Sir, und wir sind bereit. Wie lauten Ihre weiteren Anweisungen?« Hiro wusste, dass Carberry ein Mann war, der gern sofort zur Sache kam.

»Sie werden vorübergehend von der Seafighter-Task-Force abgezogen, Capt'n. Die USS *Cunningham* und die USS *Shiloh* werden eine unabhängige Surface Action Group unter Ihrem Kommando bilden. Sie werden unverzüglich auslaufen und entlang der Küsten von Java und Sumatra die Umgebung nach Schiffen absuchen.«

Hiro runzelte die Stirn. »Ist das alles, Sir? Ich meine, keine weiteren Informationen über Ziele, Dauer der Mission, Regeln für Kampfhandlungen, nichts?«

»Ich habe Ihnen das weitergegeben, was ich selbst bekommen habe, Capt'n«, antwortete Carberry trocken. »Wir können davon ausgehen, dass weitere Anweisungen folgen werden. Bis dahin gehen Sie wie besprochen vor, und viel Glück für Ihre Mission.«

»Aye aye, Sir.«

Die Verbindung riss ab. »Oh Gott«, murmelte Hiro vor sich hin.

Wenige Augenblicke später kam die nächste Meldung aus dem Kommunikationsraum. »Skipper, da ist noch ein Anruf, der nur für den Capt'n bestimmt ist.«

»Stellen Sie durch.«

»Äh … es ist einer dieser speziellen ›Ladyline‹-Anrufe, Sir.«

Hiro zögerte nur einen kurzen Augenblick. »Gut, ich übernehme in meiner Kabine. Mr. Winfield, Sie haben das Kommando. Bringen Sie uns aus dem Hafen. Geben Sie folgende Botschaft an die *Shiloh* durch: »Schließen Sie sich uns an. Weitere Anweisungen folgen.«

Hiro stieg von der Ebene der Brücke in den »Officer's Country«-Bereich hinunter und suchte seine Kabine auf. Jetzt würde er wohl seine »weiteren Anweisungen« bekommen. Der stämmige japano-amerikanische Kommandant der *Cunningham* ging schneller, als es in seiner Position angebracht erschien. Es handelte sich nicht nur um sein erstes Task-Group-Kommando, sondern noch dazu wahrscheinlich um einen Job, in dem er mit Amanda Garrett zusammenarbeiten würde.

An der Kommunikationsanlage blinkte ein grünes Licht. Er setzte den Kopfhörer auf und drückte auf den Hotline-Knopf. »Hiro hier, Capt'n.«

»Hallo, Ken«, antwortete die ferne, aber sehr vertraute Stimme. »Es freut mich, Sie wieder in meinem Kommando zu haben.«

»Ha! Hab ich's doch gewusst!«, rief Hiro und schlug mit der Hand auf den Tisch. »Worum geht's, Ma'am?«

»Falls Sie nicht schon unterwegs sind, nehme ich an, dass Sie's gleich sein werden, nicht wahr?«

Hiro spürte, wie ein leichtes Vibrieren durch das Schiff ging. »Der Anker wird gerade gelichtet, Ma'am.«

»Ausgezeichnet! Wir haben keine Zeit zu verlieren. Es wird bei diesem Job zwar wahrscheinlich nicht zum Gefecht kommen, Ken, aber es ist trotzdem eine sehr wichtige Sache. Hat man Ihnen mitgeteilt, dass Sie die Südküsten von Java und Sumatra nach Schiffen absuchen sollen?«

»Ja, Ma'am, aber nach wem wird eigentlich gesucht?«

»Nach jemandem, der hoffentlich sowieso nicht dort ist. Und es geht hier nicht um einen Stealth-Job. Sie zeigen vielmehr ganz offen, dass Sie da sind, Ken. Drehen Sie Ihr Radar volle Pulle auf. Aktivieren Sie das Sonar. Halten Sie außerdem regen Funkkontakt mit der *Shiloh* und mit dem Jagd-Unterseeboot *Hampton,* das irgendwo südwestlich von Ihnen mit ausgefahrenem Funkmast unterwegs ist. Lassen Sie Ihre Helis starten und lassen Sie sich immer mal wieder vor der indonesischen Küste blicken. Kurz gesagt, fallen Sie auf!

Und was auch wichtig ist – geben Sie ordentlich Gas! Die Putschisten sollen wissen, dass da eine mächtige amerikanische Surface Action Group westwärts die Küste entlangläuft und jederzeit einsatzbereit ist. Können Sie das machen?«

»Das können wir machen, Ma'am.«

Auf der anderen Seite des Hafens, an Bord des momentanen indonesischen Regierungssitzes, der USS *Pelelieu,* nahmen Präsident Kediri und seine militärischen Berater den Plan, den man ihnen unterbreitete, mit großer Skepsis auf.

»Aber wir haben nicht einmal einen Bruchteil der Schiffe in Position, die nötig wären, um es mit Ketalaman aufzunehmen«, wandte der ranghöchste verbliebene Marine-Kommandant ein. »Das wäre glatter Selbstmord.«

Botschafter Goodyard wiederholte seine Erläuterungen mit großer Geduld. »Ihre Schiffe werden ja nicht benötigt, um Kediris Verband tatsächlich aufzuhalten. Ihre Seestreitkräfte sollen sich einfach nur zeigen und ihre Präsenz demonstrieren. In wirkliche Gefechte mit dem Feind werden sie höchstens verwickelt, nachdem ein Großteil von Ketalamans Konvoi eliminiert wurde.«

»Wie soll denn diese Eliminierung vor sich gehen, Herr Botschafter?«

Goodyard zupfte an seinem Ohrläppchen. »Darüber bin ich selbst nicht informiert, Herr Präsident, ich kann Ihnen nur versichern, dass es … irgendwie passieren wird.«

Flottenstützpunkt Banda Aceh, Sumatra

19. November 2008, 22:19 Uhr Ortszeit Die scharfen Kanten von Ketalamans Stein schnitten sich in seine Handfläche, als er die Faust noch etwas fester ballte.

Die schwachbrüstige russische Klimaanlage war ausgefallen, sodass es im Stabs-Planungszentrum der *Teluk Surabaya* drückend heiß war. Der Raum war gerammelt voll, nachdem nicht nur Ketalamans persönlicher Stab, sondern auch der des Kommodore anwesend war.

Aus der Kommunikationszentrale des Flaggschiffs kamen immer neue Meldungen – zuerst, dass das Schiff klar zum Auslaufen war, dann Informationen über den Ladestatus und nun auch noch neues Nachrichtendienst-Material.

»Wir haben Sichtungsmeldungen von unseren Küstenspähern auf der Halbinsel Blambangan und der Insel Barlung. Eine starke Kampfgruppe aus mindestens zwei amerikanischen Kreuzern, mit Lenkwaffen ausgerüstet, hat die balinesischen Gewässer verlassen und läuft mit hoher Geschwindigkeit westwärts. Unsere Nachrichtendienst-Teams haben außerdem Funkverkehr aufgeschnappt, der wahrscheinlich von einem amerikanischen Atom-Unterseeboot kommt, das sich irgendwo im Indischen Ozean aufhält. Das Unterseeboot scheint in Funkkontakt mit den Überwasser-Einheiten zu stehen und nähert sich der Küste.«

Die scharfe Kante des Steins schnitt sich immer tiefer in Ketalamans Hand, bis er Blut spürte. »Sieht der Nachrichtendienst einen Zusammenhang zwischen diesen Aktivitäten und dem Auslaufen unseres Konvois?«

»Wir können uns im Moment keine andere Erklärung vorstellen, Admiral.«

»Sind irgendwelche amerikanischen Einheiten unterwegs in die Javasee?«

»Im Moment ist nichts bekannt, Herr.«

»Was ist mit der Regional Intervention Force?«

»Keine ungewöhnlichen Aktivitäten – nur die Transport-Operationen für die Regierung Kediri und die friedenserhaltende Mission auf Bali. Singapur und Japan führen weiter ihre routinemäßigen Patrouillen in der Straße von Malakka durch.«

»Und Kediri, was macht Kediri?«

»Wir haben bis jetzt nur eine Reaktion feststellen können. Die drei Schiffe, mit denen er Jakarta bewacht hat, laufen jetzt nordwärts auf die Karimatastraße zu. Aber es hat sich vor allem auf Java selbst etwas getan, Herr. Die Offensive der Regierungstruppen an der Nordküste wird immer heftiger. Der Kommandeur unserer Truppen in Ciribon hat gemeldet, dass er die Stadt wahrscheinlich nicht wird halten können.«

Ketalaman spürte, wie seine Mundwinkel zuckten. Er schwieg jedoch, bis er sicher war, dass seine Stimme fest klingen würde. »Sagen Sie Oberst Trabruk, dass die Ciribon-Linie gehalten werden muss. Er kann mit Verstärkung innerhalb der nächsten zweiundsiebzig Stunden rechnen, aber er darf nicht zurückweichen!«

»Jawohl, Herr«, antwortete der Stabschef, ohne dem Admiral in die Augen zu sehen. *Warum sah ihm der Mann nicht in die Augen?*

Ketalaman wandte sich dem Marineoffizier zu, der grübelnd am anderen Ende des Kartentisches stand. »Kommodore, wann ist die Kampfgruppe klar zum Auslaufen?«

»Alle wichtigen Schiffe sind bereit, Admiral«, antwortete der Kommandant der Kampfgruppe. »Die Minensuchdivision ist momentan unterwegs, um die Hafeneinfahrt abzusuchen.«

»Sehr gut. Kommodore, Sie können auslaufen.«

»Welchen Kurs nehmen wir?«, fragte der Kommodore zögernd.

Verdammt! Ketalaman hatte diese Entscheidung den ganzen Tag vor sich hergeschoben – in der Hoffnung, dass sich die Lage klären würde. Nun rächte sich sein langes Zögern. Er hätte längst zu einer Entscheidung kommen müssen. Seine Augen huschten über den Kartentisch, um noch einmal rasch zu überlegen.

»Wir werden Kurs nach Osten nehmen, in die Straße von Malakka und weiter zur Javasee. Wir nehmen den kürzeren inneren Weg durch die Inselgruppe.«

»Admiral«, wandte der Kommodore ein. »Darf ich zu bedenken geben, dass wir auf diesem Weg viele Engstellen passieren müssen, insbesondere im Riau- und im Lingga-Archipel. Die äußere Route westlich von Sumatra durch den Indischen Ozean und durch die Sundastraße wäre vielleicht um ein paar Stunden länger, aber wir hätten viel mehr Spielraum zum Manövrieren.«

»Die Amerikaner sind im Indischen Ozean!« Ketalamans Stimme brach beinahe, und es kostete ihn einige Mühe, sich zu beherrschen. »Die Amerikaner waren von Anfang an die Unbekannte in diesem Krieg. Auf der inneren Route treffen wir nur auf die Streitkräfte von Singapur und Japan – und die werden bestimmt nichts riskieren. Das sind keine Cowboys, so wie die Amerikaner. Wir nehmen die innere Route!«

Großer Gott! Warum fing er jetzt schon an, sich vor den Untergebenen zu rechtfertigen? Das hier war allein seine Entscheidung! Was er befahl, hatte zu geschehen! Und jetzt hatte er erkennen lassen, dass er die Amerikaner fürchtete.

»Führen Sie Ihre Befehle aus«, fügte Ketalaman kurz angebunden hinzu. »Wir laufen aus.«

Er drehte sich abrupt um und verließ die Operationszentrale, die Hand immer noch in der Tasche. Seine Handfläche war mittlerweile voller Blut.

Joint Intelligence Center, USS *Shenandoah*

19. November 2008, 23:40 Uhr Ortszeit »Okay, Leute, jetzt kommt der große Augenblick.« Christine Rendino schob ihre Brille auf die Stirn und nahm einen Schluck aus der Pepsi-Flasche. Sie und die anderen Anwesenden in der Nachrichtendienst-Zentrale richteten ihre ganze Aufmerksamkeit auf das Satellitenbild, das auf dem Hauptbildschirm erschien.

Die Abbildung stammte von den Kameras eines Oceanstar-Aufklärungssatelliten, der hoch über dem Pazifik seine Bahn zog. Der Satellit war in einer Höhe von zweihundert Kilometern mit acht Kilometern pro Sekunde über der Nachtseite der Erde unterwegs. Dennoch sah das Schwarzweißbild so aus, als wäre es an einem sonnigen Tag aus einer Höhe von fünfzehnhundert Metern aufgenommen worden. Dabei war das noch längst nicht alles, was der Aufklärungssatellit zu leisten vermochte. Wenn Christine gewollt hätte, so hätte der Oceanstar die Rangabzeichen der indonesischen Offiziere lesen können.

Die Intel-Offizierin war jedoch nicht an irgendwelchen Details interessiert – sie wollte lediglich die Antwort auf eine große Frage. Backbord oder Steuerbord. Ost oder West.

Die beiden Minensucher der Kondor-Klasse kamen als Erste, um den Weg, der vor ihnen lag, mit ihren Niedrigfrequenzsonarsystemen abzusuchen. Als sie die Hafenmündung hinter sich hatten, wandten sie sich … nach Steuerbord – nach Osten.

Als Nächstes kam die Kampfgruppe, die Geleitschiffe der Fatahillah-Klasse. Sie liefen in einer Linie dahin, das Flaggschiff, die *Nala,* in der Mitte. Sie war mit ihrem charakteristischen Hubschrauberlandeplatz und Hangar leicht zu erkennen.

Und die Fatahillahs wandten sich … nach rechts und folgten den Minensuchern.

»Das wäre Nummer zwei«, murmelte Christine.

Wenig später kam auch der Transportverband aus der Hafenmündung von Banda Aceh. An der Spitze lief die relativ alte Van-Speijk-Fregatte, dahinter die Transportschiffe mit dem kleineren LSM an der Spitze, gefolgt von der *Teluk Surabaya* mit ihrem gekrümmten Bug und ihrem klotzartigen Oberwerk, und schließlich die etwas stromlinienförmigeren Silhouetten der PELNI-Fähren. Die kleineren Flugkörper-Schnellboote und Kanonenboote, die die nahe Eskorte bildeten, liefen weiter außen an den Flanken, und in der Position des Schlussmanns folgte schließlich die Parchim-Korvette.

Langsam begannen sich sich die Umrisse der ehemaligen holländischen Fregatte zu verkürzen. Sie drehte ab. Nach Osten.

In die Straße von Malakka zwischen Malaysia und Sumatra und weiter in die Javasee.

Ein Weg, der über die »tausend Inseln« führte.

Christine lachte leise und nahm noch einen Schluck von ihrem Pepsi. »Lauft nur weiter, ihr kleinen Kälber«, murmelte sie.

MV *Galaxy Shenandoah*
Nordwestlich der Karimunjawa-Inseln

20. November 2008, 00:14 Uhr Ortszeit Amandas Schreibtischtelefon klingelte, als sie sich gerade mit Rimski-Korsakovs *Scheherazade* entspannte. Barfuß und immer noch mit einem zerknitterten weißen Uniformhemd und Shorts bekleidet, rollte sie sich vom Bett herunter und eilte zum Telefon hinüber. Sie schaltete die Schreibtischlampe ein und nahm den Hörer ab. »Capt'n hier.«

»Hier ist Chris unten im Joint Intel. Wir haben Ketalaman tatsächlich geblufft, Boss. Der Konvoi läuft nach Osten in die Straße von Malakka. Wir haben diese Mistkerle!«

»Wir bekommen vielleicht eine gute Gelegenheit für einen Angriff, Chris, nicht mehr«, korrigierte Amanda ihre Freundin. »Bleib dran und halt mich auf dem Laufenden.«

»Mach ich.«

Sie legte gerade den Hörer auf, als sie ein leises Klopfen an der Verbindungstür zu MacIntyres Kabine hörte. Der Admiral musste soeben dieselbe Information erhalten haben. MacIntyre hatte sich zur selben Zeit wie sie in seine Kabine zurückgezogen, und das aus dem gleichen Grund wie sie – nämlich um ein paar Stunden Schlaf zu ergattern, bevor die nächsten schweren Entscheidungen anstanden. Nachdem er das Licht noch gar nicht ausgeschaltet hatte, wie sie an dem schmalen Lichtstreifen unter der Tür hatte sehen können, fiel ihm das Einschlafen wohl genauso schwer wie ihr.

»Komm nur rein, Elliot«, sagte sie. »Die Tür ist nicht abgeschlossen.«

MacIntyre öffnete die unversperrte Tür. Er trug immer noch seine zerknitterte Khaki-Uniform, und auf seinem Gesicht machten sich Bartstoppeln bemerkbar. »Ich habe dein Telefon klingeln hören. Dann hast du es wohl auch gerade erfahren.«

»Ja«, sagte sie mit einem Nicken. »Christine war dran.«

»Es sieht so aus, als würde Harconan Recht behalten. Sie laufen durch die Straße von Malakka und mitten durch die tausend Inseln.«

»Ja, er hat das absolut richtig gesehen. Die Bugi-Piraten haben zwischen diesen Inseln jahrhundertelang Schiffe angegriffen. Es ist ein höchst geeignetes Gebiet für einen Angriff. Darüber habe ich gerade nachgedacht.«

»Ich auch.« MacIntyre strich sich mit einer Hand durch sein etwas zerzaustes, kurz geschnittenes Haar, um es ein wenig zu glätten. »So wie ich es sehe, gibt es dabei drei Dinge, die wir unter einen Hut bringen müssen. Wir müssen Ketalaman außer Gefecht setzen. Wir müssen die Verluste so gering wie möglich halten. Und wir müssen darauf achten, dass die Phantom Force anonym bleibt. Ich bin mit meinen Überlegungen so weit, dass ich wüsste, wie wir zwei der drei Punkte erreichen können. Aber das reicht eben nicht.«

»Ich weiß«, pflichtete ihm Amanda bei. »Meine Gedanken laufen in den gleichen Bahnen. Und ich glaube, der Schlüssel zur Lösung ist, dass wir Ketalaman in einem einzigen Schlag außer Gefecht setzen müssen. Das Problem ist, dass weder die *Shenandoah* noch die Air Group eine ausreichende Feuerkraft entwickeln können, um das allein zu schaffen. Es muss ein Angriff mit vereinten Kräften sein. Das Schiff und die Air Group müssen gleichzeitig zuschlagen.«

»Solche Angriffe sind schwer zu koordinieren, Amanda.«

»Ich weiß. Und dazu kommt noch, dass uns ein wenig die Reichweite fehlt. Wir werden sehr nahe herangehen müssen.«

MacIntyre lehnte sich neben ihr an den Schreibtisch. »Wie nahe?«

»So nah, dass wir sogar den Bug als Waffe einsetzen können.«

Er stieß einen leisen Pfiff aus. »Großer Gott, das Ganze wird dann so etwas wie ein Messerkampf in einer Telefonzelle.«

»Ja, und Harconan hat in noch einem Punkt Recht. Es wird vor allem auf die Position ankommen.« Sie richtete sich auf, um den Laptop einzuschalten, überlegte es sich dann aber anders und ging zu einem Regal, um eine Karte vom westlichen Teil der Javasee zu holen.

»Hier sind der Riau- und der Lingga-Archipel«, sagte sie, während sie die Karte auf dem Schreibtisch ausbreitete. »Es gibt hier drei schiffbare Fahrrinnen, die Ketalamans Verband benutzen könnte, um die tausend Inseln zu passieren. Die nördliche Rinne verläuft zwischen den beiden Inselgruppen. Die mittlere Fahrrinne führt durch den Lingga-Archipel, und zwar zwischen den Inseln Sebangka und Lingga, und die dritte und breiteste Rinne im Süden, die Berhalastraße, verläuft zwischen der Insel Singkep und Sumatra.

Ich glaube nicht, dass Ketalaman die nördliche Fahrrinne wählt. Er würde dadurch vom Kurs abkommen und einige Stunden länger nach Java brauchen, und das kann er sich eigentlich nicht leisten. Die Berhalastraße im Süden wäre für ihn wohl die günstigste Passage.«

Amanda tippte mit dem Zeigefinger auf die mittlere Rinne. »Aber irgendwie werden wir wieder Cowboy spielen müssen, um ihn in die mittlere Rinne zu treiben, in die Sebangkastraße. Ich denke, das wäre die günstigste Stelle für den Angriff.«

MacIntyre beugte sich neben ihr über die Karte, sodass seine Brust ganz leicht ihre Schulter berührte. »Aber diese Rinne ist wohl die am wenigsten wahrscheinliche. Die Sebangkastraße scheint höchstens fünfzehn Kilometer breit zu sein. Und mit den Untiefen, den Riffen und den kleineren Inseln da und dort ist die eigentliche Fahrrinne noch um einiges schmäler.«

»Ja, das ist ein richtiger Fleischwolf. Wenn er da drin ist, gibt es kein Ausweichen mehr. Dann kann er nur noch geradeaus.«

MacIntyre sah sie an. »Das gilt aber für uns genauso.«

Sie zuckte die Achseln. »Da fällt mir eine alte Eskimoweisheit über die Eisbärenjagd ein: Je größer er ist und je mehr Angst du vor ihm hast, umso näher kommst du an ihn heran, bevor du zuschlägst.«

Ein Wort von ihr genügte, damit das Schiff eine seltsame Umwandlung durchmachte – nicht von der Raupe zum Schmetterling, sondern eher von einer Raupe in eine andere Art von Raupe.

Das Signalhorn plärrte, die Arbeitsbeleuchtung an Deck ging aus, und Arbeitsteams mit Nachtsichtgeräten machten sich an ihre genau festgelegten Aufgaben.

Der Göschstock der *Shenandoah* verschwand in dem dafür vorgesehenen Hohlraum im Rumpf, und an den Rändern der Ladeluken wurden einzelne Platten gewendet. Zugangsleitern wurden aus der Verankerung gehoben und an anderen Stellen wieder eingesetzt. Falsche Belüftungsschächte wurden aus dem Weg geräumt und an freien Plätzen auf den Decks befestigt.

Auf den Decksaufbauten wurden die blauweißen Symbole durch ein Pferd mit gelb-grünen Flügeln ersetzt. Die beiden nebeneinander liegenden Schornsteine verschmolzen zu einem einzigen breiten Schornstein. Deckhausfenster wurden zu Bullaugen, während bestimmte Bullaugen und Außenluken völlig verschwanden. Am Ruderhaus wurde eine große weiße Plastikblase zu einem deutlich sichtbaren Radom aufgeblasen, das jedoch keinen wirklichen Zweck erfüllte.

Nachdem all diese Veränderungen abgeschlossen waren, machten sich die Waschcrews mit ihren Pumpen, Schläuchen und chemischen Substanzen ans Werk. Aus den Klüsen und Speigatts träufelte künstlicher Rost auf den Schiffsrumpf herunter.

Viele der falschen und umgedrehten Platten waren mit einem Radar absorbierenden Anstrich versehen. Die *Shenandoah* würde ab sofort ein deutlich kleineres Radarecho liefern. Das Schiff lief nun nur noch mit einer Schraube. Unterwasserlautsprecher machten die Geräuschsignatur für eventuell mithörende Hydrophone unbrauchbar, und die Dichte der thermischen Spur des Schiffes wurde mit Hilfe eines Gebläses im Abgassystem verändert.

Schließlich wurden auch noch die Namensschilder am Bug, an der Brückenreling und am Heck ausgetauscht und eine neue Flagge gehisst.

Als diese Veränderung vollzogen war, ging ein ganz spezielles Computervirus durch das Internet, das weltweit nur einige Dutzend Systeme beeinträchtigte und der so unscheinbar war, dass man ihm keine große Beachtung schenken würde. Doch für die nächsten zwei, drei Tage würde im Internet die Information zu finden sein, dass sich ein bestimmtes Handelsschiff irgendwo in der Javasee aufhielt, anstatt in einem chilenischen Hafen vor Anker zu liegen. Ab sofort fuhr der altgediente griechische Frachter *Andronicus* gemächlich westwärts auf die Straße von Malakka zu.

Schwaches graues Licht fiel durch die Jalousien herein. Sowohl die Kabine des Kapitäns als auch die des Reeders zeigten noch die Folgen einer Marathonplanungssitzung; neben leeren Tee- und Kaffeetassen waren jede Menge Karten, Bücher und Unterlagen verstreut.

MacIntyre lümmelte auf dem Sofa seiner Kabine und sah zu, wie Amanda in sein Schreibtischtelefon sprach.

»Gibt es irgendetwas Neues, Dix? … Gut. Dann will ich in einer Stunde eine vollständige Operations Group haben, und zwar mit Mr. Harconan. Sie können auch weitersagen, dass morgen Abend einiges auf uns zukommen wird. Ab jetzt haben sich alle Abteilungen ständig für neue Anweisungen bereitzuhalten. Alles klar? … Okay, weitermachen!«

Sie legte den Hörer auf und machte ein paar Dehnungsübungen, um sich zu lockern. »Oh, Gott, ich werde langsam zu alt für das alles.«

»Was soll dann ich sagen?«, wandte MacIntyre ein.

Sie setzte sich neben ihn auf das Sofa und zog ihre nackten Füße ein. In der ganzen hektischen Aktivität der vergangenen Stunden war sie nicht einmal dazu gekommen, Schuhe anzuziehen. Amanda trug immer noch ihre zerknitterte Uniform der Handelsmarine, ihr rotbraunes Haar wirkte etwas zerzaust, und ihr Gesicht war ungeschminkt.

Und dennoch schaffte sie es, unglaublich attraktiv auszusehen, wie MacIntyre bewundernd feststellte.

Der Gedanke brachte all die widerstrebenden Gefühle und die Bedenken wieder in ihm hervor, die ihn in den vergangenen Wochen geplagt hatten. Doch irgendwie, wahrscheinlich durch den Schlafmangel bedingt, trat das alles für den Augenblick in den Hintergrund. Umso stärker wurde ihm bewusst, dass er hier und jetzt mit dieser wunderbaren Frau zusammen war, die neben ihm auf dem Sofa saß.

Die ganze Nacht hindurch waren sie gemeinsam ihrer anstrengenden Arbeit nachgegangen – und jetzt trat für den Augenblick die Arbeit in den Hintergrund, und er genoss die Vertrautheit, die sich zwischen ihnen entwickelt hatte.

Wenn er bloß gewusst hätte, was sie empfand. Sie schien ihn irgendwie nachdenklich mit ihren schönen goldfarbenen Augen zu studieren, so als wäre sie zufrieden damit, ihn einfach nur anzusehen.

Jetzt. Irgendwie war ihnen dieser Moment der Stille und Intimität zuteil geworden. Wenn du schon einmal damit begonnen hast, dich zum Narren zu machen, dann kannst du auch gleich einen Schritt weitergehen, MacIntyre, sagte er sich. Bring es zu Ende, auf die eine oder andere Art, bevor die Welt draußen dich wieder unterbricht. »Amanda …«

»Warum nicht, Elliot?«, sagte sie lächelnd.

Er sah sie verwirrt an. »Warum nicht *was?*«

»Wenn wir eine Beziehung hätten, wäre das ideal für die ganze Phantom-Force-Sache«, antwortete sie sachlich. »Jeder weiß, dass männliche und weibliche Offiziere in derselben Kommandokette keine intime Beziehung haben dürfen. Wenn wir trotzdem eine hätten, würde das nur die Tatsache betonen, dass ich eben nicht länger in der Navy bin oder sonst in irgendeiner Weise deinem Kommando angehöre.«

»Amanda …«

»Wir müssen das Ganze natürlich ziemlich offensichtlich machen«, fuhr sie lächelnd fort. »Wir müssten uns oft treffen, wenn wir im gleichen Hafen sind. Wir müssten unseren Landurlaub gemeinsam verbringen und uns dauernd in aller Öffentlichkeit küssen, Händchen halten und so.«

»Amanda!«

»… und Geschenke natürlich. Du müsstest mir alle möglichen Geschenke machen – Parfums, Schmuck, Reizwäsche. Ich gebe dir eine Liste mit meinen Größen und Lieblingsfarben und allem.«

MacIntyre setzte sich auf. »Verdammt, was redest du da!«

Amanda prustete vor Lachen und ließ sich gegen ihn sinken. »Oh, Elliot, du musst zugeben, das wäre ein wunderbarer Vorwand.«

Er legte den Arm um sie und zog sie zu sich, wie er es sich schon so quälend lange gewünscht hatte. Und er hielt sie in den Armen, wie er eine Ewigkeit niemanden mehr gehalten hatte. Sie legte den Kopf auf seine Schulter, und MacIntyre spürte, wie die Barrieren, die er selbst aufgebaut hatte, mit einem Schlag in sich zusammenfielen.

»Gott, ich komme mir so unglaublich dumm vor«, sagte er schließlich.

»Warum denn?«, murmelte sie mit geschlossenen Augen.

Er blickte auf ihr von der Sonne gebleichtes rotbraunes Haar hinunter. »Ich bin ein bisschen aus der Übung, wenn es darum geht, einer schönen Frau die richtigen Dinge zu sagen.«

Amanda hob den Kopf und schlug die Augen auf. »Wen meinst du? Mich?«

»Ja, verdammt! Das weißt du doch genau!«

»Wenn du meinst.« Sie ließ den Kopf wieder an seine Schulter sinken, streckte sich und seufzte zufrieden. »Ich habe dir ja schon gesagt, dass du es bis jetzt gar nicht so schlecht machst. Du wirst es schnell genug lernen.«

»Danke … Ja, vielleicht.« Er blickte in ihr lächelndes Gesicht. »Du amüsierst dich schon eine ganze Weile über meine Leiden, nicht wahr?«

»Na ja, nicht mehr als irgendeine andere Frau es täte. Aber ich habe mich in letzter Zeit wirklich manchmal gefragt, warum du nicht ein bisschen schneller machst.«

MacIntyre schüttelte den Kopf. »Es ist absolut verrückt, dass wir hier über solche Dinge reden. Vor allem jetzt!«

»Mag sein«, räumte Amanda ein. »Aber wie … ein Freund kürzlich zu mir gesagt hat – manchmal macht einen allzu viel Beherrschung nicht unbedingt stärker.«

»Amanda, du bist immer noch in meiner Kommandokette …«

Sie kniff die Augenbrauen zusammen. »Das ist auch so eine Sache, die ich langsam satt habe! Ich weiß nicht, wie es dir geht, Elliot, aber ich habe wirklich genug davon, dass mir die Vereinigten Stabschefs vorschreiben, mit wem ich schlafen darf und mit wem nicht! Ich bemühe mich jetzt in aller Bescheidenheit schon eine ganze Weile, die westliche Welt vor der Zerstörung zu bewahren, und wenn mir jemand sagen will, dass ich emotional nicht reif genug bin, um meine Beziehungen so zu regeln, wie ich das für richtig halte, dann soll er es mir erst einmal beweisen!«

Großer Gott, worauf ließ er sich da bloß ein? Nun ja, interessant würde es auf alle Fälle werden. Er war sich nun auch sicher, dass er es wollte. Sie hatte Recht. Sollten sie es doch beweisen.

Er küsste sie. Es war ein schöner Kuss. Ein wunderschöner sogar. Anders als mit Anne, aber das war ganz in Ordnung so.

»Das wird sicher eine etwas ungewöhnliche Beziehung«, stellte er fest.

Sie lächelte und zuckte die Achseln. »Wir sind eben ungewöhnliche Menschen, Elliot«, antwortete sie leise. »Ich gebe zu, es wäre nett, wenn wir die ganze Nacht im Mondschein tanzen und uns tief in die Augen blicken könnten, aber ich fürchte, dafür haben wir nicht genug Zeit. Es gibt zu viele wichtige Dinge, die wir zu erledigen haben, und was wir uns wünschen würden, das ist angesichts der Ereignisse ringsum leider nicht von Bedeutung. Darum sollten wir zugreifen, wann immer sich eine Gelegenheit bietet, das Leben miteinander zu genießen.«

»Ein wahres Wort, Capt'n«, entgegnete MacIntyre mit einem verschlagenen Lächeln. »Wie wär's mit jetzt gleich? Wir haben in einer Stunde eine Operations Group.«

Amanda erwiderte sein Lächeln und blickte auf ihre Armbanduhr. »In siebenundvierzig Minuten, um genau zu sein. Wenn man fünfzehn Minuten für Duschen und Anziehen abzieht, bleiben genau zweiunddreißig Minuten.«

Sie stellte die Weckfunktion an ihrer Uhr ein und löste sich aus seinem Arm. Kleider raschelten, Reißverschlüsse wurden aufgezogen, und wenige Augenblicke später lag ein Berg von Kleidern auf dem blauen Teppich. Amanda kniete sich nackt auf das Sofa. »Du magst ja ein bisschen aus der Übung sein, Elliot, aber zwei Leute können in zweiunddreißig Minuten eine Menge zustande bringen.«

Combat Information Center, USS *Shenandoah*

20. November 2008, 06:02 Uhr Ortszeit »Einen guten Platz und ein paar Schiffe, Makara«, sagte Amanda und beugte sich über den Kartentisch. »Das ist es, was wir brauchen. Wir brauchen ein abgelegenes Plätzchen für unsere Helikopter, von wo man einen guten Blick auf die Fahrrinne zwischen Sebangka und Lingga hat, und eine kleine, völlig verlassene Insel in der Meerenge selbst. Außerdem brauchen wir ein Bugi-Geschwader hier in der Berhalastraße. Kannst du das arrangieren?«

Die Operations Group kam im Briefing Room zusammen, doch Amanda und MacIntyre besprachen sich zuvor mit Harconan zu dritt im Kartenraum, wie man es früher genannt hätte. Heute sprach man eher vom Geo-Intelligence Center des Schiffes, wo der Phantom Force die komplette kartographische Datenbank der U.S. Defense Mapping Agency zur Verfügung stand.

»Das kommt darauf an«, antwortete Harconan stirnrunzelnd. »Was die Schiffe betrifft, so muss ich sagen, dass ich nichts bieten kann, was es mit Ketalamans Kriegsschiffen aufnehmen könnte.«

»Sie brauchen auch nicht zu kämpfen«, warf MacIntyre ein. »Sie müssen nicht einmal bewaffnet sein. Es sollten Motorschiffe sein, und ihre Crews müssen genug Mut haben, um das Ding durchzuziehen. Außerdem sollten sie in der Berhalastraße sein, sobald es dunkel wird.«

Harconan überlegte kurz, welche Bugi-Einheiten sich in der Gegend aufhielten. »Ich muss mit einigen Clan-Oberhäuptern sprechen, aber das dürfte kein Problem sein. Ich denke, dass ich drei oder vier Schiffe auftreiben könnte, vielleicht auch ein halbes Dutzend. Es wären kleine Küstenschiffe und Logger. Würde das ausreichen?«

»Ich denke schon«, sagte Amanda. »Wir würden kleine Teams von unseren Leuten an Bord dieser Schiffe bringen, und ihre Kapitäne müssten den Anweisungen der Teamführer folgen. Würden die Bugi das akzeptieren?«

»Wenn ich ihnen sage, dass es notwendig ist, dann werden sie es akzeptieren.«

»Ausgezeichnet. Danke, Makara.«

Harconan spürte, dass Amanda an diesem Morgen irgendwie anders war als vorher. Da war so ein Leuchten in ihren Augen, und sie schien innerlich zu vibrieren. Er hatte sie schon einmal so erlebt, doch das war unter angenehmeren Umständen gewesen.

Amanda Garrett war bei all ihrer Disziplin und Selbstbeherrschung eine sehr leidenschaftliche Frau. Und die körperliche Liebe zauberte ein Leuchten in ihr hervor.

Und auch dieser bärbeißige Mann mit den drei Sternen am Kragen, dieser Admiral MacIntyre, kam ihm irgendwie verändert vor. Konnte es sein, dass er ein kleines bisschen näher bei ihr stand, als es nötig gewesen wäre? Und wenn er sie ansah, ruhte sein Blick dann nicht ein klein wenig länger auf ihr als zuvor? Diese Kleinigkeiten hatten durchaus etwas zu sagen. Irgendwann in der vergangenen Nacht musste der Damm gebrochen sein.

Makara Harconan verspürte eine gewisse Traurigkeit. Er hatte in letzter Zeit eine Menge verloren. Trotzdem, meine Königin, bin ich Manns genug, um dir und deinem Admiral viel Glück und alles Gute zu wünschen.

Worte wurden gesprochen, die er nicht wirklich hörte, und er zwang sich, ins Hier und Jetzt zurückzukehren. »Die Inseln, ja. Vor allem im Riau-Archipel gibt es Tourismus aus Malaysia und Singapur. Abgesehen von den Zollbeamten sind die Regierungsbehörden dort nicht stark vertreten …«

Östlich der »tausend Inseln«

20. November 2008, 10:00 Uhr Ortszeit Der Passatwind trieb die üblichen Regenwolken über die Javasee, die sich da und dort in einem warmen Regenschauer entluden und nach ein paar Stunden so plötzlich verschwanden, wie sie gekommen waren.

Der Massengutfrachter *Andronicus* alias *Galaxy Shenandoah* tauchte in eine solche Regenfront ein und kam nicht wieder hervor. Stattdessen schwärmten mitten aus der Regenwand Helikopter aus, um die nötigen Vorkehrungen für die Schlacht zu treffen.

Von dem niedrigen bewaldeten Bergkamm auf der Insel Sebangka überblickte man sowohl die grüne Nachbarinsel Lingga im Süden als auch die Fahrrinne, die die beiden Inseln voneinander trennte.

Eine abgelegene Stelle auf dem Gebirgskamm war irgendwann abgeholzt worden, sodass sie sich als Landeplatz für die beiden Air Commando SPEED Hawks anbot. Einer der beiden Hubschrauber brachte Paletten mit Ausrüstung, während sich aus dem zweiten ein Green-Beret-Team abseilte.

Unter der Leitung des Pionier-Sergeants und des Sprengstoffexperten des Teams wurden mit Hilfe von Sprengschnüren ein paar Baumstümpfe herausgesprengt, die die Landung hätten behindern können. Als Nächstes wurden Tarnnetze ausgelegt, um die Helis zu verbergen.

Etwas tiefer auf dem Hang, wo die alte Holzfällerstraße zur Lichtung führte, gingen einige Green Berets in Position, um eventuelle Eindringlinge abfangen zu können. Sollte irgendjemand so neugierig sein, ergründen zu wollen, was da auf dem Berg vor sich ging, würde der Betreffende für eine Weile nicht nach Hause zurückkehren.

Etwa dreizehn Kilometer südlich und ein Stückchen westlich dieses Verstecks lag eine kleine Insel in der Nähe der Küste von Lingga auf der Südseite der Sebangkastraße. Sie war zu klein, um bewohnt oder auch nur mit einem Namen auf den Karten verzeichnet zu sein. Die wenigen Morgen Land, die von Sand, Gras und Mangrovenwäldern bedeckt waren, dienten keinem bestimmten Zweck und stellten höchstens ein Navigationshindernis für vorbeifahrende Schiffe dar.

Doch nun war diese Insel das Ziel von einem halben Dutzend SPEED Hawks, die knapp über der Meeresoberfläche angeflogen kamen und Ausrüstung sowie einen Trupp Marines und Army Rangers auf dem winzigen Stück Land absetzten.

Die Helis entfernten sich sogleich wieder, worauf die Arbeit der Schützenteams begann. Mörserrohre, Bettungsplatten und Kisten mit Granaten wurden an günstigen Stellen in Position gebracht, und Plattformen zur Zieldesignation wurden in den höchsten Baumkronen eingerichtet. Die allgegenwärtigen Moskitos machten die Arbeit nicht gerade angenehm.

Und bei all der hektischen Aktivität achtete man sehr darauf, die Vegetation möglichst unberührt zu lassen und nicht einen einzigen Fußabdruck auf dem Sandstrand zu hinterlassen.

Etwas mehr als hundertfünfzig Kilometer südlich davon ging ein AH-6 Little Bird der Army über dem Heck eines Bugi-Küstenschiffs in den Schwebeflug. Einer nach dem anderen wurden ein Dolmetscher der Army, ein Navy Special Boat Officer und ein Elektronik-Techniker der Air Force auf dem Deck des kleinen Schiffes abgesetzt, nach denen auch noch eine schwere Aluminiumkiste mit allerlei Gerät hinuntergelassen wurde.

Ein Bugi-Kapitän empfing sie mit steinerner Miene an Deck, bis sie ihm den Umschlag überreichten, den sie für ihn mitgebracht hatten. Der Bugi öffnete ihn und las die Nachricht, worauf er die Neuankömmlinge mit einem zahnlosen Lächeln ansah und sie an Bord seines Schiffes willkommen hieß.

Der schwache Nieselregen drang durch die Lücke herein, die durch den heruntergefahrenen Aufzug in der Decke entstand, sodass sich auf dem rutschhemmenden Belag eine kleine Pfütze bildete.

»Hast du überprüft, ob auch alle Batterien an Bord ausgewechselt und voll aufgeladen sind? Wir werden da draußen kein Starter-Cart haben.«

»Alles überprüft, und das zweimal, Vince«, antwortete Pinkerton. »Drück auf den Knopf, dann sind wir weg.«

Ringsum war die letzte Phase der Startvorbereitungen im Gange. Die Waffenteams befestigten die Flugkörper an den Montagepunkten der Hubschrauber.

»Ich frage ja nur, weil man das als Commander nun mal tun muss, Pink«, gab Arkady zurück. »Wie viele Maschinen sind verfügbar?«

»Sechs sind einsatzbereit, aber wie es aussieht, können alle elf starten. Ein Problem gibt es allerdings. Nachdem Murph nicht mehr da ist, muss einer allein rauf, wenn wir alle verfügbaren Einheiten einsetzen wollen. Einer von uns wird keinen Flügelmann haben, und das ist gar nicht gut.«

»Ich weiß, Pink«, pflichtete ihm Arkady bei. »Aber wir bekommen es heute Abend mit ein paar schweren Brocken zu tun – da brauchen wir jede Kanone, die wir aufbieten können.«

»Das ist mir klar, Sir«, stellte Pinkerton förmlich fest. »Ich würde vorschlagen, dass Ensign Rollins heute Abend mit dir fliegt. Ich melde mich freiwillig …«

»Vergiss es!«, entgegnete Arkady mit Nachdruck. »Du führst die Echo-Staffel. Cheryl begleitet dich. Ich fliege allein. Ende der Debatte, Lieutenant.«

»Scheiße … Sir.«

Arkady klopfte seinem Freund auf die Schulter und lächelte. »Mir passiert schon nichts, Pink. Es wird mir gut tun, wenn ich zur Abwechslung mal selbst auf mich aufpassen muss. Mach dir keine Sorgen.«

Es wurde Zeit, um aufzusatteln. Arkady setzte den Helm auf und schlüpfte in den Überlebensanzug. Schließlich hob er die Hand und tätschelte die hübsche Frauengestalt, die auf die Nase des SPEED Cobra aufgemalt war – ein Ritual, das Glück bringen sollte. Dann schwang er sich ins Cockpit, gurtete sich an und ging die Checkliste zur Startvorbereitung durch, während die Angehörigen der Air Crew seinen Hubschrauber auf den Decksaufzug rollten.

»Viel Glück.« Arkady blickte auf und sah zwei blaugraue Augen, die ihn aus nächster Nähe ansahen. Christine Rendino stand auf der Stufe und sah ins Cockpit herein.

»Ich hab immer Glück, Schwesterherz«, sagte er etwas überrascht, aber auch erfreut. »Was machst denn du hier unten?«

»Oh, ich hab gerade nichts Besseres zu tun«, antwortete sie beiläufig. »Übrigens, warum sagst du eigentlich immer ›Schwesterherz‹ zu mir?«

»Was weiß ich. Irgendwas muss ich ja schließlich sagen.«

»Dann lass dir was Neues einfallen. Ich bin nicht deine Schwester.«

Etwas weiter achtern blieb Amanda stehen, als sie gerade an einem Hubschrauber vorbeikam und Arkadys Heli sah. Sie war ebenfalls gekommen, um ihm auf Wiedersehen zu sagen. Sie trat ein paar Schritte zurück und sah zu, wie Christine auf der Stufe der *Jeannie II* stand und sich angeregt mit dem Piloten unterhielt.

Erneut verspürte Amanda einen Moment lang Eifersucht in sich hochsteigen. Dann trat ein Lächeln auf ihre Lippen. Eine der wichtigsten Fähigkeiten, die ein guter Offizier erwerben musste, war das Delegieren von Autorität. So wie es aussah, übernahm es ab jetzt jemand anders, sich um Arkady zu kümmern.

Joint Intelligence Briefing Center, USS *Shenandoah*

20. November 2008, 19:12 Uhr Ortszeit Harconan blickte auf die Uhr an der Wand. »Es müsste schon dunkel werden. Ich würde sagen, es ist Zeit, das Spektakel zu starten.«

MacIntyre nickte. »Sie haben wahrscheinlich Recht. Wenn er Aufklärer losschickt, wird er es bald tun.« MacIntyre aktivierte sein Mikrofon. »Hier MacIntyre an Kommunikation. Sagen Sie dem Verband in der Berhalastraße, dass sie mit ihrem Täuschungsmanöver beginnen sollen.«

Sie waren allein im Briefing Room; Harconans Wächter war draußen vor der Tür geblieben. Unter den gegebenen Umständen war Elliot MacIntyre irgendwie komisch dabei zumute. Er konnte nicht wissen, dass es Amanda am Tag zuvor ungefähr genauso gegangen war. »Ich hoffe, der Bluff funktioniert«, sagte er, mehr um die etwas peinliche Stille zu durchbrechen, als aus irgendeinem anderen Grund. »Wir riskieren immerhin einiges.«

»Die Chancen stehen gut, würde ich sagen«, antwortete Harconan. Er saß am Kartentisch, auf den er die verschränkten Arme gestützt hatte. Neben seinem Ellbogen stand ein Aschenbecher mit einem dünnen glimmenden Zigarillo. »Ich glaube, unser Freund Ketalaman ist im Moment sehr empfänglich für einen solchen Bluff.«

»Warum?«, wollte MacIntyre wissen.

Harconan nahm den Zigarillo zwischen die Zähne und ging um den Kartentisch herum zum strategischen Display. Auf der großen Karte war zu erkennen, dass sich das Positionssymbol von Ketalamans Konvoi der Lingga-Inselgruppe näherte. Der Punkt, an dem er den Kurs hätte ändern müssen, wenn er die nördliche Fahrrinne hätte nehmen wollen, war bereits vorbei, und er näherte sich dem Punkt der Entscheidung zwischen der mittleren und der südlichen Rinne.

Der Verband der indonesischen Regierung bewachte die östliche Einfahrt zur Berhalastraße. Das Positionssymbol der *Shenandoah* lag vor der Ostspitze der Insel Sebangka.

»Ich will Ihnen eine Frage stellen, Admiral. Nehmen wir einmal an, Sie würden Ketalamans Konvoi anführen, und Sie sehen, dass die Regierungsflotte Sie am Ende der südlichen Fahrrinne erwartet und dass in derselben Meerenge unsere Leute ihre kleine Show abziehen. Was würden Sie tun?«

MacIntyre runzelte die Stirn und trat zu ihm an die Karte.

»Ich würde mir erst einmal Klarheit verschaffen, wie die Aktivitäten der feindlichen Schiffe genau aussehen, aber ich würde nicht vom Kurs abweichen. Die Berhalastraße ist immer noch der beste Weg. Ich würde auf meine zahlenmäßige Überlegenheit vertrauen, und den Raum zum Manövrieren in Rechnung stellen, den mir die südliche Fahrrinne im Falle eines Gefechts bieten würde. Ich würde mich nicht bluffen lassen.«

»Ja, aber Sie hätten auch einen entscheidenden Vorteil gegenüber Ketalaman. Sie würden auf Ihre Schiffe und Ihre Crews vertrauen – und genau das tut Ketalaman nicht. Er hat einfach zu viele Rückschläge einstecken müssen, und jetzt giert er nach einem leichten, sicheren Sieg.«

Harconan fuhr mit dem Finger zuerst über die nördliche, und dann über die südliche Fahrrinne. »Glauben Sie mir, Ketalaman wird ausweichen. Er wird beide Passagen zwischen den Inseln erkunden lassen und dann den Weg des scheinbar geringsten Widerstandes wählen.«

Der ehemalige Pirat zog an seinem Zigarillo. »Sie können sich darauf verlassen, mein Freund – Ketalaman wird dem Gespenst ausweichen und direkt zwischen die Zähne des Tigers laufen.«

Berhalastraße, zwischen Kap Buku und Kap Jabunk

20. November 2008, 19:30 Uhr Ortszeit »Der Kapitän soll diesen Kurs noch fünfundzwanzig Minuten beibehalten«, sagte der Special Boat Officer, nachdem er sein tragbares GPS-Gerät konsultiert hatte.

»Ja, Sir«, antwortete der Dolmetscher und wandte sich dem Mann am Ruder der Pinisi zu, um die Anweisung auf Indonesisch weiterzugeben.

Im Ruderhaus des Küstenschiffes roch es nach Fisch und Dieseldämpfen, und der Bugi-Kapitän hielt seinen Kurs mit

Hilfe eines abgenutzten alten Kompasses. Einen krassen Gegensatz zu dieser primitiven Ausstattung bildeten die Dieselmotoren des Schiffes und die offene Elektronik-Kiste, die in einer Ecke des Ruderhauses stand und für die ein Spezialist für elektronische Kriegführung zuständig war. Antennenkabel liefen zur Spitze des Mastes hinauf, und der Operator hockte auf einem grob gezimmerten Stuhl an seinen Geräten.

»Was senden Sie da eigentlich genau, Kenton?«, wollte der Special Boat Officer wissen.

»Ach, eigentlich nur Müll, Sir«, antwortete der Flieger, nahm eine Kassette aus dem Gerät und steckte eine neue hinein. »Irgendwelche Signalmuster auf verschiedenen Frequenzen. Das Ganze bedeutet eigentlich nichts.«

»Aber es klingt so, als würde es etwas bedeuten, wenn man's nicht weiß?«

»Das ist ja der Sinn der Sache, Sir.«

In diesem Moment drang ein lauter Ruf vom Ausguck von draußen herein. »Flugzeugsichtung, Lieutenant!«, übersetzte der Dolmetscher.

Der Special Boat Officer lehnte sich aus dem Fenster des Ruderhauses und blickte in die Abenddämmerung hinaus. Trotz des Dröhnens der Schiffsmaschinen hörte er das schwache Heulen von Turboprops.

Insel Sebangka

20. November 2008, 19:41 Uhr Ortszeit Der Sea-Lynx-Hubschrauber der indonesischen Marine brummte den Gebirgskamm entlang. Die Beobachter an Bord der Maschine bemühten sich, das Gelände unten und gleichzeitig die Meeresstraße im Süden im Auge zu behalten, wofür sie nur ein einziges Nachtfernglas zur Verfügung hatten.

Wenn der Sea Lynx besser ausgerüstet oder die Crew besser ausgebildet gewesen wäre, so wären ihnen vielleicht die elf nahezu symmetrischen Haufen von vertrocknetem Gras und Buschwerk aufgefallen, die auf einer Lichtung verstreut lagen.

Arkady guckte vorsichtig unter dem Tarnnetz hervor und sah, wie sich der dunkle Umriss des Hubschraubers vor dem bewölkten Himmel wieder entfernte.

»Was meinst du, Vince?«, fragte Keith Pinkerton, der neben Arkady in seinem Versteck hockte, im Flüsterton.

»Ich weiß nicht, Pink. Er sucht etwas, aber ich glaube, er findet nichts.« Arkady kroch in seinem Versteck zum Cockpit von *Jeannie II* hinüber und holte ein Handmikrofon heraus. »Star Child, hier Strike Lead in Hide Prime. Kontaktsichtung …«

Stabs-Planungszentrum der INS *Teluk Surabaya*

20. November 2008, 20:10 Uhr Ortszeit »Wo sind die Schiffe der Regierungsflotte?«

»Immer noch vor der Ausfahrt der südlichen Fahrrinne, Admiral. Keine wesentliche Positionsänderung.«

»Sind sie allein? Sind Sie sicher, dass da nichts anderes ist?«

Ketalamans Stabschef zögerte. »Da ist ein Nomad-Searchwater-Flugzeug, das die Durchfahrt absucht, Herr. Aber das sind die einzigen feindlichen Kampfeinheiten, die wir orten.«

»Aber es gibt noch etwas anderes?«, beharrte der Admiral.

»Es gibt da noch gewisse unidentifizierte Aktivitäten in der Berhalastraße, Herr.«

»Etwas präziser, Kapitän!«

Der Stabschef schluckte erst einmal, ehe er antwortete. »Da ist eine Gruppe von Bugi-Küstenschiffen, die sich auf ungewöhnliche Weise in der Meerenge bewegen, Herr.«

»Lassen Sie sehen!«

Sie wandten sich der großen Karte des Schauplatzes zu.

»Hier, Admiral. Zwischen Kap Buku und Kap Jabunk. Ein halbes Dutzend Pinisi laufen in regelmäßigen Manövern hin und her.«

»Minen«, murmelte Ketalaman. »Sie legen Minen.«

»Es sieht fast so aus, Herr, aber die Bugi haben eigentlich keine Hochseeminen.«

»Aber Kediris Seestreitkräfte haben solche Waffen, und die Amerikaner auch!«

»Admiral, es ist schwer vorstellbar, dass die Amerikaner bei der Verminung eines wichtigen internationalen Schifffahrtsweges mitwirken würden.«

»Sie haben ihre Mitwirkung bisher sehr gut verborgen, Kapitän«, erwiderte Ketalaman. »Ihre Minen sind ja schon gegen uns eingesetzt worden. Hat unsere Aufklärung sonst noch etwas ergeben?«

Es war der Funkaufklärungsoffizier, der die Frage beantwortete. »Unser Aufklärungsflugzeug meldet unidentifizierten Funkverkehr aus der Umgebung der Meerenge. Die Signale sind eindeutig, aber wir können weder die Quelle noch die Absicht oder die exakte Herkunft bestimmen. Es ist mit nichts zu vergleichen, was wir von Regierungsseite oder auch von den Amerikanern kennen.«

Ketalaman schlug mit der Faust auf die Karte und verschmierte mit seiner bandagierten Hand die Markierungslinien. »Wir haben überhaupt keine Ahnung, was die Amerikaner wirklich haben! Sie wollen uns eine Falle stellen! Sie wollen, dass wir mit unseren Schiffen über ihr Minenfeld laufen – dann könnten Kediris Streitkräfte mit den überlebenden Schiffen allein fertig werden und sich den Sieg an ihre Fahnen heften!«

Der Stabschef befeuchtete nervös seine Lippen. »Das wäre eine Möglichkeit, Herr. Aber wir haben Minensucher in unserem Verband …«

»Was ist mit der Sebangkastraße?«

»Der Sea Lynx der *Nala* ist dabei, die Passage auszukundschaften, Herr. Bis jetzt haben sie keine Anzeichen von feindlicher Aktivität erkennen können …«

Ketalaman wandte sich dem Kommandanten der Kampfgruppe zu. »Kommodore, geben Sie an unsere Kapitäne die Anweisung durch, den Kurs zu ändern. Wir laufen mit voller Fahrt durch die Sebangkastraße.«

»Admiral, davon muss ich dringend abraten!«, wandte der Kommodore ein. »In der engen Fahrrinne hätten wir überhaupt keinen Raum zum Manövrieren, wenn es nötig werden sollte.«

»Dafür wartet hier auch kein amerikanischer Hinterhalt auf uns! Und jetzt geben Sie meinen Befehl weiter, sonst lasse ich es Ihren Nachfolger machen!«

Admiral Ketalaman drehte sich um und verließ das Planungszentrum. Die versammelten Offiziere senkten die Köpfe, um einander nicht in die Augen sehen zu müssen. Ketalamans Stabschef stieß einen tiefen Seufzer aus. In gewisser Hinsicht war er erleichtert, dass Ketalaman hinausgegangen war. Wäre der Admiral noch länger geblieben, so hätte sein Pflichtbewusstsein den Stabschef gedrängt, zu fragen: »Und was ist, wenn irgendjemand will, dass wir durch die Sebangkastraße laufen?«

USS *Shenandoah*

20. November 2008, 20:15 Uhr Ortszeit »Sie spielen mit, Boss. Der Verband der Putschisten läuft tatsächlich auf die Sebangkastraße zu.«

»Danke, Chris. Mr. Beltrain, gehen Sie auf Kurs zwei-sechs-null, alle Maschinen volle Kraft voraus … Achtung, an alle, hier spricht der Capt'n. In wenigen Stunden werden wir mit der *Shenandoah* in das wahrscheinlich entscheidende Gefecht dieses Konflikts gehen. In ungefähr einer Stunde werden wir beginnen, das Schiff auf Oberflächen-Nahkampfeinsatz und Spezialangriffsoperationen vorzubereiten. Das wäre alles.«

Sebangkastraße, vor der Nordküste der Insel Lingga

20. November 2008, 22:47 Uhr Ortszeit Stone Quillain hatte eigentlich nicht vorgehabt, irgendwann einmal mit einem mürrischen Army Ranger im strömenden Regen auf einem Baum zu sitzen, aber der Kommandeur der Sea Demons war ja ein flexibler Mensch.

»Verzeihung, Sir, aber ich muss schon sagen, das ist ganz einfach verrückt.«

»O nein, Sergeant«, erwiderte Stone und manövrierte sich auf dem moosbewachsenen Ast in eine etwas weniger unbequeme Position. »Solche Dinge sind für uns vom Corps ganz normal.«

»Sie machen Witze, Sir? Wollen Sie damit sagen, jemand hätte schon mal so was versucht?«

»Aber sicher«, antwortete Stone und nickte, sodass ihm das Wasser vom Helm heruntertropfte. »Haben Sie denn noch nie was von Lou ›the Honker‹ Diamond gehört?«

»Äh … nein, Sir, hab ich nicht.«

»Und ich habe immer gedacht, auf der Ranger School lernt man etwas Nützliches. Na ja, jedenfalls hat der Honker im Old Corps gedient, und er war das Vorbild für alle späteren Gunnery Sergeants. Er war praktisch überall und hat so gut wie alles mitgemacht. Mit sechzig konnte der Honker immer noch einen Kasten Bier an einem Abend austrinken und danach einen Baseball so werfen, dass ihn kein Schlagmann treffen konnte.«

»Äh… ja, Sir, das kann ich mir vorstellen«, lautete die ziemlich skeptische Antwort. »Aber was hat das alles mit uns zu tun?«

»Eine ganze Menge. Sehen Sie, der Honker war ein Mörserschütze – wahrscheinlich der beste überhaupt. In der Nacht hat er eine ganze Batterie 81-Millimeter-Granaten rund um seine Koje liegen gehabt. Während der Guadalcanal-Operation hat er die ganze verdammte Landung in Tulagi gerettet, indem er ein japanisches Zerstörer-Geschwader ganz allein mit Mörserfeuer vertrieben hat. Wie ich schon sagte, Sergeant, für das Corps ist so was ein alter Hut.«

»Verzeihung, Captain, hat dieser Honker zufällig auch das Marine-Denkmal mit einem Bajonett handgeschnitzt?«

»Nein, das war Chesty Puller.«

Das Gespräch wurde durch eine zischende Stimme unterbrochen, die aus einem Leprechaun-Transceiver kam, der an einem Ast in der Nähe hing. »OP West an Director One. Wir haben Verkehr in der Fahrrinne. Kleines Überwasser-Kriegsschiff. Kurs null-neun-acht Grad. Entfernung elfhundert Meter.«

Stone und der vorgeschobene Beobachter an seiner Seite rissen augenblicklich ihre thermografischen Ferngläser hoch. Im ersten Moment sahen sie überhaupt nichts. Dann tauchten die leuchtenden Umrisse einer Wärmeabbildung vor dem kühlen Hintergrund des Meeres auf.

»Ich habe ihn!«, stellte Stone fest. »Länge ungefähr fünfzig Meter. Ein Schornstein. Maschinenkanonen vorne, achtern und mittschiffs.«

Eine Taschenlampe ging an, von einer Hand bedeckt, während der Ranger in einer wasserdichten Taschenausgabe von *Jane's All The World's Warships* nachsah. »Das ist ein Minensucher der Kondor-Klasse.«

Stone griff nach dem Handmikrofon. »Star Child, hier Sea Demon Six. Sie kommen durch die Fahrrinne.«

Insel Sebangka

20. November 2008, 22:48 Uhr Ortszeit Auf dem Gebirgskamm über der Meerenge öffneten sich elf Grashaufen, aus denen Flieger und Special-Forces-Leute hervorkamen, die fluchend die nassen Tarnnetze entfernten, unter denen die SPEED Cobras verborgen waren.

»Passt auf, dass ihr keine Passagiere im Cockpit habt«, rief Arkady über dem geschäftigen Rascheln. »Und gebt Acht, dass die Lufteinlässe frei sind und die Waffen entsichert sind! Wir werden nur diese eine Chance bekommen!«

Der Flieger blickte prüfend zum wolkenverhangenen Himmel hinauf, an dem da und dort ein Blitz zuckte. Die Gewitterfront konnte in dem bevorstehenden Gefecht zu einem Vorteil, aber auch zu einem Nachteil für sie werden.

»Hey, Vince«, rief Keith Pinkerton. »Sollen wir die Maschinen schon mal anwerfen?«

»Negativ! Wir wollen lieber Sprit sparen. Wir warten bis zum letzten Moment.«

Joint Operations Intelligence Center, USS *Shenandoah*

20. November 2008, 22:50 Uhr Ortszeit Auf den Bildschirmen im Briefing Room war das taktische Gefechtsdisplay zu sehen. Ketalamans Verband befand sich mittlerweile ein gutes Stück innerhalb der Fahrrinne. An der Spitze liefen die Minensucher etwa fünf Seemeilen vor dem Rest des Verbandes. Danach folgten die Fregatten und weitere fünf Seemeilen dahinter die Transportschiffe mit ihrer Eskorte. Der Verband war mit einer Geschwindigkeit von vierzehn Knoten in südöstlicher Richtung unterwegs.

Das Positionssymbol der *Shenandoah* war am Ostende in die

abgewinkelte Fahrrinne zwischen den Inseln eingetreten und lief direkt auf die lange Kolonne zu.

»Ich finde es bemerkenswert, dass Ketalaman Ihr Schiff, oder Ihre Schiffe, noch nicht bemerkt hat, Admiral.«

»Sie müssen doch vom Philadelphia-Experiment gehört haben, Mr. Harconan«, erwiderte MacIntyre trocken. »Wir sind unsichtbar.«

Die *Shenandoah* war längst auf Gefechtsstation, sodass sie allein im Briefing Room waren, wo sie mitverfolgten, wie die Schiffe für die Schlacht in Position gingen.

»Ah, das erklärt alles«, sagte Harconan und überlegte einige Augenblicke. »Admiral, dürfte ich Sie um einen Gefallen bitten? Ich habe noch nie gesehen, wie das Geschehen auf einem solchen Kriegsschiff in einer richtigen Schlacht abläuft. Dürfte ich vielleicht die Schlacht mitverfolgen?«

MacIntyre schüttelte den Kopf. »Tut mir Leid, Mr. Harconan, aber das ist aus Sicherheitsgründen absolut unmöglich.«

»Das verstehe ich«, antwortete Harconan. »Trotzdem schade. Da gibt es sicher einiges zu sehen.«

»Wahrscheinlich.« MacIntyre zögerte einige Augenblicke, ehe er fortfuhr: »Sehen Sie, Harconan, im Namen dieses Kommandos möchte ich Ihnen und Ihren Leuten für Ihre Unterstützung danken. Wir werden es nicht vergessen. Wenn die Sache hier vorbei ist, werden wir uns bei der indonesischen Regierung für Sie einsetzen, das verspreche ich Ihnen.«

»Ich danke Ihnen für diese Geste, Admiral, aber ich fürchte, dass Präsident Kediri und seine Regierung nicht allzu nachsichtig sein werden. Außerdem muss ich ja zugeben, dass ich irgendwo mitverantwortlich für die Dinge bin, die hier ablaufen.«

MacIntyre nickte grimmig. »Da widerspreche ich Ihnen nicht. Trotzdem zahlen wir von NAVSPECFORCE unsere Schulden zurück. Ich habe mit gewissen Kontaktpersonen im Außenministerium gesprochen. Vielleicht können wir die Regierung Kediri dazu bewegen, dass Sie wegen Hochseepiraterie vor den Internationalen Gerichtshof in Den Haag kommen können. Das würde Ihnen wahrscheinlich lebenslänglich einbringen, aber es würde keine Todesstrafe geben, und Sie müssten sich auch keine Sorgen machen, ›bei einem Fluchtversuch erschossen‹ zu werden. Es ist nur ein kleines Dankeschön, aber unter den gegebenen Umständen fürchte ich, dass wir nicht mehr tun können.«

»Das ist sehr großzügig von Ihnen, Admiral, und ich danke Ihnen für diese Geste. Sie hat eine gute Wahl getroffen.«

MacIntyre erstarrte innerlich. »Was meinen Sie damit?«

»Ich meine, ich gratuliere Ihnen zu Ihrem Sieg in einer anderen Schlacht und dazu, dass Sie mir meine Beute gestohlen haben. Ich muss Ihren Sieg anerkennen.«

MacIntyre sah ihn mit finsterer Miene an. »Sie ist keine Beute, die irgendjemand einem anderen wegnehmen kann.«

»Oh, das weiß ich schon, Admiral«, räumte Harconan lächelnd ein. »Ich glaube, Sie werden irgendwann erkennen, dass sie weder Sie noch mich noch sonst irgendeinen Mann wirklich braucht. Aber mit ihr zusammen sein zu dürfen, und selbst wenn es nur für eine kurze Zeit wäre, ist eine Freude und irgendwie eine Ehre.«

Langsam erschien ein Lächeln in MacIntyres Gesicht. »In diesem Punkt könnten wir uns vielleicht einig sein.«

»Das ist gut. Dürfte ich Sie dann noch um zwei Kleinigkeiten bitten?«

»Was denn?«

»Das Erste wäre, dass Sie mir nicht übel nehmen, dass ich eine kurze Zeit des Glücks mit Amanda erleben durfte. Und das Zweite, dass Sie es mir glauben, wenn ich sage, dass ich euch beiden alles Gute wünsche.«

MacIntyre sagte nichts, doch er streckte ihm zur Antwort die Hand entgegen. Harconan ergriff sie und schüttelte sie fest zum Zeichen des Friedens zwischen zwei Ehrenmännern.

»Achtung, an alle«, tönte Amanda Garretts ruhige Stimme aus dem Lautsprecher des Durchsagesystems. »Wir erreichen jetzt die Hauptoperationszone. Alle Decksbatterien und Avenger-Crews auf die Stationen und fertig machen zum Einsatz. Condition Double-Zebra im Vorschiffbereich. Viel Glück uns allen.«

Beide Männer hatten aufgeblickt, als sie Amandas Stimme hörten. »Es ist so weit«, stellte MacIntyre fest. »Ich fürchte, ich muss Sie ersuchen, in Ihre Kabine zu gehen.«

Harconan nickte. »Alles klar, Admiral. Viel Glück und gute Jagd.«

»Wir halten Sie über die Situation auf dem Laufenden. Corporal!«

Harconans Wächter erschien in der Tür zum Briefing Room. »Ja, Sir.«

»Bringen Sie Mr. Harconan in seine Kabine.«

»Jawohl, Sir«, antwortete der Marine und wandte sich Harconan zu. »Würden Sie bitte mitkommen.«

»Aber selbstverständlich«, antwortete er lächelnd.

Der Wächter ließ Harconan auf dem grau gestrichenen Gang vorausgehen, bis sie zu den Gästekabinen kamen. Der junge Marine machte einen ernsten und wachsamen Eindruck, aber er war eben sehr jung.

Nachdem sich alle Mann auf ihren Gefechtsstationen befanden, war der Laufgang im Quartierbereich völlig verlassen, als sie zur Kabine kamen. Harconan war gerade im Begriff, einzutreten, als er sich plötzlich mit einem Stöhnen an die Brust fasste und gegen den Türrahmen sank.

Für einen Sekundenbruchteil ließ die Wachsamkeit des jungen Soldaten nach, und er trat einen Schritt vor und streckte die Hand aus. Harconans Ellbogen schoss mit aller Kraft hervor und traf den jungen Mann in der Magengrube, sodass er vor Schmerz vornüberkippte. Bevor er sich von dem Schlag erholen konnte, richtete sich Harconan auf und versetzte ihm einen kräftigen Handkantenschlag in den Nacken, der so angesetzt war, dass er den Mann außer Gefecht setzte, aber nicht tötete.

Harconan fing den bewusstlosen Wächter auf, bevor er zu Boden sank, zog ihn durch die Tür und legte ihn auf den Boden.

»Tut mir Leid, mein Freund, aber ich muss dringend auf meine Gefechtsstation.«

Harconan huschte lautlos durch den rötlich beleuchteten Gang und machte sich auf den Weg nach achtern.

Amanda schlüpfte in die kombinierte Gefechts- und Schwimmweste und setzte den etwas zu großen Helm über ihrem Kommandokopfhörer auf, eine Prozedur, die sie schon so oft durchgeführt hatte, wenn es ernst wurde.

Die Brücke der *Shenandoah* war für den bevorstehenden Einsatz gerüstet. Außerdem prasselte der Regen gegen die Fenster – ein Wetter, wie sie es sich von den alten Göttern Indonesiens nicht besser hätte wünschen können.

Draußen auf dem nassen Hauptdeck öffneten sich die Ladeluken, und die drei Hubschrauber-Aufzüge kamen heraufgefahren. Doch diesmal brachten sie kein Luftfahrzeug an Deck.

Als die *Shenandoah* entwickelt worden war, hatte man besonderes Augenmerk auf die Raketen- und Luftabwehrsysteme gelegt. Sie sollten sehr kompakt, gut zu verbergen, schnell einsatzbereit und möglichst nicht von komplexen Radar- und Sensorsystemen abhängig sein. Außerdem sollten sie auch in der Überwasser-Verteidigung einsetzbar sein und nach Möglichkeit auch der Sea-Demon-Truppe im Landeinsatz zur Verfügung stehen.

Die Lösung für dieses Problem stellte sich als überraschend einfach heraus. In der Mitte eines jeden Decksaufzugs wurde nun ein Avenger-Luftabwehrfahrzeug installiert, ein gepanzerter HMMWV »Hummer«, der mit einem Flugkörper-Startgerät ausgerüstet war. Diese Waffe konnte nicht nur Stinger-SAMs abfeuern, sondern über eine Adapterschiene gleichzeitig auch Hellfire-Lenkflugkörper.

Als die drei Aufzüge an Deck waren, fuhren die Avengers ihre

Sensormasten aus, worauf zu jedem der drei Fahrzeuge ein Angehöriger der Deckscrew eilte, um ein Koaxialkabel einzustecken, das eine Verbindung mit den Feuerleitsystemen der *Shenandoah* herstellte. Das Startgerät schwenkte herum und hob sich empor, während die Schützen ihre Systeme überprüften. Einige Deckshelfer brachten Kisten mit zusätzlichen Flugkörpern und hockten sich neben die Avenger-Hummer.

Außerdem gingen Waffenteams für den Nahkampf in Position. Rund um die Decksaufbauten wurden Relingspfosten aus der Verankerung gehoben und durch MG-Drehbettungen ersetzt, und die Schwerwaffenteams der Marines verstärkten die Bewaffnung der *Shenandoah* mit schweren Maschinengewehren Kaliber .50, »Ma Deuce« genannt, sowie mit Javelin-Panzerabwehr-Lenkwaffen.

Auf der Brücke aktivierte Amanda ihr Kehlkopfmikrofon. »Moon Pool, ihr könnt jetzt fluten und die Türen öffnen. Mark-48-Torpedos für Überwasser-Einsatz vorbereiten.«

Heute Nacht würde alles aufgeboten werden, was in irgendeiner Weise verwendet werden konnte, um ein Loch oder auch nur eine Delle in einen Schiffsrumpf zu schlagen.

Stabs-Planungszentrum der INS *Teluk Surabaya*

20. November 2008, 23:00 Uhr Ortszeit Bald … sehr bald …

Bald schon würden sie wieder im offenen Meer sein und freie Fahrt nach Jakarta haben. Ketalaman spürte, wie sich seine innere Anspannung ein wenig zu lösen begann. Er hatte einen Moment lang die Nerven verloren, doch nun gewann er seine kostbare Selbstbeherrschung zurück.

Er hatte überhastet gehandelt – aus Angst und aus Dummheit! Er hatte sich dazu hinreißen lassen, seine kostbaren Schiffe in diese enge Fahrrinne umzulenken, wo sie extrem verwundbar waren. Zum Glück hatten Kediri und die Amerikaner keine Streitkräfte hier, die ihm den Weg versperrt hätten.

Es wäre viel besser gewesen, der Regierungsflotte in einer offenen Schlacht gegenüberzutreten. Das hätte ihn in den Augen seiner Leute stärker erscheinen lassen.

Was für ein Narr war er doch gewesen!

Sie begannen bereits den Glauben an ihn zu verlieren. Er sah es an den verstohlenen Blicken, die sie ihm im gedämpften Licht zuwarfen. Es zeigte sich auch an der Art und Weise, wie seine Offiziere oft in kleinen Gruppen beisammenstanden und sich flüsternd unterhielten. Und wenn er einen Befehl gab, gingen ihre Blicke zuerst zu seinem Stabschef und dem Kommodore.

Er musste seine Führungsposition in den Augen seiner Männer wieder festigen. Und er musste den Kommodore und den Stabschef exekutieren lassen, sobald sie in Java angekommen waren. Das würde helfen.

Seine verletzte Hand schloss sich wieder um den blutbefleckten Stein, den er in seiner Jackentasche trug, und er genoss den Schmerz, den ihm die scharfen Kanten zufügten.

In einem Winkel des Planungszentrums richtete sich der Melder auf und drückte sich den Kopfhörer fest an die Ohren. »Überwasser-Kontakt von der *Pulau Raas!* Ein großer Überwasser-Kontakt in der Fahrrinne! Peilung eins-drei-fünf! Achtzehn Knoten Fahrt! Entfernung fünftausend Meter! Verringert sich rasch!«

Ein Steuermannsmaat beugte sich über die Karte und brachte ein Positionssymbol vor dem Bug des führenden Minensuchers an. Die Spannung im Planungszentrum stieg an.

»Geben Sie an die *Pulau* die Anweisung durch, sich dem Kontakt zu nähern und ihn zu stellen«, befahl Ketalaman mit ruhiger Stimme.

»Ja, Herr«, antwortete der Melder und gab den Befehl in den Funkraum weiter.

So wie die Berge. So … wie … die Berge!

Die Minuten strichen quälend langsam dahin. Ketalaman zwang sich, ruhig zu atmen.

»Die *Pulau Raas* meldet, dass es sich bei dem Ziel um ein großes Handelsschiff handelt.«

Ein Steuermannsmaat ersetzte auf der Karte das Symbol für ein unidentifiziertes Schiff mit dem für ein Handelsschiff.

»Der Kapitän der *Pulau Raas* meldet, dass sich das Handelsschiff als griechischer Frachter *Andronicus* identifiziert.«

MV *Galaxy Shenandoah*

20. November 2008, 23:12 Uhr Ortszeit »Mr. Carstairs. Die Abteilung für Gegenmaßnahmen soll sich fertig machen zum Radarstöreinsatz.«

»Aye aye, Ma'am.«

Die Inseln zu beiden Seiten der Fahrrinne waren nur als Schemen auf dem Navigationsradar zu erkennen; darüber hinaus spürte man einfach nur, dass da draußen in der Dunkelheit noch etwas anderes war als Wasser. An Backbord gingen – im Nebel verschwommen – die Positionslichter eines kleinen Schiffes an. Die Flotte der Putschisten war ohne Beleuchtung unterwegs gewesen – doch nachdem sie nun wussten, dass noch jemand anders, nämlich ein »neutrales« Handelsschiff in der engen Fahrrinne war, schalteten sie aus Sicherheitsgründen die Lichter ein. Amanda fand das sehr entgegenkommend von ihnen.

Die Lichter begannen sich achtern zu entfernen. Damit war die *Shenandoah* am ersten Vertreter des Konvois vorbei und in die Verteidigungslinien der Putschisten vorgestoßen.

Amanda blickte kurz zu dem Laptop auf dem Kartentisch hinüber, der das taktische Display zeigte. Die Position war durchaus günstig. Während der vergangenen Stunde hatte Amanda gründlich darüber nachgedacht, wie sie sich dem feindlichen

Konvoi nähern sollten. Nachdem die Schiffe der Putschisten ständig via Drohne beobachtet wurden, hatte sie Geschwindigkeit und Annäherungswinkel genauso wählen können, wie es für die bevorstehenden Operationen am günstigsten war.

»Zweiter Rudergänger, Umdrehungen für zweiundzwanzig Knoten Fahrt. Gefechtsleistung.«

»Aye aye, Ma'am. Alle Maschinen auf Gefechtsleistung. Umdrehungen für zweiundzwanzig Knoten.«

»CIC, Capt'n hier. Alle Angriffseinheiten klarmachen zum Einsatz.«

»CIC, verstanden«, meldete Elliot MacIntyre persönlich. »Alle Angriffseinheiten sind bereit.«

»Elektronische Gegenmaßnahmen, hier spricht der Capt'n. RBOC-Werfer scharf machen. Störsender einschalten. Volles Programm.«

Unterhalb des Gebirgskamms der Insel Sebangka verharrte eine lange Reihe von Hubschraubern im Schwebeflug, wie eine Kavallerie kurz vor dem Angriff. Das Knattern der Rotoren mischte sich mit dem Donnern, das vom Himmel kam. Die Helikopter würden das Gelände ausnützen und überraschend zuschlagen, so wie Kampfhubschrauber der Army sich aus dem Hinterhalt auf eine feindliche Panzerkolonne stürzten.

Behutsam ließ Vince Arkady seine Maschine hochsteigen, sodass er über den Bergkamm gucken konnte – stets darauf bedacht, sein Radarprofil mit dem des Geländes zu vermischen. Die feindliche Kampfgruppe hatte seine Position passiert. Er drehte sein Nachtsichtsystem auf volle Leistung auf und konnte nun auch die Umrisse des Transportverbandes erkennen, der sich dem Hinterhalt näherte.

Auf der Südseite der Passage hatte sich Stone Quillain eine Taschenlampe zwischen die Zähne geklemmt. Diesmal war er es, der fieberhaft die wasserfesten Seiten des Nachschlagewerks durchblätterte. Er nahm die Lampe aus dem Mund. »Okay. Der Erste in der Kolonne – das ist das Flugkörper-Schnellboot. Den müssen wir uns als Ersten vorknöpfen, weil er die Lenkwaffen hat.«

Der Transportverband wurde von Flugkörper- und Kanonenbooten eskortiert, die an den Flanken postiert waren und bereitstanden, um einem eventuellen Angriff auf den Konvoi die Wucht zu nehmen. Sie waren zwar nicht allzu schlagkräftig, doch sie konnten den Angriff auf die Hauptziele immerhin komplizieren, sodass man sich mit aller Entschlossenheit um sie kümmern musste.

»Der Scheißer ist so gut wie tot«, antwortete der Ranger. Er legte den kameraartigen Laser-Entfernungsmesser auf einen Ast und blickte durch das integrierte Wärmebildgerät. »Batterie, Feuerbereitschaft herstellen«, sprach er in sein Kehlkopfmikrofon.

Hoch oben im Oberwerk der *Shenandoah* hob sich ein Antennensystem empor. Die ECM-Schüssel für elektronische Gegenmaßnahmen, die sich wie eine Blume entfaltete, sollte alles abdecken, was von vorne kam. Tief im Innern des Frachtraums machte sich ein bestens ausgebildeter Techniker mit seinen mehrere Millionen Dollar teuren Systemen daran, die entgegenkommenden indonesischen Schiffe mit einem Täuschungsmanöver zu verwirren.

Als das indonesische Überwasser-Suchradar die *Shenandoah* beleuchtete, wurden die Strahlen entsprechend gespeichert, auf Frequenz und bestimmte Charakteristika hin analysiert, perfekt imitiert und binnen Millisekunden zum Ursprungsort zurückgeschickt.

Nach kurzer Zeit vermochte das ECM-System auch die Intervalle der Radarsuche vorherzusehen und schickte bereits einige Millisekunden vor der Ankunft des betreffenden Strahls das entsprechende falsche Radarecho ab.

An Bord der indonesischen Kriegsschiffe verfolgten die Radaroperatoren stirnrunzelnd, was sich ihnen auf den Radarschirmen darbot. Sie hatten den großen Überwasserkontakt zwar immer noch im Blick, und sie konnten auch seinen Kurs bestimmen, aber die Entfernung ließ sich einfach nicht ermitteln. Es sah ganz nach irgendeiner Störung aus, und die Operatoren begannen ihre Systeme zu überprüfen.

Was sie nicht mitbekamen, war, dass diese »Störung« auf allen drei Fregatten gleichzeitig auftrat.

»Capt'n, hier Abteilung für Gegenmaßnahmen. Radarstöroperation ist im Gange! Wir sehen keine Frequenzsprünge – sie fallen darauf rein!«

»Sehr gut, Gegenmaßnahmen. Weitermachen.« Amanda wandte sich den dunklen Gestalten zu, die im schwachen Leuchten der Anzeigen an der Rudergänger-Station standen. »Zweiter Rudergänger, alle Maschinen volle Kraft voraus! Gefechtsleistung!«

»Aye aye, Ma'am. Alle Maschinen laufen volle Kraft voraus! Gefechtsleistung!«

»Rudergänger, wir nehmen uns die erste Fregatte vor! Spezialangriff! Parallele Annäherung. Halten Sie das Ziel an zehn Grad Steuerbord, bevor wir den Angriff starten!«

»Parallele Annäherung an erste Fregatte. Zehn Grad Steuerbord!«

Die Schubkraft der Schrauben ließ das Deck unter Amandas Füßen erzittern, als das Schiff sich auf den Angriff vorbereitete.

Amanda konnte bereits das ferne Leuchten erkennen, das von den Positionslichtern der drei Fregatten stammte. Ihr Blick ging rasch zum taktischen Display hinüber. Die Entfernung betrug jetzt noch fünf Seemeilen und verringerte sich zusehends. Wenn alle Beteiligten dieses Tempo beibehielten, würde es in etwa sechs Minuten zum Kontakt kommen.

Jetzt noch ein Regenschauer!, wünschte sie sich inständig. Bitte, noch einen schönen Regenschauer!

»Brücke, wir haben ein Problem!«, meldete sich MacIntyre aus dem Combat Information Center.

»Was gibt's, Elliot?«

»Harconan ist weg! Sein Wächter hat in seiner Kabine gerade das Bewusstsein wiedererlangt.«

»Verdammt! Das hat mir gerade noch gefehlt!«, stieß Amanda frustriert hervor. »Unsere Sicherheitsteams sind alle auf Gefechtsstation. Mr. Beltrain soll ein paar Leute von der Schadenkontrolle bewaffnen …«

Eine Hand legte sich von hinten auf ihre Schulter. »Bitte, macht euch wegen mir keine Umstände, Amanda. Ich bin ja da.«

Amanda zuckte zusammen. »Makara!«

»Aber ja«, antwortete der Ex-Pirat freundlich. »Wie ich schon unserem Freund MacIntyre gesagt habe – dies ist vielleicht meine einzige Chance, eine richtige Seeschlacht mitzuverfolgen. Ich möchte mich bei dem Marine entschuldigen, aber ich konnte mir die Gelegenheit einfach nicht entgehen lassen.«

Er ging um den Kartentisch herum und trat ans Fenster, begeistert von dem, was er da vor sich sah. »Amanda, sie ist wundervoll! Einfach wundervoll! Ein modernes Q-Schiff! Warum bin ich bloß selbst nie auf diese Idee gekommen?«

»Amanda, was ist da oben bei euch los?«, fragte MacIntyre über die Bordsprechanlage.

»Ihr braucht kein Sicherheitsteam loszuschicken«, antwortete Amanda frustriert. »Harconan ist hier bei mir auf der Brücke zum Sightseeing.«

MacIntyre murmelte einen Fluch vor sich hin. »Ich komme persönlich rauf und hole ihn.«

Ein plötzlicher Regenguss schlug gegen die Fenster der Brücke, sodass die Lichter der entgegenkommenden indonesischen Fregatten wieder verschwanden.

»Negativ, Elliot! Die Katze ist ohnehin schon aus dem Sack, und wir haben jetzt wichtigere Dinge, um die wir uns kümmern müssen! Schaltet alle Decks- und Positionslichter aus!«

Mit jeder Umdrehung ihrer Schrauben gewann die *Shenandoah* an Fahrt. Amanda warf erneut einen kurzen Blick auf das taktische Display. »Entfernung jetzt drei Seemeilen, verringert sich rasch! An alle Angriffseinheiten! Angriff steht kurz bevor! Feuerbereitschaft!«

»Das wird sehr interessant«, stellte Harconan fest und trat an ihre Seite. »Du gehst ganz nahe heran, bevor du das Feuer eröffnest.«

»Ich werde noch viel näher herangehen, als du denkst«, entgegnete sie. »CIC, klarmachen zum Umkehren der Positionslichter.«

»Was hast du vor?«, fragte Harconan nachdenklich. »Willst du ihn etwa rammen?«

»Das habe ich vor.«

»Was?«, fragte Harconan verblüfft. »Das ist doch nicht dein Ernst?«

»Warum nicht? Bei der Planung des Schiffes ist mir der Gedanke gekommen, dass es ganz nützlich sein könnte, gelegentlich eine kleine Kollision zu inszenieren. Das Schiff, nach dessen Vorbild die *Shenandoah* gebaut wurde, war für Operationen im arktischen Eis gebaut. Unsere *Shenandoah* hat einen Rumpf wie ein Eisbrecher.«

»Großartig«, murmelte Harconan. »Einfach großartig!«

Auf der Brücke der Fregatte *Fatahillah* spähte der Kapitän angestrengt in die Dunkelheit hinaus. Selbst mit seinem Nachtglas gelang es ihm nicht, die Lichter dieses verdammten Frachters auszumachen.

»Radar, Entfernung und Peilung des Frachters?«

»Peilung null-drei-fünf vor dem Steuerbord-Bug, Entfernung unbestimmt.«

»Unbestimmt? Was soll das heißen – unbestimmt?«

»Wir haben die Peilung, aber die Entfernung lässt sich nicht bestimmen. Es muss sich um irgendeinen Fehler im System handeln. Wir arbeiten gerade an der Überprüfung. Das Ziel müsste ungefähr drei Seemeilen entfernt sein.«

Müsste? Ungefähr? Solche Einschätzungen waren der Albtraum eines jeden Kapitäns. Da lief er mit einem ganzen Konvoi hinter sich direkt auf einen griechischen Frachter zu – und das Ganze mit defektem Radar und bei extrem schlechter Sicht.

»Verdammt, Radar. Ich brauche die Entfernung zu diesem Frachter!«

Nach den internationalen Seeverkehrsregeln sollte das Handelsschiff sicher an seiner Steuerbordseite vorbeilaufen, aber wer konnte schon wissen, was einem verrückten Frachtschiffkapitän alles einfiel?

Die Vernunft würde eigentlich gebieten, dass er die Geschwindigkeit verringerte, bis sich die Situation geklärt hatte, aber das konnte er nicht tun, ohne vorher im Flaggschiff nachzufragen und im gesamten Konvoi Verwirrung zu stiften.

»Radar, wo bleibt die Entfernung, verdammt noch mal!«

»Es tut mir Leid, Kapitän, aber sowohl das Überwasser-Suchradar als auch das Navigationsradar liefern weiterhin widersprüchliche Entfernungsangaben.«

Beide Systeme? Wie konnte es sein, dass beide Systeme genau zur gleichen Zeit auf genau die gleiche Weise versagten?

»Rudergänger! Jetzt!«, rief Amanda. »Gehen Sie auf Kollisionskurs!«

»Wir sind auf Kollisionskurs, Capt'n! Zielschiff ist jetzt null Grad vor dem Bug!«

Sie waren im Begriff, eine der ältesten und vernichtendsten Taktiken der Seekriegführung anzuwenden.

»CIC – Brücke! Positionslichter umkehren! Geben Sie Kollisionsalarm! Klarmachen zum Rammen!«

»Schiff vor dem Steuerbordbug! Peilung null-vier-fünf!«, rief einer der Ausgucke der *Fatahillah*.

Durch das regennasse Fenster waren plötzlich die roten und grünen Positionslichter eines Schiffes zu erkennen.

Irgendetwas stimmt da nicht, dachte der Fregattenkapitän fieberhaft. Nach den internationalen Seeverkehrsregeln sollte ihnen das Handelsschiff mit einem roten Positionslicht an Backbord und einem grünen an Steuerbord entgegenkommen. Aber nach seinen Lichtern zu schließen musste der Frachter plötzlich abgedreht haben, sodass er nun auf die Nordküste der Insel Lingga zuhielt. Das war doch verrückt!

Der Fregattenkommandant hob das Nachtglas an die Augen. »Der Funkraum soll diesen Frachter …«

Er konnte in seinem Fernglas nun eine Form zwischen diesen Lichtern erkennen. Aber das sah gar nicht wie das Heck eines Schiffes aus – nein, das war ein Bug!

Der Kommandant der *Fatahillah* konnte nicht glauben, was er da sah. Die Positionslichter des Frachters waren verkehrt! Er bewegte sich nicht von ihnen weg, sondern direkt auf sie zu!

»Ruder hart Backbord!«, rief er verzweifelt. »Hart Backbord!«

Der Bug war nun auch ohne Fernglas zu erkennen; wie eine gewaltige stählerne Axt ragte er auf und schob eine riesige schäumende Bugwelle vor sich her, während er direkt auf die Flanke der Fregatte zulief. Die Schiffssirene heulte auf, so als würde die *Fatahillah* einen Schrei der Angst ausstoßen, während sie der Kollision zu entgehen versuchte.

Das heranbrausende Schiff reagierte, indem es ebenfalls den Kurs änderte! Es lief … direkt auf die Fregatte zu!

»Achtung, an alle!«, rief Amanda über das Durchsagesystem. »Vorbereiten auf die Kollision! Haltet euch fest!«

Sie hatte bereits einen ungewollten Zusammenstoß auf See erlebt, aber niemals eine absichtlich herbeigeführte Kollision. Sie spürte einen Arm an ihrer Taille; es war Harconan, der mit einer Hand sie festhielt und sich mit der anderen am Kartentisch abstützte. Wenige Augenblicke später traf Stahl auf Stahl.

Ein Donnerschlag zerriss die Luft, gefolgt von einem ohrenbetäubenden metallischen Kreischen und einem Funkenregen, der über hundert Meter hoch geschleudert wurde. Amanda hatte erwartet, dass sich der Bug der *Shenandoah* heben würde, wenn sie gegen die indonesische Fregatte krachte, doch dazu kam es nicht. Der Frachter hatte eine Verdrängung von sechsundsechzigtausend Tonnen, die Fregatte dagegen nicht einmal zweitausend Tonnen. Es war, als würde ein Nashorn gegen ein Schaf laufen.

Nach dem Anprall, der das Schiff erzittern ließ, lief die *Shenandoah* einfach durch das kleinere Schiff hindurch; die Schraubenschutzvorrichtung schob die beiden Hälften der Fregatte aus dem Weg.

Amanda blickte nach Backbord und sah für einen kurzen Moment den Heckbereich der Fregatte, wo die Abteile und Laufgänge aufgeschlitzt, aber immer noch beleuchtet waren und wo verwundete und verzweifelte Männer ins Meer stürzten. Dann brachte das eindringende Wasser die Stromversorgung zum Erliegen, und es wurde dunkel in dem Schiff, während die *Shenandoah* sich vom Ort der Kollision entfernte.

»Alle Einheiten, Feuer frei!«, rief Amanda in ihr Kehlkopfmikrofon. »Ausführung! Ausführung!«

Auf der namenlosen kleinen Insel aktivierte Stone Quillain sein Kehlkopfmikrofon. »Batterie! Feuer frei!«

»Wird gemacht!«, kam die prompte Antwort.

Vier 120-mm-Mörsergranaten glitten in ihren Rohren bis zum Bodenstück hinunter und schlugen auf den Zündbolzen auf, wodurch sie selbsttätig zündeten und abgefeuert wurden.

Eine der Stärken des Mörsers liegt in seiner enormen Feuerkraft. Nachdem es sich um eine Waffe handelt, die mit niedrigem Druck und geringer Geschwindigkeit abgefeuert wird, kann der Gewichtsanteil der Sprengladung im Verhältnis zum Gehäuse relativ hoch sein. Aus diesem Grund ist eine Mörsergranate in der Regel durchschlagskräftiger als ein vergleichbares Geschoss, das aus einer Kanone oder Haubitze abgefeuert wird.

Die Sea-Demon-Mörserteams setzten in dieser Nacht britische Merlin-Panzerabwehrgranaten ein. Ihr Infrarot-Präzisionslenksystem nahm einen gewissen Anteil des vorhandenen Raumes im Innern der Granate in Anspruch – dennoch entfalteten diese Geschosse, die die Hitze anvisierten, welche vom Schornstein des Kanonenbootes *Rencong* ausging, beim Einschlag eine verheerende Wirkung.

Ein weiterer Vorteil des Mörsers liegt in dem geringen Abstand, mit der diese Waffe feuern kann. Ein gutes Schützenteam kann drei Granaten abfeuern, bevor die erste das Ziel erreicht. Und das Mörserteam der Sea-Demon-Truppe war ausgezeichnet.

Das Kanonenboot *Rencong,* das der *Karel Satsuitubun* und der *Teluk Berau* so schmählich in den Rücken gefallen war, verging in einem glühenden Feuerball.

An der anderen Flanke des Transportverbandes tauchte eine Gruppe von SPEED Cobras über dem Bergkamm auf.

»Flanken-Helis, Waffen auf die Ziele aufschalten!«, wies Arkady seine Leute an. »Durchsagen, wenn ihr feuerbereit seid!«

Er war sich bewusst, dass die vorhandene Munition äußerst präzise eingesetzt werden musste. Sie hatten elf SPEED Cobras zur Verfügung, die mit insgesamt zweiundzwanzig Penguin-Antischiff-Flugkörpern bewaffnet waren, mit denen acht potenzielle Ziele aufs Korn genommen werden mussten. Es galt, mit jedem einzelnen Geschoss die größtmögliche Wirkung zu erzielen. Außerdem musste er darauf achten, dass seine Leute kein allzu hohes Risiko bei dem Einsatz eingingen.«

»Flanker Lead! Führungsboot aufgeschaltet!«

»Hier Flanker Wing! Ich habe auf den Schlussmann aufgeschaltet!«

»Flanker Birds, Penguins abfeuern!«

Die tödlichen Projektile jagten von den Startschienen der

Hubschrauber davon. Flammen schossen aus den Startraketen hervor.

Der kompakte Penguin-Anti-Schiff-Flugkörper war eine einzigartige Waffe im weltweiten Arsenal der Anti-Schiff-Waffen. Er war vom norwegischen Institut für Verteidigungsforschung für die speziellen Bedürfnisse der norwegischen Marine entwickelt worden. Der Penguin war für den Einsatz an der norwegischen Küste mit ihren unzähligen Fjorden konzipiert und deshalb eine Waffe für kurze Reichweite, die mit einem verhältnismäßig kleinen 120-Kilogramm-Sprengkopf ausgestattet war.

Doch der Penguin war ein flinkes kleines Ungeheuer, das mit seinen Leitflossen äußerst wendig war, sodass es extrem schwer war, dieser Waffe auszuweichen. Die Lenkvorrichtung war für eine Anti-Schiff-Waffe geradezu ideal; sie war auf passive Infrarot-Zielsuche ausgelegt, sodass man ihr Kommen erst bemerkte, wenn sie auf einen zugebraust kam.

»Flanker Flights, abtauchen! Aus der Schusslinie!«

Wenige Augenblicke später verschwand das SPEED-Cobra-Team wieder hinter dem Bergkamm. Nur *Jeannie II* blieb in ihrer exponierten Position.

»Vince«, ertönte Pink Pinkertons besorgte Stimme über den Pilotenkanal. »Schwing deinen Arsch hier rüber!«

»Ich sehe nur schnell nach, ob wir getroffen haben«, murmelte Arkady. »Ich komm gleich nach.«

Ein Blitz durchzuckte die Nacht! Gleich darauf noch einer. Mit seinem Wärmebildgerät sah Arkady, dass das Schicksal des führenden Flugkörper-Schnellbootes besiegelt war. Zwei präzise Treffer und Feuer an Deck! Der Junge war aus dem Rennen!

Der nächste Blitz! Doch da war nur ein Einschlag auf dem Schlussmann. Einer der Penguins hatte sich verirrt und sein Ziel verfehlt. Eine Trefferquote von fünfundsiebzig Prozent. Arkadys Miene verfinsterte sich. Das war nicht gut genug!

Da begann am Bug des beschädigten, aber überlebenden Kanonenbootes etwas aufzuflammen. Der Kerl schoss zurück. Arkady ignorierte das wütende Kanonenfeuer und fasste das Boot auf. Nachdem er als Einziger in der Gruppe ohne Flügelmann unterwegs war, hatte er seine Penguins für solche »Gnadenstöße« reserviert.

Er hörte im Kopfhörer den Ton, der ihm sagte, dass der Flugkörper auf sein Ziel aufgeschaltet hatte, drückte ab und schloss einen Moment lang die Augen, um nicht von dem Aufflammen der Flugkörper-Startrakete geblendet zu werden. Als er die Augen wieder aufmachte, sah er einen ganzen Hagel von Leuchtspurgeschossen auf sich zukommen.

»Kollision! Es hat eine Kollision gegeben!«, rief der erschrockene Melder im Stabs-Planungszentrum der *Teluk Surabaya*. »Das Flaggschiff der Kampfgruppe meldet, dass die Führungsfregatte *Fatahillah* mit einem Handelsschiff kollidiert ist!«

»Was?«, fragte Ketalaman ungläubig. »Wie kann das sein? Was ist passiert?«

»Da sind zwei nicht identifizierte Ziele in der Nähe der *Fatahillah!«*, meldete der Systemoperator am Radarschirm.

Der Kommodore der Kampfgruppe stürmte durch die Zentrale. Er schob den Radaroperator zur Seite und blickte selbst auf den Radarschirm. »In Allahs Namen, das sind keine zwei neuen Ziele da draußen! Die *Fatahillah* ist in zwei Hälften gespalten worden!«

»Was ist geschehen?«, stieß Ketalaman erneut hervor, und es war ihm durchaus bewusst, wie dumm seine Frage klang.

»Da kommt ein Notsignal von dem Handelsschiff!«, warf der Melder aus dem Funkraum ein. »Sie melden eine Kollision und bitten um Hilfe! Und die Brücke meldet, dass das Kanonenboot *Rencong* angegriffen wird! … Die *Rencong* ist getroffen! Sie brennt!«

»Wo kommt das Feuer her?«

Bevor irgendjemand die Frage des Admirals beantworten konnte, kam bereits die nächste Katastrophenmeldung herein.

»Luftkontakte an Backbord! Feindliche Luftkontakte! Flugkörper-Alarm! Flugkörper-Alarm!«

»Feuer frei! Alle Schiffe – Feuer frei!« Es war der Kommodore, der den verzweifelten Befehl ausgab. Admiral Ketalaman stand einfach nur da und starrte mit leeren Augen auf den Kartentisch. Sie hatten auf den Konvoi gewartet. Das Ganze war eine Falle.

»Rudergänger, ist das Schiff hundertprozentig manövrierfähig?«, rief Amanda.

»Wir haben volle Kontrolle über die Steuerung, Capt'n. Wir sind hundertprozentig manövrierfähig!«

»Ruder hart Backbord! Gehen Sie auf zwo-sieben-null!«

»Gehen auf zwo-sieben-null!«

»Schadenkontrolle! Hier Brücke! Lagebericht!«

»Kein Wassereinbruch im Vorschiffbereich, Capt'n! Wir haben nicht einmal einen Kratzer abbekommen, Ma'am!«

»Sehr gut! Maschinenraum, Lagebericht!«

»Maschinenraum hier«, meldete sich Chief Thomson mit ruhiger Stimme. »Wir haben leichte Vibrationen in der Steuerbordschraube. Ich glaube, ein Schraubenblatt ist beschädigt.«

»Können wir die Geschwindigkeit beibehalten?«

»Eine Weile schon. Aber ich würde zurückschalten, sobald es möglich ist.«

»Verstanden, Chief. Weitermachen.«

Amanda sah, dass die *Shenandoah* bereits den Weg der nächsten Fregatte kreuzte. Amanda hatte die Absicht, sich zwischen den indonesischen Frachtern durchzuschlängeln. Es war nicht anzunehmen, dass sie noch eines der Schiffe rammen konnten, doch es war trotzdem wichtig, so nahe wie möglich dranzubleiben.

Plötzlich hörte Amanda eine Stimme, die täuschend echt einen hysterischen griechischen Kapitän imitierte, der am Telefon in gebrochenem Englisch seiner Wut Ausdruck verlieh.

»Ihr habt uns gerammt! Ihr verdammten Mistkerle habt uns

gerammt! Wollt ihr uns versenken? Wir werden euch verklagen!« Es war Harconan, der einen kleinen Beitrag lieferte, um die Verwirrung auf der Gegenseite noch ein wenig zu steigern. Und er schien sich in seiner Rolle absolut wohl zu fühlen.

Harconan hatte die Situation durchaus richtig erfasst. Je später sich die Indonesier von dem Schreck und der allgemeinen Verwirrung erholten, umso besser.

»Brücke – CIC«, meldete sich MacIntyre, der sich im Moment ganz in Amandas Dienst stellte. »Unsere Flankenkräfte greifen den Transportverband an!«

Einer war ausgeschaltet, zwei noch im Rennen. Bis jetzt war alles relativ leicht gegangen, doch das würde sich bald ändern.

»Gut, CIC«, antwortete Amanda. »RBOC-Werfer, Düppel abfeuern! Störfunk auf der ganzen Bandbreite! Kasematt-Geschütze vorbereiten! Alle Kanonen und Startrohre nach Steuerbord richten und Feuerbereitschaft herstellen!«

Harconan deckte die Sprechmuschel des Telefonhörers mit einer Hand ab. »Ihr habt auch Kanonen auf diesem Ungeheuer?«

»Wir sind schließlich ein Q-Schiff«, erwiderte Amanda. »Was wäre ein Q-Schiff ohne versteckte Kanonen?«

Stone Quillain stellte fest, dass es recht ungemütlich sein konnte, mitten im feindlichen Kanonenfeuer auf einem Baum zu hocken. »Verdammt! Der Mistkerl ist uns auf die Schliche gekommen!«

»Nein, im Ernst?«, erwiderte der Ranger-Unteroffizier und duckte sich, so tief er konnte, um den Kugeln zu entgehen, die ihnen um die Ohren pfiffen.

Das zweite Boot, das die Flanke des indonesischen Konvois schützte, war ebenfalls ein deutsches Lürssen-FPB-Kanonenboot. Man hatte dieses Fahrzeug als nicht allzu große Bedrohung eingestuft, weil es über keine Anti-Schiff-Lenkwaffen verfügte. Dafür war es aber mit einer imposanten Batterie von 57-mm- und 40-mm-Kanonen, einem draufgängerischen Kapitän und einer kampffreudigen Mannschaft ausgestattet. Als die verborgenen Mörser auf der namenlosen Insel das Feuer auf das erste Kanonenboot eröffnet hatten, musste irgendjemand an Bord des Lürssen mitbekommen haben, woher der Beschuss kam. Das Kanonenboot feuerte jedenfalls aus allen Rohren zurück und machte die Tatsache, dass man kein präzises Ziel anvisieren konnte, durch seine überwältigende Feuerkraft wett.

»Neues Ziel!«, rief Stone in sein Mikrofon. »Nehmt den kleinen Bastard aufs Korn, bevor er uns den Baum unterm Arsch wegschießt!«

»Sechs, sechs, vier! Sechs, sechs, vier!« Arkady ließ sich von seinem Fliegerinstinkt den Bergkamm entlang zur nächsten Feuerposition führen, während er sich immer wieder vorsagte, in welchem Verteilungsmuster sie ihre restlichen Flugkörper abfeuern würden.

Die Angriffsstaffel hatte – abgesehen von seiner letzten »Silver Bullet« – noch sechzehn Penguin-Flugkörper übrig, und noch drei kritische Ziele, die es auszuschalten galt. Die größere Van-Speijk-Fregatte war mit den gefährlichen amerikanischen Harpoon-Antischiff-Raketen ausgerüstet. Das große Ivan-Rogov-Amphibienschiff, das mit dem Crotal-SAM-System bestückt war, stellte die größte Bedrohung für Arkadys Hubschrauber dar. Und die Korvette der Parchim-Klasse schließlich war mit Exocet-Antischiff-Raketen bewaffnet, die man ebenfalls nicht außer Acht lassen durfte.

Arkady hatte sich dafür entschieden, die Penguins im Verhältnis sechs-sechs-vier auf die drei Schiffe zu verteilen. Um die Ziele aber völlig außer Gefecht zu setzen, war es notwendig, dass jeder einzelne der kleinen Penguins ein Treffer war – und das war unmöglich zu schaffen.

Nach diesem Angriff würde er nur noch seinen letzten Flugkörper zur Verfügung haben, um das zu Ende zu bringen, was unerledigt geblieben war.

»Flights, gebt eure Positionen durch.«

»Point Flight, bin auf Station, Lead!«

»Amphib Flight, auf Station!«

»Trailer Flight, auf Station!«

Ob Amanda wohl auch von solchen Bedenken geplagt wurde, wenn sie daranging, einen ihrer Pläne in die Tat umzusetzen? Bestimmt war es so, auch wenn sie es nie ausgesprochen hatte. Außerdem war es jetzt ohnehin zu spät für irgendwelche Bedenken.

»Alle Flights, es geht los! Nehmt eure Ziele aufs Korn.«

»CIC – Brücke! Kasematt-Geschütze in Stellung bringen!«

Im Rumpf der *Shenandoah* wurden Stahlpaneele nach unten geklappt und von hydraulischen Stoßdämpfern aufgefangen. Geschütztürme traten zutage, deren schlanke Rohre sich mit einem durchdringenden Heulen nach außen richteten.

»Radar und Kommunikation sind stark beeinträchtigt, Kapitän! Extremer Störfunk auf allen Frequenzen!«

»Was kommt vom Flaggschiff?«, fragte der dienstälteste Kapitän der Kampfgruppe.

Auf der verdunkelten Brücke der Kommandofregatte *Nala* herrschten Chaos und Hysterie. Über Telefon und Funk gingen jede Menge Fragen hinaus, auf die man nur bruchstückhafte und unzureichende Antworten bekam.

»Der Transportverband wird aus der Luft und von Artillerie angegriffen, möglicherweise von einem Schiff oder von der Küste aus«, platzte der Erste Offizier heraus. »Die Flugkörper-Schnellboote werden förmlich in Stücke gerissen!«

»Haben wir Zieldaten?«

»Nein, Kapitän. Es werden keine Ziele geortet.«

»Kommen denn keine Anweisungen vom Flaggschiff?«

»Nur immer wieder der Befehl, den Feind zu bekämpfen.«

Verdammt! »Aber welchen Feind? Wo ist er?« Der Kommandant der Kampfgruppe riss sich die Uniformmütze vom Kopf und warf sie frustriert auf den Boden. »Wie ist der Status der *Fatahillah?*«

»Da brennt irgendetwas vor dem Bug, Herr«, rief einer der Ausgucke der Brücke.

»Radar, was sehen Sie?«

»Ich glaube, ein Teil der *Fatahillah* ist gesunken«, antwortete der Radaroperator. »Ich habe nur noch einen Kontakt hier! Wir sollten bald dort sein.«

»Wo ist das Handelsschiff, mit dem sie kollidiert ist?«

»Es ist immer noch da, Herr. Peilung … ungefähr zehn Grad voraus.«

»Entfernung? Kurs? Fahrt?«

»Wir haben keine genauen Daten, Kapitän. Es kommt massiver Störfunk aus verschiedenen Quellen, und wir laufen direkt in eine Düppelwolke.«

»Das könnten Gegenmaßnahmen der *Fatahillah* sein«, warf der Erste ein. »Vielleicht haben sie in der Kollision versehentlich Düppel abgefeuert.«

»Vielleicht aber auch nicht! Lassen Sie die Kanonen in die Richtung des Handelsschiffes schwenken! Leuchtkugeln abfeuern!«

»Kapitän, dann könnten auch wir beleuchtet werden!«

»Das ist mir egal, verdammt noch mal! Wir müssen endlich etwas sehen!«

»Kapitän!«, warf der Ausguck in der Brückennock ein. »Schiff voraus! Schiff voraus!«

Da war ein riesiges dunkles Gebilde in der verregneten Nacht, das quer vor dem Bug der Fregatte vorüberlief – und das mit einer Geschwindigkeit, wie sie kein gewöhnliches Handelsschiff erreichte.

Plötzlich wurden Deck und Aufbauten des riesigen Eindringlings von grellen Flammen erleuchtet, und ein Sturm der Zerstörung brach über die Fregatte herein. Die Ruderhaus-Fenster zerbarsten, Männer schrien und fielen in dem Kugel- und Granatsplitterhagel, von dem das Schiff übersät wurde.

Der Kapitän der *Nala* brach mit einem zerfetzten Bein zusammen. »Feuer frei! Feuer frei!«

Der Schrei war eine instinktive Reaktion. Noch bevor er zu Boden gegangen war, hatte er gesehen, wie der vordere Geschützturm zerstört wurde und das abgetrennte Kanonenrohr nutzlos emporragte.

»Funkraum! Meldet ans Flaggschiff … es ist der Frachter! Der Frachter!«

Unter moderner Seekriegsführung stellte man sich normalerweise einen Schusswechsel mit Hightech-Präzisionslenkwaffen vor. Amanda Garrett durchbrach diese Konvention ganz bewusst und versuchte, so nahe wie möglich an den Feind heranzukommen, um eine maximale Wirkung zu erzielen. Ihr Ziel war es, zuzuschlagen, bevor die Gegenseite auch nur mitbekam, was vor sich ging. Den Feind außer Gefecht zu setzen, bevor er reagieren konnte, hatte auch den Vorteil, dass man die eigenen Leute keinem übertriebenen Risiko aussetzen musste. Es kam alles darauf an, wie schnell sie die zerstörerische Wirkung ihrer Waffen entfalten konnten.

»Alle Batterien! Angriff an Steuerbord! Feuer frei!«

Als die *Shenandoah* nur noch wenige hundert Meter von der Fregatte entfernt war, eröffnete sie das Feuer. Die beiden Oto-Melara-»Super Rapid«-Geschütze in den Steuerbord-Geschützräumen begannen ihr Sperrfeuer von fünfundachtzig 76-mm-Geschossen pro Minute loszulassen. Das Ziel der Attacke war vor allem der Rumpf der Fregatte.

Die Schützen an den Avenger-Hellfire-Systemen und den Javelin-Panzerabwehr-Lenkwaffen zielten etwas höher. Mit Hilfe ihrer Nacht-Ziel-Systeme nahmen sie mit ihren lasergelenkten Geschossen ganz bestimmte Ziele aufs Korn – den Buggeschützturm und die Brücke. Die Hellfires und Javelins waren nicht für den Seekrieg entwickelt worden. Sie waren eigentlich dazu gedacht, Panzer auszuschalten, aber als anpassungsfähige Waffen erfüllten sie auch in diesem Umfeld ihren Zweck.

Die Maschinengewehrteams waren ebenfalls ursprünglich nicht für den Einsatz auf einem Überwasser-Kriegsschiff vorgesehen, doch auch sie erwiesen sich in dieser Situation als wertvolle Nahkampfwaffe. Eine Kugel vom Kaliber .50, wie sie von einem schweren MG verfeuert wird, kann einen herkömmlichen Schiffsrumpf mühelos durchdringen; aber während *eine* derartige Kugel keinen nennenswerten Schaden anrichtet, können mehrere tausend davon eine verheerende Wirkung entfalten.

Innerhalb von zwei Minuten wurde das Kommandoschiff der indonesischen Kampfgruppe von dem Feuersturm zerfressen. Hunderte kleine Treffer summierten sich schließlich zu einem Schlag von enormer Zerstörungskraft. Die Oto-Melara-Geschosse rissen den Rumpf an der Wasserlinie auf. Automatische Waffen nahmen die Sensorantennen aufs Korn und beraubten das Schiff so seiner Sinnesorgane. Panzerabwehr-Lenkwaffen verwandelten das Innere des Schiffes in ein Inferno und löschten auf der Brücke alles Leben aus. Das Feuer und die nachfolgenden Explosionen leuchteten bald heller als die Einschläge der Geschosse.

Die *Shenandoah* umkurvte die *Nala* in einem schäumenden Halbkreis, während sie die wehrlose Fregatte mit ihrem Geschosshagel beharkte.

»Er ist außer Gefecht! Feuer einstellen!«, rief Amanda schließlich in ihr Mikrofon, als sie am Heck der sterbenden Fregatte vorbeizogen. »Backbord-Geschütze in Stellung bringen! Alle Batterien! Ziel an Backbord! Feuern, sobald das Ziel in Sicht ist!«

Sie blickte auf das taktische Display. Der Kapitän der dritten und letzten Fregatte, der *Malahayati,* hatte das Feuerwerk vor sich gesehen und das Ruder hart herumreißen lassen, um der *Shenandoah* die Breitseite zuzuwenden und seine eigenen Geschütze in Stellung zu bringen.

Dass dem so war, bestätigte sich gleich darauf, als das Heulen von schweren Granaten in der Dunkelheit ertönte. Gischtfontänen schlugen vor dem Bug der *Shenandoah* hoch, als die Geschosse der *Malahayati* ihr Ziel knapp verfehlten.

»CIC! Flugkörper an Backbord einsetzen! Verpassen wir ihm eine Breitseite!«

Entlang des Bergkamms stiegen die SPEED Cobras hoch, um erneut in Feuerposition zu gehen. Auf den indonesischen Radarschirmen zeigten sie sich als schwache Echos, die mit dem Hintergrund verschmolzen, den die Insel bildete. Die Reihe der feindlichen Schiffe trat in den Infrarot-Sensoren der amerikanischen Angriffshubschrauber klar und deutlich zutage. Das Einzige, was den Blick auf die Schiffe etwas ablenkte, waren die brennenden und sinkenden Flugkörper-Schnellboote an den Flanken des Transportverbandes. Ihre Wracks fielen bereits nach achtern zurück und hatten mit dem Geschehen nichts mehr zu tun. Die äußere Schale des Zieles war geknackt.

»Alle Teams. Salve auf mein Kommando abfeuern«, wies Arkady seine Leute an. »Drei … zwei … eins … Feuer!«

Weit draußen auf dem Wasser donnerte ein Crotal-Flugkörper aus seiner Startzelle an Bord der *Teluk Surabaya,* um die angreifenden Helikopter aufs Korn zu nehmen. Die Antwort darauf bildeten sechzehn Penguins, die entlang des Bergkamms abgefeuert wurden. Bevor der indonesische Flugkörper sie erreichen konnte, sprangen die SPEED Cobras schon wieder hinter den schützenden Berg, wo sie in Sicherheit waren. Die Anti-Schiff-Salve war so präzise abgefeuert worden, wie das Schlachtfeld es zuließ, und die Schiffe hatten keine Möglichkeit, sich irgendwo zu verbergen.

Doch in diesem Augenblick schlug das Schicksal auf ganz unerwartete Weise zu.

Die *Teluk Hading,* das zweite Schiff in der Reihe, war zwischen der Fregatte *Slamet Riyaid* und der *Teluk Surabaya* unterwegs. Das relativ alte mittelgroße Landungsschiff war das schwächste Kriegsschiff in der Rebellen-Flotte. Sie spielte in den Plänen der *Shenandoah* überhaupt keine Rolle und wurde als Ziel eingestuft, das im Vorbeigehen ausgeschaltet werden sollte. Doch nun trat das kleine Schiff in einer Weise in Aktion, wie es niemand vorhergesehen oder sich gewünscht hatte, am wenigsten seine Mannschaft.

Der Kapitän der *Teluk Hading* war verständlicherweise bestrebt gewesen, seine Verteidigung zu verstärken, indem er zusätzlich zu den 37-mm-Kanonen alles aufbot, was er an Truppen und militärischer Ausrüstung an Bord hatte. Doch die jungen indonesischen Soldaten hatten keine Ahnung, wie man sich in einer Seeschlacht zu verhalten hatte.

Als Reaktion auf die Befehle, die von der Brücke kamen, eilte ein Schützenteam der Armee an die Backbord-Reling, um einen Mistral-Flugkörper abzuschießen.

Der Mann, der das Startrohr trug, zielte und feuerte, rutschte dabei jedoch auf einem Ölfleck aus, den eines der Fahrzeuge auf dem Sturmdeck hinterlassen hatte. Er verlor das Gleichgewicht und stürzte zu Boden, und im Fallen klammerte sich seine Hand um den Griff des Startrohres.

Die externe Sicherung der Waffe hätte aktiviert sein sollen – sie war es aber nicht. Der kleine Mistral-Flugkörper schoss aus dem Startrohr, prallte am Deck auf und schwirrte mitten unter die Fahrzeuge, die auf dem Amphibienschiff standen, unter ihnen auch ein Tanklaster.

Ein riesiger Feuerpilz schoss empor und breitete sich auf dem Deck des Landungsschiffes aus, sodass das Meer eine Meile weit in allen Richtungen erleuchtet wurde. Der Feuerball der Explosion, der schon mit freiem Auge so gut zu sehen war, trat für die Suchköpfe der ankommenden amerikanischen Flugkörper umso heller zutage.

Das Problem mit den so genannten »intelligenten« Waffen ist, dass sie es nicht wirklich sind. Sie können sogar ziemlich dumm reagieren, wenn sie mit einem Problem konfrontiert werden, das jenseits ihres beschränkten Horizonts liegt. In diesem Fall nahmen einige der Penguin-Flugkörper an der Peripherie ihrer Lenksensoren die Explosion auf dem indonesischen Landungsschiff wahr. Dies war offenbar etwas Größeres und Heißeres als das Ziel, auf das man sie ursprünglich angesetzt hatte – also war es wohl vorrangig, dieses Ziel außer Gefecht zu setzen.

Drei der Penguins, die auf die *Slamet Riyaid* abgefeuert worden waren, änderten ihren Kurs und jagten ebenso auf das brennende Schiff zu wie zwei aus dem Schwarm, die für die *Teluk Surabaya* bestimmt waren. Möglicherweise war es für die Mannschaft der *Teluk Hading* gar kein Nachteil, dass es so kam. Wenn man absolut keine Überlebenschance hatte, war es vielleicht noch eine Spur besser, in die Luft gejagt zu werden, als bei lebendigem Leib zu verbrennen.

Von den vier Penguins, die ihren Weg zur *Teluk Surabaya* fortsetzten, wurde einer von den Gegenmaßnahmen des Schiffes abgelenkt. Ein zweiter wurde von den Gatling-Kanonen des Amphibienschiffes ausgeschaltet. Die beiden verbleibenden Schiffsjäger erreichten ihr Ziel und schlugen auf den Decks der *Surabaya* ein.

Die Explosionen der Sprengköpfe hallten durch das Schiff, das zwar verwundet, aber längst nicht tot war. Aus den Lautsprechern tönten die lauten Rufe der Schadenkontrollteams, während aus den Belüftungssystemen ein Geruch von heißem Metall und verbrannter Farbe drang.

»Admiral, was befehlen Sie? … Admiral Ketalaman, was befehlen Sie?«

»Kurs beibehalten«, kam die Antwort beinahe im Flüsterton. »Wir müssen nach Jakarta.«

Ketalamans Stabschef fragte sich, was der Admiral wohl so fest in seiner Hand umklammert hielt. Es sah aus wie ein Stück Felsgestein.

»Was, zum Teufel, ist da passiert?«, rief Arkady aus. Er ließ seine Maschine wieder über den Bergkamm hochsteigen und sah mit Entsetzen, was sich da vor seinen Augen abspielte. Es schien zwar einige Verwirrung im indonesischen Transportverband zu herrschen, doch es war trotzdem nicht das, was sie hatten erreichen wollen.

Was noch mit dem Angriffsplan übereinstimmte, war die Tatsache, dass das letzte Schiff in der Reihe, die *Silas Papare*, manövrierunfähig zu sein schien und nach einer ganzen Reihe von Treffern in Flammen stand. Das war aber auch schon das Einzige, was so war, wie es sein sollte. Auf dem Flaggschiff der Flotte, der *Teluk Surabaya*, war ebenfalls Feuer an Deck zu erkennen, aber der Schaden schien sich in Grenzen zu halten, und das Schiff wich in einem weiten Manöver dem infernalisch brennenden Landungsschiff aus, das vor ihm lief und das überhaupt nicht hätte getroffen werden sollen.

Das Schlimmste aber war, dass die führende Fregatte, die *Slamet Riyaid*, immer noch im Rennen war! Ihre Umrisse waren verzerrt von Explosionsschäden, doch sie brannte nicht und schien voll manövrierfähig zu sein. Jedenfalls lief sie weiter auf Ostkurs und hielt direkt auf die *Shenandoah* zu.

Die *Slamet* war der absolute Killer im Verband der Putschisten. Sie entsprach zwar nicht dem allerneuesten Stand der Militärtechnik, aber ihre amerikanischen Harpoon-Raketen waren die gefährlichsten Anti-Schiff-Waffen, die die Indonesier zur Verfügung hatten. Wenn es dazu kam, dass sie die *Shenandoah* auffassten und ihre Harpoons abfeuerten, so war es nicht sehr wahrscheinlich, dass der Angriff mittels Punktverteidigung und Gegenmaßnahmen abgewehrt werden konnte.

Arkadys Aufgabe war es gewesen, dies zu verhindern – und er war offensichtlich gescheitert! Ein durchdringender Alarmton ertönte am Anzeigenbrett des SPEED Cobra – ein Alarm, der genau das Ereignis ankündigte, das Arkady befürchtet hatte. Das Feuerleitradar für die Harpoons wurde aktiv!

»*Shenandoah!* Vampir! Vampir! Sie feuern Flugkörper auf euch ab!«

Während er den Warnruf durchgab, überlegte Arkady bereits fieberhaft, was er noch tun konnte. Er feuerte schließlich seinen letzten Penguin auf die *Teluk Surabaya* ab, um sich ihre Kanonen und Flugkörper vom Leib zu halten. Er musste sicher stellen, dass er lange genug überlebte, um seinen Plan durchzuführen. Dann brauste er mit seinem SPEED Cobra los und verwandelte ihn in ein zusätzliches Anti-Schiff-Geschoss, das die *Slamet Riyaid* zum Ziel hatte.

Auf der Brücke der *Shenandoah* hörte Amanda den Warnruf, doch sie nahm an, dass er sich auf die letzte der drei Fatahillah-Fregatten bezog, die noch übrig war. Der Kommandant des einzigen überlebenden Schiffes der indonesischen Kampfgruppe hatte sich einen Überblick über die taktische Situation verschafft und reagierte. Er leitete seine Gegenmaßnahmen ein und brachte sein Schiff rasch in Position, um seine Waffen gegen den größeren, nicht ganz so wendigen Angreifer einsetzen zu können. Nach den Anzeigen der Warnsysteme zu schließen, versuchte er sein Ziel sowohl mit den Kanonen als auch mit den Exocet-Raketen aufzufassen.

Es galt jedenfalls, rasch zu handeln. »CIC«, rief Amanda in ihr Mikrofon, »könnt ihr ihn mit den Backbord-Flugkörpern aufs Korn nehmen?«

»Wir haben Ziel Master 3 im Visier«, antwortete MacIntyre angespannt. »Backbord-Batterien sind scharf und feuerbereit!«

»Sehr gut! Feuer frei auf Master 3!«

Entlang der Backbord-Flanke der *Shenandoah* gingen weitere Luken auf, in denen drohende gedrungene Gebilde zutage traten. Sechs Penguin-Flugkörper schossen nacheinander in die Nacht hinaus und versuchten sofort, die Hitze-Witterung ihrer Beute aufzunehmen.

Amanda sah die Kette von Explosionen, die wie dicht aufeinander folgende Blitze durch die Regenwand zuckten. Die Radaremissionen der dritten Fatahillah verschwanden. Das war's! Die Kampfgruppe war außer Gefecht! Was immer noch da draußen war – es stellte keine nennenswerte Bedrohung dar.

»Rudergänger!«, ertönte eine kräftige männliche Stimme hinter ihr. »Hart Backbord! Gehen Sie auf zwo-acht-fünf.«

Harconan!

Amanda zögerte nur einen Augenblick. »Rudergänger, machen Sie's!«

»Aye aye. Ruder hart Backbord, zwo-acht-fünf!«

»Entschuldigung, Capt'n«, sagte Harconan, zu Amanda gewandt. »Es gibt hier gefährliche Riffe, und euer Echolot hätte euch nicht rechtzeitig gewarnt. Wie heißt es so schön – auf Grund zu laufen kann einem den ganzen Tag verderben.«

»Entschuldigung angenommen«, sagte Amanda nach einem kurzen Moment des Zögerns. »Rudergänger, Mr. Harconan ist mit diesen Gewässern vertraut. Er ist befugt, in Notsituationen Kurskorrekturen zu machen.«

»Aye aye, Capt'n.«

Amanda wechselte auf ihrem Laptop von den Warnanzeigen zum taktischen Display. Mit zusammengekniffenen Augen vertiefte sie sich in die Gefechtssituation. Die *Shenandoah* hatte den Kampfverband ausgeschaltet, und Arkady und Stone hatten die Flugkörper-Schnellboote und Kanonenboote erledigt. Nur die Transportkolonne war noch übrig, die keine vier Seemeilen vom Bug des Truppentransporters entfernt war.

Neben den Kriegsschiffen leuchteten Abschusssymbole auf, und der Schlussmann der Transportgruppe fiel immer weiter zurück und war offenbar ebenfalls aus dem Rennen. Doch das Führungsschiff, die Van Speijk mit ihren Harpoons, war immer noch da.

»CIC, was meldet Strike Lead? Wie ist der Status der Transport-Eskorte?«

»Strike Lead meldet, dass alle Flugkörper abgefeuert sind«,

antwortete MacIntyre, wie aus der Pistole geschossen. »Aber er meldet auch, dass die Van Speijk immer noch zu beachten ist! Und wir haben jetzt auch Feuerleitradar für Harpoons!«

»Verdammt! Rudergänger, gehen Sie auf zwo-drei-null! Steuerbord-Penguins klarmachen! Gegenmaßnahmen, volles Programm abfeuern! Alle Punktverteidigungssysteme, bereitmachen zum Abwehren von Harpoon-Raketen!«

»Strike Lead meldet, dass er den Angriff fortsetzt!«

Amanda hielt ungläubig inne. »Moment, Elliot! Haben sie nicht alle Flugkörper abgefeuert?«

»Das stimmt.«

Arkady hielt seine *Jeannie II* knapp über den Baumwipfeln, als er den Abhang des Berges hinunterzog und vom Hubschrauber- in den Flugzeug-Modus wechselte.

»Vince, würdest du mir vielleicht verraten, was wir hier machen?«

»*Wir?*« Arkady wäre beinahe in einen Baum geknallt, als er sich in seinen Gurten umdrehte. Ein zweiter SPEED Cobra folgte ihm den Hang hinunter und nahm die Position des Flügelmanns ein.

»Pink, was zum Teufel machst du hier?«, rief Arkady in sein Mikrofon.

»Wahrscheinlich eine Riesendummheit, so wie mein Commander«, antwortete Pinkerton. »Was hast du vor, und wie machen wir's?«

Es wäre zwecklos gewesen, jetzt noch lange zu debattieren. Sie strichen über den Strand hinweg und beschleunigten weiter. »Wir knöpfen uns die führende Fregatte vor!«

»Ich frage noch mal, Lead, wie machen wir's? Wir haben nur noch die Zwanzig-Millimeter!«

»Das reicht. Komm einfach mit und ziele auf das Gleiche wie ich!«

Im nächsten Augenblick wurden die beiden Hubschrauber

von schwerkalibrigem Feuer empfangen, nachdem sie in Schussweite der *Teluk Surabaya* und der *Slamet Riyaid* waren.

»Volle Gegenmaßnahmen, Pink! Geh so tief, wie du kannst!« Beide Maschinen stießen Wärmescheinziele und eine Düppelwolke aus Metallfolie aus, um die feindlichen Geschosse von ihrem eigentlichen Ziel abzulenken.

Der Kugelhagel folgte ihnen und peitschte Gischtfontänen hinter den SPEED Cobras auf. Eine hohe Wassersäule schoss empor, nachdem ein verirrter Crotal-Flugkörper hinter den beiden Hubschraubern im Wasser eingeschlagen war.

»Pink«, stieß Arkady kurz und prägnant hervor, »... zwischen dem Schornstein und dem achterlichen Mast ... Nimm dir seine Startrohre! Die Flugkörper-Startrohre!«

Arkady wandte eine Taktik an, die er seinem intensiven Studium der Navy-Fliegerei früherer Tage verdankte. Im Zweiten Weltkrieg hatten amerikanische Navy-Flieger gelernt, wie man japanische Zerstörer und Fregatten allein durch MG-Feuer versenken konnte. Es ging dabei vor allem darum, das Heck des feindlichen Schiffes so lange zu beharken, bis die Wasserbomben, die dort bereitlagen, explodierten.

Wasserbomben gehörten nicht mehr zum Repertoire eines modernen Kriegsschiffes, aber Arkady ging davon aus, dass ein Harpoon-Startrohr, voll gepackt mit Sprengstoff und Raketentreibstoff, einen brauchbaren Ersatz darstellte.

»Das ist doch Wahnsinn!«, murmelte Pinkerton vor sich hin und aktivierte dadurch sein Mikrofon – und Arkady musste ihm Recht geben.

Auf der Fregatte flammte etwas auf, und im nächsten Augenblick sahen sich die beiden Hubschrauber einem ganzen Schwarm von Mistral-Flugkörpern gegenüber. »Ausweichen! Hart Backbord!«, rief Arkady und schwenkte seine *Jeannie II* instinktiv zu Pinkertons Flugbahn hinüber, um die SAMs auf sich zu ziehen.

»Vince, pass auf!«

Arkady brach sein Manöver ab und versuchte nach der anderen Seite abzudrehen, sodass die Enden der Flügel und Rotorblätter beinahe das Wasser berührten. Lichtblitze schossen draußen am Cockpit vorbei, und im nächsten Augenblick folgte ein Knall, der die Maschine erschütterte.

»Vince! Es hat dich erwischt! Es hat dich erwischt!«

»Nein, im Ernst, Sherlock Holmes?«, knurrte Arkady.

Rotortreffer!

Einer der Mistrals hatte ein Stück von einem Rotorblatt weggeschossen, was den Rotor und den gesamten Hubschrauber empfindlich aus dem Gleichgewicht brachte. Arkady versuchte die Maschine hochzuziehen und kämpfte gleichzeitig gegen die Kreiselbewegung an, die der Einschlag auszulösen drohte. Die Anzeigen waren unleserlich, aber er sah auch so, dass er höchstens fünfzehn Meter und einen Sekundenbruchteil von der Meeresoberfläche und damit von der Ewigkeit entfernt war.

Bei einem gewöhnlichen Hubschrauber hätte man von einem »Terminal Flight Event«, einem »tödlichen Flugvorfall«, gesprochen. Aber *Jeannie II* war eben kein gewöhnlicher Hubschrauber.

Arkady nahm eine Hand vom Steuerknüppel, riss die Abdeckung von einem Knopf an der Seitenkonsole und drückte ihn.

Im nächsten Augenblick hörte er über sich eine gedämpfte Explosion. Sprengladungen durchtrennten Titan und Verbundmaterial, und der gesamte Rotor wurde abgesprengt. Die SPEED-Crews nannten das die »Jesus-Option«. Es war dies der letzte Rettungsanker, der allerletzte Ausweg, der einem Piloten noch blieb.

Das durchdringende Vibrieren hörte ebenso auf wie das Taumeln der Maschine. Arkady zog den Steuerknüppel zurück, und ließ seine Maschine nun als reines Flugzeug wieder hochsteigen.

»Lead, alles okay?«

»Frag mich ein bisschen später!«

Die Jesus-Option war keine Maßnahme, nach der man noch ein kampftaugliches Flugzeug zur Verfügung hatte. Es war eine Notmaßnahme, die ergriffen wurde, um einen Piloten und sein beschädigtes Luftfahrzeug nach Hause zu bringen. Aber Arkady stellte fest, dass sich die Maschine gut fliegen ließ, die Motoranzeigen waren im grünen Bereich, und er hatte immer noch seine Kanone und Munition.

Scheiß drauf! Mach weiter!

Vor ihm tauchte die Silhouette der *Slamet Riyaid* auf. Gott sei Dank hatte das Budget der indonesischen Marine nicht ausgereicht, um die Fregatte mit einem Goalkeeper- oder einem Phalanx-Close-In-Waffensystem auszustatten.

Plötzlich wurde Arkadys Nachtsichtsystem von goldenem Licht überflutet. Er riss sein Helmvisier hoch und sah das Schiff von einem grellen Lichtblitz erleuchtet. Die schlanke Bleistiftform einer Harpoon-Rakete schoss senkrecht aus dem mittschiffs installierten Startrohr empor. Sie hatten die *Shenandoah* aufgefasst und eröffneten nun das Feuer auf sie.

»Pink, nimm dir die Startrohre!«, rief Arkady ein letztes Mal, ehe er mit seiner *Jeannie II* im Sturzflug auf die Rakete zuraste. Er drückte den Auslöseknopf an seinem Steuerknüppel und feuerte mit seiner Kanone in den Weg der Harpoon.

Von den hunderten Geschossen, die er abfeuerte, traf eines ins Schwarze.

Ein riesiger orange-glühender Feuerball breitete sich über der Fregatte aus, in dem die Masten und das Oberwerk des Schiffes in Stücke gerissen wurden. *Jeannie II* wurde von einer mächtigen Druckwelle gepackt, und Arkady spürte, dass ihm die Kontrolle über den SPEED Cobra endgültig entglitt. Er griff nach dem Hebel für den Schleudersitz, als die Maschine plötzlich von einer weiteren Druckwelle erfasst wurde, die sie wieder ins Gleichgewicht brachte.

Irgendetwas, das wie ein Schiffsschornstein aussah, rauschte an ihm vorüber, und er stellte fest, dass er mitten durch die brennenden Trümmer raste, die von den Decksaufbauten der *Slamet* stammten. Vor dem Hintergrund des brennenden Rumpfes der Fregatte sah Arkady für einen Augenblick, wie Pink Pinkertons SPEED Cobra abdrehte, um in der Dunkelheit zu verschwinden.

»War es das, was ich tun sollte, Vince?«, fragte Pinkerton.

»Ja. So ungefähr. Machen wir, dass wir wegkommen, Pink. Star Child, hier Strike Lead. Das letzte Geleitschiff ist aus dem Rennen. Ich wiederhole, das letzte Geleitschiff ist tot. Die Luft ist rein.«

Auf der Brücke der *Teluk Surabaya*

20. November 2008, 23:22 Uhr Ortszeit Ketalaman wusste selbst nicht, wie er auf die Brücke des Flaggschiffs gekommen war. Die Decksaufbauten des Schiffes waren von einem mächtigen Schlag erschüttert worden, der den Admiral zu Boden geworfen hatte. Das Licht im Innern ging aus, sodass die Welt ringsum nur noch von batteriebetriebenen Gefechtslaternen beleuchtet wurde.

Ketalaman hatte das Gefühl, zu ersticken, als er sich hochrappelte, um irgendwo frische Luft zu finden – und irgendwie gelangte er ins Ruderhaus.

Blutige Glasscherben knirschten unter seinen Füßen, und Männer riefen verzweifelt irgendetwas in die Mikrofone der Bordsprechanlage, um etwas Ordnung in das Chaos der Zerstörung zu bringen. Als er aus dem Brückenfenster über die verbogenen Überreste des Crotal-Startrohrs hinaus blickte, sah er von der *Teluk Surabaya* nichts als Feuer und Trümmer. Aus dem Sturmdeck waren durch Lenkwaffentreffer riesige Stücke herausgerissen worden, und inmitten der Trümmer bewegten sich Männer – einige wenige mit einer gewissen Entschlossenheit, die Mehrzahl aber mit den Zuckungen von tödlich Verwundeten.

Im Wasser ringsum sah man nichts als brennende, sterbende Schiffe, brennende Treibstoffseen, Rettungsboote und verzweifelt kämpfende Männer in Schwimmwesten. Und die *Teluk Surabaya* trieb mitten ins Zentrum der Zerstörung hinein.

Jenseits dieser Hölle war nichts als Dunkelheit. Ketalaman konnte die Berge nicht sehen.

Auf dem Vorderdeck begannen die 76-mm-Geschütze des Amphibienschiffes hilflos in die Dunkelheit hinein zu feuern, um den bösen Geist zu treffen, der dort lauerte, der so viele Menschenleben und den Traum des Merpati Ketalaman zunichte gemacht hatte.

»Wenden!«, hörte er eine raue krächzende Stimme rufen, die er kaum als seine eigene erkannte. »Wenden! Wenden! Wenden!«

Auf der Brücke der MV *Galaxy Shenandoah*

20. November 2008, 23:24 Uhr Ortszeit Die Regenfront zog vorüber, und die tropische Luft stank nach Diesel und verbranntem Fleisch. Amanda Garrett hatte Mühe, den Brechreiz zu unterdrücken. Sie spürte, dass Makara Harconan hinter ihr in der Dunkelheit stand und dass er von dem Gefecht genauso erschöpft war wie sie selbst. Auch er hatte wohl genug Seekrieg gesehen.

Es war Zeit, dem Ganzen ein Ende zu setzen.

»CIC«, sprach Amanda in ihr Mikrofon, »Torpedos klarmachen. Gebt mir eine Feuerleitlösung für die *Teluk Surabaya,* vier Aale.«

»Moment«, wandte Harconan ein und legte ihr die Hand auf die Schulter. »Die Torpedos könnt ihr euch, glaube ich, sparen. Ketalaman nimmt euch die Arbeit ab. Schau.«

Amanda hob das Fernglas an die Augen. Sie sah das große Amphibienschiff, auf dessen Decks mehrere Brände wüteten. Das Schiff war schwer verwundet. Die Geschütze feuerten immer noch, doch die Geschosse kamen nicht einmal in die Nähe der *Shenandoah.* Das indonesische Schiff war wie ein schwer angeschlagener Boxer, der blindlings um sich schlug, bevor er k.o. ging.

Plötzlich sah Amanda, wie die Silhouette länger wurde. Die *Teluk Surabaya* wendete. Sie ging auf Nordwestkurs und suchte ihr Heil in der Flucht.

»Warte«, wiederholte Harconan leise. »Warte.«

MacIntyres Stimme ertönte in ihrem Kopfhörer. »Wir haben eine Feuerleitlösung ... Brücke, ich wiederhole! Wir haben eine Feuerleitlösung für das indonesische Flaggschiff. Entfernung wird kleiner! Wir warten auf den Feuerbefehl! Amanda, verdammt! Wir müssen feuern!«

»Warte!«, flüsterte Harconan eindringlich.

»Wartet«, gab Amanda weiter.

Amanda verfolgte das Geschehen weiter durch ihr Fernglas. Die *Teluk Surabaya* hatte die Wende zur Hälfte ausgeführt ... dann noch ein Stück ... und hielt plötzlich inne. Sie blieb auf einmal stehen, der Bug hob sich empor, und die Umrisse begannen sich zu verzerren.

Amanda senkte das Fernglas. Sie konnte sich vorstellen, wie der stählerne Rumpf nachgab und das Wasser donnernd eindrang. »Combat Information Center, wir brauchen die Torpedos nicht mehr. Das Ziel ist auf Grund gelaufen.«

»Ich habe dir ja gesagt, dass da draußen Riffe sind«, stellte Harconan selbstzufrieden fest.

Auf der Brücke der *Teluk Surabaya*

20. November 2008, 23:34 Uhr Ortszeit Das Schiff lag tot auf dem Riff wie eine kleine künstliche Insel. Die Menschen an Bord bildeten keine Crew mehr – sie waren bloß noch Schiffbrüchige auf dem eigenen Schiff. Der schwitzende Funkoperator auf der Brücke nickte dem Stabschef zu, um ihm zu signalisieren, dass er dank der Notstromversorgung den Talk-Between-Ships-Kanal benutzen konnte.

Der Stabschef hob das Mikrofon an die Lippen. »Angreifende Streitkräfte! Feuer einstellen! Feuer einstellen! Hier spricht Kapitän Amadari von … von … der indonesischen Marine, an Bord der *Teluk Surabaya.* Wir ergeben uns. Wir sind auf Grund gelaufen und ergeben uns. Alle überlebenden Schiffe ergeben sich! Stellen Sie das Feuer ein!«

Irgendwo da draußen war ein Schiff. Es war nicht zu erkennen, aber es war klar, dass es irgendwo vor dem Heck des gestrandeten Amphibienschiffes lag. Der Stabschef hatte keine Ahnung, woher es gekommen war. Das einzige Schiff, das sie vor diesem Gemetzel geortet hatten, war ein harmloses Handelsschiff gewesen.

Eine Stimme, eine entschlossen klingende weibliche Stimme antwortete auf Englisch auf seinen Ruf. »Hier spricht die Kommandantin der angreifenden Streitkräfte. Wir hören Sie, *Teluk Surabaya.* Wir haben eure überlebenden Transportschiffe im Visier, aber wir haben das Feuer eingestellt.«

»Hier ist Kapitän Amadari. Zu welchen Bedingungen akzeptieren Sie unsere Kapitulation?«

»Sie müssen sofort und bedingungslos kapitulieren. Ich wiederhole, sofort und bedingungslos. Wir garantieren das Überleben der kompletten Besatzung als Kriegsgefangene nach der Genfer Konvention, aber nur, wenn Sie unsere Anweisungen hundertprozentig befolgen. Haben Sie mich verstanden, Kapitän?«

Der Stabschef atmete tief durch. »Verstanden. Wir nehmen Ihre Bedingungen an.«

»Gut, Kapitän. Es gibt da eine kleine Insel vor der Küste von Lingga, ungefähr sechs Meilen achtern Ihrer derzeitigen Position. Ihre beiden Transportfähren werden langsam weiterlaufen, bis sie an einen Punkt direkt gegenüber der Insel kommen, wo sie in der Mitte der Fahrrinne vor Anker gehen. Ihre Schiffe werden die Maschinen abstellen und alle Radar- und Kommunikationssysteme ausschalten. Die Decksbeleuchtung bleibt aber eingeschaltet.

Sie stehen unter ständiger Beobachtung, bis die Seestreitkräfte der Regierung eintreffen. Wenn Sie diesen Anweisungen in irgendeiner Weise zuwiderhandeln, oder wenn Sie versuchen sollten, Boote zu Wasser zu lassen und Ihre Truppen an Land zu bringen, wird der Angriff fortgesetzt, bis Sie völlig ausgelöscht sind. Haben Sie mich verstanden?«

Der Stabschef blickte in die Nacht hinaus. »Kommandantin der angreifenden Streitkräfte! Wir haben verstanden und werden uns an Ihre Forderungen halten, aber viele unserer Leute sind über Bord gegangen. Wir bitten um Erlaubnis, eine Rettungsoperation durchzuführen.«

»Genehmigt«, antwortete die Frau prompt. »Jedes Ihrer Schiffe darf ein Motorrettungsboot zu Wasser lassen, mit einer minimalen Rettungsmannschaft an Bord. Die Rettungsboote dürfen aber nicht die Küste anfahren. Sie müssen zu Ihren Schiffen zurückkehren. Wir werden ebenfalls Rettungsboote einsetzen, um die Überlebenden zu bergen.«

»Verstanden. Danke.«

»Wir werden außerdem ein Team auf Ihr Schiff schicken. Wir verlangen, dass sich Admiral Ketalaman den Behörden der indonesischen Regierung ergibt.«

Der Stabschef befeuchtete seine Lippen. »Ich bedauere, aber wir können Admiral Ketalaman nicht ausliefern.«

»Warum nicht, Kapitän?«

»Weil Admiral Ketalaman tot ist.« Der Stabschef blickte auf die dunkle Gestalt hinunter, die in einer Ecke der halb zerstörten Brücke lag. »Wir können Ihnen nur seine Leiche übergeben.«

Einige Augenblicke herrschte Schweigen. »Das geht in Ordnung«, sagte die Frau schließlich. »Wie ist Admiral Ketalaman gestorben?«

»Der Admiral hat mit der Pistole Selbstmord verübt.«

»Verstanden, Kapitän Amadari. Bereiten Sie sich darauf vor, unser Team an Bord zu nehmen. Wir bedauern, dass Sie Ihre Schiffe und so viele Leute verloren haben.«

»Ich auch«, sagte der Stabschef und legte das Mikrofon weg. Er spürte, dass er auf etwas Hartes trat, und beugte sich hinunter. Als er es aufhob, sah er, dass es ein Stück Felsgestein war.

Luftstützpunkt Tengah, Singapur

21. November 2008, 00:02 Uhr Ortszeit Das Manöver, das Arkady auszuführen im Begriff war, gehörte zu den Dingen, die man nur im Simulator üben konnte. Die leuchtend blauen Punkte der Rollbahn empfingen das Flugzeug, das eigentlich kein Flugzeug war.

»Vorsichtig, Vince …«, mahnte Pinkerton über Funk. »Schön langsam …« Pinks SPEED Cobra hielt sich an seiner Steuerbordseite und überwachte den Landeanflug.

Wahrscheinlich wäre es bei weitem vernünftiger gewesen, einfach auf den Knopf für den Notausgang zu drücken, aber Vince Arkady gehörte zu den starrsinnigen und unvernünftigen Fliegern, die um ihre Maschine kämpften.

Die Rollbahn war nun direkt vor ihnen. Nase anheben und den Boden erfühlen! Er muss irgendwo da unten sein!

Die Rettungsfahrzeuge, die an den Rändern der Rollbahn standen, huschten mit ihren blauen Blinklichtern an ihm vorüber.

»Noch zehn, Vince! Noch fünf! Halte die verdammten Flügel gerade!«

Ich halte die verdammten Flügel ja gerade!, erwiderte Arkady in Gedanken. Das Fahrwerk von diesem Ding ist nicht breiter als ein Rollschuh!

Die eng beieinander liegenden Räder setzten auf der Rollbahn auf. Lass sie ganz sachte runter. Nimm den Knüppel langsam zurück! Bring ihren Arsch runter! Leistung zurück! Bremsen! Braves Mädchen, *Jeannie!*

Das war gar nicht so schlecht gelaufen.

Ein Mann von der Bodenkontrolle meldete sich über Funk. »Im Namen der Streitkräfte von Singapur – willkommen in Singapur, Commander Arkady. Ein Hangar und ein Sicherheitsteam stehen für Sie bereit. Brauchen Sie ein Schleppfahrzeug?«

»Danke, Tower. Negativ, was das Schleppfahrzeug betrifft. Ich kann allein hineinrollen. Schicken Sie mir nur ein Follow-Me-Fahrzeug.«

»Star Child meldet, dass sie einen Vogel für dich herschicken«, warf Pinkerton ein, der neben der Rollbahn im Schwebeflug verharrte. »Ich fliege dann zur Basis zurück.«

Arkady klappte die Cockpithaube hoch. Die Luft war zwar ziemlich feucht – es war aber trotzdem ein gutes Gefühl, sie einzuatmen. »Roger, Pink. Danke, und sag den Ladies, ich bin zum Frühstück daheim.«

Sebangkastraße

21. November 2008, 00:34 Uhr Ortszeit Die beiden PELNI-Fähren lagen mit hell erleuchteten Decks vor der Insel vor Anker. Als einzige Überlebende des Transportverbandes waren sie nun zu schwimmenden Gefangenenlagern für die moslemischen Milizen geworden, die sie an Bord hatten.

»Ziele aufgefasst«, meldete der Ranger-Unteroffizier. »Bereit zum Angriff, wenn es nötig sein sollte.«

»Gut«, antwortete Stone und lehnte sich auf seinem Ast zurück, um es sich einigermaßen bequem zu machen. »Sieht so aus, als hätten wir das Ding mehr oder weniger geschaukelt.«

»Ja, kann sein«, sagte der Ranger etwas skeptisch. »Aber wir haben immer noch ungefähr fünftausend feindliche Soldaten dort vor der Küste. Das beunruhigt mich schon ein klein wenig, wenn Sie nichts dagegen haben.«

»Wenn Sie unbedingt wollen«, erwiderte Stone und nahm einen John-Wayne-Riegel aus einer Tasche seiner Tragevorrichtung. »Aber das erinnert mich ein bisschen an eine Situation, mit der es General Pendleton mal zu tun hatte …«

MV *Galaxy Shenandoah*
Etwas westlich des Lingga-Archipels

21. November 2008, 05:12 Uhr Ortszeit Der bevorstehende Sonnenaufgang kündigte sich bereits an, doch die Insel Lingga hob sich trotzdem noch kaum von der Dunkelheit des Meeres ab. Die Regenfront war weitergezogen, und es versprach ein sonniger Tag zu werden.

Die *Shenandoah* hatte angehalten, um die heimkehrenden Amphibienfahrzeuge in ihrem Innern aufzunehmen. Als sich das Geschwader der regierungstreuen Seestreitkräfte dem Schauplatz genähert hatte, war der getarnte Truppentransporter rasch von der Bildfläche verschwunden. Weder die überlebenden Rebellen noch die ankommenden Schiffe sollten die *Shenandoah* aus der Nähe zu sehen bekommen.

»Captain Quillain meldet, dass die Wiederaufnahme abgeschlossen ist. Das Mörserteam ist vollzählig an Bord.«

»Sehr gut, Mr. Carstairs«, antwortete Amanda und nahm den Helm ab, was ihren schmerzenden Nacken spürbar entlastete. »Was gibt es Neues vom Transportverband der Putschisten?«

»Die Regierungstruppen haben die Fähren und die *Teluk Surabaya* übernommen, Ma'am. Die Bergungsoperation dauert noch an.«

»Sehr gut.« Es war Zeit für die *Shenandoah*, wieder in ihr Zivilgewand zu schlüpfen und sich aus dem Staub zu machen. »Zweiter Rudergänger, Zivilleistung. Umdrehungen für vierzehn Knoten. Rudergänger, gehen Sie auf drei-null-null.«

»Mr. Carstairs, Gefechtsstationen und Flugstation aufheben. Klarmachen für den stillen Modus. Danach schalten Sie die Positions- und Decklichter ein.«

»Wird gemacht, Ma'am.«

Amanda öffnete ihr Haar und ließ es auf die Schultern herabfallen. Der Fahrtwind, der durch die offenen Brückennockstüren hereinwehte, fühlte sich angenehm kühl in dem feuchtheißen Raum an. Der Rudergänger schaltete die Beleuchtung von Kompasshaus und Steuerung ein, und in dem grünen Licht sah sie Harconan mit verschränkten Armen am Kartentisch lehnen. Er lächelte sie an. »Es war mir eine Ehre, eine solche Meisterin am Werk zu sehen. Danke, Amanda.«

»Das ist nun mal mein Job, Makara, und ich glaube eigentlich auch, dass ich ihn ganz gut beherrsche.« Sie schlüpfte aus der kombinierten Gefechts- und Schwimmweste und legte sie auf den Kartentisch.

Er schüttelte den Kopf. »Wenn ich mir vorstelle, was wir beide mit einem solchen Schiff anstellen könnten! Was wären das für Möglichkeiten! Dagegen würde Captain Kidd wie ein Sonntagsschüler aussehen!«

Amanda lächelte traurig. Makara Harconan hatte sich offenbar kein bisschen geändert. »Es hat keinen Sinn, wieder damit anzufangen, Makara.« Sie streckte ihm die Hand entgegen. »Danke, dass du uns vorhin beim Steuern ein bisschen unter die Arme gegriffen hast.«

Der »König der Meere« richtete sich auf und beugte sich über ihre Hand. »Es war mir ein Vergnügen, meine liebe Amanda.

Und ich möchte dir für deine Hilfe danken, auch im Namen von Lo. Jetzt können wir beide Frieden finden.«

»Admiral auf der Brücke!«

Im nächsten Augenblick trat Admiral MacIntyre zu ihnen auf die Brücke. Christine Rendino folgte ihm zusammen mit einem Sicherheitsteam von Marines.

»Nun, jetzt haben Sie ja Ihre Seeschlacht gesehen«, bemerkte MacIntyre mit einem säuerlichen Lächeln.

»Das konnte ich mir einfach nicht entgehen lassen«, antwortete Harconan grinsend. »Ich möchte mich noch einmal bei meinem Wächter entschuldigen. Ich hoffe, er hat sich von seinen Kopfschmerzen erholt.«

»So ziemlich, ja, aber Captain Quillain dürfte ihm auch noch den Kopf waschen.«

»Chris, was gibt es Neues von Commander Arkady?«, erkundigte sich Amanda.

Das glückliche Lächeln der Intel-Offizierin entging ihr nicht. »Er ist gerade unterwegs aus Singapur und sollte in zwanzig Minuten wieder an Bord sein. Sein SPEED Cobra wird von einer unserer Transportmaschinen in die Staaten geflogen.«

Amanda nickte und erwiderte Christines Lächeln.

»Die Offiziere der Putschisten und Ketalamans Leiche werden ebenfalls in Singapur in eine Maschine verfrachtet«, fügte MacIntyre hinzu. »Wir bringen sie nach Bali und übergeben sie den indonesischen Behörden.«

Der Admiral räusperte sich. »Wir haben außerdem Anweisungen vom Außenministerium erhalten. Mr. Harconan soll mit dem gleichen Flug den Behörden übergeben werden.«

Es wurde still auf der Brücke. »Na ja«, sagte Harconan schließlich, »alles geht einmal zu Ende.«

»So einfach ist die Sache nicht, Mr. Harconan«, fuhr MacIntyre fort. »Sie haben hier einige Dinge gesehen, die Sie nicht sehen durften. Sie wissen jetzt über dieses Schiff Bescheid, und das kompliziert die Sache doch beträchtlich.«

Harconan schüttelte ernst den Kopf. »Nein. Nicht wirklich, Admiral. Ich verdanke Ihnen und diesem Schiff ungeheuer viel. Würden Sie mein Wort akzeptieren, dass ich keine Informationen über dieses Schiff und …« – er blickte zu Amanda hinüber – »… über den wahren Status seines Kapitäns weitergeben werde?«

»Aus irgendeinem Grund genügt mir das, Mr. Harconan«, antwortete MacIntyre mit einem grimmigen Lächeln. »Aber wir haben trotzdem die Anweisung, Sie der Regierung Kediri zu übergeben. Ich sage noch einmal, dass ich persönlich dafür sorgen werde, dass Sie jede juristische Unterstützung bekommen; schließlich haben Sie uns bei dieser Operation sehr geholfen.«

»Und das gilt auch für mich, Makara«, fügte Amanda leise hinzu. »Ich verspreche dir, ich werde das nicht vergessen.«

Harconan sah sie mit dem wissenden Lächeln des unerschrockenen Piraten an. »Das will ich hoffen, dass du mich nicht vergisst, meine Königin.«

Bevor irgendjemand etwas unternehmen konnte, stürmte Harconan zur Tür der Backbord-Brückennock hinüber. Als die Marines ihre Waffen zogen, war er bereits über der Reling und stürzte sich in die Dunkelheit hinaus. Als Amanda und die anderen draußen auf der Brückennock waren, sahen sie nur noch einen hellen Fleck auf dem Wasser, der bereits nach achtern driftete.

»Verdammt! Alle Maschinen stopp! Mann über Bord! Ruder hart Backbord, Mr. Carstairs! Bergungsoperation einleiten!«

»Kommando zurück!«, wandte Elliot MacIntyre mit lauter Stimme ein. »Rudergänger, bleiben Sie auf Kurs!«

Amanda und Christine starrten den Admiral entgeistert an. »Wir lungern schon viel zu lange hier herum, Capt'n«, brummte er. »Es geht um unsere Sicherheit. Ich befehle Ihnen, das Schiff in die Straße von Malakka zu bringen, bevor die Sonne aufgegangen ist.«

»Aber was ist mit Harconan?«, fragte Christine anstelle von Amanda.

»Commander, von der Brücke ins Wasser hinunter – das ist wie ein Sturz aus dem achten Stockwerk«, entgegnete der Admiral. »Wenn der Mistkerl nicht schon beim Sturz ums Leben gekommen ist, dann haben ihn wahrscheinlich die Schiffsschrauben angesaugt und zerrissen. Und wenn das nicht passiert ist, dann müsste er immer noch zwei Meilen durch ein Gewässer schwimmen, in dem es von Haien wimmelt, bevor er irgendwo an Land käme. Wie man's auch dreht und wendet, der Mann ist tot.«

Amanda wandte sich MacIntyre zu und sah im schwachen Licht des beginnenden Tages den Hauch eines Lächelns auf seinen Lippen. »Das können wir jedenfalls den Indonesiern erzählen.«

Abzug der Truppen

Merdeka-Platz, Jakarta, Indonesien

23. November 2008, 10:00 Uhr Ortszeit So wie ein Mensch, der aus einem fiebrigen Albtraum erwachte, kam auch Jakarta wieder zu sich. Der Patient war zwar erschöpft und ausgelaugt, aber er hatte überlebt. Die Menschen, die in der Stadt geblieben waren, wagten sich wieder auf die Straße und nahmen ihr gewohntes Leben wieder auf, und diejenigen, die geflüchtet waren, kehrten zurück.

Es gab keine Unruhen und keine Proteste mehr. Die indonesische Bevölkerung hatte genug von Auseinandersetzungen, von Politik und Gewalt. Im Moment sehnten sie sich alle nur nach Frieden und Ordnung.

Botschafter Randolph Goodyard stand auf dem Gang an der Mauer, von der die amerikanische Botschaft umgeben war, und blickte auf den Freiheitsplatz hinaus. Er war mit einem kleinen Team nach Jakarta zurückgekehrt, auch wenn er im Moment auf einem Feldbett in seinem Büro schlafen musste. Wie erwartet, war die Botschaft gründlich geplündert worden, aber ein Zug von Seabees der Navy kümmerte sich um erste Reparaturen und fungierte außerdem als Sicherheitsteam.

Wichtig war, dass die Fahnenstange noch stand und die Flagge im Wind wehte. Alles andere würde sich schon finden.

Goodyard und seine Leute waren nicht die Einzigen, die zu ihren Pflichten zurückkehrten. Auf der anderen Seite des Platzes, im Präsidentenpalast, waren ebenfalls Reparaturarbeiten im Gange, und das Verteidigungsministerium war vorläufig in einem verlassenen Hotel untergebracht. Auf dem Freiheitsplatz selbst standen immer noch die ausgebrannten Wracks von Militärfahrzeugen und einem Hubschrauber, doch vor dem MONAS-Monument hatten sich eine Militärkapelle und eine kleine Gruppe von Repräsentanten des Staates eingefunden.

Ein Petty Officer der Seabees kam zum Botschafter herauf und salutierte zackig. »Sir, die Kommunikationsabteilung meldet, dass Präsident Kediris Hubschrauber schon auf dem Weg hierher ist.«

»Danke, mein Freund. Grüßen Sie Lieutenant Culbertson und sagen Sie ihm, er soll bitte meinen Wagen bereitmachen.«

»Wird erledigt, Sir.«

Goodyard wandte sich dem schmächtigen alten Papua im weißen Anzug zu, der an seiner Seite stand. »Herr Botschafter, würden Sie mich bitte zum Präsidenten begleiten?«

Stammesoberhaupt Akima, der Generalbotschafter der neu gegründeten Freien Papuanischen Republik, nickte ernst. »Sehr gerne, Herr Botschafter. Mein Volk möchte ein guter Nachbar werden.«

Im Weißen Haus, Washington D.C.

24. November 2008, 08:50 Uhr Ortszeit »Was meinen Sie, Harry?«, fragte der Präsident und strich etwas Butter auf sein Brötchen.

»Ich finde, dass es das beste Ergebnis ist, das wir erzielen konnten, Sir«, antwortete Harrison Van Lynden, der dem Präsidenten am Frühstückstisch gegenübersaß. »Zumindest kurzfristig. Der Militärputsch ist gescheitert, und die Regierung Kediri hat die Kontrolle über einen Großteil der Inselgruppe wiedererlangt. Es gibt zwar da und dort noch sporadische Gefechte auf Sumatra – aber auch dort ziehen sich die radikalen Islamisten allmählich in die Provinz Aceh zurück.

Mit den beiden Fähren, die der Regierung in die Hände gefallen sind, haben sie aber nicht nur ihre besten Truppen, sondern auch einige ihrer radikalsten Führer verloren. Damit dürften wir ihnen für eine Weile den Wind aus den Segeln genommen haben. Die radikalen Elemente werden zwar nicht ganz von der Bildfläche verschwinden, aber es sollte den Indonesiern doch gelingen, den alten Zustand wiederherzustellen.«

»Was ist mit der heiklen Situation auf Bali?«

»Die Säuberungen sind vorbei, und ein Teil der balinesischen Moslems kehrt sogar schon wieder zurück. Beiden Seiten, Hindus und Moslems, wird jetzt klar, dass Ketalaman sie gegeneinander aufgehetzt hat. Und sie bedauern ehrlich, dass es so weit gekommen ist. Wenn Kediri sein Versprechen hält und Bali einen halbautonomen Status gewährt, sollten die Gräben zu überwinden sein.«

»Ja, *wenn* er sein Versprechen hält«, wandte Präsident Childress nachdenklich ein und biss von seinem Brötchen ab.

»Wir kontrollieren die Hilfslieferungen, die die Indonesier für den Wiederaufbau brauchen«, erwiderte der Außenminister. »Damit haben wir einen gewissen Einfluss auf die Dinge. Außerdem hat Kediri dem Untergang ins Auge geblickt. Die Angst kann manchmal dazu führen, dass sich ein Mensch ändert.«

»Wir können es nur hoffen.«

»Ja, es ist so wie mit der Büchse der Pandora. Auch wenn noch so viele Plagen über uns kommen – am Ende ist immer noch die Hoffnung übrig.«

»Das ist auch das Einzige, was mir hilft, in dem allgemeinen Wahnsinn nicht selbst verrückt zu werden, Harry. Was gibt es sonst noch, worüber wir uns Sorgen machen müssen?«

»Die Ägäis, Mr. President. Griechenland und die Türkei. Diesmal, fürchte ich, wollen sie Ernst machen.«

Vor der Insel Weh
Westlich der Straße von Malakka

23. November 2008, 18:15 Uhr Ortszeit »Ich wollte das unbedingt persönlich machen, Major Quillain«, sagte Amanda und befestigte das bronzene Eichenlaub am Kragen von Stones Khaki-Uniformhemd. »Und das auch.« Sie stellte sich auf die Zehenspitzen und gab dem Marine einen Kuss auf die Wange.

Der soeben beförderte Kommandeur der Sea-Demon-Truppe errötete ein wenig. »Na ja, es ist mir allemal lieber, dass du das tust, und nicht der Admiral … Nichts für ungut, Sir.«

Allgemeines Gelächter ertönte im Salon, und alle anwesenden Offiziere, egal ob Navy, Marine Corps, Air Force oder Army, applaudierten. Amanda trat zur Seite, worauf die anderen auf Stone zugingen, um ihm die Hand zu schütteln und auf die Schulter zu klopfen.

Es war nicht nur so, dass sie eine Mission erfolgreich zu Ende gebracht hatten. Es war auch gelungen, dieses völlig neue Instrument namens Phantom Force zu einer wirkungsvollen Einheit zu formen. Dabei waren alle Beteiligten einander näher gekommen, und der heutige Abend mit Quillains Beförderung stellte einen weiteren Baustein auf dem Weg zu einer funktionierenden Gemeinschaft dar.

Ein Traum, den Amanda einst mehr als intellektuelle Übung zu Papier gebracht hatte, war plötzlich und unerwartet Wirklichkeit geworden und bescherte derjenigen, die ihn geträumt hatte, ein neues Abenteuer. Es passierte Amanda jedoch nicht zum ersten Mal, dass etwas, das zuerst nur als Traum existiert hatte, eines Tages ihr Leben veränderte.

Amanda verspürte plötzlich den Wunsch, ein paar Minuten für sich zu sein. Sie ging zur Tür des Salons und trat auf das Bootsdeck hinaus. Ihr Schiff fuhr dem glutroten Sonnenuntergang entgegen. Die Insel Weh am äußersten Ende der indonesischen Inselwelt driftete an Backbord vorbei, und vor ihnen lagen die offenen Weiten des Indischen Ozeans und Diego Garcia.

In wenigen Tagen würde die USS *Shenandoah* wieder in ihren sicheren Kokon schlüpfen, um sich warten zu lassen, und die Angehörigen ihrer Air Group und der Sea-Demon-Truppe würden sich in alle Winde zerstreuen, um ihre Übungsstützpunkte aufzusuchen.

Das Handelsschiff *Galaxy Shenandoah* würde indessen weiter in Form von irgendwelchen Daten im Internet oder von gefälschten Papieren seine Kreise ziehen, und der eine oder andere bestochene Hafenmeister würde ebenfalls seinen Beitrag leisten. So wie einst die geheimnisumwitterte USS *Tuscarora* war auch sie ein Schiff, das entweder »schon gestern ausgelaufen« oder »erst nächste Woche ankommen« würde.

Bis sie wieder gebraucht wurde.

Captain Amanda Lee Garrett lehnte sich an die Reling und stellte fest, dass sie rundum zufrieden war. Ihr Leben hatte so manche neue Wendung erfahren, und es war alles durchaus in ihrem Sinne. Sie hatte das Kommando über ein neues Schiff inne, und ihr winkten sogar die Sterne eines Admirals – etwas, das sie nie für möglich gehalten hätte. Ein ehemaliger Geliebter war ihr zu einem lieben Freund geworden, und ein guter Bekannter und Freund war ihr zum Geliebten geworden.

Vor ihr lag die Möglichkeit, endlich wieder einmal ein Privatleben führen zu können und vielleicht sogar so etwas wie ein Zuhause zu finden – etwas, das sie sich allzu lange versagt hatte.

Ihre Gedanken kehrten ins Hier und Jetzt zurück, als jemand an ihre Seite trat und sich ebenfalls an die Reling lehnte.

»Sherry-Soda, korrekt?«, fragte Elliot MacIntyre und reichte ihr ein schlankes Glas.

»Korrekt«, antwortete sie lächelnd und nahm einen Schluck von dem Getränk. »Mmm, das schmeckt. Ich weiß, es ist furchtbar dekadent, dass auf diesem Schiff Alkohol ausgeschenkt wird. Der gute Josephus Daniels wird sich wahrscheinlich im Grab umdrehen – aber ehrlich gesagt, mir ist das egal.«

MacIntyre nahm einen Schluck von seinem Tsingtao-Bier. »Die alte Royal Navy hat zwei Weltkriege ausgefochten und kein Alkoholverbot auf ihren Schiffen gebraucht, und es hat den Jungs noch keiner nachgesagt, dass sie Versager gewesen wären.«

»Stimmt genau. Die Welt und das Verteidigungsministerium müssen eben zur Kenntnis nehmen, dass wir hier auf der *Shenandoah* manches ein bisschen anders machen.«

»Ja«, brummte MacIntyre und trank noch einen Schluck Bier. »Was hast du für Pläne, wenn wir in Diego ankommen?«

»Ich bin mir noch nicht sicher«, antwortete Amanda. »Zuerst einmal muss ich die Mission aufarbeiten und analysieren. Wir werden mit der Feinabstimmung des Schiffes noch einiges zu tun haben, auch was die Sea Demons und die Air Group betrifft. Wir brauchen mehr Langstrecken-Antischiff-Waffen, und auch die Luftabwehr muss ausgebaut werden. Ich habe da schon ein paar Ideen, wie wir das ohne größere strukturelle Veränderungen hinbekommen …«

»Wann hast du eigentlich zum letzten Mal Urlaub gemacht, Amanda?«, warf MacIntyre ein.

»Urlaub?« Sie musste erst einmal nachdenken. »Ich glaube, das war voriges Jahr, bevor die Seafighter an Bord der *Carlson* kamen. Ja, ich schätze, es war vor etwas mehr als einem Jahr.«

»Dann bist du überreif. Wenn wir nach Diego Garcia kommen, nimmst du dir erst einmal frei.« Sie wollte etwas einwenden, doch er ließ sie nicht zu Wort kommen. »Sie können das als Befehl betrachten, Capt'n. Ich will nicht, dass eine ausgebrannte Offizierin das Kommando über das Flaggschiff von NAVSPECFORCE innehat.«

»Wie Sie wünschen, Sir«, erwiderte sie. »Vielleicht ist es ja auch ganz nett, Weihnachten wieder einmal bei Dad in Norfolk zu verbringen. Er hat ja in letzter Zeit einige Horrormeldungen über mich zu hören bekommen.«

MacIntyre blickte zum dunkler werdenden Horizont hinaus. »Und vielleicht könntest du auf dem Rückweg für ein paar Tage auf Hawaii vorbeischauen«, warf er zurückhaltend ein.

»Das wäre auch nett. Wir könnten uns über die nötigen Veränderungen auf der *Shenandoah* unterhalten ... unter anderem.«

Sie sahen einander lächelnd an, und Amanda rückte etwas näher zu ihm, sodass sich ihre Schultern leicht berührten. Es würde sich einiges ändern ... für sie beide. Aber vielleicht war es ja an der Zeit, ein wenig anders zu sein.

Sie standen eine Weile still da und sahen zu, wie sich allmählich Dunkelheit über das Meer breitete.

»Was glaubst du, Amanda?«, fragte MacIntyre schließlich. »Du kennst ihn besser als irgendjemand von uns. Meinst du, dass er wirklich in die Schiffsschrauben geraten ist?«

Sie schüttelte den Kopf. »Nein, die alten Götter dieser Region würden es nie zulassen, dass er auf so banale Weise ums Leben kommt. Er ist immer noch da, Elliot, irgendwo da draußen bei seinen Leuten. Und wahrscheinlich schmiedet er schon wieder neue Pläne. Wir, die Welt und Kediri werden wohl noch einiges von Makara Harconan hören.«

Amanda sah ihren zukünftigen Geliebten neugierig an. »Macht dir das ein wenig Sorgen?«

MacIntyre überlegte eine ganze Weile, ehe schließlich ein amüsiertes Funkeln in seine dunklen Augen trat. »Nein, es macht mir keine Sorgen. Damit die sieben Weltmeere das bleiben, was sie immer waren, muss es zumindest einen Seeräuber geben, der noch irgendwo da draußen unterwegs ist.«

MacIntyre hob sein Glas. »Auf den *Raja Samudra.*«

Amanda tat es ihm gleich. »Auf den König der Meere.«

Weit hinter ihnen spiegelte sich das letzte Leuchten der untergehenden Sonne in den weißen Segeln eines Bugi-Schiffs.